I VESTITI DELLA DOMENICA

LUDOVICA ELDER

I VESTITI DELLA DOMENICA

PIEMME

Questo romanzo è un'opera di fantasia. Personaggi e situazioni sono invenzioni dell'autrice e hanno lo scopo di conferire veridicità alla narrazione. Qualsiasi analogia con fatti, eventi, luoghi e persone, vive o scomparse, è puramente casuale.

Pubblicato per

PIEMME

da Mondadori Libri S.p.A.

ISBN 978-88-566-9924-1

I edizione aprile 2025

Anno 2025-2026-2027 – Edizione 1 2 3 4 5 6 7 8 9 10

A Giovanni Vittorio e alla Frankie

La sera del 2 giugno 1923

Se se senta sora i spini, se se sponzi senza saver

La casa grande degli Stefàncich si trovava nel mezzo dei fondi coltivati a grano e vite che erano appartenuti alla famiglia da generazioni. Vi si accedeva attraverso una strada sterrata piuttosto lunga e larga solo quanto un carro, chiamata da tutti Stradella Verde. Finiva, dopo un percorso che curvava leggermente da un lato e dall'altro seguendo la forma dei campi, in uno slargo sul quale il cancello, alto e arrugginito, rimaneva sempre aperto. Era un cancello *per finta*. Quella casa era aperta a tutti. Era la casa del padrone, ma *el paròn* amava la gente e ne era ricambiato.

Vittorio Stefàncich, fuggito da via Roma, percorse la Stradella mentre c'era ancora un po' di luce nel cielo. Lo rasserenava l'idea di non aver fatto tardi. Sentiva i grilli e il fruscio delle spighe di grano che si muovevano come le onde del mare, spinte dall'aria al passaggio del calesse.

Arrivato alla stalla, si occupò con lentezza del ricovero del cavallo. Gesti automatici, in grado di metterlo in pace.

«Notte Vittorio!» gridò Piero il fattore, da lontano, continuando a camminare silenzioso. Vide la mano di Vittorio alzarsi per ricambiare il saluto e riprese a sollevare quattro sedie per volta e a portarle nel cortile antistante la casa dove, già dal mattino presto, erano stati disposti una ventina di tavoli a formare una lunga passerella. Si stavano preparando per una gran festa.

Vittorio pulì gli stivaletti dalla polvere con uno straccio.

Sembrava voler trovare delle cose da fare per procrastinare quel momento in cui si sarebbe trovato di nuovo nel silenzio a pensare.

«È tutto a posto» si ripeteva. Tutto giusto. Tutto normale.

Eppure continuava a sentire qualcosa dentro che lo tormentava: andarsene da via Roma non era stato sufficiente.

Uscito dalla stalla attraversò il cortile, passando accanto alla fila di tavoli che l'indomani sarebbero stati imbanditi, ignorandoli completamente.

Respirò a fondo, ed entrò in casa.

Non era ancora il momento di riposare quella sera. Contò sette donne al lavoro nella grande cucina al pianterreno: due non le aveva mai viste, forse erano le serve scese apposta dal piccolo paese del Carso per dare aiuto; c'erano la moglie di Piero, la loro figlia Ada, Elsa la sarta, Maria e Francesca Stefàncich, che erano sua madre e sua sorella. Tutte concentrate, ognuna con un compito preciso. Non lo avevano sentito entrare, non lo avevano visto mentre stava appoggiato alla porta a osservare i loro movimenti frenetici. Sul tavolo lungo di marmo c'erano tre spianatoie di legno e sopra file di gnocchi di patate grossi quanto un fico. Erano ripieni di marmellata di prugne. Da alcuni, che erano stati ripiegati con poca cura, il contenuto colava lento, allargandosi sul legno come un magma viola e dolcissimo. Altri erano già stati cotti in acqua bollente e adagiati in larghe terrine bianche, immersi nel loro condimento di burro fuso, zucchero, cannella e pangrattato. La signora Stefàncich aveva voluto che quegli gnocchi fossero ripieni di marmellata, secondo la ricetta di sua nonna. Non aveva voluto che le cuoche ci nascondessero dentro l'intera prugna privata del nocciolo. Certo che erano più difficili da fare, non c'era dubbio, ma – diceva lei – erano anche infinitamente più buoni.

Le donne lavoravano veloci. Parlavano nervose, con frasi brevi che non dovevano distrarre, non c'era tempo per le chiacchiere.

La moglie di Piero chiese altro vino per bagnare il brasato

e la Ada, senza parlare, sparì dietro alla tenda della dispensa per prenderlo. Elsa impastava con forza, era piccola e muscolosa, con le guance rosse e accaldate. Francesca Stefàncich sbucciava patate e le tagliava a pezzi. Ogni tanto prendeva una fetta e se la strofinava sulla faccia. Vittorio glielo aveva visto fare altre volte: l'amido migliora la pelle, diceva. Maria Stefàncich, con le maniche rimboccate, un grembiule macchiato a coprirle il vestito, i capelli ricci raccolti e fermati con uno spillone, si muoveva da una parte all'altra in agitazione: mescolava il *gulash* che bolliva sul fuoco da ore, assaggiava i crauti pronti dal pomeriggio facendo smorfie, alzava i coperchi delle pentole piene riposte in un angolo a raffreddare, dichiarava ancora troppo asciutto il sugo del brasato, affondava il dito nella pasta di Elsa, scuoteva le terrine colme di gnocchi ripieni «per non far sedimentare il burro». Non stava aiutando nessuna, stava piuttosto innervosendo tutte, ma lei era *la paróna* e non avrebbe ricevuto lamentele. Nessun rimprovero. Delle due serve venute dal Carso, una tagliava mele e l'altra preparava gli strudel, ne aveva arrotolati almeno una decina e punzecchiato la pasta con una forchetta. Continuava a masticare pinoli, li prendeva dalla ciotola; ne aveva assaggiato uno e poi non era più riuscita a fermarsi. Erano squisiti. E tanti. Entrambe portavano in testa un fazzoletto di cotone legato sulla nuca come le russe, parlavano tra loro in sloveno, con le altre usavano solo il dialetto; l'italiano, la «lingua», come dicevano loro, lo conoscevano proprio male. Nessuno se ne stupiva. Era l'abitudine parlare lo sloveno a casa. Ma solo in casa. Erano passati quasi tre anni dai primi gravi incidenti a Trieste, quando con feroce violenza era stata colpita – primo di altri bersagli – la minoranza di lingua slovena. La gente continuava ad avere paura. Così, per strada, nei luoghi pubblici, in occasioni eleganti, o in presenza delle autorità, si cercava di usare solo l'italiano.

Vittorio osservava, non visto, il caos che era cominciato da almeno una settimana, ma che quella sera aveva raggiunto il suo apice. Riusciva a riconoscere ogni profumo distintamente, anche se in quel momento erano tutti mescolati in un unico grasso e caldo odore di festa. La cucina sembrava una fucina, la locomotiva del treno nel momento della massima produzione di vapore, un attimo prima che la macchina cominci a fischiare e a mettersi in movimento. Dalla porta sentiva arrivare il tepore, carico di aromi e di fatica, che aveva reso l'aria della cucina calda e umida.

Sollevato dal fatto che la concitazione gli permettesse di passare inosservato, appese il cappello e salì nella sua stanza. Aprì la finestra, aveva bisogno di respirare.

Nel *libro dei fuochi* del 1894 – così erano chiamati i registri delle nascite – i genitori di Vittorio Stefàncich, che era appena venuto al mondo, erano stati definiti come «Trasportatori, possidenti» nella colonna «professione». Erano agricoltori da generazioni, gente pratica, dedita al lavoro, con la vita scandita dalle stagioni, dalle ritualità contadine tramandate uguali da sempre, un legame viscerale con la loro terra, che non avevano mai dovuto cedere a nessuno dei governanti, veneziani, francesi o austriaci che fossero stati. Poi, con i profitti di una neonata impresa di trasporti, inventata da Stefano Stefàncich, suo padre, erano diventati, quasi improvvisamente, *possidenti*. Così avevano comprato altre terre, ingrandito e abbellito la casa, rinnovato la stalla, investito ancora nei trasporti ormai indispensabili al porto e al cantiere navale, vera nuova ricchezza del posto.

Vittorio era il primo figlio, il maschio, l'erede. Il primo della famiglia a studiare con il maestro a casa, il primo a essere vestito con abiti eleganti non solo la domenica. Il primo a non dover lavorare fin da ragazzino, il primo a godere dei privilegi che si possono comprare con il denaro. Frequentò l'Imperial Regio Collegio dei cadetti di Marina, diventando ufficiale della Marina dell'imperatore d'Austria e Ungheria, Francesco Giuseppe. La famiglia custodiva da sempre forti sentimenti irredentisti, ma il senso di opportunità, il compromesso, il desiderio di imporsi nella società mista del Litorale, avevano fatto sì che quel figlio venisse iscritto nella scuola prestigiosa dei cadetti, quella in cui si formava la dirigenza, quella in cui era possibile ottenere un ulteriore avanzamento sociale ed entrare a far parte della società che gli Stefàncich, fino ad allora, avevano guardato solo da lontano durante le parate.

Il Litorale austriaco comprendeva territori di lingua italiana e in parte slovena, e si estendeva dalla contea di Gorizia e Gradisca, alla città imperiale di Trieste fino all'Istria. Uno sbocco prezioso sul mare per il continentale Impero austro-ungarico che nel luglio del 1914 non esitò a reclutare, con la mobilitazione generale, anche le giovani leve di lingua italiana.

Vittorio Stefàncich, formalmente ufficiale congedato dell'Imperiale e Regia Marina, ricevette la sua cartolina di precetto scritta in tutte le lingue dell'impero, il 30 luglio del 1914: «Entro 24 ore presentarsi presso il proprio reggimento».

Non fu una sorpresa.

L'Eco del Litorale, il giornale locale, era uscito con un'edizione straordinaria già nella notte di sabato 25 luglio, datata lunedì 27, annunciando che la Serbia non aveva accettato l'ultimatum imposto dall'Austria: significava guerra.

Stefano Stefàncich non aveva perso tempo e si era adoperato per trovare il modo di esonerare il figlio dalla chiamata alle armi. Non si curò del giorno festivo e l'indomani si presentò senza riguardi a casa di certi notabili clienti austriaci che agirono come richiesto. Fu così che, per tutti i mesi in cui l'Austria-Ungheria combatté la sua guerra contro la Serbia e la Russia, quando centinaia di uomini del Litorale indossarono la divisa austriaca per combattere per una patria che non sempre sentivano loro, Vittorio usò la sua uniforme per organizzare i dispacci al distretto militare di Trieste. Non partì per il fronte russo come molti altri del Reggimento 97, che raggiunsero la Galizia, spesso senza farne ritorno.

Non ne fu mai fiero. Ma seppe trovare redenzione: la discesa in guerra dell'Italia contro la vecchia alleata Austria-

Ungheria sciolse i suoi sensi di colpa e sancì il suo ingresso definitivo nel mondo dei disertori. Vittorio Stefàncich, dismessa la divisa da ufficiale austriaco, si arruolò nell'esercito italiano e combatté con onore sul tenace fronte orientale, sulle colline del Carso, a casa. Una terra che conosceva e amava, nella quale era nato e cresciuto. Fu tra coloro che ebbero la grazia di ritornare senza ferite permanenti. L'unico segno visibile che era rimasto indelebile sul suo corpo era una cicatrice proprio sotto all'occhio destro. Se l'era procurata durante una battaglia terribile in cui un austriaco lo aveva colpito in faccia con il calcio del fucile.

Nel silenzio della sua stanza, spogliandosi e preparandosi per la notte, Vittorio fu colpito dal suo riflesso nel vecchio specchio scrostato che sua madre si ostinava a conservare perché sosteneva che la cornice fosse antica. Si avvicinò, la patina che ricopriva la superficie impediva di ottenere un'immagine nitida, ma permetteva di mostrare un viso tirato e segnato dalla stanchezza. Si stropicciò gli occhi, sperando di vedere meglio. Toccò la sua cicatrice, quasi nel tentativo di cancellarla. Ma rimaneva sempre lì, ormai era diventata un pezzo di lui. Si avvicinò ancora allo specchio, controllò la precisione con cui la mattina stessa il barbiere gli aveva regolato le basette e spuntato i capelli: aveva fatto un buon lavoro. Cercava di distrarsi, di concentrarsi su altro. Ma quell'unico pensiero che lo tormentava continuava a girargli nella mente mettendosi davanti a tutti gli altri con prepotenza. Inspirando forte si augurò che nessuno l'avesse riconosciuto mentre era uscito dalla casa di via Roma.

Vittorio ci era entrato per la prima volta a diciassette anni, ignorando le regole che lo volevano troppo giovane, quando la pelle del suo viso, sbarbata di fresco, era ancora liscia e senza segni. Quello era un bellissimo palazzo a tre piani, costruito vent'anni prima secondo la moda viennese, lineare, bianco, simmetrico, decorato con mattonelle quadrate che formavano delle cornici semplici attorno alle finestre lunghe e strette; sulle ringhiere di ferro erano montati dei festoni a cerchi concentrici, il tetto, coperto di lastre di rame ossidato, era completamente verde. Il cancello di ferro, decorato con gli stessi festoni a cerchi, preludeva a un parco con alberi di ogni tipo, circondato da siepi fitte di oleandro rosso.

Era il bordello per i ricchi.

A iniziarlo era stato Giacomo, il figlio dell'avvocato Ledri, di tre anni più vecchio di lui. Nessuna vergogna, nessun timore del giudizio. Avevano percorso spavaldi a piedi il vialetto di ghiaia, cosa che negli anni avrebbero smesso di fare, entrando e uscendo a cavallo, in carrozza o con le automobili, per non farsi notare. Quella baldanza giovanile tradiva una forte eccitazione che aveva a che fare con l'inizio di un'avventura, di un gioco, di un'esperienza nuova che diventava finalmente vera, dopo tanta immaginazione e tanta attesa. Una giostra per bambini quasi adulti. Una fiera permanente. Giacomo, sicuro di sé, camminava avanti, fermandosi ogni tanto a guardare Vittorio, ridendo. Gli aveva dato un colpetto sulla spalla, quasi un incoraggiamento a lasciare indietro l'infanzia e a varcare a grandi passi la soglia dell'essere uomo. Vittorio era incuriosito, eccitato, ansioso, ma lo tormentava il timore di non essere capace, di sembrare ridicolo. Aveva definitivamente allontanato la preoccupazione del giudizio di suo padre. Se solo avesse saputo! Non era un frequentatore di quel posto, suo padre. I racconti di Giacomo erano stati convincenti: era lì, pronto.

Salendo tre gradini erano entrati nell'atrio ovale: un bancone e una scala sinuosa che portava ai piani superiori riempivano lo spazio. Anna Kramer, che pareva aspettarli, aveva riconosciuto Giacomo e li aveva raggiunti. Elegantissima e sicura, si era presentata a Vittorio osservandolo con lo sguardo di chi vuol fare intendere di essere capace di saggiare gli uomini e identificarne i migliori. Era la padrona della casa, voleva che il giovane rampollo degli Stefàncich uscisse di lì soddisfatto.

Non aveva permesso loro di scegliere tra le ragazze intente

in una finta conversazione ai piedi della scala, ma ne aveva chiamate due che erano rimaste nella sala d'attesa riservata dietro al bancone.

Vittorio seguiva la sua come ipnotizzato.

Aveva salito le scale lentamente, facendo scivolare i polpastrelli sul corrimano di legno, apprezzandone la perfetta levigatezza e l'assenza di giunture. Una sensazione piacevole, la prima di quella giornata. Gli occhi erano spalancati e le pupille dilatate per la luce fioca e l'emozione; la ragazza lo precedeva lasciando dietro di sé una scia di profumo intensissimo. Avrebbe potuto seguirla anche se avesse, per qualche motivo, deciso di camminare a occhi chiusi. Ma non aveva mai chiuso gli occhi, li aveva tenuti aperti, incollati a quella sagoma che dondolava salendo le scale e che sembrava essersi impossessata della sua capacità di giudizio. Ogni tanto lei si voltava per controllare che lui continuasse a seguirla, sorridendogli con l'aria sicura dell'esperienza. Raggiunto il primo piano, percorso qualche metro sul mezzanino, dove il pavimento di legno era coperto da una corsia di tappeto rosso e blu che attutiva il rumore dei tacchi, erano entrati in una stanza quadrata. Aveva due finestre con le imposte socchiuse, ma con i vetri aperti da cui entravano aria fresca e i rumori del giardino. Dalla fessura delle imposte Vittorio aveva riconosciuto, dall'alto, il vialetto attraverso cui era appena passato. In quella stanza c'erano un lavandino, uno sgabello con due asciugamani bianchi a frange di macramè piegati perfettamente, sapone, poca luce da una lampadina accanto allo specchio altissimo appeso di fronte al letto.

Abituato a cogliere anche solo minimi accenni di sensualità dai movimenti delle donne che aveva pudicamente incontrato fino ad allora, aveva affinato la capacità di percepire persino molecole di seduzione da sguardi furtivi e sorrisi capricciosi. In quel momento invece, nella stanza quadrata, in penombra, era stato investito da un'immensa valanga di voluttuosità. Poteva prenderla tutta, usarla. Senza bisogno di altro. Poteva ubriacarsene. Gli sembrava di vedere meglio, nonostante la scarsa luce, di sentire di più, di odorare con maggiore precisione, tutto sembrava amplificato, portato all'estremo. Avrebbe potuto sradicare un albero se gli fosse stato chiesto, pur di accedere a quella meraviglia. Non sapeva come, ma quel giorno, in quel posto, si sentiva in grado di farlo, si sentiva in grado di fare qualsiasi cosa. Poi, però, improvvisamente, quando ritornava alla realtà, veniva colto di nuovo dall'ansia, dalla piccola vergogna che cresceva piano e lo stuzzicava fastidiosa. Continuava a stare fermo, a guardarsi attorno, non sapendo ancora cosa fare.

Gli sembrava fossero passate delle ore da quando, pochi minuti prima, era entrato nella casa della Kramer, il tempo si era dilatato. Quel posto distorceva certamente la realtà. Non poteva spiegarselo altrimenti. Era incuriosito, affascinato, impaziente, in fondo anche un po' spaventato.

La ragazza si era accorta di come la sua preda fosse stata rapita dall'incantesimo di cui lei stessa era, contemporaneamente, artefice e strumento e in cui i sensi stavano funzionando ben oltre la soglia dell'abitudine sperimentando nuovi limiti. Gli si era avvicinata, muovendosi sinuosa, catturando su di sé tutta la sua attenzione.

Vittorio aveva iniziato a guardarla sfacciatamente negli occhi, come mai avrebbe fatto con una ragazza *normale*. Aveva il viso magro, piccoli occhi, un vestito scuro di tessuto sottile e quasi trasparente, completamente abbottonato. Non aveva fatto suoi altri particolari. Lei aveva sostenuto lo sguardo altrettanto sfacciatamente riconoscendo l'espressione fatua e testarda insieme di un uomo quando vuole una donna. Gli sorrideva, tenendo ben teso il filo tra loro. Era giovane, evidentemente impacciato, ma bello. Molto alto, occhi e capelli scuri, un po' lunghi, pettinati all'indietro. La pelle abbronzata.

Compiaciuta di avere in pugno tutta la sua attenzione, lei memorizzava ogni dettaglio. Sapeva perfettamente chi fosse quel giovane e si sentiva lusingata di essere stata scelta da Anna Kramer per quel compito. Mettendosi in punta di piedi aveva raggiunto il suo orecchio, nel farlo sfiorava con arte l'angolo della mandibola rasata e aveva sussurrato: «Vogliamo cominciare?»

Quella volta, a un paio di mesi dal compimento dei diciotto anni, Vittorio Stefàncich aveva capito due cose: la prima che gli piacevano tanto le donne, la seconda che sarebbe tornato a casa della Kramer molte volte.

Ci furono altre ragazze, con nomi e facce diverse che gli insegnarono, ognuna a suo modo, a diventare un uomo. Eppure, quella sera del 2 giugno 1923, alla soglia dei trent'anni, qualcosa era cambiato. Il suo corpo si era rinforzato, i lineamenti del viso si erano fatti più decisi, la consapevolezza di sé completata, anche se la sua indole schiva era rimasta la stessa di quando era un bambino.

Attraversò quell'ultima volta il cancello di Anna Kramer con la serenità di un cliente abituale e abituato, a un passo dalla noia, sicuro che quel posto era concesso e disponibile. L'eccitazione e il timore della prima volta erano scomparsi, diluiti lontanissimi nel tempo. Ora Vittorio era capace di scegliere, addirittura di lamentarsi se qualcosa non era di suo gradimento. Ora sapeva come comportarsi, quello che voleva, quello che cercava. Da quando era tornato dalla guerra non aveva più il sorriso spavaldo che mostrava prima, preferiva incontrare sempre la stessa signorina ed evitava accuratamente di intrattenersi a parlare con chiunque. La sua cortesia verso Anna e le ragazze, però, era rimasta immutata.

Fermò il calesse al solito posto.

All'ingresso la Kramer stava intrattenendo due signori che sembravano non volersene andare. Vittorio li conosceva bene, erano due commercianti che spesso si erano rivolti a lui per spedire merci. Cercò di non incrociare i loro sguardi. Anna non riuscì a trattenere la sorpresa quando lo vide. Liquidò i due e lo raggiunse al bancone. Si sorrisero per salutarsi.

«C'è Simòn?» si informò conciso.

«Non credevo di vederti qui stasera. Dopo così tanto tempo...» gli disse seria, guardandolo cruccia, mostrando confidenza, quasi fosse sua madre.

«C'è Simòn?» ripeté.

«Devo controllare se è libera. Non ti aspettava» scorse rapida nel suo registro dove segnava le entrate e le uscite «sali pure. È nella numero tre, al terzo piano.»

Lo osservò salire le scale, tenendosi al solito liscio corrimano; sul bancone aveva lasciato i soldi. Al terzo piano c'erano le stanze più piccole, col tetto spiovente e meno eleganti. Vista l'urgenza e il sottile malumore, non gli chiese di aspettare che si liberasse una stanza migliore. Nella tre, per esempio, non c'era l'acqua corrente.

Vittorio aprì la porta senza bussare. La stanza era calda e fumosa.

Trovò Simòn intenta a passare pigramente un pettine d'osso a tre denti larghi tra i capelli nerissimi, ricci e grossi. Era una mulatta di madre algerina, quanto bastava sapere per dare una spiegazione a quell'aspetto esotico e a quel nome pronunciato alla francese.

Quando lo vide entrare credette di sbagliarsi, sgranò gli occhi continuando a emettere fumo dalla bocca e dal naso. La stanza era illuminata solo da un *abat-jour* che faceva una luce fioca e gialla vicino allo specchio. Posò il pettine e lo guardò, muta. Conosceva bene la sua sagoma. Alta e solida.

Vittorio appoggiò il cappello sullo sgabello, slacciò la cravatta e la mise in tasca dopo averla arrotolata con cura. Tolse giacca e gilet, sbottonò la camicia. Tutto guardandola continuamente, tenendola ferma solo con gli occhi scuri.

«Spegni quella sigaretta» ordinò.

Lei obbedì, alzandosi in piedi per schiacciare la piccola brace nel posacenere appoggiato sul comodino. Aveva addosso solo una sottoveste di mussola rosa e delle mutande dello stesso colore che si vedevano in trasparenza.

La raggiunse girando attorno al letto, la spinse contro il muro, si appoggiò a lei tenendole la faccia ferma con una mano, come in una finta lotta corpo a corpo. Guardò da vicino quegli occhi scuri con ciglia foltissime e i capelli ricci neri che cadevano come delle molle a spire strette sulla fronte e sugli zigomi. Era quanto di più soddisfacente si potesse desiderare.

Lei intanto, con le guance tra le dita di Vittorio e le labbra socchiuse che sembravano la bocca di un pesce, mentre mostrava con maestria di arrendersi inerme al finto assalto e di essere desiderosa quanto lui di consumare una nuova breve avventura di letto, immaginava di essere nella loro casa e non nella stanza numero tre, di essere sua moglie e non una puttana di Anna Kramer.

Le si avvicinò ancora, cingendole la vita e premendosi contro il suo petto, facendola espirare per lo sforzo. L'alito fumoso, per la sigaretta appena spenta, non fu di suo gradimento. Le rimase addosso, in piedi, contro il muro ancora per qualche secondo. Poi mollò la presa e andò verso il catino.

Delusa, lo vide strappare la velina di un sapone nuovo e sciacquarsi le mani e il viso. Era chinato sulla bacinella con la schiena larga coperta dalla camicia di tessuto sottile. Riusciva a distinguere nella penombra la forma dei muscoli e delle coste. Avrebbe voluto toccarlo. Ma si trattenne. Lo osservò passarsi le mani bagnate tra i capelli neri, arricciati appena sulle punte e, col viso umido, stendersi pesantemente sul letto. Lo seguì, cercando di interpretare quel comportamento insolito, assecondandolo per non innervosirlo. Capiva che sarebbe potuta essere questione di un attimo. Di una parola, di un sospiro. Sarebbe bastato un dettaglio sbagliato e se ne sarebbe andato.

Stava fermo immobile osservando il nulla con le braccia incrociate sulla pancia. Non parlava. Simòn si avvicinò al letto e provò a togliergli una scarpa, ma lui fece cenno di no con la testa. La porta chiusa non riusciva a isolarli completamente dal resto della casa e faceva passare le note di una canzone di Bessie Smith. Non ne capiva le parole. Ma certo non era una canzone allegra.

«Stai bene?» osò chiedere.
Nessuna risposta.
Gli si stese accanto, passò un dito lungo il braccio in un ultimo tentativo di contatto, ma lui si spostò con un gesto rapido, come fosse stato infastidito da una mosca. Rimase allora a osservarlo, senza toccarlo. Il viso era fermo e con le mandibole serrate. La fronte alta corrugata, gli occhi assenti. Lo trovava attraente. Teneva le mani appoggiate alla cintura. L'euforia si era di colpo consumata. La partita facile di sedurre chi è pagato per farsi sedurre sembrava non divertirlo più.
Le era nuova l'esperienza di giacere accanto a Vittorio Stefàncich in silenzio, ferma. Lo guardava, zitta. Approfittava di quel momento per osservarlo bene da vicino, in una immobilità che le sembrava irreale. Non aveva mai potuto guardare con attenzione i dettagli del suo viso perfettamente rasato, il profilo deciso del naso, le labbra chiuse, le ciglia nere e l'attaccatura diritta dei capelli sulla fronte. Nei loro precedenti incontri, che erano terminati molti mesi prima, la frenesia, l'urgenza, la penombra, non le avevano permesso di memorizzare dettagli precisi. Le unghie erano curate, le dita lunghe, gli avambracci coperti da una peluria bruna già schiarita dal sole della primavera. I suoi vestiti, anche se sgualciti dall'uso di un'intera giornata, profumavano di pulito. Era attratta dalla bellezza di quell'uomo, quanto dalla sua posizione. Da quello che rappresentava, che sapeva fare: lo immaginava a dirigere le commesse, a stabilire i prezzi, a regolare i movimenti dei carichi da trasportare, a investire denaro, a negoziare per ottenere i migliori guadagni, a gestire persone. Se avesse avuto l'occasione di osservarlo in quelle circostanze, pensava, lo avrebbe visto ancora diverso, forse avrebbe faticato a riconoscerlo. Distinto, sicuro, deciso, potente, non vulnerabile alla seduzione, come accadeva in via Roma. Lo conosceva. E si sentiva lusingata di essere la sua preferita. Era un uomo difficile, Vittorio Stefàncich. Era sempre cortese, ma non parlava mai di sé, come facevano molti altri clienti. Non condivideva niente della sua vita, sebbene lei avesse cercato

di raccogliere informazioni su di lui per saziare la sua curiosità. Anna Kramer le aveva confidato che prima della guerra aveva avuto una intensa frequentazione con una donna sposata e che lei era quasi morta dal dolore quando lui l'aveva abbandonata, senza usarle particolari gentilezze.

Mentre lei lo ammirava, lui stava immobile in modo innaturale e faticoso, disteso sul letto con le gambe incrociate e le scarpe addosso. Più cercava di rimanere fermo, più gli veniva voglia di cambiare posizione, di grattarsi, di sbottonare ancora il colletto della camicia già aperto. Più cercava di rilassarsi e non pensare, più sentiva montare l'ansia, il disagio, la sensazione di non gradire completamente quella realtà che egli stesso aveva ricercato. Era sudato, ma aveva le mani gelide.

Osservava, tra le sfumature calde della penombra in cui era immerso, i decori blu scuro che giravano attorno alla brocca dell'acqua e alla bacinella, entrambe bianchissime, ostinandosi a cercare un errore nelle ripetizioni monotone di petali, foglie e rametti arricciati come viticci; ecco, forse ci era riuscito: il bordo della bacinella era sbeccato in un punto, una scheggia della ceramica era saltata, poteva vedere il colore arancione vivo della terracotta. Con un po' di smalto, forse, si sarebbe potuto riparare.

Rimaneva incantato con lo sguardo in un punto indefinito, osservando il niente. Immerso nei pensieri, ebbe un lungo momento di pace. Vagò con la mente, estraniandosi completamente dal suo presente, si tuffò in certi ricordi in cui volle rotolarsi più volte. Pensò ai particolari, rivivendoli intensamente, indisturbato, nel silenzio rispettoso di quella stanza. Erano così vividi da suscitargli ancora, dopo mesi, quella vampa al petto che le emozioni forti sanno dare. Ma quello stesso momento di piacere, in un baleno, lo condusse alla realtà a cui era completamente estraneo.

Con disagio si accorse di percepire come irrigidito ogni centimetro del suo corpo; nonostante fosse appoggiato al materasso morbido, non poteva trarne alcun beneficio.

Sentiva il rumore del suo respiro, riuscendo persino a trovarlo fastidioso. Nelle orecchie avvertiva un fruscio ritmato che andava a tempo con il battito del suo cuore, un disturbo quasi insopportabile. Con le mani agganciate alla cintura, cercava di mostrare naturalezza, ma dopo un respiro profondo, trattenendo il fiato, si arrese.

Smise di resistere.

Scattò in piedi, riabbottonò senza cura la camicia, ficcandosela nei pantaloni già ben stretti dalla cintura lucida tirando in dentro la pancia. Infilò la giacca, rapido, tanto che le maniche della camicia, rimaste con i polsini slacciati, salirono arrotolandosi fino ai gomiti. Schiacciò il cappello in testa e, col gilet in mano, uscì senza nemmeno chiudere la porta.

Camminò veloce, battendo i tacchi sul lungo tappeto rosso e blu, infastidito da tutto, anche dal profumo di violetta che gli era rimasto sulla faccia dopo che si era sciacquato. Aveva usato uno dei piccoli saponi rotondi avvolti da una velina color lilla ripiegata come fosse una coccarda e fermata da una fascetta di carta spessa. Era capitato che facesse scivolare una di quelle saponette ancora nuova nelle tasche dei pantaloni; ritrovandola, ore dopo, la osservava e la annusava per ricordare.

Quella volta, invece, aveva avuto bisogno di togliersi di dosso ogni profumo, liberarsi da quel peso nuovo che lo aveva reso nervoso e incapace di sentirsi a suo agio. Scese le scale frenetico, quasi volando, evitando di incontrare ogni sguardo, ignorando chi lo stava salutando alzando il cappello e facendogli un cenno di cortesia con la testa. Raggiunse il calessino senza preoccuparsi di accendere la lampadina rossa che era necessario appendere al retro dei mezzi da quando per le strade circolavano anche le automobili.

Partì.

Percorse il viale ghiaioso della villa, senza badare al bel giardino dove, di solito, amava godere di colori e profumi intensi, soprattutto all'imbrunire. No, stavolta andò dritto, come un cavallo coi paraocchi, come un ladro non scoperto che si confonde tra la folla e si allontana schivo, senza dare nell'occhio; così, passato il cancello e imboccata via Roma, si sentì subito meglio. Come se avesse superato un confine immaginario, come se si fosse messo al sicuro, rilassato e libero.

Simòn rimase interdetta sul letto senza avere il tempo di dire niente. Quell'incontro strano, quella partenza veloce e imprevista, non fecero che ricordarle come il suo servizio non prevedesse scambi di pensieri. Pensò come il suo mestiere, basato su quello che la maggior parte delle persone considera intimo, fosse in realtà tutt'altro che tale. Si mise in piedi per chiudere la porta rimasta aperta e sentì il bisogno di coprirsi con una vestaglia, non per il freddo, ma per un neonato senso del pudore. Aveva sbirciato dalle finestre. Lo aveva visto camminare sicuro lungo il lato della casa con il gilet in mano e la giacca aperta che svolazzava all'aria. Lo aveva perso per qualche secondo, ritrovandolo poi a governare il calesse attraverso il viale di ghiaia diretto verso l'uscita. Era felice di averlo incontrato, proprio quella sera, inaspettatamente.

«È venuto qui lo stesso. È venuto a cercarmi. Nonostante tutto.»

Abbozzò un sorriso breve, che lasciava spazio piuttosto a una fastidiosa malinconia. Rimanendo accanto alla finestra, Simòn si girò a guardare la stanza numero tre. Sullo sgabello era rimasto l'asciugamani stropicciato e umido, sopra dei soldi. Erano per lei, oltre alla quota lasciata alla Kramer. Lui lo faceva sempre. Il cuscino su cui si era appoggiato aveva ancora l'impronta della sua testa. Simòn vi affondò il naso cercando quel che restava dell'odore del suo olio di Macassar.

Disse ad Anna Kramer di essere indisposta e di non poter ricevere altri ospiti. Anna Kramer comprese e, senza chiedere ulteriori spiegazioni, assecondò la richiesta.

Di tutte le volte in cui era stato in via Roma, mai Vittorio aveva avuto il bisogno di andarsene così. Un senso di diversa responsabilità si era impadronito di lui.

In quegli anni Vittorio Stefàncich si era divertito e non aveva pensato. Come Ulisse, aveva ascoltato la voce delle sirene, più di Ulisse, aveva sciolto le funi che lo legavano all'albero maestro. Gli era piaciuto sentirsi onnipotente, adulato e assecondato in ogni desiderio in funzione del pagamento anticipato.

Ne aveva avuto diritto.

Senza dubbio.

Antonia

Ai sachi se ghe liga la boca, ma no a la gente

Dalla casa dei Pàhor, sull'altopiano del Carso, si poteva vedere il mare.

Nelle giornate limpide, usando un buon cannocchiale, si riuscivano a leggere le scritte bianche sui fianchi delle navi che attraversavano lente il golfo di Trieste. Il paese era costruito sulla collina più alta che scendeva morbida verso valle. Sui versanti e sul pianoro, i terreni erano coltivati a vite, mentre in alto, dietro alla chiesa e al cimitero, si apriva un vasto bosco di castagni. Nella proprietà si potevano contare almeno una dozzina di doline, avvallamenti naturali profondi poche decine di metri e larghi un centinaio, coperti nel fondo di fertile terra rossa. Alla fine dell'inverno, proprio là nel fondo, la neve poteva rimanere intatta anche per un mese. Sembrava sempre una magia.

La sera del 2 giugno 1923 Antonia rimaneva seduta, ferma e paziente, in mezzo alla stanza.

Una pettinatrice le divideva i capelli umidi, molli e sottili in piccole ciocche che poi arrotolava, dalle punte fino all'attaccatura, attorno a strisce di cotone bianco, fermandole con un nodo. Arrotolava con attenzione in direzioni differenti, a seconda che la ciocca fosse sulla nuca, sulle tempie, o sulla fronte e poi ci spruzzava sopra una soluzione di acqua e zucchero. Lavorava senza parlare, quasi ipnotizzata dalla ripetizione dei gesti e concentrata per non sbagliare. Antonia teneva la testa dritta, ora ruotata, per assecondare i movimenti.

«Dovete tenerli in posa tutta la notte, bagnare i cotoni ancora una volta prima di andare a dormire, poi mettere la cuffia, così non si sciolgono. Torno domani mattina.»

Categorica e decisa, la donna raccolse i suoi strumenti e uscì. Antonia si toccò la testa, palpando delicatamente i rotolini per assicurarsi che fossero tutti ancora nella posizione giusta. Si annusò le mani per sentire meglio il profumo intenso del balsamo al rosmarino. Lo avrebbe ricordato per sempre.

Sebbene fosse stata lontana da ogni tipo di civetteria, non poté sottrarsi al piacere che provava per tutte le attenzioni che le erano state rivolte negli ultimi mesi. Era stata entusiasta di recarsi all'atelier di Trieste dove le era stato cucito addosso un vestito di raso di seta; le era piaciuto scegliere tra rotoli di stoffe nuovissime, quelle che sarebbero state usate per lei. Le aveva toccate, saggiate stringendole tra le dita, valutandone la morbidezza e la consistenza. Alcune le aveva strofinate sul collo, per assicurarsi che il pizzo non le pizzicasse la pelle. Aveva spiegato come sarebbe dovuto essere quell'abito, che sarebbe stato unico, per tutta la sua vita: lo voleva semplice, di seta lucida, con la novità dello scollo a V e un drappeggio sul fianco sinistro. Lungo fino alle caviglie, avrebbe avuto le maniche corte e lasciato le braccia nude coperte solo dal lungo velo ricamato che era stato di sua madre.

Quella sera, come una bambina, entusiasta della buffa acconciatura preparatoria, corse al piano superiore, per guardarsi allo specchio grande, ignorando il vociare delle persone che, nella cucina e nel tinello, lavoravano ancora.

Salì le scale affrontando i gradini a due a due, euforica e felice, sentendo ballonzolare in testa i rotoli di capelli e cotone. Arrivata in cima si fermò all'improvviso, sentendo sghignazzare, non vista, le due cameriere in fondo al corridoio. Avevano la sua età e lavoravano in casa da tre anni. Non le avevano mai dimostrato alcuna simpatia. Antonia coglieva, arguta, il loro fastidio. Aveva tentato di mitigarlo, cercando di introdursi nei loro discorsi e di fare amicizia. Ma l'esercizio, sebbene ripetuto con pazienza, stentava a dare buoni risultati. Così Antonia si limitò a sopportare la loro ostilità, cercando persino di comprenderla.

Quella sera le due parlavano fitto e ridevano, mettendosi la mano davanti alla bocca per mimare un esagerato stupore. Incuriosita, rimase ad ascoltare.

«Ma chi te lo ha detto?» chiedeva Rosalba.

«La Nilde, la cuoca, è andata in città con sua sorella per cucinare da loro! Era sconvolta! Lei che sta sempre zitta e non si sbilancia mai, stavolta non è riuscita a trattenersi!»

«Dimmi le parole, una per una, voglio sapere le parole!» insisteva scandendo le sillabe per essere più chiara, rossa in faccia per l'eccitazione.

«Allora, ascolta bene. La Nilde e sua sorella, finito il lavoro in cucina, sono salite sul calesse del fattore degli Stefàncich per essere riportate qui. Prima della partenza, un uomo ha raggiunto di corsa il fattore per dirgli una cosa importante. Ha parlato piano, ma la cuoca che era seduta di spalle sul calesse, ha sentito tutto.»

«E cosa può aver capito? Parla malissimo l'italiano la cuoca!»

«Parla male, ma capisce! Non è scema. Quello a piedi ha detto che, un'ora prima, l'hanno visto uscire dalla casa di Anna Kramer!»

«Ma chi? Chi è stato visto uscire dal bordello?»

«Oh santa Madonna! Rosalba, non capisci! Vittorio, chi sennò!»

«Stefàncich? *Anche* la sera prima del matrimonio? Bella questa! Non cambia mai!» esclamò coprendosi la bocca con la mano per cercare di nascondere lo stupore.

Le due continuarono a parlare e a ridere eccitate, ingorde di dettagli che non conoscevano e che, invano, continuavano a chiedersi a vicenda mentre Antonia, che aveva origliato, di colpo, smise di sentire. Smise anche di respirare, di pensare, di esistere, per qualche interminabile secondo.

Rimase attonita, raggelata. Senza fiato, un'improvvisa apnea. Percepiva solo un fischio nelle orecchie che le impediva di ascoltare ancora. Vedeva le sagome delle due cameriere, le vedeva sghignazzare, piegandosi in avanti e tenendo le mani sul petto; muovevano le labbra, ma non le sentiva più. Si appoggiò alla porta, tremante. Entrò nella stanza da bagno. Si chiuse a chiave. Alzò gli occhi verso lo specchio impietoso e si vide ridicola, con quel viso piccolo, il collo lungo, il corpo magro, i capelli fini arrotolati in fiocchi di cotone bianco, pallida e brutta. Ebbe l'istinto di sciogliere quei nodi che la facevano sembrare stupida e di strappare i capelli profumati. Si fermò soltanto perché della saliva ingoiata male le andò per traverso facendola tossire. Quasi fino a vomitare. Piangeva e lacrimava per lo sforzo della tosse. Le mancava il fiato, sentiva un peso nel ventre, come una pietra che la spingeva con forza invincibile verso il pavimento. Si lasciò scivolare piano per terra, con la schiena appoggiata al muro. La gonna leggera, arruffata sulle cosce, lasciava nude le gambe bianche, lunghe e fragili, sgraziatamente aperte, coi piedi ghiacciati chiusi nelle scarpe di tela e corda. Antonia fissava le tessere bianche e nere del mosaico sul pavimento che formavano quadrati e rombi, quasi ipnotizzata, grondando lacrime, afflitta e ferita, rapita da una sofferenza acuta che, passati la tosse e i conati, si era fatta improvvisamente muta.

Le colava il naso, le bruciavano gli occhi.

Non aveva mai fatto grandi sogni d'amore.

Non aveva mai pensato a sé stessa solo come a una moglie, ma l'incontro con Vittorio Stefàncich, due anni prima, l'aveva trasformata.

Adesso era sudata, con il cuore che pulsava nelle orecchie.

Respirò a fondo forse per la prima volta dopo lunghi minuti. Piombò di colpo nella consapevolezza. Una sensazione dura e fredda, come un colpo d'ascia secco contro un tronco, il movimento rapido di un meccanismo, un tuono assordante, il crescendo dell'orchestra a teatro e poi il fragore dei piatti fastidiosi. Un colpo di scena neanche troppo originale, ebbe la forza di constatare.

Ora sapeva che Vittorio Stefàncich, l'uomo che la mattina dopo avrebbe sposato, era da poco uscito dal bordello Kramer e che ci era stato anche altre volte. Cosa nota.

Chissà quante altre volte. Chissà da quanto tempo.

Forse da quando erano fidanzati? Forse da sempre? Ma certo, da sempre. Persino la sera prima del matrimonio.

Pensò di essere una stupida ingenua, lei, la sposa perbene, diligente, figlia unica, ricca abbastanza da rappresentare un buon affare per Vittorio Stefàncich.

Riprese lentamente il controllo del suo corpo, il respiro tornò regolare, il cuore si quietò, pur rimanendo spezzato.

Si alzò in piedi ma non osò guardarsi allo specchio. Lavò tre volte il viso con acqua fredda, cercando di risolvere la congestione degli occhi e del naso. Piegò a triangolo il foulard che teneva stretto in vita come una fusciacca e lo usò per coprire i capelli umidi, annodandolo sulla nuca prima di uscire dal bagno e di scendere nuovamente ai piani inferiori, dove i preparativi per la festa del giorno dopo procedevano senza intoppi.

Il pensiero viaggiava altrove, lontano. Ma riuscì a farsi forte e a congedarsi da tutti i presenti con eleganza. Aveva bisogno di riposare. Questo fu ciò che disse.

Finalmente raggiunse la sua camera.

Il vestito bianco di satin era appeso floscio a un'anta dell'armadio, il lungo velo ricamato era appeso all'altra anta. Quella vista le fece salire la nausea, le fece riaprire lo squarcio nel ventre. Resistette al desiderio di urlare, non a quello di piangere.

Chiuse, nervosa, vestito e velo dentro all'armadio, lontano dalla vista. Si sarebbero stropicciati, ma poco importava.

Si stese sul letto, improvvisamente sfinita, chiedendosi,

con poca fiducia, tra le lenzuola pulite che sua madre, per l'ultima volta, aveva cambiato quella mattina, cosa avrebbe fatto della sua vita.

Lasciò che i pensieri fluissero liberi nella sua mente e, senza volerlo, partì dall'inizio, da quando tutto era cominciato, da quando, per la prima volta, aveva sentito pronunciare il nome Stefàncich.

Il primo incontro

In cento ani e cento mesi torna l'acqua ai sui paesi

Il loro primo incontro risaliva al 9 settembre 1911, quando Vittorio aveva appena compiuto diciassette anni e Antonia ne aveva undici. L'occasione fu il varo del piroscafo *Kaiser Franz Joseph* al cantiere navale. Era un evento eccezionale e straordinariamente importante. Si trattava del più grande piroscafo mai varato nel mar Mediterraneo e doveva essere un simbolo della grandezza dell'armatore, l'Impero. Il cantiere era stato costruito dal niente pochi anni prima, dopo che Vienna aveva incoraggiato la produzione di imbarcazioni passeggeri e merci.

Vittorio e suo padre Stefano arrivarono con anticipo, ospiti del direttore del cantiere. Camminarono lungo una passerella allestita in mezzo alle officine meccaniche, fino a raggiungere il palco altissimo costruito davanti alla prua della nave che guardava verso la terra.

Su quel palco, in prima fila, eccitata e curiosa, c'era già Antonia, che osservava avida di particolari tutto quello che la stava circondando. Quando, pochi minuti prima, anche lei aveva camminato lungo la passerella che dall'ingresso del cantiere portava al palco, girando la testa a destra e a sinistra aveva visto decine e decine di operai, vestiti tutti uguali, con giacche di spesso cotone scuro, correre freneticamente, trasportare sacchi, secchi, grosse mazze, cunei di legno e altri strumenti che non sapeva riconoscere. La loro frenesia e il loro abbigliamento da lavoro stridevano con il tappeto rosso sul quale lei stava camminando e con il candore del suo vestito di mussola. Incredibilmente, quelli sembravano felici, come se non sentissero la fatica. Era come se fossero consapevoli che il cantiere fosse casa loro e non esistesse, in quel momento, nessuna differenza sociale. Erano fieri di mostrare quello che avevano costruito.

Con la mano stretta in quella di suo padre, era rapita da tutta quella forza umana che si muoveva attorno a lei.

«Quella che vedi è la prua» le spiegò suo padre fermandosi e indicando con un dito «la punta della nave che sta ancora guardando la terra. La poppa è verso il mare, là dietro.»

Antonia, silenziosa, osservava e interpretava. Cominciò piano a capire che quello che vedeva davanti a sé era lo spigolo anteriore della nave, quello che fende il mare; vedeva lo scafo, che a breve sarebbe rimasto per sempre sott'acqua, ancora perfettamente asciutto e sollevato da terra attraverso una struttura di legno, sotto alla quale c'erano due scivoli paralleli, che sembravano le rotaie del treno. Avvicinandosi sempre di più a quella che sembrava un'enorme bestia immobilizzata, Antonia continuava a guardare in alto piegando indietro la testa, con la bocca aperta, sentendosi diventare sempre più piccola. Era rapita da quella grandezza, dalle persone che correvano e si muovevano sicure passando sotto allo scafo sollevato, lavorando alacremente ai lati della nave. Alcuni spalmavano gran manate di grasso sugli scivoli, altri gridavano e davano ordini. C'erano funi tese grosse quanto la ruota di una carriola fatte di altrettante funi più sottili attorcigliate tra loro. Le lamiere dello scafo erano verniciate di blu scuro, fissate le une alle altre da così tanti rivetti che sembravano infiniti. C'era un'ordinata confusione e il rumore che accompagnava tutto quel movimento, non era fastidioso. A intervalli quasi regolari si sentivano dei forti colpi e poi il fragore di pali di legno che cadevano per terra. Urla di uomini che scandivano ritmi e davano ordini si alternavano a quei colpi decisi. Gli operai stavano rimuovendo a uno a uno i cunei che fissavano i puntelli dalle coste della nave e, man mano che i puntelli ancora fissi diminuivano di numero, il rumore dei colpi si faceva metallico, come il rintocco di una campana. Stavano preparando quel gigante a stare dritto da solo, galleggiando nel mare.

Antonia salì le scalette ripide del palco e da quella posizione sopraelevata riconobbe finalmente il profilo della nave, i gran pavese tesi tra gli alberi e i due fumaioli, persone sul ponte che salutavano. Sembrava un formicaio disturbato da un intruso. Vedendolo dall'alto capì che lo scalo era una grande rampa su cui la nave era stata costruita e che era lambito, nel suo tratto finale e più declive, dal mare. Guardò alle sue spalle verso la terra e vide in basso una gran folla avvicinarsi per partecipare al varo. Era una festa grandissima e per tutti.

Un grido deciso pose fine al lavoro degli uomini là sotto. E si fece il silenzio. Un incredibile e irreale silenzio. Tutti erano fermi, immobili, in fila lungo gli scivoli, o davanti alla prua, col berretto in mano, come dei soldati davanti al loro generale. Umili e dignitosi.

La banda iniziò a suonare l'inno imperiale d'Austria-Ungheria. Un uomo molto alto fece un discorso di cui Antonia non ascoltò una parola, ma al termine, vedendo suo padre applaudire, fece lo stesso. Poi, in un avvicendamento rapido, la bottiglia di champagne volò per qualche secondo e, rompendosi perfettamente contro lo scafo, fu segnale chiaro di buona sorte.

Poi un altro urlo, quasi militare e un colpo secco. Era stato battuto l'ultimo cuneo, la nave era libera di andare. Un timidissimo applauso accolse il primo, quasi impercettibile movimento, poi di nuovo il silenzio, la concentrazione, come se una parola potesse vanificare il lavoro di tanti mesi, di tante persone. Nell'aria c'era solo il rumore stridulo dello scafo sugli scivoli che prendeva velocità, nuvole di polvere sollevata dal movimento, qualche scintilla e l'odore del grasso surriscaldato dall'attrito. Dopo il primo spruzzo d'acqua della poppa che toccava il mare, un sussurro della folla aumentò di volume, diventando una voce sola che urlava «Dai che va! Dai che va! Eccola che va!» fino a che la nave non scese tutta nel mare provocando un'onda che raggiunse il bacino. Gli operai che avevano seguito la loro creatura correndo con lei a lato degli scivoli, lanciavano i berretti e i guanti verso il piroscafo, esultavano, saltavano e si abbracciavano come fosse nato loro un figlio. Antonia fu presa da una grande gioia, da un senso di comunione con quegli uomini che avevano fatto quella nave, come se fosse stata uno di loro. Rideva e applaudiva, entusiasta. Le scesero delle lacrime di emozione. Nel golfo le piccole imbarcazioni che avevano partecipato dal mare a quello spettacolo suonavano le loro sirene in un concerto felice.

In quel momento, quando il palco si svuotava e le donne seguivano con lo sguardo i passi, il vestito, il cappello, le scarpe, i guanti e i gioielli di Josepha d'Austria, madrina di quel piroscafo, Vittorio Stefàncich, già giovane uomo, notò per caso Antonia Pàhor: una ragazzina alta e magra, vestita di bianco, ancora incollata alla balaustra che guardava ammirata la nave allontanarsi nel golfo asciugandosi il viso da qualche lacrima. Senza arrivare alle lacrime, si era emozionato anche lui.

«Signor Pàhor, un varo riuscito alla perfezione, non credete?» disse Stefano Stefàncich con entusiasmo.

«Carissimo Stefàncich, concordo!» Chiamò la figlia Antonia, facendole cenno di avvicinarsi.

Sentito il suo nome, lei si rivolse verso gli Stefàncich piegando il capo in segno di saluto. Non alzò gli occhi, improvvisamente intimidita e imbarazzata per le emozioni che non aveva ancora smaltito.

Di Vittorio non avrebbe visto che l'orlo dei pantaloni beige e le scarpe nere perfettamente lucidate.

Un mese dopo, nella casa del Pàhor arrivò per posta una busta indirizzata alla signorina Antonia Pàhor: conteneva una fotografia scattata il giorno del varo del piroscafo *Franz Joseph*.

Era stata stampata su una cartolina postale dai bordi ondulati e sul retro una dedica a penna in ottima grafia: «Alla cara signorina Pàhor, famiglia Stefàncich». Antonia, lusingata di ricevere quel piccolo dono, girò la foto e riconobbe sé stessa, suo padre, il signor Stefàncich e suo figlio Vittorio in posa davanti allo scalo con il piroscafo in lontananza. L'inquadratura era lontana, non consentiva una nitida visione dei dettagli, la carta fotografica era a grana spessa, le immagini erano formate da tanti punti in rilievo bianchi e neri.

Fu così che Antonia vide per la prima volta il viso di Vittorio.

Vittorio Stefàncich

Val più la pratica che la gramatica

Suo padre lo aveva introdotto nell'azienda di trasporti molto presto. Fin da quando era un ragazzino lo aveva portato con sé ai colloqui con i clienti, alle riunioni con i dirigenti del cantiere navale, lo aveva voluto vicino persino quando l'imperatore era venuto in visita nel 1900: era fine settembre e Vittorio aveva appena sei anni. In molti gli avevano detto che era stato fortunato ad avere la possibilità di salutare l'imperatore. Lui, però, non riusciva davvero a capirne la ragione, visto che di Francesco Giuseppe aveva sempre sentito parlare solo male. La mente del giovanissimo Vittorio Stefàncich era ancora pura e non aveva conosciuto i concetti di compromesso e opportunità. Il signor Stefàncich, proprio per quella occasione, gli aveva insegnato a fare il saluto militare e Vittorio, appena si era trovato davanti la figura austera dell'imperatore, sul palco d'onore in piazza a Gorizia, aveva eseguito con impegno i movimenti, portando la manina rigida alla fronte e poi abbassando il braccio repentinamente, allineandolo al corpo e rimanendo fermo immobile in quella posizione con lo sguardo dritto davanti a lui. Francesco Giuseppe era rimasto colpito da quel perfetto saluto e lo aveva ricambiato con altrettanta precisione. Solo allora Vittorio aveva trasgredito alle regole che il padre gli aveva insegnato: smettendo di fissare quello che aveva davanti – i pantaloni dell'imperatore, tesi dalla staffa che passava sotto allo stivale lucido – aveva alzato lo sguardo e gli aveva osservato il viso, gli occhi piccoli e azzurri, le rughe che si formavano a raggiera quando sorrideva, quei baffi vaporosi, quella strana barba curatissima con il mento rasato.

Francesco Giuseppe aveva riso e si era divertito a scompigliare con la mano i capelli bruni di quel bambino, ancora ignaro di quello che gli avrebbe chiesto quattordici anni dopo firmando l'ordine della mobilitazione generale.

Il signor Stefàncich era convinto che l'educazione impartita ai suoi figli fosse indispensabile al consolidamento della loro posizione sociale. La cultura li avrebbe resi differenti, non solo i loro soldi. Questo pensava.

Vittorio non ebbe mai dubbi su quale sarebbe dovuto essere il suo ruolo in famiglia, fin da quando era un bambino. E rispondendo a questa responsabilità che sentiva sulle spalle, iniziò a vivere tutto con grande senso del dovere. Il suo animo fu per questo presto forgiato alla riflessione e all'introspezione.

Fin da ragazzo sembrava, a una osservazione superficiale, taciturno, quasi scontroso. Dava l'impressione di tenere le persone a distanza, non concedendo confidenza e non facendosi avvicinare da nessuno. Il suo comportamento apparentemente freddo e distaccato indisponeva gli uomini, ma gli aveva procurato allo stesso tempo grande ammirazione da parte delle donne.

Il suo aspetto non faceva che rafforzare l'immagine che gli altri avevano di lui: per loro era severo, altezzoso, distante, così diverso dal signor Stefàncich che era tanto amato dai suoi dipendenti.

Visse accanto al padre assorbendo da lui la fermezza, la prudenza negli affari, ma diversamente da lui, forse a causa dell'agiatezza nella quale era nato e che non gli aveva fatto mai vivere situazioni di vera difficoltà, non riusciva a pensare che la loro esistenza potesse essere diversa da quella che era.

Gli anni di studio in Marina affinarono le sue doti di comando e gli insegnarono l'importanza della pazienza e della disciplina, concetti che fece suoi per sempre.

Nel 1914, pochi mesi prima dello scoppio della guerra, Vittorio si era trovato per la prima volta a negoziare un appalto al cantiere navale a nome della ditta di suo padre. Era stato in silenzio durante il tragitto, nemmeno una parola ai due contabili che erano con lui. Aveva camminato davanti a loro sul marciapiede che portava alla direzione generale ignorandoli completamente. Il contabile più anziano, convinto di dover espletare quella mattina una pratica facile e quasi scontata, attribuiva quel particolare mutismo del giovane Stefàncich all'agitazione per il nuovo compito che gli era stato affidato. Non era una novità che Vittorio fosse superbo e non rivolgesse volentieri la parola ai dipendenti. Non era una novità che la gentilezza di suo padre non era tra le cose che aveva ereditato, ma l'atteggiamento di quella mattina era diverso dal solito. Era sicuro: Vittorio Stefàncich non aveva la stoffa di Stefano, nonostante tutta la boria. Poco valeva camminare sempre dritto e impettito, guardando avanti, nelle giacche di sartoria che non gli facevano una piega addosso. Niente valeva mantenere sempre quell'atteggiamento controllato. Avrebbe presto dovuto dimostrare qualcosa, il giovane Stefàncich, per guadagnarsi la stima di tutti, non sarebbe bastata la severità. E il fatto che il semplice rinnovo di una commessa lo innervosisse così tanto era la prova provata della sua inadeguatezza. C'era solo da sperare che il signor Stefàncich rimanesse alla guida dell'azienda per più tempo possibile.

Ma quel contabile anziano, che si chiamava Elio Cotich, aveva capito di essersi clamorosamente sbagliato solo quando si era trovato seduto di fronte al direttore del cantiere e ai funzionari amministrativi mentre Vittorio Stefàncich aveva iniziato a parlare.

«Conosco molto bene le clausole e le percentuali che sono state applicate in passato per questi servizi» aveva detto fermo il giovane Stefàncich «ma ritengo che alcuni punti debbano essere ridiscussi.»

«Vostro padre ha sempre garantito queste condizioni. La riunione di oggi non dovrebbe essere altro che una formalità. Non credo ci sia niente da discutere.» Il direttore sembrava irremovibile.

Il contabile anziano sudava freddo, seduto col cappello in mano e sulle ginocchia la cartellina di pelle dove conservava una bozza del solito preventivo di spesa, in cui l'unico aggiornamento che aveva apportato quella mattina rispetto alla bozza dell'anno precedente era stata la data in alto a destra. Era spiazzato, si sentiva in dovere di sistemare la questione, di risolvere l'imbarazzo in cui Vittorio li aveva cacciati. Cosa gli era venuto in mente? Come era potuto uscirsene con quella richiesta assurda? Di certo non era stata un'idea del signor Stefàncich, lui gliene avrebbe prima parlato! Come uno spettatore di una partita di tennis, rivolgeva lo sguardo ritmicamente verso Vittorio, cercando invano di catturarne l'attenzione e poi verso il direttore, annuendo alle sue parole, alzando le sopracciglia e spalancando gli occhi, in segno di completo assenso. Era convinto che mostrarsi in linea con il più alto rappresentante del cantiere garantisse la conferma dell'appalto. Vittorio se ne era accorto vedendolo con la coda dell'occhio. Ed era stato così irritato da quella specie di insubordinazione, da convincersi a rimanere ancora più fermo sulle sue posizioni e comportarsi come se in quella contrattazione fosse solo. Mai uno sguardo, una parola, un cenno ai suoi due aiutanti.

«Ritengo che sia necessario un aumento del nostro compenso. La proposta è che si raggiunga il quindici percento.»

Guardava avanti. Dritto. Come gli avevano insegnato in Marina. Teneva il mento alto, stava zitto e aspettava. I due contabili non osavano sussurrargli niente, tantomeno in quel momento di imbarazzo; ora guardavano per terra e cercavano di darsi un contegno.

Il direttore, invece, fissava Vittorio studiandolo con attenzione.

«Se le vostre posizioni sono queste, dateci il tempo per una consultazione. In privato.»

Il commesso aveva fatto loro segno di accomodarsi ad aspettare fuori.

Vittorio si era alzato, soddisfatto e senza timori. Aveva in faccia una sfumatura di sorriso fiero.

I due contabili lo avevano seguito, camminando all'indietro, attenti a non dare le spalle al direttore. Sembravano due paggi imbranati. Quello più giovane, che era stato mandato lì «per imparare il mestiere», ormai non capiva più niente. Gli era stato detto che quella commessa era la più importante di tutte, che ottenendola per un altro anno l'impresa Stefàncich avrebbe potuto potenzialmente prendersi il lusso di non averne altre, da quanto era sostanziosa. Eppure gli era sembrato che il figlio del padrone non fosse soddisfatto. Non capiva perché. E non capiva perché avevano deciso di mandare proprio lui ad affiancare Elio il contabile anziano, notoriamente antipatico e scontroso. Avrebbe dovuto sopportarlo al ritorno, ascoltare le sue lamentele, magari anche allontanare accuse, perché, se lo aspettava, avrebbe cercato di sicuro di dargli la colpa di qualcosa.

Erano fuori, ad aspettare, tutti e tre. Nel corridoio c'era corrente d'aria, una delle finestre era aperta e faceva entrare il profumo di mare.

«Ma... Vittorio...» aveva provato a dire Elio.

«Cosa?» aveva chiesto lui, guardandolo con gli occhi stretti, facendogli capire, senza aggiungere altro, che non avrebbe dovuto continuare. Che non era richiesto nessun consiglio, che non era gradita alcuna osservazione. Come aveva osato assecondare le parole del direttore annuendo come un molle e pavido servo, affondando la credibilità delle sue affermazioni? Avrebbe dovuto stare dalla sua parte, sostenere le sue richieste, dimostrare compattezza. Aveva deciso di non rivolgergli la parola, rimanendo in attesa che la porta si aprisse di nuovo.

Vittorio guardava fuori dalla finestra aperta, le mani agganciate dietro alla schiena. Aveva tentato un azzardo che avrebbe potuto essere rischioso, ne era consapevole. Ma aveva sentito qualcosa nell'aria di quella stanza che gli aveva fatto capire che avrebbe potuto provarci. Sapeva che non c'erano altri concorrenti in città e che il cantiere avrebbe dovuto rivolgersi ai trasportatori di Trieste, se non avesse accordato la commessa agli Stefàncich. E i trasportatori triestini, questo era noto, si facevano pagare più di quanto lo facessero loro.

Lo innervosiva il rumore che facevano i due contabili bisbigliando. Sfogliavano le carte e continuavano a mostrarsi col dito l'un l'altro i numeri segnati e sottolineati più volte. Come per convincersi e convincerlo che tutto era sempre stato fatto in un modo, che tutto era sempre andato liscio e che in quella mattina sarebbe bastato solo firmare e confermare, invece di ficcarsi – e ficcarli – in quella situazione imbarazzante, rischiando di perdere la commessa. E loro il lavoro. Perché, in realtà, solo di quello erano preoccupati.

«Mettete via quei fogli» aveva ordinato secco.

«Ma, Vittorio...» il più vecchio riprovava a dire la sua «...cosa facciamo se...»

«Non voglio sentire una sola parola. E poi basta ragionare. Se non avessero contemplato una trattativa, non ci avrebbero fatto uscire dalla stanza per discutere tra loro. Avrebbero detto subito di no. È ovvio che avremo un aumento. Occorre solo aspettare per sapere a quanto ammonterà. Proporranno il dieci. Vedrete.»

«Il dieci? Vittorio è il doppio di quello che prendiamo adesso!»

«Scommettiamo?» E aveva allungato una mano verso l'impiegato sfidandolo. Quello aveva accettato la scommessa, ma che follia aveva fatto il signor Stefàncich! Mandare il figlio, così giovane, a negoziare una commessa così importante! Senza esperienza, solo con la boria dei vent'anni. Una volta tornati avrebbe dovuto chiarire subito con il signor Stefàncich che l'idea di Vittorio lui non l'aveva condivisa! Che Vittorio aveva fatto tutto di testa sua, che non lo aveva consultato e che per questo, nonostante la commessa andata in fumo, lui, storico dipendente della ditta Stefàncich Trasporti, avrebbe meritato di lavorare ancora! Formulando questi pensieri, stringeva la mano di Vittorio, ma con poca convinzione e solo perché, fino a prova contraria, era sempre il figlio del *paròn*.

La porta a due battenti della direzione del cantiere si era aperta spezzando i pensieri di tutti. Un giro d'aria improvviso aveva fatto sbattere la finestra, che si era chiusa con un rumore secco. I due contabili erano sobbalzati e, col cuore in gola, si erano messi in piedi.

«Entrate» aveva detto il commesso.

Il direttore aveva fissato Vittorio fin dal primo passo che aveva mosso nella stanza. Era sveglio, scaltro, preparato. Questo aveva detto di lui ai suoi funzionari quando erano rimasti soli. E ora lo guardava mentre stava dritto, forse un po' arrogante, ma sempre educato. Doveva ammetterlo, gli piaceva il figlio di Stefàncich e non aveva nessuna intenzione di perderlo per tirchieria.

«Ebbene, dieci percento. Prendere o lasciare» aveva detto finalmente.

Quella sera nella casa degli Stefàncich si era brindato a Vittorio e al suo primo successo. I due contabili avrebbero ricevuto l'aumento dello stipendio solo dal mese successivo. Nella busta Elio Cotich aveva trovato un biglietto con una nota: «Si raccomanda il dipendente di dimostrare sempre concordanza di pensieri con i superiori dinanzi a terzi. Incertezze e dissensi devono essere espressi solo in privata sede con il signor Stefàncich e figlio».

Rosalba

Chi se vergogna del lavoràr che se vergogni de magnàr

Rosalba aveva iniziato a lavorare a casa dei Pàhor nel giugno del Venti, dopo che la guerra aveva smesso di torturare quelle terre di confine che erano state, per tre terribili anni, il fronte.

Suo padre, come gli altri italiani d'Austria tra i diciotto e i trentasette anni, sudditi del kaiser Cecco Beppe – così veniva storpiato il nome dell'imperatore Francesco Giuseppe – fin dal 1914 fu spedito in Galizia, un posto lontano, che nemmeno sapeva indicare sulla cartina. Di anni lui ne aveva trentasei e mezzo, così dovette partire, col treno, l'undici agosto, con l'idea di essere a casa di ritorno per Natale. C'era la banda, donne che vendevano mazzolini di fiori da appuntare ai cappelli dei soldati, figli che guardavano fieri le divise dei padri, sorrisi e spavalderia a nascondere la paura. Il padre di Rosalba fu uno dei membri del 97° reggimento, il *Sieben und Neunzig* o il *sibuniàizi*, come dicevano i soldati italiani d'Austria che non conoscevano il tedesco, lingua dell'impero a cui appartenevano. Era quel reggimento che gli austriaci e gli ungheresi denigravano ingiustamente come il *Démoghela*, gruppo di incapaci e codardi italiani, misti a sloveni, sudditi di confine, mandati in Galizia in agosto, che impararono nei mesi successivi come il freddo, il fango, la neve non lasciavano speranze. Sbattuti sul fronte russo a combattere strenuamente l'ultima guerra di movimento della storia dell'umanità, passavano le notti illuminate dalla luna cercando un disperato riposo, attendendo l'ordine di un nuovo assalto, con le orecchie straziate dal lamento dei cavalli feriti rimasti sul campo, da quello dei soldati disperati e degli animali selvatici in cerca di prede. Il padre di Rosalba visse l'inferno. Non aveva sufficiente conoscenza del mondo per avere un'opinione personale sulla politica e sulla guerra. Da onesto suddito dell'Austria-Ungheria, aveva risposto alla chiamata generale e non si era sottratto a quello che riteneva essere il suo dovere. Fu fatto prigioniero dai russi e tornò a casa nel 1920, senza una mano e con solo due dita nell'altra. Sebbene avesse vestito la divisa sbagliata, era tornato con l'orgoglio di non aver mai sparato, da soldato austriaco, a un fratello italiano.

Fu così che Rosalba, a vent'anni, unica vera forza della famiglia, *scelse* di andare «a servizio», a lavorare in casa di altri.

Arrivò alla casa sul Carso la mattina presto. Puntuale.

Si era vestita con cura. La camicetta bianchissima e pulita, col colletto di pizzo fatto a tombolo, uno di quelli removibili, attaccati con dei bottoncini nascosti, aveva le maniche lunghe e un piccolo ricamo geometrico azzurro attorno ai polsini. La gonna blu, di cotone grosso, ampia e lunga fino alle caviglie, gliela aveva stirata sua madre con attenzione la sera prima, al rovescio, per non farla diventare lucida.

Era partita in anticipo, ma aveva camminato in fretta, in salita e l'aria della mattina non era stata sufficiente a rinfrescarla. Era accaldata, aveva il fiato corto. Sentiva i capelli sfuggiti alle forcine attaccarsi al collo sudato e si toccava ripetutamente la nuca per lisciarli e riportarli in ordine verso l'alto. Ma non smetteva di avere caldo. La polvere della strada si era attaccata alle mani umide tanto da fargliele sentire sgradevolmente sporche. Decise di fermarsi, di riprendersi. Con le braccia larghe e le mani appoggiate alla vita per far asciugare le ascelle sudate, faceva attenzione a non toccare la camicia bianca per non sgualcirla. Nella borsa di tela nera c'erano i documenti, il libretto delle vaccinazioni, il borsellino coi soldi e un fazzoletto ripiegato a triangolo. Tutto l'occorrente per il lavoro lo avrebbe trovato dai Pàhor. L'importante adesso era fare bella figura. Peccato per quella sudata, ma perché aveva camminato così in fretta? Perché non aveva fatto le cose con calma?

Dalla sera prima la tormentava un senso di fastidio e ansia, al pensiero di iniziare quel lavoro. Nessuno mai, nella loro famiglia, era andato a servizio in casa d'altri. Prima il lavoro nei campi e le poche bestie erano bastati per vivere. Poi era arrivato il cantiere navale e suo padre era diventato un operaio. Ma la guerra fece danno sia al cantiere, che era stato prima messo in disarmo e poi pesantemente bombardato dalle artiglierie austriache del monte Hermada, sia a suo padre, che non poteva tornare a lavorare la terra solo con due dita. Rosalba questo lo sapeva.

Rimase ancora qualche minuto appoggiata a un muro a secco, rivolta verso il golfo, guardando il mare. Dimenticò tutto per un attimo. E si lasciò incantare dalle sfumature di azzurro del cielo e del mare, mentre era accarezzata da una brezza leggera che profumava di terra. L'altura del Carso, distante pochi chilometri dalla città e dalla sua campagna, permetteva di guardare da un punto privilegiato quella terra che suo padre era abituato a guardare ricurvo sulla schiena. E le sembrava una neonata meraviglia.

Varcò il cancello di ferro già aperto dei Pàhor e percorse il vialetto di ghiaia verso la porta. La casa era rivolta proprio verso il mare e dal piccolo giardino le venne incontro abbaiando un cane da caccia marrone. Non sapeva riconoscerne la razza, se mai ne avesse avuta una. Aveva il muso lungo e le orecchie pendule. Le veniva sempre più vicino, sembrando minaccioso. Lei rimase immobile, con un grido soffocato in bocca che riuscì a stento a controllare per non tradire il nervosismo. Chiuse gli occhi, pensando che di lì a poco avrebbe sentito i denti della bestia entrarle nella carne, perforandole la gonna blu; rimase in attesa del dolore.

«Otto! Vai via e lasciala passare!» gridò decisa una voce di donna, col risultato che il cane, mogio, fece dietrofront pacifico.

Rosalba aprì gli occhi, mise a fuoco e vide la signora Pàhor davanti a lei, sorridente, mentre le tendeva la mano. Si asciugò rapida il palmo sudato sulla gonna e allungò la mano titubante.

«Sono Rosalba. Grazie per questo lavoro.»

«Grazie per essere venuta. Come sta tuo padre?»

Rosalba rispose sollevando le spalle e piegando la testa, impotente.

«Non pensiamoci adesso! Vieni che ti mostro la casa. Ti occuperai delle stanze al primo piano: tre camere, uno studiolo e il bagno. Dovranno essere pulite. E poi lo stiro della biancheria. Nilde la cuoca la conosci, oltre a lei c'è un'altra giovane, ma loro rimangono in cucina. Puoi venire tre volte ogni settimana. Non serve di più, per ora. Va bene?»

Rosalba annuì senza parlare. Avrebbe accettato qualsiasi cosa pur di aiutare la sua famiglia.

Entrarono e finse di non rimanere colpita da quello che vedeva, anche se in una casa così grande non ci era mai stata. Non era lussuosa, ma era elegante. Nella sua, di casa, non c'erano tappeti per terra, né mobili di legno scuro intagliato con i piedi a forma di zampa di leone. Osservava tutto, cercando di celare in ogni modo la curiosità, ma infilava lo sguardo dentro a ogni angolo, memorizzava ogni oggetto, ogni decoro.

Salite al piano superiore, entrarono nel bagno, calpestando il pavimento decorato con piccole tessere bianche e nere; c'erano due lavabi sotto a un grande specchio e vicino alla finestra una vasca da bagno bianca con quattro piedini di ottone che, a guardarli bene, si accorse essere a forma di testa di cigno. Le sembrava tutto inverosimile. A casa loro in campagna, il bagno era ancora uno sgabuzzino esterno dove l'acqua pulita doveva essere pompata fresca più volte al giorno e raccolta in un ampio secchio di latta bianca con il coperchio blu.

Scrutava ogni dettaglio, osservava la disposizione degli oggetti, la piegatura perfetta delle lenzuola agli angoli dei letti, le foto sul comò, l'icona marrone scuro con la riza in argento sopra alla testiera del letto. L'unica icona che aveva visto prima di allora era quella della chiesa di San Nicolò dei Greci, quando era andata in gita a Trieste, non sapeva esistessero anche delle icone da tenere a casa.

Avrebbe imparato, avrebbe assorbito tutto. Le sarebbe servito quel sacrificio. Ingoiò il primo boccone di orgoglio e indossò un grembiule bianco sopra la camicetta col collo di pizzo e la gonna blu ben stirata.

Se lo era promesso solennemente guardando il mare poco prima, quel ruolo da cameriera non sarebbe stato per sempre.

Lo slancio con cui, qualche settimana addietro, si era proposta di cercare un lavoro a servizio aveva stupito persino lei stessa. La dignitosa invalidità di suo padre, che aveva reso impossibile ottenere ancora la maggior fonte di reddito della famiglia, la aveva colpita e ferita. Lo guardava mentre, umiliato, confessava di non essere in grado di ricavare denaro sufficiente dall'affitto dei campi. Parlava, a occhi bassi, battendo con rabbia il polso monco sul tavolo, come se quel gesto potesse far ricrescere la mano. Rosalba faticava ancora a guardare quell'arto ferito. La pelle era stata chiusa con dei punti di sutura e se ne potevano ancora riconoscere i segni. Lui, nervoso e frustrato, batteva il moncherino e con le dita rimaste dell'altra mano, strizzava gli occhi rossi, per non far scendere le lacrime. Lo vedeva serrare le mandibole, nervoso e disperato.

«Non riesco a dimenticare...» sussurrava solo a lei.

«Lo so papà» lo fermava, per impedirgli di continuare e rivangare il dolore «vedrai che pian piano, riuscirai.»

«C'era sempre tanto fango là, a Leopoli, dove ci hanno

mandato. Fango e pioggia, fango e neve. Spazi grandi, enormi, aperti. Gente ferita, corpi morti, tutti vicini, appoggiati, fermi. Anche i cavalli, sai, anche quelli piangevano. Una sera non ho resistito più, non potevo più sentirlo. Son uscito dal buco, son sprofondato nella motta, fin qua, fino alle ginocchia, tutto sporco, camminavo basso, piegato, potevano spararmi, o i russi o i miei, ma quel pianto del cavallo ferito, proprio non potevo più sentirlo. Un bel cavallo baio. Povera bestia. Sporco di fango anche lui come me. Gli avrei accarezzato il muso, gli avrei toccato le orecchie volentieri, era lì, disteso. Ma non l'ho fatto, altrimenti non sarei più riuscito. Ho sparato. Senza guardare. E son tornato indietro più calmo. Il giorno dopo ho perso la mano e le dita.»

Umiliato nel corpo e anche nella dignità, lui, ormai cittadino italiano, ma che era stato soldato del kaiser in Russia per l'Austria, era rimasto lo stesso uomo gentile per la gente che lo conosceva. Ma era un traditore per il nuovo Stato a cui apparteneva. Si era dovuto dichiarare ai carabinieri, quando era tornato, quasi due anni dopo la fine della guerra. Verificato che non poteva rappresentare un pericolo per nessuno, gli risparmiarono il programma di rieducazione previsto laggiù in *bassa Italia*, come diceva lui.

«Io la sento questa mano, se guardo con gli occhi, vedo che non c'è, ma io la sento, come se ci fosse, ancora lì attaccata!» sibilava guardando Rosalba negli occhi, l'unica che in quel momento non stava piangendo e sembrava capirlo davvero. La madre era disarmata, ma non riusciva a non incolparlo di quella situazione: avrebbe dovuto disertare, o firmare per passare con l'Italia quando era prigioniero in Russia, dato che la Russia era ormai alleata dell'Italia. Insomma, avrebbe dovuto trovare un modo più veloce per tornare dopo la fine della guerra... avrebbe dovuto. Avrebbe dovuto fare tante cose, secondo lei. Avrebbe dovuto. Invece erano tutti attorno al tavolo, a pensare a come tirare avanti, coi due figli maschi, appena adolescenti, che avevano ancora dentro la tenerezza dell'infanzia e con il mento tremolante cercavano di farsi coraggio.

Rosalba li guardava a uno a uno, tutti, i membri della sua famiglia. Tutti e cinque, quella sera, sotto alla lampadina gialla. Sentì crescere un senso di fiducia in sé stessa, un senso di solidarietà famigliare, di maturità, quell'istinto da crocerossina che colpisce nei momenti di difficoltà. Un tentativo di risolvere i problemi per ricevere lode e rispetto.

«Cerco io un lavoro. Andrò a servire in casa di qualcuno. La cosa più veloce.»

«Questo mai!» esclamò suo padre alzando di scatto la testa e facendosi dritto sulla schiena. «Tu non vai a fare la serva di nessuno. Punto.»

Rosalba aprì la bocca e inspirò per cercare di ribattere, invano.

«Non si discute!»

Quella riunione famigliare terminò senza che una soluzione venisse trovata.

La mattina dopo Rosalba si alzò presto e andò a casa della Nilde, la cuoca dei Pàhor, prima che partisse per il lavoro. Chiese di intercedere per lei.

Due vite parallele

La parte del compagno la par sempre la più granda

Rosalba imparò presto come comportarsi dai Pàhor.

Lavorava con precisione, svelta, senza dilungarsi, attenta ai dettagli. Rimaneva al piano superiore, da sola, evitando di intrattenere discorsi troppo lunghi con chi incontrava. Era schiva, quasi guardinga.

Sapeva come dare valore al suo operato, come incontrare il gusto della signora, come ottenere da lei complimenti. Aveva capito che la signora Pàhor era una donna gentile e generosa, non avvezza a rimproverare la servitù. Così Rosalba imparò a fare piccoli gesti che, lo sapeva, avrebbero esitato in un ringraziamento, in un elogio: dei fiori freschi sul comodino vicino all'immagine della Madonna, un colletto stirato con grande cura, gli asciugamani piegati a ventaglio tra i lavabi del bagno.

Era scaltra. Era diventata una di fiducia.

Ma non era riuscita a digerire Antonia, la figlia dei padroni.

Non era capace di rimanere indifferente quando entrava nella sua stanza. La infastidiva che le facesse trovare il letto già riordinato e i vestiti piegati. «Cosa mi pagano a fare allora?» parlava da sola tra i denti, offesa. «Non si fida di me? Non vuole che tocchi le sue cose?»

Allora teneva pulito il pavimento, spolverava le superfici con cura maniacale.

Una volta, certa di esser sola nella stanza della ragazza, aprì uno alla volta tutti i cassetti del *trumeau*. Il piano che si usava ribaltato come scrittoio era rimasto aperto, permetteva di sbirciare tra le cose intime e, sperava, più segrete.

Trovò molte lettere dell'estate precedente, scritte da una tal Flora Meyer, aperte e ripiegate con cura una sull'altra, altre buste consunte ancora con i timbri dell'imperatore e dell'esercito, erano lettere di guerra. Ne aprì una e lesse i saluti gentili di chi si firmava Maximilian. Doveva essere certamente morto, visto che le lettere erano solo quattro. Vide vecchi astucci di latta pieni di pennini, boccette di inchiostro e poi forcine, nastri di raso e di *gros-grain*, una bottiglia vuota di profumo, che afferrò attratta dalla forma e annusò quasi con ingordigia. Era un odore forte, pungente, allontanò subito il viso con una smorfia e ripose l'oggetto nella stessa identica posizione in cui l'aveva trovato. Non ne aveva mai avuto uno, ma se quello era l'odore di un profumo, quasi preferiva quello familiare del sapone di Marsiglia con cui si lavava nei giorni di festa o quello della lavanda rinnovata di anno in anno in sacchetti di cotone bianco ricamato, che rinfrescava i ripiani umidi del comò di sua madre. Fu sorpresa di trovare una scatola chiusa di sigarette austriache. Chissà perché Antonia la conservava. Non si trattenne e volle guardare anche nei cassetti più grandi in basso, sotto allo scrittoio, dove erano ordinatamente piegate mutande, calze, corpetti di cotone, colletti, camicie da notte. Era tutto bianco, candido, e molto morbido, lo aveva notato anche quando stirava sul grande tavolo di legno.

In un angolo, a lato della biancheria, vide un sacchetto di carta con la scritta «Rosenfeld – Trieste». Sembrava essere stato aperto e richiuso molte volte, la carta era quasi logora; volle vedere. Srotolò il sacchetto ed estrasse una pannocchia rinsecchita formata da un groviglio davvero intricato di fili bianchissimi e poi una spugna, grande quanto un'arancia e gialla come lo zolfo, secca anche quella e dura, con una trama fitta e pori piccoli quasi invisibili. Provò a pizzicarla, la strofinò piano sulla guancia, sembrava pane vecchio, era terribilmente sgradevole. L'altra, quel tronchetto bianco di intricata rete chiara era peggio: la grattò per saggiarla sul palmo della mano e lo strofinio le procurò delle strisce bianche sulla pelle che poi diventarono rosse, fino a scomparire. Come potevano usarle, quelle cose? Nel sacco c'erano anche due biglietti stropicciati, probabilmente mai letti, le istruzioni. «Spugna naturale marina» diceva uno e «Luffa» l'altro. E poi righe e righe di nomi scritti sbilenchi, in una lingua foresta, e alcune raccomandazioni, come «Far asciugare bene dopo l'uso» oppure «Vogliano considerare prova di eccelsa qualità la presenza di eventuali residui marini». Rimise tutto in ordine. Spugne, concluse. Per il bagno.

Risollevandosi vide che nella parte superiore del mobile, chiusa da due ante a vetri, c'erano solo libri, probabilmente romanzi, perché erano tutti uguali, con le copertine rigide e le scritte dorate sulle coste. Altri erano i vecchi libri di scuola, ma non quelli della scuola che avevano frequentato in paese negli stessi anni, lei e Antonia da bambine, quelli li avrebbe riconosciuti. Erano sicuramente i libri su cui Antonia aveva studiato quando era andata a fare le *scuole alte*, a Trieste. Appoggiata ai libri, senza cornice, una foto con quattro persone in posa. Aprì l'anta e la prese in mano per guardarla da vicino: riconosceva il signor Pàhor, una piccola Antonia, un uomo e un giovane, tutti vestiti eleganti davanti a una nave. Il cantiere navale, le era un posto familiare, ricordava anche quella nave. Girò la foto e vide che era stata spedita per posta. Lesse Stefàncich, capì di chi si stava trattando. Erano quelli dei trasporti, quelli della Stradella Verde. Erano conosciuti, «*gente fina*», si diceva, come se la grana della carta vetrata che suo padre usava al suo banco da falegname servisse anche per catalogare gli uomini.

Rosalba era entrata in cantiere nel giorno del varo del piroscafo *Franz Joseph*, proprio come Antonia, il 9 settembre 1911. Un'unica volta, con il permesso speciale accordato ai parenti degli operai perché potessero partecipare alle celebrazioni per i vari. Erano andati tutti e quattro, lei, la madre e i due fratelli, ancora piccoli, vestiti a festa, con le scarpe nuove e i calzettoni di cotone bianchi fatti con l'uncinetto più fino, che lasciavano impressi sulla pelle i loro decori in negativo. Davano un gran prurito. Ma la loro madre credeva fossero eleganti.

La Rosalba bambina non aveva visto che una gran quantità di gente, polvere e schizzi d'acqua da quella sua posizione a livello della terra. Aveva potuto solo scorgere da lontano la figura bianca che tagliava il nastro, un gran cappello, poi la nave mastodontica che scivolava nel mare, circondata da piccole barche che suonavano le loro sirene a festa. Solo quando la nave era finita del tutto in acqua, una volta abbassata la nuvola di polvere, si era accorta di un gruppo di operai allarmati attorno a uno di loro che era disteso. Sventolavano il cappello blu e chiamavano aiuto. Era arrivata presto una lettiga bianca, l'uomo era stato caricato e trasportato dentro a uno dei fabbricati. Tutto sistemato. Nessun problema. Non se ne era accorto nessuno di quelli sul palco.

La famiglia si era poi riunita proprio sotto alla pensilina dell'officina dei fabbri e meccanici, dove loro padre aveva indicato. Li aveva raggiunti sorridente, vestito con la sua tuta blu di cotone grosso. Teneva in mano i guanti di cuoio con cui aveva spalmato grasso sui binari per far scivolare la nave. Era sporco, ma contento.

«Allora? Visto che roba grande? Meritava! *Meritava di venire*!»

La moglie lo guardava e cercava di tenersi dritta sulle spalle, di stare col mento alto, di far stare composti i figli, per far bella figura. Era essenziale, la bella figura.

«Mi cambio e andiamo a pranzo! Andiamo a mangiare all'osteria della Carlina, qua fuori» aveva detto entusiasta il padre «oggi è festa, usciamo prima! Ordiniamo il pesce, se volete!»

«Ma... ce lo possiamo...» aveva sussurrato la moglie, non terminando la frase, timorosa di spendere troppo. Lui le aveva sorriso, mettendosi l'indice davanti alla bocca e dopo poco era tornato vestito da uomo libero, come amava definirsi al di fuori dall'orario di lavoro.

Da quando aveva iniziato il servizio, Rosalba vide Antonia per la prima volta dopo mesi, in un pomeriggio assolato, finito il lavoro, sulla via del ritorno. Era felice di non doverla incontrare mai in casa, le sarebbe pesato vederla muoversi da padrona, negli stessi spazi in cui lei lavorava da serva. Antonia stava fuori, con suo padre, pranzavano assieme nella casa alle vigne. La signora li raggiungeva, oppure mangiava in piedi in cucina, in compagnia della cuoca Nilde.

Si incrociarono mentre stava scendendo dalla casa dei Pàhor e Antonia all'opposto, saliva ansimando, portando a tracolla una cartella di pelle marrone piena di cose. I loro sguardi non si toccarono reciprocamente, impegnati com'erano in pensieri assai differenti. Rosalba non si trattenne dal girarsi a osservare la sagoma di Antonia proseguire la salita fino al cancello di ferro, colpita dall'ardore con cui, a fatica, metteva un piede davanti all'altro, decisa e senza lamentarsi. Aveva immaginato che negli anni fosse diventata diversa, una bella giovane elegante, seduta a leggere o a ricamare, non certo a portare pesi come un facchino qualunque e a lavorare col padre alle vigne ogni giorno.

Rosalba finì la scuola elementare al paese, appena dopo aver imparato a leggere e a scrivere e iniziò la sua vita adulta. Antonia, invece, completò i suoi studi a Trieste, fino a frequentare il Primo Liceo Femminile Comunale. Fin da ragazzina partiva ogni giorno all'alba dalla sua casa sul Carso per raggiungere in tempo la scuola giù in città. Scendeva fino a valle per i sentieri ripidi, le scorciatoie; la bora, il vento che arrivava da nord, la aiutava facendola scendere leggera durante i mesi autunnali. In quei mesi la *foiaròla*, che in italiano si chiama sommaco, da verde *albero della nebbia* per le strane infiorescenze cotonose che accompagnano come dei batuffoli la maturazione dei frutti, diventava gialla e rossa come se un incendio benevolo si fosse acceso sulle sue foglie tenaci, risparmiando tutto il resto. Gli arbusti infuocati di foglie sparsi sui versanti delle colline e tra le rocce sui pianori rendevano l'autunno un dipinto fantastico. Quando invece arrivava l'inverno e la bora fischiava senza sosta, Antonia veniva spinta così tanto da doversi reggere ai rami ormai spogli e puntare bene i piedi sul terreno per mantenere l'equilibrio. Una volta a valle, con la bicicletta ricoverata in una rimessa, raggiungeva veloce la scuola.

Arrivava sempre puntuale.

Una mattina di pioggia, sgambettando troppo velocemente, scivolò sulla terra rossa e cadde rotolando sul sentiero per qualche metro in basso. Quella volta, non ci fu un unico punto della sua gonna scura a rimanere pulito. Le mani, la cartella, il manico dell'ombrello, tutto era bagnato e sporco della terra rossa del Carso impastata con l'acqua della pioggia a fare un *ploc*, un pantano fangoso. Imprecò senza pentirsene. Alzatasi, percorse nervosa qualche metro indietro saltellando su un piede e poggiando solo l'alluce dell'altro per non sporcare la calza e per recuperare la scarpa rimasta incastrata sotto a una traditrice pietra sporgente. Sbuffò vedendo che la pelle nera si era sbucciata proprio sul davanti, dove tutti lo avrebbero notato. Arrivò a Trieste così, sudicia, bagnata, con due scarpe infangate di cui una rovinata in punta. A scuola rimase seduta per tutto il giorno, a testa bassa, vergognandosi, con i piedi incrociati sotto alla sedia, vittima dignitosa dei ghigni delle eleganti compagne cittadine che la consideravano come una semplice *carsolina*, se non una *s'ciava*, cioè slava, che, per qualche ragione, si trovava a studiare assieme a loro. Quando il fango si fece asciutto, cercò di staccarlo strofinando la stoffa della gonna. Un lieve miglioramento, ma non fu a suo agio. Da quel giorno cominciò a portare in borsa almeno delle scarpe di ricambio.

L'unica ragazza della classe che aveva piacere di vedere era Flora Meyer.

Se la era trovata seduta accanto nel banco di legno a due

posti il primo giorno. Tutte le altre, che si conoscevano già, si erano scelte e si erano sistemate a coppie.

«Ciao» aveva sussurrato Antonia con un piccolo sorriso impacciato, quasi chiedendo il permesso, quando aveva preso quell'ultimo posto vuoto.

«Ciao!» aveva esclamato Flora, rispondendo con inaspettato entusiasmo a quel saluto, felice di non essere rimasta sola. Aveva una nuvola di capelli ricci raccolti sulla nuca da un pettine. Le aveva allungato una mano, senza smettere di sorridere.

«Sono Flora. Da oggi io e te saremo migliori amiche. Ne sono sicura.»

Una volta a casa Antonia raccontò dell'incontro con Flora Meyer, la figlia del farmacista.

«Che roba!» aveva esclamato entusiasta il signor Pàhor. «Pensa che coincidenza! La vita!»

«Perché papà?»

«Ma perché sono sicurissimo che una mia cugina da parte della nonna abbia sposato il farmacista Meyer. Sicurissimo! Oh, questa è una bella coincidenza! Brava gente. Altolocati eh, ma brava gente!»

Fu durante una gita organizzata dal liceo, solo qualche mese prima di sostenere l'esame di fine anno nel 1914, che Antonia vide per la prima volta il golfo dal mare e per la seconda volta il cantiere navale di Monfalcone.

Partirono da Trieste, navigando sottocosta, in modo da poter apprezzare la vista della roccia calcarea a picco sul mare.

Passato il promontorio di Grignano, sovrastato dal romantico castello di Miramare, dimora dell'arciduca Ferdinando Massimiliano d'Asburgo, fratello dell'imperatore, giunsero alla baia di Sistiana, un'insenatura con una spiaggia di sassi bianchi. Ogni estate compagnie di giovani dell'abitato situato centinaia di metri più in alto scendevano attraverso il bosco fino a raggiungere il mare. Erano allegri e spavaldi durante la discesa, le scalette e i brevi camminatoi scavati nella roccia non facevano paura all'andata. Era il ritorno, in salita, a diventare difficoltoso, quando le gambe erano provate dalla pendenza e fiaccate dalle lunghe nuotate fatte in mare. La strada lastricata che si srotolava dall'alto fino alla baia era percorsa solo dalle carrozze dei notabili austriaci che abitavano le ville disseminate sul costone, percorrerla a piedi voleva dire allungare di molto la marcia.

In quel mese di tarda primavera, Antonia poté distinguere uomini intenti a ripulire la spiaggia e ad allestire i camerini, impalcature di legno coperte di tela bianca in cui, poche settimane più tardi, i villeggianti si sarebbero cambiati d'abito prima di raggiungere l'acqua. Lo avrebbero potuto fare almeno fino alla fine di luglio, quando da Vienna sarebbe stato annunciato l'inizio della guerra e, con essa, la fine di tutto.

Antonia non sapeva nuotare; le colline del Carso dove abitava erano le più fedeli spettatrici della bellezza di quel mare: si svegliavano ogni mattina ammirandolo dall'alto, ma non erano abbastanza vicine per potercisi tuffare dentro. Finalmente poteva vedere ciò che da casa era nascosto dalla prospettiva. Finalmente capiva come la terra finiva a strapiombo sul mare, come le piante rigogliose ornassero i costoni di roccia che poi, nuda, cadeva perpendicolare dentro l'acqua. Finalmente capiva dove finivano le navi mercantili che seguiva fin da piccola col binocolo, quando sparivano lentamente, un millimetro alla volta dalla sua vista attraverso le lenti.

Il paesaggio si muoveva davanti ai suoi occhi alla velocità del vaporetto, il direttore del liceo si sgolava per vincere i rumori del vento e del motore e illustrare ciò che avevano davanti. Parlava scandendo le parole, sforzandosi. Ora era il momento di un piccolo sentiero, una passeggiata panoramica tra la terra, il cielo e il mare che collegava proprio l'abitato di Sistiana al castello di Duino, residenza del principe Thurn und Taxis. La mostrava con l'indice, puntandolo verso l'alto e fermandosi a indicare la fortezza che sovrastava il costone di roccia.

«Signorine, sappiate che molte sono state le persone di

rango che hanno visitato il castello. La nostra imperatrice Elisabetta d'Austria, ha goduto di questa bellezza! Scriveva le sue poesie firmandosi Titania guardando il golfo da questo castello e da quello di Miramare! Il poeta ungherese Rilke è recentemente stato ospite della principessa Maria della Torre Tasso Hohenlohe, proprio qui a Duino. La principessa è una grande mecenate. Guardate!» gridava indicando questa volta uno sperone di roccia a picco sul mare. «Se spostate gli occhi verso sinistra, vedrete le rovine del Castelvecchio, il primo antichissimo maniero. Le vedete?»

Le allieve non erano interessate alle spiegazioni del direttore. Per loro quella era solo un'occasione per fare vacanza. Antonia teneva gli occhi incollati alla altissima facciata gialla del castello, che cercava di celare alla vista degli estranei una antica torre medievale eretta all'interno delle sue mura. Nonostante la posizione sottocosta del vaporetto non consentisse di apprezzare appieno la bellezza del maniero, riuscì a immaginarne la forma completa. Pensò a chi ci fosse dentro in quell'esatto momento, a che faccia potessero avere il principe e la principessa, a quante persone in epoche tanto diverse tra loro si potevano essere affacciate alle finestre che davano sul mare e a cosa avessero pensato coloro che il mare lo avessero visto, in quella circostanza, per la prima volta. Fu distolta dai suoi pensieri da una nuova declamazione del direttore: «Osservate, svelte signorine, prima che il vaporetto proceda oltre, osservate quello sperone di roccia bianca che si staglia dal promontorio principale! Quella è la Dama Bianca. Secondo la leggenda, un sanguinario signore di Duino, proprietario del castello in epoche lontane, spinse per immotivata gelosia la giovane moglie facendola precipitare nel vuoto. Il Cielo, sentendo il grido spaventato della donna, fermò la sua caduta, trasformandola in pietra prima che potesse schiantarsi contro la roccia o l'acqua. Da allora, ogni notte, la donna si sveglia, esce dal suo rifugio di pietra e vaga per le stanze del castello alla ricerca del piccolo figlio rimasto orfano di madre».

Con entusiasmo, cercava di far sembrare anche le leggende più note delle indiscrezioni preziose, si ostinava a sistemare il ciuffo che usava a riporto per coprire la calvizie mentre veniva irrimediabilmente scompigliato dal vento e teneva il cappello in mano. Era un uomo gentile, devoto al suo ruolo di mentore e di dirigente, senza ambizioni né velleità, pago di eseguire diligentemente quello per cui veniva pagato. Un anno dopo, perché considerato irredentista, venne sospeso e sostituito con un altro direttore di lingua italiana, ma fervente patriota austriaco.

Il loro percorso continuò verso ovest, seguendo l'arco del golfo di Trieste, raggiungendo le foci del fiume Timavo, fiume di risorgiva che rispuntava in superficie dopo chilometri percorsi in modo sotterraneo, proprio nelle vicinanze di Monfalcone, la città dei cantieri, che gli austriaci avevano tradotto in Falkenberg, o che gli sloveni chiamavano da sempre Tržič.

Arrivarono al porto e visitarono il cantiere navale, orgoglio dei fratelli Cosulich. Non una novità per Antonia. E dunque, mentre tutti ammiravano lo scheletro di una nuova enorme nave in costruzione, quello del piroscafo *Kaiserin Elisabeth*, mentre il direttore era stato zittito dal valletto del cantiere che li guidava in quella visita, nessuno poteva immaginare che quello stesso piroscafo, ancora incompleto, sarebbe presto diventato un fortino, una specie di trincea, per i soldati dell'esercito italiano bersagliati dai colpi del kaiser Cecco Beppe sul fronte che sarebbe passato esattamente attraverso quel lembo di terra lambita dal mare Adriatico, mentre cercavano di portarlo all'Italia.

Antonia, dando le spalle alla nave e al mare, guardando verso la cittadina, riordinava le immagini e disegnava nella mente la straordinaria varietà della sua terra, che così poco conosceva. Si trovava ora sulla costa bassa, con la sabbia, più avanti, verso Grado, la laguna, fino a poco prima era davanti a una scogliera e la sera stessa sarebbe ritornata tra le colline del suo Carso. Era davvero incredibile. Doveva essere meraviglioso viaggiare e conoscere il mondo.

Lei non aveva ancora conosciuto niente. La sua vita, scandita da abitudini semplici e rigorose, si muoveva con una regolarità che si sforzava di apprezzare. Fino ad allora il fatto di dare soddisfazione ai suoi genitori eccellendo negli studi e incarnando la figlia educata e gentile che desideravano, le era sembrato abbastanza. Ora, invece, sentiva che avrebbe voluto provare altro. Ignorava che la guerra stava per scoppiare e che avrebbe inevitabilmente condizionato i sogni e le speranze di tutti.

La visita al cantiere stava terminando e il gruppo veniva accompagnato verso il varco d'uscita. Vi era un ordinatissimo movimento di carri e autocarri che entravano, dopo aver aspettato il loro turno, in fila, si fermavano alla pesa, scaricavano e ripartivano. Senza che gli autisti e gli uomini a terra avessero bisogno di parlare. Due di quegli autocarri in fila riportavano sul fianco la scritta «Stefàncich trasporti»; era una scritta bianca sullo sfondo marrone scuro del veicolo, inserita in un cartiglio rettangolare. Antonia li vide e sorrise, pensando a sé stessa a undici anni, impacciata in posa davanti al piroscafo *Franz Joseph*. Quella cartolina postale, la prima ricevuta a suo nome, l'avevano mandata proprio loro.

Ti prego, non gridare

Mal no far, paura no gaver

Trieste e il paese sul Carso dei Pàhor rimasero sotto controllo austriaco per tutta la durata della guerra, perché le truppe di Cadorna non riuscirono mai, in nessuna delle sanguinose battaglie dell'Isonzo, a guadagnare abbastanza terreno.

Per decisione del signor Pàhor da settembre 1915 – all'inizio del secondo anno di liceo e di guerra – Antonia smise di recarsi a scuola a piedi. Era impensabile che sua figlia si muovesse ogni giorno da sola, ora che la guerra era vicina, a quindici anni, dal paese sul Carso fino a Trieste. Non sarebbe stato più possibile. Allo stesso modo era fuori discussione che smettesse di studiare. Così, dopo aver convinto i signori Meyer della insindacabile necessità di corrispondere loro una somma di denaro in cambio dell'ospitalità offerta alla figlia, i Pàhor mandarono Antonia a vivere in città. La casa dei Meyer era un ampio appartamento poco lontano dalla Piazza Grande, al terzo piano di un palazzo del Settecento, sopra alla farmacia. Era sontuoso, specchio di un benessere consolidato che proveniva dalle generazioni precedenti.

Ad Antonia, con il tempo, la vita a Trieste cominciò a sembrare speciale nonostante la guerra. Iniziò ad amare il mare, i palazzi, la gente. Iniziò ad amare anche la bora sebbene in città sembrasse più capricciosa di quanto non fosse sul Carso. Il vento era lo stesso, era Antonia a essere diversa. Ora prestava più attenzione ai suoi abiti, alle sue scarpe, alla forma. Aveva imparato a camminare sul lato della Piazza Grande che, guardando il mare, si trovava a destra: da quella parte, quando il vento era particolarmente forte, si riusciva a camminare con più agio, approfittando del giardino che occupava quella metà della piazza e che sarebbe rimasto intatto fin dopo la guerra. Sulle prime, impegnata solo a passare dritta e svelta, non aveva badato alla bellezza che aveva davanti a sé, ma col tempo imparò ad apprezzare ogni dettaglio di quella piazza magnifica. Il palazzo della Luogotenenza era un capolavoro in cui una balconata a portici emergeva tra le due ali della facciata decorata con mosaici in vetro di Murano. Una volta si era azzardata ad avvicinarsi alla riva durante una giornata di vento e spruzzi di acqua salmastra che arrivavano orizzontali l'avevano bagnata tutta senza che vi fosse modo di ripararsi. Solo ombrelli rotti a Trieste con la bora.

La città permetteva ancora di trascorrere una vita normale, nonostante le restrizioni, così Antonia e Flora, al ritorno da scuola, cominciarono a fare deviazioni mirate per ammirare le vetrine dei negozi ancora aperti, la bellezza dell'Arco di Riccardo, le colonne e i resti sacri a san Giusto.

Antonia finì per guardare al suo piccolo paese sul Carso come a un posto antiquato e retrogrado, al quale non era più sicura di appartenere. Ora che viveva da Flora, che imparava da lei i piccoli vezzi cittadini, non si sentiva più fuori posto a scuola e non aveva più bisogno di portare nella borsa le scarpe di ricambio. Le sembrava tutto migliore. Nonostante la guerra.

Qualche volta, dopo lo studio, raggiungeva con Flora il dottor Meyer in farmacia. L'odore delle spezie, degli unguenti, dell'alcol mescolati le piaceva e immaginava di essere a un mercato arabo di cui aveva visto una foto una volta. Se Flora trovava noioso passare del tempo nel laboratorio di suo padre, Antonia si offriva sempre di preparare le confezioni dei medicinali. Un altro dei suoi compiti era scrivere sulle etichette gli ingredienti delle pomate, degli unguenti, delle lozioni. Poteva andare avanti per ore. Qualche volta faceva il suo lavoro appoggiata al bancone principale e non nel laboratorio del retrobottega; quelle erano le occasioni che preferiva. Aveva modo di vedere la gente, di ascoltarla parlare, di accorgersi di quanto fosse diversa da quella del Carso tra cui era abituata a stare. L'abbigliamento, la parlata, la calma che avevano, quel senso di placida rassegnazione, quella capacità di non prendersi mai troppo sul serio e di non stupirsi di niente li rendeva diversi.

Un giorno vide persino entrare in farmacia una donna col capo coperto e dei pantaloni sotto alla veste larga. Era turca, le aveva spiegato il dottor Meyer. A Trieste questo era normale. E lei lo trovava bellissimo.

Durante quel 1915 la signora Meyer aveva continuato a organizzare piccoli ricevimenti all'ora del tè. Li chiamava tè rinforzati e invitava gli amici di sempre, appartenenti, come loro, alle agiate famiglie borghesi che vivevano tutte nel raggio di cinquecento metri dalla Piazza Grande, escluso, naturalmente, il lato lambito dal mare.

La signora diceva di «aver bisogno» di continuare a condurre una vita normale. Così occupava le sue giornate a stilare le liste degli invitati, a scrivere su cartoncini filigranati la data e l'ora dell'appuntamento. Siccome il servizio postale cominciava a essere lento, mandava una cameriera a fare il giro delle case degli invitati per consegnare di persona gli inviti.

In un pomeriggio di autunno inoltrato, quando alle cinque il sole era già tramontato, Antonia uscì dalla sua camera e raggiunse la sala da pranzo. Rimase incantata: la stanza, in cui tutte le luci elettriche erano state spente, era stata illuminata esclusivamente da decine e decine di candele, sparse ovunque, appoggiate ai mobili, ai davanzali delle finestre, infilate nei candelabri d'argento che decoravano i tavoli. Una luce gialla e caldissima tremolava rendendo la stanza magicamente sospesa nel tempo.

«Sarà assolutamente vietato accendere ogni lampadina, mi raccomando!»

Voleva che l'atmosfera ovattata avvolgesse tutto e facesse dimenticare che si era nel pieno di un conflitto sanguinoso.

Antonia non aveva mai visto niente di simile. Il privilegio in cui era cresciuta non aveva nulla a che vedere con il fasto dei Meyer. Da loro il gusto del bello sembrava addirittura esasperato. Indispensabile, in ogni sua forma, in ogni fatto della vita. Le sedie della sala da pranzo, il colore dei muri, la qualità dei tappeti, la vista che offrivano le finestre, gli abiti della signora Meyer, i suoi gioielli, persino le ciabatte da camera non erano banali: tutto era perfetto, ragionato, studiato al dettaglio. E soprattutto, sembrava semplicemente normale. Antonia ne era abbagliata.

Gli invitati arrivarono puntuali al tè rinforzato, chi portando un piccolo dono, chi solo la propria presenza e ringraziando per l'invito rimbalzandone un altro, a casa loro, per qualche giorno dopo.

La signora Meyer adorava ricevere e nemmeno il fronte a trenta chilometri da Trieste era stato in grado di frenarla.

Le signore conversavano di tutto ciò che potevano fare ancora, come prima. L'argomento «guerra», infatti, veniva accuratamente evitato, non certo per non avvilire le madri di giovani partiti per combattere, ma per non avvilire i presenti stessi. Le amiche dei Meyer madri degli arruolati, naturalmente tutti ufficiali, declinavano sempre l'invito. Quelle che erano presenti, invece, stavano tranquille grazie agli stratagemmi messi in pratica dai loro mariti: quei figli non soldati che continuavano a lavorare nelle imprese di famiglia, erano stati dichiarati inabili o avevano lasciato Trieste. Erano salvi. Ci si poteva intrattenere festeggiando.

Antonia ascoltava e nella sua testa di quindicenne cercava di ricreare un ordine, di farsi un'opinione. La leggerezza con cui quelle signore affrontavano il tema della guerra in un certo senso la rassicurava. Forse davvero non ci si doveva preoccupare così tanto. Sorrideva quando la guardavano e le chiedevano «giusto?» solo per avere un consenso in più per i loro discorsi semivuoti. In realtà Antonia era dubbiosa, confusa.

Si chiedeva quanto fosse davvero giusto il loro comportamento. Quanto fosse giusto «affidare» il proprio futuro al sacrificio dei figli degli altri, garantendo però la protezione ai propri. Sentiva che qualcosa strideva in quei ragionamenti, ma era talmente appagante sentirsi parte di una società di eletti, che preferiva lasciarsi cullare dal sogno.

Il dottor Meyer non poteva sottrarsi dal presenziare, sebbene considerasse quei ritrovi inadeguati e inutilmente costosi. Si intratteneva con gli uomini che discutevano, ovviamente, di guerra e di politica. Ognuno diceva la sua, sembrava che avessero tutti in mano la soluzione al conflitto. Lui ascoltava con pazienza, qualche volta interveniva, ma il più delle volte sorrideva e annuiva per decenza, sperando solo che quel ritrovo finisse presto.

Con i mesi le persone che rispondevano agli inviti della signora Meyer si erano ridotte progressivamente. Un impegno, una difficoltà, un'indisposizione, una partenza.

«I Wurtz sono partiti ieri. Appena hanno ricevuto i documenti, non hanno aspettato un giorno in più, era tutto pronto» aveva annunciato il dottor Meyer alla famiglia un giorno durante la colazione.

«E dove sono andati?» aveva chiesto la signora Meyer, stupita, come se si fosse resa conto solo in quel preciso momento che un conflitto sanguinoso stava cambiando l'ordine del mondo e quindi, suo malgrado, anche il ritmo della sua vita.

«In Svizzera, hanno la doppia cittadinanza. Da là andranno avanti a gestire l'impresa, non avranno freni, sono stati furbi. Continueranno a vendere sia agli austriaci che agli italiani.» Il dottor Meyer scuoteva la testa. La moglie aveva smesso di mangiare, non era ancora pronta ad accettare tanta verità.

«I migliori sono stati i Dalser!» aggiunse ridendo il farmacista. «Loro davvero hanno fatto un piccolo capolavoro!»

Antonia si trovò a sorridere, aspettando con ansia che il dottor Meyer continuasse nel racconto.

«Hanno ottenuto, non so come, la cittadinanza ottomana! Ottomana! Vi rendete conto? Tutto perché la legge turca esenta i cittadini maschi non musulmani dal servizio militare!»

Risero tutti, a immaginare i Dalser in quel contesto esotico. Ma l'ilarità durò poco.

Complice l'espulsione di tutti i regnicoli – i cittadini italiani che vivevano a Trieste – lo spostamento degli uffici statali, dei dipendenti delle ferrovie, la città si spopolò gradualmente. E gli incontri per i tè rinforzati della signora Meyer non si fecero più. Poco male, aveva detto lei, visto che era sempre più difficile reperire in città gli ingredienti necessari. Cominciavano a scarseggiare certi prodotti, soprattutto a causa del blocco quasi totale dell'attività del porto.

Antonia tornava a casa per trascorrere del tempo con i suoi genitori una volta al mese, poi ripartiva per Trieste portando con sé cesti di frutta e verdura dei loro campi che la cuoca Nilde preparava con grande cura. Il Carso era, per assurdo, più ricco della città in fatto di cibo e per i Meyer questo aveva rappresentato un grande vantaggio.

Era un sabato pomeriggio di settembre del 1916 – quando gli scontri sull'Isonzo erano nel pieno della loro ferocia e di offensive italiane se ne erano già contate sette – e Antonia camminava tra i filari della vigna vecchia del padre. Non ci sarebbe stata nessuna vendemmia in quell'anno senza uomini. I grappoli rimanevano appesi alle piante e lei staccava gli acini dai pedicelli mangiandoli lentamente. Erano molto dolci, la natura non si era fermata a causa della guerra, era andata avanti, imperterrita.

Si era spinta fino al primo pianoro, per poi risalire e tornare indietro.

Era stato proprio in quel momento che li aveva visti.

Erano tre, in divisa, parlavano tedesco a voce alta e ridevano. «Ancora!» dicevano. Antonia si era piegata sulle ginocchia, in modo da osservare meglio tra la vegetazione delle viti. A causa delle foglie, però, non riusciva a vedere le loro facce. Quello che poteva vedere chiaramente erano le tasche delle giubbe piene di grappoli d'uva. Si era allontanata veloce, senza farsi scoprire, correndo nonostante la strada in salita, fino a casa. Una volta in giardino aveva chiuso a chiave il cancello alle sue spalle: appena entrata in casa, ancora col fiato corto, aveva raccontato a suo padre quello che aveva visto.

«Dei soldati austriaci Antonia? Non hanno fatto niente di male! Quell'uva marcirà sulle piante, mentre per loro è un nutrimento. A noi non cambia niente.»

La mattina seguente era tornata alla vigna. La cuoca Nilde le aveva chiesto di raccogliere dell'uva da portare ai Meyer e le aveva dato il solito grande cesto di vimini da riempire.

«Ti fa bene stare un po' fuori, piccola» la trattava ancora come una bambina «là a Trieste non c'è la nostra aria buona! E scegli dei bei grappoli!»

Antonia obbediva, perché era gentile, perché i suoi genitori l'avevano educata alla cortesia. Ma i suoi sedici anni protestavano dentro di lei e la facevano soffrire. Non le importava niente dell'uva, dell'aria buona, forse nemmeno della guerra. Sapeva che era vicina, sapeva delle battaglie, degli eserciti. Sapeva anche quello che recitavano i decreti dei luogotenenti che diffondevano le disposizioni ministeriali di Vienna: «...far presente agli scolari che, in vista dei sacrifizi che richiederà la guerra, essi saranno chiamati prima del tempo normale a entrare nella vita e a conoscerne la serietà». Sapeva che le scuole di lingua italiana come la sua erano quelle più attenzionate dalle autorità, in cui era indispensabile sopire ogni minimo sospetto di irredentismo.

Tutto questo lo sapeva. Ma la guerra non l'aveva «sentita» davvero. Andare con Flora a ritirare le razioni di farina o di latte facendosi vidimare le tessere colorate, guardare i soldati in divisa che passeggiavano in licenza, riordinare cimeli di guerra nel piccolo museo del liceo, commemorare gli insegnanti caduti in battaglia in nome dell'imperatore, solo questa era stata, fino a quel momento, la guerra per lei.

Gli italiani le venivano dipinti a scuola come degli invasori, i nemici da combattere, mentre quando sentiva parlare suo padre o il dottor Meyer, sembravano eroi che stavano venendo a liberarli dall'Austria. Cominciava a essere tutto davvero complicato.

Quel pomeriggio si era diretta sicura verso il ricovero degli attrezzi per prendere le cesoie. Spalancata la porta di legno, la luce del sole era entrata nella piccola stanza. Occhi negli occhi e fiato sospeso, si erano guardati.

«*Bitte, nicht schreien!*» le aveva sussurrato un ragazzo biondo, le mani alzate e tremolanti, la faccia pallida, in piedi, abbagliato, evidentemente svegliatosi di soprassalto.

Antonia era rimasta immobile, impaurita, incapace di parlare. Il fucile era appoggiato alla parete, ma l'agitazione, la sorpresa e la paura le impedivano di emettere suoni. E di ragionare.

«*Ne krici, prosim!*» aveva detto lui di nuovo.

Aveva la divisa grigio azzurra del kaiser, o così le sembrava. Ma sì, non poteva che essere quella. I gradi strappati, nessun berretto. Chi era quel soldato?

«Ti prego, non gridare!» L'ultima speranza di farsi capire.

«*Ja.* Sì... ti capisco. *Ich verstehe dich*» aveva detto Antonia piano in tedesco «*razumem te*» aveva aggiunto in sloveno.

A sentire quelle parole lui aveva ripreso a respirare. Aveva abbassato le braccia.

«Sei sola?»

Dunque preferiva parlare italiano. Sì, era sola.

«Mi sono riparato qui, non voglio fare danni, non voglio fare del male a nessuno. Non...»

«Va bene, va bene. Chi sei? Da dove vieni?» Nessuna formalità, la sorpresa, l'euforia, la paura, il riconoscersi come coetanei appiattivano tutto, non avevano usato il voi, come avrebbero fatto in condizioni normali.

«Dalla terza linea. L'ordine di farci avanzare verso le postazioni al fronte è arrivato ieri. Ma io...»

«Da dove vieni?»

«Ah» solo ora aveva capito il senso, abituato com'era a dare riferimenti di guerra «la mia casa è a tre chilometri da qui. Non dire a nessuno, a nessuno, che mi hai visto. Ti prego.»

Antonia aveva fatto un passo indietro non appena il soldato si era avvicinato a lei.

«Scusami, non voglio spaventarti. Ci sono dei vestiti qui? Dei vestiti che posso portare via con me?»

Antonia non aveva risposto, ma si era allontanata senza guardarlo.

Lui, raccolto il fucile, era uscito dal ricovero degli attrezzi, pronto a scappare prima che quella ragazza potesse avvertire qualcuno e lo arrestassero per diserzione.

«Stai lì! Aspettami!» gli aveva ordinato Antonia girandosi un momento e facendogli il gesto di fermarsi.

Il giovane l'aveva vista tornare poco dopo con dei pantaloni e un maglione di lana a righe rosse e blu. Cose di suo padre lasciate alla vigna per i giorni di lavoro.

«Buona fortuna» gli aveva detto, porgendogli i vestiti ripiegati uno sull'altro. Poi si era allontanata lungo i filari, lasciandolo libero di scegliere cosa fare.

Era solo un ragazzo. Un paio d'anni più di lei al massimo. Antonia pensava che non avrebbe fatto alcuna differenza per lei sapere da che parte fosse. Con chi e contro chi stesse combattendo. Era un ragazzo del Carso, come lei. Tanto bastava.

Era tornata a casa due ore dopo. Il cesto era pieno di grappoli d'uva e il suo animo ancora scosso da quell'incontro. Rivedeva i tratti tesi del viso di quel ragazzo, l'allarme nei suoi occhi, l'agitazione nei movimenti scattanti che faceva. Non aveva parlato con nessuno. La Nilde non c'era quando aveva portato il cesto in cucina e lo aveva appoggiato sul grande tavolo di marmo.

Poi aveva sentito suo padre parlare con qualcuno nel tinello e si era avvicinata, in silenzio.

«È venuto a dirmelo il postino, con la bici, poco fa. È successo tutto in pochissimo tempo.»

«Ma proprio qui vicino?» chiese il signor Pàhor che ancora non capiva.

«Sì. Ne hanno presi tre.»

Antonia li raggiunse e vide che il prete guardava in basso e aveva gli occhi gonfi.

«Anche uno dei nostri» aveva aggiunto facendosi il segno della croce «il figlio del macellaio. Diciotto anni.»

«E cosa gli hanno fatto? Arrestato?»

Il prete alzò il viso, la bocca semiaperta, la mandibola rilassata, la faccia sconfitta. Fece no con la testa.

«Fucilato. Così, immediatamente. Per diserzione. Il postino mi ha detto che si era liberato della divisa, aveva addosso una maglia a righe rosse e blu e dei pantaloni che deve aver trovato da qualche parte, o qualcuno lo ha aiutato, non so. Così mi ha detto.»

Antonia aveva sbattuto la faccia contro la guerra per la prima volta proprio in quel preciso momento.

Lo immaginava disteso per terra ucciso.

Avrebbe dovuto farlo restare, dargli anche il tabarro di suo padre, oltre alla maglia a righe e ai pantaloni. Come se quei vestiti avessero davvero potuto, in qualche modo, salvargli la vita. Perché non lo aveva abbracciato, quando le aveva detto di essere del Carso e non un *austriaco vero*?

Uno dei nostri aveva detto il prete. Dei nostri. Della loro gente. Uno con la stessa loro cultura, con le stesse tradizioni, forse semplici, ma così preziose. Forse anche con gli stessi sogni.

Immaginava il terrore che doveva aver provato al momento dell'arresto, avendo chiara davanti agli occhi la paura che aveva avuto solo vedendo lei. Immaginava quanto li avesse pregati di lasciarlo andare. E poi aveva pensato ai borghesi triestini incontrati dai Meyer, ai loro figli che non aveva mai conosciuto e che non si erano sporcati le mani di guerra, che avevano trovato una via di fuga e che si erano salvati.

Antonia cominciava a sentirsi misera ripensando a sé stessa e alla sua vita privilegiata di studentessa a Trieste, alla Antonia che cercava disperatamente di uniformarsi alla società cittadina, invidiando le persone che frequentava in città, sentendosi inferiore, ignorando chi fosse e da dove venisse. Non avrebbe mai più fatto quell'errore.

Antonia lasciò la casa dei Meyer subito dopo la fine della guerra e tornò a vivere con i suoi genitori sul Carso. Lei e Flora ottennero il diploma liceale nel 1919, nonostante l'ordinamento scolastico fosse cambiato e sui loro diplomi ci fosse lo stemma di casa Savoia e non più quello dell'imperatore d'Austria-Ungheria.

La vendemmia del 1921

Una copa de bon vin fa coragio e dà morbìn

Sarebbe stata la prima vendemmia *in grande* dopo la fine della guerra.

Da settimane il signor Pàhor passeggiava di sera tra i filari assaggiando acini d'uva esposti in modo diverso al sole. Lo accompagnava Giacomo Ledri, il figlio dell'avvocato, che aveva studiato agraria a Vienna e ora lavorava offrendo la sua esperienza scientifica per migliorare la produttività, la qualità del vino e la conservazione.

«Le vostre vigne sono sempre pulite, ordinate, dovrebbero fare tutti come voi! Le piante ne traggono giovamento, possono assorbire tutti i minerali dalla terra. Qui l'esposizione è perfetta, guardate precisamente a sud-est. Il sole quest'anno ha fatto egregiamente il suo dovere.»

Pàhor abbassò la testa, mal sopportando l'adulazione, e invitò Giacomo ad assaggiare alcuni acini di un filare posto più a valle. La brezza, che arrivava di sera dal mare, nutriva la terra e la bora, che soffiava capricciosa e intermittente, la asciugava impedendo ai frutti di marcire. In testa e in coda a ogni filare, una pianta di rosa rossa assicurava la salute della coltivazione: se vi fosse stata un'infestazione di parassiti o la terra fosse diventata inadatta, la rosa si sarebbe ammalata per prima, come una sentinella avrebbe avvisato del pericolo. I pochi filari di malvasia, non adatti a crescere in quella posizione elevata, erano invece adornati da piante di rosa gialla.

Analizzarono altri grappoli, assaggiarono altri acini e decisero che la raccolta sarebbe stata fissata nella prima settimana di ottobre.

Fu dato ordine a Milo, il fattore dei Pàhor, di preparare le botti e i tini. Vennero immersi in grandi vasche d'acqua, così che il legno si imbibisse per bene. «Le botti devono bere acqua per non bere il mio vino!» diceva Milo tutte le volte che si accingeva a immergerle. Era quasi un'abitudine ripeterla come un mantra, un rito scaramantico. Venivano poi bruciati dei dischi di zolfo per eliminare le muffe e i batteri del legno e poi le botti erano pronte.

La vendemmia iniziava alle otto del mattino, quando la rugiada era già scomparsa dai grappoli.

I contadini si radunavano tutti all'ingresso della vigna vecchia dei Pàhor e iniziavano da lì, con le piante più antiche e le braccia fresche. Nel pomeriggio, dopo il pranzo, si sarebbero spostati alle vigne nuove, dove avrebbero lavorato fino a che non ci fosse stata luce. E lo stesso il giorno dopo, anche se con meno senso di festa e più stanchezza, fino a completare tutti i filari.

Al mattino l'aria era frizzante, ripulita da un leggero *borino* – come veniva chiamato un vento più tenue della bora – e il cielo terso, senza nuvole si fondeva con la lontana striscia grigio-azzurra del mare.

Sulla sommità della vigna vecchia, che si estendeva lungo i fianchi di una collina, un'antica costruzione rurale di pietra era adibita esclusivamente alla lavorazione del vino e rappresentava il fulcro dell'attività agricola dei Pàhor. A farla sembrare una casa c'erano una cucina, con un focolare a legna economico che loro chiamavano *spargher* storpiando una parola tedesca, acqua corrente e luce elettrica, una stanza chiusa a chiave, dove si conservavano con precisione tutti i documenti, gli ordini, la contabilità. Poi, scavata nella roccia carsica, si apriva una enorme cantina con soffitti ad arco, piena di botti disposte su più piani, divise tra loro da stretti corridoi di scaffali con bottiglie tenute distese, di assi fissate al soffitto da cui pendevano salami a essiccare.

Alle otto in punto il signor Pàhor tirò la cordicella e suonò la piccola campana che era appesa a lato della porta d'ingresso della casa. Era un suono di benvenuto. Con voce sicura salutava tutti e invitava chi non ne fosse provvisto a prendere un paio di cesoie dalla cassa poggiata per terra.

«Ho fatto sistemare i cesti lungo i filari, ne troverete in quantità. Poi passeremo a svuotarli con il motocarro, è noleggiato per tutta la giornata. Vedrete come faremo presto! A mezzodì faremo la pausa per mangiare, ricordatevi di prendere i cestini col pranzo prima di cominciare. Buon lavoro a tutti!»

Grida di «Grazie!» e «*Hvala*!», allegri e scomposti in italiano e sloveno, non a tempo, non sincroni, che si ripetevano come se fossero delle eco, diedero inizio alla giornata. Si conoscevano tutti, solo i visi di alcuni giovani, presenti per la prima volta, avevano bisogno di presentazioni. Non si vollero turbare gli animi al ricordo di coloro che non erano più presenti, inghiottiti dagli anni bui della guerra, quando i grappoli venivano lasciati marcire sulle piante. Quella mattina tutto ricominciava da capo e le donne, che contrastavano il fresco con scialli di lana sulle spalle, si mettevano in fila ordinate per ritirare il cestino del pranzo.

Rosalba aveva chiesto e ottenuto di poter partecipare alla raccolta. Non conosceva la gente del paese, erano tutte facce nuove per lei. Intimorita, raggiunse la cassa con le cesoie e ne prese un paio. Guardò come facevano gli altri, legò bene lo spago di juta a cui erano assicurate attorno alla vita come una cintura e le lasciò penzolare così da avere le mani libere.

«Sei pronta? Vieni con noi! Andiamo! La Lisetta ha già preso il pranzo!» le gridò con spiccato accento slavo una donna sulla cinquantina. Rosalba sorrise e, abbassando la testa timida, la seguì, grata di quell'invito. Si avviarono verso i filari, disposti in discesa sul versante della collina.

«Non ti ho mai visto. Come ti chiami? Sono Darja, lavoro

con mio marito nelle vigne dei Pàhor. La Lisetta è mia figlia, sedici anni, e tu?»

«Ne ho ventuno, lavoro dai Pàhor da un anno, in casa. Sono della campagna giù in pianura» rispose Rosalba ancora intimidita «Monfalcone, sapete, il cantiere...»

Accompagnava alla sua scarna spiegazione dei movimenti delle mani imprecisi e impacciati che la aiutavano a indicare che lei proveniva da giù, dalla terra vicino al mare.

«Come ti chiami?» le chiese la Lisetta, mostrando un sorriso sulla faccia tonda. Era alta e corpulenta. Un viso felice e gli occhi piccoli schiacciati tra le guance rosse.

Rosalba rise, liberandosi un po' dalla tensione e iniziò a parlare e a chiedere.

«Queste viti sono di refosco rosso» spiegò Darja, quasi orgogliosa che fossero frutto del lavoro del marito «conosci?»

«No, io non conosco il vino.»

«Da questi grappoli si fa un vino che si chiama Terrano, noialtri qua sul Carso diciamo *Terán*, capisci?»

Rosalba finse di averne sentito parlare da suo padre. In realtà a casa sua, dalle poche viti che prima della guerra suo padre coltivava, si otteneva un vino rosso un po' acido che, molto probabilmente, non aveva nemmeno un nome. Lo beveva solo lui.

«È un vino ruspante, della terra, per questo *Terán*, da terra, che viene dalla terra. Non vino navigato, capisci?»

Ed era davvero un vino ruspante. Rosso scuro, carico, tanto da lasciare sulle labbra un colorito violaceo. Quelli colti dicevano che il nome Terrano derivasse proprio dal tedesco *teer*, catrame, in funzione del suo colore, ma la maggioranza delle persone del paese ignorava questo dettaglio e lo considerava un prezioso frutto della loro terra aspra. Darja continuava a parlarle a voce alta, scandendo bene le parole, attaccando un «capisci?» alla fine di ogni frase. La divertiva. Il suo italiano era fortemente contaminato dall'accento slavo; la donna sapeva che giù, vicino al mare, non si parlava sloveno, così temeva che Rosalba non la capisse del tutto.

In un allegro sottofondo di parole, Rosalba si fermò a guardare la vastità della vigna, le persone tra i filari che si apprestavano a tagliare, i grandi cesti ancora vuoti disseminati lungo i corridoi a distanze regolari. Mai le era capitato di percepire una tal gioia dell'iniziare una fatica. Ma la vendemmia era questo, una festa corale.

Alle foglie verdi e vitali si mescolavano quelle rosse e brune, alcune del colore del tabacco e già accartocciate in punta, e insieme, in un *bouquet* armonioso di colori, nascondevano i grappoli grandi e pesanti, pieni di acini blu scuro, coperti da una leggera patina bianca. I ceppi, che parevano uscire dalla terra con un contorto moto di sofferenza, erano grossi e bitorzoluti, si screpolavano in certi punti e sottili pezzi di corteccia si staccavano dal fusto alto che si divideva in due tralci a «T» aggrovigliati gli uni agli altri a formare un'unica vite che sembrava infinita.

Darja le aveva mostrato come tagliare i grappoli, come scegliere quelli buoni da quelli da lasciare sulla pianta. Le aveva anche detto di togliere gli acini marci del grappolo maturo prima di metterlo nel cesto. E Rosalba iniziò, con le sue cesoie assicurate alla vita, a tagliare i primi grappoli e a posarli con gentilezza nel cesto alle sue spalle. Occorreva farlo piano, per non schiacciare gli acini ed evitare di perdere succo o farlo fermentare anzitempo, rischiando di rovinare il mosto. Così le avevano spiegato. E lei, precisa, eseguiva. Quasi furtivamente staccò due acini e li assaggiò: le sembrò che avessero un sapore semplice, senza particolari profumi. Masticò la buccia e i semi, avvertendo insieme l'amaro e il piccante del tannino che la fece tossire. Ricordava di aver assaggiato una volta l'uva fragola e quella sì le era sembrata buona davvero. Ma cosa ne sapeva lei di uva? Sicuramente questa dei Pàhor era eccellente. Mentre lavorava, sentiva la gente parlare, ridere, cantare. Venne intonata una canzone in sloveno che non capiva, ma subito, colta la melodia, si lasciò trascinare e cantò anche lei, pronunciando solo la-la-la a tempo, diventando allegra. Tagliava, controllava i grappoli, li poggiava nei cesti e ripeteva, ripeteva gli stessi movimenti, con vigore. Rispondeva alle domande di Darja sullo stato della pianura, sulla ricostruzione del cantiere navale dopo le bombe, sulla sua famiglia. E Rosalba raccontava e un po' chiedeva. Le piaceva sentirsi a suo agio in mezzo a quelle persone semplici, le avvertiva più semplici di lei, che, in fondo, poteva dirsi una cameriera della casa e non una contadina delle vigne.

«Si vedranno i Pàhor oggi?» chiese.

«Ah sicuro, lui verrà a caricare e scaricare cesti, la moglie solo stasera alla festa. *Te sa della festa, vero*?»

Rosalba fece di no con la testa, così la Lisetta continuò a spiegare.

«Alla fine della raccolta torneremo alla cantina. Mentre noi lavoriamo, adesso, i tini in cantina sono già pronti! Non so quanti, ma tanti. Si riempiono di uva, si schiaccia e dopo comincia la festa. Offrono da mangiare, i Pàhor, la sera. *Tutta roba de casa*, salumi, formaggi, vino, le verdure. Anche i dolci. Due del paese portano la fisarmonica e il violino e si balla. *Xe bel*! È bello!»

Rosalba sapeva che sarebbe dovuta scendere per ritornare a casa. Non avrebbe potuto farlo col buio, non dopo una giornata così.

Il sole alto nel cielo completamente trasparente filtrava tra le foglie e i grappoli e, se lei non prestava attenzione, la abbagliava, impedendole per qualche secondo di vedere con chiarezza. In quei momenti, fasci di luci colorate le illuminavano gli occhi; lei li strizzava, passava il braccio nudo sul viso, poi riprendeva il lavoro.

Ormai faceva caldo, gli scialli erano stati appesi ai fusti e ai tralci e lasciati indietro lungo l'avanzata, le maniche delle camicie erano arrotolate. Un motocarro passava tra i filari per raccogliere i cesti ricolmi e sostituirli con altri vuoti. Un lavoro ritmico e preciso fatto da due uomini: uno che rimaneva a terra e camminava al passo del motore sollevando i cesti, l'altro in piedi sul bancale che li sistemava con cura e, cercando di farlo con regolarità, allungava con un bastone un canestro di vimini pieno di uova sode ai raccoglitori.

Era la prima volta che un motore passava in mezzo a quei filari. Quando fu vicino a Rosalba, lei smise di tagliare, prese il suo uovo e fece qualche passo allontanandosi dal filare, riparandosi gli occhi dal sole con una mano, rimanendo a guardare, come se non avesse mai visto una macchina o un motore prima di allora. Nella cabina del motocarro, che aveva frenato molto lentamente per far stare in equilibrio il carico e il lavorante sul bancale, al lato del passeggero riconobbe il signor Pàhor, entusiasta di quella novità. Parlava sorridendo con un uomo più giovane, che stava alla guida, a suo agio, vestito con un completo chiaro, l'aria sicura, un braccio a penzoloni fuori dal finestrino completamente aperto, come per cercare refrigerio. Rosalba seguì con gli occhi quel braccio, fino alla mano, che dondolava sulla fiancata dove era riportata la scritta bianca «Stefàncich trasporti».

Allora le sovvenne, allora riconobbe nell'uomo alla guida quel Vittorio Stefàncich, il figlio degli Stefàncich che abitavano in pianura, verso il mare, proprio come lei.

Sbucciava l'uovo e continuava a guardare.

Sapeva chi fosse, come tutti. Conosceva anche la sua fama – reale o inventata che fosse – di coraggioso in guerra e scontroso nella vita, così come quella – sicuramente reale – di scapolo e *cotolèr* incallito. Non che amasse le gonne, le *cótole*, ma le donne, come lasciava intendere il loro dialetto. Le ragazze lo ricordavano ancora quando, bellissimo nella divisa blu di ufficiale della Marina austro-ungarica, tornava col treno dal distretto militare di Trieste. Alcune andavano alla stazione apposta per vederlo e grande era stata la loro delusione quando per giorni lo avevano aspettato invano senza vederlo più scendere dal treno. Le voci del suo arruolamento nell'esercito italiano si erano fatte sempre più insistenti e avevano nutrito in loro il mito del suo valore mentre cominciavano a sognarlo intento a combattere per l'Italia, valoroso, nelle trincee del monte San Michele. Rosalba sapeva anche di quella storia della moglie del direttore delle poste: pareva che avesse cercato di avvelenarsi per la disperazione. Si diceva, infatti, che avesse avuto una relazione segreta con Vittorio sebbene lui fosse molto più giovane di lei, che prima della guerra fosse stata addirittura sul punto di lasciare la famiglia per fuggire con lui, ma che proprio Vittorio l'avesse dissuasa dal compiere un tal colpo di testa. Si diceva poi che Vittorio fosse sparito da un giorno all'altro senza nemmeno salutarla prima di arruolarsi, facendola sprofondare nello sconforto e che poi il marito, un po' per scappare dalla guerra, un po' per scappare dalla vergogna, l'aveva portata a Vienna da certi parenti in fretta e furia. Questo si diceva in città di Vittorio Stefàncich.

L'uomo a terra che sollevava i cesti salutò Rosalba con gentilezza, approfittando per tirare il fiato, ma rompendo il flusso dei suoi pensieri e riportandola alla realtà. Con un boccone di uovo sodo in bocca ricambiò il saluto, goffa, distratta. Poi lui ricominciò a ripiegare schiena e gambe raccogliendo cesti, per non perdere il ritmo. E il motore lentamente riprese la sua marcia lasciando dietro di sé cesti vuoti da riempire, polvere e puzza di nafta.

La campana suonata energicamente dalla casa in cima alla collina e quella che si sentiva da lontano provenire dal paese indicavano che era mezzogiorno, l'ora del pranzo.

Le cesoie venivano così prontamente lasciate penzolare alla cintura, occhiate veloci identificavano la posizione del proprio cestino. Erano tutti uguali, coperti da un canovaccio di cotone pulito.

Rosalba, Darja e la Lisetta stesero la pezza di cotone per terra come fosse una tovaglia e si sedettero in cerchio attorno al cesto, curiose di scoprirne il contenuto. Dentro trovarono due involti, uno più grosso, l'altro di misura minore. Darja aprì con cura quello grosso, tenendo la carta aperta in modo che le altre potessero prendere da sé uno dei tre panini, farciti con salame e formaggio latteria. Le loro mani erano sporche di terra e di vegetazione, quella con cui avevano usato le cesoie odorava di ferro. Ma afferrarono noncuranti il loro panino e addentarono. Darja, prima di iniziare il suo pasto, si preoccupò di ripiegare più volte quel prezioso pezzo di carta oleata e di metterselo nella tasca del grembiule, per usarlo a casa. Poi osservò di nuovo il contenuto del cesto.

«C'è del vino, chi vuole? Un fiaschetto intero!»

Furono riempiti più volte tutti e tre i bicchieri di latta contenuti nel cestino e Rosalba assaggiò il vino Terrano per cui stava lavorando. Un liquido rosso scuro, forte, un po' acido, un po' amaro, sentì infuocarsi le guance, farsi molli le gambe. Per fortuna era seduta. Sarebbe durato poco, si diceva, sarebbe passato presto, si augurava. Mentre parlava la lingua le sembrava indurita, meno agile e non certo perché stava masticando, ogni giorno le succedeva di parlare con la bocca piena, ma non le succedeva di faticare ad articolare le parole. Non poteva che essere il vino. Sperava con tutta sé stessa che nessuno se ne accorgesse. Piegò le gambe sul petto e passò distrattamente le mani più volte su e giù lungo le calze di lana, come se dovesse lisciarle o sistemarle per bene. Era solo un modo per distrarsi e assumere un comportamento indifferente.

Provò ad alzarsi, impegnandosi per non cadere e, una volta rimasta salda in equilibrio sulle gambe, fece qualche passo verso il filare, con la scusa di raccogliere un piccolo grappolo maturo per mangiarlo.

«Rosalba, tieni! *Xe anche el presnitz*! Tre fette, una a testa!»

Di nuovo Darja le porse la sua parte. Con lentezza Rosalba la prese, le sembrava che anche il braccio e la mano rispondessero con meno prontezza ai suoi comandi. Mangiò quel pezzo di dolce avidamente, golosamente. Era da sempre il suo preferito. Della pasta sfoglia sottile riempita di noci, pinoli, mandorle, fichi e prugne secche, uvetta ammollata nel rum, cannella e zucchero, richiusa come a formare il corpo di un grosso serpente. La forma finale prevedeva che il rotolo formasse un cerchio per ricordare la corona di spine posta sul capo di Gesù Cristo; il solito monito a non eccedere con le frivolezze. Il sapore della frutta secca, dei fichi e delle prugne la fecero stare meglio. Piano si sentì di nuovo padrona di sé stessa. Almeno la sensazione di avere la lingua rallentata era passata.

Rimasero sedute a riposare ancora per qualche minuto, finché non videro che attorno a loro i compagni riprendevano a lavorare e fecero lo stesso.

Pigiatura

L'acqua marzissi i pali

Nello spiazzo antistante alla casa era stato montato un piccolo tino per la pigiatura dei bambini. In cantina, invece, posti su solidi piedistalli di legno, c'erano i grandi tini dei Pàhor, pronti per accogliere i grappoli d'uva e farli fermentare, al caldo.

Antonia entrava e usciva dalla cantina, controllava che le assi portanti dei piedistalli fossero solide colpendole con dei calci alla base, verificava che tutti gli strumenti necessari fossero a portata di mano, aspettava impaziente l'arrivo del motocarro con le prime ceste da svuotare nei tini.

Altre giovani stavano in gruppo ad aspettare l'uva, eccitate, entusiaste. Finalmente videro arrivare il motocarro e, svelte, andarono tutte alla pompa dell'acqua che riempiva un vecchio abbeveratoio di pietra, tolsero scarpe e calze e, sotto al getto ghiacciato, si lavarono i piedi.

Il motocarro arrivò sullo spiazzo suonando una tromba fastidiosa che, in quel momento di euforia, passava quasi inascoltata. I due uomini sul carro iniziarono a portare le ceste colme d'uva nella cantina e a svuotarle nei tini, altri, saliti sui piedistalli, con lunghi bastoni di legno spargevano le montagnole di grappoli in modo uniforme. Antonia era salita sul secondo piedistallo, muoveva con vigore il suo bastone. Indossava un fazzoletto di cotone bianco che le copriva tutta la testa ed era annodato alla nuca, come tutte le altre donne che stavano ormai salendo le scalette ed entrando a piedi nudi nei tini. Avevano legato le gonne con un nodo stretto in mezzo alle gambe, sollevandole fino a metà coscia. Erano involontariamente audaci. Ma nessuno badava alle loro gambe. Gli uomini, in quel momento di lavoro concitato, non le guardavano. E loro, forti della giovinezza, incominciarono a marciare sul posto, schiacciando gli acini d'uva sotto al peso dei loro corpi. L'inizio era sempre agevole, fintanto che la quantità di uva era minima e la forza integra. Quando il livello aumentava, occorreva alzare le gambe, piegando le ginocchia e rituffandole nella mistura di acini, bucce, succo, raspi, insetti che vibrava dentro ai tini.

Antonia annodò la sua gonna di cotone leggero, rimboccò le maniche della camicia bianca ed entrò nel suo tino come le altre. Immerse i piedi nell'uva, sentendola sgradevole per un attimo, prima di prendere a pigiare con forza, come se sotto a quei piedi vi fossero tutti i cattivi pensieri, i propositi non risolti, le ingiustizie subite, i peggiori dei nemici. Non riuscì a trattenere una smorfia di fastidio quando si sentì sprofondare in un punto, fino alle ginocchia. Il gesto istintivo di sollevare ancora la gonna per non sporcarsi venne presto ignorato e i bordi penzolanti di tessuto cominciarono a impregnarsi lentamente del succo d'uva. I raspi le graffiavano le caviglie, facendole sentire un leggero bruciore misto a prurito che veniva lenito dalla foga del movimento.

Pigiava e, tenendosi con una mano al bordo del tino, osservava il movimento attorno, la marcia allegra delle donne scalze, il loro vociare. Era felice che questa stesse diventando una bella vendemmia.

«Avanti! Suonate!» incitò, vedendo arrivare l'uomo con la fisarmonica. «Dateci un bel ritmo!» Quello iniziò a suonare, contento, disturbato solo dal rumore del motocarro che ripartiva per un altro giro e dalle voci degli uomini che svuotavano le ceste pesanti.

Pochi sapevano che quella ragazza dentro al tino a schiacciare gli acini fosse Antonia. Nessuno immaginava che la signorina Pàhor avrebbe partecipato al lavoro di quella giornata.

E invece lei era lì. Felice, entusiasta, volonterosa. Ora che era cresciuta non aveva più dubbi, sapeva di appartenere a quel posto, sentiva che la terra rossa era la madre di tutti, che quei luoghi apparentemente aspri e duri celavano, invece, straordinari calori umani.

La guerra le aveva stravolto i progetti, era vero. Ma forse l'aveva aiutata a capire cosa valesse davvero. L'illusione di essere più felice facendo «altro» rispetto a ciò a cui era abituata passò con la velocità di un refolo di bora. Aveva imparato che la vita sceglie senza chiedere il permesso e che non sempre questo era un male.

Quando il motocarro fece ritorno di nuovo carico, assieme al signor Pàhor e Vittorio Stefàncich, scese anche Giacomo Ledri, il figlio dell'avvocato. Entrò in cantina, lo spazio era molto ampio, il soffitto di pietra fatto ad archi era alto. Si avvicinò ai tini, con l'atteggiamento fiero e spavaldo di chi si sente superiore per diritto di nascita e per studi compiuti. Immerse una caraffa di vetro al bordo di un tino, spinse i raspi con forza verso il basso e la brocca si riempì del succo d'uva. I vecchi contadini lo stavano a guardare, diffidenti; loro – pensavano – avevano fatto vino da generazioni senza andare a studiare a Vienna. Lui invece si rivolgeva al signor Pàhor descrivendo quelli che chiamava «aromi primari», come se stesse discutendo una tesi all'accademia. Voleva impressionare. Voleva dimostrare la competenza, la capacità di analisi, voleva ostentare la sua bravura, la sua preparazione.

«Quindi sarà un buon vino» tagliò corto Vittorio Stefàncich, guardando verso il soffitto, disturbato, più degli altri, da quell'eccesso.

«Un eccellente vino, se queste sono le premesse!»

Non appena il signor Pàhor e Stefàncich si allontanarono, Giacomo distolse lo sguardo dalla brocca, subito dimentico del rigore scientifico. Sputò a terra il mosto rimasto in bocca e cominciò a sorridere alle ragazze che, appoggiate ai bordi del tino come al davanzale di una finestra, stavano già spiando lui, incuriosite dai suoi vestiti eleganti. Possibili prede ingenue, ammiccavano svenevoli. Nessuna di loro stuzzicò il suo interesse; fu attratto invece da quell'altra giovane, quella che pigiava con impegno nel secondo tino. Accaldata, soffiava dagli occhi un ciuffo di capelli che si era liberato dal fazzoletto bianco e allontanava con movimenti bruschi delle mani i moscerini che le volavano attorno. Rimase a guardarla, mentre slacciava il nodo sulla nuca, ripiegava il fazzoletto a triangolo tenendolo alto per non sporcarlo, lo sistemava di nuovo sulla testa, per raccogliere tutti i capelli. Nel riannodare il tessuto dietro al collo, allargando le braccia, la stoffa della camicia si tese, schiacciandosi sul corpo, svelando le forme fresche e delicate del petto. Ignara di essere osservata, riprese il suo lavoro concentrata, guardando in giù, attenta a non cadere. Lui girò attorno al tino e le si fece accanto.

«Vorrei assicurarmi che non vi stanchiate troppo, signorina.»

«Non state in pena! Non temo la fatica!» E, quasi ignorandolo, cambiò direzione per raggiungere il centro del tino.

Giacomo, abbozzando, sorrise senza arrendersi, cercando, invano, di incrociare i suoi occhi. Continuò a osservarla anche da lontano, mentre ascoltava distrattamente ciò che i contadini avevano da dirgli, mentre dava loro indicazioni, mentre fumava le sue sigarette alla porta della cantina. L'aveva puntata. Ma lei non lo sapeva ancora. Sarebbe andato volentieri a prenderla, sollevandola di peso dal suo tino. Le avrebbe tolto quel fazzoletto bianco e le avrebbe annusato i capelli. Era così fresca e giovane da sembrare una bambina; la pelle, da lontano, sembrava liscia, bianchissima, tranne che sulle guance arrossate dalla fatica. Gli ricordava certi ritratti di donna che aveva visto alle esposizioni della Secessione a Vienna. Le gote accaldate gli ricordavano quelle dipinte di rosso delle modelle di Klimt, che, con la bocca semiaperta, guardavano stupite oltre la tela, come se fossero state scoperte da un estraneo poco dopo un amplesso proibito. L'inconsapevolezza della sua sensualità era forse la cosa più sensuale che avesse, insieme al gusto selvatico, campagnolo, domabile e ignorante che si aspettava di trovare in lei.

La voleva.

Degli altri occhi la stavano fissando. Due occhi piccoli, stanchi, appena rientrati dalla vigna. Con la mano destra indolenzita per il ripetitivo lavoro di forbice e con le braccia pesanti, Rosalba stava ferma davanti alla porta ampia della cantina. Col pollice torturava una vescica tonda e grossa che si era formata sulla pelle del dito medio. Badava alla vescica con un angolo piccolissimo della sua mente, con il resto rimuginava, guardando Antonia lavorare alacremente nel tino, sudata, ridendo con le altre donne, tenendosi a loro per non scivolare, divertita. Era stata addirittura avvicinata da un uomo elegante, da cui subito si era allontanata senza dare confidenza. Nemmeno smorfiosa.

Non poterla odiare, data l'indole gentile, prona al sacrificio e l'assenza di alterigia, non faceva che accrescere il suo odio per lei. Un paradosso, forse. Però non poteva fare a meno che trovarla fastidiosa. Era sempre perfetta.

La invidiava, sinceramente, profondamente, per tutto quello che aveva, che era, che rappresentava. Non sopportava la sua cortesia, la delicatezza con cui evitava sempre di farla sentire una persona di servizio. Perché doveva ammetterlo, agli altri raccontava di essere una cameriera, ma lei, dentro, si sentiva una serva.

E, si chiedeva, *chi è* Antonia più di me? Chiedersi *cosa ha* Antonia più di me le sembrava fin troppo banale. Si rispondeva che era una fortunata, viziata, *cortese* ragazza ricca. Solo questo. Antonia era una persona che non aveva bisogno di lavorare per vivere, che non conosceva la fatica vera, quella fatta per bisogno e non per scelta, che fa sentire la stanchezza moltiplicata e la frustrazione come costante compagna di vita. Era quel *cortese* che proprio non sopportava. Era quella gentilezza gratuita che la infastidiva. Sembrava che proprio quella gentilezza, che riteneva ostentata, non facesse che sollevare un muro ancora più alto tra loro, così diverse.

Quanto le faceva ribollire il sangue vederla anche a suo agio tra i contadini!

Trovava sconveniente e ruffiano che le altre ragazze del paese, sicuramente serve quanto lei, dimostrassero tutta quella confidenza, quel piacere a starle vicino. Antonia era altro da loro, non c'era bisogno di renderle la vita ulteriormente facile, regalandole anche l'amicizia. Lei no, lei, Rosalba, non gliela avrebbe mai data quella soddisfazione. Non le avrebbe mai detto un grazie particolare per le calze sottili di seta artificiale che aveva trovato nel pacco di Natale assieme ai mandarini e allo stipendio maggiorato. Quel dono, che sapeva provenire da Antonia, andava considerato come parte della paga, non richiedeva il suo grazie particolare. La signora Pàhor la teneva in buona considerazione e tanto bastava.

Si sciacquò le mani alla pompa dell'acqua, erano sudice e rovinate. Entrò in casa e ricevette proprio dalle mani lisce e pulite della signora Pàhor il compenso per quel lavoro extra giornaliero. Declinò l'invito a rimanere fino a sera per la festa e scese verso casa.

Le braccia e i pensieri erano pesanti. La mente era affollata da idee che, come mulinelli, si riproponevano insistenti e vorticose.

Si lavò con molta cura immergendosi a lungo nella tinozza riempita quasi fino all'orlo con pentole di acqua calda. Volle prendere quel tempo per sé, godere della pace del silenzio della cucina, in quell'angolo dietro alla tenda di stoffa verde, dove erano soliti lavarsi, vicino allo *spargher* che teneva tiepida l'aria e permetteva di scaldare le grandi pignatte con l'acqua. Si immergeva fino al naso, lasciando fuori solo le narici per respirare, accovacciata e stringendo con le braccia le ginocchia, coccolata dal tepore e dall'umidità. Guardava la stanza poco illuminata in cui cercava sollievo dalla fatica e dalla frustrazione. Era una cucina povera, anche se era il posto che meglio conosceva al mondo; era spoglia, anche se poteva trovarci tutto quello di cui aveva bisogno per sopravvivere. Guardò le sue mani, tenendole immerse nell'acqua, vide le vene dilatate dei dorsi e le unghie corte e insolitamente annerite dagli acini e dalla terra. Ebbe l'istinto di sfregarle per pulirle, per cancellare i segni della fatica e della vendemmia. I palmi, arrossati dallo stesso tepore e dallo sfregamento ricevuto al lavoro, sentivano il beneficio della rilassatezza e le dita, morbidamente socchiuse, godevano del riposo. La vescica sul dito scoppiò senza bisogno che un ago la pungesse. Se ne accorse quando sentì bruciare al contatto con il blocco di sapone bianco.

Pensava alla sua giornata, alle persone che aveva conosciuto. Cercava di figurare a quanto ammontasse la rendita dei Pàhor. Prima di allora era stata sempre e solo nella loro casa, l'occasione della vendemmia le aveva permesso di vedere la vastità della vigna vecchia, senza contare le vigne nuove, che non sapeva nemmeno dove fossero. Fu automatico pensare ad Antonia, all'eredità che avrebbe ricevuto, lei, unica figlia.

«Chissà se è cominciata la festa» si diceva quasi pentita di non essere rimasta almeno per mezz'ora «ah, ci sarei potuta rimanere solo poco e sarei stata tutta sporca.»

Sembrava la favola della volpe e l'uva.

La festa alle vigne

Bisogna bèver el vin, no el giudizio

Quando il mosto schiumoso emergeva in superficie, quando rimescolando i raspi gli acini sembravano tutti schiacciati, la pigiatura poteva definirsi conclusa. Le donne stanche scavalcavano sgraziatamente i bordi dei tini e scendevano dai piedistalli, il loro lavoro era finito.

Anche Antonia scese e andò a ripulirsi alla pompa dell'acqua. Le gambe erano arrossate e la pelle dei piedi, rimasta in quello strano ammollo per ore, sembrava cotta, bollita. Il refrigerio dell'acqua fu benefico. Trovò bucce e pezzi d'uva appiccicati al collo, alle braccia, alle cosce, nascosti tra le pieghe della gonna che ormai, inzuppata, tinta di rosa e stropicciata, non era più annodata e pendeva pesante verso terra.

Si sedette in disparte a riposare, tenendo i piedi all'aria poggiati sui talloni, allargando le dita per farle asciugare, guardandosi attorno. Milo e sua moglie Darja portavano i tre secchi di mosto ottenuti dalla pigiatura dei bambini in cantina, per riversarli nei tini grandi. In un angolo al riparo dal vento c'era chi stava preparando le braci, una fila di lampadine elettriche tesa sopra l'ampio spiazzo era stata accesa. Suo padre discuteva con certi uomini, sua madre pagava i braccianti. Lei sentiva addosso la stanchezza appagante del lavoro.

«Posso interrompere i vostri pensieri?»

La stessa voce leziosa di prima, lo stesso viso asciutto e impomatato, gli stessi modi affettati. Lei non poteva saperlo, ma lui non l'aveva persa di vista per un attimo e ora, che era sola, l'aveva finalmente raggiunta.

Aveva spiato ogni movimento; quando per scavalcare il tino aveva scoperto le gambe nude e magre, quando si era lavata con vigore le braccia alla fontana, quando, stando seduta, finalmente rilassata, aveva passato le mani sulle caviglie arrossate dai graffi dei raspi.

«Nessun pensiero! Occorre solo che adesso trovi le mie scarpe.» Si alzò, contenta di aver addotto senza indugi una buona ragione per allontanarsi.

«Permettetemi di aiutarvi! Sarete esausta dopo tanto pigiare.»

«Vi ringrazio, non occorre.»

L'uomo allora le si avvicinò quasi minaccioso e, improvvisamente, niente di quel sorriso tirato era rimasto sul suo viso spigoloso. Guardandosi attorno circospetto, verificando che nessuno li stesse osservando, soffiò delle parole secche nell'orecchio di Antonia, sfiorando il fazzoletto annodato alla nuca che le raccoglieva i capelli.

«Decido io se occorre.»

La afferrò per un braccio, quasi sotto l'ascella, senza dare nell'occhio e la avvicinò ancora, sussurrandole nell'orecchio il suo impellente desiderio.

«Voglio accompagnarti a cercare le scarpe. Voglio infilarti le calze.»

Disgustata, si sciolse da quella presa con una mossa decisa.

Lo guardò dura dritto negli occhi chiari incorniciati da sottili cerchietti d'oro che tenevano le lenti, gli fu così vicino da sentirne l'odore di colonia e fumo, poi si spinse indietro, subito.

«Occorre che voi impariate a comportarvi. Occorre che lasciate questo posto, se non siete capace di domare la vostra natura insolente. Questo occorre.»

Pronunciò le ultime parole scandendole lentamente. Come fosse un ordine impartito a un subalterno. Le uscì dalle labbra senza che riuscisse a trattenerlo, senza che fosse riuscita a controllarsi, come cercava di fare sempre.

Lui rise per non ammettere la sorpresa per quella reazione decisa. La lasciò andare, vinto, ma non arreso, se possibile stuzzicato da quel comportamento fiero e inatteso.

«Non fare tanto la difficile, bambina» disse piano, senza che lei potesse sentirlo «le contadine come te dovrebbero saper essere più gentili!»

Antonia sentiva il cuore battere veloce, pulsare lungo le arterie del collo, i piedi nudi calpestavano la terra nervosamente e i lembi umidi della gonna le sbattevano sui polpacci con un ritmo regolare. Trovò le scarpe proprio dove le aveva lasciate, con le calze arrotolate dentro. Slacciò il fazzoletto bianco che aveva in testa e ravvivò i capelli dritti tagliati pari sotto alle orecchie, pettinati solo con una riga in parte.

Si sentiva forte, coraggiosa, invincibile, sarebbe voluta tornare indietro, da quell'uomo: non aveva certo paura di lui. La rabbia le stava ancora montando dentro. Quell'atteggiamento predatorio, travestito da galanteria, la disgustava. La disgustava quello sguardo che, impunito, aveva sostenuto il suo senza vergogna. Intanto continuava a camminare, verso la casa, con le scarpe in mano, mormorando frasi sottovoce e rimproverandosi di non essere stata abbastanza severa. «Avrei dovuto chiedergli come si chiama e da cosa sia giustificata la sua presenza, qui! Sgradita presenza, sgraditissima!»

Era un'altra faccia della stessa difficoltà che aveva già provato alcune volte al lavoro alla vigna. Gli uomini non sempre le davano ascolto. Non la prendevano davvero sul serio, nemmeno quelli che la sapevano figlia del signor Pàhor.

Accigliata e infastidita, pensava quasi che la piccola folla di persone che si era formata davanti all'ingresso della casa – molti contadini e braccianti che aspettavano l'inizio della festa, alcuni commessi e impiegati, invitati dal padre – fosse lì solo per disturbarla ulteriormente e rallentare la sua fuga. Chiedeva permesso per passare, ma i modi gentili, che stridevano con il suo abbigliamento da lavoro, non sortivano effetti e la gente non si spostava. Si fece spazio, spingendo, tra le persone e i tavoli già allestiti sullo spiazzo; prestava attenzione, i suoi piedi erano ancora scalzi.

Raggiunse finalmente la porta, ma proprio davanti, a bloccarle la via, trovò sua madre. Con un cenno cercò di farle intendere che sarebbe entrata per ripulirsi. Ma lei non capì.

«Vieni, Antonia! Saluta solo un momento!» disse la signora Pàhor, che si rivolse poi ai suoi ospiti quasi giustificandosi. «Non siamo riusciti a convincerla a evitare la pigiatura!»

Antonia fu costretta a fermarsi.

Accanto a sua madre, due donne eleganti che non riuscirono a nascondere lo stupore di vederla così, disordinata e sporca, rossa in volto. Non le guardò in faccia, tenne gli occhi all'altezza dei loro bei colletti di pizzo, incrociati a scialle sul petto, sorrise con imbarazzo.

«Buonasera signore, perdonatemi! Datemi solo il tempo di sistemarmi e sarò lieta di raggiungervi.»

«Buonasera a voi.»

Non era arrivata da nessuna delle due donne di fronte a lei questa voce. Loro non avevano proferito parola: rese mute dall'imbarazzo avevano solo piegato la testa e abbozzato una smorfia.

Arrivava di lato ed era la voce di un uomo. Ma chi era? Non l'aveva notato.

Istintivamente volse lo sguardo in quella direzione e trovò un cordiale sorriso bianco di denti perfetti, su una faccia abbronzata, ben rasata, una cravatta allentata sulla camicia candida, delle maniche arrotolate fino ai gomiti, una giacca in mano. Non ebbe il coraggio di guardare più su.

Lui si accorse di questo rapido esame e cercò di riparare, un po' imbarazzato, sistemandosi in fretta la cravatta.

«È stata una giornata intensa anche per me!»

Antonia fece un altro cenno con la testa che voleva quasi sembrare un inchino e si congedò veloce. L'agitazione per l'incontro con l'uomo con gli occhiali era già stata sostituita dal disagio di incontrare quelle persone eleganti, proprio mentre era scalza, sporca e con le scarpe in mano. Corse in casa, raggiunse la stanza privata dove trovò brocca e bacinella, sapone e asciugamani. E vestiti puliti.

Riprese le sembianze di una giovane ordinata, appena uscita, fu investita dal profumo della carne grigliata e dal rumore della festa.

Lui, l'uomo elegante che accompagnava le Stefàncich, l'aveva aspettata con curiosità.

Trovava divertente che la figlia dei Pàhor si prestasse al lavoro nelle vigne, senza formalismi, che fosse capace di fare ciò che veniva chiesto ai loro contadini, che sapesse sporcarsi e faticare. L'aveva colpito. Mentre riempiva il suo piatto ai tavoli imbanditi con le cose semplici del Carso, cercava di non dare le spalle alla porta della casa per controllare le entrate e le uscite e riuscire a intercettarla. Ma nel farlo, rallentava la fila e quelli dietro, che aspettavano di potersi servire, protestavano mormorando.

In vassoi ovali erano stati adagiati cerchi concentrici di fette di salumi che formavano naturali mosaici colorati, intervallati da olive nere e verdi infilzate con degli stecchini. Altri vassoi contenevano del prosciutto crudo tagliato così sottile da poterci vedere attraverso «la sagoma del monte Santo» quel monte che si alzava oltre Gorizia, altri dei pezzi di formaggio di forma triangolare regolarissima. Lui prese un po' di tutto, compresa la *giardiniera* di verdure in agrodolce e le cipolle al forno. Si fece poi da parte, per mangiare in pace, senza dover parlare per forza con qualcuno. E intanto fissava la porta.

Il profumo della carne grigliata nell'aria si fece più intenso, come il flusso di persone che abbandonava i tavoli coi salumi, per raggiungere l'angolo delle braci: lì Milo distribuiva i ćevapčići, polpette di carne trita e speziata e spiedini di carne, peperone e cipolla che sul Carso si chiamano *ražniči* su piccoli piatti in cui era stata tagliata della cipolla bianca. Darja girava tra la gente con tre terrine che contenevano *ajvar*, *kren* – creme saporite di peperone e rafano – e senape, da accompagnare alla carne grigliata. Tutti ne prendevano generose cucchiaiate.

Antonia uscì di casa proprio mentre era diventato più agevole servirsi. Lui, distratto, non se ne accorse. Affamata, raccolse pane e salame e mangiò assaporando ogni boccone. Poi si fece ingolosire dal profumo della griglia e anche lei raggiunse Milo ricevendo la sua porzione di quelle polpettine oblunghe di carne speziata e spiedini. Masticando la sua cena servita in piedi, si muoveva tra la gente; conosceva bene i contadini di suo padre, ma c'erano molte persone che non aveva mai incontrato. La sua attività alla cantina era iniziata dopo la fine della guerra e questa occasione poteva essere considerata, in un certo senso, il suo debutto al lavoro e nella società vinicola.

Scorse i suoi genitori, ancora in compagnia delle donne eleganti e li raggiunse. Le due, messe da parte le buone maniere, mangiavano con le mani dai loro piatti riempiti oltre misura.

«Eccola, ripulita e sistemata!» esclamò il signor Pàhor.

«Carissima Antonia» disse la più vecchia, con un virtuosismo di voce fintanto esagerato, piegando la testa di lato e guardandola fissa negli occhi come se avesse dovuto memorizzarne ogni dettaglio di colore «una trasformazione davvero impressionante! Ben lieta, Maria Stefàncich, e qui mia figlia Francesca.»

Anche la giovane salutò con un sorriso che sembrava gentile. Ma stava masticando e, arrossendo, non disse una parola, coprendosi la bocca con la mano.

Non erano abituate a quella cucina rustica, loro che venivano da Monfalcone, che per quelli del Carso sembrava già una grande città, tuttavia sembravano gradire; la signora Stefàncich intinse generosamente un ćevapčićio nella salsa bianca di *kren* e ne fece un unico boccone. Intinse troppo generosamente. Né Antonia, né i suoi genitori trovarono il coraggio di fermare quello slancio. Passarono quattro o cinque secondi prima che l'effetto piccante e balsamico del rafano diventasse manifesto. Maria Stefàncich tentò strenuamente di rimanere indifferente, credendo che la questione si sarebbe risolta presto. Ma non era avvezza al rafano del Carso. I Pàhor rimasero sospesi ad aspettare ciò che sapevano sarebbe avvenuto. Un pizzicore continuo e crescente le invase la lingua, salì molesto nel naso, facendolo colare, bruciò le labbra e le guance. Non riuscì a dissimulare oltre, la faccia era diventata paonazza e deglutire per provare a risolvere la situazione non era stato sufficiente. La signora Pàhor, ancora dibattuta tra il tentativo di mantenere la forma, di non imbarazzare ulteriormente la sua ospite e quello di aiutarla, le si fece accanto dandole dei colpetti sulla schiena, quasi il problema derivasse da un boccone andato per traverso e non dal micidiale *kren* piccante.

Antonia scomparve veloce e ritornò pochi secondi dopo con un gran vassoio pieno di bicchieri di limonata e altri di vino.

«Prendete signora Stefàncich, un po' di limonata! Se non vi basta, corro a prendere del latte!»

La donna, con il naso congestionato, la lingua infuocata, ignorò la limonata, afferrò un bicchiere di Terrano e lo bevve tutto d'un fiato come fosse il prezioso e raro antidoto capace di salvarla. Respirò a fondo, tenendo le palpebre chiuse, cominciò piano a sentire beneficio. Poi riaprì lentamente gli occhi. Vide i volti spaventati dei Pàhor che la fissavano in apprensione, quello speranzoso di Antonia che stava ancora davanti a lei col vassoio in mano, quello della figlia Francesca che a stento tratteneva il riso. Ritrovato un certo decoro, esplose in una risata a metà tra il divertito e l'isterico, che le fece scendere ancora qualche lacrima.

«Credo di aver esagerato con questo condimento!» ammise divertita. Era passato.

Antonia cercò di aiutarla a uscire dall'imbarazzo spostando l'attenzione su qualcosa d'altro. Faticò a trovare un argomento, ma ci riuscì.

«Forse, signora, siete proprio voi che mi avevate spedito una fotografia quando ero bambina! Una fotografia al cantiere, al varo di un piroscafo. È stata la prima cartolina indirizzata a me, la conservo ancora gelosamente.»

La signora non capiva, sorrideva, grata di quella gentilezza, ma chiaramente non ricordava. Antonia prese a raccontare del varo e dell'occasione in cui era stata scattata quella foto. La Stefàncich parve rammentare, o forse le fece la cortesia di fingerlo.

«Permettetemi di aggiungermi a voi!» disse un uomo, entrando nel cono di luce della lampadina appesa sopra alle loro teste, afferrando un bicchiere dal vassoio che Antonia stava ancora reggendo. «Una giornata speciale e un cibo ottimo, signora Pàhor.»

«Sono felice che vi piaccia, Giacomo!» disse la madre di Antonia. «Non c'è bisogno di presentarvi le signore Stefàncich, ma forse non conoscete nostra figlia.»

Antonia rimase per un attimo senza fiato.

Poi il cuore riprese a battere colpi velocissimi e la rabbia le fece sentire una nuova vampata di calore in faccia, come quando si avvicinava troppo al fuoco del camino e le guance sembravano arrostirsi e gli occhi seccarsi.

L'uomo spigoloso con gli occhiali che prima l'aveva importunata la guardò senza soffermarsi sui suoi tratti, attento a mantenere un atteggiamento professionale e a non offendere i genitori presenti con occhiate eccessive. Chinò la testa e pronunciò con voce soffice «Giacomo Ledri», poi bevve il suo vino.

Senza i vestiti da lavoro, senza il fazzoletto in testa, trovandola per giunta in compagnia dei padroni, non l'aveva riconosciuta. O forse, per evitare una scenata impietosa, stava fingendo di non riconoscerla? Antonia decise di aspettare. Lasciò che il ritmo del cuore fomentato dalla rabbia si calmasse. I bei vestiti puliti, i capelli pettinati e non raccolti dal fazzoletto bianco, il viso rinfrescato erano stati sufficienti a trasformarla in un'altra persona? In una persona da rispettare? Si convinse che Ledri non stesse fingendo. Non badava a lei, non la guardava. Rivolgeva la parola solo agli uomini, Antonia non poteva essere certamente stata coinvolta nella vendemmia, lei, la figlia del padrone.

Poté studiarlo da quella posizione privilegiata rappresentata dall'essere invisibili all'altro. Notò che mostrava molta confidenza verso la signorina Stefàncich, che evidentemente conosceva bene. Lei rideva alle sue battute e lui, questa volta, manteneva un contegno impeccabile.

In questo gioco delle parti, Ledri cercava di rivolgere la parola solo al signor Pàhor, mirando palesemente a ottenerne la benevolenza: era l'unica persona a cui fosse davvero interessato. Ogni banale argomento di conversazione, che fosse la temperatura mite di quell'autunno, le ore di luce prima del tramonto, il passaggio del treno col Milite Ignoto che sarebbe avvenuto a fine mese o il programma del teatro Verdi del prossimo inverno, ogni spunto rappresentava per lui l'occasione di dire che conosceva il mondo, che era stato a Vienna, che aveva viaggiato. Che aveva studiato alla Scuola Superiore di Agricoltura, pronunciata con ostentato accento austriaco «*Universität für Bodenkultur*» e che era stata fondata nel 1872. E ogni occasione era buona per ricordare come fosse felice dell'opportunità di lavorare fianco a fianco con il signor Pàhor per intraprendere insieme una gestione nuova e moderna della cantina dopo l'inevitabile lunga pausa dovuta alla guerra, per cui i suoi studi di agronomo sarebbero stati indispensabili ad aumentare la produttività e la qualità del vino.

Antonia iniziò a rivolgere la sua attenzione a suo padre, che non sembrava turbato dai vezzi di quel Giacomo Ledri. Come aveva fatto a convincerlo di essere un uomo serio e rispettabile? Con degli studi condotti nella vecchia capitale, dove, non dimenticava di ricordare, aveva vissuto per quattro anni e dove aveva visto il meglio del mondo, della scienza, dell'arte e dell'architettura? Questo era sufficiente per fare di lui una persona rispettabile?

Innervosita, appoggiò il vassoio coi bicchieri, che si accorse di star tenendo ancora in mano, distratta, come era, dalla presenza di Ledri. Scelse di rimanere estranea a quel teatro, rattristata che i suoi genitori ne fossero diventati inconsapevoli attori.

La fisarmonica, rallegrata dal *Teràn*, riprese a suonare, presto si aggiunse anche il violino. E subito la gente fece spazio per ballare davanti ai suonatori.

Milo e Darja furono i primi, seguiti da altri. Quanto poco basti alle persone semplici per essere felici dovrebbe essere la misura per chi non si accontenta mai delle sorprese della vita.

«Vogliamo brindare a questa vendemmia? Che sia la prima di molte altre dopo gli anni duri che abbiamo passato!»

L'uomo, che a sua insaputa l'aveva aspettata e guardata per tutto il tempo, le stava porgendo un bicchiere e allungava il suo per toccare quello del signor Pàhor che accoglieva felice quel brindisi beneaugurante.

«Salute!» dissero gli Stefàncich.

«*Zdravje!*» risposero in sloveno i Pàhor.

«Vittorio, spero tu possa ancora guidare stasera per riportarci a casa, dopo tutto questo vino! Non vorrai liberarti di tua madre e tua sorella con la scusa di essere ubriaco, vero?»

Risero di nuovo e fu solo durante quella risata che Antonia capì: quello era Vittorio Stefàncich. Finalmente vedeva da vicino la faccia che aveva osservato nella foto scattata da lontano dieci anni prima al varo del piroscafo *Franz Joseph*. Non lo avrebbe riconosciuto, se non fosse stato per il nome. Quello che aveva davanti era un uomo alto, adulto, non più quel ragazzo elegante che posava con lei nella foto.

Ora indossava anche la giacca e la cravatta era perfettamente annodata. Osò guardargli il viso solo perché lui non se ne poteva accorgere: un profilo dai tratti decisi. Le labbra non più tese in un sorriso, ma chiuse e intente ad ascoltare con attenzione ciò che il signor Pàhor aveva da dire circa gli affari, i progetti da concludere e i trasporti che avrebbe commissionato proprio agli Stefàncich. Gli occhi fissi sul viso del padrone di casa, attentissimi, non perdevano un dettaglio, ora che si parlava di cose importanti. Erano stati insieme tutto il pomeriggio, mentre Vittorio guidava il motocarro su e giù per le colline e il signor Pàhor gli era stato accanto.

«Abbiamo noleggiato il vostro motocarro, ma mai avrei creduto di avere l'onore di avervi come autista personale!»

«Beh, non abbiamo faticato, siamo stati seduti! È stata un'occasione per godere del panorama! Poi, come ricorda mia madre, abbiamo anche bevuto dell'ottimo vino e, a quanto pare... mangiato della carne deliziosa, vero mamma?» disse lanciando un'occhiata al piatto ormai vuoto e perfettamente pulito che la signora Stefàncich teneva tra le mani, tornata impeccabile dopo l'avventura del *kren*. La madre gli sorrise, abbassando le palpebre e strizzando l'occhio ad Antonia che considerava la sua salvatrice.

Era sorpresa dal buon umore del figlio. Era sempre più raro vederlo sorridere. La giornata trascorsa alle vigne dei Pàhor doveva averlo distolto dalle preoccupazioni e dai pensieri che lo incupivano sempre. La sua dedizione all'impresa di trasporti era totale, la sua attenzione ai dettagli quasi maniacale. Al suo ritorno dalla guerra Vittorio era cambiato, come erano cambiati tutti quelli che erano tornati. L'inferno che aveva vissuto e di cui non parlava mai, lo aveva reso ancora più severo e intransigente di quanto non fosse stato prima. Quanto desiderava che fosse almeno sereno, se non felice, che si sistemasse con una donna perbene e smettesse di fare lo scapolo senza legami.

«Facciamo due salti prima di salutarci, signorina Pàhor?»

Vittorio stava porgendo una mano verso la giovane Antonia. La signora Stefàncich rimase incredula, spalancò gli occhi. Forse c'erano speranze.

Antonia trovò il viso di Vittorio Stefàncich esattamente di fronte a lei. Non più solo un profilo osservato con indugio, ma una faccia intera, due occhi scuri che guardavano i suoi, le sopracciglia folte, le labbra carnose che aspettavano una risposta per riaprirsi in un nuovo bianchissimo sorriso. Che non tardò ad arrivare.

«Con piacere...» rispose infilando un po' titubante la mano in quella di lui, che rimase aperta e non strinse.

Raggiunsero le altre coppie e, senza parlare, assunsero le posizioni del ballo. Le toccò lievemente la schiena, lei appoggiò una mano sulla spalla e l'altra in quella di lui, che stavolta chiuse delicatamente le dita in una presa rispettosa. Le sembrò di essere avvolta da una nuvola soffice che, però, era capace di guidarla con sicurezza in tutte le direzioni, come fa la bora quando soffia alle spalle e spinge leggera senza farti cadere. Si sentiva sorretta e si lasciava portare. Capitò che, per evitare il contatto con altri, avvicinassero i loro corpi e abbassassero le braccia, senza mai sciogliere le mani, come una coppia di danzatori affiatati. Antonia ebbe l'impressione di essere ubriaca. Le era capitato altre volte di ballare alle feste del paese, in particolare con Maximilian, il figlio del medico condotto che conosceva da quando era bambina, ma non aveva sentito le stesse cose. Era imbarazzata, ma non sapeva come, la vicinanza con Vittorio Stefàncich la faceva sentire importante.

«Siete brava!» disse lui facendosi indietro col mento per vederla meglio dall'alto.

«Non dovete trascurare l'importanza di avere un buon cavaliere!»

La trovava simpatica, come gli era simpatico il signor Pàhor. Gli piaceva quell'intraprendenza, quella spigliatezza un po' rustica, così poco comune nelle donne che conosceva. Lo aveva colpito subito, quando l'aveva vista per la prima volta, sporca di mosto e vestita da contadina, scalza e con le scarpe in mano, davanti alla porta. Era sfacciatamente vera, senza i belletti delle donne che le rendevano, in fondo, tutte uguali; era sfacciatamente bella, con la faccia arrossata, un po' per la fatica della pigiatura appena conclusa, un po' per l'imbarazzo che cercava di nascondere. Se non fosse stato per quei momenti, in cui lei si era mostrata, senza volerlo, nella sua più totale e attraente autenticità, non l'avrebbe notata una volta ripulita.

Sentiva però di avere tra le braccia una giovane inesperta, che non era a suo agio in quella imprevista vicinanza fisica, che lui aveva ricercato e aspettato con pazienza. Avvertiva che si era irrigidita, attenta a non sbagliare, intenta a sembrare leggera, a mantenere la distanza. Era giovane e perbene. Questo aveva capito di lei Vittorio Stefàncich. Avrebbe potuto ispirargli tenerezza, se non fosse che quel temperamento pragmatico che aveva intravisto in lei, gliela rendeva interessante. Aveva sperimentato, negli anni, quanto gli riuscisse facile catturare l'interesse delle donne, sebbene il suo di interesse per loro non fosse stato mai nutrito da sentimenti profondi. Quella sera l'istinto maschio non poteva dirsi sopito, ma solo addolcito dalle circostanze. Si sentiva bene, si sentiva a suo agio, di buon umore, pulito. E non accadeva spesso. A essere onesto, l'intera giornata gli era piaciuta. Inizialmente il suo intento era solo stato quello di conoscere meglio il signor Pàhor e avvicinarsi a lui con la scusa della vendemmia per cementare il loro rapporto di fiducia. All'inizio era stato solo lavoro. Poi si era reso conto che in quel posto e con quelle persone stava bene. Non aveva avuto bisogno di trincerarsi dietro alla formalità dei modi, dietro alla diffidenza, con la quale era solito misurare tutti quelli che gli stavano vicino. Aveva ragione suo padre, i Pàhor erano gente a modo e con i quali era una buona cosa fare affari e stringere amicizia.

Antonia, dentro a quella mazurka, sentiva invece per la prima volta il suo corpo cambiato. Come se improvvisamente le fosse chiaro per cosa fosse stato creato. Per percepire sensazioni minuscole e amplificarle, facendole diventare forti come i boati delle bombe a mano. Le gambe non erano state fiaccate dal lavoro del pomeriggio, si muovevano a ritmo perfetto senza alcuna stanchezza.

Si accorse di non percepire quasi più il tocco della mano di lui sulla schiena. Lo risentiva solo quando, con decisione, intendeva dirigerla verso un'altra direzione o quando il movimento tra loro diventava, per un attimo, asincrono e il contatto si faceva inevitabilmente più intenso. Erano momenti speciali quelle frazioni di secondo in cui gli sconosciuti che erano sembravano formare un tutt'uno che si muoveva morbido in mezzo agli altri.

Avvertiva sotto ai polpastrelli la forma della sua spalla, la rotondità dei muscoli contratti per mantenere la posizione: cercava di stare leggera e riuscì a vincere la tentazione di far scivolare le dita lungo tutta la lunghezza del braccio, per toccare meglio, per sentire meglio, come fosse stata uno scultore cieco che guarda con le mani. Sbirciò il collo della giacca e quello inamidato della camicia contro il quale la pelle abbronzata formava piccole rughe. Non trovava il coraggio di girare la testa dall'altra parte, violando le regole del ballo, per guardarsi intorno. Rimase composta nella sua posizione di dama, impeccabile e perfetta, in cui solo gli occhi si tendevano verso destra per spiare.

La mazurka, dopo numerosi e ripetuti ritornelli, finì. E con essa quello strano incantesimo in cui Antonia era stata immersa come mai prima.

Rimasero fermi nella stessa posizione per qualche secondo ancora, dopo la fine della musica, quasi ad aspettare che ricominciasse, ad assicurarsi che fosse finita per davvero. Poi Antonia accennò a ritrarsi e Vittorio la lasciò andare.

«Grazie» le disse telegrafico abbassando gli occhi.

«Oh, grazie a voi, signor Stefàncich!» rispose sorridendogli, scoprendosi intimidita da quel viso maschio, da quel corpo di uomo che percepiva come magnetico.

«Credo di dover raggiungere mia madre e mia sorella e tornare a Monfalcone.»

«Certamente. Non perdete tempo! Userete il motocarro?»

«Sì, in venti minuti saremo in pianura.»

Raggiunsero gli altri che si stavano già salutando.

Si accomiatarono con uno sguardo e un reciproco sorriso. Nessuna parola, nessun baciamano, nessun inchino, nessuna formalità. Uno sguardo e un sorriso. A entrambi sembrò naturale rivolgersi quell'ultima attenzione, cercandosi con gli occhi.

Come fossero già complici.

Giacomo Ledri

Una roba fata per forza no val una scorza

Giacomo Ledri sentiva freddo, esposto così all'aria fresca e alla velocità, sul bancale del motocarro, dopo la vendemmia, scendendo dal Carso con gli Stefàncich. Era contento di lasciare le colline e di ritornare nel suo ambiente cittadino. Non gli piaceva la campagna, anche se faceva l'agronomo. Non provava nessun piacere nel condividere il suo tempo con i contadini, spesso analfabeti e, pensava, per lo più *slavi*. Chissà cosa avevano voluto dirgli quel pomeriggio, cercando di esprimersi al loro meglio per spiegargli le loro usanze e abitudini. Sorrideva, pensando alla loro ingenuità: lui era venuto per cancellarle, quelle abitudini, per cambiare tutto, portando innovazione.

I Ledri erano una famiglia in vista.

Trieste era stata governata dagli austriaci per quasi cinquecentoquarant'anni. Gli Asburgo ne avevano fatto la quarta capitale dell'impero, dopo Vienna, Budapest e Praga e lei era fiorita, come una ginestra profumata, sul suo mare Adriatico che la apriva, unica tra tutte, verso il mondo. E fintanto che il Litorale era stato territorio asburgico, a Giacomo fu insegnato di trarne ogni vantaggio. Suo padre, l'avvocato Ledri, scaltrissimo professionista, era tenuto in grande considerazione dall'amministrazione austriaca locale. Aveva difeso con successo un funzionario dell'imperatore implicato in un oscuro caso di truffa nel traffico merci, riuscendo a dimostrare l'innocenza del suo assistito, nonostante tutte le prove documentassero la sua colpevolezza. Quel caso fece scalpore, tanto che molti sospettarono un accordo segreto con il giudice. Ma Ledri aveva vinto e questo, per la legge e per gli uomini, contava.

Imparò presto a chieder conto di tutte le cortesie fatte ai notabili nelle aule del tribunale, non solo col pagamento della sua onerosa parcella. Quando nel 1914 il kaiser proclamò la mobilitazione generale e Giacomo, ventitreenne ancora studente a Vienna, si sarebbe dovuto arruolare, l'avvocato Ledri riuscì a ottenere un certificato medico attestante «la grave compromissione dell'acuità visiva» del figlio, dichiarato così definitivamente inabile all'arruolamento. Da quel momento gli occhiali, che prima Giacomo usava solo per leggere, diventarono un accessorio che non mancava mai sul suo naso.

Con la stessa disinvoltura con cui aveva evitato l'arruolamento al figlio, l'avvocato aveva apertamente criticato la «passiva accondiscendenza», così l'aveva definita, con cui l'amico Stefàncich aveva permesso al figlio Vittorio di passare al Regio esercito italiano per combattere contro gli austriaci. Le loro famiglie appartenevano alla media borghesia italiana dell'impero e sarebbero dovute rimanere coese nel tentativo di dimostrare a Vienna che degli italiani d'Austria di un certo livello ci si poteva fidare. Invece Vienna continuava a considerarli potenziali traditori, pericolosi voltagabbana, preferendo la minoranza slovena, che certo, ambiva alla formazione di uno Stato autonomo, ma pur sempre integrato all'impero. Secondo Ledri, il comportamento degli Stefàncich, nel piccolo, minuscolo mondo di una cittadina del Litorale, non era stato che una conferma dei fondati sospetti.

A una cena al circolo del porto, alla fine della guerra, l'avvocato Ledri si trovò a dover giustificare il suo punto di vista fino a quel momento «austriacante», attribuendosi il titolo di detentore della verità assoluta sull'ingarbugliata situazione postbellica triestina, in cui pochi capivano da che parte stesse il giusto, se mai ce ne fosse stato uno.

«Il risultato delle scelte dei disertori dopo la dichiarazione di guerra dell'Italia del 1915 e il tradimento verso la Triplice Alleanza fu che i sudditi di lingua italiana vennero malvisti a Trieste, furono bersaglio di retate e saccheggi! La statua di Giuseppe Verdi danneggiata, cosa credete sia stato quello, se non un avvertimento? Lo avete visto voi il caffè San Marco completamente distrutto? Io sì, e faceva impressione. E questi atti sono stati compiuti per dimostrare – ed eravamo solo nel Quindici! – che non eravamo più i benvenuti a casa nostra! E poi? Dopo la guerra? *Il ribaltòn*! Trieste ha perso tutto. Trieste non è più l'emporio che era, non lo sarà mai più. Mai più!»

Parlava enfaticamente, come se stesse declamando una delle sue difese, rallentando nello scandire le ultime due parole, riducendo il volume della voce. Il suo tono teatrale spesso aveva intimorito gli avversari e ora lo usava per convincere chi stava ad ascoltarlo della bontà delle sue considerazioni. La cosa più importante era giustificare le posizioni mantenute negli anni della guerra, oggi ampiamente criticate e tacciate di opportunismo.

Ora il punto era trovare una via d'uscita, evitare di rimanere impantanati dentro a un'immagine che poteva essere dannosa e pericolosissima: quella di essere etichettato come filoasburgico e traditore dell'Italia.

In cuor suo, mal sopportava che il lavoro di anni, che gli aveva permesso di costruirsi una solida reputazione nell'apparato burocratico austro-ungarico, venisse spazzato via dai sentimenti irredentisti, che gioivano del passaggio di Trieste all'Italia. A lui poco importava chi fosse il capo, nei tribunali di quale Stato o nazione avrebbe dovuto intonare le sue arringhe, a Ledri importava di non perdere quel ruolo che si era conquistato. E così, con questo unico scopo, il registro delle sue esibizioni retoriche cambiò direzione e presto lo si sentì dire: «Ora dobbiamo rimboccarci le maniche e mostrare che siamo capaci di difendere questa italianità che tanto ci è costata! Adesso che a Villa Giusti con l'armistizio hanno stabilito che siamo finalmente davvero italiani! Evviva l'*Audace* che è attraccato sul molo San Carlo e ha portato l'Italia a Trieste!»

Non fu difficile per Ledri adattarsi, come un abile camaleonte, al nuovo colore che presto avrebbe tinto Trieste.

Giacomo Ledri aveva imparato perfettamente dal padre l'arte dell'opportunismo. Privo di qualsiasi senso del pudore, riteneva che la vita gli dovesse qualcosa, che i desideri, i successi, i traguardi raggiunti, fossero come mele mature che aspettavano di essere raccolte proprio da lui da un albero di cui non si era mai preso cura, trovato casualmente per la strada.

Negli anni viennesi, che avevano rappresentato, in effetti, la maggior avventura della sua vita, nonostante i racconti conditi con abbondanti dosi di bugie, aveva vissuto in solitudine.

Viveva nella residenza per studenti a pochi passi dall'università, in una stanza lussuosa al quarto piano, provvista anche di bagno privato. Era avvezzo alla comodità. Studiava con fatica, governato dalla noia e dal disinteresse, anche se il senso del dovere, o forse il timore per il giudizio inflessibile dell'altrettanto inflessibile padre, gli imponeva di ottenere con regolarità i sufficienti risultati per andare avanti. E i suoi giorni passavano tra mattinate di lezioni e laboratori, pomeriggi di studio più o meno intenso, notti inebriate dall'alcol e dalla totale mancanza di preoccupazioni. La sera percorreva a piedi i trenta minuti che lo separavano dalle osterie di Grinzing. Le *buschen* di pino, frasche appese all'ingresso delle case basse con i tetti spioventi dei vignaioli, segnalavano quando veniva venduto anche il vino novello. La strada del ritorno gli sembrava noiosa e interminabile quando, sbronzo, contava i lampioni per trovare l'ingresso notturno dello studentato e saliva le scale a zig zag fino alla sua stanza al quarto piano. Erano molto più divertenti le sere in cui

Mitzi Zimmer, che lavorava come cameriera ai tavoli nella locanda Lier, lo accompagnava e passava la notte con lui, salendo clandestinamente nel suo alloggio. Con lei mostrava sicurezza, padronanza, capacità di gestire la sua vita di giovane uomo. Con lei era facile sembrare migliore. Trovava difficile, invece, sostenere i discorsi con i compagni di studi, spesso figli di famiglie viennesi che conoscevano il Litorale come luogo di villeggiatura e consideravano gli italiani dell'impero come i sudditi meno disciplinati del loro kaiser. Giacomo non riusciva a entrare nel loro mondo alla pari, il suo orgoglio e la sua timidezza, nascosta dalla spigolosità dei tratti e dell'animo, gli impedivano di integrarsi davvero. Era molto meglio passare il tempo con Mitzi o con i pochi altri compagni provenienti da altri angoli dell'impero, che non mancavano mai di lamentarsi della città, dei viennesi, dei loro modi troppo rigidi, altezzosi ed eleganti. Mitzi rideva e non si offendeva mai a quei commenti sui viennesi. Lei non era rigida, né altezzosa, né elegante. E forse non poteva nemmeno considerarsi una vera viennese, visto che abitava in quel distretto periferico e ancora campagnolo. Per lei frequentare gli studenti dell'*Universität für Bodenkultur* era un salto sociale. Un privilegio. Giacomo qualche volta le comprava regali di poco valore, ma che lei continuava a ritenere importanti «per il pensiero».

La loro frequentazione terminò di colpo quando lui, discussa in fretta la tesi, ottenne la laurea. Nel finire dell'autunno 1914, col biglietto di prima classe in mano speditogli da suo padre, salì in tutta fretta sul treno per Trieste, prima che la guerra riducesse drasticamente il movimento di persone e di merci. Nemmeno un saluto. Mitzi seppe della sua partenza da altri.

Mesi dopo, ottenuto l'indirizzo di Giacomo, vomitò più volte frasi, accuse, preghiere e richieste scrivendo e riscrivendo in brutta copia una lettera per lui. Ma non la traspose mai in bella. Né, tantomeno, arrivò a spedirla. Sì, era incinta e lui sarebbe potuto essere il padre. Sarebbe potuto. Ma non ne era sicura. Perché il padre sarebbe potuto anche essere il primogenito del padrone della locanda Lier. E pensandoci bene, visto che il figlio del padrone della locanda Lier non era scappato ed era ancora lì a Vienna con lei, visto che il piccolo ormai nato era biondo con gli occhi chiari, proprio come il figlio del padrone della locanda Lier, Mitzi decise che non ci sarebbero mai stati dubbi e che proprio lui fosse il padre di quel bambino. Il figlio del padrone della locanda Lier, dopo aver diligentemente sposato Mitzi, fu richiamato dall'esercito e tornò dalla guerra, ma cieco completo. La locanda riaprì, non senza fatica, nell'estate del 1919 con il nuovo nome *Gasthaus* Mitzi Lier. «Anche chi perde la guerra deve mangiare» diceva lei.

Giacomo, anche lui biondo e con gli occhi chiari ornati dalle lenti tonde cerchiate d'oro, visse ignorando sempre le iniziali incertezze di Mitzi Zimmer e dimenticandola presto.

Il suo ritorno sul Litorale, al sicuro perché ancora lontano dal fronte e dalla capitale in guerra, fu taciuto. Rimase in casa per mesi, quasi nascosto, lui, l'esonerato dal massacro. I Ledri, come molti altri, lasciarono presto la città e la loro casa durante i pesanti bombardamenti di Monfalcone. Furono accolti da certi parenti che vivevano in campagna dalle parti di Aquileia, sembrava una distanza sufficiente. Alla fine della guerra, come degli orsi che escono dal letargo, i Ledri tornarono, trovarono la loro casa ancora intatta, graziata dalla forza distruttrice delle bombe e ricominciarono a vivere. Senza lacrime, solo con i lamenti fastidiosi di chi non aveva perso niente e di chi non aveva dovuto preoccuparsi di salvarsi la pelle in trincee profonde un metro e ottanta e larghe uno e venti, scavate a fatica nella pietra e nella terra dura del Carso. In compenso, il neonato sentimento di italianità, indispensabile alla sopravvivenza, fece sì che la famiglia Ledri partecipasse al completo alla visita di Vittorio Emanuele a Trieste il 10 novembre del 1918.

La fedeltà al kaiser era ormai cosa passata. Si doveva guardare avanti e pensare al proprio futuro. Occorreva sentirsi italiani ed eliminare le differenze delle minoranze linguistiche ed etniche che, ultimo dono dell'Austria, avevano reso Trieste e il suo Litorale un gioiello di multiculturalità. A tal proposito, Giacomo Ledri, nel pomeriggio del 13 luglio 1920, era a Trieste.

13 luglio 1920: l'incendio del Narodni Dom

Basta una falisca per impizar un fogo

Sotto il sole delle cinque e mezzo, Giacomo Ledri era tra le persone riunite nella neonata piazza Unità d'Italia – che prima si chiamava piazza Francesco Giuseppe – per ascoltare le grida di certi rappresentanti di un movimento nuovo. Si era appoggiato con la schiena alla base di marmo di uno dei bracci della fontana barocca dei Quattro Continenti. La fontana rappresentava la fortuna di Trieste di essere stata dichiarata porto franco dall'imperatore austriaco Carlo VI: così era iniziato il suo sviluppo economico in tutto il mondo. Non era mai piaciuta tanto ai triestini, per la verità, che l'avevano soprannominata *cumulo de piere*, ammasso di pietre.

Giacomo, con le braccia incrociate, ascoltava la foga e l'impeto con cui l'uomo sul palco incitava tutti i presenti a riconoscere come naturale il desiderio di eliminare le minoranze tedesche e slave, di italianizzare la città e il suo territorio, ritenuto per troppo tempo mosaico imperfetto di culture e lingue differenti.

Era accaduto, la sera prima, che a Spalato, controllata dalla neonata Jugoslavia dopo il trattato di Villa Giusti, un ufficiale e un motorista italiani fossero stati uccisi durante degli scontri. Il giornale della città, il *Piccolo*, aveva pubblicato una nota del consiglio direttivo del Fascio di combattimento di Trieste – che, a quanto pareva, era stato fondato già nel Diciannove da un gruppetto di trenta persone – che esortava tutti i triestini a manifestare per i gravi fatti di Spalato. Tutta colpa degli slavi. Erano loro i responsabili di quelle morti. Erano loro, assieme ai bolscevichi, i nemici interni da combattere, da eliminare dal territorio di Trieste e dell'Italia.

Con queste premesse, il comizio dei fascisti in piazza stava ottenendo successo.

Giacomo rimaneva ancora in disparte, ad ascoltare, a cercare di capire, mentre fumava nervosamente le sue sigarette. Teneva le cartine e il tabacco in una piccola scatola d'argento a chiusura automatica. Faceva clic su un bottone e il coperchio si apriva, sprigionando il profumo di tabacco disposto ordinato in striscioline compattate di foglie secche pressate. Le prendeva con attenzione, per non perderne nemmeno un frammento e le metteva nel palmo della mano sinistra, che teneva concava e semichiusa. Poi sfilava dalla superficie inferiore del coperchio una cartina Modiano e chiudeva la scatola con un altro clic. Ripetutamente, ogni volta, metteva la cartina tra le labbra, attento a mantenerla perfettamente asciutta e intanto sminuzzava le foglie compatte schiacciandole tra il palmo e le dita con impazienza. Poi piegava la cartina a metà per il senso della lunghezza, la riempiva della polvere profumata, arrotolava per bene, leccava velocemente il bordo ed era pronto ad accendere. Durante il discorso in piazza il meccanismo era stato in continua funzione, ne aveva fatte e fumate molte, una dopo l'altra, mentre ascoltava e cercava di capire quale fosse il suo pensiero.

Era incuriosito, ma si sentiva ancora frenato dalla prudenza.

Aveva letto quella nota sul *Piccolo* e aveva deciso di partecipare al comizio. Tutto l'ardore che percepiva dai discorsi gridati da quel Francesco Giunta, che aveva le vene del collo turgide per lo sforzo, lo spingeva a pensarla nello stesso modo. E man mano che le frasi aumentavano in ritmo, forza e concitazione, Giacomo sciolse le braccia incrociate e iniziò, senza accorgersene, ad applaudire. Sembrava che quell'uomo gli avesse letto nel pensiero. Cominciò a sentire dentro una forte carica, come se la comunanza di idee con quell'uomo carismatico che teneva la parola lo facesse, in qualche modo, sentire importante. Non aveva certo combattuto, non aveva vissuto l'esperienza – che dal palco definivano eroica – della guerra; tutt'altro, lui era stato un esonerato e per lo più dall'esercito asburgico. Ma nessuno, ormai, se ne ricordava. La sua posizione in qualche modo neutrale, durante gli anni di conflitto, lo metteva ora al riparo da ogni critica. Era vero, sì, suo padre era stato un funzionario del regno, un avvocato di grido, ma questo cosa c'entrava? Ormai Giacomo Ledri poteva ripartire, ricominciare, prendere parte a qualcosa che riteneva vincente, forte, virile. Si fece avanti, tra la folla, incuriosito, avvicinandosi agli oratori, quasi cercando di farsi notare, di farsi vedere. Ma la concitazione era tanta e all'improvviso, come mossi da una folata di violenta bora, come quella delle giornate peggiori che i triestini identificano come «bora nera», i discorsi si spensero e un'onda di folla si spinse verso il fondo della piazza, verso il palazzo del Municipio che guardava il mare dalla sua posizione privilegiata.

E Giacomo, come una delle foglie spazzate da quella folata di vento, si ritrovò a essere spinto anche lui sotto all'arco della torre dell'orologio che si alzava imponente dalla facciata dell'edificio. Riuscì a sentire il rintocco della campana, suonata dalle mazze di Mihec e Jakec, le due statue maschili che battevano le ore e le mezz'ore, ma fu come un unico suono riconoscibile e isolato, nel mezzo di un turbinio di grida, di urla, di scoppi, di rumore di folla.

«Uno slavo! È stato uno slavo! È scappato di là! *Go visto mi*!» gridava qualcuno, affermando di aver visto personalmente e indicando i vicoli contorti e sporchi della città vecchia che si dipanavano dietro e a lato del palazzo comunale.

Chissà perché tutti gli vollero credere ma, invece di correre verso destra per cercare di acciuffare il colpevole, la folla, formata da fascisti più e meno consapevoli, si diresse a sinistra, all'esatto opposto, in modo ordinato, preciso, quasi prestabilito davanti agli occhi della polizia che era rimasta a controllare, quasi consenziente, quel comizio da lontano, senza limitarne alcuna parte. E perché? Questo dubbio, a Giacomo Ledri, non venne.

Li seguì, quasi automaticamente, diventando parte di un flusso di persone che si muovevano a lato delle colonne di uomini.

Concitato ed eccitato, camminava svelto in mezzo ad altri che non conosceva, ma che come lui venivano travolti dalla curiosità, dall'incitamento fortissimo che era arrivato dal palco, dalla frustrazione, dall'occasione che veniva offerta di sentirsi protagonisti di qualcosa. Teneva il cappello di paglia bianco in mano per non perderlo in quella foga, era sudato, sentiva la stoffa della camicia appiccicata alla schiena. Ma continuava a camminare, a gridare, a incitare gli uomini che, fermi ai lati del corteo, guardavano increduli quella massa di gente muoversi verso un ancora ignoto obiettivo.

A dire il vero, Giacomo Ledri il morto accoltellato sotto agli archi del comune non l'aveva nemmeno visto. Era successo tutto in un momento, senza che quasi se ne fosse reso conto. Sembrava addirittura che il morituro avesse gridato invano «Io non c'entro!» e poi si fosse ritrovato con una lama ficcata nel corpo da non si sa chi. Ma Giacomo Ledri non aveva sentito niente, se non le voci degli altri partecipanti al comizio che ripetevano, aggiungendo sempre nuovi e diversi particolari, la stessa litania: «Uno slavo, un serbo, ha ucciso un ex combattente italiano!»

Giacomo seguiva il gruppo, passando per piazza della Borsa, senza esitazione, verso piazza della Caserma, verso il *Narodni Dom*, la Casa della Cultura slovena, un edificio moderno e meraviglioso. Era stato progettato secondo lo stile secessionista viennese da Max Fabiani, l'architetto del Carso che aveva studiato a Vienna e imparato dal famosissimo Otto Wagner. Il *Narodni Dom* riuniva le realtà culturali ed economiche simbolo della normale presenza slovena a Trieste, oltre che il prestigioso e lussuoso Hotel Balkan.

Quella sera d'estate Giacomo Ledri non ammirò la bella facciata in pietra liscia e mattoni a vista disposti a formare dei rombi rossi su sfondo chiaro, come avrebbe fatto in altre circostanze, lui, che aveva una naturale propensione verso il bello. Sentì degli spari, degli scoppi, non ne poté capire la provenienza, alcuni sembravano arrivare dalla caserma, che si trovava proprio di fronte, altri sembravano arrivare a pioggia dai piani superiori del *Narodni Dom*. Una gran confusione. Ma il gruppo di rivoltosi di cui si sentiva parte non esitò a entrare. E, senza pensare né rendersene conto, Giacomo Ledri li seguì.

Non provò alcuna remora nel lanciare sassi e oggetti che aveva trovato per terra contro i bellissimi vetri policromi di Koloman Moser che decoravano l'atrio al piano terreno e che erano diventati ormai il bersaglio di quei lanci. Non provò vergogna a ribaltare le sedie del caffè correndo come una furia verso una delle due scale monumentali che portavano al teatro. Da quella posizione sopraelevata poté vedere alcuni uomini spargere il contenuto di grosse taniche sui divani e sulle poltrone di velluto, sul mobilio del ristorante, poi li vide salire, superandolo e raggiungendo i piani superiori, la platea del teatro, la galleria, fino ai piani riservati all'Hotel Balkan. In quei momenti di follia, Giacomo scese nuovamente le scale, si riportò al piano terreno, gridando con una forza di cui lui stesso si stupì, sganciò dalla parete uno specchio e la sua pesante cornice intarsiata in foglia d'oro e li gettò per terra, con disprezzo e rabbia, come se quel gesto avesse avuto il potere di liberarlo da tutto il rancore inespresso che aveva dentro. Lo specchio andò in frantumi, la cornice si ruppe in due pezzi, facendolo quasi inciampare nel suo moto forsennato verso la porta principale.

Uscì, sentì altri spari, altri scoppi, poi il fuoco, e l'odore del fumo che usciva dalle finestre i cui vetri venivano rotti dal caldo o dalle persone che, da dentro, cercavano un riparo. Giacomo sentì crescergli nel petto un istinto bestiale che lo rendeva immune da ogni giudizio, che gli faceva credere di essere onnipotente, forse per la prima volta nella sua vita. Guardava estasiato il risultato dell'invasione al *Narodni*

Dom, godeva della vista del fuoco che sembrava quasi un rito pagano.

Poi, all'improvviso, la sagoma di un uomo disperato che dal terzo piano si gettava nel vuoto per scappare dal fuoco si fece davanti ai suoi occhi. Riuscì così, per caso, a vederne chiaramente il volo. Corse nella direzione della caduta, volle vedere il corpo disteso carponi a terra, con gli arti disarticolati e un rivolo di sangue rosso scuro che usciva dalla testa. La gente si accalcò, sempre più numerosa, sempre più impotente. Il fuoco saliva, verso i piani superiori, verso gli appartamenti dell'ultimo piano, verso il sottotetto. E il cielo rosato del tramonto si fece rosso intenso, come il sangue che usciva dalla testa del povero farmacista Hugo Roblek che, lanciandosi, aveva sperato di salvarsi la vita minacciata dal fuoco. Ma morì subito, senza un lamento, sbattendo sul pavimento di pietra. La piazza era gremita, ora non più di facinorosi, che se l'erano data a gambe, ma di curiosi, di triestini che accorsero a vedere quello spettacolo feroce.

Le madri coprivano gli occhi dei bambini, che, attratti dai rumori, dalle grida e dal pericolo che non erano in grado di quantificare, cercavano di guardare verso il fuoco. Certe intonavano padrenostri, invocavano la tuttasanta trinità o un Birkhat Ha-Gomeyl di ringraziamento, a seconda che la fede fosse cristiana, greco-ortodossa o ebraica. Altre correvano verso l'incendio con le mani tra i capelli a cercare qualcuno.

«*Ga ciapà fogo el Balkan!*»

«*Dovè far largo! Spostève!*» urlava il pompiere chiedendo spazio.

I vigili del fuoco non riuscivano a raggiungere l'edificio, per la calca. E la polizia sembrava non accorgersene.

Giacomo Ledri rimase per ore a guardare quel rogo, allontanandosi piano, man mano che la furia in lui si placava. Rimase ad ascoltare i rumori di vetri rotti, i crepitii, l'odore di bruciato, il caldo. La sua soddisfazione.

Sentiva di aver preso parte a un evento importante.

Desideri e ricordi

Quel che no copa rinforza

Proprio scendendo dal Carso dopo la vendemmia dei Pàhor del 1921, mentre l'aria passava tra i suoi capelli biondi sul bancale del motocarro, Giacomo Ledri ripensò all'incendio al *Narodni Dom*, all'incendio dell'Hotel Balkan, all'incendio del cuore della cultura slovena a Trieste. E concluse che quell'azione, evidentemente, non era stata sufficiente a fiaccare le minoranze. Erano radicate, cosa che lui non intendeva più accettare. In quella giornata, passata assieme ai Pàhor sul Carso, non aveva fatto che sentire parlare sloveno.

Arrivati a Monfalcone a casa degli Stefàncich, Giacomo e Vittorio rimasero soli, seduti scomposti, rilassati sulle sedie di ferro sotto alla pergola di uva fragola, bevendo grappa.

«Mi sarebbe piaciuto studiare arte, forse architettura. Mi piacevano tanto certi palazzi di Vienna nello stile nuovo, moderno.» Tenendo una sigaretta tra le dita lunghe e sottili, mimava le forme squadrate a cui si riferiva.

«Perché ti viene in mente questo, adesso?»

«Mah, pensavo, scendendo dal Carso. Riflettevo.»

Vittorio continuava a guardarlo aspettando che continuasse. Spostò la sua sedia, affinché il fumo della sigaretta non gli arrivasse in faccia.

«È stata dura studiare a Vienna. Anni di fatica indicibile. Con quei crucchi altolocati, a guardarti dall'alto in basso. A farti sentire ospite, anzi, ospite indesiderato. Ad aspettare un'incertezza sulla lingua. Poi grazie a Dio la guerra...» ed esitò per un attimo, cercando le parole per correggere il lapsus «sì, voglio dire, sono riuscito a finire tutto e a rientrare presto a casa quando è cominciata la guerra. Era difficile là. Mantenere sempre il contegno, dimostrare fermezza, sentirsi all'altezza. Una gran fatica.»

«Ti credevo contento. Sembri orgoglioso quando ne parli. Perché non hai...»

Non fece in tempo a finire che Giacomo esplose in una risata fragorosa e teatrale, una risata che sembrava un ghigno, un lamento, un pianto, un grido.

«E come credi che avrei potuto dire a mio padre? *Caro padre, grazie dei tuoi aiuti, dei tuoi consigli, dei tuoi soldi, ma a me delle piante, delle vigne, degli innesti, del vino, dei tuoi amici che vendono champagne, non me ne importa niente!*» pronunciò le ultime parole soffiando tra le labbra con tale forza che gocce di saliva e grappa passarono nebulizzandosi nell'aria. «Lui aveva pianificato tutto per me fin da quando ha capito che non ero abbastanza intelligente per fare l'avvocato.»

«Giacomo...» disse Vittorio cercando di bloccare sul nascere una confessione facilitata dall'alcol che non aveva voglia di ascoltare.

«Lasciami finire» disse alzando una mano per fermare, anche fisicamente, ogni tentativo di consolazione «aveva capito che io non ero come lui. Capace come lui di parlare bene, di imbrogliare la gente. Così ha pensato per me a qualcosa che potesse darmi da vivere in futuro. Non ha pensato male. Ma io avrei scelto altro, ecco, tutto qua.»

«Non conosco altre persone che lavorino poco come te e guadagnino i soldi che guadagni tu, specialmente oggi che sembra andare tutto a rotoli.»

«No infatti. Per questo dico che mio padre ha pensato bene. Ma a me sarebbe piaciuto fare altro» e tirava lunghe boccate dalla sua sigaretta quasi finita, guardando il cielo scuro e terso «e poi odio stare con la gente. Devo visitare le vigne, parlare coi contadini, non c'è modo di evitarlo. Devo farlo soprattutto per le commesse con il Piemonte e il Sud Italia.»

«Sono sicuro che esistano lavori peggiori.»

Dopo qualche secondo di deluso silenzio, riuscì a dire: «Ne sono certo anche io». Si ricompose. Chiuse il discorso e si promise che non lo avrebbe mai più ripreso.

Con nessuno.

Vittorio non aveva ascoltato abbastanza. Non aveva compreso quella piccola richiesta di attenzione che, in modo così straordinario, forse complice la grappa, gli aveva fatto. Si rallegrò di non essere stato capito. Si rallegrò che nessuno conoscesse, dunque, la sua debolezza. E continuò a gestire da solo, dentro, la fatica di fingere.

Vittorio, invece, capì.

Conosceva Giacomo Ledri da sempre, conosceva l'avvocato Ledri da sempre. E, nonostante non volesse assecondare le lamentele di chi fino ad allora riteneva non avesse mai preso posizioni decise, comprese. Colse la frustrazione, colse il senso di inferiorità, la certezza di non essere abbastanza e con essa il timore di deludere. Colse il disagio di un uomo che non aveva scelto nulla per la sua vita.

Rimase in silenzio Vittorio, a riflettere, come spesso faceva. E lasciò vagare i pensieri, nell'aria fresca della sera, li lasciò salire in alto, leggerissimi. Gli si fece davanti la faccia di Antonia, le guance rosse e le labbra socchiuse, poi quel suo corpo magro, i modi controllati e un po' rigidi. Imbarazzati. Si concesse di speculare sulla sua pressoché ovvia verginità. Si pentì, quasi immediatamente, di quel pensiero clandestino.

Scivolò sul sedile, mettendosi comodo, incrociò le gambe e appoggiò la testa allo schienale della sedia continuando a stare in silenzio mentre Giacomo si arrendeva al sonno.

Guardando il cielo ringraziò per la tranquillità con cui, in quel momento, gli era concesso di ammirare le stelle senza doversi preoccupare. Chiuse gli occhi, godendo della brezza che rinfrescava l'aria, ma che portò con sé anche pesanti pensieri lontani.

Come spesso gli accadeva di notte, riemersero, subdoli e taglienti, alcuni ricordi del fronte, di quando le poche ore di riposo venivano disturbate dai rumori dei passi nelle trincee, dalle crisi di panico dei compagni, dalla puzza, dalla paura, se non dalle esplosioni e dagli spari. Gli odori della giubba umida, sporca di fango e sangue rappreso, e delle sigarette nazionali che i compagni fumavano nelle pause sembravano ancora vivi sotto le sue narici nonostante la guerra fosse finita già da tre anni. Niente di tutto quello che era successo poteva essere dimenticato, niente poteva essere lavato via. Di quella guerra tutto rimaneva dentro, incollato alla pelle, come un marchio a fuoco; nessuna cosa, tuttavia, come l'odore del fumo di sigaretta, aveva il potere di riportargli davanti agli occhi le immagini delle trincee e l'inferno che fuori e dentro a quei buchi si era consumato. Per questo non tollerava il fumo.

Nella pace di quella notte dopo la vendemmia, col vento leggero che lo accarezzava, Vittorio non riuscì a evitare che il ricordo del 29 giugno 1916 tornasse a galla silenzioso, come silenzioso era stato quell'attacco tremendo. Ricordò tutto con precisione respirando a pieni polmoni.

Verso le quattro di mattina, dopo un turno di guardia, aveva avuto bisogno di dormire. Su ordine del suo comandante, il tenente Benzi, era stato a capo di un gruppo di dieci uomini che erano rimasti vigili e attenti a controllare una porzione della prima linea sul monte San Michele. Era stata una notte tranquilla, senza spari, senza rumori, come succedeva spesso ormai da marzo. Gli austriaci avevano impegnato le truppe italiane sul fronte trentino e veneto, sull'altopiano di Asiago, con la spedizione che avevano chiamato proprio *Strafexpedition,* punitiva, per l'appunto. Per questo motivo sul fronte dell'Isonzo la situazione era calma; c'erano stati piccoli avanzamenti, si erano scavate le trincee in cui Vittorio si trovava, proprio quelle a poche decine di metri di distanza dalla prima linea austro-ungarica sul monte San Michele. Il monte, spesso dichiarato imprendibile, era rimasto in mano austriaca nonostante quattro terribili battaglie inutili. Quattro bagni di sangue ordinati da Cadorna per nessun reale guadagno di territorio e con il risultato di aver ridotto a pezzi il morale delle truppe. C'era tra i soldati chi diceva apertamente e senza timori che la cosa peggiore non era morire, ma morire per niente.

Quella mattina presto Vittorio si era messo a riposare in un posto riparato, un corridoio cieco della trincea, quello in cui ci si poteva considerare al sicuro perché il più retrocesso, nella direzione delle seconde linee. Si era rannicchiato ed era riuscito a estraniarsi da quel luogo disperato. Per un tempo che gli era sembrato infinito, ma che era stato in realtà meno di un'ora, complice il silenzio, aveva creduto di essere altrove; il corpo stava immobile e pesante in uno stato di grazia inspiegabile.

Quel torpore era stato turbato solo un poco dal bagliore di un razzo luminoso passato sopra alla trincea. Un razzo nemico? La luce rossa, che aveva stimolato le sue retine nonostante le palpebre abbassate, non era stata sufficiente ad allarmarlo. In uno stranissimo stato di dormiveglia, era rimasto fermo, stanco e senza forze, con la schiena appoggiata allo zaino e la fronte incollata alle assi di legno ruvido che sorreggevano la parete della trincea. Per altri secondi, che erano parsi infiniti, era rimasto immobile, quasi sperando che anche quella luce fosse stata parte dei sogni e non della realtà. Capitava spesso che di notte o prima dell'alba venissero lanciati dei razzi luminosi senza che vi fossero conseguenze. Aveva schiacciato ancora la faccia verso la terra, ignorando il presente, sentendo l'umido del fango frammisto alle pietre del Carso. Poi vennero grida disperate e fortissime. Aveva mosso piano la testa, quel poco che era stato sufficiente a vedere ciò che stava accadendo a pochi metri da lui, nella luce ormai rosata dell'alba: una nube bianca si muoveva leggera sopra le loro teste. I compagni provenienti dalla parte più esposta della loro postazione correvano portando le mani alla gola, alcuni scavalcavano le pareti della trincea pur di uscirne, cercando riparo, diventando bersaglio facile dei colpi degli austriaci e degli ungheresi. Vittorio, ormai sveglio, ma non ancora investito dal panico, avvertiva un odore persistente, come di fieno ammuffito. Tutto gli fu chiaro in un attimo.

Aveva trattenuto il fiato, disperatamente, senza prendere un gran fiato, ma solo con la poca aria che aveva già nei polmoni. Continuava a schiacciare la faccia contro la terra, quasi fosse stato il petto di sua madre quando era bambino. Aveva trovato la lucidità di prendere dalla tasca della giubba quell'unica fetta di pane che conservava sempre. Gli era anche caduta per terra mentre cercava di svitare il tappo della borraccia con le mani che tremavano e rendevano difficile ogni movimento. Aveva raccolto il pane versandoci sopra tutta l'acqua che era rimasta nella borraccia. L'apnea diventava impossibile da sostenere. Aveva fame d'aria e tanto più sapeva di non dover respirare, tanto meno riusciva a trattenere il fiato. Si era poi ficcato il pane inzuppato in bocca, vincendo l'istinto di respirare. Frugava nelle tasche dei pantaloni ed eccolo, finalmente, il fazzoletto di cotone grosso. Era riuscito ad aprirlo a fatica per appoggiarlo davanti al naso e alla bocca, annodandolo alla nuca, permettendosi finalmente di respirare. Era stato come nascere una seconda volta, accontentandosi della minima quantità d'aria che attraversava la stoffa di cotone, arrivava alla bocca, passava la mollica del pane bagnato, scendeva nella trachea e nei bronchi e inondava finalmente i suoi polmoni. Respirava piano gorgogliando, continuando a tenere il naso chiuso con le dita.

Gli austriaci avevano usato il gas.

Vittorio continuava a rimanere immobile, cercando di pensare e di non perdere la testa. L'unica certezza che aveva era che gli austriaci non avrebbero mai assaltato la trincea alla baionetta rischiando di intossicarsi, almeno per ora. Il nemico li aveva intrappolati in quel lungo buco nella terra, erano spacciati.

In quella situazione terribile, aveva poi alzato gli occhi e, chissà come, gli era venuta in mente la prima lezione di vela al collegio della Marina austriaca. Un cencio impigliato a un ramo sopra alla sua testa si muoveva al vento. Vittorio continuava a osservarlo, pregandolo con tutta la forza e la fede che non sapeva di avere, affinché continuasse a muoversi, a segnare la direzione del vento, affinché quella direzione non cambiasse e il vento non si fermasse. E, infatti, il vento non era cambiato, ma aveva aumentato la sua intensità così tanto da lacerare lo straccio e farlo volare via dal ramo, volteggiando nell'aria. La nube bianca di fosgene e cloro, che ormai con il bagliore dell'alba si riusciva a vedere chiaramente, si stava spostando soffice verso le linee nemiche.

Vittorio poteva sentire grida e disperazione, la stessa disperazione che poco prima era a pochi passi da lui, ma che questa volta parlava una lingua diversa, quella di chi il gas lo aveva fatto uscire dalle bombole. Evidentemente le famose maschere antigas austriache non erano state sufficienti a proteggere tutta la truppa nemica.

Approfittando del momento di panico che stava invadendo la linea austriaca controllata dagli ungheresi, Vittorio era uscito dalla trincea, muovendosi rapido strisciando sui gomiti. Una volta fuori dal buco, aveva corso il più veloce possibile, contro vento, senza pensare, senza guardare indietro, finché era riuscito a vedere i compagni della seconda linea e a raggiungerli. Scappavano anche loro, indietreggiavano, evidentemente consapevoli di quello che stava succedendo. Vittorio aveva ancora forza, sputando il pane bagnato, respirando con la bocca spalancata, continuava a correre indietro, senza sentire la fatica, disperatamente, verso la terza linea, l'aria più pulita, la salvezza.

Vittorio era sopravvissuto al primo attacco con gas tossici della Grande Guerra. Grazie al vento. E ora poteva starsene seduto di notte a bere grappa sotto le stelle accarezzato da quello stesso vento amico. Che strana la vita.

Non era più tornato sul monte San Michele, anche se si trovava a pochi chilometri dalla Stradella Verde, e conservava gelosamente i suoi ricordi di guerra. Preferiva che non diventassero mai parole, quelle sarebbero state troppo dure da affrontare. Conservava gelosamente anche la sua medaglia d'argento al valore militare. Non la indossava mai, era una cosa privata.

Faticava a perdere la facciata di uomo imperturbabile. Faticava anche ad ammettere che era stato tanto difficile costruirla, anno dopo anno. Ma era sicuro che, in qualche modo, tutto il dolore e tutta la sofferenza che non erano riusciti a ucciderlo lo avevano reso forte e determinato.

Lo straniero sottotenente del Regio esercito italiano (giugno 1915)

In fondo sta el fisso

Che cosa avesse spinto Vittorio Stefàncich ad arruolarsi con gli italiani fu un mistero per coloro i quali erano convinti che fosse soddisfatto del suo ruolo al Distretto militare di Trieste, posto in cui poteva starsene al sicuro senza rischiare di finire a combattere al fronte.

Chi lo conosceva davvero, invece, sapeva che quella situazione di comodo sarebbe durata molto poco, che il suo temperamento sanguigno e deciso lo avrebbe spinto a fare quello che riteneva giusto, non quello che era comodo. Il signor Stefàncich lo aveva pregato, persino mettendosi in ginocchio, di non perseguire i suoi intenti. Ma alla fine, poiché la pensavano allo stesso modo, non poté far altro che accettare e benedire suo figlio.

Lasciò la sua casa prima dell'alba, a fine maggio del 1915, pochi giorni dopo la discesa in guerra dell'Italia. A salutarlo solo sua madre e suo padre. Lui lo abbracciò piangendo, come mai aveva fatto in tutta la sua vita.

Vittorio passò clandestinamente il confine nei pressi di Cormòns, un paesino a venti chilometri a nord di Monfalcone, che era stato sede di dogana per gli scambi di merci tra l'impero e l'Italia e che, ironia della sorte, era stato proprio sede dell'armistizio nel 1866.

Con gli italiani Vittorio non mantenne il suo grado di ufficiale della Marina, ma venne inquadrato come fante, soldato semplice, niente privilegi. «Volontario irredento» aveva scritto con inchiostro nero in perfetta grafia il soldato che gli aveva consegnato il cartellino di arruolamento.

Il suo comandante, un piemontese piccolo e tarchiato con faccia tonda e labbra sottili e sempre umide, lo guardò per la prima volta stringendo gli occhi, come se volesse aumentare la sua capacità di vedergli dentro. Era un uomo sospettoso, soprattutto verso chi, in nome della libertà dei popoli, cambiava bandiera. Non considerava ancora possibile il sacrificio in nome di un ideale.

Si chiamava Ruggero Benzi e non poté far altro che guardare Vittorio dal basso, impegnandosi a tenere il mento sollevato, per cercare di guadagnare qualche centimetro. Era avvolto nella sua giacca grigio verde troppo piccola, col collo troppo stretto e che sembrava strozzarlo, il cavallo dei pantaloni troppo basso a causa dell'addome prominente faceva sembrare le sue gambe ancora più corte, fasciate sui polpacci dai pantaloni di panno. Non provò nemmeno a pronunciare quel cognome che suonava straniero, temeva di non saperlo dire correttamente e non intendeva farsi ridere alle spalle, come già spesso accadeva, a causa del suo aspetto e dell'insicurezza che dimostrava nel comando.

Non pensasse di essere diverso dagli altri, quello straniero, non credesse di meritare privilegi in virtù del coraggio dimostrato con la diserzione. A questo pensava mentre cercava di studiare Vittorio per identificare subito il seme di un possibile tradimento futuro.

«Soldato!» disse guardandolo negli occhi, pur dalla sua angolazione sfavorevole. «Conoscete il vostro destino in caso veniate fatto prigioniero dagli austriaci, vero?»

«Sì signore!»

«Ebbene, non vi spaventa la fucilazione per alto tradimento?»

«No, signore!»

«Abbiamo a che fare con un eroe, a quanto pare. Avete servito l'esercito austriaco in Russia soldato?»

«No, signore, mai stato al fronte.» Vittorio guardava dritto davanti a sé, cercando di rispondere alle domande con il minor numero di parole possibili. Sperava che quell'interrogatorio finisse presto e che lo lasciasse andare. Non voleva che gli altri sentissero, non voleva dare spiegazioni. Avvertiva di non essere il benvenuto. Lo temevano, credevano che fosse una spia, un infiltrato e Vittorio decise che il solo modo per farsi accettare sarebbe stato quello di parlare poco e dimostrare coi fatti la sua buona fede.

«Quale era il vostro ruolo? Quali informazioni potete riferire?»

«Capitano di corvetta, signore. Impiegato in operazioni di dispaccio a terra presso il Distretto militare di Trieste. Nessuna informazione aggiornata sulle posizioni attuali.»

Benzi esitò prima di continuare e perse per un attimo la fierezza dello sguardo: in una ipotetica competizione di gradi, avrebbe dovuto salutare l'ex ufficiale della Marina austriaca Vittorio Stefàncich come si fa con un superiore. Poi si fece coraggio e continuò nel suo ruolo di comandante.

«Quindi avete servito a terra, a Trieste, mentre il vostro esercito era intento a combattere in Galizia e in Serbia. Lontano da voi. Avete ricoperto un ruolo da privilegiato. O da codardo. Vedete, qui non ci saranno privilegi. E non tolleriamo i codardi.»

Benzi era certo che mostrarsi rigido e tagliente accrescesse il rispetto dei sottoposti nei suoi confronti, ma ignorava di essere già odiato per le reazioni spesso sproporzionate, per l'alto numero di richiami che in soli due mesi aveva già compilato denunciando supposte insubordinazioni.

C'era poi chi diceva che al Benzi non piacessero le donne e che avesse avvicinato giovani soldati promettendo loro trattamenti speciali e premi in cambio di altri favori. Niente di questo fu mai provato dai fatti, ma le maldicenze, come sempre, si radicavano con maggior facilità degli encomi.

Quel giorno fu particolarmente infastidito da Vittorio. Gli ingredienti per fare di lui un eroe c'erano tutti: la diserzione, l'arruolamento, la giovane età, la corporatura solida, l'altezza imponente, l'educazione militare, le poche parole. Lo avrebbe tenuto d'occhio.

Vittorio non reagì mai alle provocazioni né alle battute di scherno che alcuni compagni gli rivolgevano. C'era chi lo chiamava crucco, chi lo definiva un traditore, uno di cui non ci si sarebbe mai potuti fidare perché se uno tradisce una volta, può farlo sempre. Vittorio incassava, educato alla fermezza della Marina imperiale che, in diverse occasioni, si sentì di ringraziare. Se ne stava in silenzio, osservando tutto e tutti, ma senza esprimere mai chiaramente i suoi pensieri a nessuno.

Trascorse le prime settimane della guerra nelle retrovie, in una specie di praticantato improvvisato. Vide i primi feriti, i primi morti e cercò di allontanare con forza il pensiero di aver preso la decisione sbagliata. Quel pensiero arrivava, spesso di sera, e si insinuava nella sua mente, accoccolandosi come un gatto ruffiano rimanendo lì, fermo, senza muoversi per ore. Faceva le fusa, quando pretendeva di convincerlo che sarebbe stato opportuno richiedere un rimansionamento, in virtù della sua posizione e dei suoi studi. Ma Vittorio riuscì ad allontanarlo, quel pensiero, convinto che la propria dignità di uomo fosse più importante dei riconoscimenti formali.

Una mattina il Benzi ricevette l'ordine di mobilitare il suo gruppo per tentare un assalto. L'obiettivo era prendere una trincea ungherese che si trovava dinanzi alla prima linea italiana. Un attacco tra quegli stessi uomini che, in una specie di tregua, si erano lanciati pacchetti di sigarette fino a pochi giorni prima. Era il primo attacco della loro guerra. Per Benzi, per Vittorio, per tutto il gruppo.

«Stefàn..., riposo!» disse il Benzi nella tenda da campo, seduto dietro al tavolino di legno ricoperto di fogli. «Voi e nove altri andrete in prima linea, in avanscoperta. Dovrete tagliare il filo spinato. Preparerete la strada per gli altri, l'attacco è previsto per domani. Il progetto è di distrarre il nemico in questo posto calmo per permettere un'operazione di maggiore entità a qualche chilometro da qui.»

Vittorio guardava avanti, zitto. Stringeva le labbra tra i denti mentre pensava.

«Avete capito quello che vi ho detto o devo tradurre?»

«Ho capito, signore.»

«Allora andate.»

Vittorio esitò. Benzi lo guardò, cogliendo la perplessità gli diede l'occasione di parlare con un cenno.

«Nessun fuoco dalle retrovie domani, signore?»

«Nessuno. Se non quello di copertura dalla trincea.»

Vittorio mantenne la calma, ma sentì aumentare il ritmo del suo cuore. Sembrava la descrizione di un suicidio. Benzi si strofinava le mani nervoso, controllava ripetutamente ciò che c'era scritto sul foglio ricevuto dal comando, infilandosi un dito nel colletto della giacca nel tentativo di allargarlo. Era sudato.

«Signore, occorreranno rinforzi dalle nostre retrovie.»

Benzi sollevò immediatamente lo sguardo.

Come osava quel soldato proporre una strategia? Lo aveva fatto chiamare solo per illustrargli quelli che sarebbero stati i suoi compiti. Per comunicargli di persona che, proprio lui, l'irredento, avrebbe avuto l'occasione di mostrare il suo valore e la sua lealtà. Ora, invece, quello Stefàn... come diavolo si chiamava, stava discutendo con lui di strategia militare.

Sembrava tutto ancora più difficile.

Già era preoccupato di far rispettare gli ordini, ci mancavano i consigli non richiesti di quello straniero. Benzi ricontrollò sui fogli dei dispacci gli ordini ricevuti. Cercava di nascondere, come poteva, l'agitazione e l'inadeguatezza che provava. Aveva paura. E se non fosse riuscito a far eseguire l'ordine? E se l'attacco fosse risultato fallimentare? La responsabilità sarebbe stata solo sua. Tutta sua. Solo che, a differenza di Cadorna, lui era proprio lì e del sangue, molto probabilmente, avrebbe cominciato a sentire l'odore. E i morti, i ragazzi morti, come avrebbe fatto a dimenticarli? Lo sapeva già, li avrebbe sentiti tutti, ogni notte, tutti in fila a rimproverarlo per le scelte sbagliate. Oh, questi dispacci così scarni e così imprecisi. Dicessero cosa si deve fare i generali! Invece di parlare in italiano forbito!

«Il rinforzo dalle retrovie non è contemplato in questa nota» disse sventolando il foglio che aveva letto e riletto. Non aveva altre risposte da dare, se non che gli ordini erano stati quelli e che lui avrebbe dovuto farli rispettare. Almeno credeva che quella fosse la cosa giusta da fare. La verità però era che, da quando aveva ricevuto quella nota, non era riuscito a calmarsi. Fino ad allora aveva pensato che la guerra sarebbe stata sempre così, di retrovia, lui avrebbe dovuto prendere piccole e innocue decisioni, in cui si sarebbero visti raramente il sangue dei feriti o i corpi dei morti. Non intendeva ammetterlo a nessuno, ma era terrorizzato e aveva un bisogno disperato che qualcuno gli dicesse cosa fare.

Che un ex ufficiale della Marina austriaca potesse dargli suggerimenti per un'operazione di terra sembrava, in effetti, una vera assurdità. Ma quello straniero, così deciso e sicuro, formale e distinto, nonostante tutto, lo aiutava a star calmo. Si stupì del suo italiano perfetto: non sembrava uno straniero, nonostante quel cognome. Ma era italiano o austriaco? Il Litorale era abitato dagli italiani? Proprio non lo ricordava. In quel caos che aveva in mente, pensò che potesse essere meno disdicevole per lui avere l'aiuto di un giovane soldato sconosciuto a tutti, piuttosto che di un italiano che avrebbe potuto più facilmente sbandierare ai quattro venti le insicurezze del proprio comandante. Gli sarebbe servito qualcuno di fiducia. Ma ancora non lo aveva trovato.

Maledetta quella volta che aveva deciso di fare il militare. Maledetta. Non doveva mollare però. Doveva mantenere il contegno. Aveva un ruolo da difendere.

«E quindi, secondo voi, come ci manderanno i rinforzi? Come? Con lo Spirito Santo? E quando? Di giorno? Quando ci vedono? Questa notte? Quando?» esplose il Benzi in un misto di orgoglio ferito, preoccupazione e richiesta indiretta di un consiglio. Che avesse ragione quello straniero?

Vittorio inspirò dal naso, trattenne l'aria e rimase zitto. Il suo viso era indurito dalla contrazione dei muscoli della mandibola, dalla tensione.

«Quindi?» abbaiò nervoso il Benzi guardando Vittorio in faccia.

«Organizzo il gruppo, signore» disse Vittorio sconfitto.

«Andate. E non permettetevi più di contestare gli ordini!» E sbatté la mano sul tavolo. Nel farlo colpì la punta del tagliacarte, nascosta tra i fogli, procurandosi una piccola ferita.

Vittorio uscì dalla tenda. Si cominciava davvero. Gli ordini, le battaglie, la paura.

Radunò gli altri nove che il Benzi gli aveva indicato. Spiegò loro quello che avrebbero dovuto fare, ascoltò le loro proteste: per la ricognizione avevano solo cinque pinze taglia fili, per l'attacco le bombe a mano e i fumogeni potevano essere sufficienti per i primi venti minuti, senza un aiuto dalle spalle. Alcuni di loro bestemmiarono e inveirono contro quel comandante inesperto.

Vittorio si allontanò per riflettere. La trincea nemica godeva di una miglior posizione, che avrebbe potuto ricevere facile rinforzo dalla collina. Anche nella fortunata ipotesi in cui non fosse arrivato fuoco austriaco dalle alture, si sarebbe finiti a un assalto alla baionetta. Un corpo a corpo.

Chiese di poter incontrare il comandante.

«Ancora voi. Cosa volete?»

«Signore» disse, ignorando intenzionalmente i gradi che li separavano, notando la fasciatura sulla mano destra che prima non c'era «ribadisco il mio punto di vista.»

«Non è richiesto!» Gli ribolliva il sangue.

«Signore, occorre chiedere rinforzi dalle retrovie. Altrimenti sarà una carneficina.»

«Ne ho abbastanza di voi Stefàn...»

«Dovrete convincere i vostri soldati, allora. E vi assicuro, per il poco che li conosco, non sarà facile.» replicò immediatamente Vittorio, rispondendo con prontezza a un colpo prevedibile.

Benzi lo guardò dritto negli occhi. Come se Vittorio lo avesse appena schiaffeggiato.

Cosa poteva esserci di peggio di un sottoposto che aveva ragione? A parlare con i soldati non ci aveva proprio pensato. E quel soldato, che quanto lui non aveva esperienza di guerra, aveva la mente acuta.

«Sono tenuti a obbedire, altrimenti invocherò l'insubordinazione! E voi non ne sarete immuni, avete la mia parola!» Gridò sputando saliva dalle labbra sottili.

«Occorrerà convincerli, signore» ripeté Vittorio fermo «altrimenti non scavalcheranno la trincea.»

«E voi? Siete convinto?»

Vittorio non rispose. Gli sembrò che la vita e la morte fossero due carte da gioco appoggiate al tavolo di un *croupier* nemmeno tanto esperto che aveva il compito di sceglierne una. Niente più di questo. Mentre cercava le cose da dire, teneva gli occhi fissi sulle assi di legno appoggiate per terra. In una situazione che a posteriori avrebbe definito incredibile, si estraniò per un attimo dal presente e appoggiò il corpo su un piede e poi sull'altro, avvertendo il movimento delle assi che si piegavano sotto al suo peso. Aveva ripetuto quel movimento un paio di volte, come se fosse stato utile a sgombrargli la mente.

«Serve del fuoco di preparazione. Altrimenti sarà un disastro. Di questo sono convinto.» Alzò lo sguardo verso Benzi, trovando nel suo viso l'immagine del panico, dell'insicurezza: continuava a guardare i fogli, sperando ancora di trovarci scritte delle risposte. Ma, di nuovo, non c'era nessun aiuto nei messaggi telegrafici che arrivavano dall'alto.

Teneva le labbra strette, si asciugava il mento madido di sudore con la mano.

Non riusciva a capire se era più irritato dall'atteggiamento altezzoso di quello straniero che si permetteva di dargli suggerimenti, o dalla pochezza delle indicazioni scritte su quella nota che era arrivata dal comando. La sua fermezza cominciava a vacillare. Forse davvero aveva ragione lo straniero. Quanta fatica ammetterlo. Quanta fatica. Si stropicciò gli occhi e poi parlò tenendosi le mani a coprire la faccia.

«I varchi nel filo spinato cominciamo a farli oggi. Prima del tramonto.»

Guardò Vittorio di sottecchi, tenendo il viso basso, per spiarne la reazione. Si corresse.

«No, non prima del tramonto. Stasera. O di notte. C'è luna piena stanotte?»

«Sì, signore.»

«Allora i varchi stanotte. Ora farò richiesta di rinforzi.»

Vittorio stava in piedi, dritto, sollevato. Pronto a essere congedato.

«Un'altra cosa. Voi non andrete stanotte. E neanche domani. Credo sia meglio che rimaniate a mia disposizione. Queste le mie decisioni.»

Quella notte venne tagliato il filo spinato e la via preparata. Dopo la richiesta del Benzi, venne accordato un appoggio di fuoco dalle retrovie che arrivò senza fatica.

La mattina dopo Vittorio Stefàncich, soldato semplice, si trovava nella postazione di comando, assieme al suo tenente. L'operazione ebbe successo, la trincea austriaca venne presa poco dopo mezzogiorno con un numero alto di feriti e diversi valorosi caduti, il cui numero preciso era ancora da quantificare. Così scrisse Benzi, l'insicuro, nel rapporto. Nella sua incontestabile onestà, però, non mancò di segnalare il sostanziale apporto del soldato Vittorio Stefàncich alla pianificazione dell'assalto e «la sua indispensabile presenza a fianco dello scrivente per le operazioni future.» Propose la nomina a sergente in considerazione del comportamento, del precedente ruolo e degli studi compiuti. Fu accordata.

Da allora il Benzi non prese alcuna decisione che non avesse prima discusso con Vittorio. Aveva trovato in lui l'aiuto di cui aveva bisogno, qualcuno che lo consigliasse nelle scelte. Soprattutto qualcuno con cui condividere la responsabilità.

A novembre del 1916, proprio mentre moriva il vecchio imperatore Francesco Giuseppe, Vittorio divenne sottotenente del Regio esercito italiano. Nel maggio 1917, dopo il fallimento degli incontri diplomatici del nuovo imperatore Carlo I per una pace separata, con la ripresa dei combattimenti, ricevette sul campo la medaglia d'argento al valor militare con questa motivazione: «Essendo stato gravemente ferito il comandante della batteria il tenente Benzi, assumeva il comando del reparto e colla sua calma e la sua fermezza, riusciva a mantenerlo saldo sulla postazione durante un violentissimo attacco nemico».

Dopo la guerra, a ottobre del 1921 ricevette anche il distintivo d'onore per gli ex irredenti volontari di guerra.

Non ne fece mai sfoggio.

I segni della guerra si cicatrizzarono sulla sua pelle, mentre le ferite profonde, quelle dell'animo, non fecero che portare Vittorio in uno stato di perenne allerta, anche dopo la fine del conflitto e ciò che di spigoloso c'era in lui, fin da ragazzo, divenne tagliente e quasi acuminato.

Onore e vergogna (ottobre 1921)

Xe question de soramanego

La vendemmia grande dei Pàhor era stata molto produttiva e Antonia accompagnò il padre a Monfalcone alla ditta degli Stefàncich per pianificare i trasporti di vino che sarebbero iniziati quello stesso inverno. Percorse per la prima volta la Stradella Verde seduta sul calesse che suo padre stava governando. I campi erano stati preparati per la prossima semina del grano.

I contadini si fermavano per guardare quel calesse che passava, qualcuno aveva un'espressione sospettosa, qualcuno alzava una mano in segno di saluto e indicava al signor Pàhor di proseguire ancora lungo quella strada sterrata, con fiducia, la casa degli Stefàncich era proprio in fondo. Antonia ebbe l'impressione di entrare in un feudo.

La Stradella Verde finalmente finì, il calesse passò attraverso il cancello aperto e subito uno stalliere degli Stefàncich venne loro incontro. Accarezzò il muso del cavallo, con la naturalezza di chi compie un gesto abituale.

Il signor Pàhor gli passò le redini, poi aiutò Antonia a scendere.

«Stefano Stefàncich ci sta aspettando, vieni con me a salutarlo. Poi discuteremo delle commesse.»

Entrarono nello studio del *paròn* e Antonia fu intimidita dalla forza e dalla ricchezza che si respirava in quel luogo. C'era odore di nafta e di letame di cavallo, c'era rumore di carri e autocarri, vociare di persone, grida che davano ordini precisi ai mezzi che dovevano fermarsi o partire, eppure tutto sembrava funzionare alla perfezione. La sensazione era quella di un luogo ricco e vivo, in cui il morale delle persone impiegate era alto e l'entusiasmo forte. Il signor Stefàncich, elegantissimo nel suo abito blu, abbracciò suo padre e accennò un baciamano a lei.

«Signorina Antonia» disse dimostrando di conoscere perfettamente il suo nome, senza che nessuno ancora lo avesse pronunciato «mia moglie parla di voi con grandissimo entusiasmo! Sono dispiaciuto di non aver partecipato alla vostra vendemmia, che so essere stata una grande e bellissima festa!»

«Vi ringrazio, signor Stefàncich. Il prossimo anno dovrete esserci anche voi!»

«Di certo non me la perderò di nuovo. Qui in pianura non si produce lo stesso buon vino! È un peccato che non ci sia mio figlio. È stato convocato per ricevere un distintivo d'onore perché volontario irredento. Un'altra medaglia che non appunterà mai alle sue giacche.»

«Devi essere fiero di lui, Stefano. È un uomo di grande valore. E anche di grande modestia, a quanto pare» disse il signor Pàhor.

«Dillo ai nostri dipendenti. Lo temono. Con loro si comporta in modo molto duro. Non fraintendermi, non l'ho mai visto oltrepassare il limite della buona educazione, ma con loro è come se fosse ancora in guerra, non contempla errori e non tollera le leggerezze. Dovrebbe ammorbidirsi un po'.» Parlava come se la situazione fosse stata già discussa tante volte e i risultati non fossero mai cambiati.

«È stato un militare, Stefano, non può comportarsi in altro modo.»

«La guerra è finita, Wilhelm. È finita. E lui sembra non essersene accorto. Non lascia correre, è troppo preciso, quasi puntiglioso.»

Antonia aveva sentito, mentre si guardava attorno, ammirata di vedere come funzionasse un'impresa così grande e varia a partire dalla sua dirigenza. Non le era sfuggita, durante la festa della vendemmia, la serietà con cui Vittorio Stefàncich aveva ascoltato suo padre, la concentrazione che aveva mentre discutevano di affari. Niente poteva distrarlo. Non le sembrò strano che fosse severo con i dipendenti. Mentre avevano ballato, sebbene lui fosse stato cortese, lei aveva avvertito la sua indole decisa. Aveva condotto quella danza con la sicurezza con cui immaginava conducesse gli affari. Non lasciava spazio alle incertezze. In niente.

Stefano Stefàncich prese il signor Pàhor sottobraccio e lo condusse verso un piccolo mobile a due ante, da cui estrasse una bottiglia trasparente.

«Un po' di grappa, Wilhelm?»

«Stefano, non alle undici di mattina!»

«Ma come no! Solo un *slúc*! Solo per assaggiarla e dirmi cosa ne pensi! Dite *slúc* voi sul Carso, per intendere sorso?» chiese rivolgendosi ad Antonia che rise e fece di sì con la testa. «Bene, allora ci capiamo. Anche per voi, signorina?» E accennò a versare in un altro bicchiere.

«Oh no, vi ringrazio.»

In quel momento entrò Elio Cotich, il contabile anziano.

«Elio, grazie per essere venuto subito. Mentre parlo con il signor Pàhor, chiarite per favore le piccole formalità con la signorina. Ha delega di firma per l'azienda di suo padre. Le tariffe devono essere quelle che applichiamo agli amici speciali. Mi raccomando. Pensaci tu.»

Elio deglutì senza discutere e annuì guardando *el paròn*.

Fece cenno alla signorina di seguirlo e indicò la strada finché raggiunsero un ufficio piccolo e pieno di carte, tanto che lo spazio per farci stare la sedia di fronte alla scrivania era insufficiente. Cotich spostò una pila di cartelle, la appoggiò al davanzale e scostò la sedia per far accomodare Antonia. Si accorse dopo della bottiglia aperta di liquore rimasta appoggiata alla scrivania. La fece sparire velocemente.

Si comportava con sufficienza, evitava di guardarla negli occhi, si dimostrava affaccendato a cercare questo o quel modulo da farle firmare. Adesso gli toccava anche parlare di lavoro con una donna. Poco più che una ragazzina. Cosa avrà avuto, vent'anni? No, almeno ventuno, se aveva delega di firma. Robe da matti. Già gli era difficile sopportare Vittorio, che lo aveva più di una volta messo in difficoltà, anche in passato. Adesso *el paròn* lo faceva anche discutere di affari con una donna. «Va beh, sempre avanti. Lo stipendio serve. Inghiotti il boccone amaro e vai avanti, Elio, come sempre» si disse tra sé.

Antonia sapeva cosa non andava.

Lo aveva capito benissimo, dal primo momento in cui a quel contabile era stato dato l'incarico di parlare con lei. Aveva notato la sua esitazione, la delusione per non essere ammesso al tavolo degli uomini, dovendo invece occuparsi *solo* di lei.

«Ecco signorina, dovreste firmare qui, qui e qui. Dove ho fatto il segno con la matita.»

Antonia lo guardava muta, aspettandosi qualche spiegazione. Si fidava degli Stefàncich perché suo padre aveva fiducia in loro, ma quell'impiegato sembrava proprio non considerarla.

«Che clausole sono?»

«Le solite: assicurazione, danneggiamento del carico, mancata consegna. Le solite. Ecco la penna. Tre firme: una, due, tre.»

Sembrava voler chiudere in fretta.

«Quindi se ci fosse un danneggiamento del carico...»

«Signorina, non è la prima volta che organizziamo trasporti di questo tipo» disse sbrigativo, era irritato. Sospirava e guardava in alto. Si accarezzava i baffi con nervosismo, come se Antonia gli stesse facendo perdere del tempo preziosissimo che lui avrebbe dovuto impiegare in altro modo.

«Perdonatemi, signor...?» Antonia stava ancora mantenendo la calma, convincendosi che la sua fosse solo un'impressione sbagliata.

«Signor Cotich. Sì. Cotich. Cosa volete sapere, signorina?»

Il tono supponente con cui pronunciò quel «cosa» e quel «signorina» la irritò. Non era la solita forma di cortesia, era stato detto con disprezzo, come se lui volesse sottolineare che la parola «signorina» non era adeguata al contesto, alla discussione. Come se avesse dato per scontato che lei non fosse in grado di capire, tanto valeva nemmeno perdere tempo a spiegare. Semplice. Tre firme, uno, due e tre. E basta.

Antonia lo guardò dritto negli occhi, anche quando lui sfuggiva allo sguardo e fingeva di fissare un foglio. Lei sentiva la rabbia salire alla lingua e alle labbra. Ora faticava a trattenersi.

Respirò a fondo, per cercare la calma, prima di parlare con la voce un po' tremolante.

«Signor Cotich, vi sarei grata se vorreste brevemente spiegarmi quali siano le misure previste in caso di danneggiamento del carico. In poche parole, solo per essere sicura di avere tutto chiaro...»

Lui fece un cenno con la mano, come per indicare che lei stava parlando tanto e lui non aveva voglia di ascoltare. Antonia si interruppe, stupita da tanta maleducazione. Odiava trovarsi in quella situazione, in quella trappola. Voleva proprio evitare di passare per la figlia isterica del signor Pàhor reagendo alla scortesia usata nei suoi confronti proprio mentre era lì, a casa degli Stefàncich, nei loro uffici, mentre venivano trattati da amici. Si impegnò per resistere.

«...fatemi solo leggere quella clausola del contratto, per cortesia» concluse.

Cotich fece qualche secondo di silenzio. Poi alzò il viso e la guardò negli occhi.

«Non dico *signorsì* a una donna.»

Antonia rimase muta. Schiaffeggiata. Ma abbozzò. L'istinto le suggeriva di aggredirlo con le parole, di ricoprirlo di insulti, di dirgli di vergognarsi. Ma non fece niente di tutto ciò. Raccolse quel che era rimasto della sua pazienza, sfruttò l'energia della sua frustrazione e cercò di incanalarla in qualcosa d'altro.

«D'accordo signor Cotich. A chi dite *signorsì*? Al signor Stefàncich che vi paga perché facciate il vostro lavoro nel migliore dei modi? Alla vostra dignità? O alla bottiglia di liquore che nascondete sotto al tavolo? Non mi interessa la vostra opinione su di me e non mi interessano i vostri problemi. Fatemi leggere la clausola sul danneggiamento del carico. Adesso.» Finì la frase senza più fiato. Non si sentì meglio, ma capì di averlo colpito.

Cotich con gli occhi bassi estrasse sbuffando da una cartellina il foglio scritto a macchina con la lista delle clausole. Lo porse con la mano tremante; non era per l'agitazione, quella mano tremava da un po'. Era colpa dell'alcol.

Antonia lesse rapidamente quel foglio, con meno attenzione di quanto avrebbe voluto, ma la rabbia non l'aveva ancora abbandonata. Poi firmò tutti i documenti. Prima di alzarsi salutò il signor Cotich, come se niente fosse accaduto tra loro. Lui le diede la mano senza guardarla in faccia.

Appena fuori dalla porta del minuscolo ufficio del contabile Antonia fu bloccata dalla figura imponente di Vittorio Stefàncich appoggiato con una spalla al muro e con le braccia incrociate, il viso serio. Stava in silenzio e la fissava.

«I miei complimenti» le disse poi freddo, senza nemmeno salutarla, come se in quel momento il suo ruolo prevedesse solamente di esprimere un giudizio su una prestazione.

«Signor Stefàncich, buongiorno, vi credevo a ritirare un'onorificenza.»

«Già fatto. Sono appena tornato» e mostrò la scatolina di velluto blu che aveva in mano.

«Posso vederla?»

Le porse la scatola, divertito da quella curiosità da bambina; lei la aprì trovandoci dentro una striscia di seta bianca con due piccoli ricami, un'aquila e un'alabarda. Tutto lì? Aveva immaginato una medaglia. Non fece in tempo a chiedere cosa fossero.

«I simboli di Trento e Trieste.»

«Congratulazioni» disse lei sottovoce, improvvisamente timida «dove si mette, sul bavero della giacca?» Gli restituì la scatola, imbarazzata per la domanda.

«No» sorrise «andrebbe cucita al nastrino della medaglia.»

«Vostro padre ci ha detto che siete stato decorato...»

In quel momento Cotich uscì dal suo ufficio, bloccandosi per un attimo vedendoli insieme. Proseguì dopo aver salutato, alzando gli occhi al cielo e sperando che quella donna non lo mettesse nei guai spifferando agli Stefàncich il modo in cui si era comportato. Proprio non era riuscito a stare calmo. Avrebbe dovuto smetterla con quel liquore, o per lo meno rallentare.

Vittorio lo salutò con un cenno, poi aspettò che si fosse allontanato.

«Vi ho sentita con lui» disse, contento di non dover più parlare di medaglie «non sono intervenuto intenzionalmente.»

La guardava con gli occhi bassi, come se fosse il colpevole di un dispetto, sulla bocca l'accenno di un sorriso, senza dire niente.

Antonia aveva respirato a fondo col naso e aveva trattenuto il fiato. L'ultima cosa che avrebbe voluto fare sarebbe stata litigare con un impiegato degli Stefàncich in loro presenza. Ed era successo.

Non era stato certo un comportamento cortese, ma – si diceva – non lo era stato nemmeno quello del signor Cotich.

«Io...» Intendeva spiegare, ma Vittorio non le diede il tempo.

«Confesso. Vi ho messo alla prova. E siete stata brava! Elio non è una persona cattiva, ma non riconosce la gerarchia. Lo ha fatto anche con me quando ero agli inizi. Basta metterlo in riga. È un bravo impiegato. Ha anche perso un figlio in guerra. Aveva vent'anni. Da allora ha preso questo vizio di bere. Scusatelo. Mi assicurerò che una seccatura come quella di oggi non accada di nuovo.»

Antonia provò vergogna per quello che aveva detto e per come si era comportata. La sua insicurezza che si era travestita da arroganza. Guardò per terra, costernata. Si sentì meschina, per aver usato una fragilità di quell'uomo per averla vinta su di lui. Per pretendere rispetto e sottolineare la sua autorevolezza. Alla fine quella clausola non l'aveva nemmeno letta con attenzione, era diventata solo una questione di principio. E quello aveva anche perso un figlio in guerra.

Vittorio la vide rabbuiarsi e cercò di sdrammatizzare.

«Beh, dovete ammettere che non è così comune discutere di trasporti con una donna! Dategli il tempo di abituarsi! Venite, vi accompagno da vostro padre.»

Lo seguì sgambettando veloce, avendo l'impressione che fosse più alto e imponente rispetto a quando avevano ballato assieme alla festa: il portamento meno rilassato, formale e un po' impostato che aveva lì nei suoi uffici lo fece sembrare agli occhi di Antonia molto severo. Gli prese il braccio per fermarlo prima di entrare nello studio del signor Stefàncich.

«Non dite a vostro padre di quello che avete sentito.»

«Non lo farò, ma che cosa temete?»

«Non sapevo avesse perso un figlio. Non avrei mai detto quel che ho detto, e in quel modo, se solo avessi saputo.»

«Elio era così anche prima della morte del figlio. E, a ogni buon conto, niente lo giustifica se indispone i nostri clienti, tantomeno i nostri amici.»

In quelle parole Antonia sentì una sfumatura della severità a cui il signor Stefàncich aveva fatto riferimento prima. Non si sentì sollevata. La sua reazione non era stata dettata dalla destrezza nella dialettica o dall'abilità nella gestione degli affari, ma solo dal suo orgoglio ferito.

«D'ora in poi mi occuperò personalmente delle commesse con voi. State tranquilla, non ci saranno problemi.»

Entrarono insieme nello studio del signor Stefàncich.

«Tutto a posto» disse Vittorio.

Il padrone del circo

Xe più fazile farghe la guardia a un saco de pùlisi
che a una dona inamorada

I Pàhor se ne erano andati da poco e Vittorio si era seduto dietro alla sua scrivania che stava di fronte a quella del padre, nello studio della ditta.

Quel tavolo, vecchio forse di cento anni, aveva ancora i segni che Vittorio e sua sorella Francesca avevano fatto da piccoli. Erano stati rimproverati molto severamente dalla mamma, quando se ne era accorta. Da bambini stavano seduti uno per lato e passavano i pomeriggi a fingere di essere loro padre, inscenando contrattazioni e pianificando inverosimili trasporti. I segni che Vittorio aveva fatto dal suo lato del tavolo erano quelli di una tenda del circo stilizzata. Ricordava ancora la sensazione della punta del compasso che entrava nel legno, i passaggi ripetuti fino a intagliare quella strana capanna dai fianchi spanciati e il tetto a punta. Nella sua mente bambina, la giornata in cui il padrone del circo era venuto da suo padre a chiedergli aiuto per trasportare delle gabbie con dentro gli animali, era stata la migliore delle avventure. Era successo davvero e, da quel giorno, Vittorio nei giochi con sua sorella aveva interpretato sempre il ruolo del padrone del circo e lei quello «degli Stefàncich». E così passavano ore a decidere se su quel mezzo sarebbe dovuto salire lo struzzo, oppure la zebra, oppure il leone. Nella realtà il padrone del circo aveva affittato un unico autocarro – gli Stefàncich erano stati i primi a possederne uno a Monfalcone – per trasportare le gabbie con il pappagallo parlante, il pavone normale e quello bianco e tre oche, oltre a corde, clavette, cerchi e materiale vario che i bambini non erano riusciti a riconoscere: era stato concesso loro in via del tutto eccezionale di andare con l'autista a caricare quelle straordinarie merci. Il guasto al mezzo del circo che non sarebbe potuto essere riparato in tempo era stato il motivo di quell'affitto: la carovana si doveva spostare a Udine.

Così Vittorio, salutati i Pàhor, in veste di un cresciuto padrone del circo, toccava con la mano l'incisione e muoveva sulla superficie del tavolo la scatola di velluto blu con l'onorificenza appena ricevuta, come fosse una gabbia da trasportare. La celebrazione per i volontari irredenti a cui aveva partecipato lo aveva innervosito. Aveva percepito l'ipocrisia, nettamente, come fosse la schiuma del mare che si rinnova onda dopo onda quando l'acqua sbatte contro gli scogli. Impossibile evitarla.

Era deluso. Non gli importava delle medaglie, non gli interessava mostrarle. Preferiva lasciare andare quei momenti e quei ricordi, non fissarli a nessuna giacca. Odiava essere guardato con falsa ammirazione da chi si complimentava per il suo coraggio. La prima cosa che gli veniva in mente di rispondere era: «Avreste dovuto farlo anche voi».

Quella fettuccia di seta ricamata era il riconoscimento formale per chi aveva preso una posizione, per chi aveva scelto di stare dalla parte giusta. Ma Vittorio aveva capito presto che non era mai esistita una parte giusta, perché erano sbagliate tutte e due. Ma erano pensieri che non poteva condividere con nessuno. Che non si dovevano confessare, ma custodire e, forse, dimenticare. Ancora ricordava le volte in cui aveva scambiato qualche battuta con i soldati austriaci che stavano nascosti nelle trincee a pochi metri da loro. Nessuna rabbia, nessun conflitto tra loro in quei momenti di tregua. Ma quando i fischietti davano il segnale, nei giorni delle battaglie, tutto si appiattiva e il cervello smetteva di pensare agli altri come a persone.

La cosa che più lo tormentava era che lui stesso aveva cominciato a reagire così. Nei mesi e poi negli anni, la guerra aveva consumato piano piano la sua umanità, facendo emergere il senso animale di sopravvivenza. Quando era tornato aveva faticato ad abituarsi alla tranquillità della vita, quella che non necessitava più di una costante allerta.

«Ho il pranzo con gli armatori» lo avvisò suo padre, uscendo col cappello in mano.

Improvvisamente annoiato dal vecchio gioco del circo, aprì il primo cassetto della scrivania e ci buttò dentro la scatola con il distintivo d'onore. Chiuse il cassetto con un colpo secco. Là dentro c'era anche la sua medaglia d'argento al valor militare. Ma anche i suoi anni di guerra, i suoi alti ideali, i compagni morti, quelli feriti che aveva visto tornare a casa sfregiati nel corpo, oltre che nella mente, come erano tutti. «*Chi xe troppo caldo perdi la testa!*» gli aveva detto sua madre per convincerlo a non partire. Chi ha troppa foga perde la testa. Per fortuna Vittorio la sua testa l'aveva riportata a casa e con essa un bagaglio traboccante di nuove consapevolezze. Quegli anni da soldato avevano potuto su di lui quello che anni di vita serena e agiata non avevano mai fatto. La verità? Non era tornato più consapevole del valore della vita. All'esatto opposto, aveva misurato quanto poco potesse valere, quanto tutto potesse venir governato da eventi casuali in grado di stravolgere, in un attimo, il corso delle cose. E non lo diceva mai. Tagliava corto, evitava i discorsi. Aveva capito, fin dal primo giorno di guerra vera, che non bastavano il coraggio o gli ideali. I generali decidevano e i soldati dovevano eseguire. Per quello che aveva visto, per quello che aveva vissuto, anche da sottotenente, aveva capito che i ruoli e le gerarchie potevano infinitamente più degli ideali e che la vita di un uomo chiamato a decidere aveva ricevuto un valore maggiore rispetto a quella di chi avrebbe dovuto eseguire. Inutile che dicessero di no i preti. O i giudici.

Cercava di spingere anche questi pensieri dentro al cassetto, per chiuderli dentro e andare avanti, quando il suo sguardo fu colpito da una sagoma che attraversava il fascio di luce che entrava dalla porta. Una donna, aveva la gonna. Ma non poteva dire altro, il viso non era illuminato. Stava ferma, come fosse una statua. Bloccata.

«Buongiorno, voi siete?» chiese.

Silenzio.

Quella rimaneva zitta, le mani lungo i fianchi.

Vittorio si alzò dalla sedia, andandole incontro.

«Signora, come posso aiutarvi?»

«Vittorio...» sussurrò lei appena i loro occhi si incastrarono.

Lo guardò catturando ogni dettaglio del Vittorio Stefàncich che era ora: le rughe tra le sopracciglia, una cicatrice sotto all'occhio destro, i lineamenti più decisi, le spalle larghe e i capelli sempre pettinati all'indietro. Erano passati sette anni, e lui non era più il ragazzo che aveva conosciuto.

«Giulia?» disse Vittorio, incredulo.

La sorpresa non fu accompagnata dalla gioia e nemmeno dal disagio. Fu solo sorpresa.

E lei se ne accorse.

«Solo un saluto. Siamo tornati, per rivedere i parenti, dopo tanto...»

In un attimo ebbe la consapevolezza di come non fosse stata una buona idea andare dagli Stefàncich: lui non aveva reagito come aveva sperato. Non le si era avvicinato abbastanza, non l'aveva abbracciata, non le aveva appoggiato un piccolo bacio sulla guancia, nemmeno uno sulla mano. Non si stava scusando, non sembrava pentito. Niente.

Si sentì combattuta tra l'istinto di proteggersi e andarsene il prima possibile e quello di immergersi ancora una volta nel ricordo di quello che erano stati. Improvvisamente fece fatica a ricordare quello che avrebbe voluto dirgli. Ci aveva pensato e ripensato, si era detta che avrebbe dovuto mantenere un atteggiamento risoluto, che non avrebbe dovuto in nessun modo sembrare debole. Ma in quel momento tutti i progetti che aveva fatto crollarono e non fu capace di dire niente.

Vittorio colse la sua difficoltà e volle aiutarla a uscire dall'imbarazzo. La fece accomodare sulla poltrona di pelle rossa che teneva vicina alla stufa spenta, mentre lui si appoggiò alla scrivania del padre, le gambe incrociate, aspettando di sentire quello che aveva da dire. Era sempre la stessa, esile, gli zigomi alti, il mento un po' a punta e i capelli neri vaporosi raccolti sulla nuca. Stava col collo dritto e le spalle basse, come aveva imparato da bambina quando faceva la ballerina.

«Mai avrei immaginato di vederti oggi!» L'unica cosa che sinceramente gli era venuta da dire.

Giulia lo studiava da quella posizione seduta, osservandogli le mani, le dita – non c'erano fedi – i vestiti, le scarpe nere pulitissime. Erano passati sette anni, sì, ma per lei era come se non ne fosse passato neanche uno.

«Sei più grande.»

Vittorio sorrise, e in quel sorriso lei riconobbe il giovane per cui aveva perso la testa dimenticando di essere sposata con il direttore delle poste.

«Sono invecchiato. Tu, invece, non sei cambiata per niente!»

«Forse nell'accento, cosa dici? Sembro un po' crucca? Viviamo a Vienna...»

«Sì, lo so.»

«Lo sai?» chiese stupita e quasi lusingata, volendo che quelle tre parole assumessero il valore che non avevano. «Sei partito così, senza salutarmi, senza dirmi quello che avevi deciso di fare...»

«No, Giulia, ti prego, lasciamo stare.»

«Non voglio lasciare stare, sono venuta apposta.»

«Eravamo giovani, tutti e due, non sapevamo quello che stavamo facendo.»

Uno schiaffo, un colpo nello stomaco. Un'altra delusione, una umiliazione. Che errore raggiungerlo. Che errore tornare da lui per saziare il bisogno di vederlo per l'ultima volta – almeno questo si era detta – confidando in realtà che incontrarsi di nuovo riaprisse le speranze. Da qualche mese il ricordo di Vittorio aveva ripreso a farsi spazio nella sua mente in modo insistente. Si era svegliata una mattina dopo averlo sognato e da allora il vecchio innamoramento per lui era tornato vivido. Nelle giornate che trascorreva a Vienna, lavorando solo poche ore al giorno come insegnante di pianoforte, aveva preso a ricamare con fili sottilissimi un arazzo immaginario in cui la loro storia diventava quasi epica e vinceva il tempo. Ora che era davanti a Vittorio, invece, il muro che aveva incontrato anni prima, quello stesso contro cui aveva sbattuto la faccia era ancora lì, intatto. E allora le montò la rabbia, quella celata e sedimentata, quella che non aveva potuto condividere con nessuno. Strinse le labbra, cercando di trattenersi e di non perdere il controllo.

«*Tu* eri giovane! *Io* sono stata solo un'illusa» puntualizzò senza riuscire a nascondere il risentimento. Continuava a guardarlo, incapace di spiegarsi perché le sue parole non riuscissero a scalfirlo e a indurre in lui una piccola necessità di chiarimento.

«Non rivanghiamo il passato, Giulia! Ti prego! Non incolparmi per averti impedito di fare un errore, un altro e più grave errore!»

«Quindi è stato tutto un errore?» Aveva spalancato gli occhi, parlando sottovoce, ma infondendo a quelle parole il ritmo e l'intensità della delusione e della frustrazione incomprese.

Vittorio non rispose, per non confermarle che sì, ne era già convinto, ma che rivederla oggi gli aveva dato la certezza che era stato tutto un errore. Giulia era stata attenta, appassionata, generosa. Ma i suoi modi sempre accondiscendenti, quel «come vuoi tu» che ripeteva per non contraddirlo mai, lo avevano presto stancato. L'uomo che era adesso non si accontentava più della facile soddisfazione, per la quale era sufficiente trascorrere un'ora da Anna Kramer, senza la necessità di trascinarsi in relazioni appiccicose che avrebbe faticato a gestire. Aveva raggiunto una personale consapevolezza di quanto il piacere fosse effimero e di quanto ora ricercasse anche altro in una donna che avrebbe voluto frequentare per davvero.

Vedere Giulia seduta davanti a lui gli fece riemergere molte delle sensazioni che aveva dimenticato e si rese conto che di lei gli era rimasto un ricordo sbiadito, in cui il maggiore dei sensi era quello di colpa che provava per averla abbandonata senza un saluto.

«È solo che... quel punto che non abbiamo mai messo mi è pesato molto.» Lei riprese il discorso che era rimasto sospeso.

«Giulia...» la interruppe Vittorio, quasi implorandola, inspirando forte, trattenendo l'aria e guardando il soffitto, cercando le parole, di nuovo.

Il punto lui lo aveva messo, e molto chiaramente, quando le aveva detto che non intendeva vivere con lei, che non condivideva la sua scelta di abbandonare il marito, che non voleva tutto questo. Che lui non la voleva. Giulia allora lo aveva sentito, ma non ascoltato, convinta che dimostrargli la sua determinazione lo avrebbe persuaso. Ma non ci era riuscita.

«Forse non è stata una cosa giusta. Ma quei mesi sono stati i più belli della mia vita.»

Parlava guardandolo in faccia senza alcun pudore, ricordandosi – ora che ce l'aveva davanti – per quali ragioni le fosse stato così difficile sopravvivere a quel distacco. Cercava di incrociare il suo sguardo, di tenerlo fermo e di ritrovarci dentro qualcosa di familiare. Ma non accadde. Vittorio, lontano dall'essere a disagio, ma disturbato da quella visita inattesa, riusciva a stare perfettamente in equilibrio sul pavimento scivolosissimo dell'appropriatezza.

«Stai bene?» le chiese, nel tentativo di spostare l'attenzione su altro, cercando di intavolare una conversazione cordiale e convenzionale. Lei si ostinò a non voler cambiare argomento: «Il tempo ha aiutato. Credo».

Il tempo aveva aiutato fino a quando non le era venuta l'idea di rivederlo, di trovare una scusa e uscire da sola dalla casa dei parenti per percorrere la Stradella Verde. Ora il lavoro certosino del tempo era stato spazzato via. Erano bastati quei pochi minuti. No, meno, era bastato il secondo in cui lo aveva visto.

Lui era cortese, ma non era accogliente. Nessun entusiasmo, per due che avevano respirato in meno di una dozzina di settimane tutto l'ossigeno della loro passione.

Giulia si alzò e gli si avvicinò, così tanto da sfiorargli le gambe con le sue, un tentativo estremo. Lui era rimasto nella stessa posizione, appoggiato alla scrivania: i loro occhi adesso erano alla stessa altezza. Però Vittorio non la guardava, teneva lo sguardo fisso in avanti, come se stesse ammirando la punta delle sue scarpe di cuoio, intendendo ignorare quel contatto. Non voleva che lei si rendesse conto che lui aveva capito. Voleva che lei pensasse che per lui quel tocco fosse casuale. Non aveva voglia né tempo di sbrogliare nodi del passato, non aveva intenzione di intraprendere una conversazione patetica. Allo stesso tempo non era sua intenzione umiliarla, non di nuovo, con la sincerità.

Giacomo Ledri, che aveva sempre saputo tutto di loro, dopo la guerra gli aveva raccontato delle vicende di Giulia. Di come a Monfalcone in molti avessero chiacchierato sulla sua repentina partenza per Vienna, della paziente attenzione del marito, della disperazione di lei. La voce che avesse cercato di avvelenarsi quella no, non era vera. Ma alla gente era piaciuto molto ricamare attorno a quel pettegolezzo gustosissimo.

«Ho un figlio» comunicò telegrafica, godendosi ogni dettaglio della reazione sul viso di Vittorio.

Lui rivolse subito gli occhi su di lei, fissandola severamente per la prima volta da quando era entrata. Serrò la mascella e corrugò la fronte, chiedendo spiegazioni senza dire niente. Era per questo che era venuta? Per dirglielo?

Lei si divertì a tenerlo sulle spine, una piccola vendetta. Fece qualche passo, si avvicinò alla stufa spenta seguendo col dito il decoro della piastrella di maiolica. Lo guardò, padrona della sua attenzione, strinse le labbra e sollevò le sopracciglia e le spalle, come per dire: «Eh sì, proprio così».

Vittorio non cedette, continuando ad aspettare in silenzio che Giulia si decidesse a parlare.

Il gioco durò poco, per fortuna.

«Ha quattro anni. È nato durante la guerra.»

Vittorio cercò in ogni modo di celare il sollievo e dopo un breve momento di esitazione riuscì a chiederle come si chiamasse.

Ma non gli importava. Ascoltava distrattamente la sua voce, che ora gli ritornava in qualche modo familiare e che quei sette anni passati avevano reso più acuta e in un certo senso fastidiosa. La parlata un po' cantilenante ora lo infastidiva e non poté fare a meno di chiedersi che cosa avesse trovato di così attraente in lei. Si stupì di quanto poco gli fosse bastato in passato per trovare interessante una donna. La bellezza – e quella era una dote che Giulia possedeva in abbondanza – era davvero stata l'elemento sufficiente per avvicinarsi a lei? Consumato il momento della scoperta, in effetti, era rimasto molto poco.

Per Vittorio aver vinto la sfida tra uomini col direttore delle poste era fonte di maggior piacere della conquista in sé.

Giulia aveva lusingato il suo ego, lo aveva fatto sentire importante. Ma il suo carattere poco avvezzo alle sdolcinatezze non combaciava con quello di lei. Di questo Vittorio se ne era reso conto subito. Giulia aveva dato molte attenzioni, ma ne aveva richieste altrettante. Come una bambina capricciosa, era solita arrabbiarsi per piccole cose, mettere il broncio aspettando scuse e azioni riparatorie. Vittorio si era stancato molto presto di quel gioco e l'idea del proibito che aveva alimentato quelle settimane tra loro, non era stata più sufficiente a saziarlo.

Ora che gli anni erano passati, guardava senza fierezza quel giovane che non aveva esitato a prendere ciò che aveva desiderato, senza preoccuparsi delle conseguenze per sé e per gli altri. Quella stessa determinazione che gli era compagna negli affari e che lo rendeva sicuro nelle decisioni, lo aveva spinto verso scelte solo istintive, quando si trattava di allacciare rapporti personali. Ora le visite al bordello di Anna Kramer, che faceva ancora, gli sembravano in confronto delle trasgressioni innocenti, dei momenti di conforto, che non prevedevano la necessità di pensare a un dopo, ma solo a un durante di durata prestabilita.

Giulia aveva parlato nel frattempo, ma lui non l'aveva sentita, se non come un rumore di fondo indefinito. La guardò con un sorriso impostato, quello che usava con i suoi clienti per suggellare la fine di una conversazione o di una trattativa. Non aveva niente da dirle. Se non che era dispiaciuto per averle arrecato dolore, ma che quel dolore era stato necessario a comprendere che non erano destinati a una vita insieme.

«Vado» disse Giulia trattenendo il groppo in gola e facendo di tutto per non scioglierlo in lacrime «è stato bello vederti, sì. Molto bello.»

Guardava in giro, tenendo gli occhi alti, aspettando che il magone si affievolisse.

Vittorio le prese le mani e le fece un veloce baciamano. Giulia non esitò ad approfittare di quel rapido contatto. Gli si avvicinò all'orecchio e sussurrò: «Rimarrò qui per dieci giorni».

Vittorio lasciò scorrere secondi di silenzio. Giulia credette che stesse cercando di combattere ciò che lo stava trattenendo, illudendosi per l'ultima volta.

«Buona permanenza, allora» disse lui, come fosse l'inizio di una sentenza «congratulazioni per la tua famiglia.»

«Ti rivedo?»

«No. Torna a casa e lascia andare il passato.»

Quando la vide uscire dall'ufficio si sentì sollevato. Tornando a sedersi dietro alla scrivania del padrone del circo, sorrise constatando che lei non gli aveva chiesto niente e non aveva parlato d'altro se non di sé stessa.

Si sentì meno in colpa.

«Vittorio.»

Un'altra donna era entrata nello studio.

Un accanimento del Padreterno?

Questa, però, non aveva bisogno di vederla per riconoscerla: era la voce di sua madre.

«Cosa sta succedendo?» gli chiese.

Vittorio la guardò, sorpreso per quel tono di rimprovero.

«Niente. Perché?»

«Ho visto quella donna uscire da qui. Cosa sta succedendo?»

«Mamma...» sorrise facendo di no con la testa, battendo piano le nocche sulla scrivania come se stesse bussando a una porta immaginaria «non penserai mica che intenda parlare *con te* di...»

«Beh, mettiamola così. *Io* intendo parlare *con te* di quella faccenda. Non credere che sia un segreto. Ho sopportato le chiacchiere per mesi, dopo la tua partenza. Per mesi invece di essere orgogliosa e preoccupata per un figlio in guerra, ho dovuto sentire infangare il suo nome, per una... storia stupida e di basso livello. La moglie del direttore delle poste, Vittorio! *Tu* non sarai di nuovo sulla bocca di tutti. Non adesso, non dopo l'uomo che sei diventato, non per quello che rappresenti. E aggiungo, non per una questione come questa. Discorso chiuso.»

«Quindi hai finito?» le disse calmo, provocatorio.

A quelle parole la signora Stefàncich rispose sbuffando, ancora più nervosa, stizzita per la prepotenza, sistemando con la mano un ciuffo di ricci che per la foga le era caduto sulla fronte.

Rimase zitta, facendogli capire che era in ascolto.

«Non hai di che preoccuparti, mamma, non intendo infangare l'onore di questa famiglia...» pronunciò le ultime parole con sarcasmo, come se si trattasse della famiglia del re «ma resta affar mio con chi passo il mio tempo.»

«Io non sono contenta che tu riveda quella donna.»

«Allora aspetto una lista di persone che posso frequentare. Possiamo arrivare a un accordo.»

Quella risposta la fece sorridere e abbassare la guardia. Stette al gioco.

«Bene, sono pronta a scriverla subito, datemi carta e penna!» disse divertita, guardando la mano del figlio appoggiata alla vecchia incisione della tenda del circo che tanto l'aveva fatta arrabbiare venticinque anni prima. «Siete il padrone del circo, vero?»

«Sì, il circo è mio.»

«Oh, bene. Sono certa che la vostra esperienza e la vostra conoscenza del mondo vi guideranno verso decisioni mature, senza bisogno della mia lista.»

«Farò le mie considerazioni» rispose lui sorridendo.

La signora Stefàncich lo guardò negli occhi, rispondendo a quel sorriso senza parlare, avvolta dalla magia che era il rapporto con un figlio che capiva all'istante e sempre, fin da quando era nato.

«Usa il cervello, figlio mio» gli disse, allungandosi sulla scrivania fino a toccargli la fronte con le labbra, deponendovi un bacio.

Osmiza (novembre 1921)

Xe meio darghe i soldi a l'oste che al farmacista

A ottobre inoltrato sul Carso faceva freddo. Era tempo di castagne e il sole tiepido del pomeriggio filtrava timidamente tra i rami degli alberi del bosco dei Pàhor.

Antonia non aveva mai avuto paura di perdercisi dentro per ore, da sola, fin da bambina. Seguiva il sentiero, che Milo ripuliva a ogni primavera, ma sapeva anche riconoscere le pietre e i tronchi, così, quando lasciava la strada segnata per camminare tra gli alberi seguendo l'istinto, riusciva sempre a ritrovare la via di casa. L'odore umido della terra e delle foglie gialle che formavano un tappeto morbido era forse l'odore che con maggior efficacia le ricordava la spensieratezza dell'infanzia. Era felice in quel bosco, si sentiva libera, protetta. Ed era proprio lei, ogni anno, a raccogliere sacchi di castagne. Rompeva i ricci premendo con i piedi fino a far aprire le valve per ricavarne i preziosi frutti. Poi riportava a casa il sacco di juta pieno. Aveva imparato a riempirlo con moderazione, provando a sollevarlo, prima di rientrare.

Nella loro famiglia era un'abitudine vendere anche le castagne, assieme al vino, al formaggio e ai salumi, pochi giorni all'anno. Milo e Darja, che avevano in uso la piccola casa contadina alle vigne nuove, tenevano quattro mucche per il latte e, ogni anno, tre maiali. La produzione di formaggio era modesta, così come quella dei salumi, ma la parte eccedente rispetto alle necessità delle famiglie veniva venduta. Si seguiva una tradizione vecchia di secoli, quella per cui l'imperatore Giuseppe II aveva concesso ai contadini del Carso di vendere tutto ciò che veniva prodotto nelle loro terre per otto giorni l'anno, senza il pagamento di tasse. Proprio da otto, *osem* in sloveno, il nome *osmiza*, la casa in cui si vendevano vino, latte, formaggio e salumi, segnalata sulla strada da un ramo pieno di foglie.

«Bella la *frasca* quest'anno, Milo!» gridò Antonia rientrando col sacco di castagne.

«*Se la vedi ben dalla strada?*»

«Benissimo! Tutto pronto per domani?»

«Tutto pronto!» gridò entusiasta mentre finiva di fissare i rami al palo di legno.

Anche dalle vigne nuove si vedeva il mare. Erano disposte poco più a valle rispetto alla vigna vecchia e la piccola casa abitata da Milo con la sua famiglia si affacciava sul golfo. Al pian terreno erano stati disposti i tavoli con le panche, decine di salami erano appesi al filo di ferro sopra al bancone di legno. Damigiane di vino erano pronte a essere travasate nelle brocche, le forme di formaggio appoggiate con cura in cassette di legno e paglia. Tutto era pronto, la porta sempre aperta.

«Darja! Le castagne! Le appoggio sul bancone?»

«Sì!» gridò la donna dall'altra stanza, arrivando dopo poco, sorridente, come sempre, accaldata e con le guance rosse. «*Hvala lepa naša Antonia!*» Grazie, Antonia nostra, le aveva detto facendole una carezza sul viso con le dita ruvide e gentili.

La mattina seguente Milo e Darja cominciarono ad accogliere i primi clienti al mattino presto. Qualcuno voleva accaparrarsi il formaggio migliore, qualcuno voleva comprare il vino delle prime damigiane, convinto, per qualche motivo, che le ultime a essere aperte fossero le peggiori. Altri erano semplicemente uomini avvezzi all'alcol che si sedevano alla panca numero uno e ci stavano per ore a giocare a carte bevendo. Erano sempre gli stessi noti, ogni anno.

I Pàhor arrivarono a mattina inoltrata, quasi all'ora di

pranzo. La giornata era stata fortunata, piena di sole e con una temperatura mite. Il signor Pàhor tolse subito la giacca e affiancò Milo nella mescita del vino dalle damigiane. La signora raggiunse Darja al bancone e insieme affettarono salami e tagliarono formaggi adagiandoli su piccoli taglieri di legno che fungevano anche da piatto.

Antonia si perse a guardare il golfo azzurro, limpidissimo e brillante.

«Scopa!» urlò un uomo sbattendo le carte con forza sul tavolo e ridendo fino a tossire.

Gli altri amici, riscaldati dal vino, rispondevano con pacche sulla spalla, con insulti, bestemmie seguiti da nuovi brindisi.

«È sufficiente per oggi Berto! Basta!» lo rimproverò Antonia.

«*Almeno finché xe la frasca, lassa che me diverto, picia mia!*» E alzò il bicchiere in sua salute. Era buono Berto. Anche se non riusciva a fare a meno del vino.

«Ha ragione, bisogna divertirsi!»

Antonia si girò di scatto, incredula e sorpresa di aver sentito quella voce bassa e calda, pacata. Le sembrava di averla riconosciuta, ma le sembrava una possibilità davvero remota che lui fosse lì. E invece le uscirono dalla bocca parole di sorpresa e, in un certo senso, di gioia.

«Vittorio, signor Stefàncich, buongiorno! Non mi aspettavo di vedervi qui...»

«Volete venire con me?» andò rapidamente al sodo. Ci aveva ragionato e gli era sembrato il modo migliore.

«Dove andate? Forse non è...»

«Solo un piccolo divertimento» disse Vittorio anticipando le sue perplessità.

«Devo avvisare mio padre.»

«Mi sono permesso di farlo per voi.»

Senza capire, Antonia intrecciò le mani, cercò con gli occhi quelli del padre, che guardandola da lontano, annuì e la salutò con la mano.

«Va bene, allora.»

Lo seguì impacciata, guardando ancora verso suo padre che, con cenni del braccio, le indicava di andare e di stare tranquilla. A quanto pareva decideva sempre per tutti, Vittorio Stefàncich.

Sulla strada era parcheggiata un'automobile bellissima. Nera, con le ruote cerchiate di bianco, il tetto di stoffa ripiegato all'indietro, dei fanali lucidissimi e tondi, la statuina di una vittoria alata, in piedi sulla calandra, pronta a fendere l'aria.

«È una meraviglia!» esclamò avvicinandosi timida a toccare il lungo e caldo muso della vettura fino a seguire col dito le lettere IF su sfondo nero, racchiuse da un tondo bianco.

«Ero certo che vi sarebbe piaciuta» disse serio, aprendole la portiera.

«È vostra?»

«Magari!» ridendo e grattandosi la fronte spiegò meglio. «No, l'ho solo avuta in prestito per questa giornata.»

«Il proprietario deve essere una persona molto generosa! E avere una grande fiducia nelle vostre doti di guidatore!»

«Perché? Nutrite dei dubbi sulle mie doti da guidatore?»

«Sia mai!» rise Antonia, tenendo le mani dietro alla schiena, incapace di tenerle altrove, cercando di non sembrare impacciata. Era stranita, sorpresa, ma non osava sentirsi lusingata per quella visita. Sicuramente Vittorio Stefàncich aveva avuto ragioni differenti per trovarsi nei pressi delle vigne e aveva deciso di fermarsi. Ragionava ancora su come giustificare a sé stessa quella presenza, tanto da non accorgersi che le stava parlando.

«Una cara amica americana, arrivata in nave, ha portato con sé anche l'automobile, che ha richiesto delle verifiche. Prima di restituirla ho pensato di portarvi a fare una corsa.»

Lei sentì un certo orgoglio passarle tra i capelli come una brezza leggera. La accarezzava con dolcezza e la dondolava teneramente in un miscuglio di pensieri nuovi. Era venuto a prenderla. Un pensiero gentile, una dimostrazione di cortesia. Un gesto di amicizia dopo i recenti affari che suo padre aveva avviato coi trasporti Stefàncich, una cortesia fatta a una nuova amica. Tutto questo insieme?

«Non sono mai salita su un'automobile» riuscì a dire «e mai avrei pensato di farlo su una così bella!»

Le fece cenno di salire, continuando a tenere aperta la portiera.

Lei prese posto sul sedile di pelle nera lucida, poggiò i piedi sul tappeto dopo aver controllato di avere le suole pulite. Guardò le strumentazioni, il volante, le leve, i bottoni, la radica che decorava l'interno delle portiere. Poi, finalmente, alzò gli occhi ed ebbe il coraggio di guardare lui, che si era seduto e stava per mettere in moto. Aveva il profilo deciso che ricordava, i capelli pettinati all'indietro. Era grande, solido, ma sembrava delicato nei movimenti delle mani. Proprio in quell'istante lui volle guardarla e si incontrarono, lì, dentro all'Isotta Fraschini, occhi negli occhi. Dopo un secondo che durò lunghi attimi, in cui lei sentì chiaramente arrossarsi le guance e lui pensò che fosse bellissima, le sorrise quasi orgoglioso che fosse seduta accanto a lui.

Poi girò la chiave.

L'automobile partì facendo sentire la sua voce e Antonia, incredula, vide i suoi genitori, Milo e Darja salutarla entusiasti al lato della strada. Ma non sarebbe stato considerato sconveniente che lei, da sola, andasse in macchina con Vittorio Stefàncich? Fecero le prime curve, con i capelli al vento. Si guardava intorno curiosa, come se stesse vedendo tutto per la prima volta e non solo a una velocità maggiore. La strada saliva, si arrampicava sulla collina, fino a raggiungere la vigna vecchia, la passarono, proseguirono, andarono oltre, annusando l'aria fresca che profumava di autunno. Lui guidava sicuro. Superarono un carro tirato da un cavallo stanco, proseguirono veloci, entrarono nel bosco di castagne, su, in alto, fino a ridiscendere lungo il fianco della collina, passando attraverso i muretti a secco che costeggiavano la strada, lasciando dietro a sé una nuvola di polvere. Raggiunsero uno slargo, in un punto che permetteva di vedere, in lontananza, il golfo.

Vittorio accostò e spense il motore.

Antonia fino ad allora aveva mitigato l'ansia di intrattenere una conversazione giustificando l'assenza di parole con il rumore dell'auto e dell'aria nell'abitacolo. Ora, nel silenzio rotto solo da qualche cinguettio, bisognava parlare. Perché non lo faceva lui?

«È bello poter stare in silenzio, senza dover dire qualcosa per forza, vero?» Le lesse dentro e parlò per primo, aiutandola.

«Qualche volta può sembrare sgarbato.»

«Non certo nel nostro caso» disse senza guardarla, continuando a fissare un orizzonte immaginario attraverso il parabrezza.

Nel nostro caso. Quelle tre parole le si scolpirono dentro con la precisione di iscrizioni cuneiformi su una tavoletta di argilla. Le si ripetevano al rallentatore nelle orecchie, chiare. E interpretò quel *nostro caso* come un coraggioso tentativo di eliminare le formalità, accorciare le distanze.

Lo aveva sentito tutto l'imbarazzo del silenzio, lei. Non aveva mai pensato a un silenzio comune con Vittorio Stefàncich che non la mettesse a disagio. Lui, invece, sì. E si sentì in colpa per averlo sottovalutato. Solo allora riuscì a rilassarsi, a non sentire il peso delle buone maniere, a dimenticare di essere una ragazza, da sola, in macchina con un uomo. Con quell'uomo.

Riuscì finalmente a stare seduta sul sedile nero di pelle lucida stando comoda. Si appoggiò allo schienale e allungò un braccio sulla portiera. Guardando davanti, vedeva il golfo, la terra del Carso e, come fosse un mirino, la vittoria alata che puntava verso il cielo. Chiuse un occhio, come un cecchino, per giocare con la prospettiva e vedere la statuina cromata appoggiarsi leggera sul colmo della collina che avevano di fronte, come in un mondo incantato.

Lui, un braccio appoggiato sul volante e l'altro sulla leva

del cambio, aveva preso a osservarla dopo che, non avendo ricevuto risposte, ebbe conferma che *nel loro caso* non vi fosse la necessità di riempire il silenzio.

Si accorse del cambiamento. Percepì chiaramente come, anche lei, che fino ad allora era rimasta rigida e composta, avesse iniziato a liberarsi dalle formalità.

Gli era piaciuto quel disagio che la mostrava, in un certo senso, ancora bambina. Aveva ventun anni, ne era certo, lo aveva sentito dire da sua madre a sua sorella Francesca, qualche giorno prima. Aveva ascoltato tutto, fingendo di essere intento a leggere il giornale: era venuto a conoscenza del liceo femminile frequentato a Trieste, dell'amicizia fraterna con la figlia di un farmacista della città, dell'amore per la sua terra e dell'entusiasmo per il lavoro alle vigne che conduceva col padre. La signora Stefàncich aveva parlato di Antonia con grande ammirazione. E gli era sembrato di capire che le informazioni che sua madre aveva raccolto derivassero direttamente dai colloqui con la signora Pàhor il giorno della vendemmia. «Non è ancora fidanzata» aveva aggiunto la signora Stefàncich. Dopo quella frase Vittorio aveva deciso di saperne a sufficienza e, soddisfatto, aveva chiuso il giornale ed era uscito dalla stanza.

Ora Antonia era seduta vicino a lui, nella sua freschezza di giovane donna ancora inesperta della vita. Era questo tratto, assieme al temperamento deciso e all'assenza di civetteria, che lo attraeva di lei. Vederla ora, mentre ammorbidiva i suoi tratti liberandosi dal rigore del portamento, lo faceva sentire privilegiato.

Dal giorno della vendemmia l'aveva pensata spesso. La ricordava sporca di mosto, accaldata e decisa, poi la rivedeva quando, pulita ed elegante, aveva ballato la mazurka con lui, o quando aveva tenuto testa a Elio Cotich nei loro uffici. E ora stava guardando il profilo di una collina davanti a loro, zitta, a pensare. A che cosa stava pensando? Gli piaceva credere che, dietro a quella figura quasi perfetta di ragazza perbene, nascondesse delle passioni e dei difetti. Avrebbe voluto conoscerli.

«Mi spiace di avervi così poco elegantemente sottratta alla vostra famiglia» disse, sperando che dalla risposta si potesse percepire qualche, seppur minimo, segno di compiacimento.

Lei si girò a guardarlo. Rimanendo ancora in silenzio. Ne fu sorpreso. Tanto che gli fu difficile comportarsi con lei come faceva di abitudine con le donne che frequentava, fuori e dentro la casa di Anna Kramer; a fatica mantenne lo sguardo fisso dentro a quei due occhi che, forse per la prima volta, giocavano con quelli di un uomo. Antonia resisteva, in una gara che sembrava divertirla. Gli occhi si strinsero per via di un piccolo sorriso. A quel punto Vittorio cedette e guardò fuori dal finestrino sorridendo e scuotendo la testa.

«Vogliamo rientrare?»

«No!» Le uscì dalle labbra rapidamente, quasi con veemenza.

«Ho promesso a vostro padre che sarebbe stato un giro molto breve, solo per farvi provare la macchina» disse sottovoce, con il suo tono basso e calmo che lei aveva imparato a riconoscere.

«Avete ragione. Ma è così divertente!»

«Bene» e rimise in moto la Isotta Fraschini immettendosi di nuovo sulla strada «prenderemo la via più lunga per tornare, allora.»

Ripartirono, sorridendo entrambi. Lei ebbe il tempo di guardargli le mani, che stringevano il volante con naturalezza, senza segni di tensione. I polsini della camicia sporgevano dalla manica della giacca e si chiudevano con piccoli gemelli di argento e onice. Saliva con lo sguardo lungo il braccio, ispezionando la stoffa marrone della giacca, oltre la spalla, sul collo, dove i capelli si arricciavano dietro alle orecchie, passando poi alla mandibola squadrata, fino al profilo delle labbra, chiuse e rilassate, al naso dritto, alle ciglia nere e lunghe, alle sopracciglia, alla fronte alta e poi di nuovo l'attaccatura dei capelli, ordinati, pettinati all'indietro.

Vittorio guidava, concentrato, mantenendo ancora quel silenzio che gli piaceva condividere, dibattuto tra la voglia di consumare voracemente il poco tempo a disposizione e quella di mantenere tutto invariato e statico il più a lungo possibile per dilatare e amplificare ogni sensazione, ogni attesa e ogni speranza. Era attratto dalla sua ingenuità, ma ne riconosceva anche la fermezza. Sembrava la conquista più lontana e impossibile, quella migliore. Non si azzardava nemmeno a pensare a proposte che pur avrebbe avanzato senza ritegno in altre circostanze, con altre donne. La guardò, distogliendo per un attimo l'attenzione dalla strada dalla quale si vedeva in lontananza la frasca.

«Quali sono i vostri pensieri?» osò chiedere, mentre lei alzava immediatamente il viso.

«Oh, nessun pensiero...» mentì arrossendo, rimanendo inchiodata dallo sguardo indagatore di Vittorio. Lui aggrottò le sopracciglia, quasi per sondare in profondità, per capire meglio.

E un lieve senso di malinconia invase entrambi, mentre si avvicinavano, lentamente, metro dopo metro, all'ingresso dell'*osmiza*. Lui superò il cancello e fermò la macchina a lato della strada. Spense il motore. Non scese subito, ma rimase seduto, voltandosi verso Antonia, guardandola, piegando la testa. Lei fremeva di imbarazzo e di eccitazione. Desiderava che quella situazione, in cui non era in grado di controllare né sé stessa né gli eventi, finisse presto, ma contemporaneamente desiderava che si prolungasse ancora, indefinitamente. Sperava che nessuno li raggiungesse, che nessuno di esterno rompesse quella bolla delicata dentro alla quale si sentiva galleggiare leggerissima.

«Grazie per questa sorpresa» riuscì a dire piano. Lui sorrise, quasi timido, continuando ad ammirarla, come si fa con un quadro.

«Spero ci sia presto l'occasione di incontrarci di nuovo» sussurrò.

Antonia cercò la leva per aprire la portiera. Ma Vittorio

con un movimento velocissimo uscì dall'abitacolo e, raggiunto l'altro lato della vettura, le aprì porgendole una mano per aiutarla a uscire.

«Grazie» gli disse sorridendo «venite a salutare mio padre.»

«Fatelo voi per me, non voglio disturbare.»

«Gli dareste un dispiacere!»

Le lasciò la mano, vedendo rinviato il momento del saluto. Entrarono insieme nel cortile. Il signor Pàhor si fece loro incontro sorridendo, in attesa di sentire l'entusiasmo della figlia.

«Allora? È stato bello? Una macchina così preziosa non era mai passata da queste parti! Volete entrare Vittorio? Del vino da portare a casa?»

«Non era certo la macchina la cosa più preziosa...» sussurrò velocemente. Solo Antonia poté sentire. Aveva capito bene? Si scambiarono un'occhiata quasi furtiva. Poi lui riprese il controllo riportandola alla realtà. «Vi ringrazio signor Pàhor, meglio che restituisca la Isotta Fraschini prima che faccia buio.»

«Non insisto. Lo accompagni tu, Antonia?»

Si incamminarono, di nuovo insieme, verso la macchina. Pochi passi e poco tempo. Nessuna parola.

«Spero di rivedervi presto» ribadì.

«Anche io» disse lei, stupendosi di nuovo per la sfacciataggine e per la rapidità con cui le parole le uscivano di bocca.

Sentì il tepore del respiro quando Vittorio avvicinò la mano al viso per un baciamano; non un contatto con le labbra, come voleva la buona educazione, ma le mani rimasero una nell'altra a lungo, mentre si guardavano, di nuovo senza dirsi niente con le parole.

«Ciao.»

Mollò la presa e salì in macchina. Antonia lo vide partire e rimase sulla strada a guardare la Isotta Fraschini scomparire tra le colline.

La sua testa, come mai prima, era riempita di pensieri che svolazzavano delicati. Era quasi sconvolta, frastornata. Ripercorse a ritroso i momenti più intensi dell'ultima ora, un'ora che le era sembrata un'eternità di benessere, di disagio, di gioia e di paura insieme. Era stato bello sentirsi accarezzare dagli sguardi più o meno espliciti di Vittorio, sperava di averli interpretati nel modo giusto e di non essere solo un'ingenua illusa. Rientrò fantasticando, soppesando i sogni e paragonandoli agli eventi appena accaduti e le sembrava che fossero molto simili.

Il signor Pàhor la osservava, imbambolata a guardare per terra, seduta su una delle panche libere.

«È stata una bella sorpresa?» le chiese cauto.

«Una bellissima sorpresa...» ammise candidamente.

«Lo sai che non è stata solo una visita di cortesia, vero?»

«Non capisco» faticò a nascondere la delusione guardandolo interrogativa «è per i vostri affari?»

«No bambina, non per gli affari» cominciò a dire piano, camminando delicatamente, per la prima volta, nel territorio dei sentimenti «è venuto qui per te. È interessato a te.»

Si sentì ebbra. La conferma delle sue sensazioni la portò in uno stato di gioia ed euforia.

«È un uomo perbene, ma è esperto della vita» il signor Pàhor cambiò tono ed espressione «stai attenta, bambina.»

Da quel giorno strano e inaspettato, Antonia iniziò a cullarsi tra pensieri e ricordi, costruendo nella sua mente un'immagine di Vittorio Stefàncich fatta di poca realtà, quella sola che aveva conosciuto, e di molta fantasia, su come desiderava che lui fosse.

Non parlò con nessuno. Non disse niente a Flora, niente a sua madre. Curava silenziosamente i suoi sogni senza condividerli. Sapeva di non avere molte occasioni di incontrarlo di nuovo, se non per qualche commessa legata ai trasporti del vino.

Non accadde per gran parte dell'inverno.

Rappresentazione di *Gianni Schicchi* (1° febbraio 1922)

Dio manda el fredo secondo i piani

Antonia era arrivata a Trieste col treno lungo quella che era stata la Südbahn Vienna-Trieste, la ferrovia più a est del Regno d'Italia. Si era preparata con cura, con attenzione, aspettando quel giorno con ansia.

Flora Meyer le aveva scritto invitandola alla rappresentazione dell'opera *Gianni Schicchi* al teatro Verdi e lei aveva accettato grata, senza sapere chi fosse, quel Gianni Schicchi. Un cantante? Un attore?

Scese dal treno cauta, col suo piccolo bagaglio, cercando tra la folla gli occhi di Flora.

«Antonia, *son qua*!» E sventolava il fazzoletto bianco ricamato come fosse una bandierina. Entusiasta ed euforica, come una bambina, sorrideva felice avvolta dal suo lungo cappotto blu scuro con i polsi di pelliccia.

«*Come te sta, bela mia!*» e la strinse in un abbraccio forte che quasi fece perder loro l'equilibrio. «*Fatte veder! Che bel averte qua!*»

Le prese il viso tra le mani, stringendolo con foga affettuosa, guardandola con l'attenzione di chi vuole verificare che nulla sia cambiato dall'ultimo incontro.

Si abbracciarono, calde, felici. Gli anni trascorsi assieme a casa Meyer durante il liceo e la guerra le avevano rese quasi sorelle.

Camminarono a braccetto a passi lunghi nonostante le

scarpe col tacco a rocchetto, fino ad attraversare l'atrio reale e uscire in strada.

«Ma un'opera teatrale? *Gianni Schicchi*? Mai sentita, Flora! Mai!»

«Eh, certo che non l'hai sentita! È nuova! Fatta nel Diciotto per la prima volta a Nuova York! E stasera per la prima volta a Trieste! Ho letto il libretto, vedrai che divertente! Siamo a Firenze, epoca dei Comuni. Un vecchio ricco muore, i parenti interessati all'eredità si preoccupano di trovare il testamento. Lo trovano, vedono che il vecchio ha destinato tutto a un monastero. Allora assoldano uno scaltro popolano per produrre davanti al notaio un testamento falso a loro vantaggio. Il resto non te lo dico!»

Raggiunsero la casa dei Meyer, nulla era cambiato, ne riconosceva l'odore di incenso all'ingresso. Si prepararono e, al crepuscolo, assieme al signor e alla signora Meyer, si diressero a piedi verso il teatro.

Antonia si era vestita velocemente, in quella che era stata la sua stanza, indossando un semplice abito di velluto blu comprato a Gorizia per l'occasione. Alle orecchie due piccoli orecchini di perle, dono della zia Franziska di Vienna per il diploma di liceo. Nient'altro. Una semplicità quasi puerile. Flora, di altro ceto, portava una spilla luccicante alla clavicola sinistra a rendere sontuosamente prezioso un abito di spessa seta nera cinese arrivata in matasse prima della guerra. La madre, elegantissima, sfoggiava un completo di collana, orecchini, bracciale e anello che Antonia ammirò a bocca aperta come un bambino di fronte a un gioco fantastico. Aveva chiesto di poterle toccare quelle pietre rosse e tonde, secondo quello che, le spiegarono, era un taglio *cabochon*. Le gemme formavano, in armonia con tanti piccoli diamanti bianchi, dei fiori stilizzati, in cui i castoni d'argento si fondevano alla solida e pesante base d'oro. All'ingresso del teatro, con le luci dei grandi lampadari pendenti, decorati con migliaia di gocce di vetro sfaccettate, quei gioielli brillarono come delle comete e sembrarono, se possibile, ancora più belli.

Antonia, lasciata la cappa al guardaroba, girò su sé stessa per osservare la bellezza del foyer. Lesene dorate, marmi chiari con intarsi policromi, gruppi di persone elegantissime, donne profumate con le acconciature curate, gli abiti fruscianti e le stole di piume. Ammirava quell'umanità che, eterea, sembrava condurre una vita parallela diversissima da quella che conduceva lei. Durante la guerra, quando, ancora ragazzina aveva vissuto in città coi Meyer, non c'erano mai state occasioni simili. Li guardava con lo stupore di chi vede qualcosa per la prima volta. Riconosceva una diversità in loro rispetto alle persone che era abituata a frequentare. Era quello «il mondo», dunque?

A richiamarla alla realtà il braccio di Flora, che si appoggiò al suo, guidandola attraverso i corridoi che portavano al secondo ordine di palchi. Giunsero al loro, il dottor Meyer aprì una piccola porta di legno bianco intarsiato e permise ad Antonia di entrare nella magia. La lasciarono passare per prima e lei, rapita e muta, raggiunto il parapetto del palco, rimase in piedi trattenendo il fiato. Un emiciclo d'oro, illuminato dalle lampade che brillavano come i diamanti della signora Meyer, su più piani di palchi, sopra e sotto al loro, un brusio ovattato, poi giù, una platea gremita di persone ancora in piedi accanto ai sedili di velluto, suoni scoordinati, provenienti dalla fossa dell'orchestra che poteva vedere dall'alto, con i suoi musicisti ancora in movimento, in attesa, in preparazione. E poi, alle spalle dell'orchestra, poco sopra, il palcoscenico, nella sua magnificenza, chiuso dalle tende rosse rubino, frangiate d'oro. Uno spazio fuori dal tempo, un luogo straordinariamente speciale. Pensò a cosa ci fosse fuori, nella direzione del suo sguardo e ricordò che, alle spalle del teatro, alle spalle del palcoscenico, c'era il mare.

«Ti piace?» chiese timidamente Flora, quasi preoccupata di non disturbare.

«Sembra una magia!» sussurrò Antonia rapita dall'incantesimo del teatro. Rimase interdetta quando le luci si spensero e si riaccesero rapidamente dopo un secondo.

«È la prima chiamata» spiegò Flora sottovoce «serve per avvisare che tra poco inizia lo spettacolo e occorre prendere posto. Adesso» e indicò con il dito l'aria aspettando qualcosa che subito accadde «ecco, la seconda chiamata, poi il buio.»

L'orchestra sembrava essere ordinata. Il movimento e la confusione di pochi minuti prima erano finiti. Sembrava aver trovato finalmente la posizione giusta. Un violino emetteva il suo la e una serie di altri grappoli di note, gli altri strumenti producevano suoni che sembravano capriole nell'aria del golfo mistico. E di nuovo Antonia pensò che oltre c'era il placido golfo di Trieste, silenzioso e senza bora, pronto, assieme a tutti i suoi pesci, ad ascoltare.

Si fece buio, improvvisamente il brusio della platea e dei palchi si spense. Entrò il direttore, una luce al suo leggio, un applauso incerto e l'inizio. Non un'*ouverture*, ma una breve introduzione, con domande e risposte di note moderne, incalzanti, che suggerivano un misto tra tensione, imbroglio e sospetto. Un tema volutamente anacronistico rispetto all'epoca che veniva rappresentata.

All'apertura lenta del sipario, Antonia fu avvolta da Puccini e contemporaneamente dall'atmosfera quasi medievale che è racchiusa in ogni teatro.

Memorizzò l'aria regina, quella che, forse unica, sarebbe stata ricordata negli anni di quell'opera minore di Puccini. Le si impresse nell'anima, la melodia di una figlia che dice al padre la profondità del sentimento per l'uomo che ama. «O mio babbino caro» diceva Lauretta, invocando il padre di aiutare l'amato «mi struggo e mi tormento... babbo pietà.»

Si rivide a parlare di Vittorio con suo padre dopo il giro in macchina. Non riusciva ancora ad ammetterlo, ma si sentiva proprio come Lauretta.

Alla fine di quell'unico atto, le luci dei palchi e del grande lampadario a tre cerchi concentrici si riaccesero mentre gli applausi erano ancora vivi. I cantanti, usciti dalle tende spesse, si inchinavano e raccoglievano gli elogi.

«Devi tornare più spesso da noi, Antonia» disse la signora Meyer «non ti vedevamo da troppo tempo. Mio marito e io vorremmo che ti unissi a noi per l'opera, come abitudine.»

«Siete molto generosi, ma non vorrei approfittare!»

La signora Meyer rispose con un cenno che spense i complimenti.

«Ragazze, venite, ci aspettano per il buffet.»

Antonia non sapeva, non capiva. Aveva creduto che fosse finito tutto con l'ultima nota e l'ultimo applauso, invece quella sera mondana era ancora ben lontana dalla fine. Uscirono dal teatro, passarono accanto al palazzo che fu della Luogotenenza austriaca, attraversarono la Piazza Grande, che ormai andava chiamata Unità d'Italia e raggiunsero via dell'Orologio. Entrarono attraverso un portone socchiuso, salirono al piano nobile del sontuoso palazzo in piazza dello Squero Vecchio. Un maggiordomo ai piedi di una ampia scalinata di marmo ritirava biglietti vergati che le signore traevano dalle minute borse di seta ricamata e, dopo averli letti, permetteva loro di salire. Arrivati alla cima della scala, un secondo maggiordomo riceveva gli ospiti, prendeva cappe e cappotti e accompagnava all'atrio principale.

Porte a doppia battuta sormontate da timpani di marmo rosso scuro si aprivano in tutti i lati dell'atrio. Attraversarono la stanza, ornata con colonne, mezzi busti, statue, specchi e piccoli divani imbottiti lungo tutto il perimetro, passarono attraverso la porta centrale, ed entrarono nella grande sala della musica, già riempita di ospiti, come se i palchi e la platea si fossero riversati in quella stanza dopo lo spettacolo. Antonia osservava, muta. Le pareti, coperte da stoffe d'oro a fiorami, erano decorate da dipinti antichi, alcuni raffiguranti languidi paesaggi bucolici, altri riproducevano il bacino di San Marco a Venezia, la Punta della Dogana avvolta dalla nebbia e dei bastimenti in lontananza con le vele ammainate. I signori Meyer facevano strada dirigendosi sicuri verso il camino di marmo candido acceso, sul lato corto di quella stanza, vicino al quale, seduta su una poltrona che sembrava un trono, stava una donna anziana e severa, la padrona di casa. Antonia pensò di trovarsi dinanzi a una nobile, non sapeva come avrebbe dovuto rivolgerle la parola. Sentì montare l'imbarazzo, la paura di essere ridicola.

Riuscì a sorridere dolcemente, arrossendo, e ad abbassare la testa come in un impercettibile, piccolissimo inchino. Aspettava che gli occhi della signora la squadrassero severi, pronti a cogliere ogni insicurezza sulle regole dell'etichetta. Invece, rialzando la testa, incontrò uno sguardo benevolo, incuriosito da quei modi gentili e impacciati. Continuò a osservarla senza parlare. Era molto bella, quella ragazza del Carso, semplice ed elegante. Pulita.

«In molti parlano con entusiasmo del vino di vostro padre, signorina. Sono lieta che siate riusciti a ricominciare con la produzione, quest'anno.»

«Vi ringrazio molto, signora» disse Antonia, stupita che la signora conoscesse suo padre.

«Mi è piaciuto molto il vostro *Teranov liker*. Molto. Ho già chiesto che ci venga regolarmente consegnato.»

«Sono davvero felice che abbiate gradito il liquore, signora.»

«Oh, cara, come mi ricorda il mio Carso! Volete farmi una cortesia?» sussurrò avvicinandosi a lei guardandola con complicità. «Mandatemi della *sbrovada*. Qui in città non ha lo stesso sapore!»

Antonia rimase interdetta, sorrise e trovò conforto in quella confidenza che mai avrebbe immaginato. Poi, come se il tempo a disposizione fosse improvvisamente finito, la signora spostò lo sguardo oltre alle spalle di Antonia, per dare il saluto al prossimo ospite.

Antonia sfilò rapida lasciando posto. Ancora incredula per quello scambio con la padrona di casa, gran signora di Trieste. Conosceva suo padre, beveva il loro liquore, avrebbe ricevuto il loro vino, gradiva mangiare rape grattugiate fermentate nelle vinacce, cibo povero del Carso. Quella sera continuava a serbarle sorprese.

Mosse qualche passo nella stanza e raggiunse Flora. Si era messa in un angolo, vicino a una bacheca di vetro. Dentro erano custoditi i modelli di due velieri, eseguiti con una tale precisione, da sembrare veri.

«Loro sono armatori» sussurrò Flora «hanno una flotta di navi che fa collegamenti con l'America.»

«E cosa trasportano?»

«Merci e persone. Sono due fratelli: uno trasporta merci e gestisce i rimorchi al porto, il marito della signora, invece, ha la compagnia di navigazione per le persone e prima della guerra avevano navi che andavano in Nord e Sud America. Durante la guerra cinque sono state affondate, ma le altre sono di nuovo in funzione. Hanno ricominciato a navigare. Sono ricchi Antonia. Tanto.»

«Lo vedo.»

Alzò gli occhi al soffitto dove, dal cornicione composto da foglie di alloro intrecciate, facevano capolino i busti in bassorilievo dei compositori più noti. Non li avrebbe riconosciuti se i loro nomi non fossero stati scritti in oro su un nastro di marmo bianco sotto al petto di ognuno.

Camerieri in livrea giravano tra gli ospiti portando larghi vassoi d'argento pieni di cibo da mangiare in piedi: tartine, *voulevant* ripieni, coppe di salse e biscottini al burro, panini mignon, grissini a *torchon* farciti. Flora non si trattenne. Antonia, per il disagio e per la curiosità bambina che la portava a guardarsi in giro, non toccò cibo. Si allontanò e raggiunse il corridoio, lungo e largo, arredato, anche quello, con alte librerie e mobili di radica e oro. Si spinse ancora oltre, si affacciò alla porta di una stanza scura, che emanava odore di tabacco bruciato, sicuramente il *fumoir*. Avanzò ancora di qualche passo fino a scorgere un delizioso salottino chiaro, le finestre adornate da tende in delicatissimo pizzo bianco chantilly che disegnava mazzolini di fiori. Vide le luci della piazza attraverso il decoro sottile, fu inevitabile avvicinarsi e guardare fuori. Una visuale bellissima, il cuore di Trieste nelle pupille, a due passi il mare, di cui le sembrava di sentire l'odore.

«Buonasera» disse una voce maschile, in qualche modo familiare.

Antonia si voltò di scatto, vergognandosi di essere stata scoperta a girovagare in casa d'altri, cercando svelta tra i pensieri, una scusa adeguata per giustificare la sua presenza lì, in un luogo evidentemente non dedicato agli ospiti.

Giacomo Ledri stava sorridendo venendole incontro, guardandola col rispetto riservato alla figlia del signor Pàhor, non con la concupiscenza che aveva rivolto alla pigiatrice di grappoli d'uva e che non aveva più riconosciuto.

«Dottor Ledri, mi avete spaventato! Non vi avevo sentito.»

«Ammiravate la vista? Qui, sola, senza il disturbo delle chiacchiere?»

«Oh, mi sono spinta forse troppo avanti, ma non ho saputo resistere alla bellezza di questo salottino.»

«Avete fatto bene. Anche io, a volte, sento il bisogno di fuggire dalla gente. Siete stata all'opera? Non vi ho visto.»

«Con i Meyer, al loro palco.»

«Meyer la farmacia? Così vi piace l'opera. Non lo sapevo.»

«È la prima volta, in realtà, che assisto a uno spettacolo. È stato bello, molto bello» disse, trovandosi impacciata a parlare con serenità a Giacomo Ledri.

«Al mio palco stasera c'era anche...» e si fermò per farle strada, dimenticando poi di continuare quel discorso leggero, fatto solo per riempire il silenzio.

«Grazie» disse piano Antonia guardando in basso. Evitando di incrociare i suoi occhi, riguadagnò il corridoio che l'avrebbe riportata da Flora. Si incamminarono insieme.

Entrarono nella stanza della musica, ormai gremita, con i camerieri che tenevano i vassoi in alto sopra alle teste per passare tra le persone. Venne loro offerto dello champagne. Un'altra novità per Antonia. Trattenne sulla lingua il liquido paglierino e frizzante, lo deglutì piano, quasi per non perdere nemmeno una sfumatura di quel gusto cristallino.

«Che ne dite, signorina Pàhor?» chiese Ledri, tenendo il bicchiere mezzo vuoto alto e controluce, come se ne stesse studiando lo spettro, usando il chiarore del lampadario come fonte luminosa.

«Beh, non potrei che dire delizioso!»

Antonia sentì giungere presto una lieve piacevole ebbrezza e percepì il bisogno di mangiare. Fermò un cameriere che le porse delle rondelle di pane tostato su cui era adagiata una fetta tonda d'uovo sodo guarnita, nella parte del tuorlo, con minuscole sfere nere lucidissime. Ne prese una e assaggiò: deglutì quasi senza masticare, infastidita dall'intenso sapore di mare e di pesce. Ledri, nel frattempo, stava salutando una signora attempata, vestita di broccato verde, guanti al gomito rossi e una volpe bianca accasciata alla spalla sinistra.

«Antonia! *Ècote qua!* Dove eri finita?» chiese Flora sorridendo.

«Ero qui! Ma quelle tartine, con quei puntini neri...»

«Caviale, *bone no*?»

«Insomma, sanno di pesce.»

«*Sì, el cavial xe ovi de peśe. No te gavevi mai 'sagià?*»

Antonia bevve l'ultimo sorso del suo champagne per cancellare quel gusto.

Ledri si rivolse a loro, porgendo la mano alla signora in tricolore.

«Posso presentarvi la baronessa Bauer?»

«Meyer, Flora Meyer baronessa.» E fece un impercettibile inchino verso la donna e verso Ledri, che ricambiò con un cenno del capo e un piccolo sorriso.

«Baronessa...» disse incerta Antonia piegando un po' la testa, mentre la donna le porgeva la mano guantata quasi aspettandosi un baciamano. Antonia strinse quella mano non sapendo da che parte prenderla, visto che mai una mano le era stata posta in quel modo quasi regale.

«Voi siete...?» chiese la donna guardando Antonia, subodorando impaccio e impegnandosi per enfatizzarlo, più che per sopirlo.

«Perdonate. Antonia.» E arrossì come una bambina.

«Oh, Antonia, mia cara, ce l'avrete un cognome?»

«Pàhor, baronessa. Mi chiamo Antonia Pàhor.»

«Pàhor» ripeté la baronessa scandendo le lettere e indugiando sull'acca aspirata toccandosi il mento con l'indice rosso di guanto «non conosco nessun Pàhor... figlia di?»

«Figlia di Wilhelm Pàhor, ma dubito possiate conoscere la mia famiglia, vengo da un paese del Carso.» Sorrise, ingenua, aspettandosi un commento di benvenuto in quel contesto estraneo e così diverso dal suo. Invece la baronessa la guardò in faccia, con una smorfia che tradiva compassione, pena, ma soprattutto acida curiosità.

«Dal Carso. Interessante» disse lentamente, per poi accelerare e aggiungere dettagli «la mia governante viene da un paese del Carso, forse vi conoscete, perché vi conoscete un po' tutti voi dei paesi, vero? La mia governante si chiama Carla.»

«Nei paesi ci conosciamo tutti, è vero, ma ci sono tanti paesi sul Carso. Da quale...»

«Ah, non me lo ricordo. L'ho scelta perché parla poco e lavora tanto! Così vanno scelte le donne!» disse guardando Ledri. «Inutile lamentarsi se non si è capaci di sceglierle bene.»

E mentre sorseggiava dal suo calice, continuava a chiedersi, stizzita, per quale ragione una ragazza del Carso, certamente di lingua slovena, potesse trovarsi lì, nel miglior salotto triestino, in abiti non da lavoro, in sua presenza. Doveva essere certo una delle devastanti conseguenze della guerra.

Antonia, sentendosi fuori posto, intuendo lo stupore che la sua presenza aveva provocato, provò l'ingenua necessità di giustificarsi.

Trovò poi il coraggio di guardare meglio la baronessa e si accorse che il dito indice della mano destra usciva da un buco del guanto rosso sfuggito alla rammendatrice. Salì con lo sguardo e non poté non notare come i bordi del vestito verde broccato fossero sgualciti, usurati a tal punto da mettere in evidenza la trama e l'ordito del tessuto; era un abito vecchio.

La baronessa, senza aggiungere una parola, si accomiatò con un'impercettibile smorfia del viso e diede rapidamente loro le spalle.

Ledri la seguì, salutando le ragazze con la sua impostata cortesia.

«*S'ciavi!*» soffiò la baronessa tra i denti.

«Sì» sentenziò Ledri millantando sintonia e comunione di pensieri con la baronessa, dimentico che, nel pasticcio umano che la guerra aveva prodotto, solo pochi anni prima, lui e la sua famiglia sarebbero stati definiti *leccapiattini* austriacanti dalla stessa baronessa Bauer che ora denigrava tanto Antonia. Ma le contraddizioni della nobiltà, si sa, hanno sempre trovato buone giustificazioni e compromessi grazie agli interessi, agli affari.

«È elegantissimo! Quegli occhiali d'oro, le mani affusolate...» Flora, distratta da Ledri, non aveva fatto che guardarlo.

«Non scherzare» disse Antonia ancora turbata dal comportamento della baronessa «non vedi che è un uomo piccolo?»

«*No me par piccolo!* Così alto, così fine.»

«Flora, non in quel senso... non è come sembra! Devi credermi. Io so come si comporta quando crede che nessuno lo stia guardando.»

Flora non stava ascoltando. E per tutto il resto della serata continuò a cercare Ledri tra la gente. E lo vide, a un certo punto, seduto sui divanetti di seta rossa a fiorami. Non era solo, ma in compagnia di una giovane donna e di un altro uomo, alto e molto prestante. Flora lo osservò da lontano, iniziando a sognare. Se solo Antonia lo avesse potuto immaginare, l'avrebbe certamente dissuasa.

Flora ne analizzava le movenze eleganti, l'abbigliamento perfetto, il fare sicuro, il delicato narcisismo con cui, quasi fosse un movimento automatico, sistemava gli occhiali sul naso e poi passava la mano tra i capelli, biondi e sottili, che ricadevano poco dopo, nella stessa identica posizione.

«Dimmi di più di lui» chiese Flora indicando Ledri col mento.

«È figlio dell'avvocato. Ha studiato a Vienna, lavora con mio padre alla cantina; sembra esperto. Ma sono certa che non sia la così bella persona che credi.»

Non riuscì ad aggiungere altro.

Lo videro alzarsi, salutare con un baciamano esagerato alcune signore. Antonia non lo perse di vista, solo per cercare di evitarlo.

Fu allora che si accorse di Vittorio Stefàncich.

Sentì un vero tuffo al cuore e poi una vampata di calore salì al viso, infuocandole le guance. «Spero di rivedervi presto» le aveva detto mesi prima. Ma l'occasione non c'era mai stata. Non era mai stata cercata, forse. Cercò di non farsi notare, di rimanere in disparte per essere libera di guardarlo.

Era lì, in compagnia del suo amico Ledri e di una donna. Lei gli teneva il braccio, stretto stretto, impedendogli quasi di muoverlo, cercando di prendergli la mano che però lui negava con arte. Lei mostrava confidenza, appoggiando senza pudore la guancia sulla sua spalla. Rideva, forse troppo, mostrava denti bianchissimi, resi ancora più candidi dal rosso bluastro e freddo del rossetto opaco. Lui lasciava fare, evidentemente divertito. Il vestito di perline grigie si muoveva assieme al suo corpo flessibile. La seta frusciava leggera e la doppiatura in tulle, ricamata fitta a motivi geometrici con le perline, tantissime e di diverse sfumature di grigio, produceva un suono quasi orientale. Antonia si sentì fuori posto per la seconda volta. Non era come Flora, rilassata nella sua posizione socialmente riconosciuta, non era come la ragazza col vestito grigio, sicura della sua avvenenza, libera e sorridente. Le sembrava di essere ritornata indietro nel tempo, quando arrivava al liceo a piedi, sporca di fango.

Riguardò nella loro direzione e vide Vittorio cingere la vita di quella giovane e salire con la mano a sfiorarle la pelle della schiena lasciata scoperta dal vestito che si apriva a V. Stefàncich la guardava compiaciuto mentre lei parlava, col bicchiere in una mano e gesticolando con enfasi. Poi lei avvolse di nuovo il suo braccio a quello di Vittorio come un ramo di edera che gira a spirali sul tronco che sceglie. Lui di certo apprezzava quella vicinanza, la cercava, era evidente. E Antonia coglieva, da spettatrice, la sottile elettricità che scorreva tra loro.

Ora le sembrava molto diverso dall'uomo elegante e gentile che aveva conosciuto alla vendemmia, da quello pacato e severo alla Stradella Verde, o da quello che era venuto a prenderla con l'Isotta Fraschini. Quella sera le sembrava risoluto, quasi più vecchio, perfettamente a suo agio in quell'esclusivo contesto cittadino e, soprattutto, si comportava da abile seduttore. Era serio, come sempre, non parlava molto, ma osservava la giovane donna in grigio senza nasconderlo, la guardava con un certo appagamento.

Cominciò ad avvertire il sapore amaro della delusione, reso acido dalle aspettative inattese, dalla consistenza dura e ruvida della realtà sulla pelle.

«Sediamoci là, vicino alle finestre» suggerì sconsolata.

«Vuoi stare seduta? Sembreremo due zitelle che stanno in disparte» protestò Flora.

«Perché? Non è forse quello che siamo? Dai andiamo, che mi fanno male i piedi. Non sono abituata a queste scarpe.»

Finalmente un posto sicuro.

Bastarono pochi altri minuti di chiacchiere vuote e risate sforzate, di gioco e di recita perfetta, e Vittorio Stefàncich volse lo sguardo annoiato verso le finestre e vide Antonia.

Ebbe un'iniziale esitazione, che lo portò a guardare meglio per convincersi che fosse proprio lei. Poi gli fu istintivo allontanarsi da quella donna che gli cingeva il braccio e prendere le distanze da lei. Sentì di doversi moderare. Di volersi moderare.

La sua attenzione fu rapita; Antonia era seduta semplicemente, come era semplice lei, con gli avambracci appoggiati alle cosce, mentre sembrava rispondere, distratta, con piccoli cenni del capo alle domande di un'amica. Non avrebbe mai immaginato di incontrarla quella sera, lì. La ricordava ancora sorridente, sporca di mosto d'uva. Ora sembrava austera, rigida. Era forse solo l'espressione del disagio? Cosa probabile. La vide alzarsi.

Era molto elegante. E bellissima.

Si prese del tempo per osservarla ancora, dimentico degli altri. Avrebbe voluto avvicinarsi e parlarle, scusarsi per non aver creato la circostanza di un incontro in quei mesi, ma con altrettanta forza desiderava che lei non lo vedesse, lì, in quella casa, in quel contesto mondano. Con la stessa forza desiderava che lei non si fosse già accorta di lui, della sua presenza, della confidenza che Elizabeth, la ragazza col vestito grigio, aveva mostrato a tutti, senza pudore.

Lo sollevava che nessuno, a parte lui, fosse a conoscenza di quanto era successo nel buio del palco durante la rappresentazione. Aveva sentito le mani lunghe di Elizabeth toccargli il ginocchio, impunite, decise. E quando la prima volta lo aveva considerato un errore e aveva spostato la gamba, lei si era girata sorridendo e, capricciosa, aveva ripreso ciò che voleva per sé. Il suo autocontrollo vacillava, come sempre dinanzi a una bella donna disponibile. Così l'aveva lasciata giocare, partecipando egli stesso al gioco, permettendole di sfiorargli le dita della mano, fino a lasciare che lo sfioro si trasformasse in una presa vigorosa e sensuale. Gli era piaciuto camminare in equilibrio sul filo sottilissimo dell'opportunità con lei che era completamente disinteressata a sembrare inopportuna. Ledri era seduto accanto a loro, forse ignaro, o forse no, ma poco importava. A Vittorio piaceva sentirsi desiderato. Più del fine ultimo, più della conclusione, lo intrigava quel momento in bilico tra il sotteso e il dichiarato. Al momento degli applausi, in piedi sul palco, Elizabeth si era sbilanciata all'indietro, volutamente, per toccare con la schiena il suo petto. E lui, ritrovando subito l'equilibrio dopo quella mossa inattesa, l'aveva sorretta, senza toccarla con le mani, solo facendo forza col suo corpo, sentendo addosso il peso di lei, appoggiata e sensuale. I capelli biondi raccolti alla base della nuca e decorati con una piuma grigia gli avevano sfiorato il collo. Erano profumati, ma sentiva anche l'odore di sigaretta.

Di questo Ledri non si era accorto, intento com'era a cercare tra le persone in platea le facce di chi gli sarebbe interessato salutare.

Tutti questi pensieri gli si proposero davanti agli occhi proprio mentre, concentrato su Antonia, la osservava, quasi volesse proteggerla dalle sue azioni.

«Vittorio?» lo interruppe Ledri. «La baronessa Bauer chiede se puoi organizzare per lei un trasporto da Vienna.»

«Baronessa, certamente, tutto si può fare. Se me lo permettete, occorrerà pianificare un viaggio su rotaia, risparmierete tempo e denaro.»

«Caro Vittorio, mi fido solo di voi. Desidero liberarmi dell'appartamento di Vienna il prima possibile. Nel frattempo, credo di volermi imbarcare per visitare le Americhe. Voglio vedere Nuova York.» E si allontanò dondolando sulle anche affaticate dal peso del corpo e dei pensieri.

«Si vuole imbarcare, ma naviga in brutte acque. Assicurati che ti possa pagare» disse Ledri appena rimasero soli «pare abbia ereditato debiti. Il barone è morto mesi fa, in seguito a una caduta banale in un giorno di bora. Che fine ingloriosa. Solo allora la moglie ha saputo quale fosse la loro reale situazione economica. A dir poco disastrosa. *Ha bisogno* di vendere Vienna. Non so con quanta fortuna ci riuscirà. Chi compra, oggi, a Vienna? Ha tanti quadri di valore però. Venderà prima quelli.»

Antonia fu sollevata quando i Meyer vennero a chiamarle per rientrare.

Si fermarono a recuperare le stole e i cappotti, lei prese la sua cappa, si fece in disparte per far spazio agli altri. Poi si voltò maldestra e sbatté il viso contro il torace di Vittorio Stefàncich. Non si accorse che fosse proprio lui, si preoccupò, invece, del segno di rossetto rosa che aveva lasciato sul suo sparato.

«Vogliate perdonarmi!» E sfregò piano con le dita la stoffa bianca, prima di alzare gli occhi.

Ci furono pochi lunghi attimi di imbarazzato silenzio.

L'assenza di naturalezza e di stupore suggerì a entrambi di essersi già visti a vicenda, senza aver proceduto con il desiderio di un saluto.

«Signorina Pàhor.» La voce bassa e gli occhi stretti.

«Mi solleva aver rovinato la camicia di una persona che almeno un poco conosco!» riuscì a dire nascondendo l'imbarazzo e il disagio.

«Non badate alla mia camicia! Sono stupito e felice di vedervi qui stasera. Spiace di avervi incontrata solo al momento dei saluti.»

«Lo stesso vale per me» mentì Antonia.

«Immagino abbiate chi vi accompagna a casa.»

«Grazie, sì. Mi tratterrò a Trieste.»

«Ah vi trattenete» non era la risposta che si sarebbe atteso «rimarrete a lungo?»

Non fecero in tempo a dire altro che Ledri e la donna bionda lo raggiunsero. Lei gli si fece addosso, sempre sorridendo.

«Vittorio, prometti di tornare a trovarmi presto?»

Lui la sorresse, sentendone di nuovo tutto il peso. Lei avvicinò il naso alla sua guancia, sembrava ebbra, forse lo era davvero. La raddrizzò, in evidente imbarazzo, agganciando lo sguardo serio di Antonia. Ne fu infastidito, disturbato.

Rimasta così, monca e senza conclusione la loro conversazione, che tuttavia non aveva ragione di proseguire, Antonia approfittò del momento in cui Vittorio raccolse da terra una piuma grigia, si sottrasse rapidissima da quella situazione e raggiunse i Meyer per allontanarsi con loro verso la scalinata.

Vittorio la cercò tra le persone che stavano raggiungendo le scale e la trovò, avvolta dalla sua cappa nera, mentre guardava per terra e si muoveva lentamente. La stava ancora fissando quando lei, prevedibile e ingenua, si voltò un'ultima volta verso di lui. Gli occhi negli occhi per un breve momento, parlarono, come già era accaduto tra loro, rimanendo muti.

«Non perdi mai occasione di farmi vergognare di te, Elizabeth.»

«Non perdi mai il vizio di esagerare, nonna.»

«Forse hai dimenticato che non siamo in America, qui. Che questa famiglia ha ancora un nome da far rispettare. Abbiamo persone che lavorano per noi a cui dobbiamo rispetto. Abbiamo clienti a cui dobbiamo rispetto. Tu hai me a cui devi rispetto!» gridò in crescendo la signora in piedi davanti al camino acceso.

«Non prendertela tanto. Cosa mai avrei fatto?»

«Hai fatto la smorfiosa, per tutta la sera, con il giovane Stefàncich, ti ho vista. Ti hanno vista tutti! Tutti ti hanno vista! Tutti hanno visto come ti sei comportata.»

«Vittorio, Giacomo e io siamo buoni amici.»

«Bene, allora comportati da amica la prossima volta. E non da sgualdrina. Non a casa mia! E copriti la schiena. Quel vestito è inadatto a questa casa!» E aprì la porticina nascosta nel muro, attraversandola per raggiungere la stanza privata nascosta dall'altra parte. Elizabeth gettò nel camino il mozzicone di sigaretta che aveva pigramente fumato mentre la nonna gridava.

«Domani organizziamo il tuo ritorno. Non rimarrai qui un giorno di più» disse la signora facendo capolino dalla porta nascosta nel muro «domani deciderò la data della tua partenza. Non c'è motivo perché tu rimanga qui. Torni da tua madre, in America!»

E sbatté la porta scomparendo.

Mussole di tè

Ciave de oro verzi ogni porta

La mattina dopo Antonia salì sul treno alla stazione di Trieste sentendo la valigia pesante. I pensieri che la accompagnavano erano bui. La delusione era ancora viva. La figura di Vittorio Stefàncich si era così sedimentata nella sua mente nei mesi precedenti, che rivederlo in circostanze tanto diverse l'aveva fatta tornare alla realtà: lo aveva certamente idealizzato. Aveva più volte rivissuto i loro incontri, volendosi convincere che le parole scelte non fossero state casuali, che le occhiate o i piccoli silenzi avessero avuto tutti un significato. Al palazzo dello Scalone, invece, ebbe la prova che le sue erano state tutte congetture. Immergendosi nella realtà, aveva capito quale vita conduceva davvero Vittorio Stefàncich, chi erano i suoi amici e soprattutto chi era la sua donna.

Era rimasta silenziosa per tutta la notte, anche quando Flora aveva cercato di farla parlare per capire la ragione di quel mutamento di umore. Ma Antonia aveva tenuto per sé quei pensieri. E lo stesso aveva fatto una volta tornata a casa.

«Questa mattina è arrivata la commessa degli armatori» la informò la madre «la signora ha anche mandato una lettera indirizzata proprio a me, in cui si è complimentata per *l'eccellente figliola*. Le sei piaciuta molto. Ci ha invitato per un tè, domani.»

«Domani? E ci vuoi andare?»

«Tesoro, certamente. E tu verrai con me.»

Antonia alzò gli occhi al soffitto, sospirando.

Il giorno dopo raggiunsero il palazzo dello Scalone. Furono accompagnate da un valletto fino alla stanza con le tende di pizzo. La signora le accolse con calore come se la loro conoscenza fosse di lunga data.

«Cara Antonia, come sono felice che siate venuta anche voi! Non lo speravo. Desideravo che conosceste mia nipote Elizabeth prima della sua partenza. Sarebbe stato bello se vi foste conosciute prima. Credo abbiate quasi la stessa età.»

«Ne sarei stata molto lieta anche io» disse Antonia con dolcezza «vostra nipote si sta preparando per un viaggio?»

«Sì, di ritorno a casa sua. Vive a New York, con la madre, che è poi la moglie di mio figlio. Loro curano il trasporto passeggeri verso l'America. La ragazza è qui da qualche mese per riprendere contatto con le sue radici. Meglio dire con la sua radice più amara, che sono io. Gradite del tè?»

«Molte grazie signora» disse la signora Pàhor «è un grande piacere essere qui oggi a farvi visita. Vi ringrazio anche da parte di mio marito, per la commessa. Verrà consegnato tutto nel giro di pochi giorni.»

«Sono Teresa. Non chiamatemi signora. Vi prego.»

«Allora grazie... Teresa.»

«Se posso consigliarvi, questo tè nero è uno squisito intruglio indiano. Ne avevo sentito la mancanza durante la guerra» e rise «non credetemi viziata per questa frase di cattivo gusto! Non ho vizi in realtà, se non quello del liquore di vostro marito e del tè! Volete assaggiarlo?»

«Con grande piacere. Non lo conosciamo.»

Sul Carso non si beveva tè. Tantomeno uno indiano, proveniente dalla famosa casa di Parigi, che la signora pronunciava bene in francese: *Mariage Frères*. Non sapevano cosa aspettarsi Antonia e sua madre, dietro a quel nome che non avrebbero saputo ripetere. Un cameriere comparve senza fare rumore, senza essere stato chiamato, portando un vassoio con tre tazze. Si avvicinò al grande samovar d'argento da cui spillò l'acqua bollente per ogni tazza. Muovendosi con l'eleganza di un gatto, immerse in ognuna il sacchetto di mussola pieno di foglie profumate, avvicinò al tavolino basso tre piccoli vassoi con biscotti e frutta e poi porse le tazze alle tre donne. Antonia guardò nella sua, il sacchetto di cotone era stato già tolto. Ma quando? Non se ne era proprio accorta. Il cameriere sparì poco dopo senza farsi sentire, così come era arrivato. Antonia avvicinò le labbra alla tazza leggerissima, candida e quasi trasparente, calda. Il profumo di quel miscuglio di foglie le raggiunse il naso inebriandola. Al primo piccolo sorso riconobbe la cannella, il pepe, forse il chiodo di garofano. Ma non seppe distinguere tutti gli altri sapori. Alcuni non li aveva mai sentiti prima: lo zenzero, il cardamomo.

Antonia e sua madre iniziarono a sentirsi a proprio agio. E la conversazione cominciò a toccare gli argomenti più disparati, dai viaggi che le navi intraprendevano ogni settimana, dalle parti di mondo che la signora, prima della guerra, aveva potuto visitare, gli studi di Antonia, il suo impegno alla cantina, il suo futuro di giovane donna chiamata a gestire un'attività da ricostruire dopo la guerra. Antonia era rapita dai racconti della signora. Aveva vissuto così tante esperienze da far fatica a credere che le avesse fatte in un'esistenza sola. Ciò che le piaceva, poi, era la semplicità con la quale le raccontava. Non vi era un briciolo di supponenza, di arroganza o di superbia nei suoi modi. Allo stesso tempo aveva l'eleganza di chiedere e di ascoltare con curiosità. Era una vera gentildonna.

Poi la porta si aprì all'improvviso con un rumore secco di maniglia. Girarono tutte e tre la testa di scatto e videro una giovane sorridente, bionda, alta, spettinata, in pantaloni e giacca da cavallerizza.

«Nonna!»

«Signora Pàhor, Antonia, mia nipote Elizabeth» e la guardò con severità «in ritardo, come sempre.»

«Un tram che scendeva da Opicina ha bloccato la mia strada.»

Non degnò di uno sguardo le due ospiti. Sprofondò sull'unica poltroncina rimasta libera, si tolse i guanti e prese un biscotto dal vassoio della nonna.

«Elizabeth guida l'automobile. Ha imparato in America...»

«Un gran divertimento! Voi guidate?» chiese genericamente, senza rivolgersi a nessuno in particolare, continuando a masticare.

«No» intervenne la signora Pàhor «io fatico col calessino!»

Risero, ma Antonia era imbarazzata.

Non riuscì a parlare.

La riconobbe subito: era la ragazza bionda col rossetto rosso e il vestito grigio della sera precedente. Era la ragazza di Vittorio Stefàncich. E, riorganizzando le idee, concluse che proprio lei fosse la padrona della Isotta Fraschini. A uno a uno cominciò a smontare tutti i pezzi del sogno che, in quei mesi, aveva accarezzato. La persona di fiducia di Vittorio Stefàncich, quella che gli affidava la preziosa automobile, era proprio lei. Elizabeth. La nipote della signora. E sempre lei era stata la sua dama la sera del teatro.

Come aveva potuto pensare di essere cara a Vittorio Stefàncich? Come aveva fatto a illudersi così platealmente? Si sentì piccola, inadeguata, fuori luogo. A lui piaceva una donna libera, ricca ed esperta come Elizabeth. Una come lui.

Si distrasse, non ascoltò quello che la signora e sua madre si stavano dicendo. Alzò gli occhi e guardò verso Elizabeth. Stava fumando, rivolta verso sua nonna, forse era intervenuta anche lei nel discorso. A un tratto si voltò e si accorse che Antonia la stava osservando. Le fece un sorriso che somigliava di più a una smorfia, non fu interessata a cominciare una conversazione. Lei non aveva notato Antonia la sera prima. E infatti si chiedeva come mai la nonna avesse invitato quelle due sconosciute al palazzo. Da quel che vedeva – erano vestite in modo decoroso, ma non certo raffinato – e da quel che sentiva – dicevano di vivere sul Carso e di occuparsi di vigneti – sembravano così diverse da loro. Proprio non capiva sua nonna. Non era cambiata negli anni di guerra in cui non si erano viste. Continuava a comportarsi da benefattrice, a trovarsi a suo agio con persone che non erano degne di lustrarle le scarpe. Elizabeth si divertì ad ascoltare ciò che la signora Pàhor aveva da dire, giudicando ogni parola, fingendosi interessata per indurla a parlare ancora. Come fosse per lei un divertimento. La madre di Antonia, sicura della buona fede della sua ospite anziana, non poteva rendersi conto di essere diventata la vittima dello scherno silenzioso di Elizabeth. Così rimase interdetta quando sentì la giovane americana esprimersi così apertamente e senza riguardi: «Non capisco come si possa vivere ancora sul Carso al giorno d'oggi. Già non capisco, nonna, come faccia tu a vivere ancora a Trieste!»

La signora Pàhor la guardò con un sorriso timido e imbarazzato. Credette di non aver colto il senso di quelle parole.

«Non essere insolente, Eliza!»

«Ma nonna, converrai con me che New York non possa essere nemmeno lontanamente paragonata... la vita sull'altopiano, poi...» Sorrise, per nulla turbata.

«C'è chi potrebbe chiedere quale sia il vantaggio di vivere in America, lontano dalle proprie origini. Smettila!»

«Oh, ma nonna, io sono mezza americana, la mamma...»

«Certo, certo. La mamma è americana» la signora non riusciva a trattenere lo sdegno ripensando a quella nuora che non le era mai piaciuta «se non sbaglio il suo cognome è italiano quanto il nostro. Se non sbaglio ancora, nell'altro secolo i suoi parenti hanno usato una nave, per altro della concorrenza napoletana, per emigrare. Non fare la smorfiosa Eliza, non con me, non con le mie amiche.»

La signora guardò le sue ospiti sollevando le sopracciglia. «Scusatela» disse, senza vergogna.

La signora Pàhor sorrise fingendo di non essere stata colpita da quello scambio vivacissimo e dalla protervia di Elizabeth.

Antonia inghiottì subito le domande sull'America che aveva pensato di fare per sembrare cortese e rimase a guardare per terra, fissando la sagoma della chiocciola fossile inclusa nella lastra di marmo sotto ai suoi piedi.

Per un momento non poté fare a meno di pensare che anche lei, quando aveva vissuto a Trieste da Flora, aveva condiviso le idee di Elizabeth. Anche lei aveva pensato che la vita rurale del Carso non fosse abbastanza, che ci fosse un mondo da esplorare e che l'orizzonte del golfo di Trieste fosse troppo piccolo da guardare. Che avrebbe avuto voglia di spaziare, di osservare altrove, di conoscere il mondo, di non accontentarsi. Poi la guerra le aveva insegnato quanto l'accontentarsi possa essere relativo. Quanto la felicità non sia un luogo, ma una capacità: di accorgersi, di godere, di apprezzare ogni dettaglio.

Guardò ancora Elizabeth e cercò di farlo senza che nessuno se ne accorgesse. Era magra, sottile, si muoveva con molta grazia, le sue braccia le facevano venire in mente le ali di un uccello. Sembrava quasi che avessero più articolazioni, che non sentissero il peso della gravità. Le dita lunghissime tenevano la sigaretta con eleganza e la avvicinavano alla bocca lentamente, mentre il mento rimaneva sempre sollevato. Stava ancora seduta sulla poltrona di traverso, con il busto appoggiato a un bracciolo e le gambe incrociate sull'altro, mostrando i suoi bellissimi pantaloni da cavallerizza e gli stivali lucidi. Si comportava come se dovesse sempre sedurre qualcuno. Era il suo modo di fare, sicuro e sfacciato.

Antonia decise che il silenzio fosse il modo migliore per uscire rapidamente da quella stanza e da quel palazzo, lasciandosi tutto per sempre alle spalle. Non avrebbe mai più visto Elizabeth, questo era certo.

Quando ritenne che di tempo ne fosse passato a sufficienza cercò in tutti i modi di catturare lo sguardo della madre per farle cenno di andare. Non riusciva a resistere oltre.

«Antonia» chiese la signora per renderle tutto ancora più difficile «domenica mia nipote partirà per tornare a New York con la nave, così sabato pomeriggio ci sarà una piccola festa di arrivederci con gli amici. Saremmo felici voi foste dei nostri. Vero Eliza?»

«Ah certo» rispose la giovane senza entusiasmo e alzando le spalle.

«Grazie signora, ci penserò...»

«Oh Antonia, non devi pensarci, vieni pure!» esplose sua madre, pensando di farle piacere. Antonia la guardò con gli occhi stretti, implorandola di non andare oltre e di tacere. La madre colse, ma non capì. Si accomiatarono dopo poco e Antonia riprese a respirare solo una volta in strada.

«Perché non vuoi andarci?»

«Non mi piace.»

«Devi imparare a stare al mondo, Antonia! Non possono piacerti tutti, ma devi sapere stare con tutti. Credo tu debba andare. Sarà un'ottima occasione per conoscere persone nuove, per introdurti in città. Non ne abbiamo molte, di queste occasioni. Non devi sprecarle!»

«Vedremo.»

Antonia diventò di cattivo umore. Stava zitta e pensava, prefigurandosi quanto imbarazzante sarebbe stata la festa per lei. Tanto per cominciare ci sarebbe dovuta andare da sola. Non sarebbe stato educato chiedere di estendere l'invito anche a Flora. Poi avrebbe dovuto prendere parte alla celebrazione di Elizabeth. La stessa che non si era degnata nemmeno di rivolgerle la parola in quel pomeriggio, la stessa che aveva platealmente deriso il Carso e la sua gente. Eppure, in un certo senso, Antonia la ammirava: quella sfacciataggine concessa dalla posizione sociale, quella sicurezza di sé e quel senso di disinteresse verso gli altri la poneva su un piedistallo irraggiungibile, dove la luminosità della sua immagine non faceva che aumentare. Nessuno si sarebbe mai permesso di dirle che era francamente maleducata, che era antipatica, che si era comportata in modo lascivo la sera prima davanti a tutti con Vittorio Stefàncich e che non era bello fumare in casa così, mentre altre persone stavano prendendo il tè. Non era educato nemmeno ignorare gli ospiti, a dirla tutta. Eppure Elizabeth conduceva la sua vita privilegiata. E alla sua festa avrebbe ricevuto complimenti e auguri da tutti. Vittorio Stefàncich compreso.

«Non ci voglio andare» aveva concluso.

«Tesoro, come non onorare uno slancio di questo tipo? Non stai rifiutando una festa al paese, stai rifiutando una festa allo Scalone! Tu non ti rendi conto, non sai chi puoi incontrare, chi puoi conoscere.»

Chi posso incontrare, ripeteva Antonia dentro di sé. Sapeva molto bene chi poteva incontrare; in un certo senso lo desiderava, ma poi allontanava l'idea.

Farewell party

Chi te vol ben te lassa pianzendo,
chi te vol mal te lassa ridendo

La mattina del venerdì arrivò via posta un cartoncino decorato con inchiostro oro e nero indirizzato ad Antonia Pàhor. Rosalba lo consegnò direttamente nelle sue mani.

«Grazie Rosalba. Non avevo sentito il postino.»

«È passato poco fa» rispose, esitando sul tono da mantenere. Non riusciva a rivolgersi ad Antonia con il voi, non riusciva a chiamarla signorina, come forse sarebbe stato opportuno. Aveva risolto evitando di chiamarla, parlandole senza appellativi. Aveva sempre funzionato. Non quel giorno, a quanto pareva.

«Rosalba, vuoi un po' di caffè?»

«Vi ringrazio, ma no.»

Antonia non esitò un attimo a correggere la risposta. «Non ci siamo sempre date del tu noi due?»

Rosalba guardava in basso. Odiava tutto in quel momento. «Credo di sì...»

«Sono certa di sì. Un biscotto?»

«No grazie. Devo completare un lavoro. Arrivederci.»

«Ci vediamo dopo!» esclamò sorridente. Poi aprì la busta ed estrasse il cartoncino beige.

La signorina Pàhor è invitata al *farewell party* in
onore di E. C.
che si terrà sabato 4 febbraio dalle ore 17
al palazzo dello Scalone, Trieste
R.S.V.P.

«Accidenti!» sibilò tra i denti. «Non se ne sono dimenticati. Cosa vuol dire *farewell party*?»

Pensò a una scusa da inventare. Un malore, un contrattempo, un lavoro improvviso, una consegna, un... niente. Non si poteva proprio rifiutare. Non dopo la commessa. Non dopo i complimenti ricevuti e l'amicizia che la signora le aveva dimostrato. Occorreva sacrificarsi. Preparò il biglietto di risposta, scrivendo con cura, asciugando l'inchiostro con molta attenzione. Poi raggiunse la sua camera, aprì l'armadio pur sapendo di non potervi trovare un abito adeguato. Quello di velluto blu, usato per la sera a teatro, non poteva essere usato di nuovo, e non per una festa al pomeriggio. Si sedette sul letto sconsolata. Allontanò il pensiero che la metteva a disagio. Riprese a frugare nell'armadio, spostando le camicie e gli abiti appesi alle grucce, sapendo che non avrebbe trovato niente.

«Non ho un vestito.»

La signora Pàhor rientrò qualche ora dopo con una scatola infiocchettata.

«Provalo!»

«Un altro? Ogni volta che ci invitano un vestito nuovo?»

«No, bambina. Non succederà poi così spesso. Questo era necessario. Avanti prova.»

Così aprì la scatola e, avvolto da una velina bianca sottilissima, era piegato un abito verde scuro, di seta leggera, su cui erano ricamate piccole gocce verdi scintillanti. Tenendolo per le maniche lo lasciò cadere verso il pavimento.

«È splendido mamma.»

«Devi cominciare a vivere, figlia mia. Sei una donna ormai. Sei bellissima.»

In molti pensarono lo stesso quando la videro arrivare nella stanza principale del palazzo dello Scalone chiedendosi chi fosse.

Cercò la signora, che trovò, come la prima volta, seduta accanto al camino.

«Buonasera signora. Grazie per il vostro invito.»

«Antonia cara, grazie per essere venuta! Avete preso il treno?»

«Sì. I miei genitori verranno a prendermi più tardi. Tornerò con loro.»

«Molto bene cara. La signorina Wurtz vi aiuterà a sentirvi a vostro agio! È la figlia della mia sorella più giovane. Vero Julia?»

«Certamente! Vieni Antonia, facciamo due passi.» E la accolse con un sorriso gentile. La signora aveva pensato a tutto, anche a non lasciarla da sola in un ambiente che non conosceva. Antonia la salutò con un piccolo inchino e si lasciò guidare da Julia attraverso la stanza.

«Hai fame?»

«Grazie, sto bene.»

«La zia mi ha raccontato tutto di te. Mi piacerebbe tanto visitare la vostra cantina un giorno!»

«Oh, chissà cosa mai ti avrà detto! Non sono una persona così interessante... Comunque sì, sarà un piacere accompagnarti alla cantina! Tu abiti... qui?»

«No! In un paese vicino a Udine. Sono friulana!»

«Allora non c'entri niente con tutto questo nemmeno tu?»

«Esattamente. Ma guarda, ecco mia cugina!»

Eccola, Elizabeth. La festeggiata. Vestita di nero e oro, come i colori dell'inchiostro del suo biglietto. Sorrideva a tutti, coi suoi denti bianchissimi.

«Buonasera, benvenuta. Spero trascorrerete un bel pomeriggio assieme a noi!» pronunciò a ripetizione, come un disco rotto ad Antonia e a quelli che arrivarono dopo di lei.

Antonia si guardava in giro, ascoltando distrattamente i discorsi gentili di Julia. Controllava ogni movimento all'ingresso della sala per vederlo arrivare. In fondo lo aspettava.

Julia stava parlando del suo unico viaggio a New York, prima della guerra, e raccontava della grandezza delle strade, dell'altezza dei palazzi, delle automobili, della lingua... Antonia sorrideva e annuiva, lasciando quella voce come un rumore di fondo mentre la sua mente vagava in pensieri differenti. Non aveva visto nemmeno Ledri. Forse, questa volta, la tortura le era stata risparmiata.

Elizabeth, al centro della sala, rideva con un gruppo di ragazze che la guardavano adoranti. E lei lasciava fare, raccontando del numero di bagagli che avrebbe portato con sé, dell'automobile da imbarcare, dei giorni che avrebbe trascorso annoiandosi in mezzo all'oceano prima di ritoccare terra. Poi si animò e corse verso l'ingresso, gettando le braccia al collo del suo invitato più atteso.

Eccolo.

Era in ritardo e aveva l'aria di chi, fino a pochi minuti prima, era stato impegnato a sbrigare faccende importanti.

Antonia appoggiò le mani ai lati della sedia imbottita su cui era seduta e poté avvertire la morbidezza del velluto damascato; seguiva col dito il disegno del decoro che sentiva più ruvido. E, vivendo in una strana e personalissima dimensione privata, continuava a toccare il velluto con le mani e a guardare Elizabeth al collo di Vittorio. Lui, evidentemente in imbarazzo, ricurvo, cercava di non perdere l'equilibrio e di ritornare diritto. Riuscì a liberarsi dalla stretta e si diresse verso la signora, ancora seduta. Lei lo guardava seria, come se stesse aspettando da lui un resoconto, poi si aprì in un sorriso gentile prima di congedarlo. Ad Antonia sembrò che lei gli avesse detto «grazie».

Vittorio ricomparve poco dopo, assieme ad altre persone, accanto a Elizabeth reggendo un calice in mano. Era in abito scuro, camicia candida e cravatta. Impeccabile. Teneva una mano nella tasca dei pantaloni e con l'altra portava il bicchiere alla bocca. Era certamente infastidito dalla sigaretta di Elizabeth, allontanava il viso ogni volta che lei emetteva nuvole di fumo dalla bocca e dal naso.

Antonia volle sembrare impegnata in un'interessante conversazione e si rivolse a Julia con apparente rinnovato entusiasmo.

«Sono gli amici di mia cugina, quello arrivato per ultimo è Vittorio Stefàncich.»

Antonia esitò, poi la curiosità e il bisogno di sapere vinsero sull'inappropriatezza della domanda.

«Sono fidanzati?»

«Chi?»

«Elizabeth e Vittorio.»

«Se lo sono, non è ancora ufficiale, altrimenti lo avrei saputo.»

«Oh...» sospirò Antonia, insoddisfatta. Non aveva contemplato che potessero esserci anche delle situazioni non ufficiali.

Le raggiunsero due uomini, di cui uno in divisa della Marina, entrambi con un forte accento del Sud Italia. Cercavano di fare nuove amicizie in quella città in cui li avevano mandati. Quello in divisa, che si era seduto proprio vicino ad Antonia, parlava tanto e continuava a raccontarle del vino che la sua famiglia produceva in Sicilia. Per uno strano tic, chiudeva le palpebre mentre parlava, tenendole chiuse per qualche secondo, riaprendole piano e richiudendole allo stesso ritmo. Antonia ne veniva quasi ipnotizzata. Lo ascoltava, trovando divertente la strana cantilena che aveva il suo accento siciliano, qualche volta interveniva, per non farlo sentire a disagio, poi non riusciva a resistere alla tentazione e sbirciava verso Elizabeth e Vittorio.

«Vogliamo ballare, signorina?» le chiese all'improvviso, cercando, almeno in quel modo, di catturare la sua attenzione.

Sorridendogli, accettò il suo braccio. Fecero qualche giro, mentre Julia ballava con l'altro e sembrava divertirsi. Il cavaliere di Antonia continuava a parlare. E lei lo lasciava fare, cercando di mantenersi composta, tenendo gli occhi bassi, rimanendo immersa nei suoi pensieri. Le coppie aumentarono e lo spazio si fece ridotto. Lui sembrava impacciato nel guidarla verso punti meno affollati della sala. Si scontrarono con un'altra coppia, risero.

Antonia alzò lo sguardo e trovò una fronte aggrottata e due occhi scuri appoggiati su di lei.

La stava guardando da quando si era accorto della sua presenza mentre ballava con l'uomo in divisa. Non partecipava più ai discorsi del gruppo di amici di Elizabeth. Era in disparte, da solo, e osservava. Teneva la bocca serrata in una smorfia severa. Quasi non sentiva la musica per il rumore che i pensieri facevano nella testa. Contò le righe sulle controspalline: un guardiamarina. Sembrava a suo agio, ma quel ballo era sgraziato, i movimenti impacciati, i corpi distanti.

La fissò ancora, senza nemmeno accennare a un sorriso, prima di chinare la testa per salutarla. Lei ricambiò con un gesto veloce della mano che teneva appoggiata alla spalla, sopra le mostrine.

Presto finì la musica. Antonia ringraziò e congedò in fretta il suo cavaliere, cercando di allontanarsi mentre Julia riprese un altro giro. Guardò nella direzione in cui aveva visto Vittorio. Non era più lì. Voltandosi rapida per raggiungere la sedia accanto alle finestre e prendere il borsellino, si fece spazio tra le persone, muovendosi piano.

«Non starete andando via.» La voce bassa, quasi un sussurro. Le aveva preso il braccio, per fermarla. Sembrava arrabbiato.

Lei si girò di scatto, sciogliendosi da quella presa, prima di accorgersi da chi fosse sostenuta. Per un attimo aveva pensato a Ledri. Grazie a Dio non era lui. La lasciò immediatamente, pentito della veemenza che aveva usato nel trattenerla, appena lesse sul suo viso il disagio.

«Siete voi! Se mi avevate chiamato, non vi ho sentito!» Cercò di giustificare la tentata fuga.

«No, non ho chiamato. Vi ho vista ballare» e le teneva gli occhi piantati sul viso per coglierne ogni minimo dettaglio «chi è lui?» chiese categorico, senza badare alla forma, stringendo gli occhi e aggrottando ancora la fronte, quasi gli spettasse ottenere una risposta.

Antonia non riuscì a trattenere una smorfia di sorpresa. Che cosa gli dava il diritto di domandare così spudoratamente chi fosse quell'uomo? Si accorse solo in quel momento di non conoscere il nome del suo cavaliere in divisa della Marina. Si erano presentati? Lo aveva dimenticato? Non lo aveva nemmeno sentito?

«Temo di non sapere il nome di quel giovane.»

Vittorio abbassò la guardia, finalmente rilassato. Quasi contento.

«Avete ballato con uno sconosciuto?» sorrise.

«A quanto pare sì» rise «è così disdicevole?» Mai quanto i comportamenti della signorina Elizabeth, pensò.

«Non lo è, in effetti. Anche noi eravamo degli sconosciuti quando abbiamo ballato assieme. Ricordavate il mio nome?»

Lei arrossì, muta, sorridendo.

«Siete molto bella» aggiunse piano, cambiando discorso, osando.

«Grazie» sussurrò senza aria in gola, sentendo dentro un vulcano di emozioni mescolate tra loro. La gioia era la nota di testa, ma il corpo di quel profumo straordinario era fatto di insicurezza e paura. Strinse le labbra come spesso faceva quando era a disagio. Sua madre glielo rimproverava sempre. Non sapeva cosa dire. Né come comportarsi.

«Beviamo qualcosa insieme, prima che ve ne andiate?»

«Certo, signor...»

«Vittorio.»

Camminarono tra le persone e Antonia sentì il tocco della sua mano, leggerissimo, sulla schiena, contro la stoffa del vestito. La stava guidando, camminando dietro di lei, spingendola piano, verso il tavolo dove il cameriere serviva il vino. Quel tocco leggero e insieme deciso avrebbe potuto condurla ovunque. Tenne la schiena dritta, le spalle tese e il mento alto, camminando nel modo più aggraziato che conoscesse. Si stupì di sé stessa, davvero badava a queste cose? Con quella postura il collo sembrava ancora più lungo, il vestito stava appeso sulle spalle ricadendo fino a metà schiena come una piccola cascata di seta. Vittorio osservava quella pelle bianchissima, ma non osava alzare la mano per toccarla. Dalla nuca, qualche capello, troppo corto per essere raccolto assieme agli altri, cadeva sul collo. Lei si girò a guardarlo una volta arrivati al tavolo del vino, ma lui, con un cenno del viso, le indicò di proseguire, continuando a spingerla oltre, verso l'uscita della sala. Poi, cingendole la vita e camminandole a fianco, la guidò verso il corridoio, fino al *fumoir*. Lei si lasciò condurre.

«Qui potremo parlare con più calma. Nonostante l'odore del fumo. Almeno è una stanza aperta, in cui è consentito entrare...» intendeva assicurarla che la scelta di star soli non fosse sconveniente «avevate davvero sete?»

«No, per la verità.»

«Sono felice di vedervi.»

«È stato un invito della signora. Non conosco nessuno.» Cercò di ignorare quello che aveva appena sentito.

«Tranne me» sentenziò guardandola dritta negli occhi.

«Giusto. Voi, invece, siete di casa qui» azzardò insolente.

«Conosco Elizabeth da quando eravamo bambini.»

«Immagino sia molto difficile.»

«Cosa?» chiese aggrottando la fronte. Quel gesto che faceva in modo automatico gli aveva procurato due rughe tra le sopracciglia che si vedevano anche quando il viso era rilassato. Antonia si sentì stupida per essersi infilata in un tale discorso. Il rischio di sembrare curiosa e gelosa rappresentava pressoché una certezza.

«Vi vedete molto poco.»

Lui intuì, ma si divertì a non liberarla dal dubbio.

«L'ultima volta che è stata qui era prima della guerra. Ma ci siamo scritti.»

«Certo» e guardava per terra, cercando un argomento neutro di cui parlare e, avendolo trovato, non esitò a usarlo puntando il dito verso la sua giacca. «A proposito, non vedo la vostra medaglia e nemmeno quell'onorificenza. Siete stato coraggioso, dovete esserne fiero. Avete rischiato la vita due volte disertando e arruolandovi nell'esercito italiano.»

«Non pensiamoci. Francamente, non c'era molto altro da fare.»

«È della signorina Elizabeth l'automobile con cui...»

«Esattamente. È già imbarcata per domani. Niente più giri di lusso tra le colline del Carso per noi.»

«Meglio così! Sono certa che alla signorina Elizabeth non farebbe piacere sapere che un'ignota ragazza del Carso è salita con voi sulla sua automobile.»

«È più generosa di quanto possa sembrare. E poi quella ignota ragazza del Carso non era affatto ignota a me.»

Antonia si appoggiò al davanzale e guardò fuori, verso la piazza e il mare. Era rimasta infastidita per la prontezza con cui Vittorio aveva preso le difese di Elizabeth, ma quella breve sensazione negativa scompariva dinanzi allo stordimento che provava quando lui le era accanto. Sentì la testa leggera e una piacevole vertigine. Aveva caldo, le mani erano fredde, le guance arrossate e le labbra infuocate. La presenza di Vittorio era imponente, quasi eccessiva, non riusciva a respirare normalmente, si sentiva sopraffatta. Sentiva nel naso l'odore acre del fumo e del tabacco bruciato che impregnavano la stanza, ormai fusi all'odore del legno delle *boiserie* e a quello di pelle del divano e delle due poltrone.

Cercò di riprendere il controllo. Era in una stanza, da sola, con Stefàncich, a casa di Elizabeth. La cosa più singolare era che nessuno l'aveva obbligata ad andarci. Anzi. Aveva seguito la spinta leggera di Vittorio con una assoluta accondiscendenza, senza freni, nemmeno quelli governati dal buon senso.

Come se non bastasse, lui non parlava. Era una situazione senza senso, non si sarebbe potuta giustificare in nessun modo se qualcuno fosse entrato.

«State bene, Antonia?»

«Non lo so» disse sincera, sorridendo e trovando il coraggio di guardarlo, alzando il viso nella sua direzione.

Vittorio le fissò le labbra e con grande fatica trattenne il desiderio di prenderle la faccia tra le mani e baciarla. Erano entrambi in un luogo e in un tempo che era loro soltanto, estraneo al resto del mondo.

Lui si avvicinò alla finestra, guardando fuori, senza però

vedere niente con gli occhi che erano, in realtà, pieni di lei. Rimanendo appoggiato al davanzale, si voltò verso Antonia che rimaneva seduta, con le mani in grembo, sospesa, aspettando qualcosa, aspettandosi cosa? Non sapeva darsi una risposta; sentiva di volersi avvicinare e lo fece. E mentre lei gli offriva, ignara, lo spettacolo della schiena parzialmente nuda per lo scollo del vestito, non resistette e la sfiorò con una nocca, sentendo la liscezza della pelle bianchissima tesa lungo la colonna vertebrale.

Lei si voltò di scatto, guardandolo allarmata, senza dire niente.

«Scusatemi!» disse costernato. Si ritrasse immediatamente come se avesse toccato una superficie incandescente. Sul viso il timore di aver oltrepassato un confine proibito.

«Non posso...»

«Vi chiedo scusa, non era mia intenzione offendervi.»

«Sono io che non dovrei essere qui, da sola, con voi, mentre la vostra fidanzata sta per partire per l'America. Sono io che mi devo scusare. Anzi, è meglio che vada, i miei genitori mi staranno aspettando.»

Sputò fuori tutto d'un fiato, togliendo di mezzo le buone maniere, la buona educazione, come se si fosse svegliata all'improvviso da un sonno strano che l'aveva portata ad agire senza coscienza. Si allontanò per raggiungere la porta. Si meravigliò di sé stessa, mentre sentiva di riprendere il controllo.

Ecco a cosa stava pensando allora, all'inappropriatezza, capì Vittorio, investito da un gran senso di delusione. Aveva creduto e sperato che, come lui, Antonia si fosse persa in ben altri pensieri.

«Cosa dite?» le chiese con un filo di voce, spiazzato. Esitò prima di riuscire a pronunciare il pensiero più pesante che aveva in testa. «Dovete proprio avere una pessima opinione di me.»

Antonia fermò la sua fuga e raccolse il coraggio, prendendosi il tempo di fare un respiro profondo prima di parlare. Ricordò le parole di suo padre e il suo avvertimento.

«Siete un uomo esperto, signor Stefàncich. Non prendetevi gioco di me. Sapete molto bene che non ho una pessima opinione di voi. Non c'è bisogno di farmelo dire. Mi sembra di ricordare che foste proprio voi ad apprezzare che, nel *nostro caso*, non ci fosse bisogno di riempire il silenzio.»

Si guardarono muti, con gli occhi che brillavano per l'emozione e per la paura.

Lui deglutì, non era abituato a sentirsi in difficoltà. Passò una mano sulla fronte e spostò un ciuffo di capelli che era ricaduto in avanti. Non riuscì a risponderle prontamente. Era come se le carte fossero tutte sul tavolo e fosse giunto il momento della resa dei conti.

«Credevo aveste capito. Evidentemente sbagliavo» sussurrò, senza preoccuparsi che lei riuscisse a sentirlo. Gli sembrava di essere stato schiaffeggiato in pubblico. Non era mai capitato che una donna lo tenesse lontano come Antonia stava facendo e non era mai capitato che lui desiderasse così tanto qualcuna senza far niente di impulsivo per prendersela.

Lei lo guardava dal basso, con gli occhi lucidi e brillanti, sembrava una bambina. Aveva le labbra socchiuse e teneva il borsellino stretto con entrambe le mani all'altezza del petto, come uno scudo.

«Solo una cosa mi preme che sia chiara, signorina Pàhor» proseguì con fatica, cercando di rimanere calmo «non mi sono mai preso gioco di voi.»

Le si avvicinò con cautela, le portò la mano a pochi millimetri dal viso, accennando una carezza, ma senza osare farla. Antonia rimase immobile, guardando prima la mano, di cui le sembrò di sentire il contatto leggero e poi il viso di lui, serio, con la fronte aggrottata e gli occhi che chiedevano cose, silenziosamente. Sembrava non volerla lasciare andare, come se la tenesse stretta solo guardandola. I capelli erano ricaduti sulla fronte, nerissimi, facendogli perdere l'aura di perfezione che di solito aveva. Riuscì a pensare che fosse molto bello. Vide la cicatrice lineare di un taglio sul mento, sicuramente una caduta da bambino, un altro segno sulla pelle del viso, quella era stata sicuramente la guerra. La barba rasata al mattino era cresciuta nelle ore del giorno, la bocca stava chiusa e senza sorriso. Non osò soffermarsi sugli occhi, che la stavano guardando cercando di trovare risposte.

Raccolse le forze e uscì veloce, accaldata e confusa, lasciandolo solo nel *fumoir*; raggiunse Elizabeth nella sala.

«Signorina, vi auguro un buon viaggio.»

«Vi siete trattenuta così poco! Vi ringrazio di essere venuta. Mia nonna vi stima molto.»

Antonia tolse dal borsellino una scatola stretta, avvolta da carta blu.

«Per voi.» E porse il pacchetto a Elizabeth sorridendole.

«Grazie! Cos'è?» Strappò la carta curiosa. Aprì la scatola ed estrasse un bel ventaglio dalle stecche in madreperla e un pavese in seta grigia. Lo aprì e si sventolò il viso.

«Buon viaggio Elizabeth, arrivederci.»

Salutò la signora, che trovò in piedi accanto al tavolo dei vini. Poi, uscita dalla sala, raccolse la sua sciarpa e scese lo scalone. Scese veloce, per lasciarsi alle spalle un mondo diverso dal suo, al quale non sentiva affatto di appartenere e che sarebbe stato meglio dimenticare in fretta.

Alla base dello scalone lui la stava aspettando. Respirò a fondo, la prova non era ancora finita? Sembrava turbato.

«Signor Stefàncich...»

«Vittorio» corresse «potete riuscirci?» La guardava tenendo la testa bassa, quasi fosse mortificato.

«Ci proverò.»

«È già qualcosa...» mormorò passandosi di nuovo la mano tra i capelli, innervosito «siete certa che ci sia qualcuno ad aspettarvi là fuori? È buio.»

«Sono certa. Buonasera Vittorio.»

Quella notte Antonia dormì poco e in modo agitato.

Si rigirava nel letto cercando pace e trovando solo nuovi pensieri. Si concentrava per ricordare tutto quello che Vittorio le aveva detto, interpretandolo, analizzandolo e sezionandolo con cura chirurgica. Poi si distraeva indugiando sulla sua figura, tremendamente attraente. Avrebbe voluto appoggiare tutto il suo corpo al suo braccio quando lui l'aveva accompagnata verso il *fumoir*. Avrebbe voluto avvicinarsi a lui e mettergli le mani tra i capelli, tirare indietro quel ciuffo ricaduto in avanti, sentirne la consistenza. Avrebbe voluto appoggiare la sua guancia alla sua mano quando lui aveva mimato quella carezza. Ma aveva faticato. Così come faticava ora a prendere sonno, svegliata continuamente dal pensiero di quel viso severo che la scrutava mentre ballava col marinaio.

Vittorio lasciò il palazzo poco dopo Antonia. Rientrando con l'automobile della famiglia, rifletteva e si augurava che la mattina arrivasse presto. Guidava prudente e pensava. Al domani e al futuro, con un po' di speranza.

La sua vita dopo il ritorno dalla guerra era diventata regolare, in un certo senso noiosa. Alla ditta di trasporti le commesse maggiori, quelle che lo coinvolgevano direttamente, venivano negoziate una volta all'anno mentre il resto del lavoro era gestito con facilità dai commessi. Si sentiva spesso inutile: non produceva niente, l'azienda era figlia di suo padre e lui si era trovato nella situazione di doverla solo ereditare.

Nell'esercito italiano aveva scalato i ranghi, era diventato un sottotenente, era riuscito a ottenere dei riconoscimenti importanti. Ora, invece, gli sembrava che il ritmo della sua vita avesse subìto una frenata brusca. Si svegliava nel mezzo della notte in allerta, come se si fosse trovato ancora a dormire nelle tende nel campo delle seconde file. Poi ricordava di essere nel suo letto, nella camera della grande casa della Stradella Verde, con una esistenza tranquilla, senza più scosse, senza rimbombi, senza pericoli, senza più nessuna emozione.

Il signor Stefàncich da tempo si era accorto della sofferenza del figlio, della sua insoddisfazione. Non aveva studiato, ma era un uomo saggio e molto acuto.

«Perché non godi del tempo che hai, Vittorio?» gli aveva chiesto quella domenica dopo la festa di Elizabeth mentre lo aveva trovato seduto alla sua scrivania a controllare le bolle e le ricevute di alcune spedizioni. «Oggi è festa. Perché non ti prendi del tempo per te? Può occuparsi Elio di quelle faccende. Può farlo domani. La vita non deve essere sempre fatica, figlio mio. Non deve essere sempre sacrificio. Prenditi del tempo. Fai qualcosa che ti faccia stare bene.»

Vittorio non aveva replicato.

Così, quella domenica di febbraio fredda, ma limpida e piena di sole, Vittorio decise di fare qualcosa che lo avrebbe fatto stare bene.

A casa dei Pàhor c'era la pace della mattina. Solo la cuoca lavorava in cucina, calma e senza fretta. La signora Pàhor faceva a uncinetto, il marito era alla vigna vecchia, Antonia aveva scritto a Flora raccontandole della festa allo Scalone. Senza dettagli, pigramente. Si prepararono per la messa con poca attenzione, mosse più dall'abitudine che dalla fede. La chiesa era a pochi passi dal loro cancello.

Antonia non ascoltò una parola della funzione. Continuava a pensare a Vittorio, sebbene si sforzasse di non farlo. Ma era contemporaneamente un piacere sottile e un piccolo dolore. Mentre fissava il banco di legno su cui qualcuno aveva inciso delle iniziali con un oggetto appuntito e seguiva col dito i segni, si perdeva nei ricordi che man mano diventavano conditi da abbondanti particolari che non era più in grado di dire se fossero stati frutto della sua immaginazione, dei suoi desideri, oppure eventi accaduti realmente. Si rimproverava soprattutto di aver dichiarato i suoi giudizi su di lui. Di aver palesemente riconosciuto e ammesso una neonata complicità, subito cancellata dal rapporto che lui aveva con Elizabeth. Le piaceva torturarsi, però, ricordando la premura che lui aveva avuto aspettandola in fondo allo scalone. Alle carezze non osava pensare.

Il rito religioso continuava, con preghiere in latino e altre in sloveno. Fino a quell'*amen* in coro che liberava tutti. Lei e la madre tornarono a casa, scambiando poche parole. La cuoca aveva finito di preparare il loro pranzo. Si misero a tavola non appena arrivò il signor Pàhor.

«È passato Vittorio Stefàncich alla vigna vecchia stamattina. Dovevamo sistemare alcuni documenti e lui è stato così cortese da venire di persona. Mi ha chiesto di salutarti.»

Antonia scattò quando sentì pronunciare il suo nome. Quella stessa mattina Elizabeth era in partenza. E lui era salito sul Carso per sbrigare faccende non urgenti che avrebbero potuto aspettare. Non era andato a salutarla? Era certamente un caso. Non significava niente.

Vittorio invece aveva sperato di incontrarla. Aveva anche pensato di raggiungerla in chiesa. Aveva camminato in salita, aveva quasi raggiunto il sagrato. Poi si era trattenuto ed era tornato indietro. Qualcosa lo spingeva verso Antonia con una tale intensità da impedirgli di riflettere. La sera prima, con quel vestito verde scuro aperto sulla schiena, gli era sembrata una Madonna pagana. La quintessenza della femminilità, della dolcezza e della provocazione insieme. Una seduzione silenziosa, totalmente inconsapevole. Avrebbe voluto toccarla con i polpastrelli, non con le nocche, per sentire bene la grana della pelle sottile. Avrebbe voluto tenere tra le dita la stoffa del vestito che le incorniciava la parte alta della schiena e sfiorarla piano. L'avrebbe anche baciata, sì, su quelle labbra arrossate dal freddo e dall'abitudine di morderle tra i denti. Avrebbe voluto toccarla, sul divano del *fumoir*, senza tirarla tanto per le lunghe, fregandosene di tutta la gente presente. Poi lei aveva parlato, così disarmata e sincera, e gli tornò in mente che quel fantastico corpo era quello di una giovane donna intelligente, rispettabile e gentile. E che tutto questo gli piaceva più del resto.

Giacomo Ledri e l'assemblea del Fascio

Co el picolo parla, el grande ga za parlà

«Ledri?»

«Presente!»

Aveva ascoltato l'appello con attenzione, concentratissimo, per non perdere il suo turno. Aveva alzato la mano rapido. Senza esitazioni.

Si era iscritto al Fascio triestino da qualche mese, ma era la prima volta che si decideva a partecipare a una riunione. Sapeva che ormai dal movimento dei Fasci di combattimento era nato il Partito nazionale fascista e che i Fasci erano rimasti a rappresentare le sedi regionali. Si era preparato con attenzione a quella prima riunione. Aveva studiato. Le elezioni del 1919 erano state una grande delusione, e i Fasci non avevano ottenuto nessun seggio in parlamento. Ma la crisi del Partito socialista era stata utile al rafforzamento del movimento e – nella coalizione con Giolitti chiamata Blocco nazionale – erano riusciti a ottenere, a maggio del 1921, trentacinque deputati. Uno di loro era Francesco Giunta, l'avvocato che aveva fatto nascere proprio quel Fascio di combattimento triestino e aveva incitato la folla durante l'impresa del *Narodni Dom*. Giacomo si era sentito orgoglioso. Lui al *Narodni Dom*, all'incendio del Balkan ci era stato.

Era arrivato in anticipo, la stanza ancora vuota. Scelse di sedersi su una sedia dell'ultima fila e rimase a osservare quel luogo bianco e spoglio. Davanti a lui sei file di sedie, le aveva contate, divise in due ali da cinque ciascuna e un passaggio in mezzo. La settima fila, l'ultima, quella dove era seduto lui era continua, senza interruzioni mediane. E Ledri era seduto proprio in mezzo. In fondo una vecchia cattedra con la vernice scrostata. Di certo recuperata alla vicina scuola elementare.

Vide la sala riempirsi con lentezza di uomini, alcuni vestiti in modo elegante e curato, altri con giacche e camicie usurate dall'uso e dal tempo. Si riunivano in gruppi di simili a chiacchierare; cercava di ascoltare i loro discorsi senza farsi notare, ma parlavano troppo piano, si mettevano spalla a spalla e formavano un muro invalicabile al passaggio del suono delle loro voci. Sembrava volessero escludere anche fisicamente gli estranei dai loro discorsi. Parimenti non riusciva a vincere la timidezza, alzandosi e proponendosi a loro. Certamente non lo avrebbero accolto con cortesia, pensava, lo avrebbero a malapena degnato d'uno sguardo, facendolo sentire a disagio.

Così rimaneva seduto, con le mani fredde e sudate, in attesa di un momento, non precisato, in cui avrebbe deciso che cosa fare. In cui avrebbe preso la parola e avrebbe dichiarato quanto grande fosse la sua comunione di pensiero con tutti loro.

Rimase ancora in silenzio.

Finalmente un movimento alla scrivania fu il segnale che si stava per cominciare. Tre uomini si accomodarono al tavolo appoggiandoci sopra fogli e volantini. Nel posto centrale il più anziano. Un uomo alto e magro, incurvato, con i capelli e la barba grigi e delle folte sopracciglia lunghe e nerissime. Uno strano scherzo dei colori. Alla sua destra un giovane longilineo, con il viso lungo e gli occhi nerissimi, piccoli e vicini. La pelle scura tradiva un'origine mediterranea. Perfettamente pettinato e vestito con grande eleganza, lisciava la barba nera con dei movimenti leggeri della mano, lunga e magra, con le nocche nodose, come se le dita fossero cinque sottili canne di bambù. Con quegli occhi piccoli e vicini scrutava la platea, quasi a ricontrollare che le facce presenti corrispondessero ai nomi presenti sulla lista. Fermò lo sguardo su Giacomo, osservandolo brevemente, sollevando il mento e le sopracciglia, senza rispondere al cenno di saluto ricevuto.

Dopo l'appello la riunione ebbe inizio.

L'anziano iniziò a discutere, a uno a uno, tutti i punti dell'ordine del giorno. Giacomo lo guardava, attento, voleva che si accorgesse di lui. Ma quello si rivolgeva sempre agli stessi visi noti che aveva di fronte e che annuivano, applaudivano, interrompevano e intervenivano, qualche volta bestemmiavano. Lui li richiamava all'ordine, battendo la mano sulla scrivania e chiamandoli per nome, invitandoli a controllarsi. Poi riprendeva la parola, cercando di riassumere il senso degli interventi e continuando a metterci del suo. I suoi discorsi venivano ritmicamente interrotti da brevi pause in cui portava la mano alla bocca per nascondere dei piccoli rutti che non sembravano infastidirlo, come se fossero ormai un'abitudine.

Giacomo lo osservava e strofinava le mani sulle cosce per asciugarle dal sudore. Erano freddissime e bagnate.

Era attento a tutto: gli argomenti – alcuni dei quali non comprendeva appieno, non conoscendo i precedenti – il contesto, le persone, le facce, i comportamenti, le movenze, le reazioni alle discussioni. Ma a quell'ultimo punto dell'ordine del giorno, quello in cui i tre dietro al tavolo – anche il terzo, che fino ad allora aveva tenuto la testa bassa a scrivere – chiesero idee all'uditorio, il suo entusiasmo si svegliò di soprassalto, felice di avere in tasca proprio le carte giuste. Sentì il cuore battere con forza e ritmo aumentati, lo avvertiva distintamente a partire dalla base della gola, dove le clavicole si incontrano, fino a salire ai lati del collo, come i tamburi di un rito tribale. Il suono divenne insistente, talmente forte da non poter più essere ignorato, così insistente da spingerlo oltre alla sua timidezza, imponendogli con forza di alzare la mano di scatto.

«Signori, io posso aiutarvi!» esclamò facendo uscire la voce con un'enfasi esagerata.

Gli uomini seduti davanti a lui si girarono per capire chi avesse parlato, rimanendo stupiti che fosse stato proprio quello nuovo. Qualcuno sorrideva aspettandosi di sentire una proposta impresentabile. Qualcun altro lo guardava timoroso: chi era? Come mai era lì? Chi lo aveva raccomandato? Gli uomini che dirigevano la riunione, seduti al tavolo, davanti a tutti, allungavano il collo per guardare meglio attraverso le teste e le spalle di tutti gli altri quell'uomo magro, alto, elegante, seduto in ultima fila, con la mano alzata.

«Il vostro nome, signore?» chiese il vecchio.

«Ledri.»

E solo a pronunciare il suo nome, col tamburo che continuava a battergli dentro, ormai anche nelle orecchie, avvertì un piccolo, infido, senso di disagio. Bastò il tempo di dire «Ledri» che ebbe la sensazione di essere stato precipitoso. Aveva alzato la mano troppo in fretta, senza pensare. Le facce dei tre che lo puntavano come i bracchi puntano la quaglia tramortita, non lo misero a suo agio. Aveva creduto che la sua buona notizia «Io, signori, posso aiutarvi!» sarebbe stata accolta con entusiasmo, con stupore. Invece ebbe la sensazione di sentire distanza e freddezza. Solo silenzio e attesa. Nessun tentativo di sciogliere la tensione, anzi, tutta la volontà di accrescerla. Giacomo cercava di deglutire, ma non trovava saliva in bocca. Si leccò le labbra secche senza trarne beneficio. Ormai aveva alzato la mano e allora, adesso, avrebbe dovuto parlare.

«Dite, come pensate di poter essere utile alla causa, signor Ledri?»

«Signori, la mia professione mi consente di accedere a un osservatorio privilegiato.»

«Capisco. E, diteci» pronunciò lentamente, togliendosi gli occhiali e stropicciandosi gli occhi, come fa chi è stanco, ignorando le parole di Ledri e chiedendo, contrariamente a quello che lui si sarebbe aspettato, non che lavoro fate o quale è il vostro osservatorio privilegiato, ma «da quanto tempo siete iscritto?»

«Cinque mesi, ma condivido con voi...»
«Da cinque mesi, dunque» e passava la mano ossuta sul piano della scrivania come per spolverarlo «è la prima volta che vi vedo, tuttavia.» Alzò lo sguardo furbo e inquisitore puntandolo su Giacomo per intimorirlo.
«Non sbagliate, questa è la prima riunione a cui prendo parte.»
«Ah, la prima riunione. E avete l'ardire di offrire un aiuto vantando una posizione privilegiata, avendo ascoltato una sola riunione iniziata da quanto? Un'ora e mezzo?»
«Perdonate l'irruenza, ritenevo di poter spiegare le ragioni del mio, forse prematuro, intervento.»
Ormai tutti erano girati sulle loro sedie a guardarlo. E il più anziano di quelli al tavolo continuava a guardarlo sospettoso, sollevando il mento e tenendo adesso le mani incrociate sopra ai fogli di appunti scritti a mano. Mani lunghe e pulite, che non avevano mai tenuto in mano il manico di qualsivoglia attrezzo da lavoro. Si girava di tanto in tanto verso il giovane con gli occhi piccoli e vicini, guardandolo con intesa, sorridendogli sotto alla barba curata. E l'altro si beava del manifesto consenso che vantava.
«Vedete» proseguì il vecchio «gli interventi, a queste assemblee, vengono scrupolosamente pianificati e preparati. Chi parla deve farlo essendosi preparato a dovere» e si fermò per un rutto «le questioni di cui discutiamo qui sono importanti, capite?»
Gli altri ridacchiarono, beffandosi dell'ingenuità di quel nuovo arrivato. Che evidentemente, non aveva ancora capito come funzionavano le cose. Poi rivolgevano occhiate di accondiscendenza al vecchio dietro al tavolo, annuivano alle sue smorfie di disappunto o parlavano col vicino di sedia sottovoce. Tutti uguali, tutti con lo stesso identico atteggiamento, tutti allineati. Giacomo li guardava, vincendo il desiderio di alzarsi dalla sedia e uscire rapidamente da quella stanza per non farsi vedere mai più. Resisteva e rimaneva seduto,

immobile e zitto, aspettando invano che gli venisse data nuovamente la parola.

«Se nessuno ha altro da aggiungere, la prossima riunione è prevista per il 15 del mese prossimo.»

Nessuno ebbe niente da aggiungere. Giacomo rimase seduto per qualche secondo, quando gli altri uomini già iniziavano a uscire dalla stanza parlando tra loro, continuando a ignorarlo, sfoggiando qualcosa che assomigliava molto a raffinata maestria e plateale maleducazione. Poi si diresse verso il tavolo.

«Perdonate cavalier De Marchi. La mia inesperienza mi ha indotto a essere irruento. Ho interpretato la vostra domanda come una reale richiesta di idee e non come un invito alla riflessione...» disse tendendo la mano verso il vecchio. Le sopracciglia nerissime sullo sfondo bianco dei capelli non lo fecero più sorridere. Quello, rimanendo seduto, lo guardò con sufficienza, lasciandolo con la mano sospesa nell'aria.

«Siete stato presentato da qualcuno?»

«No, signore.»

«Quindi vi siete iscritto autonomamente, senza conoscere nessuno dei presenti?»

«Esatto.»

«I nuovi iscritti sono benvenuti, ma vedete» e parlava lentamente, senza guardarlo, sollevando le sopracciglia sospirando e sforzandosi di portare pazienza «lo dico per il vostro bene, esiste un certo codice di comportamento che impone agli ultimi arrivati di ammaestrare i propri entusiasmi.»

«Chiedo di nuovo scusa.»

Da vicino gli sembrava ancora più vecchio e forse anche più severo. Il giovane elegante seduto accanto a lui non lo guardò mai. Indaffarato a riordinare certe carte come se fosse una questione di vita o di morte farlo proprio in quel momento, non alzò mai gli occhi verso Giacomo. La sua sicumera sarebbe certamente stata smorzata se solo avesse saputo che aveva del guano grigiastro colato dalla spalla sinistra verso la manica della giacca scura. Giacomo non riuscì a evitare di fissarlo. Per un attimo si dimenticò del vecchio e di quello che avrebbe potuto dirgli e fu grato a quell'uccello.

«Come pensate che possano sentirsi coloro che, sebbene qui da mesi, più anziani di voi, con maggiori esperienze di voi, non abbiano avuto modo di poter dare aiuto all'assemblea come voi ritenete di poter fare? Vi sembra appropriato manifestare questa vostra supposta capacità, mettendo in ridicolo decine di uomini di comprovata maturità?» Aveva enfatizzato ogni *vi* e ogni *voi*.

«Mi dispiaccio se il mio agire può aver infastidito qualcuno. Non era certo mia intenzione.»

Il cavalier De Marchi stavolta gli strinse la mano, ma svogliatamente, senza aggiungere una parola, per chiudere la discussione e levarselo di torno. Ma continuò a guardarlo, toccandosi ancora il mento sfuggente, anche mentre gli dava ormai le spalle uscendo dalla stanza, studiandone i movimenti e l'andatura.

«Voglio sapere chi è questo Ledri» disse categorico al segretario che aveva scritto per tutto il tempo con il capo chino.

«Padre avvocato. Dice di aver partecipato all'azione del Balkan. Magari era solo tra la gente a guardare il rogo. Chi può dirlo.»

«Questo è uno che scalpita. Bisogna controllarlo.»

Il giovane con gli occhi piccoli smise di muovere per finta le carte e si sentì sollevato da questa conclusione del cavaliere. Aveva temuto, in fondo, che Ledri potesse affascinarlo. Non gli era sembrato uno sciocco, quel nuovo arrivato, figlio di un avvocato importante. Si augurava caldamente di non vederlo più.

«Non credo lo vedremo ancora, dopo oggi.» Il suo desiderio uscì dalla bocca sotto forma di profezia.

«Chi può dirlo, magari è tenace» disse il vecchio «forse, conviene ascoltare quello che ha da proporre, non mi sembra che altri abbiano avanzato idee. Quel branco di idioti con cui ci tocca parlare in questa sede! Dobbiamo sopportarli, almeno finché non riusciremo a essere più numerosi. Cinque o sei elementi di un certo rilievo sociale, sette con Ledri, toh. Tutti gli altri, gentaglia. Ascoltiamolo. Ma non diamogli mai la consapevolezza di aver avuto una buona idea, qualora dovesse piacerci quello che dirà.»

Il giovane rimase in silenzio, pronto a obbedire alle indicazioni. In fin dei conti lui era seduto accanto al vecchio, e ci sarebbe rimasto.

«Hai capito, Mareschi? Te ne occupi tu?» gli chiese il vecchio guardandolo attentamente.

Mareschi avrebbe preferito che la «questione Ledri» si risolvesse autonomamente al voto dell'assemblea, in quel modo sarebbe stata una disfatta garantita. Invece il vecchio continuava a osservarlo aspettando una risposta.

«Certamente, cavaliere. Me ne occuperò io e vi aggiornerò al più presto» disse maledicendo il nuovo compito.

«Pulisciti la giacca, hai una merda di uccello che cola lì sulla spalla» gli disse il vecchio, tirandosi la manica destra della giacca piegando a fatica il braccio «non mi avrai mica sporcato, vero?» E si alzò facendo uscire dalla bocca un rutto sonoro.

Ledri fumava nervoso con voracità, aspirando con tale forza che le guance sembravano due profonde doline sul viso. Si era pentito di aver preso la parola, si era pentito di quello slancio immaturo. Camminava rapido, come se la velocità con cui si spostava dalla sede della riunione potesse spostarlo anche dal disagio che aveva provato, dalla vergogna di essere rimproverato come un ragazzino, davanti a tutti, in un posto nuovo. Aveva nutrito molte speranze nel buon esito di quella riunione e la poco decorosa conclusione a cui era arrivato lo avviliva così profondamente, da portarlo a pensare a sé stesso con la severità che, solo quando rifletteva in solitudine, era in grado di applicare. Si rimproverava di non avere abbastanza schiettezza per capire gli altri, di non essere abbastanza capace di esprimersi con fermezza, di dare di sé l'immagine di un uomo risolto. E forse questa era la sua maggiore frustrazione, quella di non sentirsi affatto un uomo risolto, quella di fare un lavoro senza provarne il benché minimo piacere. Si sforzava di mostrarsi fiero e risoluto, gli riusciva anche di impressionare, talvolta, il piccolo gruppo di persone che con maggior frequenza frequentava, ma dentro, in profondità, nel silenzio dei momenti di solitudine, quando si parla al proprio io con totale sincerità, allora si sentiva fallito.

Parlava da solo, per strada, in automobile, ritornando a casa. Il finestrino abbassato e l'aria fredda che entrava nell'abitacolo erano i suoi interlocutori. Parlava forte, per sovrastare il rumore del motore e dell'aria.

«Grazie Milo, se la cantina è aperta, proseguiamo da soli» disse Ledri, fermando sul nascere ogni sua intenzione.

Milo si fece da parte, lasciando il passo ai due uomini. Li osservò mentre procedevano sicuri verso la cantina. Non gli piaceva Ledri e non gli piaceva nemmeno quello elegante che gli camminava accanto con fare sicuro e altezzoso. Chi era? Li vide sparire oltre la porta.

Scesero le scale silenziosi, raggiunsero la cantina, fresca e illuminata dalle lampadine appese al soffitto ad archi. Le botti piene sembravano vacche gravide e calde.

«Parlerò stasera con il cavalier de Marchi.» Mareschi era sintetico.

«Credete possa andare bene?»

«Gli parlerò e vedremo.» Chiuse il discorso perentorio mentre gli occhi luccicavano entusiasti, pregustando la soddisfazione di essere lui a dargli una buona notizia annullando Ledri.

«Vorrei venire con voi» si propose Giacomo.

«Non è necessario, non disturbatevi. Lo incontrerò per altre ragioni... personali e coglierò l'occasione di parlargli anche di questa visita.»

Ledri non poté che arrendersi.

«E come saprò se l'idea può essere di gradimento?»

Infastidito dalle continue domande, finse di non sentire. Sbatté le nocche contro a una botte, fingendo di volerne saggiare l'essenza, per distrarre.

«Quando sono previste le prossime consegne qui?»

«Tre settimane, massimo un mese, pastiglie di zolfo, tappi, alluminio per le capsule e altre cose.»

«E in quella circostanza ci sarà un po' di movimento, di confusione?»

«È una cantina di medie dimensioni, le consegne saranno effettuate in poco tempo, ma non sarà difficile inserire tre casse in più e collocarle qui nel deposito.»

«Ne parlerò questa sera con il cavalier de Marchi» ripeteva come un mantra. Parlava in modo evasivo, ma faceva domande per le quali esigeva risposte precisissime.

Ledri era emozionato e fiero, aspettava di intravedere negli occhi del giovane un'espressione che tradisse il suo pensiero. Ma il giovane era abituato a dissimulare e conosceva a menadito le regole del potere. Non fece trasparire nulla di ciò che stava pensando.

«Per me è sufficiente. Possiamo andare» sentenziò.

Uscirono dalla cantina. Milo fingeva di strappare i fili d'erba che crescevano tra le pietre del piazzale, ma teneva le orecchie tese nella speranza di sentire qualcosa. Non una parola.

Gli passarono accanto senza salutare. Ledri avvicinò il cancello e salì in macchina con l'altro uomo.

Milo scese in cantina: tutto in ordine, tutto sotto controllo. Ma non era tranquillo.

Alle vigne vecchie (marzo 1922)

Chi che sta zito in compagnia
o xe un ladro o xe una spia

Il cavalier De Marchi ascoltò le parole di Mareschi con grande attenzione. L'idea di Ledri era buona. Era molto buona, per la verità. Pensò solo pochi istanti e poi diede ordine di organizzare tutto.

«Ne siete sicuro, cavaliere?»

«Perché me lo chiedi? Ho appena detto di sì.»

«Certo, scusatemi. Volevo solo essere certo di aver capito tutto» disse con la testa bassa, sconfitto nel suo tentativo di screditare la proposta di Ledri.

«Perché non è venuto qui anche lui a parlarmi?»

«Avrebbe voluto» ammise «ho preferito evitarlo.»

«Allora occupati di tutto. Poi aggiornami.»

«Va bene.»

Essere incaricato di organizzare tutto lo ripagava della frustrazione di non essere stato lui ad avere un'idea. Ma il favore di De Marchi poteva svanire in fretta, questo lo sapeva bene. Aveva visto coi suoi occhi tramontare la stella del suo predecessore, quando era arrivato al loro Fascio di zona, come nuova leva. Il cavaliere non aveva esitato a eliminare il vecchio consigliere per sostituirlo con Mareschi nel giro di poche settimane.

Comunicò le decisioni a Ledri dopo averlo aspettato per due ore fuori dal cancello di Anna Kramer in via Roma. Scelse con molta cura il momento e il modo. Giacomo, infatti, stupito e imbarazzato dal trovare Mareschi in quel posto ad aspettarlo, finse di credere che fosse stata una coincidenza e si comportò convincendosi che nessuno, oltre a lui, sapesse cosa ci fosse oltre al cancello di ferro. Si sistemò la giacca pesante, il cappello. Strinse ancora la cravatta già ordinata con movimenti nervosi che cercavano di dissimulare la tensione.

«La vostra proposta è stata accolta» disse Mareschi dopo averlo guardato severamente, proprio perché si sentisse giudicato.

«Davvero!» esclamò, ma subito, cercando di celare l'entusiasmo, corresse il tono. «E ditemi, come dovremo procedere?»

«Questo mi auguravo che lo indicaste voi.» Mareschi non fece nulla per dissipare il disagio che ancora trasudava dagli occhi e dalla pelle di Ledri.

«Oh, certo. Bene. Vi comunicherò al più presto la data della consegna. Anzi, domani stesso farò in modo di sollecitarla.»

La consegna fu programmata con una settimana di anticipo. Il signor Pàhor si complimentò con Ledri per la sua efficienza.

«A che ora devo essere in stazione per caricare?»

«Non dovete, ho già organizzato tutto io. Passerò con l'autocarro degli Stefàncich. Dovrebbe bastare quel bancale.»

«Mi fido di voi.»

Ledri ebbe un sussulto per quelle ultime quattro parole. Ma continuò con il suo progetto.

«A più tardi, allora.»

Scese dal Carso e raggiunse la stazione, lì l'autocarro degli Stefàncich stava aspettando guidato da Piero il fattore.

Il treno arrivò in orario, con esso le merci. Quattro casse di legno uguali e altre due più grandi e pesanti, ma senza scritte né segni, vennero caricate sul bancale.

«Possiamo andare.»

«Il signor Stefàncich mi ha chiesto di passare a prenderlo.»

«Padre o figlio?»

«Figlio.»

«E perché?» chiese Giacomo urtato da quell'imprevisto che poteva mettere a rischio il suo programma.

«Ha chiesto così, dottor Ledri.»

Giacomo rispose alzando il mento. Non potendo far altro che accettare.

Raggiunsero la casa degli Stefàncich e aspettarono che Vittorio finisse di firmare i fogli di accompagnamento di alcune merci che stava per far imbarcare al porto. Dopo la guerra i documenti richiesti per i movimenti in mare erano aumentati e l'efficienza del porto era stata drasticamente ridotta. Giacomo fu ulteriormente infastidito da quell'attesa.

«Eccomi Giacomo, scusa.»

«Cosa devi fare tu dai Pàhor?»

«Niente, solo voglio esserci anch'io.»

«Ma per quale motivo?» Per lui parlava il sospetto di chi ha qualcosa da nascondere.

«Nessun motivo in particolare» mentì «solo il piacere di salutarli. Piero, scendi pure, guido io!»

Arrivarono alla vigna vecchia in venti minuti in cui non parlarono, ognuno immerso in pensieri quanto mai distanti l'uno dall'altro. Giacomo, eccitato, sentiva addosso la responsabilità di un'operazione che aveva non solo ideato, ma orchestrato e gestito in totale autonomia e che poteva rappresentare l'inizio di un rapporto importante con il cavalier De Marchi. Vittorio, invece, fremeva dalla voglia di arrivare presto alla vigna sperando di trovarvi Antonia.

Il cancello della vigna vecchia era aperto. Vittorio fermò il motore sullo spiazzo antistante alla cantina.

«Occorre aiuto per scaricare?»

«Grazie, no. Chiederò a Milo di darmi una mano.»

«Vado a salutare, allora. Chiama se serve...»

Giacomo era già sceso. Vittorio bussò ed entrò una volta sentita la voce allegra del signor Pàhor.

«Ho accompagnato Giacomo per venire a salutare.»

«E avete fatto bene!» esitò, pensando prima di continuare

e di dare un tacito assenso, avendo capito ogni cosa, fece cenno con la mano. «È di là, sta facendo il bagno a Otto.»

Vittorio fu felice di non dover spiegare e che le sue intenzioni non venissero ostacolate. Ma chi era Otto?

«Otto, il nostro cane.»

«Oh il cane. È... feroce?»

«Quanto un orso imbalsamato. Un cane da caccia senza talento. Per questo è piaciuto tanto ad Antonia. L'unico cane che viene lavato ogni mese, anche d'inverno. Non vuole sentire ragioni, lo tiene pulito. Lo costringe vicino al fuoco finché non è perfettamente asciutto. È un po' testarda...»

«Posso andare?»

«Certamente. Qui dietro, dove c'è il camino.»

Vittorio attraversò riguardoso la stanza, lasciando il signor Pàhor seduto alla scrivania. Non lo vide sorridere a testa bassa guardando i conti, scuotendo la testa. Passò la porta sulla destra e sentì la voce di Antonia, i mugolii del cane e il rumore dell'acqua.

«Fermo, Otto. Ti devo sciacquare. Fermo ho detto!»

Vittorio rimase sulla porta a guardarla senza che lei potesse accorgersene. Aveva un grembiule allacciato al collo e annodato sui fianchi a proteggere la gonna blu lunga e ampia stretta in vita, le maniche della camicia bianca arrotolate ai gomiti, i capelli dietro alle orecchie, fermati con due forcine. Il cane, fermo in ammollo nella tinozza piena d'acqua, le leccava la faccia e lei, tenendogli il muso sotto alle orecchie pendule, lo lasciava fare. Poi immergeva una grande spugna di mare marrone scuro in un secchio di acqua pulita e gliela strizzava sulla testa, lungo il collo e sulla schiena. E Otto, adorante, guaiva contento. Finché rivolse il suo muso lungo verso la porta e il suo istinto di animale da punta emerse, nonostante il temperamento mite. Abbaiò verso Vittorio, rimanendo però immobile nella sua posizione.

Antonia si voltò di colpo e fu spaventata dalla presenza che non aveva avvertito.

«Buono, buono, Otto. Sono tuo amico!»

Quella voce. Di nuovo lui. Lì, a metterla in difficoltà. Sentì aumentare la velocità del battito del cuore. Sentì caldo, sentì disagio e contentezza, insieme.

«Siete molto bravo a sorprendermi.» Si accorse immediatamente che quella frase poteva essere interpretata male. O meglio, poteva essere interpretata nel modo giusto, ma non voleva che succedesse.

«Se è una sorpresa gradita, ne sono contento.»

«Intendevo che sono più le volte in cui non mi aspetto di incontrarvi rispetto a quelle in cui... Otto!»

Il cane uscì con un balzo dalla tinozza, scrollandosi energicamente e spruzzando acqua dal suo pelo corto. Antonia fu investita dagli schizzi.

Vittorio rise. Rise come un bambino, rilassato e felice. Otto uscì dalla stanza lasciando impronte di zampe sul pavimento.

«Adesso andrà sicuramente a rotolarsi nella terra!» protestò Antonia asciugandosi il viso con il grembiule. «E prenderà freddo là fuori!»

«Non fa freddo, oggi» la rassicurò.

«Davvero non fa freddo? Ma Otto non è abituato.»

«È un cane! Certo che è abituato.»

«Otto è un po' particolare, lui... è ingenuo. Bisogna prendersi cura di lui.»

«Beati gli ingenui allora!» esclamò Vittorio con un sorriso bianchissimo.

Sembrava non volersene andare. Rimaneva sulla porta, appoggiato allo stipite, con le braccia incrociate e quel gran sorriso così insolito su di lui.

«Devo sciacquarmi il viso e le mani» gli disse muovendosi verso la brocca e il catino, sperando di poter stare sola.

«Certo, vi aspetto.»

Rimaneva ancora nella stessa posizione. Fermo sulla porta. Non una minima intenzione di muoversi. Mandarlo via sarebbe stato scortese, non ne aveva il coraggio. Sconfitta, prese il sapone, lo fece roteare con delicatezza evitando che scivolasse, si lavò con energia. Poi svuotò il catino nella tinozza, lo sciacquò e lo riempì con altra acqua pulita. Ripreso il sapone tra le mani, dopo due giri, portò l'emulsione al viso, ricoprendolo di schiuma.

Vittorio la guardava divertito. Era così vera, così priva di maschere e di trucchi, da essere perfetta così, con la faccia insaponata, davanti a lui.

Si sciacquò il viso e il collo, si asciugò, guardandosi nello specchio ovale che stava sopra al catino. Vide riflesso Vittorio. Gli occhi incollati a lei, le braccia ancora incrociate, la spalla ancora appoggiata allo stipite della porta.

«Credo siate molto pulita!» Rise.

«Avete ragione, credo di essere pulita.»

Lo prese sul serio. Aveva le guance arrossate dall'acqua fresca e dal vigore con cui aveva strofinato sulla pelle il telo di cotone a nido d'ape.

Slacciò svelta il grembiule dalla vita, lo tolse, lo gettò per terra strisciandolo col piede per cancellare le gocce sul pavimento e si diresse verso la porta, verso di lui, per uscire da quella stanza.

«Bisogna andare a cercare Otto!»

«Avete gli occhi rossi» rispose lui senza ascoltarla, bloccandole l'uscita.

«Sarà andato a rotolarsi nella terra in fondo alla vigna. Sono sicura.»

«Credo sia colpa del sapone.»

«Dopo dovrò lavarlo di nuovo!»

«Vi aiuterò io» le disse, sciogliendo le braccia dall'incrocio e scostandosi dalla porta per lasciarla passare.

Ma lei rimase immobile.

Totalmente incapace di proseguire, quasi ipnotizzata dal viso rilassato di Vittorio, stupita da come lui fosse a proprio agio lì, in quelle stanze, in quella casa semplice della vigna, dopo averla vista lavare il cane. Lui, che era solito frequentare i salotti di Trieste e parlare con persone altolocate. Era a proprio agio lì, nella vigna vecchia, assieme a lei. Si stropicciò gli occhi con le dita, sentendoli bruciare, certamente era stato il sapone. Con la vista ancora abbagliata dagli scintillii colorati che aveva provocato per la scarsa delicatezza che usava verso sé stessa, sentì, come se gli altri sensi si fossero impegnati a compensare il difetto degli occhi, le mani di Vittorio toccarle il viso, racchiudendolo delicatamente tra i palmi. Sentì che i pollici sfioravano leggeri le sue palpebre chiuse, con le ciglia ancora umide. Si spostarono poi verso le tempie. Sentì la sua mano destra staccarsi dal viso – *che peccato, perché?* – e sistemarle dietro all'orecchio una piccola ciocca di capelli. Poi quella mano ritornò ad avvolgerle la guancia e le sembrò di ritrovare l'equilibrio. Non apriva gli occhi, non osava farlo, ma tenendoli chiusi assaporava con maggior concentrazione ogni istante. Non si tolse da quella presa inattesa. Non fece alcun movimento per contrastare quella vicinanza. Cosa stava mai succedendo? Inspirò profondamente cercando di non fare rumore e riconobbe il profumo che aveva sentito la prima volta ballando alla vendemmia e per la seconda volta quando aveva sbattuto la faccia contro al suo sparato la sera dopo il teatro. Smise di pensare a cosa fosse giusto, a cosa fosse opportuno, a cosa avrebbe pensato di lei, a quanto, ormai, la sua determinazione e il suo distacco fossero impossibili da recuperare e appoggiò il viso alle sue mani. Non importava.

Non sapeva dire quanto tempo fosse passato da quando aveva permesso che Vittorio le tenesse la faccia, ma pensò che fosse comunque troppo poco. E che quel momento meritava di durare tanto ancora. La luce del sole passava filtrata e diffusa attraverso le tende bianche ricamate in bianco. E a Vittorio quella luce bastava per vederla, bellissima, persa e abbandonata tra le sue mani. Aveva la mandibola rilassata e la bocca semichiusa. Rossa e screpolata, come sempre. Quella sua mania di mordersi le labbra.

Profumava di sapone e di pulito. Non mollò la presa, nemmeno quando sentì un rumore provenire dall'altra stanza, quella dove c'era il signor Pàhor. Lei ebbe un piccolo sussulto, ma lui la fermò, stringendole il viso, riaccompagnandola piano nel loro posto meraviglioso, fuori dal tempo e dallo spazio in cui tutti gli altri stavano vivendo. Il signor Pàhor era di certo uscito, la porta era stata chiusa.

Con i pollici tirò leggermente la pelle bluastra e sottile sotto gli occhi.

«Guardami» sussurrò.

Antonia non riuscì a obbedire. Continuò a tenere gli occhi chiusi, sentendosi più sicura, non un movimento.

Le abbassò poco il viso, la avvicinò e le diede un bacio leggerissimo sulla fronte, inspirando forte quando il suo naso toccò i capelli sottili. Finalmente riuscì a sentire l'odore della sua pelle, l'odore vero di Antonia Pàhor, non quello del sapone. Rimase in quella posizione magica e inspirò di nuovo. Ormai quell'odore era suo. Ormai lo avrebbe sempre riconosciuto.

E lei rimaneva ferma, con le dita ancora allacciate tra loro all'altezza del petto, senza riuscire a muoversi, senza volersi muovere, sperando che quel momento durasse per sempre.

«Guardami» le chiese ancora, quasi implorante, guidandole il viso verso l'alto, verso di lui.

Lei allora aprì gli occhi piano, stringendoli e sbattendo le palpebre prima di abituarsi di nuovo alla luce e... a lui. Era vicino, tanto vicino. I loro nasi si sfioravano. Gli occhi scurissimi guardavano i suoi, muovendosi a destra e a sinistra continuamente, per metterne a fuoco uno alla volta. Lei perse il ritmo e, per un attimo, le sembrò di vedere un unico grande occhio scuro fissarla. Sorrise.

«Che...?»

«Niente.»

Capì in quel momento esatto che la sua vita stava prendendo una strada chiara e precisa, dalla quale non avrebbe più deviato. Slacciò le dita e, improvvisamente senza imbarazzo, ma con solo un po' di riguardo, appoggiò le mani sui fianchi di Vittorio, agganciando i pollici al bordo dei pantaloni, sentendo il calore del suo corpo. Quel gesto fu per lui un assenso meraviglioso e atteso. Appoggiò teneramente le labbra a quelle di Antonia, rubandole – o forse meglio dire regalandole – il primo bacio. Un bacio leggerissimo, asciutto, di ispezione. Dal quale lei non si ritrasse. Voleva assaggiare ancora e meglio.

Non era bastato nemmeno a Vittorio quel contatto leggero. La tirò verso di sé, con una mano sulla nuca e un braccio attorno alla vita. Per stringerla e non farla andare via. La baciò con forza, con l'irruenza quasi dolorosa di chi sta vivendo una grande passione. Lei rispose prima timidamente, ma poi l'istinto l'aiutò a comportarsi come lui sperava che lei si comportasse e come lei voleva comportarsi. Come una donna, come la sua donna.

Antonia salì con le mani verso il torace e ne tastò la consistenza attraverso la stoffa della camicia, ne percepì la larghezza e la forza. Salì ancora verso il collo. Gli prese a sua volta il viso tra le mani, cosa che lo stupì, lo guardò tirandosi un po' indietro per osservare meglio. La pelle leggermente scura, rasata e morbida diventava liscia e tesa sulla fronte. Accarezzò con un po' di forza le rughe verticali che aveva tra le sopracciglia, cercando di appianarle. Improvvisamente rilassato da quel gesto, Vittorio chiuse gli occhi e si lasciò esplorare. Antonia passò finalmente le mani tra i capelli, infilando le dita tra le ciocche nere e lucide, scompigliandole e lui la strinse, sollevandola da terra, schiacciandola al suo torace. La baciò di nuovo, respirando con forza, disinteressato al fatto di fare rumore. Le morse il labbro inferiore prima di appoggiare la fronte alla sua e guardarla in silenzio. Era bellissima, era appassionata, era libera. Se ne stupì. Aveva contemplato che lei potesse allontanarlo, offesa per l'audacia. Non lo aveva fatto. Aveva immaginato fosse timida e ingenua. Invece era come se fosse stata lì ad aspettarlo, da sempre, preparandosi a diventare la donna che era. Un po' esitante all'inizio, ma poi subito capace di liberarsi dall'imbarazzo, di adeguarsi a lui volendolo fare. Non aveva giocato, come spesso altre donne avevano banalmente fatto, negandosi, per dire sì, credendo, in quel modo, di rendersi più desiderabili.

«E adesso?» gli chiese candidamente, distogliendolo dai pensieri.

«E adesso cosa?» Sorrise felice.

«Elizabeth...» pronunciò sottovoce, quasi un sospiro guardando per terra, asciugandosi le labbra con il dorso della mano «io non dirò mai niente a nessuno.»

Vittorio si allontanò stupefatto. Ferito. La guardò serissimo. Spaventato. Deluso.

«Credi che avrei mai fatto...» e non trovava le parole «questo, *con te* se...?»

Non riusciva nemmeno a dirlo. Lui, che di donne ne aveva avute tante e nelle più disparate circostanze, non riusciva a finire una frase che riguardasse Antonia. Si rammaricò che lei avesse vissuto quel momento, per lui così prezioso, sotto l'ombra di un atto scorretto.

«Io sono sempre stato un uomo libero. Elizabeth non è mai...» si affrettò a dire perché nessun dubbio mai potesse turbarla.

Si sentì sollevata, alleggerita da un peso, da un macigno. Si sentì libera di essere felice. Lo prese per mano.

«Andiamo a cercare Otto.»

Vittorio si fece condurre. Attraversarono il piccolo corridoio, entrarono nella stanza con la scrivania, era vuota. Le lasciò la mano per sistemarsi i capelli, lei si fermò a guardarlo, ancora incredula, ancora traballante.

Le sollevò il mento con una mano e appoggiò le labbra alle sue, arrossate adesso anche dalla foga dei loro baci.

«Andiamo?» le chiese bocca a bocca.

Lei annuì, poco convinta, senza capire niente. Ubriaca.

Vittorio la spinse tenendola abbracciata, costringendola a camminare all'indietro, fino a farle toccare la porta con le spalle. Le stava addosso, impedendole di muoversi, prendendole di nuovo il viso tra le mani, toccandole il naso con la punta del suo.

«Avrei voluto farlo quando ancora non sapevo chi fossi, sporca di mosto, alla vendemmia. O alla festa di Elizabeth. Sì, alla festa di Elizabeth ci sono andato vicino...»

«Non così vicino.»

«È vero, non così tanto!»

La baciò ancora, indugiando con le mani sui suoi fianchi, stringendola a sé con forza.

Senza fiato si staccò da lei, lasciandola delusa.

«Adesso dobbiamo andare» sussurrò «o tuo padre si chiederà cosa stiamo facendo qui.»

Uscirono nello spiazzo senza toccarsi, mantenendo la distanza. C'era molta luce, l'autocarro, Milo che trasportava una grande damigiana vuota verso la cantina, Giacomo e il signor Pàhor che controllavano certi fogli. E poi loro due, ritornati alla realtà che era di tutti, nei loro ruoli attesi.

Il signor Pàhor alzò gli occhi e li vide arrivare. Li stava aspettando.

«Otto è scappato!» disse Antonia con ostentata naturalezza, sforzandosi per non gridare dalla felicità.

«Credo sia andato al solito posto, l'ho visto correre attraverso la vigna» disse il signor Pàhor, poi fece una pausa, li guardò con un accenno di sorriso complice sul viso e aggiunse «qualche minuto fa.» Poi riprese a prestare attenzione a Ledri.

Antonia arrossì e fu grata di avere un compito preciso da svolgere, lontano da loro.

«Vi accompagno?»

«Grazie signor Stefàncich, non disturbatevi! Vi sporchereste tutto. La terra è umida. Torno subito.»

E la vide correre lungo la discesa dolce della vigna, tra il primo e il secondo filare, e scomparire piano quando il terreno scendeva più ripido. Sospirò a fondo, sentì il torace allargarsi e i polmoni riempirsi dell'aria pulita del Carso. Si passò ancora la mano tra i capelli, cercando di sistemarli e rimase accanto a Ledri e al signor Pàhor, in silenzio e felice.

«Allora dottor Ledri, le partite che avete indicato sono quelle che andranno consegnate al palazzo dello Scalone la prossima settimana. Bene. Avete assaggiato anche il liquore?»

«Sì, bottiglie a campione di vino e di liquore. Tutto ottimo.»

«Sono contento. Speriamo confermino la commessa anche per il prossimo anno.»

«Il vero affare sarebbe se decidessero di affidarvi la commessa per le navi.»

Il signor Pàhor si voltò verso Vittorio, era lui che aveva appena parlato.

«Credete sarebbe possibile?»

«Perché no. Hanno un ristorante per la prima classe. Su tutte le navi. Chiederò quali vini stiano servendo ora. Certamente ci sarà lo champagne...»

«Oh certo, certo. Non ne dubito. Il nostro sarebbe un vino di saluto per la nostra terra, non certo bottiglie preziose...»

«Lasciatemi chiedere.»

«Signor Stefàncich, non avrei mai pensato a niente di tutto questo! Come ringraziarvi! Volete mangiare con noi?»

A Vittorio si illuminarono gli occhi. Altro tempo guadagnato. Ledri lo guardò con una smorfia che voleva suggerirgli un no.

«Con grande piacere! Solo non abbiamo portato niente per omaggiare la signora, non era previsto che ci fermassimo.»

Ledri rimase in silenzio, sconfitto.

«Allora voi aspettate Antonia, per favore. Io vado a casa ad avvisare mia moglie. Sarà felice di avervi con noi!» Raggiunse Milo, gli diede alcune istruzioni e si allontanò a piedi verso casa.

«Ma perché Vittorio? Stare qui ancora, con loro?» protestò Ledri.

«La cuoca dei Pàhor è bravissima, è risaputo.»

E allungando il collo continuava a controllare la vigna cercando le sagome di Antonia e Otto. Ancora non li vedeva. Si incamminò tra i filari, lasciando Ledri solo sul piazzale. Scese attento a non pestare i cumuli di terra umida fatti dalle talpe.

Scese ancora e li vide mentre risalivano. Si fermò a guardarli, con le mani affondate nelle tasche dei pantaloni. Antonia dava ordini e Otto non li eseguiva. Si fermava ad annusare, faceva pipì, tornava indietro seguendo piste odorose. Lei guardò in alto e vide Vittorio, lo salutò con la mano. Era travolta da una sconosciuta euforia, mista alla felicità e alla soddisfazione.

Lo raggiunsero, Antonia col fiatone, Otto col muso sporco di fango.

«Ha infilato il naso in un mucchio di terra.»

«Sei bellissima.»

Sorrise, senza rispondergli, fingendo di non aver sentito, per nascondere l'imbarazzo.

«Hanno finito? Dovete rientrare?»

«Rimaniamo a pranzo.»

«Questa poi!»

«Un invito di tuo padre. Solo un colpo di fortuna.» Rise guardandola con infinita dolcezza, quella che nemmeno lui sapeva di avere.

Un pranzo

I siòri magna co' i ga fame,
i poveri co' i ga cossa magnar

«Giovanna! *Prepàrite! Vien qua! Prepàrite!*»

Il signor Pàhor gridò trafelato dalle scale rivolto verso il piano superiore.

«Cosa succede? Oddio, cosa succede?»

«*Prepàrite, che el prossimo anno semo de nozze!*»

«Cosa, Wilhelm?» chiedeva allarmata la signora Pàhor, gli occhi fuori dalle orbite, scendendo le scale e raggiungendo il marito nel tinello. «*Chi se sposa?*»

«La nostra Antonia.»

«Cosa? Chi? Qualcuno è venuto a chiederti...?»

«Senza chiedere. E io ho detto di sì senza dire.»

«Non capisco, non capisco! Chi ha chiesto, cosa ha chiesto? E tu hai detto sì?»

«Giovanna, dimenticavo!» si colpì la fronte con una mano. «Ho invitato a mangiare con noi il dottor Ledri e Vittorio Stefàncich. Sono alla vigna vecchia. Stanno arrivando. Credo a piedi.»

«Oh Madonna santa! E perché non dirmelo prima?»

Si portò le mani ai capelli, come per riordinare la pettinatura già ordinata. Girò sui suoi tacchi, agitata, le guance improvvisamente arrossate. Quell'urgenza inattesa le aveva già fatto dimenticare gli strani discorsi che il marito aveva appena fatto.

«Wilhelm!» gridò nervosa e irritata. «Abbiamo *jota* oggi per pranzo, non si fa in tempo a fare altro!»

«Sta tranquilla cara, la *jota* andrà benissimo. Solo Ledri avrà fame» rise.

«Ma come, bene la *jota*? Minestra di crauti, fagioli e patate? A Stefàncich? A Ledri? E dopo un po' di stinco, e patate *in tècia.* Nessun dolce! Devo dire subito alla Nilde di fare uno strudel alla svelta. Lei lo fa senza lievito, *se sta poco tempo.*»

Il signor Pàhor afferrò la mano della moglie. E tirandola un poco, per contrastare la sua agitazione, la portò alla bocca, dandole un piccolo bacio.

«*Andrà tutto ben.*»

Quasi dimentica della profezia del signor Pàhor e concentrata sulla realtà, corse verso la cucina, ordinando alla cuoca Nilde di cominciare a fare la pasta per lo strudel.

«Nilde! Metti anche a bagno l'uvetta nella grappa! Vado in cantina a prendere le mele!»

Rosalba venne incaricata di aggiungere due posti a tavola pochi minuti prima che il suo turno di lavoro finisse. Non era compito suo quello di occuparsi della cucina o dei pasti. Ma quel giorno era l'unica a poter aiutare. Vedeva la signora Pàhor presa da una frenesia che non le aveva mai visto addosso prima.

Portò con un grande vassoio i piatti, le posate e i tovaglioli nella sala da pranzo. I bicchieri li avrebbe portati col secondo giro, per non rischiare di rompere tutto. Appoggiò con cautela i piatti piani, bianchi e decorati con un sottile filo d'oro, sulla tovaglia candida. Poi le posate e i tovaglioli. Tornò coi bicchieri. Non si fermò a osservare il suo operato, non aggiustò la tovaglia che si era sollevata al peso delle stoviglie di ceramica. Ritornò in cucina a prendere il resto, e Nilde, che maneggiava vigorosamente una palla di pasta gialla sul tavolo di marmo, continuava a chiederle se era capace di servire a tavola, se era capace di versare vino e acqua dalle brocche, che si sarebbe dovuta ricordare di togliere il pane prima di servire il dolce. Iniziava quasi ogni frase con «*quando ero a servizio dal notaio a Trieste*», per dare ai suoi insegnamenti il giusto valore. Rosalba continuava a spostare due brocche piene d'acqua appoggiate sul bancone ascoltando le domande della Nilde senza rispondere. Toccava il manico liscio della brocca più grande e provò ad alzarla. Era pesantissima. Occorrevano due mani, soprattutto se avessero mai chiesto proprio a lei di riempire i bicchieri. Continuava ad accumulare un senso di tensione e di fastidio, pregustava l'umiliazione che avrebbe provato, di lì a poco, entrando nella sala da pranzo.

«Porterò i piatti, cosa sarà mai. E comunque non è il mio lavoro. Non era previsto che facessi la cameriera» sputò secca, cruccia.

«Non è colpa mia se l'altra oggi non è venuta. Non è colpa mia. E adesso ci si deve aiutare. Vedrai che ti pagheranno extra, se li conosco, non avere paura. Non lamentarti. A te serve lavorare e loro ti pagano. Punto. Pensa così.»

«Non è per i soldi. Non mi piace...»

Si bloccò giusto in tempo. La signora Pàhor, trafelata, entrò in cucina e prese a sbucciare le mele. Non avvertì il malumore di Rosalba, non ne ebbe il tempo. La giovane sgattaiolò veloce verso il tinello, con la scusa di portare in tavola le brocche d'acqua.

Antonia, Vittorio e Giacomo arrivarono pochi minuti dopo. Otto, con il muso ripulito, raggiunse il suo posto preferito, al sole, vicino al rosmarino. Si acquattò beato e rimase fermo a riposare.

Il signor Pàhor accolse gli ospiti porgendo loro un calice della miglior Malvasia. Antonia raggiunse le altre donne in cucina. Vittorio l'aveva seguita con lo sguardo, sperando che stesse bene quanto lui.

«Ditemi cosa devo fare.»

«Niente *draga moja*, mia cara, tutto a posto. Andate di là, noi finiamo lo strudel. Signora, anche voi, ci arrangiamo qui. Rosalba, sciogli il burro!» La Nilde era di casa. Non aveva paura.

Vittorio rivolgeva fugacemente ad Antonia sguardi eloquenti e lei ne ricambiava l'ardore. Lui parlava amabilmente e godeva di ogni minuto in quella casa. Non badò certo alla tavola, alla qualità del lino della tovaglia e dei tovaglioli, al lato in cui erano state posizionate le sue posate. Era solo contrariato per non essere seduto di fronte ad Antonia, in modo da poterla osservare liberamente. Tutte le volte che il signor Pàhor gli rivolgeva la parola, ne approfittava per guardarla rapidamente, per poi riprendere il discorso o continuare a mangiare. Antonia faticava a seguire le conversazioni che si facevano a tavola, non riusciva a comporre pensieri che non fossero leggerissimi ed eterei. Continuava a chiedersi se tutto fosse successo davvero. Sentiva caldo, le guance roventi, ma aveva le mani fredde. Si voltò verso Vittorio mentre lui stava bevendo del vino e lo guardò, elegante e gentile, nella sua figura solida. Una volta posato il bicchiere anche lui si rivolse a lei, occhi negli occhi, condividendo il loro segreto. Che nessuno ne fosse a conoscenza, rendeva tutto ancora più speciale e prezioso. Un ciuffo di capelli gli cadde sulla fronte e Antonia strinse il tovagliolo per frenare l'istinto di aggiustarglielo con la mano. Fremeva al pensiero dei loro baci, alla forza con cui l'aveva stretta a sé. Sperava che il pranzo finisse presto per cercare ancora di avere un contatto con lui. Ascoltava la sua voce mentre, serio, parlava con suo padre di lavoro. Era esperto, competente. Ogni tanto poi, come se per un attimo abbandonasse il ruolo a cui tutti erano abituati, fermava il tempo e le rivolgeva uno sguardo veloce, un abbozzo di sorriso che solo lei poteva intuire.

Non riusciva a mangiare, Antonia.

Lo stomaco chiuso e il cuore spalancato. Era iniziato il capitolo della sua vita nuova e le sembrava meraviglioso.

Rosalba entrò nella sala da pranzo per raccogliere i piatti vuoti dell'antipasto. Senza eleganza e con il desiderio di fare in fretta, impilò i piatti, nonostante la Nilde le avesse raccomandato di non farlo e di portarne via due o tre alla volta.

Non le importava. Doveva far presto. Aveva accettato di lavorare dai Pàhor, ma senza essere vista da nessuno, nelle stanze al piano superiore. Non sopportava di dover fare la cameriera in presenza di altri, questo non riusciva a sopportarlo. Fu così concentrata ad andarsene rapidamente da non sentire la richiesta di Ledri.

«Rosalba! Due bicchieri per l'acqua per cortesia!» le chiese allora la signora Pàhor sorridendole, imponendo la sua voce sul brusio dei discorsi. Lei annuì e scomparve verso la cucina.

«Due bicchieri per l'acqua» si disse mentre camminava coi piatti tra le mani e appoggiati al grembiule. Due maledetti bicchieri per l'acqua. Detestava dover servire al tavolo. Con ospiti, per giunta. Tornò con i bicchieri e solo quando la signora le fece segno di porgerli ai due uomini, capì di aver sbagliato e di non essere stata capace di apparecchiare in modo corretto. A casa sua si usava un bicchiere solo, non due. Non aveva mai frequentato altre case. Non aveva mai apparecchiato in modo elegante. Arrossì quando Vittorio, per aiutarla, allungò il braccio evitandole di muoversi attorno al tavolo. Era davvero molto bello, ancora più bello di quando lo aveva visto alla vigna vecchia durante la vendemmia. Solo oggi poteva osservarlo bene da vicino. Adesso capiva la sua fama. Adesso capiva perché tutte le ragazze di Monfalcone erano innamorate di lui. L'altro uomo, quello biondo e magro, invece, sembrava un damerino, silenzioso e un po' scorbutico. Tornò in cucina e la Nilde le disse di cominciare a portare i piatti di zuppa.

Rosalba camminava lenta, sembrava un funambolo in equilibrio su una fune. Continuava a fissare il bordo dei piatti e la minestra calda che si muoveva a ogni passo, sembrava il magma, come quello disegnato nelle pagine del sussidiario quando aveva studiato i vulcani. Odiava la *jota*. Non le era mai piaciuta, così acida, marroncina e piena di crauti. I piatti erano davvero caldi, la Nilde le aveva spiegato come tenerli, per non scottarsi, ma la temperatura le sembrava che aumentasse continuamente e la pelle delle mani bruciava. Ne appoggiò uno alla consolle del tinello, per trovare un po' di sollievo e solo dopo riprese la sua marcia. Seguì le indicazioni della Nilde di servire prima la signora Pàhor e poi Antonia; fosse stato per lei, avrebbe appoggiato il piatto sotto al naso del signor Pàhor, visto che era quello più vicino al suo percorso.

«Grazie Rosalba» sussurrò Antonia «anche per essere rimasta.»

Non le rispose, come al solito quella gentilezza non faceva che irritarla, si sforzò di fare un sorriso, che fu in realtà solo una fugace contrazione dei muscoli della bocca, prima di riprendere il suo avanti e indietro verso la cucina. Fu poi la volta dello stinco con le patate *in técia*, Rosalba, ormai affamata, annusava il profumo della carne e delle patate cucinate assieme alle cipolle che saliva dai piatti caldi. Avrebbe affondato le mani in quei pezzi morbidi di muscolo che si staccavano dall'osso. Avrebbe divorato quella carne che sembrava deliziosa.

Quando tornò in cucina fu investita dal profumo fragrante dello strudel che stava cuocendo nel forno. Erano riuscite a prepararlo nei tempi giusti, nonostante il brevissimo preavviso. Lo avrebbero servito ancora caldo, alla maniera dei viennesi. La Nilde stava sbattendo con energia la panna per montarla in una terrina. La spuma bianca cominciava a formarsi, lei continuava ad agitare la frusta tutta rossa in faccia per la fatica. Quando fu soddisfatta e la panna rimase soda attaccata alla frusta, smise di sbattere e iniziò a spolverare dello zucchero a velo sullo strudel caldo. Poi tagliò le fette con cura, prestando attenzione a non rompere la pasta sottile. Appoggiò ogni fetta in un piatto, poco prima di servirle avrebbe aggiunto una generosa cucchiaiata di panna. Rosalba intanto staccava dal fondo della casseruola pezzi di crosta di patate e qualche striscia molle di cipolla cotta. Un sapore dolce e salato insieme, una delizia croccante. Pulì le dita unte nella parte interna del grembiule, per non macchiarlo.

«Se finisci la panna, voglio pulire anche la terrina» disse uscendo, riuscendo a portare quattro piattini contemporaneamente, sentendosi già più sicura. Le fette stavano ferme immobili, larghe com'erano non si sarebbero mai capovolte. La panna, invece, si muoveva al ritmo dei suoi passi. Era sollevata dal vedere la fine di quel pranzo vicina. Quando entrò nella sala, Giacomo Ledri era girato verso la porta e osservava il grande orologio a pendolo. Passando, entrò nel suo campo visivo e lui la guardò con attenzione, come aveva fatto con tutte le cose che c'erano in quella stanza. Notò che aveva le caviglie sottili, sotto alla gonna di cotone grosso. Che era magra, ma con un petto prosperoso, dritta sulla schiena, fiera. Gli piacque, così come gli era piaciuto il piglio arrabbiato che aveva mantenuto per tutto il pranzo. Lo aveva colpito che quella cameriera non fosse fintamente gentile, come spesso facevano i servi, con il solo scopo di sembrare fedeli e affidabili. Seguì con gli occhi ogni suo movimento. Quando gli servì il piatto con lo strudel e inevitabilmente gli si avvicinò col braccio, riuscì a sentire l'odore di cucina proveniente dai suoi vestiti.

«Signorina, grazie» le disse, improvvisamente interessato.

«Prego» rispose secca. E andò a recuperare l'ultimo piatto, quello destinato al padrone di casa.

Ledri aspettò che rientrasse per guardarla di nuovo, soprattutto in faccia. Aveva il viso sottile, il naso definito, il mento un po' appuntito. Gli occhi, grigio-verdi, grandi e con le ciglia lunghe, erano incastonati in quella faccia slavata e poco curata, con la pelle bianchissima e qualche lentiggine. Sarebbe potuta essere bellissima, con poca fatica. Lei si passò una mano sulla fronte, dando un'occhiata al tavolo per assicurarsi che tutti fossero stati serviti. Ledri la stava guardando, le sorrise e lei abbassò subito gli occhi girando i tacchi e scappando in cucina.

La Nilde le aveva messo da parte prosciutto, formaggio, dello stinco e dello strudel. Oltre alla terrina della panna da pulire. Rosalba se la tenne per ultima; strisciò l'indice lungo le pareti di quel contenitore, raccogliendo ogni traccia bianca e poi si leccò il dito golosamente.

Ledri rimase deluso dall'ingresso della Nilde, grassa, anziana e un po' accaldata, che sorreggeva un grande vassoio con il caffè. Avrebbe provato a parlare volentieri con quella cameriera arrabbiata. Avrebbe trovato il modo, prima o poi.

Vittorio e Giacomo Ledri lasciarono la casa dei Pàhor nel primo pomeriggio. I saluti furono piuttosto rapidi. Antonia cercava gli occhi di Vittorio, che dovevano sostenere anche i colloqui formali con i suoi genitori, e si rassicurava tutte le volte che lui la guardava, anche per un solo secondo, dandole conferme. Lui faceva del suo meglio per assimilare più dettagli possibili e poterla ricordare per sempre come in quel giorno di marzo. Come era successo alla vendemmia, passare il suo tempo con i Pàhor lo faceva stare bene.

«Signor Pàhor, vi aggiornerò al più presto sulle notizie che riuscirò a ottenere dagli armatori, la commessa dei vini sulle navi deve essere una priorità.»

«Aspetteremo di ricevere vostre notizie. Passate a trovarci presto» disse appoggiando un braccio sulle spalle della figlia, spingendola un po' avanti per favorire il saluto.

Vittorio le porse la mano e un elegantissimo baciamano fu il punto di tutte le frasi che usarono nella loro mente, per raccontarsi ciò che era accaduto in quella giornata.

«A presto, signorina.»

«A presto, signor Stefàncich.»

Ledri continuava a rimuginare, mentre sedeva accanto a Vittorio nell'autocarro che scendeva verso la pianura e la costa. Non vedeva l'ora che arrivasse il giorno seguente, per incontrare il cavalier De Marchi e raccontargli che il suo piano era cominciato nel migliore dei modi. L'ansia e l'agitazione del mattino si erano affievolite e trasformate, piano piano, in una dolce stanchezza, complici anche i piatti dei Pàhor che, doveva ammettere, erano stati tutti eccellenti. Poi quella cameriera. Ecco, oltre alla rilassata stanchezza, per altro assecondata dai movimenti dell'autocarro, ripensando a Rosalba, decise senza ombra di dubbio che sarebbe andato da Anna Kramer. Ne aveva proprio voglia, quasi bisogno.

«La mia macchina è in stazione» disse a Vittorio rompendo il silenzio.

«Sì, me lo ricordo. Sto andando là.»

«Passiamo da Anna prima. Dai. È presto, non ci sarà nessuno.»

«No, io no.»

«Vittorio Stefàncich! Non riconosco più il mio amico. Devo preoccuparmi?»

«Non ne vedo il motivo.»

«Da quando ti sottrai alla possibilità di avere una donna tra le braccia?»

Vittorio non rispose, continuando a guardare la strada davanti a loro. Eppure proprio non ci pensava di entrare da Anna Kramer quel giorno. Così come la volta prima, e quella ancora prima in cui Ledri gli aveva fatto la stessa proposta.

«È per Elizabeth?»

«Elizabeth? Cosa c'entra lei?»

«Cosa c'entra? Devo dirtelo io? Dovresti saperlo!»

«No» mentì, ricordando quanto era accaduto nel palco la sera a teatro.

«Mi ha scritto. Chiede di te. Continuamente. Chiede se hai appuntamenti, se ti ho incontrato in compagnia di qualche dama, mi ha chiesto addirittura se frequenti i bordelli. Non proprio in questi termini» si corresse «ma il concetto era questo.»

«Mi stupisco che sia così indiscreta.»

«Mi stupisco del tuo stupore, amico mio» disse appoggiando un gomito sul finestrino «ho mantenuto il riserbo su questioni personali che certamente non possono essere descritte a una signorina, ammesso che lei lo sia!»

«Elizabeth è nostra amica» disse Vittorio serio, girandosi e guardando Giacomo in faccia «non parlare così di lei.»

«Vittorio dai, siamo soli, non ci sente nessuno. È una sgualdrina. Ricca, per questo glielo si perdona e può permetterselo, ma è una sgualdrina. Lo sai anche tu. Tuttavia sbagli a non pensare a lei come a una moglie. Erediterà molti soldi e da sola non sarà certo in grado di amministrarli.»

Vittorio non rispose. Strinse le labbra e inspirò forte.

«Vorrei che da Anna ci fosse qualcuna che assomigli alla cameriera dei Pàhor» disse Ledri, passando da un discorso all'altro senza dar peso alle parole.

«Meriteresti una che assomigli alla cuoca dei Pàhor, per quello che hai detto.»

«Buona questa! Mi andrebbe bene anche una come Antonia, tutta composta, freddina. Da educare. Dai, vieni anche tu.»

Vittorio si irrigidì e a stento trattenne le parole in bocca.

«I Pàhor sono brave persone» riuscì a dire.

«Certo, e allora?»

Vittorio non rispose e ritornò ai suoi pensieri. Era compiaciuto di aver scoperto che Antonia non era affatto composta e fredda, come Ledri la immaginava. Un senso di orgoglio maschio lo pervase, facendolo sentire forte e speciale, per avere il privilegio di conoscerla come nessun altro – non poteva che essere così – aveva fatto.

Anticamera

No se pol injotir amaro e spudar dolze

Il giorno seguente Giacomo Ledri arrivò nello studio del cavalier De Marchi con dieci minuti di anticipo. Gli aprì un valletto vestito di scuro, con la faccia scura, gli occhi scuri e i capelli, bianchi, pettinati con un riporto che sembrava un polipo mollemente appoggiato a una roccia al sole: partiva dalla nuca e copriva tutta la testa. Ledri ne rimase colpito e non riuscì a non fissarlo. Si chiedeva come potesse gestire quella complessa pettinatura nei giorni di bora, quando il rischio che il cappello volasse via era concreto. Il valletto, totalmente impermeabile agli sguardi e ai giudizi, quasi meccanicamente gli chiese di accomodarsi nella sala d'aspetto, indicandogli una sedia. Il cavalier De Marchi lo avrebbe chiamato subito.

Invece i minuti passarono senza che nessuno lo chiamasse.

Aspettava, ancora entusiasta, anche se la puntura della delusione cominciava a farsi sentire con una certa insistenza, là, tra le costole, quando stava seduto e cercava di respirare tranquillo. Il fastidio cresceva, così come diminuiva l'eccitazione per l'incontro che sperava avrebbe sancito l'inizio di un rapporto di stima. E De Marchi continuò a farlo aspettare.

Rimase seduto, gambe accavallate in un perpetuo dondolio nervoso, guardando la riga dei pantaloni, tracciandone la direzione col dito e sentendo la stoffa piegarsi sotto quella leggera pressione. Iniziò a sbadigliare, a sentirsi fiacco e assonnato. Incrociò le braccia, respirò a fondo e dopo poco si addormentò con la testa a penzoloni tra le spalle. Fu svegliato di soprassalto dal rumore di una sedia strisciata sul parquet dopo un tempo che non era in grado di quantificare. Il valletto si schiarì la voce, per permettergli di ricomporsi.

«Signor Ledri, il cavaliere vi aspetta.»

Giacomo avvertì la puntura del fastidio rinvigorirsi. La scelta di quelle parole gli parve inopportuna, dopo tutto il tempo che lui aveva dovuto aspettare.

Entrò nella stanza, il pavimento di legno posato a spina di pesce scricchiolava a ogni passo, il valletto chiuse la porta alle sue spalle. C'era odore di polvere e di fumo. Il cavalier De Marchi stava seduto su una poltrona che sembrava un trono, dietro a una scrivania piena di carte. Sembrava piccolo, in quella cornice di legno in penombra.

«Dottor Ledri, benvenuto. Perdonerete la confusione di questa stanza. Sedetevi. Fumate?» Non alzò la testa dalle carte, non ritenne necessario scusarsi per la lunga attesa.

«Grazie» disse accettando una sigaretta che il vecchio prese con le sue dita da una scatola d'argento e che gli porse direttamente in mano.

«Portiamo pazienza e aspettiamo l'arrivo del dottor Mareschi.» E allungò la scatola dei fiammiferi.

Ledri sentì aumentare ancora il fastidio della spina e con esso la delusione. Il vecchio sfogliava delle carte che aveva sotto al naso, prendeva appunti, non lo guardava, né parlava. Giacomo prese un cerino e accese la sua sigaretta, aspirando grandi boccate.

Solo allora si rese conto che era solo una la porta da cui era possibile entrare o uscire. Che nessuno era uscito da quello studio, per tutto il tempo in cui lui aveva aspettato il suo turno. Il valletto era stato sempre seduto al suo banchetto a lato della porta d'ingresso. De Marchi era stato evidentemente solo nella stanza e aveva deciso di farlo aspettare? Che fosse uscito qualcuno mentre si era assopito? Impossibile, avrebbe sentito, gli scricchiolii del pavimento lo avrebbero certamente svegliato.

Si spinse ancora contro lo schienale della sedia, in un movimento che voleva comunicare il fastidio, inspirando forte. De Marchi colse tutto, pur tenendo gli occhi bassi, e continuò nel suo intento. Fece scivolare sul tavolo un posacenere di vetro pesante. Si alzò per un attimo dal suo trono, cercando una cartellina sul ripiano della libreria e ritornò a sedere in silenzio.

Poi si sentì bussare.

«Avanti!»

«Cavaliere, buonasera.»

«Carissimo Mareschi, avanti.»

Si alzò dal trono, rimanendo dietro alla scrivania, per stringergli la mano.

«Dottor Ledri» disse il nuovo entrato a Giacomo che ricambiò il saluto e lo guardò sedersi accanto a lui, dalla stessa parte della scrivania.

«Mareschi» iniziò il vecchio «il dottor Ledri è qui per riferire circa la nostra operazione.»

Intanto la spina del fastidio era diventata una lama. Riferire? La *nostra* operazione? Quella era la *sua* operazione, nata da una *sua* idea, resa possibile dal *suo* impegno e dalle *sue* conoscenze.

«Le cose sono andate come avevamo stabilito?» chiese Mareschi, il tono supponente di chi si aspetta un resoconto da un sottoposto. Il cavaliere sembrava aver abdicato al giovane aiutante, Giacomo esitò.

«Le cose sono andate...» la voce quasi tremolante per la rabbia che montava come la marea dell'oceano, veloce e silenziosa «...sono andate come *avevo* previsto. Non ci sono stati intoppi. Le due casse sono state riposte in luogo sicuro.»

«Volete dire nella cantina, nel posto che ho visto, accanto all'ultima botte, in fondo?»

Giacomo alzò le sopracciglia e guardò in alto, inspirando,

cercando di dare valore al suo operato e alle sue parole, aspettando che Mareschi finisse la frase.

«Non proprio in quel punto, ma poco distante.»

«Perché non proprio nel punto identificato da Mareschi? Perché avete preso questa iniziativa di cambiare il posto senza aver ricevuto specifiche istruzioni?» chiese brusco il cavaliere, come se si fosse improvvisamente riappropriato del suo ruolo, alzando la testa e guardandolo negli occhi per la prima volta. Giacomo rivide quelle sopracciglia lunghe e folte. Si sentì intimidito. La violenza del suo sguardo era forse superiore all'irruenza con cui aveva pronunciato quelle parole.

«Conosco quella cantina...»

«Venite al sodo, perché avete disatteso un'indicazione ricevuta?» E sbatté la mano ossuta contro il piano della scrivania.

«Perché quel posto non era adeguato. Niente viene mai sistemato così vicino alle botti. Avrebbero dato nell'occhio.»

«Allora fateci avere una descrizione precisa di dove queste casse si trovano ora.»

«Cavaliere, se volete porgermi un pezzo di carta ve lo posso disegnare subito.»

«Ecco qua la carta, Ledri. Sembra la caccia al tesoro. Che non si ripeta!»

Giacomo disegnò la pianta della cantina e mostrò il punto in cui aveva nascosto le due casse. La mano tremava per il nervosismo. Si sentiva usato. Gli sembrava una situazione assurda, invece era cruda e terribilmente reale.

«Quali sono le prossime fasi?» De Marchi si rivolse a Mareschi, verso Giacomo nemmeno uno sguardo.

«Le casse di vino verranno consegnate, assieme alle nostre casse, la prossima settimana.»

«Come avverrà la consegna?»

«Attraverso un'impresa di trasporti... il nome come si pronuncia, Ledri?»

«Stefàncich» rispose Giacomo guardando per terra, avvilito e drenato da ogni entusiasmo. Sentiva quasi nascere una piccola e flebile sensazione di pentimento. Ma riusciva ancora a tacitarla senza troppa fatica.

«Sono affidabili?»

«Sono i migliori, ho controllato. Operano anche con il cantiere navale, sono assicurati» disse Mareschi, che sembrava aver studiato ogni dettaglio. E De Marchi chiedeva tutto a lui.

«Bene dottor Ledri, aspettiamo allora le prossime notizie circa la consegna definitiva. Avvisate pure il dottor Mareschi quando sarete pronti.»

E lo guardò con un sorriso di circostanza e le palpebre calate fino a coprire metà degli occhi aspettando, quasi infastidito, che capisse di essere stato congedato.

Liquidato.

Questa era la parola giusta. Così si sentiva Ledri mentre si alzava imbarazzato dalla sedia e l'altro rimaneva seduto, di fronte al vecchio, chiaramente per continuare a parlare, in privato, da soli.

«Arrivederci» riuscì a dire Giacomo, mettendosi in piedi e facendo due passi per raggiungere la porta. La maniglia, sottile e molto alta, fece rumore appena fu abbassata. La porta, alta anche quella e verniciata di bianco, si dimostrò molto più leggera di quanto avesse immaginato, inducendolo in un movimento goffo che si sarebbe volentieri risparmiato.

Uscì da quello studio con un certo senso di sollievo, che aumentò non appena si trovò sul mezzanino. L'ascensore di ferro si stava muovendo verso l'alto, decise di prendere le scale. Scese velocemente, quasi volesse scappare da quella sensazione di assoluto disagio che aveva provato per tutto il tempo. Uscì dal portone di quel palazzo del centro di Trieste camminando veloce, senza seguire un percorso preciso.

Camminò fino ad arrivare sulle rive, sul molo, dove solo pochi anni prima il cacciatorpediniere *Audace* era stata la prima nave italiana ad approdare alla fine della guerra. Si spinse fino alla fine della lunga banchina, contro la brezza che arrivava dal mare. Pochi giorni prima, proprio in quel marzo 1922, il vecchio molo San Carlo era stato ribattezzato Audace. E tutto tranne che audace si sentiva Ledri, seduto con le gambe a penzoloni verso l'acqua, a guardare l'orizzonte che gli faceva immaginare, là in fondo, oltre il golfo, la costa di Venezia. Si sentiva imbrogliato, usato. Non poteva togliere dalla mente lo sguardo beffardo e sicuro di Mareschi che continuava a guardare avanti impettito, mentre lui si era alzato per uscire dallo studio. Lo sguardo pieno di godimento e di soddisfazione per aver vinto. Non era bastato dichiarare assoluta deferenza al cavalier De Marchi disegnando con precisione la pianta della cantina e facendo una croce sul punto in cui aveva nascosto le casse. Era stato addirittura considerato un errore averle messe in un posto più sicuro rispetto a quello deciso da Mareschi, quello era stato considerato un gesto presuntuoso e sbagliato. Deglutiva la saliva come se fosse amara, tanta era la delusione. Un gabbiano cercava di atterrare, controvento, a pochi metri da lui e gli sembrava quasi di condividere la fatica di quella bestia, che normalmente schifava. Pensava a suo padre, mentre continuava a stare seduto sulle pietre fredde fissando il mare e si rallegrava di non avergli mai parlato della questione. A lui non sarebbe successo di venire ignorato da De Marchi. Non gli sarebbe mai successo di venire usato senza che il merito gli venisse riconosciuto. Forse aspettavano che la faccenda fosse conclusa, prima di esprimere soddisfazione, forse dovevano ancora avere completa fiducia in lui. Cercava di consolarsi, Giacomo Ledri, adducendo queste ipotesi come giustificazioni. Ma, sebbene abbattuto, non aveva perso la lucidità e il suo realismo. L'iscrizione al Fascio di combattimento e il suo slancio attivista erano stati un buco nell'acqua. Intanto un cambio nella direzione del vento gli fece arrivare al naso l'odore dolciastro e intenso dei fiori marci che avevano decorato il molo per il recente battesimo e che erano rimasti al sole per giorni. Si alzò nauseato, non solo dalla puzza.

«Mi sembra che la cosa possa funzionare. Piuttosto bene, anche.»

«Lo credete, cavaliere?» rispose Mareschi, con il tono di chi intende instillare il dubbio.

«Tu stesso hai verificato la bontà del piano. Sbaglio?»

«Non sbagliate. Permettetemi di avere ancora qualche riserva sul nostro nuovo iscritto.»

«Non ha agito male. Dobbiamo cominciare a dargli un po' di fiducia, abbiamo bisogno di ampliare il gruppo, sempre di più.»

Infastidito dalle osservazioni del vecchio, Mareschi rimase in silenzio, riflettendo. Ascoltava, annuiva, ma continuava a fare la faccia di chi trattiene in bocca un «sì, però...»

«Beh? Quali sono le tue riserve? Parla!» Cominciava a infastidirsi, il vecchio. Trattenne uno dei suoi rutti.

«Cavaliere, io sono solo prudente.»

«È arrivato al momento giusto. Portando le conoscenze giuste, un posto sicuro dove lasciare le cose, un modo sicuro per trasportarle, una scusa perfetta per farle arrivare dove vogliamo che arrivino, sembra tutto fin troppo facile!»

«Appunto.»

«Temi ci sia un imbroglio?»

«Non arrivo a dire tanto, ma io vigilo.»

«D'accordo. La prudenza va bene. Ma è un elemento prezioso, quel Ledri. Non sottovalutarlo.»

«Non lo sottovaluto affatto.»

«Aggiornami.»

E, senza aggiungere altro, abbassò di nuovo lo sguardo sulle sue carte.

Mareschi, muto, si alzò e uscì. Percepiva l'interesse crescente del vecchio verso Ledri. Intuiva la sua potenziale ascesa. E temeva infinitamente la propria discesa. Aveva faticato per farsi assumere come redattore al *Popolo di Trieste* e aveva trascorso notti intere a scrivere e correggere con attenzione maniacale i titoli e le didascalie. Aveva dimostrato una totale dedizione al lavoro e alla causa, che la promessa di una candidatura gli era sembrata una naturale conseguenza del suo impegno, una giusta, ovvia, corretta ricompensa. Cosa aveva fatto Ledri nel frattempo? Aveva goduto della sicurezza che il padre gli aveva garantito fin da quando era nato? Aveva cercato di convincere tutti che il suo lavoro di agronomo fosse sufficiente a mantenere il suo stile di vita? Era stato alle feste dei salotti più potenti di Trieste? Certo. Questo aveva fatto. Non altro. E ora voleva infilarsi come un cuculo nel nido di un altro. Non glielo avrebbe permesso. Mai.

Aveva un futuro davanti a sé a cui non intendeva rinunciare. Se le cose fossero andate nel modo giusto, con un po' di pazienza, sarebbe arrivato a Roma.

Rosalba entrò in casa con un gran cesto di fresie bianche. Conosceva il fattorino del negozio di fiori che era stato mandato a fare quella inusuale consegna. Si era stupito di vederla aprire il cancello di quella casa sul Carso e lei si infastidì a tal punto da non rivolgergli quasi la parola. Voleva evitare domande, voleva che nessuno la vedesse in quelle vesti. Nemmeno il fattorino della fiorista.

Appoggiò il cesto sul tavolo della sala da pranzo. Qualcuno lo avrebbe notato. Un biglietto era infilato tra le foglie: «Signora e signorina Pàhor». La curiosità poté più della discrezione e allargando leggermente i lembi della busta riuscì a leggere, sebbene il biglietto fosse infilato al contrario, la firma di Vittorio Stefàncich. Lei aveva ricevuto un compenso più che generoso per il suo lavoro e nulla le fu detto circa gli errori che aveva commesso.

Antonia vide i fiori nel pomeriggio. Il biglietto, scritto con inchiostro blu, era appoggiato, aperto, sul tavolo. Lo esaminò in tutti i dettagli, sapendo che era stato scritto da lui. Le lettere erano piccole e precise, leggermente inclinate a destra; la firma, il cui tratto sembrava più rapido e nervoso rispetto al resto del testo, era quasi sontuosa. Lo immaginava mentre, tra gli impegni della sua giornata, aveva trovato il tempo di fermarsi per scrivere. Niente che potesse solo lontanamente far immaginare ciò che era accaduto alla vigna vecchia, ma un gentile ringraziamento.

Attesa

Aspettar e no vegnir,
star in leto e no dormir, servir e no gradir
le xe tre robe de morir

Le fresie profumate ravvivarono Antonia per i giorni successivi. Appena il loro profumo si affievolì, gli steli si rammollirono e i petali si staccarono cadendo a uno a uno sul tavolo del soggiorno, la gioia cominciò a consumarsi e lei continuò a ricercare una nuova occasione, un nuovo motivo, per sentire Vittorio Stefàncich ancora presente.

Conservò il suo biglietto. Lo rileggeva come se ci fossero scritte parole d'amore. Ma era solo un biglietto di ringraziamento. E man mano che passavano i giorni, le sembravano sempre più parole di circostanza.

Non ebbe sue notizie. E, pur impegnandosi a evitarlo, incominciò a sentire una strana preoccupazione, mista a una punta di delusione, crescere insieme, lentamente, a un ritmo non sincrono. Per tutta la settimana successiva controllò la posta ogni giorno, sia quella che veniva recapitata a casa, sia quella delle vigne. Sfogliava le buste in modo frenetico, sperando ogni volta che quella dopo sarebbe stata quella giusta, invece no.

Quando il timore crebbe e la lucidità venne meno, fu persino tentata di chiedere alle *mlekarice* – le donne che scendevano ogni giorno a Monfalcone, cariche come muli per vendere il latte appena munto – di cercare notizie sugli Stefàncich. Si trattenne per decoro.

Non parlò con nessuno. Non confidò a nessuno il suo dispiacere. A chi avrebbe potuto raccontarlo? A sua madre?

Ammettendo di essere stata debole e di aver ceduto alle lusinghe di un uomo? A suo padre? Facendolo passare per il genitore di una ragazza leggera, disponibile al divertimento del rampollo degli Stefàncich? Alla Nilde? Che l'avrebbe sgridata per l'onore perduto: oh, sì, per la Nilde bastava un bacio, anche uno piccolino, per cominciare a parlare di disonore. «Lui racconterà tutto ai suoi amici, nessuno ti prenderà più sul serio!» le avrebbe detto, ne era sicura.

Come avrebbe fatto a guardare in faccia il signor Stefàncich? Con che coraggio si sarebbe presentata di nuovo dinanzi al contabile Cotich pretendendo rispetto, se nemmeno lei ne aveva avuto per sé stessa?

Di giorno si occupava dell'azienda vinicola con precisione quasi maniacale, cercava di tenere la mente impegnata. Ma, nonostante lo sforzo, il pensiero di Vittorio si insinuava tra gli altri, prepotente. Quando accadeva, Antonia non riusciva più a concentrarsi. Appoggiava la penna e si fermava a osservare un punto nello spazio, senza vederlo. Ripensava a tutti i dettagli del loro ultimo incontro, talvolta partendo dall'inizio, da quando lui era entrato mentre lei stava lavando il cane, a quando si erano salutati, complici, alla fine del pranzo. Le piaceva indugiare, poi, su alcuni dettagli che le sembravano importanti: uno sguardo, un tocco, un sorriso.

Se nei primi giorni in cui non aveva ricevuto notizie di Vittorio aveva continuato a pensare a lui con speranza, piano piano la fiducia si affievolì e lasciò spazio al sospetto. Poteva mai averla illusa? Quei baci, che a lei erano sembrati così appassionati, erano stati solo un momento senza valore? Non sapeva più dirlo. Cominciava a provare vergogna per la sua ingenuità.

Le venivano continuamente in mente i discorsi che la Nilde le faceva quando era ragazzina, poco prima che iniziasse ad andare a Trieste da sola per il liceo.

«*Non sta parlar coi muli. Me racomando*» diceva, alzando un dito a monito, mentre con il mestolo stretto nell'altra mano girava il sugo nel tegame «avanti sempre dritta.» Antonia la ascoltava, come se parlare coi *muli*, i ragazzi, fosse un'azione infinitamente pericolosa.

«Ma a scuola siamo solo ragazze» ricordava ogni volta.

«Scommetto che fuori dal cancello non ci saranno solo ragazze. Alla fine, dritta a casa» le rispondeva, lei, che a Trieste ci aveva vissuto, quando lavorava dal notaio, che poi era morto di vecchiaia a novantacinque anni. Ripeteva quella frase tutte le volte. Lei la conosceva la città. E basta.

Eppure proprio la Nilde, che ormai era come una di famiglia e sapeva di potersi permettere di parlare, insisteva sul fatto che il figlio del medico condotto del paese fosse un uomo giusto per Antonia.

«Ha quasi dieci anni più di me!» protestava. «Mi conosce da quando ero una bambina! Nilde! Mi ha visto riempirmi le tasche con le caramelle al sambuco che suo padre teneva sulla scrivania.»

«*Cossa importa che xe vecio? Ancora meio.*»

La Nilde credeva che a ventidue anni Antonia dovesse pensare al suo futuro. In fretta. Non si poteva rischiare che restasse zitella, non lei. Non lei che avrebbe ereditato le vigne. Come avrebbe potuto, una donna sola, occuparsene? E chi avrebbe continuato dopo di lei? Bisognava risolvere, presto! Non considerava che la ragazza potesse avere il cuore impegnato. Non era pensabile. Non la loro brava Antonia, cresciuta secondo i migliori principi, lei, che non aveva mai dato pensieri. I Pàhor dovevano insistere per il figlio del medico condotto, lo diceva sempre alla signora. Ma quella continuava a dirle che Antonia avrebbe sposato l'uomo di cui si sarebbe innamorata, non uno suggerito.

Il preferito della Nilde si era laureato in medicina anche lui, a Vienna, ma la guerra era scoppiata poco dopo e venne arruolato come ufficiale medico dell'esercito del kaiser. Per i primi mesi del conflitto, nessuno lo aveva tenuto in grande considerazione. Lo chiamavano «il Dottorino». E forse non ne avevano tutti i torti: era rimasto stravolto quando aveva visto i primi feriti, una volta aveva anche vomitato. All'inizio l'odore dolciastro delle ferite infette lo nauseava, le mani tremavano quando dovevano aprire le casacche e verificare l'entità delle lacerazioni dei corpi. Presto l'esperienza lo temprò e lo formò più di tutti i libri che aveva letto nei lunghi anni dell'università. Quando doveva incidere ascessi, imparò a trattenere il fiato dietro alla mascherina di stoffa mai abbastanza pulita; quando doveva dichiarare perso qualcuno che respirava ancora, imparò a pensare, sforzandosi, che al suo posto qualcun altro poteva essere ancora salvato. Le facce dei primi soldati che aveva «benedetto», come si usava dire in gergo per intendere l'astensione a ogni ulteriore cura, le ricordava perfettamente. Avrebbe potuto disegnarle. Un neo, un dente rotto, una ferita sul sopracciglio, un viso dilaniato da una bomba o dal dolore. Gli ultimi soldati che aveva curato, quelli che aveva operato, quelli che aveva salvato o che erano morti, non li ricordava più. E a questo pensava una notte, in un momento di riposo, di silenzio delle armi, fumando una sigaretta scadente. Poi un frastuono, un rumore fortissimo a pochi metri, polvere, fuoco, sangue, grida. E poi silenzio. Fino al risveglio, con un fischio assordante nell'orecchio, che non finiva mai di perforargli il cervello. Si ritrovò a sua volta paziente, con la testa fasciata. Dopo poche settimane, fu riformato. Tornava a casa, sulle sue gambe, ma con quel fischio continuo e certe strane contrazioni del volto che gli facevano fare un ghigno involontario. Quell'acufene e quegli spasmi sarebbero passati, prima o poi. Non compromettevano il suo lavoro, si diceva. Ma il medico militare che aveva valutato la sua *krankenakten*, la cartella clinica, la pensava diversamente, per sua fortuna. Riformato. A casa.

Così il Dottorino era tornato al paese sul Carso.

Lo accolsero tutti con gioia, ad aprile del 1915, otto mesi dopo la partenza e appena un mese prima della discesa in guerra dell'Italia. Ringraziava tutti i giorni nelle sue preghiere il medico militare che lo aveva riformato. Non gli aveva risparmiato solo la vita, ma anche la confusione, il disordine mentale di combattere contro qualcuno a cui sentiva di appartenere.

La sua vita al paese dopo essere tornato era scandita dal ritmo lento dell'ambulatorio del padre, a cui era subentrato. Cercava di fare del suo meglio, di spiegare ai pazienti le cause dei loro malanni, il razionale delle sue terapie. Ma quelli, che erano gente semplice e per lo più anziana, visto che i giovani erano in guerra, non capivano granché; del suo gran parlare gli restava la gola secca, tanta fatica e pazienti soddisfatti di quello che non era più il Dottorino, ma era diventato il *Dotòr tanto preciso*.

Lui si accorse che Antonia non era più la ragazzina che ricordava quando la vide entrare nel suo ambulatorio assieme alla Nilde, che era caduta e aveva sbattuto il polso. Era successo proprio nei giorni in cui Antonia era diventata assorta e silenziosa, quando nessuno era a conoscenza delle cause, tanto che la cuoca aveva ritenuto che sarebbe stata utile una visita anche a lei.

«*No xe roto Dotòr*» aveva stabilito la cuoca, alzando e muovendo la mano per dimostrarlo. «*Movo tuto.* E la mia Antonia? Un po' pallida, no *Dotòr*?»

«Nilde, lascia che ti visiti. È tutto gonfio, non vedi?» era intervenuta Antonia, quasi scusandosi, mentre lui aspettava calmo che la cuoca trovasse pace e lo lasciasse lavorare. Ma aveva alzato lo sguardo verso di lei e, sì, la Nilde aveva ragione. Era pallida Antonia, i lineamenti affilati più del solito, il viso triste. Solo il ricordo tenue di quel sorriso gentile che ricordava sempre sulla sua faccia. Ma forse era solo cresciuta.

Visitò la Nilde, le spalmò dell'arnica e fasciò il polso con delle garze bianche che assorbirono subito il grasso dell'unguento odoroso.

«Ci rivediamo tra qualche giorno Nilde. Nel frattempo, riposo.»

«Eh riposo...» disse rovistando nella borsa appesa al braccio sano «qua un *strucolo,* per voi *Dotòr.*»

Gli porse l'involto col dolce di mele ancora tiepido.

«Lo assaggiamo insieme?» si alzò, aprì la porta dello studio, non c'era nessuno fuori ad aspettare. «Non ho altri pazienti.»

«Lo strudel è tutto per te, Max. Vedrai che ne vale la pena!» disse Antonia rifiutando.

La guardò di nuovo mentre si salutarono. Era dimagrita e sembrava più alta.

«Venerdì sera!» esclamò portandosi una mano alla fronte, ricordando all'ultimo momento. «Il concerto dei reduci! Nella sala grande della biblioteca! Devi venire, dillo anche ai tuoi genitori.»

Camminando lungo la strada verso casa dei Pàhor, la Nilde era soddisfatta. Si sentiva come se, per merito suo, Antonia avesse ricevuto un invito dal dottore. I titoli di quell'uomo gentile erano due, ed entrambi di livello: dottore e figlio del vecchio dottore. La fasciatura al polso le stringeva e sentiva pulsare quando teneva la mano in basso. Ecco perché le aveva detto di tenerla in alto... adesso aveva capito. Però, bravo.

I Pàhor andarono al concerto organizzato alla biblioteca. Tra la gente del paese reduce o sopravvissuto, che dir si volesse, significava vivo e tornato a casa. Così in quella comunità si riunivano uomini che erano tornati dopo aver combattuto con una o con l'altra divisa, famiglie fatte da persone che si sentivano italiani, sudditi del vecchio impero, sloveni, era uguale, erano sempre loro. Erano solo persone tornate a casa. Nella loro casa. Ovunque fosse.

Antonia ascoltava distratta la musica che usciva dalle corde dei violini e dell'unico violoncello. Si erano cimentati in alcuni brani di Boccherini, cercando di infondere allegria attraverso le parti ritmate e pizzicate. La gente del paese li ascoltava, divertita, battendo a tempo le mani. Il Dottorino, che conosceva la partitura a memoria, alzava spesso gli occhi dal suo spartito e li lanciava là, verso il fondo, dove aveva visto i signori Pàhor e soprattutto lei, Antonia. Stava seria ad ascoltare, con la testa bassa. Sembrava stanca, forse annoiata, sicuramente immersa in pensieri lontani.

Volavano alti sopra quella che aveva immaginato come la linea del fronte, quell'insieme di camminamenti scavati nella terra e nella roccia. Era entrata in una trincea dopo la fine della guerra, l'aveva voluta vedere. Immaginava quegli uomini che adesso imbracciavano con tanta delicatezza il loro violino, piegati nella terra, accovacciati per proteggersi dagli scoppi o per nascondersi dai nemici. Immaginava come fossero stati spaventati, terrorizzati, arrabbiati e stanchi. Nessuno li avrebbe potuti capire davvero. Potevano solo capirsi tra loro. Senza badare al colore della divisa. Solo loro potevano capire.

Non riuscì a evitare di pensare che anche Vittorio era stato tra loro.

Max la raggiunse appena finirono di suonare. Lei si stupì di non essersi quasi accorta che la musica fosse finita. Le porse una caramella al sambuco avvolta nella carta oleata della farmacia che le produceva. Come quando era bambina.

«Può farti tornare il buonumore. Ne sono certo.»

Antonia la afferrò e la mangiò subito, sentendo i cristalli di zucchero sulla lingua, lasciandoli sciogliere prima di avvertire il sapore prepotente e delicato insieme del fiore di sambuco e del limone.

«Siete stati bravi» disse continuando a succhiare «non a suonare... non solo a suonare, voglio dire. A non perdere la forza. A resistere. Non posso immaginare che cosa abbiate passato. Conservo le lettere che mi hai mandato coi saluti dalla guerra.»

«Nelle prime settimane di avvicinamento al fronte avevo ancora tempo di scrivere cartoline! Ai miei genitori, a una giovane amica!» e le diede un colpetto sulla spalla. «Poi non c'è più stato molto da scherzare. E io sono stato fortunato per essere tornato a casa presto. Ti ricordi? Pensavamo tutti che sarebbe stata una questione di poco e la guerra sarebbe finita. Invece...»

«Non ho mai chiesto a nessuno di raccontarmi. Ho sempre avuto il timore di riaprire ferite. Ho sempre pensato che fosse importante per tutti voi dimenticare, più che ricordare. Ma forse ci sarebbe bisogno di parlare?»

«C'è bisogno di andare avanti» le disse, avvicinandosi e accarezzandole piano la guancia, senza malizia.

Antonia si ritrasse immediatamente e lui credette che si fosse spaventata perché proprio mentre le stava sfiorando il viso gli si era contratto in uno degli spasmi che ormai aveva imparato a ignorare.

Lei non era stata affatto spaventata dal crampo del viso, in realtà non se ne era nemmeno accorta. Si era allontanata dal suo tocco, si era allontanata dalla percezione che quella carezza fosse speciale. L'aveva sentita speciale.

Ma non era speciale per lei.

Così si ritrovò a sprofondare di nuovo nel ricordo di Vittorio, nella consapevolezza che mai, nemmeno una volta, nemmeno quando lo credeva fidanzato con Elizabeth, aveva sentito il bisogno di allontanarsi da lui. Con lui non aveva mai parlato della guerra, non si era mai chiesta quanto fosse stata dolorosa. Era rimasta affascinata dalle sue medaglie e dal fatto che lui non amasse mostrarle, ma non si era mai chiesta davvero cosa avesse fatto per riceverle. Si sentì piccola e superficiale. E lui era stato così dignitoso da evitare di parlarne. Avrebbe potuto passare ore a lodare sé stesso raccontando le sue imprese. Non lo aveva mai fatto.

Chissà cosa stava facendo Vittorio, a quell'ora della sera. Chissà con chi stava trascorrendo il suo tempo. Chissà se l'aveva pensata, se aveva almeno una volta ricordato, in quelle due settimane, il calore dei loro visi vicini. Perché non era tornato? Perché non le aveva almeno scritto? Si torturava con ipotesi più o meno fantasiose. Era malato? O peggio, era morto? Per quanto immaginarlo disteso in un letto dell'ospedale lo avrebbe immediatamente giustificato per ogni mancanza, Antonia sapeva che non era un'opzione verosimile. La cosa più probabile era che Vittorio – come dopo il giro in macchina in cui si erano promessi di rivedersi presto e poi era passato un intero inverno prima che si incontrassero di nuovo per caso – stesse continuando con la sua vita senza che quello che era successo tra loro rappresentasse niente di importante per lui.

Antonia imparò a conoscere cose di sé che non aveva ancora mai saputo di avere. Il senso del decoro, annullato dalla passione, il senso del giusto e dello sbagliato, che erano inesistenti, perché uguali, quando si trattava di Vittorio Stefàncich. Scoprì il pudore, l'accurato bisogno di mantenere il riserbo, il silenzio. E quella sera alla biblioteca la gentile vicinanza di Max non aveva fatto che illuminare a giorno il buio in cui vagava il suo cuore. L'amore faceva male.

Dopo quel giorno alla vigna, dopo i fiori, Vittorio era sparito.

Un tradimento (aprile 1922)

Chi zerca quel che no 'l devi, el trova quel che no 'l credi

Quella mattina si erano presentati in sette, tutti della Regia guardia di sicurezza, il più alto in grado parlava e teneva in mano un documento firmato dal sindaco. Il signor Pàhor, bianco in volto, muto e con gli occhi spalancati leggeva quelle righe senza capire una parola.

«Dobbiamo procedere, dovete farci entrare.»

«Non so di cosa parliate! Davvero ignoro il motivo...»

«Noi dobbiamo procedere. Qui e nelle vostre altre proprietà. Mi risulta siano poco distanti. Corretto?»

«È corretto, sì, ma, per favore, spiegatemi cosa è successo.»

«Vi verrà spiegato tutto al momento debito. Togliete di mezzo questo cane o dovrò farlo allontanare.»

Il signor Pàhor portò Otto nel giardino, i sette uomini entrarono in casa. Antonia e la madre, sbigottite, videro le guardie frugare nei cassetti, negli armadi, tra le mensole della cucina, nella dispensa. La Nilde arrivò proprio in quegli istanti e, alla vista delle guardie, cominciò a mettersi le mani in testa, appoggiandole sul grande fazzoletto che teneva annodato dietro alla nuca a coprirle i capelli, e pianse, disperata, senza nemmeno saperne il motivo, sembrava una prefica. Mentre la signora Pàhor cercava un recipiente per la farina, Antonia seguiva le guardie nelle stanze al piano di sopra, cercando di controllare i loro movimenti, o almeno di capire cosa stessero cercando. La Nilde, intanto, continuava a urlare e a piangere, invocando il Signore Onnipotente e la Madonna in sloveno e la sua nenia aveva il pregio di esasperare tutti, anche le guardie, facendo loro sperare di uscire di lì al più presto. Qualcuno le gridò di stare zitta, senza che lei gli desse ascolto.

Dopo un tempo che sembrò a tutti interminabile, quelli uscirono e chiesero al signor Pàhor di accompagnarli alle vigne. Passarono prima alla vigna nuova, dove anche la casa di Milo e Darja venne rivoltata senza che niente di quello che stavano cercando fosse trovato. Allora si spostarono alla vigna vecchia e venne perquisita prima la casa e poi la cantina.

Milo, con le mani tremanti, non riusciva a infilare la chiave nel lucchetto che serrava il chiavistello della grossa porta di legno della cantina. Il signor Pàhor gli era vicino, attonito, le guardie tutte attorno, che incitavano a sbrigarsi. Più lo intimavano a far presto, minacciando di sfondare la porta, più faticava a infilare la chiave. Finalmente ci riuscì, il lucchetto scattò e la porta della cantina fu aperta. Le guardie entrarono, le luci elettriche furono tutte accese. Gli uomini si divisero e controllarono accuratamente ogni piccolo spazio. Sembrava che la loro ricerca fosse molto più accurata di quella, quasi di proforma, che avevano fatto nelle case. Avevano un obiettivo preciso: era chiaro. Il più anziano, quello più alto in grado, si diresse in fondo, dopo le botti. Trovò quattro casse impilate una sull'altra con precisione. Batté con le nocche sentendo un rumore pieno. Fece aprire la cassa più vicina. Pastiglie di zolfo per disinfettare le botti, confezioni di tappi di sughero, pacchi di carte decorate per le etichette. Proseguì, ancora avanti, in un angolo che non veniva raggiunto facilmente dalla luce della lampadina elettrica. Fece luce con un cerino lungo e luminoso che teneva nella giubba, poi con un altro ancora.

«Meglio evitare il fuoco in cantina...» suggerì timidamente Milo, spaventato per la situazione e per la leggerezza dell'uomo.

«Lo so da me.»

Arrivò un altro con una torcia elettrica. Fece luce. Sorrise.

«Vogliamo aprire anche questa cassa?»

Una guardia fece leva su una delle assi di legno e aprì. Le due guardie guardarono dentro. Milo e il signor Pàhor, rimasti in disparte, non poterono vedere.

«Signor Pàhor, dovete seguirci.»

«Dove devo seguirvi? Perché?»

«In caserma, signor Pàhor. Preparatevi a dare delle spiegazioni. Voi caricate le casse, sono sequestrate!»

Gli infilarono le braccia sotto ai gomiti e uscirono tutti. Milo, per ultimo, stupefatto, con la bocca spalancata e le braccia ciondolanti lungo i fianchi. Nel cortile era arrivata anche Darja e, vedendo che le guardie accompagnavano il signor Pàhor verso il loro mezzo, iniziò a inveire contro di loro.

«Avvisate mia moglie e l'avvocato Ledri. Chiedete a Giacomo...» riuscì a dire il signor Pàhor prima di essere caricato sul mezzo e portato in città.

Milo corse verso la casa dei Pàhor, la signora, pallida, aspettava davanti al portone. Era muta, con la bocca stretta in una linea sottile. Il viso, già magro, sembrava ancora più piccolo e le guance incavate le davano un'espressione austera. Guardava Milo avvicinarsi, senza riuscire ad andargli incontro, tenendo le braccia incrociate, come se servisse a proteggersi dalle cattive notizie che, aveva ben capito, stavano arrivando col passo veloce e un po' affannato del loro fedele fattore.

«Signora» il fiatone non lo lasciava parlare «vostro marito ha detto che si deve avvisare il dottor Ledri e chiedere dell'avvocato.»

La signora Pàhor non ebbe la forza di parlare, strinse i denti tra loro, le labbra quasi invisibili, le mascelle contratte scavavano le guance. Continuò a guardare Milo aspettando che le spiegasse meglio, cercando in lui, fidato, l'aiuto che le serviva per capire cosa avrebbe dovuto fare.

«Lo hanno portato in caserma. Giù a Monfalcone.»

Lei si coprì la bocca con le mani, colta dal panico, fissò un punto inesistente tra lei e Milo, stringendo con le dita le guance e poi le labbra, fino a strozzarle così forte da lasciare dei segni bianchi sulla pelle.

«Signora, dovete avvisare l'avvocato Ledri. Preparatevi, scendiamo col calessino. Vengo con voi.» Milo cercava di riportarla alla realtà. La spinse delicatamente verso il cancello, la fece entrare in giardino. Poi corse in casa a cercare Antonia. Non le spiegò nulla, ma le fece un cenno con la mano, come per dirle di sbrigarsi, di venire presto fuori con lui. Lei prese svelta il borsellino e quello della madre e seguì Milo. Uscirono e trovarono la signora Pàhor seduta sulla panchina di pietra, come se fosse diventata di pietra anche lei. Milo si affrettò per preparare il calesse e chiese loro di aspettarlo lì, davanti al portone.

Antonia, incredula, spaventata, inconsapevole, si avvicinò alla madre.

«Lo hanno portato in caserma. A Monfalcone.» Un filo di voce monotono informò Antonia di quel che era appena successo ripetendo la frase di Milo.

«Cosa?» gridò scaricando improvvisamente la rabbia e la paura che, fino a quel momento, non sapeva verso cosa fossero indirizzate.

Cominciò a sentire ansia, un senso di fretta, la voglia di correre in quella caserma a spiegare lei stessa che suo padre non avrebbe mai potuto fare niente che giustificasse la sua presenza in quel posto. Sapeva che non l'avrebbero mai ascoltata e che le sue parole non avevano alcun valore. Ma, allo stesso tempo, era totalmente certa che tutta quella faccenda fosse solo un grande errore.

Arrivarono alla casa dei Ledri alle dieci del mattino. Antonia scese dal piccolo calesse e si precipitò alla porta. Le aprì una signora grossa e molto elegante; Antonia si scusò per la totale mancanza di preavviso, per l'ora, per l'ansia che non riusciva a controllare. Chiese aiuto, disperatamente.

«Mio marito è già uscito, molto di fretta, questa mattina presto. Sono venuti a chiamarlo per una questione che sembrava molto urgente. Mi ha detto che sarebbe andato in caserma.»

Antonia pregò che la questione urgente fosse la loro stessa

questione urgente. Si precipitarono anche loro alla caserma, che era poco distante.

Davanti all'ingresso, fermi in piedi sul piccolo spiazzo, diversi uomini parlavano tra loro, alcuni avevano un piglio sicuro, forse avvocati. Altre erano persone semplici, intente a leggere, o solo a guardare i fogli che tenevano in mano, chi nervosamente, chi con sollievo. Scesa dal calesse, avvicinandosi a piedi, camminando veloce, col cuore in gola, Antonia credette di riconoscere tra quegli uomini una figura. Continuò a fissarla, stringendo gli occhi per mettere a fuoco mentre i passi rapidi le impedivano di vedere chiaramente. Fu presto a breve distanza e poté riconoscere Vittorio in quell'uomo alto e vestito di scuro che aspettava, con le mani dietro alla schiena dritta. Ebbe un sussulto, un altro, diverso sussulto. Cosa ci stava facendo, anche lui, lì, alla caserma? Avrebbe voluto corrergli incontro per chiedergli aiuto, spiegandogli quello che era successo quella mattina, e come tutto sembrasse assurdo. Poi un pensiero che si formò nella sua mente, chiaro e nitido come un lampo durante un temporale, spense l'entusiasmo. Decise di ignorarlo, di provare a entrare senza farsi vedere.

Salì i pochi gradini e raggiunse la guardiola. Le chiesero se fosse lì per sporgere denuncia, per fare una dichiarazione. No, la ragione per la quale era venuta, con tanta fretta, non era contemplata tra quelle che permettevano di entrare. La invitarono a rimanere fuori ad aspettare.

Sconfitta, sentendosi totalmente inerme, ritornò sui suoi passi e uscì di nuovo. Sua madre e Milo, che avevano camminato più lentamente di lei, erano arrivati e stavano parlando proprio con Stefàncich.

Non poté evitare di raggiungerli.

Lui la guardò abbozzando un sorriso, scrutandole il viso che era stato alterato, nelle fattezze, dalla tensione. Cercava il suo sguardo, non trovandolo mai. Lei lo salutò senza guardarlo, approfittando della presenza della madre e di Milo per non dovergli rivolgere la parola. Non riuscì a evitare di pensare alla sua completa assenza in quelle ultime settimane. Non osava alzare la testa, piena di paura, di ansia, di vergogna. Proprio quella doveva essere l'occasione di rivederlo? Con suo padre arrestato? Davanti alla caserma, in un giorno così difficile e incomprensibile? Di tutte le volte in cui si era augurata di incontrarlo, mai aveva pensato che sarebbe accaduto in una circostanza così assurda.

«Grazie signor Stefàncich. Vi sarò per sempre grata» disse la signora Pàhor allungando una mano sul braccio di Vittorio, stringendolo. Antonia tornò alla realtà, abbandonando i pensieri. Riprese ad ascoltare.

«Non ringraziatemi, aspettiamo di vedere cosa succederà. Mi hanno tenuto qui dentro da questa mattina e poi, quando mi hanno fatto uscire e ho visto vostro marito, ho pensato che chiedere all'avvocato Ledri di trattenersi fosse la cosa migliore da fare. Forse voi avete già un legale...» E guardò Antonia, sperando che almeno a quella domanda lei volesse rispondere rivolgendogli la parola.

«Nessuno, nessun legale! Avete fatto la cosa migliore» esclamò la signora Pàhor sentendosi sinceramente sollevata dalla presenza di Vittorio, anche se, nell'aria tesa tra loro, rimaneva sospesa la questione del perché anche lui fosse lì.

«State bene?» si assicurò Vittorio abbassando la testa e rivolgendosi alle due donne, alla signora Pàhor e poi ad Antonia. La prima accolse quella premura, provò a sorridere e disse che le sembrava di vivere una situazione insensata, ma che era felice di averlo incontrato. Antonia continuò a guardare per terra o, quando alzava la testa, in direzioni che non prevedevano di incrociare gli occhi con quelli di lui.

«Voi, signorina?»

Fu costretta a rivolgere lo sguardo verso di lui. Aveva la faccia di sempre, forse più stanca, più asciutta, ma gli stessi occhi scuri e intensi che cercavano di decifrare i suoi pensieri, un piccolo sorriso timido sulle labbra.

«Mio padre è là dentro e non sappiamo perché» disse secca, alzando le spalle.

Vittorio chiuse la bocca e deglutì, chiaramente in difficoltà, ricevendo da quelle parole e dai modi di Antonia la conferma di non avere davanti la stessa persona che ricordava.

«Sono sicuro che troveremo una soluzione. Presto.»

Lei non aggiunse altro. Né volle chiedergli per quale motivo ritenesse di dover contribuire alla ricerca di una soluzione. Non era certo affar suo.

Aspettarono per ore. Milo e la signora Pàhor continuavano a stare vicino a Vittorio, ad ascoltarlo, mentre lui parlava. Antonia si era allontanata con la scusa di sedersi sulla panchina di ferro che stava sotto a un ippocastano oltre la strada. Dalla sua posizione vedeva comodamente la porta della caserma, lo spiazzo, sua madre, Milo, Vittorio. I pensieri erano sfuggenti, non riusciva a fermarli per stabilire cosa, in quel momento, fosse più importante. La preoccupazione per suo padre e l'incontro con Vittorio la torturavano senza pace. Si sentiva stupida, ora che lo rivedeva in carne e ossa e non solo nei suoi pensieri. Si chiedeva per quale motivo lui continuasse a rimanere lì, con loro. Lo vide smettere di parlare, alzare il viso nella sua direzione e guardarla. Abbassò immediatamente la testa, per rompere quel contatto, fino a quando, pochi secondi dopo, vide la punta di un paio di scarpe nere avvicinarsi ai suoi piedi.

«Stai bene?» le chiese di nuovo con un sussurro timido e circospetto, abbassandosi per riuscire a vedere il suo viso.

Lei sentì una vampata percorrerle il petto, salire lungo il collo e raggiungere le guance. Lanciò un'occhiata verso sua madre, non li stava guardando.

«Vi ringrazio, bene» disse telegrafica.

Quella risposta formale lo raggelò.

La speranza che fosse stata solo una impressione sbagliata svanì al suono di quel *vi*. Rimase in silenzio, prendendo tempo per cercare di capire o provare a spiegare. Si sedette sulla panchina di ferro, appoggiò i gomiti alle ginocchia e, come se si stesse riposando per la prima volta dopo tanto tempo, abbassò la testa, guardando per terra.

«Posso chiedere per quale motivo...» Gli occhi bassi, il timore per la risposta.

Lei rimaneva impassibile, senza far trapelare la minima espressione attraverso gli occhi fissi e il viso tirato. Non voleva che vedesse la sua tensione, non voleva che lui capisse quanto si sentiva offesa. Non in quel momento, non quando la preoccupazione maggiore era rivolta a suo padre.

«Per quale motivo che cosa?» chiese, millantando sicurezza, non lasciandolo finire, fingendo di non capire.

Vittorio non si mosse, rimase con la testa tra le spalle, le mani strette tra loro. Inspirò forte. Volle aspettare, sperando che lo starle vicino potesse sciogliere il gelo che si era formato tra loro. Lei, però, non gli offrì alcun appiglio per iniziare una conversazione, così si alzò in piedi, chiuse il bottone della giacca e sistemò la cravatta, già perfetta, con un gesto automatico e nervoso. Decise di risparmiare a entrambi l'imbarazzo, di interrompere quella vicinanza che, a quanto pareva, non aveva più alcun valore. Indugiò con il cappello in mano, sperando ancora che Antonia lo guardasse per un momento, per provare a capire. Non successe.

«Signorina, spero che vostro padre torni presto a casa e che questa giornata possa essere dimenticata» pronunciò con tanta fatica, sottovoce, cercando di essere fermo. Poi la lasciò sola.

Lei rimase seduta, trattenendo le lacrime e gestendo la rabbia.

Dove era finito per tutti quei giorni? E ora sembrava così preoccupato per loro, per suo padre. Sembrava ritornato quello di prima. Quello che era prima di sparire. Antonia non capiva.

«Oh, Cristo santo! A cosa sto pensando!» disse parlando da sola, stropicciandosi gli occhi arrossati e coprendosi la faccia. «Perché succede tutto oggi?»

Un inciampo

La note xe la mare dei pensieri

Vittorio si allontanò da Antonia con passi lunghi, sentendo improvvisamente i piedi pesanti. Lasciava indietro qualcosa da cui non avrebbe voluto staccarsi. Salutò la signora Pàhor e Milo e scomparve per le vie strette del centro.

Fu preso da una sensazione di impotenza. Per quelle indagini misteriose, per l'arresto del signor Pàhor, per il comportamento di Antonia. Quel desiderio di comunicare bloccato da lei che sembrava non voler capire le parole. Qualsiasi cosa, detta in quelle circostanze, poteva diventare un sasso contro un vetro, una pietra in uno stagno o una lama nel cuore. Teneva una mano in tasca, stringendo tra le dita una pallina di carta che prima era un piccolo foglio con un appunto. Si era annotato una data, quel giorno di marzo che le guardie gli avevano contestato, quella per la quale avrebbe dovuto indicare tutti i trasporti effettuati. Come faceva a ricordarli, così, a memoria? Sarebbe stato impossibile. Di quel giorno ricordava precisamente solo i baci con Antonia alle vigne.

Camminò veloce per scaricare la tensione e mentre si allontanava i pensieri mutarono, prendendo direzioni diverse. Si fermò alla Locanda dell'Ancora che, nonostante il nome, non era vicina al mare. Ordinò una grappa. E una seconda. Quella giornata era cominciata male ed era finita peggio. Il tavolo a cui si era seduto era piccolo e infilato in un budello della stanza che si allungava verso la corte interna. Chiese un altro bicchiere, la padrona gli portò la bottiglia.

«Paga subito però, Stefàncich.»

Le allungò i soldi e la guardò con disprezzo.

Riempì il piccolo bicchiere trasparente fino all'orlo, ne annusò il contenuto, una grappa di scarsa qualità, la ingoiò in un unico sorso. Il sapore metallico di quel mediocre distillato lo pervase di nuovo, l'alcol bruciava la gola e pizzicava la lingua. Pensò che le grappe dei Pàhor fossero infinitamente migliori. Sorrise, beffandosi da solo, per essersi trovato a pensare un'altra volta a lei. Si toccò gli occhi, che si facevano pesanti e rossi, i pensieri cominciarono a roteare lentamente e a confondersi l'uno con l'altro: l'interrogatorio della mattina, il verbale firmato, la presenza a suo modo rassicurante dell'avvocato Ledri, l'arrivo del signor Pàhor scortato dalle guardie, il suo sguardo impaurito e implorante aiuto. E poi l'incontro con Antonia, la sua lontananza, la sua freddezza. Da giorni sperava di poterla rivedere, ma la confusione che nelle ultime settimane aveva regnato alla Stradella Verde lo aveva assorbito completamente. Mai avrebbe immaginato di trovarla così diversa da come l'aveva lasciata.

Si alzò dal tavolo, tirando con la gamba la tovaglia a quadri rossi e bianchi e rischiando, per poco, di rovesciare la bottiglia per terra. Uscì, cappello in testa, ebbro.

I pensieri svolazzavano nella sua testa e faticava a trattenerli. Senza motivo, gli venne da ridere. Sembrava un adolescente deluso, si faceva pena. Gli sembrava che gli eventi della sua vita si ripetessero circolarmente. Davvero si trovava di nuovo a gestire i capricci di una donna? Davvero la preoccupazione per suo padre aveva reso Antonia così glaciale da comportarsi senza la minima cortesia? Non gli piaceva niente di tutto questo. Non aveva nessuna intenzione di sentirsi in colpa, e per cosa?

Al diavolo i Pàhor, al diavolo Antonia. Al diavolo tutti, si disse all'improvviso, obnubilato dall'alcol. Quante ne avrebbe trovate di Antonie? Tante. Di ragazze deluse dai suoi comportamenti. Come tante ce ne erano già state. Come Giulia.

Non intendeva ritornare vittima dei ricatti morali delle innamorate. Non intendeva più cominciare la danza delle piccole contese, seguita dalle scuse che avrebbe dovuto porgere, dai riavvicinamenti, dalle nuove liti, dalle preghiere, dalle lacrime. Non era più roba per lui. Adesso cercava concretezza, non altro. E in Antonia gli era sembrato di averla trovata. Ma se anche lei ora si stava comportando esattamente come tutte le altre, facendo la sostenuta, allora tanto meglio lasciar perdere. Lasciar perdere finché nei ricordi si poteva contare solo qualche bacio e qualche sogno deluso.

Proseguì a piedi e si trovò davanti a via Roma. Senza pensarci entrò nel giardino di Anna Kramer. Sentiva la testa leggera, un'euforia che riconosceva. Doveva distrarsi, aveva bisogno di sentirsi accolto.

«Vittorio, quanto tempo è passato.»

Lui non disse una parola, lei capì che non era dell'umore giusto per fare conversazione.

«Primo piano, stanza quattro. Simòn.»

Pagò e salì, lungo le scale della sua adolescenza. Raggiunse la stanza quattro, Simòn era in piedi, davanti alla porta, ad aspettare. Entrarono e Vittorio, come in un incantesimo, trovò presto il suo soddisfacimento. Non tutti i clienti ubriachi potevano salire alle stanze. Solo quelli conosciuti, quelli rispettati, quelli ricchi. E Vittorio rispondeva a tutte quelle caratteristiche. Rimase disteso sul letto con un braccio sugli occhi, senza parlare, i pantaloni slacciati, la camicia a coprire il ventre. Non aveva voglia di essere gentile, non quel giorno. Nei pensieri confusi, si fece avanti il viso di Antonia, quello sorridente alla vigna, quello adornato dalle espressioni inedite durante i loro baci e poi quello inespressivo di poche ore prima. E mentre stava disteso, sentì un forte senso di nausea e il bisogno di vomitare. Si mise seduto, i piedi a terra. Solo un falso allarme. Simòn, muta, aspettava che lui parlasse e controllava l'ora per non essere rimproverata di un possibile ritardo.

«Ancora dieci minuti» seguì con le dita la catenella agganciata al taschino e preso l'orologio osservò il quadrante stringendo gli occhi «dodici, per la precisione. Ho pagato anche quelli.»

Non gli rispose. Sembrava cercare silenzio e buio.

Si alzò allo scadere del suo tempo. Lasciò la solita mancia generosa. E uscì.

Una volta sulla strada si ricordò di essere arrivato a piedi. Poi, ripercorrendo gli eventi della giornata al rovescio, ricordò di aver raggiunto la caserma in macchina quella mattina. Era parcheggiata dietro al palazzo. Non sarebbe ritornato a prenderla per nessuna ragione. Per nessuna ragione al mondo avrebbe rischiato di incontrare di nuovo Antonia Pàhor e mai in quelle condizioni. Ritornò a casa a piedi, camminando e riuscendo a smaltire la sbornia.

Poco dopo la partenza di Vittorio, una guardia uscì dalla caserma e gridò il nome Pàhor. Antonia corse attraversando la strada, senza guardare. Il signor Pàhor sarebbe rimasto in caserma in stato di fermo, loro potevano andare, non c'era motivo che rimanessero ancora lì fuori ad aspettare. Chiesero chiarimenti, implorarono di avere notizie, di poterlo almeno salutare. A tutto fu risposto di no.

Pochi minuti dopo videro uscire l'avvocato Ledri. Lui le riconobbe. Si avvicinò serio, tenendo con una mano il manico della sua borsa di pelle sgualcita e un sigaro spento nell'altra.

«Al momento non ci sono cose che possiate fare qui.»

«Ma cosa è successo? Cosa cercavano? Il signor Stefàncich mi ha raccontato ciò che è successo da loro» chiese ansiosa la signora Pàhor.

«Delle casse, arrivate con alcune consegne. Non ho tempo adesso, parleremo con calma domani, dovremo trovare il modo di dimostrare che vostro marito fosse completamente all'oscuro di tutto. Non sarà facile. Ci sono stati disordini a Trieste negli ultimi mesi, frequenti e di un certo peso. Molti eventi violenti, anche qui a Monfalcone, lo avete sentito no? Per questo la guardia regia è particolarmente severa. Ora lasciatemi andare, voglio riordinare le carte e le idee.»

Se ne andò senza aggiungere altro, senza dare loro la possibilità di chiedere altro. Sputò per terra un frammento di tabacco e fu sollevato dall'essere riuscito, con poca fatica, a evitare il colloquio con le due donne disperate. Non ne avrebbe avuto la pazienza. Pensava a Giacomo, a come evitare che venisse mai coinvolto nel pasticcio successo ai Pàhor, visto che lavorava da loro.

Per tutta la strada verso casa Antonia rimase muta: prima ad ascoltare attentamente sua madre mentre le riferiva tutto quello che Vittorio le aveva spiegato, poi a tormentarsi, coprendosi la bocca con una mano, per il comportamento che aveva tenuto. Ormai il danno era stato fatto, impossibile tornare indietro.

Una volta a casa, dove la Nilde le aveva aspettate, in ansia, sgranando un rosario di legno, Antonia andò in camera, si stese sul letto e rimase a guardare il soffitto. Era esausta. Non poteva immaginare chi e come avesse tramato contro di loro, con tale perfezione da rendere difficile, anche per l'avvocato Ledri, la pianificazione di una difesa. Per quale ragione qualcuno poteva odiarli così tanto? E poi, cosa avevano trovato nella cantina? Doveva trattarsi certamente di un errore, di un malinteso. Doveva essere certamente così. Non c'erano altre spiegazioni. Si sentì piccola, perduta, in balia di eventi così grandi, da far fatica a identificarli, ancor prima di affrontarli.

Nella stanza, ormai semibuia, sentiva ancora il verso di un ultimo uccello prima che tutto venisse avvolto dal silenzio. La camicetta che aveva addosso cominciò a darle fastidio, a stringere sul collo. Si spogliò nervosamente, buttando i vestiti per terra e infilandosi sotto alle coperte con addosso la sottoveste. Pianse per la rabbia, per la stanchezza, per la disperazione. Pensò a suo padre, a come avrebbe trascorso la notte, in che luogo, in che circostanze. Pregò affinché nessuno gli facesse del male.

Giacomo Ledri, invece, quella notte non riuscì a dormire. Le notizie ricevute da suo padre durante la cena circa il fermo del signor Pàhor lo avevano a tal punto sconvolto, da farlo smettere di mangiare e alzarsi da tavola, giustificandosi con un malessere. Gli sembrò che tutto crollasse, sentì come una frana, sopra di lui. Sentiva fischiare le orecchie, il cuore pulsare forte e il respiro farsi sempre più rapido e superficiale. Uscì nel terrazzo, fumò ininterrottamente e, camminando avanti e indietro, continuava a chiedersi come fosse stato possibile. E soprattutto perché.

Verità e sospetti

Chi fa fala e falendo se impara

Giacomo partì per Trieste la mattina presto. Raggiunse lo studio del cavalier De Marchi e salì le scale a due a due, arrivando trafelato. Bussò, ebbe la chiara sensazione che qualcuno, verosimilmente il valletto, avesse guardato attraverso lo spioncino. Nessuno gli aprì. Rimase fermo immobile a lato della porta, ad ascoltare. Sentì delle voci, sentì lo scricchiolio del parquet, poi il rumore della porta dello studio. Erano dentro. L'ordine era di non aprire, anche questo era certo. Scese di nuovo le scale, arrivò sulla strada e, dal marciapiedi del lato opposto guardò verso l'alto per identificare le finestre dello studio. Le imposte erano chiuse.

«È sceso, lo vedo, è per strada. Forse si è deciso ad andarsene» disse il cavalier De Marchi al suo aiutante, guardando in basso attraverso le doghe oblique delle imposte.

La notizia del fermo del signor Pàhor gli era arrivata la sera prima attraverso il passaparola partito da una guardia della caserma, un loro uomo. Da quel momento non volle vedere nessuno. Furioso, imprecò contro Ledri e contro Mareschi, definendoli due incapaci. Tutto era saltato. Due casse perse, ma quello era il meno. Ora occorreva risolvere il problema alla svelta, prima che la questione potesse diventare dannosa o finire sui giornali, almeno non con la piega che aveva preso. Non condivideva, il cavaliere, le mosse isteriche e violente che certi Fasci locali stavano organizzando in tutta Italia e tanto meno quelle che si verificavano a Trieste e a Monfalcone. Le teste calde, gli arrabbiati sociali: il problema erano sempre loro. Adesso era necessario rimanere al di fuori di ogni scandalo per continuare a lavorare in pace, per garantirsi un posto sicuro in parlamento, questo era il suo punto di vista. Bisognava ottenere risultati evitando le esagerazioni, i problemi. A Milano, dove il loro capo Mussolini operava e dirigeva il partito, lo avrebbero certamente apprezzato.

Vittorio si svegliò di malumore, stanco. Tutti i movimenti del mattino, uguali ogni giorno, gli sembravano difficili e pesanti. Cercò di distrarsi con il bagno, la rasatura, che eseguì con lentezza e precisione quasi maniacale.

Tutto, pur di non pensare.

Invece i pensieri iniziarono a fare capolino, sempre più insistenti e, su tutti, il viso di Antonia, impassibile, freddo, lontanissimo. Per quanto non volesse darci peso, il suo comportamento lo aveva stupito. Non se lo sarebbe aspettato, non da lei.

La sosta da Anna Kramer, che gli era sembrata così innocua e di poco valore quando era ancora sotto l'effetto della grappa, ora, che era sobrio, gli sembrava fosse stata una scelta disgustosa. L'abitudine aveva prevalso sulla ragione, ma ormai poco importava. Si stropicciò gli occhi, come se fosse un gesto utile a fare chiarezza. Ancora nauseato, non fece colazione. Scese e raggiunse il cortile dove l'aria fresca sembrò dargli beneficio.

Lei era già lì, ferma davanti al portone sempre aperto della casa degli Stefàncich, chissà da quanto tempo. Vittorio credette di aver visto un fantasma, che la grappa della Locanda dell'Ancora gli stesse provocando anche delle allucinazioni. Poi guardò meglio e vide una mano che lo salutava da lontano. Le andò incontro, con la mente vuota, senza capire cosa ci facesse lì, a quell'ora del mattino, da sola.

«Signorina Pàhor...» incredulo e impreparato a incontrarla in quel momento, insicuro anche su come rivolgersi a lei «...è successo qualcosa?»

Antonia si accorse che lui aveva il viso stanco, le occhiaie, un'espressione preoccupata e un tono cauto, non aveva la forza di incontrare il suo sguardo. La sua cortesia, tuttavia, non gli aveva impedito di raggiungerla. Non si pentì di essersi spinta a tanto, ad andare a casa degli Stefàncich e a chiedere di lui, se fosse stato necessario, ma fu grata di averlo incontrato così, per caso, senza dover parlare con nessuno.

«È successo qualcosa a vostro padre?» incalzò.

Lei respirò a fondo, facendosi coraggio e cercando di pronunciare correttamente le frasi che aveva ripetuto mille volte, parlando da sola e immaginando quella conversazione, mentre scendeva a piedi dal suo paese verso Monfalcone.

«Sono venuta per chiedervi scusa per il mio comportamento di ieri. Mia madre mi ha raccontato tutto. Io non sapevo quello che è successo qui nelle ultime settimane. Spero che...»

Non la lasciò continuare. Faticava a credere a quello che stava sentendo e a capirne le ragioni. Antonia Pàhor, che ieri lo aveva trattato con glaciale freddezza, ora si trovava davanti a lui a chiedere scusa. Gli sembrava una circostanza davvero singolare e che non aveva contemplato. Di solito era lui a doversi scusare. Quella situazione lo imbarazzava.

«Non badate a quello che è successo a noi. Dovete pensare a vostro padre. Certamente faremo tutto quello che è in nostro potere per aiutarvi.» Cercò di mantenere un tono pacato, che non tradisse l'emozione. Gli fu difficile. Ma ci riuscì.

Antonia gli fu grata quando capì, dallo sguardo sfuggente e dall'atteggiamento schivo che mai aveva avuto con lei, che aggiungere altro, in quel momento, sarebbe stato inopportuno e, probabilmente, inutile. Non pronunciò il resto del discorso, la parte in cui si augurava che le cose potessero ritornare *come prima*.

Rimasero in silenzio, indecisi, per un tempo lungo, il primo nel quale il silenzio tra loro voleva dire imbarazzo. Vittorio poi, perdendo la battaglia contro sé stesso, si coprì il viso con le mani e le passò tra i capelli ancora umidi, come faceva tutte le volte che era preoccupato.

«Io...»

«Cosa?» intervenne subito lei per incitarlo a parlare.

«Io non sono sicuro di aver capito la ragione di tutta quella distanza, ieri. Ma mi rendo conto di essere inappropriato, chiedendovelo in questo momento così duro per voi.»

«Sono venuta apposta, per chiarirlo.»

«Ebbene?» La guardò in faccia per la prima volta e a lei sembrò che fosse più vecchio e più severo di come lo avesse mai visto. Immaginò che quel tono, quel piglio deciso, fosse quello che quotidianamente usava con le persone con cui lavorava. Il tono di chi concede poco tempo per ricevere una spiegazione. I suoi occhi scuri sembravano penetrare i suoi pensieri e cercare di leggerli prima che si formassero in parole.

«Non sapevo che nelle ultime settimane ci fossero state le perquisizioni delle guardie anche qui. E che la vostra attività fosse stata chiusa per tutti i controlli che hanno fatto sulle merci in entrata e in uscita. Posso solo immaginare quanto sia stato complicato.»

«Sono state giornate molto difficili, ma grazie a Dio sono passate. Non vedo come questo abbia a che fare con...»

«Con *noi*?» lo anticipò, ancora prima di rendersene conto.

«Con il vostro comportamento di ieri, sì, che avete di sicuro tenuto per comunicarmi qualcosa. O forse mi sbaglio? Ma, certo, non è questo il momento di parlare di queste cose, ora che vostro padre... ma lasciamo perdere. Meglio lasciar perdere e basta.»

«Ero... offesa.» lo interruppe timidamente, quasi sussurrando.

«Offesa?» Spalancò gli occhi per lo stupore.

«Non ho più ricevuto vostre notizie dopo... quel giorno... a parte i fiori, più niente. Ho pensato che...»

«Avevamo dieci persone che rivoltavano il nostro ufficio» la interruppe con enfasi «commesse sospese, clienti infuriati per i ritardi, il timore che qualcosa di ignoto a me e a mio padre venisse trovato! Controllavamo di notte i libri contabili per verificare che tutto fosse regolare e prepararci alle perquisizioni dei giorni successivi. Abbiamo avuto dei grossi danni. Sappiamo come funzionano le cose negli ultimi mesi. Lo avrete sentito anche voi, ci sono scontri, agitazioni, come voi abbiamo un cognome poco italiano, non serve che vi racconti cosa succede a Trieste, ci sono violenze ogni giorno. Hanno ucciso due operai lo scorso ottobre, lo ricordate? Abbiamo avuto paura, non lo nego.»

Si rese conto subito che la sua spiegazione era diventata molto più dettagliata di quanto lei avesse avuto bisogno di sentire. Antonia lo ascoltò guardandolo dal basso, come una bambina che ascolta un adulto, i manici della borsa piena dei vestiti puliti per suo padre, ancora stretti tra le mani, davanti alle gambe. Si vergognò del suo egoismo. Sentì le lacrime riempirle gli occhi, ma si trattenne con tutte le sue forze, anche se il mento cominciava a tremare.

«Hanno trovato da voi quello che cercavano qui, immagino» concluse lui, continuando a parlare delle guardie ed evitando di parlare di quel *noi*.

«Non lo so. E cosa hanno trovato? Lo sapete?»

«Non ho incontrato l'avvocato Ledri, ieri pomeriggio. Pensavo vi avesse spiegato qualcosa.»

«No. Non ci ha dato il tempo di chiedere, non ha voluto spiegare.»

Lui spostava un sasso con la punta della scarpa. Si maledì per non aver cercato Ledri il pomeriggio precedente. Provò con tutte le sue forze a mantenere il distacco. Guardandola capì come fosse inutile continuare a evitare l'argomento ed esplose, con sincerità, cercando quasi di giustificare quello che, ora lo sapeva, non avrebbe dovuto fare.

«Vi ho pensato in queste settimane. Ma, lo capirete, ci sono state altre priorità.»

Lei chiuse gli occhi, come fa un malato poco prima che l'infermiera infili l'ago nella vena, per non sentire il male, che poi si sente lo stesso. E se quella frase appena sentita per metà era buona, per l'altra metà diceva che Vittorio Stefàncich aveva ben chiare quali fossero le cose importanti. Rimase zitta, a digerire il colpo, rimettendo assieme i pezzi e riacquistando la fermezza.

Antonia continuò a rimanere in silenzio, come se avesse avuto bisogno di altro tempo per far ordine nella testa. Vittorio la guardò: era rimasta seria, distinta, decorosa. Non aveva fatto scenate, non stava piangendo, o per lo meno si stava sforzando di non farlo.

«Mi dispiace moltissimo per quello che è successo qui. E mi dispiace se è stato per colpa della mia famiglia. Tuttavia non so ancora di preciso di cosa dobbiamo scusarci, visto che ignoro completamente il motivo per il quale mio padre sia stato trattenuto in caserma. A ogni buon conto, sono sicura che lui potrà spiegare ogni cosa e, per quanto sarà in suo potere, riparare ai danni che avete subìto. Quanto a quello che è successo tra noi due, ecco io...» ebbe un'esitazione e Vittorio si sforzò per non intervenire «io non sono venuta qui per ricordare quello che, evidentemente, non ha avuto un grande significato, ma, come ho già detto, solo a scusarmi per il mio comportamento di ieri. Ignoravo tutto. E avevo dato un peso scorretto a certi eventi, sbagliando a valutare anche quelli conseguenti.»

Aveva guardato per terra tutto il tempo, ma quando ebbe finito sollevò il viso, sforzando un sorriso di circostanza. Vittorio l'aveva ascoltata con la bocca aperta, concentrato a non perdere una parola, la lunghezza di una pausa, l'intensità di un respiro. Non c'era stato niente di patetico in quelle parole, solo dignità e onestà.

Ora il ricordo della sua visita al bordello e le ragioni che ce lo avevano condotto stridevano a tal punto con il candore dei minuti che stava vivendo, che non riusciva a perdonarsi. Doveva ammettere che il gesto di Antonia di presentarsi quella mattina da sola a casa loro aveva molto a che fare con l'onore e niente con la frivolezza.

«Volete entrare?» Fu la cosa più gentile che riuscì a dirle.
«No grazie, devo andare a portare questi vestiti puliti.» E mostrò la borsa sollevandola un po'.
«Mia madre sarebbe molto felice di vedervi.»
«Grazie. È meglio che vada.»
Si guardarono, finalmente, e lui ritrovò la stessa Antonia che ricordava. Lei, invece, capì che qualcosa era cambiato.
«Non sono un uomo perbene.»
«Cosa dite?»
«Non lo sono. Per lo meno, non abbastanza.»

La vide voltarsi per ripercorrere la Stradella Verde passando attraverso le proprietà degli Stefàncich e avviarsi verso la città. Fece solo pochi passi.
«Aspettatemi, vengo anch'io.»
Il cuore di Antonia perse un colpo, che poi recuperò battendo più veloce.
«Passiamo tra i campi, faremo prima. Date a me la borsa.»
Camminarono attraverso piccoli sentieri a lato dei campi in cui il grano era ancora giovane e verde. Vittorio faceva strada e camminava sicuro, voltandosi di tanto in tanto per controllare che lei lo stesse seguendo. Erano confusi, entrambi.
Il sentiero si aprì in una piccola strada sterrata, in fondo alla quale, nascosta tra una siepe di oleandri, c'era una costruzione, bassa, rialzata di solo pochi gradini dal terreno, dipinta di bianco e con le persiane grigio chiaro, tutte chiuse; una cornice di stucco bianco decorava la parte più alta dei muri, quella più vicina al tetto, che si vedeva a malapena, e i contorni di tutte le porte. Un villino delizioso immerso nel silenzio. Sembrava un miraggio. Antonia si fermò a osservare, rapita. Vittorio la lasciò fare. Era così facile stupirla. Guardava quella casa a bocca aperta, stupita, ammirata.
«Vostra?»
Lui annuì, pacato, l'orgoglio che avrebbe provato nel mostrargliela solo poche settimane prima era svanito.

«Vivete in quel villino?»

«No. Sarebbe la casa... per la mia vita dopo il matrimonio.»

Ricomparve il disagio che lo mosse nella direzione opposta, per proseguire lungo la strada. Antonia invece passò il varco tra due colonne intonacate, dove non era ancora stato montato un cancello. Nel mezzo della facciata, una porta principale di legno grigio e poi una fila di quattro vetrate con le imposte chiuse a destra e quattro a sinistra. Immaginò che ogni stanza si aprisse luminosa sul giardino, già abbozzato, con piante ancora giovani, ma rigogliose. Sopra alla porta d'ingresso, in gesso bianco, l'anno 1921 in numeri romani.

Non aveva mai visto una casa più bella. L'entusiasmo si trasformò in breve in una sensazione di malessere. Per chi aveva costruito quella casa? Con chi aveva scelto? Non sapeva niente di lui, non conosceva i dettagli della sua vita, la sua storia, anche se aveva desiderato così tanto di farne parte.

«Vogliamo andare?» le chiese.

Lei annuì e ripresero a camminare.

Se a un capo della lunga e stretta strada sterrata si trovava il villino di Vittorio, dall'altro ci si immetteva in una piccola via carrabile che proseguiva contorta fino alle vecchie mura diroccate della città. In pochi minuti si trovarono davanti allo spiazzo della caserma.

Antonia lasciò la borsa alla guardiola, Vittorio chiese di poter avere notizie, furono negate.

«La mia automobile è parcheggiata qui dietro. Faremmo bene ad andare dall'avvocato Ledri.»

Antonia si lasciò condurre. Raggiunsero la macchina, la fece salire, continuando a fatica a frenare tutti i desideri e le necessità che aveva. Voleva parlarle, voleva abbracciarla, dirle che quella casa, se solo lei lo avesse desiderato, sarebbe potuta diventare la loro casa e che avrebbe potuto aiutarlo a riempirla. Ma si vergognava, memore del pomeriggio passato al bordello.

Si voltò e la vide preoccupata, stanca, tesa... ma così bella.

Il senso di colpa per averla tradita, ancora prima di averla avuta davvero, lo rendeva fragile. Era una situazione nuova, alla quale non era preparato. Era un sentimento che lo spaventava.

Rimasero così, vicini, ma immersi nel loro sentire, che era unico, anche se non lo sapevano, fino a quando la voce di un passante li fece ritornare alla realtà.

Guidò fino alla casa dei Ledri. Aiutò Antonia a scendere, camminarono sul marciapiedi, uno di fianco all'altra. In quei pochi metri incrociarono una donna che vendeva mazzolini di mughetti, precoci quell'anno, un uomo con un cane, e una ragazza mulatta riccia e molto bella. Un po' vistosa nella scelta dell'acconciatura e forse anche nell'abbigliamento. Antonia ne fu colpita fin da quando era ancora lontana. Camminava sola, si muoveva in modo sinuoso, come se volesse essere guardata. Man mano che la distanza tra loro si riduceva, Antonia si accorse che anche lei la stava osservando, che gli occhi scuri erano fissi sul suo viso, fermi, non un accenno ad abbassarli, nemmeno quando, ormai una di fronte all'altra, si fermarono per capire chi dovesse passare per prima. Antonia le sorrise, piegando la testa per un saluto, cedendole il passo, mentre quei bellissimi occhi scuri salirono verso il viso di Vittorio. Fu tutto molto rapido, un istante; Antonia alzò lo sguardo e si accorse di una piccola tensione tra le guance strette di Vittorio.

Lui continuò a guardare avanti, evitando ogni contatto visivo con Simòn, imprecando silenziosamente contro il caso che aveva deciso di punirlo.

«Siamo arrivati.»

La signora Ledri abbracciò Vittorio e lo baciò come avrebbe fatto con un figlio.

Salutò invece Antonia con il distacco di una donna matura verso una giovane donna bella, quel distacco che tradisce, quasi sempre, un po' di gelosia. La stanza in cui vennero ricevuti, un salotto arredato in modo moderno, era sontuosa.

Vassoi d'argento con completi da tè squadrati e luccicanti erano esposti in una vetrina dedicata. I mobili, neri e laccati, erano essenziali, eppure elegantissimi. Alle pareti quadri colorati e una collezione di ventagli incorniciati e appesi a formare un rombo.

La signora Ledri fece cenno ad Antonia di sedersi accanto a lei, su un divano a due posti di pelle bianca e invitò Vittorio ad accomodarsi di fronte a loro, su un divano gemello.

«Giacomo non è in casa, tornerà per pranzo. Vuoi fermarti, Vittorio?»

«Vi ringrazio, ma devo accompagnare la signorina Pàhor e poi rientrare.»

«Signorina, naturalmente potete rimanere anche voi» le disse senza guardarla, fingendo di aver omesso di estendere un ovvio invito.

L'arrivo dell'avvocato tolse Antonia dall'imbarazzo di dover dare una risposta. Il suo ingresso fece calare un silenzio pieno di tensione. Vittorio si alzò, si abbracciarono, Antonia ricevette un veloce, meccanico baciamano.

«Possiamo parlare apertamente, immagino» chiese l'avvocato guardando Antonia e riferendosi alla presenza di Vittorio.

«Certamente, non ho segreti. Se non fosse stato per il signor Stefàncich non avremmo nemmeno avuto la possibilità di poterci affidare a voi.»

«Va bene allora. La situazione è pesante, non lo nego.»

Antonia trasalì. Gli occhi di Vittorio erano piantati su di lei.

«Vostro padre è ancora in stato di fermo, l'arresto potrebbe essere imminente.»

«Ma per quale ragione?» esclamò Antonia.

«Se mi lasciate finire...» E alzò gli occhi al cielo, spazientito.

«Scusatemi.»

«Sono state trovate delle armi nella cantina.»

«Delle armi?» interruppe di nuovo, senza poterlo evitare. Guardò Vittorio per trovare conforto. Lui si sedette all'estremità del sedile, incredulo.

«Due casse di armi, armi da fuoco» l'avvocato riprese a

parlare infastidito «vostro padre dovrà spiegare per quale motivo fossero nella vostra proprietà. Non si tratta di fucili da caccia, per essere chiari. Impossibile giustificare la loro presenza per ragioni venatorie.»

«È evidentemente una trappola! Non posso immaginare che il signor Pàhor abbia delle armi in casa!» sbottò Vittorio, faticando a credere a quello che stava sentendo. «Cercavano questo anche da noi?»

«Sì. Le hanno cercate anche da voi. Le guardie hanno ricevuto una segnalazione, anonima, ma molto dettagliata, che indicava precisamente i movimenti di due casse di armi. Dalla stazione, dove pare siano state ritirate con un autocarro della vostra impresa, fino alla casa del signor Pàhor, dove sono state depositate.»

Antonia ascoltava impietrita. Niente di tutto questo era mai successo nella loro casa. Suo padre non andava nemmeno a caccia.

«L'attenzione verso questo tipo di reato, quello di detenzione di armi che possiamo definire... da guerra, è particolarmente alta in questi mesi. Avrete letto i giornali. Non sto dicendo niente di nuovo. Ci sono violenze ogni giorno, pestaggi, morti. La guardia regia deve vigilare.»

L'avvocato Ledri parlava fluentemente, senza dimostrare una minima empatia. Continuò a enunciare le cattive notizie senza preoccuparsi di dosarle in modo che Antonia potesse incassare i colpi poco alla volta.

«Vostro padre non possiede nemmeno un porto d'armi, ho fatto controllare le licenze prefettizie, non risulta niente a nome Pàhor. Non avrebbe risolto molto, visto che il porto d'armi non sarebbe stato sufficiente a giustificare quella quantità e quel tipo di armi, ma avremmo potuto almeno provare a difenderci sul piano dell'ignoranza della legge. Così non c'è proprio modo di farlo.»

Antonia ascoltava. Cercava di raccogliere le idee, di fare un riassunto nella sua testa e cercare di capire. Le sembrava però che i pensieri le scappassero dalla mente, che le fosse impossibile fermarli per inquadrare quella assurda situazione. E poi era a disagio. Nella posizione in cui si trovava, con quelle persone che sentiva lontane, non riusciva a concentrarsi e ragionare. Capiva che la signora la considerava una *carsolina* di scarso valore, che l'avvocato aveva accolto la loro difesa solo perché era stato Vittorio a chiederglielo. Poco valeva che Giacomo lavorasse alle vigne: per l'avvocato Ledri i Pàhor erano una famiglia dignitosa, ma semplice, a cui difficilmente avrebbe dovuto chiedere un favore, quindi di nessun peso.

«Perdonatemi, non credo di capire» intervenne timidamente, facendosi coraggio «per quale motivo queste armi erano nella nostra cantina?»

«È quello che tutti non riusciamo a capire, signorina. O vostro padre saprà spiegarlo e allora il mio lavoro per toglierlo dai guai sarà difficile, oppure qualcuno ha voluto mettere vostro padre nei guai e, in tal caso, il mio lavoro sarà ancora più difficile.»

L'avvocato la guardò con sufficienza: non gli sembrava una novità che una giovane donna faticasse a capire certi discorsi degli uomini. Sua moglie faticava ancora a capire i discorsi più banali anche dopo così tanti anni di vita insieme. Gli era stato possibile vivere molte avventure romantiche grazie a quella sua lentezza nel capire le cose. Certamente Antonia non era diversa. La guardava, così magra e sottile, sembrava potesse spezzarsi. Non poté ignorare, però, che stava seduta sul divanetto bianco con una grande compostezza, nonostante il disagio e la tensione che lasciava trasparire. Spostò gli occhi verso sinistra, appoggiandoli sulla sua Adele. Era grassa, in un modo difficile da giustificare, vestita di bianco, agghindata con una collana di perle grigie grosse quanto delle biglie che facevano sembrare il suo collo ancora più tozzo e il suo viso ancora più paffuto. Le ginocchia erano divaricate a causa della succulenza delle cosce. E poi sorrideva, continuava a sorridere senza motivo, come se non stesse ascoltando i loro discorsi, che riguardavano argomenti seri e fosse preoccupata di mettersi in posa per una immaginaria foto di gruppo. Antonia, con le gambe incrociate, le mani che stringevano la borsetta, la bocca stretta in una smorfia di concentrazione, cercava di cogliere ogni sfumatura che potesse aiutarla a trovare una spiegazione, una soluzione. Ma lui lo sapeva che la soluzione non c'era e che, molto probabilmente, il signor Pàhor li avrebbe fatti tutti quei mesi di prigione. Sapeva che un uomo come lui non avrebbe mai compiuto un gesto del genere. Tenere delle armi, per carità, ma per quale motivo? Non si sarebbe mai ficcato in una situazione così complicata. Era certo, l'avvocato Ledri, che qualcosa fosse stato macchinato ai suoi danni, ma conosceva troppo bene i meccanismi diabolici della giustizia, gli uomini, le guardie, gli investigatori e soprattutto i ladri, per sperare che la verità venisse a galla.

Confessione

Do capitani e la nave finisi sui scoi

Appena la porta dei Ledri venne chiusa alle loro spalle, Vittorio offrì ad Antonia la mano per scendere le scale e gliela strinse forte, per darle coraggio. L'aveva vista ascoltare dignitosamente ogni parola fredda e ostentatamente distaccata dell'avvocato Ledri, con una compostezza che ammirava. Ma sapeva che le era costata molta fatica. Era silenziosa, stanca. Le aprì la porta dell'automobile, la raggiunse nell'abitacolo cercando di rompere la tensione.

«Non credo sia qualcosa contro di voi, in particolare. Cominciano con le famiglie benestanti, per indebolire le loro imprese. Slavi e bolscevichi, loro li chiamano *i nemici interni*. Nessuna distinzione, tutto equivalente, per loro.»

«I fascisti?»

«Sì. Non vedo altre spiegazioni.»

«Ma come spiegare le perquisizioni anche da voi? Voi non vivete sul Carso! Non parlate sloveno!»

«I nostri trasporti sono stati menzionati nella lettera anonima.»

Arrivarono presto davanti alla casa di Antonia, sebbene lei si fosse augurata, a ogni slargo che vedeva al lato della strada, che Vittorio accostasse e fermasse la macchina, per stare ancora insieme. Invece spense il motore poco oltre al cancello.

«Grazie per aver speso tutta la mattina con me.»

Non le rispose, infastidito da quel commento che aveva percepito come di circostanza.

«Non penso che il signor Pàhor avrebbe niente in contrario a sapermi a casa vostra. Cercherò di raccogliere delle informazioni, magari attraverso Giacomo. E verrò a riferire appena saprò.»

Lo guardò interrogativa, il distacco non era scomparso, si rivolgeva a lei in modo formale, guardando avanti attraverso il vetro dell'automobile sporco di polvere.

Scese dalla macchina da sola, senza aspettare che lui le aprisse la porta, ferita, delusa, con le lacrime pronte a scendere dagli occhi, sarebbe bastato un unico battito di palpebre. Si trovarono uno di fronte all'altra, in piedi, al lato della strada. Lui guardava per terra, preoccupato, assorto da pensieri che non voleva condividere. Lei scrutava il suo viso, sperando di trovare quel contatto di occhi che potesse farle capire che, almeno tra loro, le cose potevano ancora migliorare.

Vittorio si assicurò che la strada fosse vuota e che nessuno passasse e le sfiorò il viso con una carezza leggerissima. Non disse una parola.

Fu in quel preciso momento che Rosalba uscì dal cancello dei Pàhor e li vide. Trasalì e si voltò di scatto, proseguendo in discesa nella direzione opposta, quella che l'avrebbe portata a casa. Portò una mano alla bocca, coprendola, come se servisse anche a coprire lo stupore. Mai avrebbe immaginato ciò che aveva appena visto. Mai. L'istinto di tornare indietro e raccontare tutto in cucina era forte, ma si trattenne e si convinse che fosse molto meglio stare zitta e tenere tutto per sé. Continuò a camminare e dopo poco – aveva percorso forse un centinaio di metri – sentì il rumore dell'automobile di Vittorio arrivare dalle sue spalle e passarle accanto, per poi superarla e allontanarsi verso valle.

«Non le manca niente, adesso» sibilò camminando spedita «proprio niente.»

Non riusciva a provare compassione per Antonia e l'arresto del signor Pàhor. Le era diventato sempre più difficile vivere quella condizione subalterna, ora più che mai. Non riusciva a capacitarsi che un uomo come Stefàncich, che, a quanto si diceva, aveva infranto i cuori di molte donne, potesse vivere una storia romantica proprio con Antonia Pàhor. La persona più rigida, più formale, più noiosa a cui pensare. Eppure i suoi occhi non le avevano mentito, erano proprio loro. Non si erano accorti di lei, per fortuna. Un problema in meno. Camminò fino a casa, rimuginando.

Giacomo Ledri rientrò dal tentato incontro con il cavalier De Marchi e informò la madre che non avrebbe mangiato. Raggiunse il piano superiore, la sua stanza e si chiuse dentro. Era tormentato dal pensiero costante che qualcosa fosse stato ordito alle sue spalle. Non poteva essere un caso che l'operazione fosse stata completamente annientata da una perquisizione delle guardie. Qualcuno aveva certamente parlato dopo che le casse erano arrivate sul Carso. Se lo ripeteva continuamente, come una litania e cercava di convincersi che, se le guardie avessero saputo delle armi, non avrebbero aspettato che fossero al sicuro nella cantina dei Pàhor, le avrebbero sequestrate alla stazione. Non riusciva poi a capacitarsi di come il suo nome non fosse saltato fuori, in qualche modo.

Non resistette, raggiunse lo studio di suo padre, chiese quali fossero i fatti, come se si trattasse solo di una conversazione sulle disavventure di persone note.

«È una questione spinosa» diceva l'avvocato accarezzandosi il mento e rallentando il ritmo delle parole per pensare. «Certamente non credo che Pàhor abbia nascosto armi nella sua cantina né che lo abbia fatto per aiutare qualcuno. Fuori discussione.»

«E quindi?» chiese Giacomo, guardando distrattamente dentro a un piccolo vaso romano, leggerissimo e antico, trovato durante degli scavi ad Aquileia, più prezioso di quanto potesse mai immaginare.

«Quindi credo che qualcuno li abbia incastrati. Non so per quale ragione. Sono stati tirati in mezzo anche gli Stefàncich.

Nella denuncia anonima c'è scritto che il trasporto è stato fatto con un loro mezzo.»

A Giacomo si bloccò il respiro.

«Tu ne sai qualcosa?» chiese l'avvocato, con gli occhi stretti, con una domanda che stava in equilibrio tra il retorico e il casuale.

Giacomo rimase di spalle, col vasetto romano in mano, a guardare nel vuoto. Finse di guardare i dorsi dei libri cercando di raccogliere le forze. Appoggiò il vasetto sulla mensola sbagliata, rimuginando. Non riusciva a capire come mai il suo nome non fosse già stato elencato tra le persone coinvolte.

«Perché dovrei» rispose evasivo.

Lasciò lo studio del padre senza aggiungere una parola e senza dare il tempo all'avvocato di chiedere ancora. Ignorò sua madre che lo pregava di unirsi a loro per il pranzo, prese il cappello e uscì, camminando veloce, prendendo la strada che portava verso il mare.

Respirava affannosamente, per la camminata spedita, per l'agitazione, per lo stato di sconforto nel quale si trovava. Si sentiva perduto, braccato, come se tutti quelli che incrociava potessero leggere sulla sua faccia che era lui il responsabile di tutto. Era convinto che quel piano potesse essere perfetto per far arrivare le armi nei magazzini del palazzo dello Scalone. Perché quello era il fine ultimo di tutta l'operazione. Quello era il fortino che il cavalier De Marchi voleva espugnare per assicurarsi un encomio dai piani alti del movimento. Gli armatori dello Scalone erano tra le poche famiglie in vista a Trieste ad aver mostrato un entusiasmo solo tiepido verso la politica che i Fasci avevano organizzato fin da quando tutto era cominciato, nel 1920. La loro compagnia di navigazione, più modesta rispetto alle altre, che erano dei veri colossi in città, era rimasta ancora libera da accordi con gli uomini di spicco del Fascio, mentre i concorrenti avevano già stretto rapporti saldi con il nuovo potere. Allora era stato deciso di intimorirli, di «educarli», con la paura. Quando alla prima riunione aveva sentito che lo scopo dell'operazione era quello, a Giacomo era sembrato che finalmente gli eventi gli fossero favorevoli. Aveva ragionato e pensato che in nessun modo quella insospettabile cantina dei Pàhor sarebbe stata mai perquisita. E proprio durante la consegna dei vini nuovi allo Scalone, assieme alle casse di Terrano e di liquore, sarebbero state fatte entrare nei magazzini del palazzo anche le casse con le armi. Niente di più semplice. Solo allora una denuncia anonima alle guardie regie avrebbe aperto le danze alle perquisizioni, qualche settimana di confusione, per poi spegnere tutto e ottenere la deferenza richiesta. Invece qualcosa si era inceppato, qualcosa era stato manomesso. Da dentro.

Camminò ancora, attraverso una strada poderale dritta che tagliava i campi e arrivò a vedere il mare, il litorale basso e sabbioso del piccolo golfo di Monfalcone. A sinistra i rumori del cantiere, faticosamente ricostruito dopo i bombardamenti, oltre, seguendo la costa, Duino, Miramare, Trieste. Si sedette su un blocco di cemento macchiato di ruggine rimasto lì, sulla spiaggia, forse dalla guerra. Non c'erano persone intorno, era solo.

Ripercorse gli ultimi mesi, da quando aveva deciso di far parte del Fascio di combattimento triestino, mentre avrebbe potuto iscriversi a quello più piccolo di Monfalcone. Ma no, voleva far parte del gruppo più forte, più numeroso, quello della città. E solo guardando a ritroso tutti gli eventi iniziò a percepire come l'ostilità di quell'assemblea, che lo aveva a fatica accettato e mai accolto, era stata manifesta fin da subito. Avrebbe dovuto capirlo, avrebbe dovuto annusare come un segugio tutti gli indizi, che erano stati tanti e molto evidenti, e abbandonare. Invece no, la sua testardaggine, si diceva, lo aveva portato non solo a restare, ma a cercare di mettersi in luce davanti a tutti. Lo slancio con cui aveva dichiarato di poter accedere allo Scalone, così, al primo incontro, gli aveva solo procurato nemici. La sua proposta, ancor prima di essere stata ascoltata, aveva ridicolizzato, in pochi secondi, tutti gli altri uomini presenti, che si riunivano da tempo e che non avevano avuto idee alternative. Ora gli sembrava di vedere tutto chiaramente. Come aveva fatto a non capirlo prima? Cosa lo aveva reso così cieco e incapace di fermarsi?

Continuava a sollevare con l'indice un pezzo di pelle secca attaccata a lato dell'unghia del pollice, prendendola anche tra i denti e cercando di strapparla.

Tirò forte, un po' di dolore, del sangue.

Succhiò e sentì il sapore ferroso in bocca, un gran fastidio. E proprio in quel momento, come se si trattasse di una fotografia o un quadro, ebbe davanti agli occhi l'immagine delle mani curate di Mareschi, con le unghie perfettamente arrotondate, le dita lunghe e sottili, i movimenti quasi femminei dei gesti. L'immagine di quelle mani, che gli avevano ricordato fin da subito quelle che aveva visto disegnate da Schiele a Vienna, si rimpiccioliva man mano che nella sua mente si formava la figura intera del corpo di Mareschi, con quei suoi occhi vicini, l'attaccatura bassa dei capelli, le sopracciglia scure, quello sguardo insofferente verso gli altri.

Che fosse stato lui a denunciare? Giacomo drizzò la schiena, stupefatto dai suoi stessi pensieri. Chi, se non Mareschi, avrebbe potuto sfasciare tutto il suo piano? Chi, oltre al cavalier De Marchi, ne conosceva i particolari?

Giacomo si convinse di avere ragione, che l'ipotesi fosse quella più corrispondente alla realtà. Una volta fatta chiarezza, cominciò a sentire un piccolo sollievo. L'aria era mossa da una brezza leggera, che gli portava alle narici l'odore acre e salmastro della bassa marea. Sulla battigia si muovevano, mossi dal vento, gomitoli di alghe secche.

Rimase sulla spiaggia a lungo, come se stare solo lo alleggerisse dai pensieri e una volta a casa evitò ogni incontro, rimanendo chiuso nella sua stanza. Continuava ad analizzare ogni dettaglio: sebbene il suo nome non fosse stato citato nella denuncia, era solo questione di tempo.

Il timore maggiore era quello del giudizio di suo padre.

Nemmeno quella notte riuscì ad addormentarsi. Cercava

disperatamente il sonno che, sperava, gli avrebbe dato un po' di pace, ma non lo trovava. Girandosi nel letto, le lenzuola si attaccavano al pigiama e quell'attrito gli impediva di muoversi agevolmente. Lo infastidiva tutto.

Nel buio dell'ora tarda, ogni preoccupazione si ingigantiva e, come fosse una matrioska, si apriva in tante piccole nuove paure. L'ansia gli faceva fare dei grossi inspiri che non lo facevano sentire meglio. Si sedette sul letto, accese la luce e fissò la spina di pesce del parquet come se si aspettasse di potervi leggere una soluzione. In quei minuti immersi nel completo silenzio, spostò il suo pensiero sui Pàhor e su Vittorio, forse per la prima volta nel corso della giornata. Per quanto non avesse alcun interesse a difendere una famiglia di sloveni del Carso, cominciava a sentire il disagio per averli messi nei guai. Allo stesso tempo, si preoccupava, per quello che avrebbe potuto raccontare Vittorio. Una parola dopo l'altra, senza troppa fatica, avrebbe portato a lui.

«Possiamo parlare?» chiese all'avvocato la mattina presto, ancor prima del caffè.

Andarono nello studio, soli, senza altre orecchie a sentire.

L'avvocato ascoltò le parole del figlio con una attenzione crescente, sollevandosi man mano dallo schienale della poltrona contro cui era appoggiato, rimanendo poi seduto sul bordo del sedile, tenendo i braccioli stretti tra le dita, entrando quasi, con le unghie, nella pelle bordeaux.

«E cosa aspettavi a dirmelo? Che i controlli che hanno fatto le guardie venissero verbalizzati e io potessi leggere parola per parola, tutto dai fogli? Stefàncich, fino a ora, ha solo detto che i Pàhor si affidano a loro per ogni tipo di consegna e trasporto. Ma tu, cosa aspettavi a dirmi tutto?»

«Ho riflettuto ieri. Mi sono trovato travolto...»

«Sei un irresponsabile! Uno stupido! Ti sei fatto fregare! Ti sei fatto mettere nei guai da qualcuno! Qualcuno che hai conosciuto alle riunioni! Chi altri?»

«Io ho un sospetto.»

«Non mi interessa il tuo sospetto!» urlò l'avvocato. «A nessuno interessa chi ha fatto la soffiata! A nessuno interessa quale fosse il piano, che poi nessuno confermerebbe, qui ti hanno scaricato! Sei solo adesso! I Pàhor sono soli! Gli Stefàncich, forse, ancora possono uscirne puliti... ma i Pàhor no!»

«Sono certo che abbiano voluto danneggiarmi. Per impedirmi di ottenere un buon risultato.»

«E tu consideri un buon risultato aprire la porta della casa di persone che conosci, siano le cantine dei Pàhor, siano i magazzini dello Scalone, per aiutare il Fascio triestino?»

«Poteva essere una buona opportunità...»

«Ah davvero?» l'avvocato aveva gli occhi rossi e sputava saliva dalle labbra. «E come avresti poi gestito il loro risentimento? Avresti potuto continuare a contare sull'appoggio di quelle stesse famiglie e di tutte le altre che conosciamo? Nessuno si sarebbe più fidato di te! Di noi!» fece una breve pausa in quel climax che sembrava non finire mai «...idiota!»

«Non lo avrebbero mai saputo se le cose fossero andate come io immaginavo. Se mi fossi affermato...»

«E anche fosse, davvero pensi di poterti affermare così, per un'idea avuta e buttata là» e socchiuse gli occhi, e avvicinò l'indice e il pollice della mano destra, come per disegnare un ricamo finissimo che riproduceva i suoi pensieri, che scandì e pronunciò aumentando il volume a ogni parola «*senza negoziare niente prima*?»

A Giacomo sembrò che la terra, diventata improvvisamente arida e rocciosa, si aprisse sotto ai suoi piedi in una voragine così larga e profonda da inghiottirlo senza provocare nemmeno un rumore.

«Cosa avrei dovuto negoziare?» chiese stupito, con la faccia bianca e gli occhi spalancati.

«Tutto! Tutto avresti dovuto negoziare! Dopo un programma di questo tipo! Non regalare un'idea!»

Giacomo deglutì, umiliato. Suo padre aveva sbattuto un faldone di carte sulla scrivania, facendolo spaventare.

«Pensavo ti dispiacesse per i Pàhor» ammise candidamente.

«Figurati se devo dispiacermi per tutti quelli che difendo! Penso alle conseguenze, sempre! Prima di fare qualsiasi cosa! E tu sei stato così sciocco da credere che, anche se il piano fosse andato bene, avresti ricevuto dei benefici! Senza pretenderli prima? Hai reso senza valore un'idea che poteva averne molto... E, come se non bastasse, ti sei fatto anche fregare!»

Ora riconosceva suo padre.

«Credo che possa essere stato...»

«Certo che è stato. Certamente che è stato!» e il tono della voce aumentava di intensità. «Ovviamente è stato uno del Fascio che ha voluto mandare a monte tutto! Non occorre essere intelligenti per capirlo! Ha voluto boicottarti e ci è riuscito!»

«Ma così ha vanificato tutto!»

«Evidentemente era più importante bloccare te. E sapeva di poterlo fare. Perché sei un idiota.»

Giacomo si tolse gli occhiali, stropicciò gli occhi lentamente, schiaffeggiato dalle parole di suo padre. Non riusciva ad agire mai in modo convincente. Per nessuno. Sentì addosso una profonda stanchezza. Il corpo gli sembrava pesante, le braccia difficili da sollevare. Ma avvertiva arrivare da lontano un insperato senso di liberazione.

Mareschi intanto aveva raggiunto lo studio del cavalier De Marchi. Gli venne aperto e fu accolto nella stanza legnosa senza attesa. Si sedette in silenzio. Il vecchio alzò gli occhi e lo guardò senza smorfie.

«Abbiamo conoscenze sufficienti per bloccare le indagini. Se ci possono danneggiare. Ci sono abbastanza questioni che devo gestire e non credo ci serva anche un fastidio come questo. Possono risalire a noi?»

«Non direttamente. Forse solo a Ledri.»

«Ledri. Sembrava così certo che il piano fosse sicuro.»

«Sembrava» disse, insinuando, tenendo lo sguardo fisso su

un punto, dietro alla testa del cavaliere, tra il terzo e il quarto scaffale della libreria, da dove pendeva una bandierina italiana di carta logora.

«Cosa succede adesso?» chiese il vecchio, soffocando uno dei suoi rutti.

«Ledri ha dimostrato di non essere attendibile. Non possiamo fidarci di lui. Non è stato in grado di mantenere la sicurezza al livello necessario.»

«Ha parlato troppo?»

«Chi può dirlo, magari al bordello, con qualcuna delle sue puttane. Le voci girano...»

«Le guardie non ci daranno problemi. Chiamerò oggi stesso la caserma di Monfalcone, per fermare tutto. Ma evitiamo di avere Ledri tra i piedi in futuro.»

«Bene» sorrise Mareschi improvvisamente rilassato «a ogni buon conto, ci ha fatto una cortesia. La notizia di armi nascoste nella cantina di uno slavo aiuterà la nostra causa.»

«Sì, è vero. Ma se quelli sono innocenti, vorranno andare a fondo. Meglio insabbiare. Ci penso io. Chiudiamo questa faccenda. Poi penseremo a un'altra strategia per convincere gli armatori ad appoggiarci.»

«E Ledri? Lo facciamo controllare?» chiese, non ancora soddisfatto.

«No. Ricordati chi è suo padre.»

Liberazione

Xe mejo un magro acordo che una grassa sentenza

Quella sera Vittorio Stefàncich aspettò Giacomo Ledri fuori dal cancello di Anna Kramer. Sapeva che lo avrebbe trovato lì. Ne era certo.

Lo vide uscire, infatti, camminando curvo, con lo sguardo per terra e le mani affondate nelle tasche dei pantaloni. La giacca aperta, il panciotto sbottonato, la cravatta allentata.

«Una brutta serata, Giacomo?»

«Una brutta giornata, direi. Non entri?»

«Cercavo te. Ti cerco da ieri.»

«Allora mi hai trovato.»

Giacomo estrasse una sigaretta che teneva nel taschino della giacca di tweed inglese verde e beige. Non arrivava più quella stoffa da quelle parti, ora che Trieste non era più il porto di un impero.

«Come posso aiutarti?» Millantò la sicurezza e la tranquillità che non aveva.

«Credo che sia necessario parlare. Di una questione importante.»

«Quale questione?» chiese, alzando la testa, ma non gli occhi, fingendo di non capire.

«Non ho fatto il tuo nome alle guardie. Non ho detto che, con ogni probabilità, quelle armi sono state portate nella cantina dei Pàhor assieme all'ultima consegna fatta con il mio autocarro dopo che tu hai organizzato tutto.» Cercò di stare calmo.

«Non so di cosa parli.»

«Cristo santo, Giacomo! Questa è la tua riconoscenza? Non merito nemmeno la tua sincerità? Un uomo è in stato di fermo perché qualcuno ha nascosto delle armi nella sua cantina! E la denuncia anonima dice che sono state trasportate con un mio mezzo. E dai movimenti risulta chiaramente che l'ultima consegna ai Pàhor è stata fatta tre settimane fa... Giacomo! Come hai potuto?» Mentre urlava e aveva voglia di prenderlo per il collo della giacca e spingerlo per terra, Vittorio sentì di stare implorando Giacomo. Di star implorando la sua sincerità di amico.

Ledri continuava a fumare, guardandosi le scarpe.

«È chiaro che tu sai di quelle casse, Giacomo. Io non ho parlato di te, non volevo farlo davanti a tuo padre, ma renditi conto che i Pàhor non meritano questo. Devi parlare e spiegare che cosa è successo. Devi aiutarli!»

Dopo un interminabile silenzio, Giacomo inspirò forte e trattenne l'aria nei polmoni. Poi, come se si trattasse di un malessere improvviso che si manifesta senza preavviso, vomitò parole.

«Quindi non hai fatto il mio nome. Sei stato gentile e intelligente, come sempre. Io non ci sarei arrivato. Mi hai salvato agli occhi di mio padre, dici? Beh, almeno in pubblico, sì, gli hai risparmiato una gran vergogna. Ma sa tutto, sai? Glielo ho raccontato io, tutto, per filo e per segno. Il figlio scemo, quello che non sa prendere decisioni, quello che sbaglia, quello che si fa fregare, ha deciso di raccontare tutto all'avvocato Ledri, per essere sicuro di essere tolto dai guai. Ah, ha avuto parole di elogio per te, mio padre. Come al solito.»

«Tuo padre sa tutto? Da quando?»

«Da questa mattina.»

Che l'avvocato Ledri non fosse a conoscenza di tutta la verità, durante il loro ultimo incontro con Antonia, lo tranquillizzò. Ma ora era necessario trovare un altro avvocato, Ledri non poteva più difenderli.

«Sono un membro del Partito fascista, Vittorio! Questa è la spiegazione.»

Parlava e lo guardava per la prima volta negli occhi, mostrando la sicurezza che dà l'appartenenza a un gruppo.

«Tu?» esclamò Vittorio incredulo, quasi senza fiato.

«Io. Proprio io. L'avresti mai detto? Ah, ho rotto diverse vetrate del *Narodni Dom* due anni fa, se proprio vuoi conoscere tutta la verità.»

Mentre parlava, preparava un'altra sigaretta, arrotolando la cartina con le mani tremolanti. La accese col mozzicone consumato e guardò Vittorio in faccia da sopra le lenti degli occhiali per godere della sua espressione sorpresa. Almeno quello.

«E lavori con i Pàhor?»

«Ti sembra un controsenso?»

«Un immenso controsenso! E sei stato così vile da coinvolgerli in questa faccenda così sporca? Perché sono italiani di minoranza di confine hai voluto infangarli in questo modo? Io non so più chi tu sia.» Si coprì la faccia con le mani, sconvolto.

«Sono io, sempre lo stesso. Non si devono mai perdere le buone occasioni, no? L'idea iniziale non era proprio questa, in effetti, ma possiamo dire che, nell'ottica del progetto di pulizia del Paese, dobbiamo pur cominciare da qualche parte. E alla fine un risultato c'è comunque stato.»

Vittorio stentava a credere a quello che stava sentendo. Non riusciva a ribattere e a formulare pensieri. Giacomo, invece, più parlava, più si convinceva che, in fondo, pur con la deriva che il piano aveva preso, l'obiettivo di italianizzare le province nuove indebolendo gli slavi comunisti si poteva dire raggiunto. Almeno per quanto riguardava la famiglia Pàhor.

Poco importava che fossero in realtà italiani, che non fossero sostenitori del bolscevismo, che conoscessero l'italiano, la loro lingua, a menadito, e fossero solo capaci di parlarne anche un'altra.

Improvvisamente, durante quella recita con Vittorio, si accorse che il malessere che lo aveva accompagnato fino a quel momento era sparito. Avrebbe cercato di parlare ancora con il cavalier De Marchi. Certamente lo avrebbe fatto.

«Hai fatto tu la denuncia anonima?»

Giacomo sentì a malapena, impegnato a programmare la sua rinascita.

«L'hai fatta tu?» lo incalzò Vittorio. «Sei stato tu? E come facevi a essere così certo che non avremmo tirato in ballo anche te in questa faccenda? Come facevi a sapere che il signor Pàhor non avrebbe sospettato di te, come io ho fatto, ma che, essendo tuo amico, non avrei parlato?»

«Il signor Pàhor si fida di me» rispose, camminando in sospeso tra il detto e il non detto, tra la verità e la menzogna, tra l'orgoglio e la vergogna, sfruttando il momento per sembrare importante, per sembrare deciso.

Per sembrarlo.

Vittorio respirava ansimando, disgustato, deluso e profondamente ferito.

«Lo hai fatto il ginnasio, vero?»

Ledri non capiva.

«Lo hai fatto il liceo? Giacomo!» gridò, sputando gocce di saliva per la foga.

Giacomo annuì sollevando il mento in un gesto che voleva esprimere disinteresse.

«Te lo ricordi dove ha messo Dante quelli che tradiscono le persone che avevano fiducia in loro?»

Non andò oltre, ricordandosi immediatamente di far parte lui stesso di quel girone di dannati.

«Non prendertela tanto per i Pàhor, Vittorio. In fin dei conti non cambierà la nostra vita.»

«Giacomo, cambierà la loro.»

«Il futuro della loro figlia mi sembra già segnato. Una in meno. Col padre pregiudicato, senza cantina e senza soldi non la sposerà nessuno. Ci guadagniamo tutti.»

Giacomo sentì un colpo e poi un gran dolore sulla guancia

sinistra seguiti dal rumore del suo cranio che colpiva la terra polverosa. Rimase disteso, per qualche secondo, intontito. Si alzò barcollando, toccandosi il viso per assicurarsi di non sanguinare. Vittorio non c'era più. Si guardò intorno, nessuno aveva visto quella scena pietosa. Pulì la giacca con uno strano sorriso sulla faccia, contento di essere riuscito a trasformare una sconfitta in una vittoria.

Vittorio aveva voglia di urlare. Sbattendo i talloni sul marciapiedi camminò veloce e raggiunse la sua macchina. Salì e, improvvisamente stremato, appoggiò la faccia al volante respirando a bocca aperta.

Giacomo Ledri uno dei fascisti. Uno di quelli che non avevano remore a picchiare la gente, a incendiare negozi e giornali, a chiudere le bocche con la violenza. Aveva letto le notizie. Sapeva che in quel movimento molti erano ex soldati della guerra, che gli Arditi erano numerosi e i più convinti squadristi. Solo una minoranza di loro aveva aderito al movimento degli Arditi del popolo, contrari ai Fasci di combattimento.

Li aveva conosciuti in guerra, gli Arditi. Erano quelli dei reparti d'assalto, i più coraggiosi, quelli addestrati nella scuola speciale a Manzano per compiere le operazioni più rischiose, per conquistare le trincee. In virtù del rischio maggiore a cui andavano incontro, seguivano una disciplina meno pesante, avevano diritto a un rancio migliore, all'esonero dalle guardie in trincea. In guerra erano stati degli eroi? Sì, lo erano stati. Senza alcun dubbio. Ma alcuni di loro erano anche fanatici, sfrenati negli istinti, brutali.

Vittorio ne ricordava uno, con il pugnale infilato nel fodero, mentre puliva dal sangue una mazza ferrata sottratta agli austriaci dopo un attacco. Si era seduto proprio vicino a lui, vicino alla postazione di comando, per riposare. Vittorio ne aveva percepito l'eccitazione: il respiro corto, gli occhi spalancati, l'adrenalina ancora tutta in circolo, l'istinto animale non ancora sopito. Sorrideva soddisfatto mentre passava uno straccio sulle punte aguzze della mazza, osservando con attenzione lo strumento che aveva tra le mani, quasi fosse un oggetto sacro da venerare. Aveva poi lasciato cadere lo straccio per concentrarsi in un movimento lento e preciso con le dita della mano sporca di grasso nero e di sangue. Vittorio, sulle prime, non aveva capito, ma poi aveva visto l'Ardito sfilare un capello impigliato tra le punte della mazza ferrata, guardandolo con aumentata soddisfazione mentre lo teneva tra le dita. Vittorio si era allontanato rapidamente, cercando di ricomporsi, ma appena era rimasto solo in disparte, complice lo schifo della guerra, oppure il cibo freddo e colloso della sera precedente, aveva vomitato tutto quello che aveva in corpo.

Dopo la guerra molti degli Arditi rimasti avevano preso una deriva violenta, alcuni quasi criminale. E i Fasci di combattimento avevano approfittato di quel malumore arruolandoli in massa con entusiasmo.

Ora Giacomo Ledri faceva parte di quella realtà. Ora quella realtà, anche attraverso Giacomo Ledri, non era più solo dei giornali, ma era entrata subdola nelle loro case. Non c'era modo di tornare indietro.

Vittorio rimase fermo in macchina a pensare per un tempo indefinito. Il suo malumore per le notizie appena ricevute si amplificava quando pensava a sé stesso. Tutta la paura, la fatica, il coraggio spesi in guerra, tutti gli ideali, i buoni propositi, la dignità, gli sembrarono valere meno dell'arroganza di Giacomo. Lui, che aveva approfittato delle conoscenze del padre per evitare l'arruolamento, lui che era rimasto al sicuro lontano dalle trincee, dalle bombe, dal colera e dalla morte, proprio lui adesso aderiva a un movimento di violenti che faceva leva proprio sulla insoddisfazione dei soldati reduci per arruolare uomini tra le sue fila.

Pensarlo a incendiare il *Narodni Dom* o a prendere parte ai miserabili piani dei fascisti lo faceva rabbrividire. E lo faceva sentire inerme. Sentiva che quell'onda umana non sarebbe stata facile da controllare e che il grimaldello della rabbia e della frustrazione era oliato alla perfezione per aprire serrature arrugginite di malcontento sociale ed etnico. Provava vergogna che la terra in cui era nato, per cui aveva combattuto, fosse diventata uno dei baluardi dei fascisti.

Il signor Pàhor arrivò a casa a mattino inoltrato, tirò la catenella della campana che pendeva a lato del cancello chiuso. Otto gli corse incontro. Poi arrivarono le donne che gli aprirono e lo avvolsero di abbracci. Era stanco, sembrava dimagrito, ma forse era solo l'effetto della stanchezza sul volto non più giovane. Non volle parlare, non volle rispondere alle domande infinite di Antonia. Occorreva lasciar correre, dimenticare. Aveva ben capito il messaggio che gli era stato dato. Non una parola, con nessuno.

E il signor Pàhor iniziò subito a mantenere la parola data al comandante delle guardie regie, quell'uomo di bassa statura e con gli occhi piccoli, che parlava scandendo le parole e, molto probabilmente, pensava scandendo i pensieri, quando voleva dare l'impressione di essere integerrimo e preciso nell'esercizio della sua funzione. Guai ad ammettere la deferenza verso il cavalier De Marchi che, di buon mattino, gli aveva dato le istruzioni da seguire. Guai ad ammettere che proprio a lui, il comandante, era stato comandato che il signor Pàhor, per il momento, dovesse essere lasciato libero di proseguire con la sua impresa, assicurandosi che non eseguisse indagini personali sul pasticcio accaduto.

Passò poco tempo prima che l'avvocato Ledri si presentasse alla loro porta sorridendo trionfante. Solo lui, in quel momento, sapeva di essere come un corridore che vince perché gli altri concorrenti erano tutti inciampati. Teneva la testa alta e il petto in fuori, come se quella liberazione fosse stata merito suo. Era venuto a raccogliere gli elogi, non ad accertarsi che Giacomo fosse al di fuori dei sospetti. Questo i Pàhor dovevano pensare. Di questo lui si doveva assicurare.

«Avvocato, devo ringraziarvi per il vostro operato. Vi prego di dirmi il compenso.»

«Caro Wilhelm. Quale compenso! Nessun compenso, è stata solo l'assistenza a un amico. Sono felice, piuttosto, che la questione si sia facilmente risolta.»

Gli diede due pacche sulla spalla, con la sicurezza di chi sa che, in fondo, la sera potrà tornare a dormire nel suo letto, senza pensieri, perché quelli sono degli altri. Pàhor colse ogni sfumatura, ma rimase fermo nella sua posizione di mantenere i buoni rapporti ed evitare scontri, con chiunque. Non si sentiva sicuro, non si fidava più di nessuno. Chiunque poteva aver aperto le porte della sua cantina per incastrarlo e avrebbe potuto farlo di nuovo, con altrettanta facilità. Spinse con garbo l'avvocato Ledri per un gomito, conducendolo verso lo studio. Chiuse la porta.

«Non capisco, davvero, cosa sia accaduto.»

«Sarà difficile comprenderlo, caro Pàhor. Vista la situazione, credo sia davvero meglio lasciar correre e non incaponirsi a fare domande. Vi hanno liberato, giusto? Godetevi questa libertà. Guardate avanti.»

«Ma potrebbe accadere di nuovo? Di essere arrestati per qualcosa che non si ha commesso? Di cui non si era nemmeno a conoscenza? Chi e quando ha portato quelle casse di armi nella mia cantina? Devo sospettare delle persone che lavorano con me? Di Milo, di sua moglie...»

«Assolutamente no!» lo interruppe Ledri, spalancando gli occhi, prima che l'elenco arrivasse a toccare il nome di Giacomo. «Non dovrà più accadere! Io vi rappresenterò legalmente per difendervi, da amico, sempre.»

Il signor Pàhor fece un cenno con la testa, come per ringraziare, ma non gli riusciva facile far finta di niente.

«Deve essere certamente stato un progetto andato in fumo. Qualche contrabbandiere deve aver approfittato della tranquillità del posto per usarlo come nascondiglio. Non vedo altre spiegazioni...» Ledri iniziò a tessere la sua tela disegnando una storia che potesse sembrare credibile. Annuiva, sorrideva, cercava di dissimulare serenità e sicurezza.

«Ma non è una cosa da poco. Non posso ignorare che qualcuno sia entrato nella mia cantina, abbia nascosto quelle casse con tale perizia, certo che non sarebbero mai state trovate. E poi chi, chi può aver avuto l'interesse di fare la spia? E poi mi chiedo... come mai questa liberazione improvvisa senza che io abbia potuto dimostrare niente, in fin dei conti... non abbiamo dimostrato niente!»

«Sono troppe queste domande perché io possa dare delle risposte, che sia stato uno sgarbo tra balordi è la cosa più probabile e voi vi siete trovati in mezzo, come il capro espiatorio perfetto affinché loro la facciano franca.»

«Ma allora, come mai sono stato rilasciato?»

«Non fatevi troppe domande, per il vostro bene lo dico. Se volete che tutto torni tranquillo come prima, lasciate passare questa avventura come un grande malinteso. Credetemi. È la cosa migliore da fare. Per voi e per la sicurezza della vostra famiglia.»

Quelle parole, seppur pronunciate con gentilezza, suonarono a Pàhor come una velata minaccia. E capì che sarebbe stato meglio smettere di fare domande. Ledri sapeva molto di più di quel che voleva far credere, questo era certo. Ma se era vero che qualcuno, chiunque fosse, aveva deciso di insabbiare, si diceva il signor Pàhor, allora, forse, davvero sarebbe stato meglio tacere, tenere gli occhi aperti e non chiedere altro.

«Se non sbaglio il farmacista del paese vicino, subito dopo la guerra, era stato scoperto a prestare soldi a usura. Che abbia investito in armi?» insinuò Ledri.

«Non ricordo» disse il signor Pàhor, evitando di assecondare le parole dell'avvocato e aprì la porta dello studio invitandolo a ritornare nel salotto.

«Gradite del caffè?» chiese la signora Pàhor ingenuamente.

«L'avvocato Ledri ha molti impegni questa mattina. Non facciamogli perdere altro tempo.»

Rosalba gli porse il cappello. L'avvocato se lo schiacciò

sulla testa, salutò con un sorriso e uscì dalla porta velocemente. Mentre attraversava il giardino per raggiungere il cancello, Otto lo seguì, annusando la sua borsa di pelle sgualcita.

«Levati cane!» Imprecò, dandogli dei colpetti sul muso con la cartella per allontanarlo. Respirò a fondo quando si chiuse il cancello dei Pàhor alle spalle.

La fatica di quella messa in scena gli era costata la camicia. Era sudato, teso. Si sentiva puzzare. Aveva sostenuto molte arringhe, cause, dibattiti, liti, discussioni, era il suo lavoro. Ma mai, prima, aveva avuto bisogno di proteggere suo figlio.

Scese verso la città con l'automobile senza accorgersi di aver incrociato l'automobile di Vittorio Stefàncich che guidava nel senso opposto.

Il signor Pàhor lo abbracciò con il calore di un padre e, come un figlio, Vittorio ricambiò la stretta.

«Sono davvero felice che siate ritornato a casa! L'ho saputo da mio padre, che ha incontrato l'avvocato Ledri stamattina. Tra l'altro, l'ho visto scendere poco fa.»

«Sì, se n'è appena andato.»

«Se non sono indiscreto, vi ha dato delle rassicurazioni?»

«Mah» espirò cercando di riflettere, rimanendo cauto «mi chiedo chi rischierebbe di nascondere delle casse di armi in casa d'altri quando potrebbe nasconderne cento e non due, dentro a una grotta o in fondo a una dolina, senza che nessuno possa accorgersene. Occorre che dica altro?»

«No.»

«Da oggi in poi so che saremo presi di mira, che cercheranno di infangarci, di metterci in pericolo. Spero solo...»

«Ad Antonia non succederà niente di pericoloso.»

«Me lo auguro. Ma chi può dirlo.»

«Non ci saranno occasioni in cui lei possa essere in pericolo. Ma per un po' occorre essere cauti.»

«Certo, certo. Cauti. Sembra facile. Avrei preferito ci fosse un processo. Almeno avrei potuto capire qualcosa.»

«Ne siete certo?»

Si guardarono negli occhi capendosi, niente sarebbe stato mai chiarito e anzi, con ogni probabilità, se ci fosse stato un processo, il signor Pàhor sarebbe stato dichiarato colpevole. Vittorio non ebbe il coraggio di dire ciò che sapeva. Non in quel momento. E in un attimo si chiese se fosse giusto farlo, se avesse dovuto metterli in guardia dai Ledri.

Sentiva di doverli proteggere, di volerli aiutare.

Rosalba, entrando in cucina, annunciò che Vittorio Stefàncich era arrivato e che stava parlando con il signor Pàhor in salotto. Voleva che Antonia sentisse. Voleva studiarne la reazione, lei che sola conosceva il loro segreto. Ma Antonia, sebbene avesse il cuore che scandiva un ritmo forsennato, rimase composta, continuando a sbucciare la sua mela, seduta accanto al grande tavolo di marmo grigio. Avrebbe voluto correre da lui. Saperlo in casa, senza poterlo vedere era una tortura. Aveva ripensato infinite volte a quell'ultima carezza che le aveva fatto il giorno prima. Doveva avere avuto pure un significato! Invece sembrava sempre più chiaro che la loro intimità, vissuta così fugacemente quel giorno alle vigne, fosse soltanto un ricordo sempre più sbiadito nella mente di Vittorio, un esercizio a cui era abituato.

Continuava a sbucciare le mele, tenendo le orecchie tese verso il tinello.

«Grazie di essere venuto a salutarmi. So, caro Vittorio, di poter contare su di voi e vi ringrazio per tutto quello che avete fatto in mia assenza.»

«Non ho fatto niente, signor Pàhor.»

«Smettetela. Sapete di essere stato prezioso per me, per mia moglie e per mia figlia. La vostra amicizia ha un grande valore per noi. Spero solo che questa nostra conoscenza, visto quello che è successo, non sia stata di troppo danno per la vostra famiglia. Vi prego di portare le mie scuse a vostro padre e ditegli che avrò presto occasione di chiarire di persona. Io non sapevo nulla di quelle armi.»

«Nessuno ha mai avuto il minimo dubbio su di voi. Non dovete scusarvi di niente.»

Antonia aveva appoggiato la mela, continuando a stare seduta.

Sentì il rumore della porta e balzò in piedi, portandosi alla finestra, improvvisamente delusa.

Vide Vittorio camminare attraverso il vialetto di ghiaia del giardino, guardando per terra. Corse allora verso le altre finestre, quelle che le permettevano di allungare lo sguardo fino al cancello. Lui si fermò un momento, accarezzò la testa di Otto. Poi, come se un incantesimo avesse reso possibili i desideri di Antonia, alzò gli occhi proprio verso la sua finestra e la vide.

Rimasero a guardarsi, senza un sorriso o un gesto, per dei secondi lunghissimi. Poi l'incantesimo finì, lui riprese la sua espressione seria, la salutò sollevando un poco il cappello e scomparì senza girarsi mai.

Antonia trattenne il fiato per tutto il tempo e rimase ferma immobile alla finestra. Rosalba sorrideva mentre intuiva i pensieri di Antonia, resi manifesti, per lei che sapeva, dal viso tirato e gli occhi bassi. Un'altra tacca sulla cintura di Vittorio Stefàncich. Un altro cuore infranto, così impara, si disse. Fiera della sua condotta irreprensibile, che mai l'aveva resa ridicola o debole dinanzi a un uomo.

Sentì crescere in sé la soddisfazione.

En garde

La scova parla mal del manigo

Nei giorni successivi Rosalba andò al lavoro sorridendo.

L'idea che Antonia Pàhor fosse caduta come una qualsiasi delle ragazze che erano passate prima di lei lungo la strada di Vittorio Stefàncich, gliela aveva resa improvvisamente meno fastidiosa. Antonia era come tutte le altre, né più né meno. Non aveva quindi motivo di sentirsi superiore, come le sembrava che avesse sempre fatto, millantando una gentilezza costruita. Perché di questo Rosalba era certa: Antonia Pàhor era altro da quello che sembrava. La sua cortesia e la sua affabilità non potevano che essere finte. Non potevano che essere un modo per farsi amare e apprezzare, cercando di far abbassare le difese degli altri. Era un modo subdolo per catturare le simpatie dei lavoranti. Adesso che era ferita, adesso che stava soffrendo, si diceva Rosalba, sarebbe venuta fuori la sua vera natura, la vera essenza della figlia del padrone.

Bastava avere pazienza, aspettare, e tutto sarebbe stato alla luce del sole, per tutti e non più solo per lei. Antonia presto avrebbe fatto un passo falso e si sarebbe finalmente tolta di dosso quell'aura di perfezione che lei proprio non sopportava.

Rosalba non poteva certo immaginare che Antonia si caricava, piuttosto, del peso del suo stato: considerandosi privilegiata, viveva con un certo senso di colpa la sua posizione, impegnandosi per non farla pesare. Esercitava un continuo, involontario esercizio di limitazione della propria autorevolezza quando si trovava dinanzi a persone più semplici di lei. Solo qualche volta, quando proprio la misura superava il limite, cercava di imporre il suo pensiero, come era accaduto quella volta con Elio Cotich dagli Stefàncich. Ma erano eventi rari. Nei riguardi di Rosalba aveva sempre provato un sincero rispetto, sostenuto dalla caparbietà e dalla forza di volontà che riconosceva in quella giovane donna. Ammirava la sua tenacia nel prendersi in carico la responsabilità della sua famiglia, l'umiltà con cui ogni giorno prestava servizio nella casa di una compagna della scuola elementare.

Anche da bambine, quando Antonia arrivava dal Carso e Rosalba dalla pianura e si ritrovavano ogni giorno nella stessa scuola, non erano mai state amiche. Rosalba la guardava di nascosto, riconosceva la fattura pregiata della cartella di pelle, la cura con cui il grembiule veniva stirato, la finezza del pizzo del colletto bianco. Niente a che vedere con la stoffa grezza del suo e coi libri tenuti insieme da una cinghia.

Sua madre l'aveva spronata più volte a fare amicizia con la figlia dei Pàhor, erano gente del Carso, ma erano benestanti e certo Rosalba avrebbe tratto giovamento dal frequentarli. E si innervosiva tutte le volte che la figlia se ne rifiutava, adducendo motivazioni che erano chiaramente poco lungimiranti. Ma Rosalba era così, cocciuta.

Una mattina arrivò alla casa dei Pàhor e vide Antonia seduta sulla panchina di pietra del giardino che era rivolta verso il mare. Teneva la testa china, forse stava leggendo. O forse stava solo nascondendo il viso per non far trapelare le sue pene.

Rosalba sorrise, provando un'insana soddisfazione. Pensava che un rallentamento, un freno, se non addirittura un blocco nella vita fortunata di Antonia non poteva che starle bene.

«Magari impara cosa vuol dire vivere. Magari impara quanto sia faticoso soffrire» si diceva salendo le scale, attenta a non farsi sentire da nessuno «magari la smette di sentirsi migliore degli altri. Serviva Vittorio Stefàncich per insegnarglielo.»

«Rosalba!»

La signora Pàhor aveva chiamato. La voce proveniva dal piano di sotto, bisognava correre.

La trovò in fondo alle scale, mentre la aspettava sorridendo.

«Cara, questa mattina avremmo bisogno del tuo aiuto alla vigna vecchia.»

«Certo signora, ditemi cosa devo fare.»

«È stato fatto un ordine speciale. Dovresti aiutare Antonia a imballare delle bottiglie, credo che per alcune sia necessario anche incollare le etichette.»

«Vado subito?»

«Vai. Assicurati solo che le camicie di mio marito siano tutte a posto e stirate.»

«Già controllato signora, sono pronte.»

«Allora poi prenditi la giornata.»

Rosalba tolse il grembiule e indossò i suoi vestiti. Raggiunse in pochi minuti la vigna vecchia.

«È permesso?» chiese titubante affacciandosi alla porta.

«Vieni! Sono qui.»

Rosalba entrò, osservando tutto. La stanza era grande e la scrivania con la sedia del signor Pàhor era piena di cartelle, fogli, plichi. In quel posto ci era stata una sola volta, dopo la vendemmia, quando la signora Pàhor proprio dietro a quella scrivania, pagava a uno a uno i lavoranti.

Antonia era seduta a un tavolo più piccolo, attaccato al muro, vicino a una delle finestre.

Stava staccando da un grande foglio colorato, le etichette per le bottiglie. Sembrava concentrata.

«Vieni Rosalba. Aiutami! Si staccano una dall'altra come i francobolli, vedi? Ci sono i segni che dicono dove strappare... vuoi cominciare a prepararne trenta di quelle? Dovrebbe essere facile. Queste piccole qui che si metteranno sui colli delle bottiglie mi fanno dannare.»

«Certo...» Rosalba prese in mano il foglio con le grandi etichette rettangolari.

Erano molto belle, con dei decori lineari e semplicissimi, le scritte nere su uno sfondo color crema. Quasi le dispiaceva staccarle, interrompendo la perfetta simmetria di quel foglio.

Sbirciò verso Antonia, per imitarne i movimenti, lei se ne accorse e come sempre rispose con un sorriso. Possibile che avesse sempre voglia di sorridere?

«La carta è già impregnata di colla... dopo un po' la senti sulle dita. Ma basta lavarsi con l'acqua e va via.»

Rosalba non aveva risposto. Era in piedi, china sul tavolo, attenta a strappare in modo preciso.

«C'è una riga? Un decimetro? Qualcosa che posso usare?»

«Certo! Guarda, è qui» Antonia glielo passò allungando un braccio «siediti anche tu, starai più comoda.»

«Non si lavora bene da seduti.» Aveva risposto secca, ripetendo la frase che le diceva sempre sua madre le volte in cui la aiutava in cucina. No. Non si lavora seduti. Cosa poteva saperne Antonia. Cosa poteva saperne lei di lavoro.

Così Rosalba rimase curva, provando un certo piacere nel favorire la rottura precisa della carta secondo quelle linee tratteggiate prestabilite. Ogni tanto si concedeva di guardare le mani di Antonia: le dita lunghe, le unghie pulitissime, il polso stretto attorno a cui era assicurato un braccialetto d'oro a maglia sottile. Poi posò gli occhi sulle sue di mani, screpolate, con le unghie rovinate dal lavoro che faceva in campagna per aiutare suo padre, nessun monile. La pelle secca si spezzava in ferite orizzontali sulle nocche tutte le volte che piegava le dita; ormai aveva smesso di prestarci attenzione, se non quando stirava i panni bianchi e si assicurava di non macchiarli di sangue.

Sospirò e senza volerlo strappò l'angolo di un'etichetta.

«Oddio!» esclamò, guardando subito Antonia, aspettando un rimprovero.

«Che c'è?»

«Ho rotto un angolo.»

«Si può usare lo stesso?»

«Non so.»

«Vediamo!»

Antonia si avvicinò e Rosalba sentì il buon profumo che ormai sapeva riconoscere. Lo sentiva anche dopo il bucato, quando stirava le camicie e il calore del ferro risvegliava l'aroma fissato sui tessuti. Era buono. Molto buono.

«Ma sì che si può usare! Non preoccuparti.»

Rosalba si sentì sollevata dal fatto di non dover chiedere scusa. Ma allo stesso tempo si sentì stizzita. Dal niente le era montato di nuovo un senso di fastidio. Certo che quella etichetta si poteva usare lo stesso. Certo che si poteva. Odiava solo dover render conto, per lo meno ad Antonia. Per questo le parole che pronunciò poi le uscirono dalla bocca senza che potesse governarle. Iniziò quella che sembrava la conversazione amichevole di due persone che stanno lavorando insieme. Per Rosalba, invece, era qualcosa di più.

«La consegna è prevista per oggi?» chiese.

«Cosa?» Antonia non si aspettava domande.

«Le bottiglie, vengono a prenderle oggi?»

«Sì, oggi pomeriggio. Milo ha già preparato gli imballi, dobbiamo solo assicurarci che siano pronte, e lui le sistemerà.»

«E chi verrà?»

Antonia ebbe un'impercettibile esitazione. E Rosalba la colse tutta.

«Un autocarro degli Stefàncich porterà le bottiglie a Trieste.»

«Oh...» disse Rosalba annuendo. Come se tutto fosse normale, come se quel discorso fosse un modo per ingannare il tempo. Invece non era così. Sapeva di aver acceso una miccia, di aver ricordato ad Antonia qualcosa a cui, evidentemente, si sforzava di non pensare.

«La cantina di vostro padre ha un contratto con gli Stefàncich per le consegne?»

«Sì...» tagliò corto Antonia «ma mi dispiace ci sia tutta questa formalità tra noi. Perché non ci diamo del tu? Non vuoi?»

Antonia sembrava voler cambiare discorso. E allora quale

migliore occasione per continuare a parlare e ignorare l'invito ad accorciare le distanze.

«A Monfalcone li conoscono tutti. Controllano il movimento merci con il cantiere. Il signor Stefàncich dà lavoro a molta gente. Gli vogliono tutti bene. Il figlio invece...» si fermò astutamente, alzando lo sguardo per scrutare il viso di Antonia che però non fece una piega «...non si sa se continuerà con l'azienda. I *babèzi* dicono che voglia andarsene e che i suoi modi burberi non piacciono agli operai.»

Non proseguì, aspettando che Antonia chiedesse delle dicerie delle *bàbe*, le pettegole. La verità era che nessuno aveva mai detto che Vittorio volesse andarsene. Se lo era inventato in quel preciso momento, per cattiveria, per divertimento. E quella menzogna aveva il sapore dolce dello zucchero; provocare disagio in Antonia, chissà come, infondeva benessere in lei. Non si fermò a pensare quale fosse la ragione di quelle azioni, o a quanto le sue parole fossero meschine e ingiuste. Era un attacco gratuito, provocato dal niente. Eppure sentiva il bisogno di sferrarlo. Di affondare la sua lama sempre più in profondità per prendersi una rivincita, una misera soddisfazione.

Antonia continuò a strappare etichette.

Si sforzava di non cedere alla tentazione di fare domande. Rosalba sembrava sapere molto. Gli Stefàncich erano una famiglia in vista a Monfalcone, questo era risaputo, ma che la gente parlasse così di Vittorio questo no, non lo aveva immaginato.

«Tanto gli Stefàncich possono permettersi di fare quello che vogliono, anche di non lavorare, ricchi come sono. Li conoscete bene, vero?»

«Li conosco, sì, ma non posso dire di conoscerli bene...»

«Ah, certo. Gente così non si conosce mai fino in fondo» insinuò. Ecco. Un colpo perfetto.

«Cosa vuoi dire?»

«Ah, niente.» Rosalba si ritrasse, in bilico tra il timore di aver esagerato e il desiderio di lasciare qualcosa di non detto che stimolasse ancora la curiosità di Antonia.

«Davvero, cosa intendevi?»

Rosalba si comportava come un ragno che con pazienza completava la sua tela. Appena colse che la domanda di Antonia non aveva il tono di un rimprovero, ma era un vero desiderio di sapere, non tenne più a freno la lingua.

«Niente, solo che persone come loro, come il figlio, Vittorio, sono così sazie e piene di boria che non si fanno scrupoli a fare tutto quello che vogliono, senza pensare.»

Rosalba si sentì come uno schermidore che affondava ancora la punta della sua spada nel corpo dell'avversario. Con precisione. Tac. Fatto.

Aspettava di vedere se quelle parole pronunciate così abilmente sarebbero state capaci di smuovere Antonia e di farle vuotare il sacco. Parlare lei stessa di quello che era successo tra loro. Un pettegolezzo gustosissimo, una primizia da mangiare appena colta dalla pianta.

Antonia invece non emise un suono. In lei gorgogliavano il desiderio di sapere, misto alla sorpresa: mai prima di allora Rosalba si era spinta a dire una parola in più rispetto a quelle dettate dalla burbera cortesia alla quale li aveva abituati. Che cosa l'aveva fatta sentire libera di esprimere così apertamente i suoi pensieri?

Diversamente dal solito Antonia non riuscì a mostrarsi accondiscendente. Diversamente dal solito non cercò di abbozzare, di mitigare una tensione che sentiva formarsi piano. Diversamente dal solito non si preoccupò di azzerare le differenze che c'erano tra loro, non si impegnò ad adeguare il tono del discorso o a evitare di far sentire Rosalba a disagio. Questa volta Antonia capì che Rosalba non aveva nessun riguardo per loro, per suo padre, sua madre, per i loro amici, per gli Stefàncich, per lei. Capì che l'odio e il fastidio che covava erano così profondi da impedirle addirittura di contenerli. Si pentì di averla invitata a una maggiore confidenza, quella fiducia e quella cortesia non erano state ben riposte.

Era stizzita, infastidita: per quanto Vittorio fosse un pezzo di passato, più che di presente, non intendeva denigrarlo. Non lo aveva fatto con nessuno. Non aveva parlato di lui nemmeno con Flora.

«Io non credo...» provò a intervenire cercando di mantenere la calma.

«Ah certo» la anticipò Rosalba «le voci spesso non dicono la verità, anche se qualche volta, sotto sotto...»

«Io non credo che la famiglia Stefàncich meriti di essere al centro delle chiacchiere di nessuno» sentenziò Antonia, spostando con una mano alcuni capelli che erano scesi davanti agli occhi e cercando di ritrovare la concentrazione. Per quanto il lavoro che stava facendo non richiedesse particolare sforzo, le parole di Rosalba, il tono sprezzante e presuntuoso, la sfacciataggine con cui aveva parlato continuavano a disturbarla.

Rosalba rimase in silenzio, abbozzando un sorriso, non c'era stato bisogno di rispondere o di scusarsi, era stata chiara: mica le aveva dette lei quelle cose. Erano voci, quelle che si sentivano a Monfalcone, lei le aveva solo riportate.

Andò avanti con le etichette. Ventisette, ventotto, ventinove...

«Trenta!» esclamò appena ebbe finito. «Le attacco alle bottiglie?»

Antonia non rispose, distratta dai suoi pensieri.

«Le attacco alle bottiglie?» ripeté. «Devo inumidire la colla e schiacciare, giusto?»

«Sì, la spugna bagnata è là.»

Rosalba si muoveva in quella stanza con la cautela che usava anche a casa dei Pàhor, ma si sentiva ancora elettrica per lo scambio appena avuto con Antonia. Era stata un'occasione davvero unica. Le sembrava una rivoluzione essere riuscita a sentirsi più forte di lei. E le dava una soddisfazione mai provata prima. La delusione che Stefàncich aveva fatto vivere ad Antonia l'aveva improvvisamente resa vulnerabile. Di lei, invece, nessuno avrebbe potuto parlar male. Nessuno avrebbe potuto ridere alle sue spalle per le speranze riposte in Vittorio Stefàncich, solo una stupida poteva fidarsi di lui. E che soddisfazione sapere che la nuova stupida era stata proprio Antonia Pàhor. Che soddisfazione!

Mentre passava la spugna umida sul retro colloso delle etichette, fantasticava di quanto sarebbe stato divertente spargere la voce in città che la figlia dei Pàhor era in profonda sofferenza per i soliti comportamenti di Vittorio Stefàncich. Che si era concessa a lui. Perché non c'erano dubbi, solo quello poteva essere successo. Figurarsi se Vittorio Stefàncich si accontentava delle carezze. Poi però il senso di responsabilità ebbe la meglio: mai avrebbe potuto permettersi di perdere il lavoro a causa di un pettegolezzo. Sarebbe stata la prima a essere incolpata di aver parlato. No. Non era il caso.

Antonia aveva completato di preparare le sue etichette per i colli delle bottiglie.

Si avvicinò a Rosalba. Stava facendo un buon lavoro, questo non si poteva certo contestare. Era precisa. E puntigliosa. Così come era stata con le parole.

Nelle orecchie di Antonia, infatti, ronzava ancora il suono delle chiacchiere, quelle che volevano Vittorio in partenza. E se fossero state vere?

«Siete stanca?» chiese Rosalba, non ancora sazia, guardando la figlia dei padroni con finto interesse.

Antonia la squadrò con gli occhi stretti, severissimi: per la prima volta stavano dicendo a Rosalba di stare al suo posto. Aveva sempre odiato l'ipocrisia di chi si mostra addolorato per le pene altrui, essendo invece ben felice che non siano le proprie.

«No, non sono stanca. Grazie per l'interesse.»

«Oh, se posso essere d'aiuto...» Rosalba non aveva ascoltato la risposta. Per come credeva di conoscere Antonia, per come credeva che Antonia fosse, si era aspettata che lei si sarebbe sciolta in lacrime e avrebbe raccontato ogni dettaglio della storia con Vittorio Stefàncich. Ogni dettaglio. E aveva risposto in modo automatico. Se ne rese conto solo dopo. Questo era stato un colpo a vuoto. Doveva stare attenta.

Antonia prese una bottiglia e incollò la striscia di carta inumidita. C'erano le iniziali di suo padre, W.P., attorniate da un cartiglio rettangolare, a ogni angolo un quadratino nero, quasi fossero i punzoni di una targa appesa. Era un'etichetta sobria, elegante. Antonia ci passò sopra il pollice, per far uscire ogni bolla d'aria. Il gesto successivo, quello di appoggiare la bottiglia al tavolo fu, chissà come, incerto e goffo, la bottiglia cadde, rompendosi e lasciando una macchia rossa sul pavimento.

Schizzi di vino avevano raggiunto anche le calze chiare di Rosalba.

«Ti ho macchiato, scusami. Prendo dell'acqua.»

«Oh, no, non c'è bisogno, non fa niente.»

Antonia tornò poco dopo con la brocca e una bacinella. Appoggiato al braccio un telo di cotone bianco.

«Pulisciti, prima che rimanga il segno.»

Sparì di nuovo, quando ricomparve aveva con sé degli stracci, una scopa e un secchio.

Si abbassò a raccogliere i pezzi di vetro.

Rosalba si abbassò ad aiutarla solo dopo essersi presa il tempo di guardare Antonia china a pulire il pavimento. Per un attimo immaginò di essere la padrona.

L'autocarro degli Stefàncich arrivò puntuale.

Milo lo aspettava con le bottiglie imballate pronte da caricare, Antonia e Rosalba riordinavano la stanza.

Appena il rumore del motore si fece vicino, si spense e si sentì la porta dell'autocarro sbattere, Antonia uscì e raggiunse Milo.

Per tutta la mattina si era impegnata a pensare che veder scendere dall'autocarro Vittorio sarebbe stato impossibile. Credeva che considerare il bicchiere mezzo vuoto, piuttosto che mezzo pieno, l'avrebbe aiutata a contenere la delusione e, parimenti, avrebbe aumentato la gioia qualora si fosse verificata la situazione meno probabile.

«Ci sono altre cose da fare qui?» chiese Rosalba.

«Grazie, no. Puoi andare» rispose Antonia rientrando.

L'autista era solo.

Pensando al domani

No spetarte mai la bora se sciroco in mar lavora

Era una giornata limpida, con il sole alto, l'aria pulita e fresca che permetteva di vedere nitidi i contorni delle cose. Antonia ammirava il golfo, dove la linea precisa di divisione tra il mare e il cielo sembrava un confine invalicabile. In fondo, nessun pesce sarebbe stato capace di nuotare tra le nuvole e nessun uccello avrebbe trascorso sott'acqua più di quei pochi secondi necessari a pescare. E così Antonia si sentiva a suo agio, camminando verso la vigna vecchia, nella sua terra, nei suoi vestiti, dentro le sue abitudini.

Milo la aspettava sullo spiazzo. La confidenza provata dagli anni, l'attaccamento sincero, quasi fosse una figlia, lo avevano fatto riflettere e decidere.

«Non voglio disturbare, ma ti devo parlare.»

Antonia annuì, pronta ad ascoltare, stupita e curiosa insieme.

«Loro sono venuti qui, un pomeriggio. Sono scesi in cantina e poco dopo sono usciti. Tuo padre ne era a conoscenza, a quanto pare avevano chiesto il permesso. Ma qualcosa non torna...»

«Ledri e chi?»

«Un altro, mai visto prima, *un foresto*.»

«Ne hai parlato con mio padre?»

«Sì, subito. Ha detto che non vuole più ritornare su quella storia. Solo lui sa cosa gli hanno detto in caserma. Solo lui sa cosa gli hanno fatto promettere.»

«Sì, è possibile. Ma Ledri non è come sembra e mi pento di non aver detto prima quale sia la mia opinione su di lui. C'entra qualcosa vero?»

«Sicuro.»

«E come fa mio padre a non accorgersene?»

«Tu davvero credi che non se ne sia accorto?»

«E allora perché non ha detto alle guardie del suo sospetto?»

«Mettersi contro ai Ledri, *coccola*?» e la accarezzò sulla guancia con la mano ruvida, come faceva quando era una bambina e lui un giovane garzone. «Stai attenta a lui. Questo volevo dirti.»

Il giorno seguente Ledri fece visita al padre di Antonia con la faccia sicura degli impuniti, dichiarandosi felice di vederlo a casa. Il signor Pàhor aveva mantenuto la calma, nonostante i sospetti che, con il passare delle settimane, stavano diventando certezze. Antonia rimase in silenzio, accanto al padre, sostenendo lo sguardo di Ledri, ma non riuscendo a fare nemmeno un sorriso di cortesia. Per un attimo, guardandolo, smise di pensare a quale potesse essere il suo coinvolgimento nelle vicende che avevano infamato suo padre, a chi fosse quell'uomo che aveva visitato con lui la cantina, come Milo aveva raccontato, e cominciò a chiedersi se avesse visto Vittorio di recente, se avesse avuto l'occasione di parlargli.

Sapeva che, ormai, le occasioni di incontrarlo sarebbero state poche, a meno che lui non avesse voluto crearle. E lei non sarebbe più ritornata alla casa degli Stefàncich, non avrebbe più cercato di fare il primo passo, non di nuovo.

Ledri, invece, si sentiva sollevato mentre usciva dalla vigna vecchia respirando a fondo. Non discorsi difficili da sostenere, non sospetti manifesti, non domande indagatorie. Solo un po' di impegno, a entrare in quel posto accogliente, a sostenere lo sguardo del signor Pàhor che, in fondo, aveva subìto un'ingiustizia. Faticava, nonostante la spavalderia che mostrava agli altri, a non provare un piccolo, leggero, ma costante senso di colpa.

Non aveva più visto Vittorio. Dopo la sera in cui aveva mentito e fatto credere di essere stato il responsabile della denuncia anonima. Non lo aveva cercato, pur non serbando alcun rancore per il pugno in faccia che aveva ricevuto. Se lo era meritato, ma non poteva confessarlo a nessuno.

Un pomeriggio, camminando verso la stazione, cedette il passo, sul marciapiedi in salita che portava ai treni, a una giovane che andava in senso opposto, gli occhi trasparenti e grandi, che lo avevano guardato sicuri, riconoscendolo. Una giovane semplice, magra, curata, ma di sicuro una serva. Nei pochissimi secondi in cui furono vicini, mentre la gonna blu di cotone spesso si muoveva al ritmo dei passi, Giacomo riuscì a ricordare.

«Signorina!» esclamò con un entusiasmo di cui si stupì. Quel viso con gli occhi grigi gli era rimasto in mente, il ricordo dei pensieri che aveva fatto su di lei era ancora vivido, i desideri immutati.

Lei ebbe un sussulto. Si fermò istintivamente al richiamo, girandosi verso di lui che, con una mano sul cappello, aspettava un saluto.

«Dottor Ledri...» disse sorpresa, abbassando la testa come aveva imparato a fare verso tutti gli ospiti.

«Non ricordo il vostro nome, ma so perfettamente che lavorate dai Pàhor.»

«Rosalba» disse quasi perentoria, alzando il viso e dirigendo gli occhi verso quelli di Ledri, come a sottolineare, una volta per tutte, che il suo nome era ben più importante della famiglia presso cui prestava servizio. Fuori dalla casa dei Pàhor riusciva a sentirsi libera di non rispettare nessun ordine, nessuna gerarchia.

«Siete di ritorno da un viaggio in treno?»

«No, nessun viaggio» rispose con una punta di vergogna nascosta dall'orgoglio. Era rimasta tutto il pomeriggio a vendere la verdura dei campi del padre all'ingresso della stazione. Assieme a lei alcune *mlekarice* che non erano riuscite a piazzare tutto il latte e sapevano che la stazione era sempre il posto migliore dove fare affari la sera, perché di giorno la confusione e il movimento di persone e di cose faceva spesso perdere l'equilibrio, rovesciare le bottiglie, perdere soldi.

«Vivete in città?»

«Poco fuori» disse stringendo tra le mani i sacchi vuoti di iuta intrecciata «sto ritornando a casa.»

«Vi accompagnerei con piacere se non dovessi aspettare mio padre al binario.»

Rosalba credette di non aver capito. Lo salutò veloce, cercando di ignorare quel mezzo invito e riprese a camminare, scendendo veloce.

«A presto dai Pàhor!» Sentì dire a voce alta alle sue spalle.

Un gusto misto di vergogna e orgoglio le passava in bocca. Deglutiva il fastidio di essere riconosciuta come una cameriera dei Pàhor, ma si compiaceva di essere stata riconosciuta e anche salutata da una persona importante come Ledri. Non immaginava, Rosalba, che non di gentilezza si era trattato, non di cortesia. Era solo il modo di avvicinarla, piano, da lontano. Ormai per Giacomo era una questione di principio. Quella cameriera dagli occhi grigi sarebbe certamente diventata una sua conquista. Era rimasto a guardarla mentre si allontanava, fino a quando gli fu possibile distinguere la sua sagoma scura mischiata in mezzo alla gente. Percepiva, chissà come, quanto lei li detestasse tutti. Lui compreso. Riusciva a sentire chiaramente il disprezzo uscirle dagli occhi, quasi fosse fatto di lacrime. Sentiva la fatica di adeguarsi. E, di nuovo chissà come, la capiva.

«Giacomo!» Fu richiamato all'ordine.

«Papà.»

«Dov'è il calesse?»

«Poco più giù, al dopolavoro ferroviario. Era più comodo legare il cavallo.»

«Andiamo. Sbrighiamoci. Così ti racconto.»

E l'avvocato Ledri, ancora una volta, spiegò al figlio ciò che avrebbe dovuto fare.

Era riuscito a ottenere delle informazioni di prima mano

sulle decisioni prese al Consiglio nazionale e che sarebbero state diffuse presto a tutti i Fasci di combattimento locali. Ormai il Partito nazionale fascista era una realtà. C'era spazio per crescere, c'era terreno fertile da coltivare. E Giacomo avrebbe dovuto anticipare le mosse, giocare d'astuzia, scavalcare le gerarchie dei Fasci e guardare più in alto.

«Davvero credi che sia opportuno che io mi presenti di nuovo a Trieste?»

«Monfalcone, Trieste, Udine, Gorizia, Palermo! Non importa. Tu andrai più lontano. E sarai un esempio. Di rettitudine, di fiducia, di disciplina. Questo vogliono a Milano. E questo avranno.»

Giacomo stava seduto sul calesse accanto a suo padre, sentendo il rumore dell'aria fresca che passava accanto alle sue orecchie e gli entrava nel naso. Stava fermo, rilassato. Gli succedeva sempre quando suo padre interveniva con i suoi programmi; in quei casi, Giacomo non doveva più pensare, bastava che vivesse, che respirasse, che portasse in giro quel suo corpo lungo e magro. Al resto avrebbe pensato l'avvocato. Era facile.

Vide Rosalba camminare veloce con il sacco vuoto di juta appoggiato alla spalla. La superarono, ma accanto all'avvocato non osò salutarla. Credeva non fosse cambiato niente da quando era bambino e il padre gli insegnava a comportarsi. Non era cambiato niente, in effetti. Tutto uguale. Ma il ricordo della recente sconfitta con Mareschi, l'umiliazione subita, il fastidio di un'idea rubata, spazzarono presto la frustrazione di figlio e lo convinsero che, se la sua forza era davvero suo padre, ebbene, così fosse.

La festa delle ciliegie

Amor senza barufa xe amor co' la mufa

L'invito alla rappresentazione primaverile dell'*Aida* di Giuseppe Verdi arrivò ad Antonia per posta assieme a una lettera di Flora. Un'unica rappresentazione, una occasione da non perdere. Ma l'entusiasmo era spento, come la sua voglia di incontrare persone e di sorridere senza avere la forza di farlo. Era scivolata, piano, senza accorgersene, in un torpore che era diventato quasi confortevole. La vita tranquilla del paese, senza scosse, l'aveva avvolta rendendola impermeabile alle emozioni. Seguiva il padre nel lavoro alla cantina, poi faceva lunghe passeggiate con Otto, perdendosi senza paura nel grande bosco di castagni dietro la loro casa e rientrando quando l'aria della sera diventava fresca.

Trieste, 3 maggio 1922
Carissima Antonia,
sono certa che l'infreddatura che ti ha colpita passerà presto e potrai venire a trovarmi qui a Trieste. Mi piacerebbe tanto andare con te a passeggiare a Grignano, o vicino al castello a Miramare. L'aria di mare ti farebbe bene.
L'altra sera siamo stati a teatro per l'Aida. È stato davvero un peccato che tu non ci fossi. Gli abiti di scena erano sontuosi, la musica, come immagini, straordinaria. I miei genitori mi pregano di mandarti i loro saluti e dicono che non potrai mancare alle prossime rappresentazioni.
La cosa più importante che devo dirti è che ho incontrato Gia-

como Ledri. Spiando la platea dal palco, non mi ero accorta della sua presenza. Così è stata una grandissima sorpresa vederlo nel foyer alla fine del primo atto! Mi ha salutato con cortesia, ricordava il mio nome e che sono tua amica. Ci siamo salutati con la promessa di rivederci alla fine del secondo atto e così è stato! Abbiamo parlato della musica, delle scenografie, dei costumi, sono piaciuti tanto anche a lui! É così delicato, gentile, timido! Sembra scorbutico, ma davvero credo sia soltanto una maschera per nascondersi! Era così curioso di sapere della mia famiglia, della farmacia.
Alla fine dell'opera, quando l'ho incontrato per la terza volta, abbiamo visto Vittorio Stefàncich, era solo. Si è fermato un momento con noi. Ha chiesto se ci fossi anche tu. Era davvero dispiaciuto quando gli ho detto che eri indisposta. Ti manda i suoi saluti. Non ha aggiunto una parola, se non per accomiatarsi. È un uomo così affascinante. Mi è sembrato che lui e Ledri fossero distaccati, ma non ne sono sicura. Quel che posso dire è che non sono venuti assieme.
Aspetto con grande impazienza che ti decida a venire qui a Trieste. Anche se non escludo di raggiungerti sul Carso per un saluto; sarebbe bello incontrare anche Giacomo nella stessa circostanza. Credi di poter organizzare qualcosa per me? Sono sfacciata?
Con tanto affetto,
Flora

7 maggio 1922
Cara Flora,
grazie per la tua lettera. Ringrazia i tuoi genitori per l'invito e ricambia i saluti per me. Sto molto meglio.
Il tuo interesse per Giacomo Ledri è cresciuto così tanto senza che me ne rendessi conto! Lo sai che non nutro simpatia per quell'uomo e che ho ragione di credere che il suo attaccamento verso le persone non sia quasi mai disinteressato. Spero di sbagliarmi e di doverti chiedere scusa, un giorno, per i miei pensieri. Se lo desideri, però, farò in modo che tu possa essere qui in

un giorno in cui ci sarà anche lui. Non sarà difficile, vedrai. E sembrerà un caso.
Quanto all'opera, sono certa che tu abbia ascoltato con attenzione solo il primo atto!
Cara Flora!
Ti abbraccio con affetto,
Antonia

Rilesse la lettera infinite volte, cercando tra le parole di Flora il seme di una piccola speranza. Ma la sua cara amica, così ingenua, così gentile e così educata, vedeva il buono in tutti. Non aveva capito che «l'infreddatura» di Antonia era stata solo una scusa, che le parole di Vittorio potevano essere state semplici parole di circostanza o che le gentilezze di Ledri potevano essere cortesie calcolate. Ma niente avrebbe potuto dire che non finisse col legare ancor più tenacemente il pensiero di Flora all'ideale che aveva di Giacomo. E così, suo malgrado, organizzò l'incontro *casuale*.

L'occasione fu la festa delle ciliegie, che al paese si ripeteva da sempre nella terza domenica di maggio. Una festa alla primavera, alla fertilità, alla gioventù, alla vita.

«Non capisco perché tu voglia che lui ci sia» aveva detto serio il signor Pàhor guardando per terra.

«Una promessa, papà.»

«E sia.»

Quella terza domenica di maggio era stata soleggiata e calda, un assaggio di estate. Antonia e Flora arrivarono alla piazza del paese nel tardo pomeriggio, poco prima della sera. Sui tavoli disposti a cerchio attorno alla fontana erano appoggiati cesti pieni di ciliegie che coloravano di rosso quel giorno felice. In un banchetto a lato Milo e Darja vendevano vino, il signor Pàhor si intratteneva a parlare con il notaio, il farmacista e lui, Giacomo Ledri.

Flora lo vide e sentì le gambe tremare. Strinse il braccio di Antonia, frenando la sua camminata, improvvisamente timida.

Ledri si guardò intorno, annoiato dai discorsi, convinto a presenziare per qualche minuto, solo per onorare l'invito del signor Pàhor e mantenere cortese il suo rapporto con lui, e poi andarsene, velocemente. Ma quando appoggiò gli occhi su Flora che, a braccetto con Antonia, stava a pochi metri da lui, l'interesse verso il luogo e le persone mutò di colpo. Si accomiatò dagli altri uomini e raggiunse le ragazze, sfoggiando il suo migliore sorriso, le sue eleganti maniere e la sua studiata galanteria.

Antonia era disturbata dalla sua presenza e, ancor più, dalle sue parole. Era innegabile, tuttavia, come i modi raffinati potessero renderlo attraente a un occhio non allenato. Flora, infatti, lo seguiva, come ipnotizzata. Rideva alle sue battute, si compiaceva per i complimenti e ascoltava interessata i suoi racconti. Antonia taceva, osservava entrambi e sospirava, cercando di trovare sollievo al fastidio che provava per l'uno e la pena che nutriva per l'altra.

Scelse di permettere a Flora di muoversi come meglio avrebbe creduto, allontanandosi poco alla volta. Comprò un sacchetto di ciliegie, si diresse pigramente verso la panca di ferro sotto ai rami generosi del grande tiglio e si sedette. Dimenticò la grazia, l'educazione che aveva ricevuto, voltò la schiena alla piazza. Mangiò a una a una le sue ciliegie e, arrotolando la lingua come fosse una cerbottana, soffiava forte per sputare i noccioli quanto più lontano possibile. Oltre quel ramo, oltre il tronco, oltre la siepe. Sorrise, immaginando di sfidare l'affettato Giacomo Ledri a chi tirava più lontano. Avrebbe vinto lei, senza dubbio.

Mentre sputava semi di ciliegie come fossero dei proiettili, si perse nei pensieri e si lasciò cullare dal movimento leggero delle foglie e dal profumo appena accennato del tiglio. Chiuse gli occhi e ascoltò le voci della gente, le risate, le urla, il rumore delle carriole che rifornivano i cesti rossi. Trovò una personalissima e lieve pace, rallegrandosi per Flora, per la gioia che sapeva stava provando. Pensò a lei con tenerezza. Fu questione di un attimo, e la sua mente ritornò al precedente autunno, alla vendemmia, al teatro, agli incontri con Vittorio, che ormai ricordava in modo opaco. I dettagli di quel loro momento speciale stavano scemando e cominciavano ad assumere gli stessi colori dello sfondo. Non era cambiata, tuttavia, l'intensità di quel momento, che le regalava ancora lo strano solletico allo stomaco che non aveva mai provato, né prima, né dopo. Quella follia, quella perdita completa del proprio controllo, rimaneva ancora l'esperienza più piena della sua vita. Quella che aveva ancora la precedenza su tutte le altre. Ma era passata, ormai. La custodiva, teneramente, nei suoi ricordi. Se ne cibava, come fosse stata una dispensa di emergenza, quando aveva bisogno di allontanare la tristezza e pensare a cose belle. Poi, piano piano, aveva cominciato a sentire anche il fastidio della rabbia, la vergogna per aver tenuto un comportamento leggero, il timore che altri venissero a saperlo.

Voltandosi, cercando di scacciare i pensieri bui, cercò Flora nella piazza, controllò tra i banchetti imbanditi. Si alzò dalla panchina, per vedere meglio. Non c'era. Non vedeva nemmeno Ledri.

Fu proprio allora che li notò là, in fondo, sul retro del capitello votivo, lontano da occhi indiscreti, ma non dai suoi.

Parlavano, soli e appartati.

Lei era appoggiata al muro della piccola cappella votiva con le mani dietro alla schiena, lui, davanti a lei, con le mani in tasca, la teneva ferma in quella posizione soltanto standole di fronte, ammaliandola con le parole. Come un abile burattinaio, era capace di indurre le reazioni, così ovvie e prevedibili, di quella ragazza ingenua, pronunciando qualche complimento banale, osservandola stringendo gli occhi, per sembrare profondo, attento e concentrato nel cercare l'essenza di lei. Era un gioco facile per lui. In verità, se non fosse stato per quella sua spasmodica necessità di affermarsi, l'animo di Giacomo poteva effettivamente dirsi adornato da delicatezze, come l'attenzione al bello, la cura del dettaglio, l'amore per l'arte. Ma non era libero di esprimerlo. Non ora, almeno.

Antonia si sentì raggelare, per l'intromissione in quella intimità, ma soprattutto per la sorpresa di vedere Flora sotto una luce completamente nuova, reale e vivida di donna. La ferì quel fluido selvaggio che emanavano. Le sembrò di sentire un graffio sulla pelle delicata del viso, come uno schiaffo. Una realtà rivelata con brutalità. Ciò che doveva essere tenero e romantico le sembrò, invece, crudo e dissonante a causa dei ricordi sgradevoli e dei sospetti fondati che nutriva per Giacomo. Flora, la sua amica dolcissima, con Ledri, in un luogo pubblico, dove tutti avrebbero potuto vederla. Non sembrava lei. E lui? Era sincero? Era rispettoso comprometterla così alla festa delle ciliegie? Qualcun altro li aveva forse visti parlare così di nascosto, in un atteggiamento di confidenza che non si addiceva certo alla loro neonata conoscenza? No! Si diceva, non doveva succedere! Non proprio con quell'uomo!

A tutto questo pensava Antonia, quando decise di allontanarsi, per non vedere e non sapere.

Camminò veloce, cercando di non farsi notare da nessuno, attraversò la piazza e scese, a lunghi passi, nella direzione di casa. Flora stava mettendo il suo cuore in quella avventura. La sua dignità, il suo nome. Un misto di rabbia e dispiacere la fecero piangere. Si pulì gli occhi con la manica e continuò a camminare, rallentando, accorgendosi piano che quelle lacrime, in fondo, non erano per Flora. Stava piangendo per sé stessa, per ciò che aveva sperato e che non era successo, per come, anche lei, allo stesso modo di Flora, aveva ceduto all'amore. I suoi pensieri si muovevano nella mente come cumulonembi prima di un grande temporale. Le sembrava che la forza e l'autocontrollo che aveva faticosamente praticato nelle ultime settimane fossero improvvisamente consumati, esauriti. E che le sue emozioni sgorgassero naturalmente dagli occhi, come lacrime, che la preoccupazione per Flora e il proprio dispiacere si sommassero e si amplificassero. Si fermò, pensando di non potersi allontanare troppo, di non poter abbandonare la piazza, la festa, la sua amica. L'avrebbe cercata, prima o poi. Cosa le avrebbe detto? Cosa avrebbe dovuto fare lei? Tacere? Parlare? Non lo sapeva.

Si sedette, confusa, su un muretto a secco a lato della strada.

«Antonia!»

Si sentì chiamare e si voltò di scatto verso quella voce. Era Maximilian, il dottore.

«Cosa succede?» le aveva chiesto con il solito tono carico di pazienza e disponibilità che riservava anche ai suoi pazienti. Le si sedette accanto, accarezzandole la schiena con tenerezza. Lei guardava in basso, cercando di nascondere il viso. Si asciugava le lacrime con il polsino. Le colava il naso.

«Niente. Niente...»

«Tieni» e le porse un fazzoletto bianco piegato a quadrato «vieni, andiamo a prendere un po' d'acqua.»

Antonia, rimanendo seduta sul muretto, fece di no con la testa. Si allontanava con impercettibili movimenti da ogni tocco di Max, cercava di recuperare dello spazio da frapporre tra loro. La sua cortesia, le sue premure la infastidivano. Poteva mai essere sempre così disponibile con tutti? Poteva mai essere sempre così generoso? Le sembrava però che i suoi modi non fossero gratuiti. Come se desiderasse della gentilezza in cambio da lei. Averlo vicino, in quel momento in cui voleva solo essere sola, la innervosiva. Si tratteneva per non rispondergli sgarbatamente.

«Vuoi tornare a casa? Ti accompagno.»

«No, Max. Grazie. Adesso mi passa. Ho solo avuto una gran arrabbiatura, adesso sto meglio. Grazie. Vai pure. Non preoccuparti per me. Arrivo subito. Mio padre è in piazza. Lo hai già incontrato?»

«No, ci vado adesso. Vieni anche tu. Non voglio lasciarti qui da sola.»

«Max, vai. Grazie» disse categorica.

Rimase ancora seduto accanto a lei, toccandole il polso assicurandosi che il suo cuore battesse regolarmente. Era solo un po' veloce. Compatibile con l'agitazione.

Delle persone stavano salendo la stessa strada in direzione della festa, Antonia sentì le loro voci cariche, ma non alzò la testa per guardare, disturbata dal rumore e dal buonumore. In coda a quel gruppo, altrettanto infastidito dalle voci allegre, teso per ciò che si aspettava di trovare, saliva anche Vittorio, mani in tasca dei pantaloni, occhi attenti, pensieri pesanti.

Girò la testa, quasi istintivamente, e la notò subito, seduta su quel muretto a secco, con la testa bassa. Non era da sola.

Di colpo, come se avesse ricevuto un ceffone sul viso, non poté trattenersi dal fermarsi e guardare; in una frazione di secondo vide tutto, anche quello che non c'era. Quell'uomo che le era seduto accanto sembrava confortarla, le teneva la mano. Cercò di rubare rapidamente ogni dettaglio, affrettandosi prima che uno dei due alzasse gli occhi, si accorgesse della sua attenzione e lo costringesse a spostare lo sguardo. Fu investito da un'onda di delusione che gli fece tremare le gambe. Tutto l'entusiasmo che aveva avuto accettando l'invito che il signor Pàhor gli aveva fatto a raggiungerli per la festa delle ciliegie si era disintegrato in un momento. Era bastato il tempo di uno sguardo. Antonia era lì e c'era qualcun altro accanto a lei.

Qualcun altro se ne stava prendendo cura.

Certo.

Aveva lasciato passare troppo tempo.

Aveva tirato troppo la corda.

Aveva pensato troppo a cosa fosse giusto, a cosa fosse sbagliato, in lui, prima di tutto. Aveva dato per scontato che le cose potessero rimanere intatte e non cambiare, o aumentare di intensità, come nel suo caso. Non che potessero finire, così, nel tempo di uno sguardo.

Fece un respiro profondo, che profumava di terra, di tristezza e di delusione. Continuò a salire verso la piazza. Fu una mossa rapida, quella che con maggior probabilità gli avrebbe evitato di farsi vedere da Antonia. Tirò dritto. Un saluto veloce al signor Pàhor, poi avrebbe ripreso l'automobile parcheggiata davanti alla loro casa e se ne sarebbe andato. Poi avrebbe dovuto cominciare a dimenticare. Piano piano ci sarebbe riuscito. E tutto sarebbe tornato come prima di conoscerla, tutto secondo le regole che lui stesso aveva prestabilito e che avevano ordinato la sua vita da quando era finita la guerra: rigore al lavoro, poca confidenza con tutti, attenzione per ogni cliente, magari qualche svago con le donne che avrebbe pagato.

Sarebbe stata una convalescenza lunga. E non era nemmeno così sicuro di voler guarire.

Raggiunse la piazza.

«Vittorio!» esclamò il signor Pàhor andandogli incontro. «Eccovi qui! Un po' di vino?»

«Grazie dell'invito. Mi tratterrò solo per il tempo di un saluto, devo rientrare...» Sforzò un sorriso.

«Non dite sciocchezze! Non vorrete mica lavorare anche questa sera, rimanete con noi. Ecco qua, un cestino di ciliegie! Non dimenticate di portarlo a vostra madre, l'ho tenuto da parte per voi. Mia moglie è là, sarà felice di vedervi e mia figlia... l'ho persa di vista, ma deve essere qui intorno.»

Vittorio colse al volo l'occasione di allontanarsi con la scusa di andare a salutare la signora Pàhor. Invece, col cesto pieno di ciliegie in mano, abbandonò la festa, scendendo verso la macchina che aveva parcheggiato davanti al portone della casa dei Pàhor.

Erano passati solo pochi minuti, ma era probabile che Antonia e quell'uomo non sarebbero più stati seduti su quel muretto. Si assicurò di non vederli, sbirciando da lontano. No, non c'erano. Poteva scappare. Senza farsi vedere. Chissà se e quando sarebbe tornato dai Pàhor in futuro. Si guardò indietro, come per salutare la piccola piazza illuminata e per imprimersi nella mente le immagini di un posto che avrebbe cercato di evitare.

Continuò a camminare, aveva passato il punto in cui li aveva visti prima. Ormai era salvo, poteva andarsene evitando il ridicolo. Evitando anche un altro pugno nello stomaco, come quello che aveva appena ricevuto.

Vide la sagoma della sua macchina, si avvicinò ancora, e poi una luce proveniente da una finestra di casa Pàhor lo distrasse. La cuoca, pensò. Quella doveva essere la cucina.

Proprio in quel momento dal cancello uscì Antonia.

Si trovarono uno di fronte all'altra, impreparati entrambi.

«Voi?» sibilò acida, ripiombando nello sconforto da cui credeva di essersi appena ripresa, trovandosi davanti la causa di tutto.

Vittorio non ebbe il tempo di reagire, nemmeno quello di rispondere. Rimase muto, preso alla sprovvista.

«Cosa ci fate qui!» ripeté alzando la voce, esasperata. «Cosa volete *ancora*?» Era fuori di sé, sconvolta.

Vittorio muto, con le braccia lungo il corpo e con quel cesto in mano era incredulo per quella reazione.

«Non vi è bastato? È un gioco? Una scommessa? Ditemelo!» gli aveva chiesto senza dargli il tempo di rispondere.

«Non riesco a capirvi. Mi ha invitato vostro padre, ma... perché tutta questa rabbia?»

«E avete il coraggio di chiedere *perché*?» Gli occhi rossi e gonfi, la bocca piena di quei pensieri, trasformati finalmente in parole, che aveva trattenuto fino ad allora, nascondendo la delusione persino a sé stessa.

Vittorio strinse le labbra e si stropicciò gli occhi con la mano. Si abbassò e appoggiando finalmente per terra il cestino di ciliegie riuscì a vederle il viso che lei teneva fisso verso la terra.

Antonia si era già pentita di quello sfogo. Era una debolezza manifesta che ormai aveva confessato.

Adesso era nuda, davanti a quell'uomo, con le sue pene dichiarate apertamente. Adesso che aveva sputato tutte quelle accuse, avrebbe dovuto spiegare.

Non riusciva ad alzare gli occhi. Lui intanto la guardava e pensava, cercando di trovare qualcosa di sensato da dire, qualcosa che potesse consolarla, riportarla alla calma. Non ci riuscì. L'unica cosa che fu capace di fare fu sfiorarle il dorso della mano, umido di lacrime, ripetendo il gesto che aveva creduto di vedere poco prima.

«Non toccatemi!» si sottrasse nervosamente. «Siete venuto qui per vedere l'operato del vostro amico Ledri?»

Vittorio trasalì.

«Ledri?»

«Ledri, proprio lui. Il vostro amico. È qui, per fare il vostro gioco, il gioco che fate con le ragazze perbene.»

Vittorio alzò gli occhi, la guardò, serissimo, le mani nei capelli, un misto di rabbia e timore lo faceva sembrare arrabbiato.

«Cosa vi ha fatto Ledri? Ditemelo!» Ora era lui a gridare, nel panico. Senza controllo, senza freni. Pensò al peggio, all'irreparabile.

Antonia esitò, prima di alzare la testa e vederlo, attonito ad aspettare una risposta. Fu quasi spaventata da quell'immagine nuova di Vittorio, che sembrava aver perso ogni sua sicurezza e quasi sul punto di piangere.

Perché non le aveva detto tutto di Giacomo? Perché non l'aveva messa in guardia da lui? Si maledì.

«Niente.» Cercò di rassicurarlo, abbassando i toni e sforzandosi di mantenere il distacco.

«Non vi capisco. Proprio non vi capisco!» diceva piano. «Qual è la ragione di queste lacrime, allora! Perché questo sconforto?»

In quel pasticcio di emozioni e di paure ad Antonia non fu chiaro se stava per parlare di Flora o di sé.

«Sto per svelare un segreto, qualcosa che ho visto e che non avrei dovuto vedere, qualcosa che mi mette a disagio, che mi spaventa. Qualcosa che io ho sempre temuto e che poi si è realizzato.»

«Coraggio, venite al sodo!»

«Non vi fa onore, signor Stefàncich, il modo in cui voi e il vostro amico Ledri vi comportate con le ragazze. Trascinarle dentro ai pensieri più dolci per poi cancellare tutto e sparire. Sicuramente succederà anche a Flora.»

Ecco. L'aveva detto, ci era riuscita.

«Cosa dite?»

Lo guardava adesso. Con coraggio. I singhiozzi erano finiti, gli occhi erano ancora congesti, la pelle delle guance arrossata, ma i singulti erano passati. Lo guardava e lo giudicava, convinta di non sbagliare, fiera di essere riuscita a dirgli quello che pensava. Si sentiva, chissà come, forte.

E Vittorio, invece, sentiva sgretolarsi di nuovo la sua sicurezza, la speranza che aveva avuto di rivederla felice, quella sera, dopo settimane, grazie all'invito del signor Pàhor, il caro signor Pàhor che, ne era certo, nutriva per lui una sincera simpatia. Ormai era tutto lontano, senza senso: prima quell'uomo accanto a lei, ora queste accuse. Si era arrivati alla fine di quel tempo sospeso che, intenzionalmente, aveva lasciato passare tra loro. Quel tempo che gli era servito per capire. Ma ormai era tardi.

Antonia continuava a guardarlo, quasi sfidandolo a darle una risposta. A quale domanda? Non c'era stata alcuna domanda. Cercò di riprendersi e di raccogliere come poteva i pezzi di sé persi in quei pochi secondi.

«Io non lo so cosa abbia fatto Giacomo Ledri. Non lo vedo da tempo, i nostri rapporti si sono guastati dopo la faccenda delle armi. Non so dove sia» rispose serio, quasi piccato, deluso, indossando la solita maschera della sicurezza che lo proteggeva tutte le volte in cui doveva mostrarsi forte anche se con lei, prima di quel momento, non ne aveva mai avuto il bisogno.

Antonia sentì vacillare le sue difese. Quella breve, semplice e franca spiegazione, la soddisfazione di sentire che Vittorio non aveva più niente a che fare con Giacomo Ledri bastò a rassicurarla un poco. Respirò a fondo, rimase in silenzio a lungo. Lui rispettò quel silenzio.

«Ho ragione di credere che stia corteggiando la mia amica Flora. Ho timore per la sua reputazione.»

Lui ascoltò e, senza ammetterlo, condivise i timori. Ma non erano quelli i suoi timori peggiori, non erano quelli che gli stavano a cuore. Si appoggiò al muro di cinta della villa dei Pàhor, incrociò le braccia e le gambe, pronto a proteggersi dal colpo che era sicuro di stare per ricevere.

«E la vostra, di reputazione, signorina Pàhor? Temete anche per la vostra?» insinuò, aiutandola a dire ciò che da sola non riusciva a fare, guardandola negli occhi.

Lei abbassò lo sguardo. Ormai si parlava chiaro, ormai non ci potevano essere cattive interpretazioni, fraintendimenti.

«È così?» insistette lui.

«Sì.»

Vittorio inspirò per parlare, ma lei lo interruppe, anticipandolo.

«Ma sono consapevole delle mie mancanze e responsabile delle mie azioni. La sofferenza è il prezzo da pagare.»

Ecco. Era tutto dichiarato, ora. Masticando a fatica il suo orgoglio, Antonia si sentiva libera e fiera di essere stata capace di esprimersi in onestà, apertamente. Niente di più soddisfacente della verità. Niente di più liberatorio della verità.

Lui ascoltò e poi parlò fermo, lentamente, con poca voce, ma con molta convinzione.

«La vostra reputazione non è in pericolo. È al sicuro. Con me.»

Antonia sentì la testa leggera, una momentanea vertigine. Un desiderio strano di scappare e togliersi presto da quella situazione imbarazzante, si mescolava al bisogno di sentirlo ancora parlare. Era pronta a farsi torturare. Era di nuovo lì, ferma, davanti a Vittorio, mentre discutevano della sua dignità e, in fondo, del loro amore.

«Niente mi sta più a cuore della vostra reputazione, della vostra felicità. Di voi» sussurrò Vittorio, quasi come se le parole gli ferissero la gola e le labbra uscendo faticosamente a una a una. Non la guardò in faccia, timoroso di leggere sul suo viso un'espressione di disinteresse. Gli sarebbe stato impossibile continuare. Respirò a fondo, rivolgendo il viso verso il cielo, tenendo gli occhi chiusi e organizzando le idee per una confessione difficile. Trovò la forza per parlarle, ripagandola proprio con la stessa sincerità che aveva avuto lei.

«Ho avuto molte riserve di su me, Antonia. Molti dubbi su me stesso, sulla mia vita, sulle abitudini che avevo prima di conoscervi. Ho talmente a cuore la vostra reputazione che ho temuto di non essere abbastanza, per voi. Ho talmente a cuore il vostro futuro che ho temuto di potervi danneggiare. Ho talmente a cuore la vostra felicità che ho pensato di non essere capace di darvene come meritate. Devo essere io, non voi, a temere per la mia reputazione.»

Ora si era piegato in avanti, le mani sulle ginocchia e la testa bassa, come se si fosse fermato a riprendere fiato dopo una lunga corsa.

Antonia era rivolta verso il sole che stava tramontando nascondendosi dietro alle colline in quei giorni lunghi che preludevano all'estate. Nessun tramonto sul mare in quel posto esposto a sud. La luce arancione scomparve piano, lasciando spazio al viola e all'azzurro. Le sembrava che guardare altrove la proteggesse da ogni pericolo.

Cosa poteva esserci di così disdicevole nella reputazione di un uomo come Vittorio Stefàncich? Un volontario irredento, un decorato, un serissimo lavoratore, un figlio rispettoso e legato alla propria famiglia. Antonia aveva aspettato per settimane questo momento, questo chiarimento. Eppure, ora che era lì con lui e poteva chiedergli tutto, si sentiva intimorita. Aveva paura di ascoltare la verità. E aveva paura di dirla. Di esporsi oltre, di ammettere i propri sentimenti e le proprie aspettative disattese.

Così montarono i pensieri negativi: la questione del «non vi merito» l'aveva letta più di una volta nei romanzi d'appendice che parlavano di donne abbandonate da cinici filibustieri. Non le piaceva affatto quella situazione. Non sopportava l'idea di sembrare una di quelle ragazze che fingono di essere offese per attirare l'attenzione degli spasimanti. Non le piaceva aver reagito in modo così spontaneo con Vittorio, dichiarando indirettamente le sue speranze tradite. A dirla tutta, non l'aveva fatta stare bene come avrebbe immaginato nemmeno lanciargli addosso l'accusa di essere come Giacomo Ledri.

Ora le aveva appena detto di tenere a lei, tuttavia non riusciva a trovare delle spiegazioni al suo comportamento. Perché si era allontanato? Perché aveva evitato di incontrarla in quelle settimane, anche dopo il ritorno di suo padre? Perché non era mai venuto alle vigne approfittando degli autocarri degli Stefàncich che salivano sul Carso per le commesse stabilite? Lo aveva aspettato, tutte le volte, sperando di vederlo scendere dai veicoli. Invece era rimasta sempre delusa.

«Siete stato molto determinato a evitarmi e ora siete venuto qui alla festa delle ciliegie solo perché vi ha invitato mio padre.» Una sintesi perfetta.

«E sono felice che lo abbia fatto.»

«Le vostre riserve, quindi?» Lo disse con sarcasmo, non aspettandosi davvero una risposta.

Vittorio alzò le spalle e con un respiro profondo incrociò le braccia e guardò per terra. Tratteneva l'aria e le parole. Rimase in silenzio, combattuto tra il desiderio di parlare e quello di celare ogni dubbio e ogni debolezza. Non riuscì a dire niente.

«Ho capito» disse Antonia seria dopo un mutismo che le era sembrato sufficientemente eloquente.

Vittorio si girò a guardarla, chiedendosi che cosa avesse capito.

«I vostri modi gentili vi impediscono di essere franco, ma non impediscono a me di interpretare le vostre intenzioni.»

«Non vi seguo» le disse, corrugando la fronte.

Antonia scelse di nuovo la strada della franchezza, ignorando il rigore e le buone maniere che una ragazza come lei avrebbe dovuto rispettare. Ormai loro due erano andati oltre.

«Non avete bisogno di tirare in ballo la vostra reputazione per dirmi che non intendete...»

«Siete in errore» la salvò, impedendole di proseguire. Vittorio non poteva immaginare se lei avrebbe detto «frequentarmi oltre, conoscermi meglio» oppure «vedermi ancora» ma di certo sapeva che qualunque di quelle frasi non sarebbe stata vera. La fermezza con cui si era rivolta a lui gli aveva fatto ricordare quella volta in cui l'aveva sentita parlare con il contabile Elio Cotich. Proprio allora aveva capito che Antonia era una donna educata, gentile e coraggiosa. E anche questa volta con coraggio lo aveva affrontato.

Parlava con lui alla pari, con determinazione, senza mai cadere nel vittimismo. Cosa mai successa prima, con nessuna.

«Siete in errore» volle chiarire «le mie intenzioni sono buone. Lo sono sempre state. E, onestamente, trovo davvero ridicolo continuare a parlare dandoci del voi, ignorando chi siamo e quello che vogliamo. Possiamo discutere sui dettagli, dei miei modi forse troppo ruvidi, o dei tuoi forse troppo irruenti, ma cosa vogliamo? Io e te, cosa vogliamo?»

Antonia sentiva il cuore battere così forte da impedirle di ragionare.

«Non lo so» rispose, impreparata, confusa.

«Davvero non lo sai?» esitò per un momento, sentiva le labbra secche e la bocca asciutta. «È per quell'uomo?»

«Quale uomo?»

«Quello con cui ti ho visto piangere, prima.»

«Oh no! Non è per quell'uomo» sorpresa, non si era accorta di lui prima; poi gli puntò un dito contro il petto. «È per questo uomo, che è sparito. Per la seconda volta.»

«Lo sai bene che non sono mai sparito! Sono stato assorbito dai problemi della ditta durante e dopo le perquisizioni. Credevo lo avessimo chiarito.»

«Allora era davvero necessario ignorarmi così anche dopo? Per settimane? Far visita a mio padre, senza nemmeno darmi un saluto?»

«Ci siamo visti dalla finestra.»

«Oh, la finestra!»

«Sarei voluto entrare, parlare, dirti ogni cosa mi passasse

per la mente, ma non ero sicuro. Meritavi la mia consapevolezza. In quel momento non ce l'avevo. Non del tutto, almeno.»

«La consapevolezza...»

«Sì, e non intendo sentirmi in colpa per il tempo di cui ho avuto bisogno» parlò con la serietà che usava quando doveva decidere le cose importanti, accarezzando per un momento il suo orgoglio «né per la necessità di fare ordine dentro di me.»

Antonia non aggiunse altro, intimorita da quella risposta categorica. Lui se ne accorse, ma non se ne pentì.

Stavano appoggiati al muro senza parlare, sperando che l'altro cominciasse a farlo. Entrambi avevano contemplato di porgere un saluto per chiudere quella scomoda conversazione e andarsene, ma si auguravano che fosse l'altro a farlo per primo.

Non lo fece nessuno.

La Nilde uscì in quel momento.

«Signor Stefàncich!» disse sorpresa. Poi piantò gli occhi in faccia ad Antonia, pretendendo una muta spiegazione. Cosa ci faceva lì fuori da sola con lui? Perché non erano assieme agli altri?

«Faccio un salto alla festa» disse con uno sguardo eloquente «vieni Antonia?»

«Sì... arrivo.»

«Dai, allora ti aspetto.» La Nilde non lasciava scampo. Non esistevano ruoli in quel momento: la Nilde era preoccupata che la sua Antonia venisse rispettata. E davanti a loro ci sarebbe potuto essere anche il re. Quindi non intendeva allontanarsi per lasciarli da soli di nuovo.

Vittorio e Antonia si guardarono, complici per la prima volta dopo tanto tempo.

«Allora a martedì» disse Vittorio «come ci siamo detti. Verrò a prendervi alle due.»

Antonia si trattenne dal chiedere di cosa stesse parlando: fece morire in bocca la sua domanda scontata. Vittorio la guardò dritta negli occhi, di nuovo consapevole di essere padrone della sua attenzione. E consapevole di non desiderare altro che lei.

«A martedì» disse lei, senza capire, mentre la Nilde la prendeva sotto braccio per sottrarla a quell'incontro fin troppo intimo per i suoi gusti.

Antonia camminò in salita con la sua cuoca trattenendosi per non girarsi a guardare Vittorio. Lui respirò a fondo, illuminato da un piccolo raggio di speranza. Raccolse il cestino di ciliegie e tornò a Monfalcone.

Flora parlava con altre donne, sorridente e gentile, come sempre. Nascondeva bene il groviglio di sensazioni che aveva dentro, il piccolo senso di vergogna e l'immensa euforia. La confortava che nessuno l'avesse vista. Che nessuno avesse letto nei suoi occhi la delusione quando, poco prima, Giacomo l'aveva frettolosamente salutata dicendole che si sarebbero rivisti presto. Aveva sperato che lui si trattenesse, per trascorrere altro tempo insieme. Ma non ebbe il coraggio di chiedergli quali fossero i suoi impegni. Non volle indispettirlo, comportandosi come una moglie gelosa. Volle sembrare accondiscendente. Appena vide Antonia, le corse incontro stringendole il braccio. Non per raccontarle quello che era successo dietro al capitello votivo. Non per dirle che per Giacomo Ledri avrebbe fatto qualsiasi cosa. Solo per ritrovare la pace e la morbidezza di quell'amicizia fraterna, in cui mai si sarebbe sentita giudicata.

Giacomo Ledri era rientrato a casa, impaziente di raccontare a suo padre che aveva seguito alla lettera i suoi consigli.

«Meyer...» ripeté l'avvocato, stringendo gli occhi, cercando di ricordare «...la farmacia?»

«La *grande* farmacia» lo corresse Giacomo.

«Sì. Sono solidi. Molto bene. Adeguata. E credi che la giovane possa avere interesse?»

«La giovane ha interesse» sentenziò sorridendo, sistemandosi gli occhiali sul naso, orgoglioso come un cacciatore che sfoggia la sua preda.

«Una situazione regolare ti sarà di grande aiuto. L'immagine di un uomo di famiglia ha più peso di quella di un celibe che non ha legami e responsabilità. Occorre pensare a tutti i dettagli, a tutti i particolari, preparare una forma perfetta.»

Giacomo rimaneva immerso nella poltrona di pelle, nello studio di suo padre, a pensare. Se avesse fatto le mosse giuste, il futuro gli avrebbe riservato delle soddisfazioni.

Miramare

Col cor contento se soporta ogni stento

Antonia non era stata combattuta. Nemmeno per un attimo aveva pensato di rifiutare l'invito astuto di Vittorio Stefàncich, a costo di rimanerci male di nuovo.

La Nilde aveva spifferato tutto alla signora Pàhor già alla festa delle ciliegie: che Antonia era stata a parlare da sola con Stefàncich, che per fortuna era arrivata lei, che lui le aveva promesso di venire a prenderla il martedì successivo alle due, che Antonia aveva acconsentito senza nemmeno chiedere il permesso.

«Ma come signora? *Va tuto ben*? La nostra Antonia?»

«Nilde, non c'è niente da temere.»

«Ma la nostra Antonia!»

«Abbiamo ricevuto anche noi quell'invito dagli Stefàncich» la tranquillizzò la signora Pàhor «e mio marito dice che dobbiamo lasciar fare ai ragazzi.»

«Ah, se *dise* lui...» Borbottava, non condivideva, ma non osava opporsi. La Nilde proprio non riusciva più a capire la gioventù, come la chiamava, e non capiva neanche il signor Pàhor. Allora era contento che Vittorio venisse a prendere la loro Antonia? C'era qualcosa di cui lei non si era ancora accorta?

Fatto sta che era stata proprio lei ad aprire la porta a Vittorio quel martedì alle due in punto e a guardarlo con sospetto, senza far nulla per nasconderlo. Lui se ne accorse e rispose tutto sorrisi e cortesie, mettendole in mano un salame avvolto in carta oleata. Un regalo per lei. La Nilde non poté che capitolare: sì, Vittorio Stefàncich era proprio un bell'uomo e tanto educato. Avevano ragione i signori Pàhor. Fine delle ostilità.

Antonia arrivò nel salotto dove lui e il signor Pàhor stavano chiacchierando decidendo di buttarsi senza reti. Le parole di Vittorio alla festa delle ciliegie le erano sembrate sincere. Tanto valeva assicurarsene.

Lui non riuscì a finire la frase che stava dicendo quando la vide entrare, vestita di azzurro chiaro, con in testa un piccolo cappello dello stesso colore. Si alzò in piedi, la seguì mentre si sedeva anche lei accanto a suo padre. Il viso meno teso, gli occhi più liberi di muoversi nello spazio e non rivolti solo verso la terra o verso un punto opposto al suo. Gli era sembrato già un gran passo avanti.

«Meglio che andiate» aveva suggerito il signor Pàhor «godetevi il meglio del sole di oggi.»

Vittorio le porse il braccio e lei lo accettò senza indugiare.

Salirono nella macchina finalmente liberi di non recitare.

«Sei incantevole» le aveva detto semplicemente. E lei aveva sentito montare il disagio. I complimenti l'avrebbero distratta, l'avrebbero confusa. Si era promessa di resistere. Di riflettere, di non perdere la ragione.

Lo guardava con la coda dell'occhio, tenendo la testa dritta verso la strada, cercando di non farsi notare: aveva addosso un completo in principe di Galles; era un tipo di stoffa che detestava, ma chissà come, su di lui, sembrava perfetta. Guidava silenzioso, aspettando con malizia che lei gli chiedesse quale fosse la meta; ogni tanto si girava per guardarla, con il sorriso di chi è fiero e orgoglioso. Era bello averla accanto. Anche solo così, senza parlare. Solo averla accanto.

«D'accordo. Immagino che se non lo chiederò esplicitamente, non mi dirai dove stiamo andando.»

Lui la guardò di nuovo sorridendo.

«Verso Trieste.»

«Ma non a Trieste.»
«No.»
«E perché tutto questo mistero?»
«Si chiamano anche sorprese.»
«Non credo mi piacciano.»
«I misteri o le sorprese?»
«Entrambi.»
«Questa ti piacerà.»
«Ne sei sicuro?»
«Potrei scommetterci.»
Allora mi fido, pensò lei.

Raggiunsero il promontorio di Grignano e dopo qualche curva la macchina di Vittorio si fermò davanti a un sontuoso cancello in ferro battuto. Una guardia fece capolino da dietro a una colonna, riconobbe il foglietto arancione che Vittorio sventolò fuori dal finestrino e aprì il cancello facendoli passare.

«Dove stiamo andando?»
«Abbi fede.»

La macchina procedeva lenta attraverso la via ghiaiosa in leggera discesa, passando attraverso un parco di cui non si potevano distinguere i limiti. A poco a poco, le fronde si aprirono lasciando Antonia senza fiato.

Vittorio spense la macchina.

«Vieni?»

Antonia scese e davanti a lei un lungo colonnato coperto da rami di glicine circondava lo spiazzo antistante all'ingresso del castello di Miramare. Una fontana circolare, addobbata da bassi cespugli cresciuti in modo disordinato, divideva il sentiero ghiaioso in due braccia che poi si riunivano proprio davanti alla porta principale del castello che si apriva sotto a un portico a terrazza con arcate e pilastri in pietra bianchissima. Antonia alzò lo sguardo, e vide l'imponenza e la leggerezza insieme del meraviglioso palazzo bianco in pietra d'Istria che si confrontava con il blu del cielo.

Vittorio la lasciò ammirare quella bellezza, limitandosi a

seguirla mentre lei camminava, rapita, verso il lato destro del palazzo. Due scalinate simmetriche si riunivano per scendere verso il porticciolo protetto da un frangiflutti, lo stesso in cui era approdata l'imperatrice Sissi a maggio del 1861, scendendo dal panfilo della regina Vittoria d'Inghilterra per una visita ai cognati, di ritorno da Madera.

Ed eccolo, il mare.

«Sono davvero senza parole» disse continuando a guardare davanti a sé «lo avevo visto una volta, al liceo, durante una gita in battello...»

«Anche io, solo dal mare.»

«Di chi è adesso?»

«Del Regno d'Italia, del re, della sua famiglia suppongo.»

«Ma consentono le visite?»

Vittorio rise, con le mani nelle tasche dei pantaloni, contento di vedere che la sorpresa aveva avuto l'effetto sperato.

«No, non consentono. Durante la guerra gli arredi del castello sono stati portati al riparo a Vienna. E adesso sono in corso delle trattative con l'Austria per riportarli qui e fare di questo posto un museo. Il castello è aperto solo perché devono essere fatti dei rilievi; mio padre conosce il responsabile...»

Antonia lo ascoltava attentissima aspettando altri dettagli.

«...e ci ha concesso di venire qui a vedere tanta bellezza. Questo è il modo in cui vivevano gli Asburgo a casa nostra. Guarda! E adesso arriveranno i Savoia!»

E voltò le spalle al mare, rivolgendosi verso il palazzo, con i suoi tre piani, la torretta con l'orologio, le merlature, il verde del parco retrostante, ricco di specie botaniche provenienti da tutto il mondo e che avevano sostituito la brulla vegetazione del Carso. La meraviglia e l'opulenza non riuscivano a sopire in lui il senso di fastidio per il privilegio di cui la nobiltà asburgica aveva goduto per secoli.

«Era l'arciduca Massimiliano, vero?» chiese Antonia.

«Sì, il fratello di Francesco Giuseppe, l'imperatore. Era stato viceré del Lombardo-Veneto. Poi ha voluto questa dimora per lui e la moglie Carlotta, principessa del Belgio. Pensa, hanno vissuto qui solo per quattro anni.»

«Adesso ricordo. Poi lui è diventato imperatore del Messico.»

«Esatto. E poi è stato fucilato.»

«E Carlotta è impazzita ed è tornata in Belgio. Lo avevo imparato al liceo.»

«Possiamo entrare, se vuoi.»

«Dentro?»

«Sì. Io sono curioso. Andiamo?»

Le porse la mano, per aiutarla a salire i gradini del porticciolo. Lei la strinse saldamente, appoggiandosi. Percepirono entrambi il calore di cui avevano sentito la mancanza.

Camminarono rapiti dal contesto ed entrarono. Venne loro incontro un uomo elegante che salutò Vittorio e fece un baciamano ad Antonia. Era il funzionario che aveva concesso quella intrusione speciale. Si sottrasse per qualche minuto al lavoro e li accompagnò.

Il pian terreno era stato quello degli appartamenti di Massimiliano e Carlotta, in cui le tappezzerie azzurre richiamavano il colore del mare e del cielo che si vedevano dalle finestre; lo studio dell'arciduca, che era stato comandante della Marina austriaca, riproduceva la poppa della fregata che aveva condotto.

«L'ancora con la corona è il simbolo del suo controammiragliato» spiegò Vittorio, sentendo di essere appartenuto in un passato ormai lontano a quella stessa Marina «l'ananas simboleggia la ricchezza. Sono dappertutto, vedi?»

Antonia li riconobbe sulle decorazioni lignee dello studio, ma anche sulle stoffe e sulle pareti.

Attraverso una scalinata sontuosa si saliva al primo piano, quello di rappresentanza, con le tappezzerie rosse. Alle pareti le catene pendenti orfane dei quadri preziosi, i camini spenti in marmo rosso. I simboli imperiali erano ripetuti ovunque, con un orgoglio che non rispecchiava i reali sentimenti dell'arciduca, che soffriva la competizione col fratello maggiore imperatore.

Vennero condotti alla torretta, meravigliosamente a picco sul mare.

Antonia salì la stretta scala a chiocciola di metallo decorato, passò dietro agli ingranaggi dell'orologio e salì ancora, fino a raggiungere la sommità e cibarsi della vista. Dominava il golfo di Trieste, in tutta la sua ampiezza. Le onde del mare luccicavano ai suoi piedi e il profumo della salsedine misto a quello della primavera era inebriante. Un po' di vento soffiava dal mare e le entrava impertinente nelle narici.

Sentì un tocco leggero alle sue spalle. Si voltò di colpo.

Vittorio era dietro a lei, sfiorava la sua schiena col torace, facendo attenzione a che non vi fosse un contatto vero. Non si spostarono. Stavano immersi in quello che restava di tangibile del passato imperiale. Ma l'emozione che quei luoghi sapevano suscitare veniva presto sostituita da quella provocata dalla loro vicinanza. Una ritrovata vicinanza.

Vittorio teneva ancora le mani affondate nelle tasche dei pantaloni, era diventata ormai una sua posizione abituale. Non intendeva interrompere quel momento di beatitudine, casuale o meno che fosse, non intendeva muoversi di un millimetro.

Antonia guardava il mare là, in cima alla torre, ma fremeva, faticava a trattenersi. Si sarebbe voluta girare.

Vittorio rimase ancora immobile, fino a quando non smise di sentire il rumore ritmato delle scarpe del funzionario che scendeva i gradini della scala a chiocciola.

Erano soli.

Così le accarezzò la nuca e il collo, leggermente, con una nocca, fermandosi al colletto del vestito azzurro, che era chiuso da due piccoli bottoni. Lei non si mosse, non si sottrasse da quel tocco. E sperò di sentirlo di nuovo. Invece sentì la mano di lui appoggiarsi sulla sua spalla, per poi scendere sul braccio, fino al gomito, in un movimento lentissimo che gli era servito a memorizzare ogni sensazione. Antonia lasciò cadere il braccio lungo il corpo, concedendogli di scendere ancora. Vittorio raggiunse il dorso della mano e, dopo una piccola incertezza, intrecciò le dita a quelle di lei, stringendo. La mano di Antonia rimase aperta, esitante, solo per il tempo di rendersi conto che stava accadendo proprio quello che aveva desiderato. Strinse le dita anche lei, regalandogli la certezza di un sentire comune. Vittorio la tirò a sé, facendola appoggiare con la schiena al suo torace. Il cappellino azzurro gli impediva di vederle la faccia.

«Ho pensato tanto a questo momento.»

«Anch'io» disse lei, libera, senza la vergogna di ammetterlo.

Vittorio la strinse più forte. Riconoscendola. Inspirando l'aria magica del mare.

Si sentiva onnipotente.

Lei si girò, finalmente. Vittorio mollò la presa e la guardò come se la stesse vedendo per la prima volta. Le labbra socchiuse, le guance appena rosate, gli occhi vivaci che lo scrutavano cercando di capire se fosse sincero.

Le accarezzò il viso e si avvicinò, baciandole leggermente il naso. Di nuovo, lei non si spostò. Le prese il viso tra le mani, ma nel movimento fatto per raggiungere la sua bocca, sbatté la fronte contro il cappellino.

«Possiamo toglierlo?» chiese, aveva fretta.

Antonia ridendo annuì e sfilò le due forcine che lo assicuravano ai capelli.

«Appoggiamolo lì, al riparo dal vento.»

Finita quella distrazione, Vittorio la strinse a sé di nuovo, questa volta senza delicatezza, con desiderio. Sentì sotto la stoffa leggera del vestito azzurro la forma del suo corpo, delle coste, delle spalle. Appoggiò la fronte a quella di lei.

«Adesso basta sciocchezze, va bene?» disse, quasi ansimando. «Adesso facciamo sul serio io e te?»

Antonia annuiva.

«Sì? Facciamo sul serio?» ripeté chiedendole di rispondergli.

«Sì.»

«Basta dubbi allora. Antonia?»

Lei lo guardava senza parlare, sì... andava bene, andava bene tutto.

In punta di piedi riuscì a raggiungere la sua bocca, che si aprì in un bacio affamato. Ingordo, insaziabile. Come una vertigine fortissima che li faceva roteare senza sosta in una giostra appesa lassù, sulla torre di Miramare.

«Basta dubbi anche tu» gli disse, prima che lui la sollevasse da terra stringendola forte. Poi annuì, senza staccarsi da lei, sentendo necessario quel contatto che si erano stupidamente negati per settimane lunghissime. La rimise giù, le toccò i fianchi, salendo, verso la pancia, fino al petto, sopra al cuore. Non c'era imbarazzo, non c'era riguardo, era tutto giusto, tutto naturale. Lei gli passava le mani tra i capelli, tirandoglieli e costringendolo ad alzare il viso. Gli occhi sembravano più scuri, più profondi, più espressivi.

Le baciò le palpebre, la guancia, il collo, spostò la stoffa e succhiò piano la pelle.

«Sei mia.» Le era sembrato che lui lo avesse sussurrato con le labbra appoggiate a lei. Non ne era sicura.

Però sì, era sua, e non si sentiva affatto sminuita da quelle parole. Non si trattava certo di una proprietà. Ma di una appartenenza profonda, viscerale. Ed era reciproca. Sì. Ora lo sapeva.

«*Ljubim te*» gli disse in un orecchio, le parole erano uscite dalla bocca senza che lei avesse potuto farci niente.

Lui si scostò, per poterla guardare.

«Lo sai che non capisco bene lo sloveno...»

«Appunto.»

Vittorio raccolse il cappello e glielo porse, osservandola per tutto il tempo mentre lei lo bloccava di nuovo ai capelli con le forcine. Si sentiva felice come mai era stato. Gli sembrava che ogni cosa acquisisse un senso, improvvisamente. Ebbe l'impressione che quel mare fosse così bello per loro, che il castello di Miramare fosse stato costruito apposta perché loro due potessero vivere quei momenti speciali. Perché potessero ritrovarsi, cancellare le incomprensioni, fugare i dubbi.

Scesero la scaletta a chiocciola di metallo, raggiunsero il pian terreno, salutarono il funzionario. E poi uscirono dal castello, camminando mano nella mano nel parco, fino a raggiungere il castelletto, una costruzione che mimava il castello in dimensioni ridotte, le serre di vetro e ferro, ormai completamente abbandonate.

«Stare qui mi fa ricordare che io sono stato un ufficiale della Marina dell'impero. Da tempo non vedevo questi stemmi... erano ovunque all'accademia. Oltre che su ogni bottone della mia divisa!»

«È cambiato tutto. Tu sei stato tra coloro che lo hanno permesso...»

«Antonia...» disse sospirando forte, provando tenerezza per la sua ingenuità «...non è cambiato *niente*. E non cambierà mai *niente*. Non illuderti. E non essere fiera di me. La guerra è stata... solo merda. Perdonami. Ma è l'unica parola che si può usare.»

«Max dice che...» Si interruppe immediatamente, come se avesse pronunciato una parola proibita. Non avrebbe voluto nominarlo. Vittorio li aveva visti assieme, alla festa delle ciliegie, e aveva pensato che tra loro ci fosse qualcosa di più dell'amicizia.

«Cosa dice... Max?»

«Che bisogna andare avanti.»

Vittorio respirò a fondo. Si sedette su una panchina di ferro rivolta verso il mare, scivolando un po' e appoggiando la testa allo schienale. Chiuse gli occhi e girò il viso verso il sole.

«Dove ha combattuto?» chiese, cercando di nascondere il senso di competizione che sentiva di avere con quel Max che nemmeno conosceva.

«Non lo so, all'inizio, con l'Austria.»

«Con l'Austria?» ripeté Vittorio, pensando che avrebbero potuto ammazzarsi a vicenda.

«Lui è un medico. È stato ferito ed è stato congedato.»

«È innamorato di te?» Vittorio andò al sodo.

Antonia lo guardò, teneva ancora gli occhi chiusi, verso il sole.

«Non lo so...»

«Antonia, non sono stupido.»

«Forse... sì.»

«Togli il forse. L'altra sera era evidente. Molto evidente. E lui piace alla tua cuoca più di me.»

Antonia, pur nella leggerezza dei discorsi, fu colpita dalla perspicacia di Vittorio.

«Le piace molto, sì, hai indovinato.»

«Non ho indovinato. Ho capito. Bastava guardarla quando ci ha trovati a parlare. Mi avrebbe incenerito con gli occhi, se solo avesse potuto. Oggi, invece, è stata più gentile. Le hai parlato tu?»

Antonia si avvicinò facendogli ombra e costringendolo ad aprire gli occhi: una mossa audace, aiutata dal fatto che fossero completamente soli in quel punto del parco.

«No, non le ho parlato io.»

«Allora l'avrà fatto tuo padre. Io e lui siamo in sintonia.»

«Sì, me ne sono accorta.»

«Stamattina riflettevo. Le nostre famiglie si rispettano molto. E si stimano.»

«È vero.»

La prese per un braccio costringendola ad abbassarsi verso di lui.

«Allora bisognerebbe informarle al più presto di questa situazione...» le parlò sulle labbra.

«Di quale situazione?» chiese lei fingendo di non capire.

«Questa...» disse Vittorio, mettendosi seduto, passandole la mano sulla caviglia, accarezzandola fino al ginocchio, sollevando appena l'orlo del vestito.

La baciò di nuovo, facendola sedere sulle sue gambe, respirando a fondo il suo profumo, imparando a riconoscere la sua pelle sotto ai polpastrelli.

«Sei mia» le aveva ripetuto. Questa volta Antonia lo aveva sentito chiaramente.

«*Ljubim te*» ripeté anche lei sottovoce.

Vittorio rimase in silenzio, guardandola negli occhi con tale serietà che lei ebbe paura di ciò che stava per dire. Ma la paura si trasformò subito in gioia.

«Ti amo anch'io.»

Ordini da Milano (fine maggio 1922)

Col bon vento tuti sa navigar

Ferrara era diventata fascista una settimana prima, a metà maggio del Ventidue, quando Italo Balbo aveva battezzato il progetto di marciare e occupare. L'avvocato Ledri leggeva, si informava, chiedeva. Doveva sapere tutto, doveva essere aggiornato.

Veniva puntualmente ragguagliato da un vecchio aiutante che gli aveva fatto per anni da factotum e ora, dopo la guerra e il *patatràc* – così quell'uomo definiva la fine dell'Impero e la crisi in cui era caduta Trieste – era emigrato a Milano, con la moglie, a lavorare presso una famiglia di ricchi industriali. Grazie al suo pragmatismo, alla sua scaltrezza, alla sua furbizia senza pietà, ascoltava, raccoglieva informazioni, carpiva dettagli e li distribuiva, abilmente, a chi poteva esserne interessato, sperando, in questo modo, di vantare dei crediti e ottenere, in futuro, dei vantaggi. Seminava. In assenza di altre più tangibili abilità.

E fu lui, lo scaltro maggiordomo, a raccontare all'avvocato Ledri quanto aveva sentito in una delle riunioni al palazzo dei suoi padroni a Milano. Il loro beniamino Benito Mussolini intendeva governare l'Italia. E avrebbe trovato un modo per farlo, lo sapevano tutti, con le buone o con le cattive. Quegli industriali non si erano certo scandalizzati se aveva fatto uso della violenza per difendere le istituzioni dalla minaccia socialista. Così lo giustificavano. E avevano sposato la sua causa senza pensarci due volte.

L'avvocato Ledri e Giacomo partirono col treno per Venezia, poi presero il diretto per Milano. L'avvocato aveva detto che un'occasione come quella, arrivata senza averla cercata, andava presa al volo. Non si doveva perdere tempo, non si doveva tergiversare. Il vecchio aiutante lo aveva contattato per un consiglio al padrone, e quel consiglio poco gli sarebbe costato e molto avrebbe fruttato.

Arrivarono la sera, fiaccati dal viaggio, ma con lo spirito pieno di speranze. Avevano ottenuto un incontro per una veloce colazione il giorno dopo, nella casa del ricco milanese. Chi meglio dell'avvocato Ledri avrebbe potuto far luce sugli intoppi legati ai dazi applicati a merci che dovevano entrare in Italia provenienti dall'Austria. E quale migliore occasione per presentare il figlio, brillante enologo, poliglotta, conoscitore della cultura europea, a quell'esclusivo salotto fascista.

Furono accolti con cortese freddezza, quella che l'avvocato riconobbe facilmente come l'alterigia dei cittadini verso gli abitanti di un posto lontano, periferico e pressoché sconosciuto. Non tradì alcuna debolezza, ma rimase serio e aspettò di poter parlare. Giacomo, forte della presenza del padre, faceva lo stesso.

I milanesi li guardavano come se fossero giunti da un altro pianeta; erano vestiti in modo appropriato, certo, ma avevano le facce di chi non vive in città. Vennero presentati, il loro nome, che non avevano mai sentito, non suggerì parentele di nota. Pensavano già dal giorno prima che sarebbe stato del tempo perso, trascorso assieme a dei campagnoli che si erano vestiti a festa per dare la loro opinione su questioni di cui, probabilmente, non coglievano nemmeno il significato. Ma il valletto, che sembrava un tipo esperto, aveva insistito affinché li ricevessero, così accettarono.

Ebbero presto modo di ricredersi.

Ledri iniziò a enunciare con eleganza e rigore le soluzioni ai loro problemi, arricchite da citazioni precise delle nuove leggi che erano state emanate sul tema dei dazi. Era certo che in pochi giorni quelle merci sarebbero state pronte per partire verso Milano. Le leggi erano chiare, quelle del Regno e quelle della vecchia Austria che, a brandelli, vendeva pezzi di sé.

Si ricredettero anche quando l'abile uomo di legge introdusse suo figlio. Quel giovane alto e magro, che fino a quel momento era stato educatamente in silenzio osservando tutto dietro gli occhiali dorati, in tempi che avevano preconizzato il presente, aveva partecipato all'incendio del Balkan in nome dell'identità italiana, contro il nemico slavo e bolscevico. L'eco di quella precoce impresa fascista era giunto fino a Milano, come se le fiamme del *Narodni Dom*, alte e lunghe, avessero illuminato il cielo del golfo come un faro e avessero fatto luce su tutta la Pianura Padana. Ricordavano molto bene quell'avvenimento e ricordavano anche che si erano interessati a quella città lontana, anzi lontanissima, che insieme a Trento era tornata all'Italia, ma che, a stento, sapevano se fosse sul mare o in cima ai monti. Sì, leggevano delle imprese di d'Annunzio a Fiume, ma, chissà perché, non riuscivano a prenderlo sul serio. E Trieste, per loro, non era che un'altra piccola, lontana città. Giacomo, invece, all'improvviso, riuscì a trovarsi al centro dell'attenzione di quel gruppo di uomini, tra cui c'erano anche dei nobili di lignaggio secolare. Lo ascoltavano, rapiti, desiderosi di sapere, come se il suo racconto permettesse loro di vivere, per un attimo, una follia giovanile che, ormai, era inesorabilmente passata. Si riconobbero, nonostante le diversità di accento, di vissuto, di nascita. Si riconobbero parte di un gruppo. Mai nessuno dei facinorosi che picchiavano e incendiavano a Milano era stato ospite a casa loro. E questo giovane, che certo non poteva dirsi un balordo violento, era stato spinto a mettere a repentaglio la sua stessa vita per i loro ideali. Lo guardavano come si guarda un animale raro, con un misto di stupore e di pietà. Chissà perché la pietà? Il padrone di casa lo osservava, accarezzandosi la barba, lo analizzava. Trovava in Giacomo l'espressione del vigore e del ragionamento insieme. Quei racconti, che erano stati abilmente conditi da dettagli sensazionalistici su suggerimento dell'avvocato, risuonavano come un'ode all'italianità. A domanda, Giacomo rispose di essere iscritto al Fascio triestino, ma non una parola uscì dalla sua bocca sulla ingloriosa fine dell'operazione delle armi, sul cavalier De Marchi o su Mareschi. In quel salotto, nessuno li aveva nominati perché nessuno li aveva nemmeno mai conosciuti. Accennarono all'avvocato Giunta, alla sua abilità nell'aver creato quel forte Fascio di confine, ma non aggiunsero altro. E Giacomo non l'aveva mai conosciuto, non era mai arrivato così in alto.

Per la prima volta, quel giorno, Giacomo si sentiva apprezzato per le sue scelte, per le sue imprese, a dir loro, eroiche. E poco contava se quell'apprezzamento fosse sincero o il risultato di anni di vite spese a ricevere, conoscendo perfettamente le buone maniere, in cui mai occorre far capire ciò che realmente si pensa e sempre è appropriato mostrarsi interessati. Era come se i suoi racconti li distraessero e li intrattenessero piacevolmente. Proprio come ai concerti di giovani virtuosi musicisti chiamati a mettere in mostra straordinarie abilità per il loro godimento.

Ai due Ledri, invece, abituati a guadagnare ogni pezzo di privilegio che avevano ottenuto, quei milanesi, sazi e composti, sembravano, delle fiere addomesticate. Non avevano la fame, loro.

Il padrone di casa si offrì di intercedere per Giacomo nel direttorio della Federazione provinciale dei fasci di Trieste, senza che nessuno glielo avesse chiesto. Non c'era un briciolo di generosità o filantropia in quel gesto. Era un favore da restituire, in cambio delle casse di opere d'arte – ora aveva ammesso di cosa si trattasse – che dovevano assolutamente passare i controlli di dogana con l'aiuto dell'avvocato.

«Non una parola, adesso, con nessuno» sussurrò l'avvocato Ledri mentre uscivano dal palazzo milanese e, raccolto il piccolo bagaglio rimasto nella guardiola all'ingresso, camminavano a passi lunghi lungo corso Venezia, diretti verso la stazione «non roviniamo tutto, che è andata fin troppo liscia.

Occorre stare attenti. Taci e aspetta il momento. Non una parola con nessuno. Avrai la tua rivincita.»

Giacomo fremeva, pieno di entusiasmo.

Non fu un'attesa lunga.

Grazie al lavoro certosino dell'avvocato, la comunicazione da Milano che sanciva il suo ingresso nell'organizzazione provinciale era arrivata presto, nel giorno stesso in cui il treno merci con i preziosi beni del milanese – che dalle carte si scoprì essere stati venduti proprio dalla baronessa Bauer ormai al verde – era partito dalla stazione di Vienna.

Era stato di parola. E Giacomo si fece trovare pronto.

I dirigenti del partito lo convocarono, gli venne mostrato il suo ufficio, gli vennero affidate le sue carte. Quelle le doveva conoscere a memoria. I nomi e le facce dei rappresentanti di zona della provincia doveva saperli «come l'Avemaria». Così gli aveva detto il suo superiore. Ma era stato morbido nel descrivergli i suoi doveri. Lo trattava con riguardo, con il garbo che si usa verso chi ha ricevuto elogi dall'alto, addirittura da Milano, da persone molto vicine a lui, Mussolini. Giacomo mai avrebbe saputo quanto vicino era stato dal conoscerlo.

Alla prima riunione con i rappresentanti di zona venne presentato ufficialmente. Dovevano far riferimento a lui per le comunicazioni con la Federazione provinciale.

Prese la parola riuscendo a celare l'emozione e dicendo tutto quello che gli avevano indicato di dire. Non era, in realtà, ancora a conoscenza dei progetti del partito, non sapeva ancora quali sarebbero stati i prossimi movimenti. Ma sapeva che si era solo all'inizio di qualcosa di grande.

«Occorre che le azioni sparse sul territorio, da ora in poi, siano sempre precisamente coordinate. Sarà indispensabile, per i piani del prossimo futuro, che l'aderenza alle direttive sia totale.»

Fu interrotto dall'ingresso di due ritardatari.

Li riconobbe, nonostante la penombra della sala. Erano loro, il cavalier De Marchi e il suo galoppino Mareschi. Respirò a fondo, per dominare l'euforia di quel momento unico. Con il mento alto rimase in silenzio, ad aspettare che si sedessero, amplificando intenzionalmente il loro imbarazzo. Godette di ogni istante con soddisfazione immensa: il vecchio, credendo di aver visto male, inforcò gli occhiali e rimase impietrito. Mareschi deglutì e non mosse un muscolo.

«Salutiamo il cavalier De Marchi e il dottor Mareschi, benvenuti» pronunciò trionfante.

Erano basiti.

Disinnescati.

E tanto era bastato, per ora, a Giacomo Ledri.

Aggiunse qualche dettaglio, qualche precisazione e concluse il suo intervento augurandosi che il lavoro che li aspettava portasse presto buoni frutti.

La sua vittoria era piena, la vita lo aveva ripagato. E ne era fiero.

Il saluto del soldato

Ognidùn sa balar cô sona la fortuna

La signora Stefàncich si era fatta trovare seduta alla scrivania del marito.

Appena Vittorio era entrato lei lo aveva guardato serissima. Tutto come quando era bambino, e lei riusciva a capire che aveva combinato un guaio ancora prima di indurlo alla confessione. Cosa voleva adesso?

«Mamma?»

Lei continuava a guardarlo, trasformando piano il viso da severo a inquisitorio, fino a farlo diventare sorridente. Era uno scherzo, allora. Un gioco.

«Non hai niente da dirmi, figlio?»

Lui piegò la testa, non capendo.

«Proprio niente?» incalzò lei.

«Per la verità, no.»

«Mmm. Peccato. Perché, vedi... ho avuto occasione di incontrare i signori Pàhor...»

Quel nome catturò improvvisamente l'attenzione di Vittorio. Si sedette sulla poltrona di pelle rossa, subito interessato alla piega che quel discorso stava prendendo. Incrociò le gambe e si appoggiò allo schienale, mettendosi comodo. In attesa.

«...pare che Antonia sia stata molto entusiasta della visita al castello.»

Vittorio prese aria per cominciare a parlare quando la signora Stefàncich lo interruppe.

«Ho già provveduto a ringraziare l'amico di tuo padre per l'occasione che ci ha concesso» lo guardava tirando le labbra in un sorriso sornione «e tu? Tu sei stato entusiasta?»

«Molto entusiasta» disse soffiando fuori tutta l'aria e sorridendo, annuendo e parlando con gli occhi.

«Bene. Anzi, molto bene. Il castello era bello, quindi.»

«Bellissimo.»

«E il parco anche.»

«Anche il parco, sì.»

«E la compagnia?»

«Oh, la compagnia era... eccellente.»

«Molto bene!»

«Sì, direi molto bene anche io.»

La signora Stefàncich teneva il mento appoggiato a una mano e fissava il figlio piena di orgoglio e di soddisfazione.

«Non avrei potuto sperare di meglio per te, figlio mio.»

«Mamma...»

«Arrossisci? Tu che arrossisci!» si alzò, gli si fece accanto e gli prese la testa tra le mani, lo avvicinò al petto e gli baciò i capelli. «Quanto hai bisogno di essere felice!»

Vittorio, dopo una iniziale resistenza, lasciò fare e si abbandonò all'abbraccio rassicurante di sua madre. Era proprio tutto uguale, come quando era bambino; la signora Stefàncich si commosse a riconoscere suo figlio dopo gli anni della guerra, quelli del ritorno, in cui le era sembrato che fosse rimasto sempre in disparte dalla vita. Le era sembrato che avesse rinunciato a sperare, ad aspettarsi che qualcosa di buono potesse ancora succedere. Invece l'aveva sorpresa.

«Cosa sta succedendo qui?»

Il signor Stefàncich era entrato rompendo il silenzio.

«Niente, sono venuta a salutare tuo figlio. Ad augurargli una buona giornata.» Fece l'occhiolino, il loro segreto era sacro.

«Ho saputo una cosa importante» disse il signor Stefàncich.

«Cosa?» Il marito sembrava serio.

«Ho incontrato l'avvocato Ledri. Mi ha parlato di Giacomo. È nel Partito fascista, lavora a Trieste.»

«Come è nel Partito fascista? Scherzi?»

«Purtroppo no. Pare abbia una posizione di rilievo, a Trieste, la sezione locale. Non so cosa pensare.»

«Io lo sapevo» disse Vittorio, quasi una confessione.

«Come lo sapevi?» I signori Stefàncich si voltarono verso di lui, sorpresi.

«L'ho visto dopo la questione delle armi dai Pàhor. Ho avuto ragione di credere che fosse coinvolto. Ci siamo lasciati piuttosto male.»

«Lo dici adesso, Vittorio?» gridò suo padre.

«Non avrebbe fatto nessuna differenza per noi. Non volevo allarmarvi, la questione è chiusa, quindi non volevo ci fossero preoccupazioni inutili. Comunque che lavorasse a Trieste nel partito non lo sapevo nemmeno io.»

«E perché dici che è coinvolto anche con le questioni dei Pàhor?»

«Mi ha detto di essere stato lui a scrivere una lettera anonima per denunciare la presenza delle casse di armi dai Pàhor. Ma sembra veramente poco credibile. Penso piuttosto che lui sia stato fregato. Io credo che abbia consentito di nascondere quelle armi nelle cantine, che qualcosa sia andato storto e qualcuno abbia bloccato tutto, scrivendo la lettera anonima. E noi ci siamo finiti in mezzo perché chi ha denunciato sapeva che il trasporto quel giorno lo abbiamo fatto noi. E noi non abbiamo controllato se il numero di colli era corrispondente a quello dei documenti; *io* non ho controllato, nella fattispecie.» Pensò a come si fosse distratto, quel giorno, alle vigne con Antonia. Il suo senso del dovere lo portava a mettersi in discussione, sempre.

«Da quando spetta a te controllare le bolle di consegna? Lo devono fare gli autisti.»

«Ero dai Pàhor quel giorno, ero lì per caso, ma non ho controllato. E Giacomo ci teneva a gestire quella consegna. Lo ricordo chiaramente. Pensandoci a posteriori ho capito che aveva qualcosa da nascondere. Io, però, non mi sono preoccupato e l'ho lasciato fare. Per questo mi sembra poco probabile che la lettera di denuncia l'abbia scritta lui. Sarebbe stata un'autodenuncia. Una mossa stupida e assurda. Ha voluto piuttosto confondere le acque e non ammettere di essere stato fregato.»

«Non possiamo più fidarci.»

«Non dobbiamo» precisò Vittorio.

«Ma occorrerà mantenere la forma, almeno con l'avvocato.»

«Io non intendo aver più niente a che fare con loro» disse la signora Stefàncich categorica.

«Tu devi comportarti con loro come sempre» la istruì il signor Stefàncich «non far trapelare nessuna ostilità. Se Giacomo è dentro a quel gruppo di pazzi, occorre essere prudenti. Quelli non vanno per il sottile.»

«Ma Stefano, cosa stai dicendo?» Era allarmata.

«Sto dicendo che quella è gente che non scherza. Stiamo attenti.»

Vittorio rifletteva in silenzio. L'ascesa di Giacomo era cominciata quindi, passando per la politica. Un gran orgoglio per l'avvocato. Finalmente.

Adele Ledri era così orgogliosa della nuova posizione di suo figlio Giacomo che teneva sempre in borsetta i suoi biglietti da visita freschi di stampa. Ne aveva una decina nel taschino interno della borsa che era della misura perfetta, aveva tolto lo specchietto che non le serviva, e ci aveva infilato i biglietti.

La si incontrava a passeggio per le strade di Monfalcone, cosa che prima accadeva di rado, visto che non le piaceva mescolarsi alla «gente comune», come la chiamava lei. Da quando Giacomo era diventato una persona importante, la figura imponente di Adele sembrava essere aumentata ancora, i piedi e le caviglie grosse stavano dentro a scarpe troppo strette, ma irrinunciabilmente leziose, con un tacchetto che faticava a reggere il peso a cui era sottoposto.

Successe alla signora Stefàncich di incrociarla proprio davanti al municipio, in una mattina di sole. Adele Ledri indossava un paio di occhiali con le lenti scure che rendevano il suo viso ancora più paffuto, ma che fecero sperare alla signora Stefàncich di passare inosservata.

«Maria!» esclamò Adele.

«Ecco, mancava questa» disse tra i denti Maria Stefàncich continuando ad avvicinarsi e sorridendo in modo sforzato, impegnandosi a cambiare tono e a parlare con entusiasmo «cara Adele!»

Si abbracciarono e si scambiarono due baci sulle guance. Maria sentì un profumo intenso, troppo intenso, stuzzicarle il naso.

«Non sai che piacere vederti! Non ci incontriamo dalla cena dei Rossetti! O forse da quella all'albergo impiegati?»

«Oh, in ogni caso è passato troppo tempo...»

La signora Stefàncich guardò Adele e appena quella tolse gli occhiali, non poté non notare l'abbondanza di trucco sugli occhi, e poi anche quella di gioielli, l'eccessiva eleganza del vestito, per quell'ora del giorno, per quella occasione di passeggio in città. Gli orecchini stavano attaccati ai lobi penduli per il peso delle solite grosse perle tonde, la collana in *parure* era accompagnata da altri fili d'oro con maglie diverse le une dalle altre, in un sovraccarico di metallo che la faceva sembrare una statua votiva. Mentre Adele armeggiava per aprire la borsetta, Maria osservò le sue dita grosse, le unghie laccate, gli anelli sovrapposti che le limitavano i movimenti.

«Oh, ecco, finalmente si è aperta. Tieni Maria, tieni. Un biglietto da visita di Giacomo. Lui lavora a Trieste adesso, per il partito. Coordina il direttorio di zona. Una grande, grandissima soddisfazione.»

Parlava con una cantilena che disegnava crescendo e diminuendo, rallentando e accelerando.

«Mio marito lo ha saputo dal tuo proprio qualche giorno

fa. Tante congratulazioni per il successo di Giacomo. Immagino siate davvero orgogliosi di lui!»

«Oh, Maria. Devo proprio dire di sì. Se lo è meritato tanto questo successo. Gli anni di fatica, lo studio, la vita a Vienna... sono contenta per lui.»

«Seguirà ancora le vigne?»

«Oh, no assolutamente no! Quello per lui era più... un passatempo. Non un lavoro! Adesso è impegnatissimo. E ha grandi responsabilità. Deve concentrarsi su quelle, non può avere distrazioni. Ha già preso possesso del suo studio a Trieste, ma devo ancora andare a vederlo, non c'è stato tempo.»

Maria la lasciava parlare, ascoltava e giudicava. Non poteva esimersi dal farlo. Adele Ledri esplodeva in tutta la sua pochezza, in tutta la sua stupidità. Non lasciava dubbi, confermava tutto a ogni parola nuova che pronunciava.

«Oh, Maria, vuoi che ti lasci qualche biglietto in più? Magari può essere utile anche ai vostri clienti. Aspetta, ecco qua, tieni. Poi sto organizzando una cena per gli amici di sempre per festeggiare Giacomo, voi siete i primi della lista. Ti manderò l'invito a casa presto. Ci sarai?»

«Impossibile mancare!» riuscì a dire Maria Stefàncich, Adele non fu in grado di cogliere il sarcasmo.

«Allora ci vediamo presto!»

E riprese a camminare proseguendo dritta, lasciando la signora Stefàncich senza farle nemmeno una domanda di cortesia sulla sua famiglia, sui suoi figli, su suo marito. Niente. L'universo di Adele Ledri iniziava e finiva con Giacomo.

«Ti impedisco di accettare quell'invito!» aveva gridato a suo marito appena tornata alla Stradella Verde entrando come una furia nello studio.

«Maria, calmati. Quale invito?»

«Quello dei Ledri. Ho incontrato Adele oggi, davanti al municipio. Ha detto che ci vuole tra i suoi invitati per la festa.»

«Festa per cosa?»

«Per Giacomo. Per la celebrazione di Giacomo. Per la santificazione di Giacomo! Ti impedisco di accettare quell'invito!»

«Sai che non potrò farlo.»

«Stefano, intendi andare alla festa di un fascista? Di un giovane codardo e vigliacco? Che non ha esitato a nascondersi come un ratto per uscire adesso a prendersi gli allori per cui *tuo* figlio ha rischiato di morire ogni giorno per quattro maledettissimi anni? Se gli austriaci lo avessero preso, lo avrebbero fucilato. Fu-ci-la-to. Giacomo era ad Aquileia, al sicuro, ospite del patriarca!»

Aveva urlato senza respirare, senza pause.

«Non possiamo continuare a pensare alla guerra. Sarebbe un errore molto ingenuo. Così come sarebbe un errore molto ingenuo inimicarsi i Ledri. Non adesso. Soprattutto per come stanno andando oggi le cose. Hai visto cosa è successo ai Pàhor? Senza motivo. Ed è anche andata bene.»

«Non posso credere che tu sia diventato così opportunista da fare l'occhiolino a questa gente solo per non avere problemi. Non ti riconosco, Stefano. Cosa penserà di noi Vittorio?»

«Vittorio è abbastanza intelligente da capire. Conosce il mondo meglio di quanto crediamo. Sa che occorre mantenere una facciata impeccabile con i Ledri. Ma siamo liberi di non pensarla come loro. Liberi di non votarli mai, per esempio.»

«Io non condivido.»

Il signor Stefàncich abbracciò la moglie, vincendo la forza delle sue braccia che tentavano di liberarsi dalla presa. Era una donna forte e dignitosa. Non si era mai pentito di averla sposata. Lei era stata il suo affare migliore, quello più importante e più prezioso.

«Ci andrò con Francesca. Tu e Vittorio starete a casa.»

L'invito arrivò puntuale e il signor Stefàncich rispose accettandolo.

Raggiunse la casa dei Ledri assieme alla figlia, che conosceva Giacomo fin da bambina. Entrarono a braccetto e furono investiti dalla musica che il grammofono spargeva nell'aria e dal profumo del cibo che passava all'altezza dei loro nasi sui vassoi portati dai camerieri.

«Francesca!»

Giacomo aveva salutato la vecchia amica con entusiasmo, forse troppo entusiasmo, visto che la abbracciò e le appoggiò un bacio sull'incavo del collo dove il vestito lasciava la pelle nuda. Era già ubriaco.

«La mia piccola Francesca! Dov'è tuo fratello?»

«Un impegno improvviso...»

«Oh, che peccato! Ma vieni, prendi anche tu qualcosa da bere. Stefano... permetti?»

Il signor Stefàncich acconsentì con un cenno e si trattenne a parlare con altri uomini, osservando la figlia che si allontanava. Erano stati bambini assieme, lei la più piccola dei tre, che seguiva i due maschi cercando di comportarsi come loro, per non essere esclusa dai giochi che facevano. Da adolescente, per qualche mese, si era infatuata di Giacomo; forse era successo perché era l'unico ragazzo che frequentava regolarmente oltre a suo fratello Vittorio, forse perché era attratta dal suo temperamento da sognatore. Le aveva regalato dei libri sull'arte e lei li aveva divorati. Si era convinta anche di avere i suoi stessi gusti. Poi quella breve cotta giovanile, mai sbocciata, passò così come era arrivata e Giacomo non rimase che un caro amico d'infanzia. Francesca non riusciva proprio a immaginarlo come uno dei fascisti picchiatori di cui si era letto sul giornale. Eppure lo era diventato. Per lo meno aveva accettato di farsi chiamare come loro. E sembrava già abbastanza grave. Che cosa lo aveva cambiato così?

«Giacomo, forse tu non dovresti bere ancora» gli disse quando le porse un calice di vino bianco e lui tracannò il suo dirigendosi verso la veranda.

«È una festa Checca. Cosa vuoi che succeda!»

«Giacomo...»

«Cosa?»

«Sei sicuro?»

«Certo che sono sicuro! È una festa! A casa mia. Cosa vuoi che succeda? Oggi non devo mica fare discorsi.»

«No, intendo dire... sei sicuro di quello che stai facendo?»

Era la prima ad averglielo chiesto.

L'unica.

Giacomo si fermò a guardarla, come se Francesca Stefàncich in quel preciso momento rappresentasse la faccia della sua coscienza. Era seria, e cercava di andare oltre alle nomine, alle aspettative, alla facciata. Lo guardava e chiedeva.

«Cosa vuoi dire?» Occorreva prendere tempo e cercare una risposta.

«Sei sicuro? Tu non eri così.»

Giacomo si sentì spogliato. Come se fosse stato in mezzo a una stanza piena di gente che lo guardava, nudo. Invece c'era solo Francesca davanti a lui, in piedi, nella veranda.

«Cosa ne sai di come ero io? Di come sono io. Dai, Checca. Basta.» Girò la testa, per sfuggire da quegli occhi impietosi che gli scavavano dentro.

«Giacomo, noi tre eravamo fratelli...»

«Ecco, hai detto bene. Eravamo. Vittorio e io ormai abbiamo chiuso. Lui ha chiuso con me, per la precisione. E forse non posso nemmeno biasimarlo.»

«Sì, mi ha raccontato. E mi ha anche detto che c'eri all'incendio del *Narodni Dom*. Ti piaceva così tanto quella vetrata di Moser, come hai potuto...»

«Stai zitta, Francesca. Basta!» sembrava che sentir pronunciare da lei i suoi misfatti li rendesse improvvisamente vivi e peggiori. «Prima non ero nessuno. *Nessuno*. Adesso sono *questo*. E la gente ha stima di me.»

«Giacomo, la gente ha *paura* di te.»

«Fa differenza?»

«Un'enorme differenza.»

«Non ha importanza. Ciò che conta è il risultato finale. Si sta bene essendo qualcuno.»

«Tutti siamo qualcuno!»

«Non essere ingenua. *Adesso* sono qualcuno. Sono più qualcuno io di tutta la gente che c'è qui stasera messa insieme. E non intendo fermarmi. Prima ero solo il figlio di mio padre, il figlio idiota di mio padre, a dirla con parole sue. Adesso non più.»

Francesca rimase zitta. Capì che stava parlando con una persona che non riconosceva, come se quello che aveva di fronte fosse diventato una farfalla mentre lei pensava di avere ancora a che fare con il bruco. Erano molte, in effetti, le sfaccettature dell'animo di Giacomo che ignorava, ma si sentiva lo stesso dispiaciuta.

«Comunque grazie, Checca» le disse, appoggiandole la mano sulla guancia e facendole una carezza muovendo piano il pollice.

«Di cosa?»

Lui alzò le spalle, come se non avesse importanza.

Invece per lui le parole di Francesca avevano avuto una straordinaria importanza. Lei lo ricordava ancora per quello che era stato, prima della metamorfosi, prima della omologazione. Prima che decidesse di prendere in mano la sua vita, abbandonare i sogni e concentrarsi sulla realtà e sulle opportunità che gli si erano presentate davanti. Prima che il senso di non essere mai abbastanza si impadronisse così tanto di lui da fargli prendere delle decisioni estreme, ma che si erano dimostrate fino a ora convenienti.

La guardò mentre era ferma a pensare, a digerire le informazioni che aveva ricevuto, a fare i conti con la realtà. Giacomo Ledri era un uomo diverso dal ragazzo che era stato. Aveva fatto sue tutte quelle caratteristiche di suo padre che un tempo criticava: l'opportunismo, la spregiudicatezza, il disinteresse per gli altri. Non intendeva retrocedere di un millimetro. Ormai aveva deciso, quella sarebbe stata la sua strada.

Sentì, però, il bisogno di accomiatarsi dalla giovinezza, di salutarla con la tenerezza di cui, forse, sarebbe stato capace se l'influenza di suo padre non lo avesse trasformato nell'uomo che era diventato. Si abbassò e diede un lungo e forte bacio sulla guancia all'amica Francesca. Come fosse stato un addio, come un soldato che saluta prima di partire per la guerra.

La sua guerra.

Una promessa

L'amor no xe brodo de fasoi

Il sole filtrava deciso tra i rami dei castagni e disegnava dei raggi di luce che colpivano il terreno. Il tappeto di foglie caduto in autunno era umido e caldo ed era interrotto, qua e là, da rocce chiare, annerite dal muschio solo nella faccia rivolta a nord. C'era l'odore aspro della terra del Carso mescolato al profumo lieve dei fiori dei castagni che, composti in piccole pannocchie bianche, attiravano le api. Era come se i rumori del mondo fossero mantenuti lontanissimi da quelle fronde imponenti, come se in quel bosco si potesse vivere protetti, in pace assoluta. Anni dopo, quel bosco sarebbe diventato il posto in cui la staffetta del paese consegnava le lettere per i partigiani nascosti sulle colline. Ma questo Antonia non lo sapeva ancora, mentre procedeva sicura, riconoscendo i tronchi, spostando i rami giovani, verdi ed elastici che si intrecciavano disturbandole il cammino. Saliva verso l'alto, verso la sommità di quella collina, per poi iniziare la discesa lungo l'altro versante e raggiungere un vasto prato aggraziato dai narcisi. La loro fioritura era ormai al termine, il loro profumo non ancora del tutto scomparso. Le corolle pesanti dondolavano mosse dalla brezza leggera, alcune, rinsecchite dal sole, si rompevano croccanti tra le dita. Soffici onde gialle si muovevano sincrone nella direzione del vento.

Vittorio la seguiva, in quell'ambiente a cui lei apparteneva completamente e a cui lui si sentiva estraneo. Mai l'aveva vista più bella e rilassata. In abiti semplici, senza belletti, senza maschere.

Scelsero un posto in quel prato avendo cura che fosse lontano dalle pietre, dove si potevano incontrare delle vipere intente a scaldarsi al sole. Antonia stese una coperta e aprì il cestino di vimini. Aveva preparato uova sode, formaggio, verdure sminuzzate in agrodolce, fette di pane. E un piccolo fiasco di vino. Vittorio lo prese e riempì i due bicchieri di vetro che aveva trovato in fondo al cesto. Quel vino a uso domestico, che non era stato imbottigliato con le etichette dei Pàhor, era il frutto rosso di quella terra.

«Un brindisi?» chiese.

«A noi.»

«Mi hai portato in un prato con i narcisi...» disse sorridendo, alludendo a qualcosa che Antonia non riusciva a capire.

«Narciso» continuò «se non ricordo male, ma posso sbagliare, ne sono passati di anni da quando il maestro cercava di insegnarmi il greco... *narkào*.»

Antonia lo guardava, stupendosi che parlasse di fiori, di parole greche. Ma non capiva. Lei non aveva studiato il greco e il latino. Al liceo comunale femminile si imparava l'italiano, il tedesco e il francese, la matematica, la fisica e le scienze, il canto, il pianoforte, i lavori manuali, la ginnastica, il disegno. Ma non il greco e il latino. Quindi non sapeva tradurre quella parola dall'accento strano.

«Vuol dire: stordisco. Mi vuoi stordire?»

Risero, toccarono piano i loro bicchieri e poi toccarono piano anche le loro labbra che avevano il sapore del vino.

Vittorio era incuriosito da quella situazione di normalità. Antonia sbucciava le uova, concentrata a farlo bene, togliendo ogni pezzo di guscio e la pellicina sottile che ci sta sotto. Muoveva le dita con delicatezza, con l'avambraccio spostava ripetutamente i capelli che il vento le faceva ricadere sugli occhi. Quando fu soddisfatta, gli porse il suo uovo, senza accorgersi del mutamento negli occhi di lui. Era sopraffatto da un desiderio indomabile di baciarla, di toccarla, di sentirsela addosso. Ripose l'uovo nel cesto, si avvicinò e le sfiorò il collo, fino a morderle il lobo dell'orecchio. Antonia, senza fiato, chiuse gli occhi e piegò indietro la testa, esponendosi completamente a quell'assalto. Lui le toglieva il senno. Ed era meraviglioso.

Vittorio la spinse, piano, finché si ritrovò distesa. Le accarezzava il viso, le sistemava i capelli dietro alle orecchie, steso anche lui, sul fianco, vicinissimo, non spostando mai gli occhi dai suoi.

«Devo dirti una cosa.»

Preoccupata, fece per sollevarsi. La fermò toccandole la spalla, doveva stare tranquilla.

«Ho parlato con tuo padre e...»

«Me l'ha detto» lo interruppe «era così fiero di te! Dovete concordare la tua percentuale, la nuova commessa con gli armatori è opera tua.»

Vittorio aspettò che finisse, stringendo gli occhi e ricercando la concentrazione, non era certo di quello che gli interessava parlare.

«Io ho bisogno di sapere una cosa» riprese, un po' a fatica «da tanto, anche se solo adesso ho la certezza che sia giusto chiederlo.»

Antonia, preoccupata, teneva una mano sulla fronte per ripararsi dal sole e poter vedere il viso di Vittorio. Lo incoraggiò a proseguire, accarezzandogli la guancia e spianandogli col pollice le rughe che aveva tra le sopracciglia. Lui avvicinò il viso al suo orecchio e, tra i narcisi che dondolavano al vento, sussurrò: «Mi vuoi sposare?»

Antonia credette di non aver capito. Per un attimo credette di aver sognato. Si mise seduta, di scatto, cercando, abbagliata dal sole di mezzogiorno, di guardare in controluce il viso di quell'uomo bellissimo, ora seduto, anche lui, accanto a lei. I suoi occhi, sospesi nell'attesa, le sembravano ancora più scuri. Non aveva sognato, aveva capito bene. Vittorio stava proprio aspettando una risposta. E solo allora si accorse che le stava porgendo un anello.

Come se avesse finalmente ripreso il controllo di sé, esplose in un grido di gioia, misto al pianto della commozione più profonda. Gli portò le braccia al collo e lo strinse, con tutta la forza che aveva.

«Sì!» gli disse all'orecchio, liberandolo una volta per tutte da quel piccolo timore che fino a quel momento non gli aveva dato pace. Lui fece attenzione a non far cadere l'anello nell'erba e, tremando, lo infilò al dito di Antonia. Brillava alla luce intensa del sole.

Si diedero, piangendo, dei baci salati. E piano, quei baci di felicità si trasformarono in quelli caldi della passione. Vittorio sperimentava l'amore, Antonia anche il desiderio. Lui se ne accorse.

«Aspetta...» si impose di dirle, disperatamente timoroso di umiliarla.

E infatti Antonia si ritrasse, sentendosi a disagio, di colpo. Perché? Aveva sbagliato? Ebbe l'istinto di asciugarsi le labbra. Si appoggiò con la fronte sulla sua spalla, nascondendo il viso. Lui, prendendole la testa tra le mani, la guardò negli occhi, che erano ancora rivolti in basso.

«Non devi nasconderti, né vergognarti. Di niente. Io sono immensamente felice.»

Cercò di guidarla nei suoi pensieri. Mai, con nessuna prima, aveva avvertito la necessità di fermarsi per rispettarne l'onore. E accidenti, se era difficile, su quel prato, trattenersi e non lasciarsi andare, prendendosi tutto di Antonia, in nome di una promessa. Non lo avrebbe fatto, mai. Proprio in nome di quella promessa. Sorrise ripensandoci nei giorni successivi: i narcisi dovevano averlo davvero stordito.

La notizia che Vittorio Stefàncich si sarebbe sposato si sparse presto in città e stupì tutti. Nessuno conosceva la sposa, però. I maligni dicevano che l'aveva scelta *foresta*, straniera, per non indispettire nessuna delle sue vecchie conquiste. Altri dicevano che era una ragazza americana che era tornata per lui. Nessuno conosceva il suo nome.

La notizia che Antonia Pàhor avrebbe sposato Vittorio Stefàncich, invece, non stupì nessuno al paese. Era un uomo della città, era benestante, lavorava coi trasporti. Questo si sapeva di lui.

Rosalba aveva saputo delle nozze dalla Nilde, mentre stavano preparando il caffè. La *cogoma* era sul fuoco e si era appena sentito lo sfrigolio di qualche goccia d'acqua colata sul piano rovente. La Nilde capovolse rapida la caffettiera, permettendo all'acqua di filtrare per gravità attraverso la polvere profumata. E intanto parlava. Ma, attenta a non scottarsi, frastagliava il discorso e Rosalba faticava a seguirla. Diceva che le famiglie erano entusiaste e che sarebbe stato a giugno dell'anno dopo, nel 1923.

«*Ma la se sposa con chi?*» dovette chiedere Rosalba, che aveva solo intuito.

«*Eh, con chi po, col fio dei Stefàncich. Bel, alto e moro.*»

Rosalba non fece commenti. Il primo immediato pensiero fu che, con Antonia sposata, sicuramente non ci sarebbe più stato bisogno di lei in casa. Avrebbe perso il lavoro.

Il secondo pensiero fu che lei non aveva nessuno nel cuore. Era sola e doveva badare a sé e alla sua famiglia di sfortunati. Volle consolarsi ragionando su Vittorio e Antonia, scommettendo su quanto poco sarebbe stato felice il loro matrimonio, giusto il tempo che lui perdesse la testa per una nuova ragazza. Sempre che non ci fosse già un'altra ragazza. Chi poteva dirlo. Conoscendo Stefàncich poteva essere possibile. L'acqua percolava attraverso il filtro pieno di caffè e, allo stesso modo, i pensieri di Rosalba scendevano verso il basso, rasentando il pavimento, diventando sempre più pesanti e tristi. Mentre il profumo invadeva la cucina e la Nilde prendeva del latte dalla ghiacciaia, Rosalba era rimasta seduta, senza grazia, con le mani appoggiate alle cosce e la testa piegata da un lato, fissando l'incrocio di due piastrelle del pavimento. Slacciò il fazzoletto che le raccoglieva i capelli e lo usò per asciugare una piccola lacrima che non era riuscita a trattenere. Lo aveva fatto proprio mentre la Nilde era di spalle e non poteva vederla. Quanto era dura essere poveri e senza risorse e dover lavorare nelle case degli altri, accontentandosi di *assistere* alle vite dei padroni. E magari mostrandosi anche felici per loro. A questo pensava. Lei proprio non riusciva a rallegrarsi per quelle nozze. Neanche un po'.

La cuoca le porse la sua tazza, riconoscendo nel suo viso la frustrazione per un futuro che sembrava amputato, proprio come la mano e le dita di suo padre.

«*Tien coccola*» e girò il cucchiaino per sciogliere lo zucchero «*bevi. Te fa ben. Te tira su el cuor.*»

Rosalba portò la tazza alla bocca tenendo gli occhi bassi, non voleva che si vedesse la sua tristezza. Ma la Nilde, che non aveva mai studiato, ma era intelligente, respirò a fondo prima di schiarirsi la voce e parlare sottovoce.

«La vita sembra non essere uguale per tutti, *coccola.* Ma è uguale per tutti. Ognuno ha i suoi dispiaceri. A ognuno arriva, prima o poi, la sua felicità. Arriverà anche a te.»

Rosalba, orgogliosa, non dimostrò nessuna gratitudine per quelle parole di conforto né per la discreta sensibilità della cuoca che non chiese niente, pur avendo capito tutto. Mise la tazzina vuota nel secchiaio, che era stato scavato da un unico grande blocco di pietra d'Istria.

«Ma noi saremo invitate?» chiese, spostando l'attenzione su dettagli lontani da lei.

«E certo!» esclamò la Nilde, sorridendo contenta, pregustando quella festa che, da quello che le avevano detto, si sarebbe fatta a casa degli Stefàncich.

Rosalba tornò al suo lavoro, al piano superiore. Spolverò con meno cura, distratta dai pensieri, riordinò le stanze senza la solita attenzione. Quando ebbe finito, tolse il grembiule, uscì e scese verso casa, passò accanto alla vigna vecchia; un'automobile era parcheggiata fuori dal portone.

Una bugia

Ai disfortunai le disgrazie ghe cori drio

Giacomo Ledri era andato di persona a parlare con il signor Pàhor.

Era andato a dirgli che non ci sarebbe stato alla prossima vendemmia: alcuni impegni molto importanti lo avrebbero tenuto impegnato a Trieste per tutto il mese di settembre e ottobre. Il signor Pàhor non poté che considerarla una buona notizia e lo congedò con la cortesia che lo contraddistingueva.

Una volta fuori dal cancello della vigna vecchia Ledri respirò a fondo, sorridendo a quella giornata e alla nuova vita. Partì con la sua automobile e scese verso la città. Fece poche curve quando si accorse di una donna, giovane, mora e alta al lato della strada. Era Rosalba che camminava, con la testa bassa. Accostò, frenando nervosamente appena la riconobbe. La polvere mossa dal passaggio della macchina era ancora in aria quando lui scese dal veicolo e la raggiunse. Era rimasta immobile, allarmata da quell'auto che le stava sbarrando il cammino.

«Andiamo dalla stessa parte. Lo volete un passaggio?»

Dall'ultima volta che l'aveva incontrata, alla stazione, erano cambiate molte cose. Non si sentiva più solo il figlio dell'avvocato, non doveva più faticare tanto per nascondere quella sua sensazione di sentirsi fallito. Ora si sentiva appagato dalla vita. Rosalba era un pezzo ancora da completare. Rosalba era un desiderio espresso, ma non ancora esaudito.

Rosalba era un obiettivo da raggiungere. Un facile obiettivo per lui, si diceva.

Invece lei fece di no con la testa, confusa, mentre sentiva che il cuore batteva veloce.

«Insisto.»

«Grazie, cammino volentieri.»

Più tenace di quanto avesse pensato. Quegli occhi grigi lo guardavano severi, non lasciavano spazio a nessuna negoziazione. Si capiva subito.

Alzò le mani arreso, lei gli passò accanto, fece un piccolo cenno con la testa per salutarlo e riprese a scendere a piedi, verso Monfalcone. Non avrebbe saputo di cosa parlare, non avrebbe saputo come stare seduta, non avrebbe saputo dirgli dove fermarsi, non certo davanti alla casa umile in cui viveva. No, no, andava a piedi.

Camminava, spedita, guardando per terra, aspettando di sentire la macchina arrivarle alle spalle e superarla, smettendola così di sentirsi inseguita. La macchina non la superò, ma lei finalmente raggiunse quel sentiero che si trovava proprio dopo la curva grande e che le permetteva di risparmiare tempo, evitando la strada principale. Sgambettava e intanto pensava. Era la seconda volta, dopo quell'incontro veloce alla stazione, che Ledri le rivolgeva la parola. La Nilde le aveva parlato di lui in qualche occasione. Le aveva detto che non si fidava di quei modi eleganti e che gli occhi non erano sinceri. Lo aveva visto poco, per carità, solo al pranzo imbastito all'ultimo momento a casa dei Pàhor, ma le era bastato. Lo aveva capito quando gli aveva servito il caffè e lui l'aveva guardata sollevando un sopracciglio. Di cosa aveva avuto paura? Che glielo versasse addosso? Che non fosse capace di sorreggere il vassoio con il latte? Il ragazzino, come lo chiamava, doveva imparare ancora tanto dalla vita, diceva la Nilde. Ne aveva viste di persone, lei, che sembravano sempre sicure e invece...

Rosalba indugiava su questi ricordi. Con la Nilde rimaneva sulle sue, non dava confidenza, non esprimeva giudizi. Però, se proprio doveva essere sincera, con lei il dottor Ledri era stato gentile. E non si poteva nemmeno dire che fosse brutto. Certo, niente a che vedere con la faccia e il corpo del suo amico Stefàncich. Era molto più magro, con quegli occhiali tondi. Però sembrava sicuro. E deciso.

Rosalba interruppe i pensieri e si toccò il naso. Poi il collo, poi la fronte e di nuovo il naso, la guancia, la bocca, la spalla. Stava piovendo. Occorreva ritornare sulla strada principale. Si sarebbe potuta riparare dentro all'osteria, quella all'incrocio. Sfilò la maglia e, come se servisse a qualcosa, la usò per coprirsi la testa. In poco tempo la pioggia aumentò diventando scrosciante. Corse, attenta a non scivolare sull'erba bagnata, raggiunse finalmente la strada, la attraversò e si riparò sotto alla pergola di vite della Gostilna Nova, l'osteria nuova. I capelli erano zuppi, alcune ciocche scendevano sulle guance e le gocce di pioggia scivolavano fino alle punte. Si tamponò la fronte con un fazzoletto di stoffa bianca che aveva trovato nella tasca della gonna ed era rimasto asciutto. Era nervosa Rosalba e avvilita: guardava il cielo, grigio e pieno di pioggia. Non si trattava di un fortunale di passaggio. Non sarebbe finito presto. Inutile stare lì ad aspettare. Cominciò allora a ragionare su quale sarebbe stato il percorso più breve per arrivare a casa. Avrebbe tagliato per i campi, passando dietro al cimitero. Si sarebbe infangata le scarpe e l'orlo della gonna, ma avrebbe guadagnato almeno mezz'ora. Diede un'ultima occhiata al cielo, lisciò i capelli verso l'indietro con la mano e si rituffò nella pioggia. Sulle prime sentì le gocce fredde bagnarle il collo e la schiena, poi pensò solo a guadagnare tempo e smise di avvertire il freddo che veniva da fuori e il caldo che la fatica le stava procurando dentro. Procedeva veloce, ancora sulla strada principale, quando l'automobile di Giacomo Ledri la affiancò nuovamente e, rallentando per adeguarsi alla sua andatura, la seguì fino a farla fermare. Le faceva cenno di salire e, allungandosi nell'abitacolo, le aprì la portiera.

Rosalba questa volta salì.

«Grazie dottor Ledri» disse sottovoce, quasi meccanicamente. Usando il minor numero di parole possibili, quelle che avrebbero ridotto al minimo il suo indescrivibile disagio.

«Foste stata meno testarda avreste evitato di bagnarvi tutta.»

Rosalba non rispose. Stizzita, per quel commento, imbarazzata per essere fradicia, per la vicinanza a una persona che non conosceva, che era importante e che parlava correttamente in italiano. Come spesso le accadeva, la sicurezza che mostrava quando era a suo agio, si sgretolava davanti alle circostanze nuove o impreviste. In quel momento, dentro alla macchina di Ledri, stava seduta rigida, dritta, come immaginava sarebbe dovuta star seduta se fosse stata una signora elegante. Guardava avanti, anche quando il vetro dell'automobile, completamente appannato, non permetteva di distinguere che sagome vaghe. Riprese il fazzoletto dalla tasca e, con gesti misuratissimi, si asciugò la fronte e il viso.

Ledri passava la manica della giacca sul vetro davanti a lui per vedere fuori; teneva il finestrino aperto da cui entrava aria, profumo di pioggia e il rumore delle ruote sul terreno bagnato. Rosalba taceva e continuava a guardare avanti. La velocità della macchina era superiore a quella del carro di suo padre e anche le buche della strada sembravano attutite. Nell'abitacolo si sentiva l'odore della gomma della cappotta chiusa e del fumo di sigaretta. Pian piano le mani cominciarono a scaldarsi, così i piedi nelle scarpe infangate. Cominciò a sentire la sensazione sgradevole dei vestiti umidi sulla pelle, la stoffa incollata, cominciò ad avvertire caldo. Il caldo crebbe con il disagio e viceversa.

«Da quanto lavorate dai Pàhor?»

«Un anno, o un poco di più.»

Non conosceva per niente le basi della conversazione, questo era chiaro. Era una cameriera. Più di tanto non ci si poteva aspettare. Però era bella. Si girò a guardarla, sorridendo senza il timore di metterla a disagio. Notò che le ciglia, bagnate dalla pioggia, sembravano ancora più lunghe.

«Non siete sposata, non vedo anelli sulle vostre mani» aggiunse con l'insolenza che riteneva di potersi permettere.

Rosalba ebbe un sussulto. Era un'osservazione impertinente. Chiusa in quella macchina non si sentiva libera di rispondere come avrebbe voluto, annegando il fastidio, come spesso faceva, nell'aggressività delle parole.

«Avete visto bene.»

«Quindi non c'è un marito?»

«No.» E guardò in alto, come per cercare la pazienza.

«Quindi nemmeno un promesso sposo, deduco.»

L'istinto le suggeriva di prestare attenzione. L'indole femminile, invece, cominciava a sussurrare al suo carattere scontroso di sentirsi lusingato da quelle domande.

«Ho un fidanzato» disse, ascoltando l'istinto. Poi strinse le labbra e sollevò le sopracciglia, cercando di darsi un tono deciso. Aveva appena mentito.

La macchina procedeva filando lungo la strada, seguendo le curve e le discese. Finché arrivarono alla periferia della città, in lontananza si scorgeva il muro di cinta del cimitero. Lo avrebbe seguito e avrebbe raggiunto i terreni di suo padre e quindi la loro casa.

«Ecco, dottor Ledri, va benissimo se vi fermate là.» Indicò col dito il punto.

Lui non si fermò immediatamente, ma proseguì per qualche metro, cercando un parcheggio sicuro. In quei pochi secondi Rosalba temette che non volesse farla scendere, che volesse portarla chissà dove. Quando l'automobile fu ferma riuscì a rilassarsi.

«Tante grazie *dotòr*» gli disse, senza guardarlo, intenta a tirare una leva della portiera, ma non quella giusta per aprirla e uscire.

«Che lavoro fa il vostro fidanzato?» chiese sorprendendola. Non aveva fretta di farla scendere.

«L'operaio» le scivolò dalla bocca la prima cosa che le era passata per la mente «al cantiere navale.»

«Capisco» e parlò cercando di catturare la sua attenzione,

dimostrando di sapere questioni che avrebbe dovuto conoscere anche lei «ci sono stati molti scioperi, dei socialisti ultimamente... scontri... vi ha partecipato?»

Stava imparando da suo padre. Stava imparando a prendere informazioni in ogni possibile circostanza. Anche lì, mentre cercava di sedurre una serva fidanzata con un operaio. Giacomo sapeva che al cantiere l'Alleanza del lavoro, il partito dei socialisti, aveva indetto uno sciopero contro il Partito fascista. Le violenze che erano state perpetrate negli ultimi anni avevano creato un clima di terrore in città. Già nel 1920, quando gli operai del cantiere navale avevano scritto sul *Lavoratore*, il quotidiano socialista, la frase «Non sopporteremo», i fascisti avevano tappezzato Monfalcone di volantini con la promessa: «Se non potete sopportarci, dovrete subirci». E avevano mantenuto la parola. Così, Giacomo stuzzicava la povera Rosalba per avere informazioni, magari avrebbe fatto un nome, magari il nome di un operaio da castigare. Ogni occasione era buona, glielo aveva insegnato bene l'avvocato.

Rosalba si sentì all'angolo, quella bugia stava trascinando con sé altre bugie che, tutte assieme, l'avrebbero sicuramente travolta. Occorreva frenare, smettere di parlare.

«Non so niente di quelle questioni. Non mi interessano e non le so.»

«Non vi interessano. Certo. Brava. Meglio non parlarne. Decisione prudente. E ditemi, invece, che cosa vi interessa?»

Colta alla sprovvista, da una domanda che non si sarebbe aspettata di ricevere, rimase muta, le guance colorate dal disagio.

«Niente... non so» disse, spalancando gli occhi, sorridendo impacciata e alzando le spalle, come una bambina timida. Che cosa le stava chiedendo? Cosa ne sapeva lei di politica, di scioperi, di operai del cantiere? Non esisteva nessun fidanzato, non era vero niente, era stata solo una risposta data così, per sembrare... migliore. Del cantiere sapeva solo quello che le aveva raccontato suo padre, quando ci lavorava, prima della guerra. Del cantiere adesso sapeva a malapena che era stato ricostruito. In quei pochi secondi di agitazione, quando le sembrava di venire interrogata da un insegnante severo, riuscì solo a pensare che mai nessuno le aveva chiesto che cosa le interessasse. Non se lo era mai chiesta nemmeno lei. E, mentre questi pensieri passavano velocissimi nella sua mente, seduta nella macchina di Ledri, la bocca leggermente aperta e la mandibola rilassata, i capelli bagnati, le guance rosse e lo sguardo perso sul vetro appannato, lui la guardava.

«Il vostro fidanzato è un uomo fortunato» azzardò esperto, senza riguardi, sfacciato, ma in fondo anche sincero.

Rosalba si voltò di scatto, non riuscì a impedire a sé stessa di guardarlo in faccia. E quel che vide fu il viso affilato di un uomo elegante che stava facendo dei complimenti proprio a lei. L'istinto le suggerì di nuovo di proteggersi, ma Rosalba non lo ascoltò più e da quel preciso momento iniziò a fantasticare. Iniziò a pensare a Giacomo Ledri e a costruire nella sua mente l'idea di un uomo per cui attingeva dal reale solo particolari precisi come l'aspetto, il profumo, l'odore della sigaretta, la brillantezza degli occhiali, la lucentezza dei capelli dorati; non conoscendolo, non era in grado di figurarsi la sua indole, che aveva quindi idealizzato, facendolo diventare, solo per lei, appassionato e totalmente disinteressato alle differenze che c'erano tra loro.

Fuori continuava a piovere e, ora che erano fermi, il rumore delle gocce di pioggia tamburellava sulla cappotta e si distingueva chiaramente.

«*Dotòr*» disse, cercando di sottrarsi da quella situazione che non sapeva più gestire «come si apre?»

Ledri allungò un braccio, tirò la maniglia e la porta si aprì. Nel farlo sbirciò tra i lembi della camicetta bianca bagnata di pioggia che faceva intuire in trasparenza il pizzo della biancheria e lasciava nuda la pelle bianchissima del collo, proprio all'incontro delle clavicole.

L'idea di scendere per aiutarla a uscire non gli passò per la testa.

Dalle poche frasi che aveva pronunciato, gli era sembrato che si sforzasse a usare l'italiano, traducendo parola per parola ciò che avrebbe detto nel dialetto *bisiaco* che usava comunemente. Rosalba non era slava, né faceva parte di quegli italiani di lingua slovena, ma parlava in modo semplice. Era svelta nel pensare però. Gli sembrava scaltra. Furba.

Non aspettò di vederla scomparire correndo a lato del muro di cinta del cimitero, partì subito, distratto dai suoi pensieri.

Rosalba lo incuriosiva.

Flora, invece, gli serviva.

E presto si sarebbe dovuto organizzare per costruire la sua immagine di uomo perfetto.

Rosalba quel pomeriggio non pensò più al matrimonio di Antonia con Vittorio Stefàncich, ma ai minuti passati nell'automobile di Giacomo Ledri, alla sua curiosità, all'insistenza delle sue domande. Trovò, in cucina, un mozzicone di sigaretta di suo padre, accartocciato nel piccolo posacenere di vetro vicino alla finestra. Lo annusò, ricercando, invano, in quella cicca bruciata e amara, l'odore della macchina di Ledri.

Forma e sostanza (settembre 1922)

Dio solo no ga paròn

Flora Meyer venne a conoscenza dell'incarico che Giacomo Ledri aveva ottenuto al Partito fascista per caso, ascoltando un discorso tra i suoi genitori. Loro lo avevano saputo dalla signora dello Scalone e, sulle prime, avevano creduto che si trattasse dell'avvocato, non di suo figlio. Non lo avevano mai conosciuto Giacomo, anche se era stato spesso ospite, come loro, allo Scalone dopo il teatro. Non sapevano che faccia avesse. Però il dottor Meyer conosceva molto bene quello che le squadre di azione dei Fasci avevano fatto a Trieste negli ultimi due anni. Era gente da cui guardarsi, era gente di cui aver paura.

Flora, che poco o nulla sapeva dell'amministrazione della città, né della politica italiana, dinanzi alle riserve di suo padre, giustificava Giacomo descrivendolo come una persona amabile, tranquilla, responsabile. Non era in grado di immaginarlo coinvolto nell'organizzazione degli incendi alle edicole, ai giornali socialisti, ai negozi gestiti da sloveni, che si erano ripetuti negli ultimi mesi. Giacomo era una persona corretta. Senza dubbio. E anzi, il suo ruolo era sicuramente fondamentale per mitigare la boria dei compagni picchiatori.

La verità? Giacomo Ledri era l'esempio perfetto di quella «selezione inesorabile» che Benito Mussolini aveva richiesto durante il suo discorso all'adunata fascista che si era tenuta a Udine proprio in quei giorni. Per garantire la qualità, il partito doveva essere epurato dagli elementi infidi in vista dei «grandi compiti» ai quali presto sarebbero stati chiamati. Giacomo, che a Udine era presente, ascoltò con attenzione le parole abilmente distillate di quel discorso «scheletrico, aspro, schietto e duro», come lo aveva definito lo stesso oratore. E si sentiva pronto a praticare quella disciplina che veniva richiesta, che «doveva essere accettata» e, laddove non lo fosse stata, «doveva essere imposta». Imparò a trovare la migliore giustificazione agli atti violenti: era una «violenza risolutiva», non immorale, così l'aveva definita. Ma era necessario non eccedere, misurarsi, proprio grazie alla selezione inesorabile di cui lui era un brillante esempio.

Si era sentito eccitato da quel discorso. Aveva applaudito e gridato assieme a tutti gli altri che, come lui, condividevano idee e intenzioni. Si era scatenato, sì, proprio scatenato, urlando di entusiasmo quando venne esplicitato quell'unico e solo punto programmatico: governare l'Italia. C'era stata un'ovazione.

Ora che l'aveva visto, ora che l'aveva sentito parlare, si convinse che quella fosse la sua strada, l'unica che valesse la pena di percorrere, che quella fosse la sua occasione e che mai si sarebbe dovuta sprecare.

Qualche giorno dopo, al mattino, si presentò alla Farmacia Meyer, impettito, sicuro.

Chiese alla commessa che lucidava i vetri delle vetrine con pagine di giornali vecchi accartocciate di parlare con il titolare. Lei scomparve dietro alla tenda candida che separava la farmacia dal laboratorio e che pendeva da quell'unico varco aperto nell'imponente mobilio di legno antico di cui erano ricoperte tutte le pareti della farmacia, fino al soffitto.

Il dottor Meyer tirò la tenda e uscì dal laboratorio, col camice addosso, sorpreso che qualcuno lo avesse fatto chiamare. Pensò che quell'uomo fosse venuto ad attaccar briga nella sua farmacia, così come era successo in altri esercizi a Trieste. Solo dopo sperimentò lo stupore.

«Vi sarei grato se voleste, un giorno a vostra scelta, accogliermi per un colloquio, su una questione privata che mi sta a cuore» disse Giacomo, compunto, dopo i saluti e le formali presentazioni.

«Dottor Ledri, perché non andiamo ora nel mio laboratorio? Non vedo perché attendere, se la questione è così importante.» Non sapeva cosa aspettarsi.

Scomparirono entrambi dietro alla tenda bianca. C'era odore di spezie, di foglie macerate, di alcol e anche puzza di ittiolo, ossia di zolfo e pesce. Tutto insieme. Alle pareti, alti scaffali con vasi di latta e ceramica, decorata in blu. Il dottor Meyer faceva strada, cauto, disponibile, ma inevitabilmente allarmato. Non sapeva spiegarsi come quel fascista – di cui ora poteva riconoscere anche il viso oltre che il nome – fosse lì, nella sua farmacia, per parlargli di cose che gli stavano a cuore. Non riusciva a immaginare quale potesse essere l'argomento.

Ledri indicò l'aiutante al bancone, alludendo all'opportunità di parlare di faccende private a poca distanza da lui. Il padre di Flora chiuse la porta alle loro spalle. Doveva essere proprio una questione importante.

Invitò Ledri ad accomodarsi, avendo cura di sedersi dalla stessa parte del tavolo. Rigorosamente alla pari.

«Dottor Meyer, spero che questa mia intrusione non vi sembri inopportuna, ma mi piacerebbe avere il vostro permesso.»

Il dottor Meyer aspettava che venisse al dunque. Permesso per cosa? Era riuscito, nonostante la stranezza delle circostanze, a soppesare le parole. Il dottor Ledri aveva appena detto che *gli sarebbe piaciuto* avere il suo permesso. Forse in un eccesso di pregiudizio, il dottor Meyer interpretò quella frase non come la richiesta di un vero permesso, ma come la dichiarazione di un'intenzione. Rimase zitto, in attesa.

«Vorrei conoscere vostra figlia.»

«Flora?» esclamò, colto alla sprovvista, allarmato, disarmato. Non ebbe la prontezza di dire altro.

«Sì» rispose Giacomo categorico.

Proprio lei. Flora. La sua unica figlia. Ed erede.

«Dottor Ledri» disse cercando di prendere tempo «la vostra richiesta mi trova, onestamente, impreparato. Credo che, in questi casi, sia doveroso per un padre tenere conto anche dei desideri della propria figlia.»

«Naturalmente» aggiunse Giacomo, consapevole del facile trionfo.

Era questione solo di qualche giorno e avrebbe potuto dire risolta anche quella questione.

E fu proprio così.

Come aveva previsto, il dottor Meyer non poté che constatare come Flora avesse aspettato e sperato in quella richiesta da mesi. In assenza di reali e sostanziali ragioni per porre veti, il dottor Meyer concesse il suo permesso. Sopra a ogni cosa, aveva visto la gioia di Flora. Quella gli era bastata.

Così Giacomo Ledri cominciò a frequentare con regolarità la loro casa, a conoscere la signora Meyer, a dare dimostrazione della sua buona educazione, del suo amore per l'arte, per la musica. Fece vedere il suo lato migliore, quello che non lasciava trasparire l'insicurezza mascherata da ambizione, l'aggressività, l'opportunismo.

Flora, che sognava di indossare presto un anello come Antonia, era felice.

La marcia su Roma (ottobre 1922)

Chi roba un pan mori in galera,
chi roba una cità porta bandiera

Il 27 ottobre 1922 era venerdì e Giacomo leggeva l'edizione del mattino del *Piccolo* con soddisfazione. Comprava giornali, non perdeva un'uscita. Non lo aveva mai fatto prima. Si era trovato, quasi improvvisamente, immerso in vicende che, lo sentiva, sarebbero diventate epocali. Il governo era dimissionario. I fascisti erano disposti e pronti a diventare i successori. Poi quella colonna sulle voci di una possibile mobilitazione fascista, che venivano smentite. Sorrideva, Giacomo, fumando lentamente la sua sigaretta mentre beveva il caffè al tavolo del soggiorno. Era solo, senza distrazioni. Così lesse concentrato, ogni parola, ogni frase, compiacendosi di sapere già tutto. Si sentiva finalmente pieno di una soddisfazione speciale. Quando fu sazio delle notizie di politica, cercò nell'ultima pagina, quella degli annunci, se ci fosse un messaggio per lui. E c'era: «*22. Giunto pacco. Bellissime, grazie. Quando trovarci? Presto. Scrivi.*».

Lei, Flora.

Era stato impegnato, nelle ultime settimane, ma non aveva dimenticato di lusingarla. Le aveva inviato un pacco speciale con delle calze di seta finissima. Un regalo intimo. Nella scatola non aveva lasciato dediche, aveva fatto tutto nel modo più discreto. Aveva imparato quel nuovo modo di comunicare di recente. Indugiando pigramente nella pagina degli annunci, qualche giorno prima, aveva trovato messaggi interessantissimi di coppie che si davano segretamente appuntamento in un luogo descritto in codice. Altri erano annunci per la ricerca di un lavoro, altri erano annunci immobiliari, altri erano annunci per la ricerca di una sposa. Erano quelli che preferiva. Gli uomini si descrivevano sempre come benestanti e ricercavano una giovane donna anche vedova – in effetti, si diceva, perché precludersi le vedove – scopo matrimonio. Così, quasi per scherzo, cominciò a scrivere a Flora messaggi brevi alla pagina 6 del *Piccolo di Trieste* nascondendosi dietro al numero 22, come il 1922, il loro anno.

Nel pomeriggio partecipò a Trieste al funerale di un compagno di partito che era morto schiacciato da un carro. Impossibile chiamarlo martire, era stato solo un incidente della strada. Dopo le esequie, tutti si ritirarono alla sede del Fascio e ricevettero le ultime consegne per l'indomani.

In quella notte, che stava diventando sabato 28 ottobre 1922, Giacomo dormì serenamente, di un sonno pieno e pago, che preludeva a una giornata speciale. Diversamente da altri compagni di partito, che non avevano ricevuto – come lui – incarichi di privilegio ed erano in cammino sotto alla pioggia verso Roma, o provenivano dall'Istria per prendere Trieste l'indomani, ecco, diversamente da tutti loro e da molti altri in tutta Italia, Giacomo Ledri dormiva beato. Aveva lasciato cadere per terra la sua copia dell'edizione della sera del *Piccolo*. Niente di preoccupante né di interessante era stato scritto, niente. Giacomo aveva letto quei titoli velocemente, senza attenzione. Si era soffermato sulla solita lista dei forestieri arrivati a Trieste nelle ore precedenti, era una abitudine alla quale non riusciva a rinunciare. Riconobbe, tra gli ospiti registrati dell'Hotel Savoia, il nome di un deputato risalito appositamente da Roma per gli impegni di domani.

E proprio per l'indomani mattina, Giacomo aveva ricevuto ordini molto precisi su quello che sarebbe stato il suo compito: la *sua* marcia su Roma, sarebbe avvenuta proprio lì, a Monfalcone.

La mattina seguente, mentre la capitale era stata dichiarata sotto assedio, a Trieste squadre di fascisti armati percorrevano via Dante diretti verso la prefettura per occuparla, a Monfalcone il palazzo del municipio e dell'ufficio postale vennero presi dai fascisti locali, senza fatica, senza bisogno di violenza. Giacomo Ledri era tra quelli che entrarono nel palazzo della Sottoprefettura della piccola città. Era un palazzo che si affacciava sulla piazza principale, rivolto a sud. Se si alzava lo sguardo, in cima alla collina, si poteva vedere la Rocca, una costruzione fortificata che era stata costruita dagli Ostrogoti nel 490 dopo la morte di Cristo. Nessuno se ne ricordava. Quella fortezza, simbolo della città, non rappresentava più un luogo di difesa. Era piuttosto diventata una testimone calma e silenziosa di quello che stava succedendo.

Giacomo varcò il portone di ferro del palazzo della sottoprefettura e salì le scale che portavano al piano superiore, quello degli uffici, solo quando l'edificio fu controllato e una volta che i funzionari avevano già ceduto i loro poteri, senza quasi obiettare, ai rappresentanti fascisti che avevano fatto irruzione. Ledri aveva il compito di schedarli tutti quei funzionari e di redigere per ognuno un resoconto circa il loro comportamento al momento del passaggio. Erano già state previste delle misure punitive da adottare nei confronti di chi si fosse dimostrato ostile al nuovo *cambiamento*.

Giacomo – come era accaduto anche alle figure di spicco del partito, lo stesso Mussolini aveva vissuto la marcia su Roma da Milano – non era a capo di nessuna squadra, ma in qualità di delegato rappresentante sul territorio del direttorio triestino, venne trattato con particolare riguardo. Lo fecero accomodare alla scrivania del sottoprefetto. Aprì il registro intonso che gli era stato consegnato il pomeriggio precedente; la copertina rigida rivestita di tessuto blu rimase aperta solo quando passò le dita sulle rilegature ben strette pigiando forte. La carta, nuova, odorava di buono e di colla. Scrisse la data, prestando particolare attenzione alla grafia: la voleva perfetta, almeno su quella prima pagina. Doveva segnare nomi, cognomi, ruoli e poi, nella colonna delle note, indicare, con precisione, l'attitudine di ogni funzionario. Li avrebbe fatti sedere uno alla volta, con calma.

Cominciò dal sottoprefetto. Lo osservava in silenzio e pensò che in quel preciso momento stava giudicando – ne aveva davvero il diritto? Gli sembrava incredibile! – una persona che rivestiva un ruolo istituzionale. Il sottoprefetto, in virtù della sua posizione di rappresentante dello Stato, avrebbe potuto far arrestare Ledri, il caposquadra, gli uomini che vestivano spavaldi quelle camicie nere e che si sentivano predatori vittoriosi. Avrebbe potuto farli arrestare tutti, invocare l'uso delle armi ai carabinieri e alle guardie regie che erano state mobilitate, fin dalla notte, in previsione delle azioni fasciste. Invece non fece niente, non fece arrestare nessuno. Anzi. Rimase alla sua scrivania, ma dalla parte opposta, da quella degli ospiti e aspettava che quel dottor Ledri, che occupava la sua poltrona dietro al grande tavolo di legno, smettesse di guardarlo e gli chiedesse qualcosa.

Non era sicuro di cosa fosse corretto fare, il sottoprefetto. Ma visti i telegrammi che erano arrivati a decine dalla mattina stessa, viste le dimissioni del governo, viste le notizie che stavano arrivando da Trieste, dove il prefetto Moncada aveva preso accordi coi rivoltosi, si convinse che comportarsi senza eroismi e favorire l'istituzionalizzazione di quei fascisti che già avevano stretto rapporti così stretti con la dirigenza, fosse la cosa migliore da fare.

Temeva per la sua carriera, il sottoprefetto. Temeva che, qualora la rivolta fascista fosse stata soppressa e ci fosse stato un ritorno allo Stato, la sua condotta passiva e priva di resistenza sarebbe stata punita. Si sentiva confuso. Spaurito. Così allontanò il pensiero. Adesso intendeva concludere quella faccenda al più presto, firmare quello che c'era da firmare e tornarsene a casa, possibilmente senza essere picchiato da nessuno.

Dopo minuti di silenzio, in cui il sottoprefetto pensava e Giacomo riteneva di aver assaporato a sufficienza i bouquet aromatici del potere e della prepotenza trovandoli meravigliosamente inebrianti, decise che era ora di parlare.

«Sottoprefetto, non temete, non è nostra intenzione ledere i poteri civili.»

«Io non so...»

Giacomo alzò una mano e gli fece cenno di fermarsi. Non intendeva redigere la sua prima nota negativa proprio al più alto rappresentante dello Stato, in quell'ufficio locale. Non voleva seccature.

«Il Comando militare fascista è insediato nei locali del municipio. Tutto il distretto è sotto il nostro controllo. È già stato nominato un comando per tutte le squadre di Monfalcone. Evitate di mettervi nei guai. Ascoltate me, tacete.»

Dopo quel *consiglio*, non gli chiese un documento. Conosceva perfettamente il sottoprefetto. Non c'era bisogno di identificarlo. Gli chiese solo la data di nascita. Nelle note scrisse: «Nessuna ostilità».

Fu poi il turno degli altri funzionari, delle guardie regie e dei carabinieri presenti: tutti miti. Il caposquadra che stava in piedi accanto alla scrivania con le braccia incrociate e il mento in alto, orgoglioso della sua camicia nera, vigilava e interveniva solo per chiedere agli esaminati di sedersi e di alzarsi.

Il lavoro di Giacomo era stato facile. Annotò solo un «rabbia» per descrivere il comportamento di quel segretario che teneva ancora un fazzoletto in mano a tamponare la ferita che aveva sulla fronte, controllando di tanto in tanto per verificare l'entità dell'emorragia. Cosa da poco. Non c'era stata alcuna colluttazione, nessuno aveva reagito, non era stato picchiato. Quell'uomo era stato solo molto sfortunato perché, trovandosi troppo vicino al battente della porta quando il caposquadra l'aveva spalancata nel momento dell'irruzione, l'aveva ricevuta in faccia con un colpo secco. Tac. Sulla fronte, a sinistra e sul sopracciglio. Un urlo, sangue, un gran male. Poi la rabbia, quella che Ledri aveva annotato precisando: «per trauma fortuito e conseguente ferita sanguinolenta. Nessuna ostilità». Gli era sembrato persino ironico riportare quella nota. Un segnale della sua attenzione ai dettagli.

Aveva completato di scrivere e chiuso il registro quando entrò nella stanza il comandante della caserma delle guardie regie. Era sicuro, dritto, per niente intimorito. Si rivolse a Giacomo direttamente, era seduto al tavolo, dava l'impressione di essere quello più alto in grado, lo aveva dato per scontato.

«Avete il controllo della città» constatò inerme «mi auguro solo che non ci siano scontri.»

«Comandante, vi prego di conferire con il capo di questa squadra, che non sono io» e indicò quello in camicia nera che stava in piedi, vicino alla scrivania, sempre con le braccia incrociate e che, forse, abituato a parlare dialetto, faticava a seguire i discorsi svelti fatti in italiano «ma per quanto di mia competenza, come delegato rappresentante, posso dirvi, come ho fatto con il signor sottoprefetto, che non è nostra intenzione danneggiare il potere civile o militare.»

Nessuno di quelli presenti in quella stanza aveva intenzione di reagire o di creare agitazioni. Giacomo voleva che i giornali scrivessero – anche senza doverli obbligare – che nessuna tensione era stata creata dalla presa di Monfalcone da parte delle camicie nere e che la popolazione aveva accolto il cambiamento con soddisfazione.

Nella stanza rimasero Giacomo, il sottoprefetto e il comandante. Loro tre a parlare, come se tutto fosse normale, come se quella situazione fosse stata inevitabile. Da accettare. La conversazione sembrava quasi amabile.

«Comandante» chiese Ledri, cambiando discorso «è capitato, qualche mese fa, che sia stata sventata una operazione importante grazie a una lettera anonima giunta alla vostra attenzione. Lo ricordate?»

«Di lettere anonime, diffamatorie, di minaccia, ultimamente, ne riceviamo tante. A cosa fate riferimento?»

«Oh, son certo che ricorderete bene. Delle armi, casse di

armi trovate nella cantina di un insospettabile, in un piccolo paese del Carso.»

«Sì, ricordo.» Non aveva avuto il bisogno di pensarci. Era stata una questione singolare.

«Ho ragione di credere che vi sia stato un intervento infame da parte di alcuni elementi di scarso valore dei nostri gruppi. Ecco, oggi qui, in questa giornata così importante e così sacra per l'Italia, le chiedo, comandante, avete ricevuto l'ordine di insabbiare, vero?»

Il comandante adesso era in difficoltà. Nessuno mai gli aveva posto così apertamente domande che riguardassero la sua integrità. Si preoccupò, sulle prime, di difenderla, non cogliendo che il vero interesse di Giacomo Ledri non era certo quello di analizzare la sua condotta.

«Ho ricevuto delle indicazioni, sì» ammise.

«Delle indicazioni, o degli ordini?» intimò Giacomo, legittimato dalla circostanza a rivolgersi con superiorità a una figura militare.

«Li definirei ordini.»

Il sovvertimento avvenuto in quella giornata aveva sovvertito anche i ruoli e tutti, forse persino il Re, dinanzi a un fascista, aveva calato le braghe.

«Immaginavo. E ricordate chi li diede, quegli ordini?»

«Credo di ricordarlo.»

«Vi toglierò dall'impaccio. Farò io il nome, voi direte solo sì o no.»

Il comandante annuì.

«Cavalier De Marchi.»

«Sì.»

«Bene. Grazie comandante. La sua informazione permetterà di ripulire il partito da elementi negativi. Un'operazione esemplare, che avrebbe richiamato l'attenzione di molti, è stata compromessa a causa dei comportamenti vili e invidiosi del cavalier De Marchi e del suo aiutante Mareschi. Ci saranno delle conseguenze. Per loro, non per voi, comandante. Non temete. Voi avete solo eseguito gli ordini che vi sono stati dati, non potevate conoscere quanto marci fossero stati gli intenti a monte. Per voi solo l'elogio di essere stato, da sempre, un fidato interlocutore.»

Lasciata la Sottoprefettura, raggiunse il comandante di tutte le squadre di Monfalcone e, assieme a un gruppo di altri rappresentanti del partito, scesero in piazza, dove si era radunata una piccola folla di cittadini. Ci furono applausi, acclamazioni al re, all'Italia, al potere del Fascio. Quel comizio improvvisato si sciolse subito. Tutto fatto. Era stato tutto davvero semplice.

Giacomo fece solo pochi passi e si trovò faccia a faccia con Vittorio Stefàncich.

Si guardarono, dritti negli occhi.

«Anche tu qui a festeggiare?» esordì Giacomo, sorridendo. Aveva ormai completamente dimenticato quel pugno ricevuto in faccia mesi prima.

Vittorio non sorrideva, lo fissava e lo trovava cambiato. Sembrava più deciso, più solido, forse anche ingrassato. Così, impettito, con un registro blu sotto al braccio, la faccia trionfante e quel sorriso spavaldo, faceva quasi timore. E non era la paura che Vittorio aveva provato in passato quando si era trovato in situazioni pericolose, e durante la guerra ne aveva vissute tante. No. Questa era una paura diversa. La sentiva arrivare in modo inesorabile, come una corrente d'aria tra due finestre aperte. Subdola e continua, si insinuava nel suo animo e non poteva evitarla. Sì, era stato anche lui in piazza, ma non aveva certo festeggiato, non era tra quelli che avevano inneggiato a Mussolini e al re. Vittorio era tra quelli preoccupati, tra quelli che non sapevano cosa aspettarsi dal futuro, tra quelli che non si sentivano rappresentati in niente da quel nuovo potere fascista.

«Spero tu sappia quello che stai facendo» disse, alzando il cappello in segno di saluto e sparendo subito in mezzo alla gente.

Giacomo si sentiva ebbro. Per la prima volta aveva sostenuto lo sguardo di Vittorio Stefàncich senza sentirsi inferiore.

Quella sera comprò la sua copia dell'edizione serale del *Piccolo* con l'intento di conservarla per sempre. Era il trionfo, la gloria. Girò subito il giornale, per leggere la pagina della ultim'ora, impaziente. Il suo nome non compariva, ma non si aspettava di trovarlo. Non gli interessava nemmeno. Divorò con gli occhi quelle righe di inchiostro che raccontavano come la Prefettura di Trieste fosse stata occupata la mattina stessa e che fosse stato raggiunto un completo accordo tra il Fascio e i poteri civili e militari. Raggiunse l'esaltazione quando lesse il titoletto: «Il Municipio e l'Ufficio postale di Monfalcone occupati dai fascisti». Poi si deliziò indugiando sulla breve descrizione dell'insediamento del comando militare fascista nei locali del Municipio, così come sulla dichiarazione che erano state emanate «disposizioni severissime alle squadre per il mantenimento dell'ordine e della disciplina. Nessun incidente. La città è imbandierata.» Ripiegò soddisfatto il suo giornale, con cura e delicatezza. Lo appoggiò sul comodino come un oggetto prezioso.

Una settimana dopo il cavalier De Marchi e il dottor Mareschi ricevettero la comunicazione della loro espulsione dal partito. Decisione irrevocabile.

Signori Ledri (dicembre 1922)

L'omo tièn su un canton de la casa, la dona i altri tre

Flora in quei mesi aveva custodito e nutrito il suo amore per Giacomo Ledri con la stessa totale dedizione che lui aveva per il partito. Non era certo stato un fidanzamento tradizionale. Giacomo aveva già sposato il Fascio, questo era stato chiaro fin dall'inizio, Flora sarebbe stata la seconda moglie. Ma la sua generosità e la profondità del suo sentimento le impedivano di sentirsi trascurata. Giustificava le assenze di Giacomo con il giusto impegno che gli era richiesto in un momento così importante e così delicato. Ne era orgogliosa, in fondo. E quando sentiva arrivare una punta di delusione all'ennesimo ritardo o all'ennesimo appuntamento cancellato, la allontanava veloce, non pensandoci più, impegnandosi in altri pensieri.

Aveva chiesto ad Antonia di farle da *comàre*, da testimone di nozze e lei, nonostante tutte le riserve che nutriva verso Giacomo, per il profondo affetto che provava per la sposa, aveva accettato. Per accontentare il suo sposo, Flora affiancò ad Antonia uno dei responsabili del Direttorio; l'altro rappresentante del partito, quello più alto in grado, si sedeva alla sinistra di Giacomo.

Il matrimonio fu celebrato a Trieste il 2 dicembre del 1922, nella cattedrale di San Giusto, sotto gli sguardi severamente bizantini di santa Maria Assunta e di san Giusto che adornavano le calotte dorate delle absidi laterali. L'austera bellezza della cattedrale e il rigore voluto da Giacomo per quel matrimonio, avevano trasformato Flora in una sposa seria.

Antonia, ferma accanto a lei, guardava per terra, mentre il vescovo in persona pronunciava l'omelia. Seguiva le venature del blocco di pietra levigata su cui appoggiava i piedi, sentiva il freddo salire attraverso le gambe. I raggi del sole filtravano pallidi dalle strette monofore che si aprivano nel muro curvo dell'abside, mentre i ceri che adornavano l'altare creavano un'aura di luce gialla attorno agli sposi. Antonia non riusciva a sentirne il calore. Ebbe un sussulto quando l'organo emise un accordo poderoso di giubilo. Quello strumento, che era stato appena ricostruito, dopo che le sue canne erano state depredate durante la guerra, continuava a emettere i suoi suoni vibranti e striduli insieme. La musica sacra barocca che era stata scelta era perfettamente in linea con il clima di compatta austerità che si era respirata fin dal primo momento di quella celebrazione. Il coro interveniva sontuoso e risvegliava l'attenzione di quei presenti che si erano persi in pensieri lontani, che si stavano annoiando o che ragionavano sui loro problemi. Ad Antonia sembrava che a ogni attacco i coristi stessero per pronunciare un *Dies irae*. Non poteva farne a meno, il suo animo era intonato a un *Requiem* più che a un canto nuziale.

L'odore dell'incenso, che in altre circostanze avrebbe definito profumo, la nauseava. Il chierichetto che sorreggeva il turibolo era proprio accanto a lei e, sebbene ne tenesse chiuso il coperchio, dai fori del metallo decorato uscivano colonnine di fumo bianco, penetrante e balsamico, che si disperdevano nell'aria fredda. Il ragazzino tratteneva a fatica le risate, continuando a dare gomitate al compagno che gli stava vicino; ogni suo movimento faceva tintinnare la catenella che stringeva in mano. Antonia cercò di ignorarli, concentrandosi sulle preghiere da recitare a memoria, ma quando, seguendo i loro sguardi, capì che stavano osservando le scarpe del giovane prete a latere, non poté che sorridere: erano diverse.

Finita la celebrazione, al momento di firmare sul registro sotto al suo nome di testimone di nozze, Antonia ebbe un'esitazione, quasi quella firma su un documento ufficiale avesse più valore della promessa che la sua amica aveva appena fatto a Dio. Firmò sperando.

Scese presto i gradini dell'altare e raggiunse Vittorio che la stava aspettando e si incamminarono verso l'uscita.

«Stiamo percorrendo insieme la navata di una chiesa» le sussurrò a un orecchio. E Antonia cominciò a risentire il calore.

Vittorio l'aveva osservata dal suo banco per tutto il tempo della celebrazione: gli sembrava così di proteggerla da quegli uomini che dividevano con lei l'altare. La scelta della cara Flora non bastava a convincerlo che in Giacomo ci potesse essere ancora del buono. E il teso rigore di quel matrimonio, che chiunque con un minimo di sensibilità avrebbe avvertito, lo raggelava più della temperatura invernale. La boria dei fascisti era palpabile, il loro atteggiamento da impuniti e prepotenti, non si era attenuato in quel luogo sacro, in quel momento di celebrazione. Il loro passato – e anche il loro presente – di violenti e di picchiatori non provava vergogna sull'altare. La luce timida dell'inverno filtrava dal grande rosone e, solo per un attimo, grazie al movimento di una nuvola, un raggio di sole illuminò la navata.

«Signora Ledri, un sorriso!» La incitò il fotografo quando furono sul sagrato. E lei, non ancora abituata a sentirsi chiamare signora Ledri, finalmente sorrise, obbediente, concentrata.

Come si usava per i matrimoni alla moda, la festa venne organizzata nel salone di rappresentanza dell'Hotel Excelsior, a pochi passi dalla piazza Unità e di fronte al mare. Era stato inaugurato nel 1911, in occasione del varo della *Viribus Unitis*, la nave ammiraglia della flotta austro-ungarica – la stessa che nel Quattordici avrebbe riportato a Trieste da Sarajevo le salme dell'arciduca Francesco Ferdinando e della moglie, la duchessa di Hohenberg, eredi al trono – ed era stato definito all'epoca il più importante e lussuoso hotel dell'impero. L'architetto viennese Leopold Fiedler aveva voluto che la magnificenza fosse indiscutibile: sulla facciata monumentale, la balconata principale era impreziosita da quattro colonne ioniche e sovrastata da una balconata minore con quattro coppie di colonne corinzie. Sulla sommità fece posare le statue di Nettuno e della Città di Trieste. L'imperatore lo frequentava abitualmente e, nonostante il cambio di bandiera di Trieste e il crollo dell'impero, la direzione dell'albergo aveva conservato intatte le sue stanze. Ospitò la sede dell'alta ufficialità austriaca e, durante la guerra, un comando e un ospedale militare. Giacomo Ledri occupò le stanze affittate per la festa di nozze con la baldanza di chi vince. Non gli importava il passato: ora c'erano loro, e tanto bastava.

La sontuosità dei decori, gli specchi, i marmi, i cibi ricercati di stile francese erano perfetti per il suo scopo: dimostrare di essere un uomo elegante, raffinato, capace di muoversi con disinvoltura nell'alta società triestina. I rappresentanti del partito che erano stati invitati presenziarono con riguardo verso la nota famiglia della sposa e verso lo sposo che vantava la stima di tutti i capi. Giacomo era raggiante. Un altro obiettivo era stato raggiunto.

La loro casa sarebbe stata l'appartamento di proprietà di Flora in centro città: comodo per gli impegni politici di Giacomo, questo era stato il motivo di quella decisione. Raggiunsero l'appartamento nel tardo pomeriggio, alla fine dei festeggiamenti. Ci sarebbero rimasti fino all'indomani mattina, quando sarebbero partiti per un viaggio in treno verso Venezia. Flora aveva pensato a tutto, aveva organizzato quella giornata con precisione quasi maniacale. Voleva che lui fosse orgoglioso, che si sentisse felice, fiero di lei. E, in un certo senso, lui lo era. La sua sposa era stata composta, non aveva ceduto al pianto, se non in una brevissima circostanza in cui si era commossa, ma era bastato guardarla e farle un cenno, affinché riprendesse il controllo. La famiglia Meyer aveva atteso alla festa con l'elegante sobrietà che li aveva sempre contraddistinti, conversando con i nuovi parenti. L'avvocato Ledri non aveva avuto osservazioni da fare, tutto era andato per il meglio. A questo pensava Giacomo, salendo in ascensore per raggiungere l'appartamento al terzo piano. Se avesse avuto una lista di cose da fare in tasca, in quel momento avrebbe messo una crocetta sulla parola matrimonio.

Flora invece lo guardava, sognante, aspettando di entrare con lui nella loro casa, finalmente soli, finalmente liberi, senza l'attenzione che avevano avuto per tutto il giorno. Traboccava di gioia, ma continuava, ancora inconsapevolmente, a negare le piccole delusioni che, immancabilmente, arrivavano. Come quando rimaneva staccato da lei, assorto nei suoi pensieri, in quell'ascensore così stretto che non poteva che favorire la vicinanza e, magari, lo scambio di un bacio. Come quando, arrivati al piano, lui non aveva provato a prenderla in braccio per varcare assieme la porta di casa. Lei esitò, le scarpe di seta bianca piantate sul tappeto di corda, nuovo, all'ingresso. Non faceva un passo.

«Dai, entra» le intimò Giacomo, infastidito da quella indecisione.

Flora, in quel momento, per la prima volta in tutta la giornata, impose il suo volere, minimo, piccolissimo volere.

«No. Devi prendermi in braccio» stabilì decisa. A quella tradizione non avrebbe rinunciato.

E lui fece, forse, il primo gesto gentile, dopo quella giornata che fino a quel momento era stata solo formale. La accarezzò, per un attimo intenerito, aprì la porta, la prese goffamente in braccio ed entrarono.

L'appartamento era grande, le luci tutte accese, il silenzio completo. I due sposi raggiunsero il salone, che si affacciava sull'antico teatro romano. Giacomo la fece rimettere in piedi, sistemandosi la giacca e guardandosi intorno; lei suonò il campanello e presto due donne li raggiunsero. Erano vestite uguali, con un abito blu, grembiule inamidato e cuffia in testa. Stavano in piedi, le mani incrociate sul ventre, ad aspettare indicazioni.

«Buonasera» le salutò Flora sorridendo «grazie per aver sistemato la casa per il nostro arrivo. Potete andare, tornate pure a casa.»

«Signori» disse la più anziana delle due «i nostri auguri e felicitazioni.»

«Grazie» disse Giacomo, intervenendo e girandosi a guardarle per la prima volta da quando erano entrate. Rimase bloccato, interdetto. Una delle due donne, quella più giovane, che non aveva parlato, lo aveva guardato dritto negli occhi, un movimento rapido, ma deciso, intenzionale. Poi aveva abbassato la testa e, assieme all'altra, si era ritirata salutando. Era Rosalba.

«Preferivi rimanessero?» chiese Flora, avvertendo una piccola esitazione in lui.

«Ma no, certo. No.» Non aggiunse altro.

I Pàhor avevano mandato Rosalba a Trieste per alcuni giorni, per aiutare nell'organizzazione dell'appartamento, prima che gli sposi arrivassero; era stato necessario riordinare tutti gli abiti negli armadi, ripulire e avviare una casa che non era ancora mai stata abitata. Aveva ricevuto un pagamento generoso per quel lavoro.

Una mattina, qualche settimana prima, la signora Pàhor l'aveva chiamata ed erano andate a parlare nello studio di suo marito. Rosalba aveva aspettato quel momento con ansia. Sapeva che sarebbe arrivato, sapeva che, prima o poi, le avrebbero detto che se ne sarebbe dovuta andare. Presto, senza Antonia in casa, tre donne a servizio sarebbero state troppe. E per quanto i Pàhor fossero generosi, non ci si poteva certo aspettare della beneficenza.

Così era entrata nello studio con la certezza di venire licenziata. Invece la signora Pàhor l'aveva stupita. Dall'estate avrebbe potuto prendere servizio a Trieste, con vitto e alloggio compresi, nella casa di Flora Meyer, senza periodo di prova, quello sarebbe stato abbuonato sulla fiducia per le referenze ricevute.

Sulle prime, nulla aveva saputo del nome dello sposo della signorina Meyer. Aver trovato un nuovo lavoro, senza averlo dovuto nemmeno cercare, con uno stipendio doppio rispetto a quello che percepiva dai Pàhor, sembrava un sogno realizzato, non serviva certo approfondire, fare domande sul nome dei nuovi padroni. Flora Meyer l'aveva vista lì, in casa, sul Carso: sì, parlava in *triestìn*, con una cantilena strana, ma sembrava una persona a modo. Solo dopo aveva riflettuto sul fatto che sarebbe stata ancora a servizio. Ancora. Di nuovo. Certo. Ma in città. A Trieste. Era sicuramente andata bene. Aveva accettato, senza riserve.

«Quelle due donne vivranno con noi?» chiese Giacomo, mentre si toglieva la giacca e si apprestava a infilare i vestiti da notte.

«Nella parte di servizio, entrano dalla porta che dà sul cavedio. La più giovane arriverà quest'estate. Adesso lavora a casa di Antonia» gridò Flora dalla stanza da bagno, che aveva lasciato intenzionalmente semiaperta.

Giacomo fu contento di quella notizia. Gli piaceva l'idea di avere Rosalba attorno, a casa. Avrebbe reso certamente meno noiosa la sua vita lì, nell'appartamento perfetto, con la moglie perfetta. I Meyer avevano fatto tutto al meglio, non c'era dubbio, anche nella scelta della servitù. Doveva essere loro grato. Sorrise, desiderando tanto di fumare una sigaretta, convincendosi ad aspettare, per un minimo di rispetto per la sua sposa. Fumare in camera no.

I pensieri su Rosalba lo visitarono capricciosi anche quando si stese a letto aspettando Flora. E gli fecero compagnia per tutto il tempo, mentre la sua sposa imparava a diventare donna, pensando – ignara della verità – di essere speciale per lui.

Passaggio di proprietà

Bisogna onzer le rode aciò che el caro camini

Il signor Pàhor aveva chiesto un incontro con gli Stefàncich, in presenza del notaio. Vittorio e suo padre Stefano li aspettavano seduti nell'ufficio da cui gestivano la loro ditta di trasporti, in quella che era la vecchia stalla della casa della Stradella Verde. Pàhor era arrivato puntuale e aveva l'aria sicura di chi aveva preso una decisione e di chi riteneva anche che fosse proprio la decisione giusta. Aveva con sé una cartellina piena di documenti, riposti con ordine, tanto che era stato in grado di trovare in pochi secondi tutti i fogli che poi aveva appoggiato sul tavolo.

«Caro Wilhelm» disse Stefano Stefàncich cercando di indagare sulla ragione di quell'incontro «i nostri figli si sposeranno tra qualche mese, hanno già deciso che andranno a vivere nel villino, mi pare di aver capito che Antonia ne sia entusiasta, no? Faremo la festa da noi, visto che qui c'è più spazio, di cosa dobbiamo ancora discutere?» L'elenco di tutte le cose importanti gli sembrava finito.

«Non temere, caro Stefano. Non temere.» E sorrideva, senza dire altro.

Il notaio arrivò trafelato, in ritardo.

«Finalmente, notaio. Il signor Pàhor non intendeva aprire bocca senza la sua presenza. Cominciava a intimorirci» scherzò il signor Stefàncich.

Vittorio rimaneva seduto, in silenzio.

«Signori» disse finalmente il signor Pàhor «ho pensato a una cosa molto importante per il futuro. Per i nostri figli.»

«Avanti Wilhelm, quindi?»

«Quindi, perché non fondiamo le nostre due imprese? Con Vittorio responsabile delle vigne e della cantina e una rendita garantita a mia figlia Antonia, ovviamente.»

Vittorio spalancò gli occhi, stupito da quella proposta, completamente inattesa.

«Signor Pàhor, ne avete discusso con Antonia?» chiese.

«Non ne ho discusso con nessuno, tranne che con voi tre, ora. Per questo volevo che il notaio ci desse le sue opinioni, sulle leggi, sulle tasse da pagare. Con le nuove regole, intendo. Vorrei che Vittorio piano piano si prendesse cura delle mie vigne. Appartengono alla nostra famiglia da molti anni e la mia sola figlia femmina avrà bisogno di aiuto. Allora perché non cominciare subito. Non ha alcun senso aspettare che io sia morto per lasciare a voi in eredità la mia terra. Dovete imparare a gestirla finché io posso aiutarvi a farlo.»

Stefano Stefàncich sorrideva orgoglioso della magnanimità del futuro consuocero. Il matrimonio con Antonia, doveva ammetterlo, era stato una scelta eccellente, sia per le qualità della sposa, che per quelle della famiglia. Non aveva potuto sperare di meglio.

«Mi permetto di insistere, credo sia doveroso parlarne con Antonia» ripeté Vittorio.

«Io credo che sia meglio lasciare Antonia libera di pensare al vostro matrimonio, senza tediarla con pensieri inutili. Non nego, caro Vittorio, che ci sono anche dei problemi da risolvere.» Pàhor aveva abbassato la testa, quasi vergognandosi.

«Fatture non pagate?»

«Esattamente. Di commesse di un certo peso. Il contratto con gli armatori ci ha rimesso in carreggiata. Se non fosse stato per te...»

Stefano Stefàncich si alzò dalla sedia, avvicinandosi al signor Pàhor, gli appoggiò le mani sulle spalle.

«Facciamo quello che serve fare, Wilhelm. Credi che ci sia vantaggio a fondere le nostre imprese?»

«Secondo i conti che ho fatto, credo ci sia vantaggio.»

«Allora avanti! Prepara le carte, notaio.»

Vittorio rimaneva titubante. Aveva l'impressione che quella mossa, che sembrava solo economicamente vantaggiosa, potesse in qualche modo offendere Antonia. Temeva che lei si sentisse scavalcata dalla partecipazione degli Stefàncich come soci delle vigne.

Rimuginava, ripensava.

Uscì dall'ufficio e camminò da solo lungo la Stradella Verde, in mezzo ai suoi campi.

La crisi economica che aveva investito il Litorale dopo la fine della guerra e dopo l'unione all'Italia non era passata. Le piccole industrie che fino ad allora avevano fatto affari con i territori continentali dell'impero avevano chiuso i battenti; il porto di Trieste, spogliato del suo ruolo di porto franco, aveva visto una riduzione imponente dei traffici marittimi. Il cantiere navale, faticosamente ricostruito dopo i bombardamenti di Monfalcone, aveva vissuto momenti di tensione e scioperi. In questo difficile contesto, Vittorio era chiamato a dirigere un'impresa rinnovata. Era chiamato a mantenere attivi i trasporti Stefàncich, ma aveva anche rischiato, investendo forti somme nell'acquisto di un vigneto, oltre al fiume Isonzo, sulle colline del Collio. Erano terre rimaste incolte dopo la guerra, i filari non erano più stati potati, il terreno non era più stato ripulito dalle erbacce e tutto doveva ricominciare.

Quella giornata lo aveva affaticato. Le preoccupazioni sembravano amplificarsi, e la sua capacità di fare ordine gli sembrava vacillare.

Rientrato nello studio ormai vuoto si era seduto scomposto alla sua scrivania sfogliando distrattamente l'edizione del mattino del *Piccolo*. I suoi occhi caddero su una fotografia: uomini impettiti, tra cui riconobbe Giacomo. Era stata immortalata la celebrazione dell'inizio dei lavori di una bonifica. Erano molte, infatti, le zone palustri comprese tra il fiume Isonzo e il Timavo. Leggendo l'articolo comprese che erano pronti a creare una rete di canali che sarebbero sfociati in un grande collettore. Il giornalista diceva che ettari di malsani canneti sarebbero stati presto sostituiti da terreni fertilissimi e coltivabili.

E Giacomo sorrideva fiero, col mento in alto, guardando il fotografo. Quasi fosse stato merito suo.

Vittorio lo conosceva bene ed era certo che quella pagina di giornale sarebbe stata conservata con cura. Forse in doppia copia, una a Trieste e una a casa dell'avvocato Ledri. Vittorio era pronto a scommettere che sarebbe stata anche incorniciata.

Non trattenne un sorriso.

Ma era un sorriso amaro. Era consapevole del successo di quello che una volta era stato un suo amico. C'era poco da ridere. Giacomo era stato più bravo di lui. Era riuscito con maggior efficacia a ritagliarsi un ruolo sociale. Non aveva importanza, in questo momento, che Vittorio non condividesse nessuna delle idee dei fascisti, prima fra tutte quella di non affrancarsi dall'immagine di essere dei violenti picchiatori, anzi, di andarne fieri. Quello su cui rifletteva non erano gli ideali di Giacomo, la sua aderenza al nuovo partito; pensava piuttosto alla scaltrezza con cui era riuscito a far fruttare i suoi talenti. Era stato capace di abbandonare il vicolo cieco del lavoro con i viticoltori che non lo appassionava, era riuscito a trovare una via alternativa, nuovissima, non ancora calpestata da nessuno, che era diventata solo sua e gli aveva permesso di arrivare al potere. Perché di questo si parlava. Di potere.

Vittorio percepiva come questa svolta nella vita di Giacomo lo avrebbe trasformato in qualcuno che era sempre vissuto solo in potenza, tra le pieghe del ragazzo che era stato. Ora non avrebbe più temuto il confronto con il padre, ora l'avvocato non avrebbe più dovuto preoccuparsi del futuro di suo figlio, ormai era stato segnato con maestria.

Vittorio non riuscì a evitare un paragone.

Sentiva, di tanto in tanto, il fastidio della frustrazione. In occasioni come questa, in cui era testimone del successo di altri, emergeva in lui una certa sensazione di inutilità. Non poteva che complimentarsi con Giacomo. Nonostante tutto. Aveva ottenuto un ruolo importante a fronte di poca fatica e di nessun rischio. Non che tutto dovesse essere misurato con le azioni svolte durante la guerra, questo no. Ma che tutto dovesse essere misurato con l'oggettività del valore di una persona, questo Vittorio lo aveva sempre creduto. Fino ad allora. E sentiva stridere in modo fastidioso il patriottismo a cui il fascismo richiamava Giacomo, l'aderenza alla questione fiumana, all'esaltazione degli eroi della guerra. Giacomo non era niente di tutto ciò. Giacomo era stato un fervente sostenitore degli Asburgo, Giacomo era stato un imboscato, uno che non aveva mai rischiato niente per un ideale. E ora con gli ideali politici stava costruendo la sua fortuna. Giacomo era un *bluff*.

Non ce l'avrebbe mai fatta lui a comportarsi così. Non sarebbe mai riuscito. Quindi, in ultima analisi, onore a Giacomo Ledri. Alla sua astuzia, alla sua scaltrezza. E disonore a lui, che continuava a lavorare nell'azienda che suo padre aveva inventato, ora a dirigere le vigne che suo suocero aveva messo a disposizione. Non aveva creato niente, non aveva fatto niente con le sue mani. Stava solo portando avanti quello che altri avevano costruito prima di lui. Si sentiva piccolo.

Tuttavia non intendeva mollare. Anzi. Voleva mantenere salde le redini dell'impresa e impegnarsi affinché la fiducia del signor Pàhor venisse ripagata. Solo che dentro faceva un po' male.

Anche Rosalba vide la foto sul giornale. Strappò la pagina, la piegò con attenzione, affinché l'immagine non venisse rovinata. Era molto bello Giacomo Ledri. Elegante, distinto. E ormai andava sui giornali. Era una persona importante.

Mai prima di iniziare a lavorare dai Pàhor avrebbe avuto l'occasione di incontrarlo. Quindi, nonostante tutto, quell'impiego oltre ai soldi le aveva dato anche delle opportunità. Sarebbe andata a lavorare presto a Trieste e in quella casa, tra quelle persone, magari avrebbe potuto imparare e vedere altro. Doveva essere fiduciosa, andare a Trieste dopo il matrimonio di Antonia sarebbe stata certamente una grande opportunità.

Continuava a guardare la foto di Giacomo e a ricordare i momenti in cui gli era stata così vicina da sentirne l'odore. Da quando era in politica aveva abbandonato il lavoro coi Pàhor alle vigne e non si faceva più vedere lassù sul Carso, ma era capitato di vederlo alla stazione.

Adesso che aveva la foto in mano confrontava l'immagine reale del suo viso con quella che aveva nella memoria: erano simili, ma non identiche. Sembrava più vecchio, ma forse era un'impressione dovuta alla posa e alla solennità del momento.

L'ultima volta che l'aveva visto di persona era a Trieste, nell'appartamento, il giorno del matrimonio. Sì, lui l'aveva guardata. Dritta negli occhi. Non aveva distolto lo sguardo, nemmeno se sua moglie era lì a pochi passi da lui. E quello sguardo era stato eloquente. Rosalba aveva capito a una a una le parole che quegli occhi le avevano detto. E lei, senza muovere un dito, semplicemente ricambiando un'occhiata, aveva fatto intendere lo stesso. Era stata spudorata, sì, per la prima volta nella sua vita. Cosa l'aveva spinta a farlo? Se l'era chiesto, più volte. E la risposta che si era data era che era stato lui a spingerla. Proprio lui. Lui per come le aveva parlato, per come era stato curioso di conoscere dettagli della sua vita mentre l'aveva riaccompagnata in macchina quella volta col temporale, per come l'aveva guardata quel giorno al pranzo dai Pàhor. Si era accorta di tutto, anche se aveva sempre cercato di mantenere le distanze, per proteggersi. Ma a quella occhiata il giorno del matrimonio non era riuscita a sottrarsi.

Nascose la foto nella tasca della gonna, orgogliosa di lui come fosse stata sua moglie.

Preparativi (primavera 1923)

Dopo el monte vien el prà

Mentre Vittorio aveva iniziato a dirigere la nuova impresa, le donne di casa Pàhor e Stefàncich avevano cominciato a lavorare incessantemente per il matrimonio. La signora Pàhor aveva commissionato i decori di lenzuola e federe a una ricamatrice del paese: dodici completi da letto matrimoniale, da preparare entro maggio. Un lavoro di peso. Rosalba aveva ricevuto il compito di stirare le grandi pezze di cotone egiziano che la signora Pàhor aveva ricevuto in dote da sua madre e di cui Elsa la sarta aveva cucito gli orli. Erano state lavate e asciugate al sole, profumavano di aria pulita. Rosalba passava il ferro pesante e definiva le pieghe dritte della stoffa. Le vedeva tornare, settimane dopo, decorate con mazzolini di mughetti che sembravano sbocciare dal cotone bianchissimo, con motivi stilizzati, con cornici concentriche, con le corolle dei narcisi, alcune con piccole pratoline. Da Idrjia erano arrivati dei merletti fatti a tombolo: erano dei lavori finissimi, in cui i nodi e gli intrecci dei fili sembravano invisibili e ricreavano forme floreali e geometriche di fattura pregiatissima. La Elsa li aveva cuciti alle lenzuola migliori e alle tovaglie da usare nei giorni di festa. Aveva tagliato la stoffa seguendo scrupolosamente la sagoma dei merletti e poi li aveva cuciti in modo da riempire il buco. Era un corredo sontuoso, speciale. Antonia lo ammirava, quasi le facesse paura. Proprio quelle lenzuola sarebbero state usate durante la prima notte di nozze. La imbarazzava parlarne. Le altre donne alludevano a quella notte con una tale libertà che Antonia ne era quasi infastidita. Trovava ipocrita che nessuno mai avesse fatto riferimento all'intimità della vita coniugale per anni e ora, a un paio di mesi dalle nozze, tutte si fossero liberate dai lacci della decenza.

«Girati bambina» le diceva Elsa mentre le aveva fatto indossare una delle dodici camicie da notte di seta color avorio che la signora Pàhor le aveva ordinato «qua sul petto, fa difetto.» Teneva in bocca uno spillo e ripiegava la stoffa appena imbastita per correggere l'imperfezione.

«Non userò mai queste camicie per dormire!» Protestò Antonia.

«E perché?»

«Ma perché sono troppo preziose Elsa! Che senso ha?»

«Ha senso bambina, ha senso» e sghignazzava, stringendo gli occhi piccoli della sua faccia tonda e simpatica «vedrai come ha senso. Tuo marito sarà molto contento!»

Antonia sospirò, arresa. Forse era vero, Vittorio avrebbe apprezzato quegli indumenti sottili. In quel momento ricordò l'attimo esatto in cui, durante la festa del matrimonio di Flora, all'Hotel Excelsior, l'aveva toccata.

Erano seduti, uno accanto all'altra, a un tavolo tondo assieme ad altre tre coppie. Brindavano agli sposi, parlavano di argomenti senza valore: la meta del viaggio di nozze, l'hotel di Venezia in cui avrebbero dormito, le rappresentazioni alla Fenice a cui avrebbero partecipato, la speranza che le temperature fossero clementi. Chiacchiere vuote.

E loro si erano guardati, sorridendo complici. Vittorio le aveva preso una mano e l'aveva portata alla bocca, per un piccolo bacio. Poi l'aveva lasciata andare, ma aveva avvicinato la sedia alla sua, con un movimento rapido di cui nessuno si era accorto. Appoggiandosi al bracciolo, le aveva sfiorato il lato della coscia con la mano; leggerissimo, coi polpastrelli aveva toccato la stoffa sottile del vestito color tortora. Aveva riconosciuto la giarrettella del reggicalze, l'aveva seguita per tutta la lunghezza, fino a sentire la pinza. Poi, come se non fosse più riuscito a trattenersi, aveva stretto tra le dita la seta grigia e la carne della coscia. Quel tocco proibito, forse il più intimo avvenuto tra loro fino a quel momento, per lo meno in presenza di altre persone, l'aveva fatta trasalire. Con il fiato sospeso in un inspirio titubante, Antonia sentiva il calore della mano di Vittorio; si era stupita di non avere pudore, di desiderare che non smettesse. Lo guardava, stringendo le labbra tra i denti, mentre lui si fingeva concentrato ad ascoltare gli altri parlare. Non sentiva niente di quei discorsi, in realtà. Sentiva solo un gran desiderio, fortissimo, tenuto a bada a fatica. E lei sentiva di appartenergli, completamente.

La signora Pàhor la distrasse da quei pensieri; entrò con un sacchetto di carta in mano, sgualcito, vecchio. Ma sembrava contenesse qualcosa di importante. Estrasse un rotolo di pizzo finissimo, alto forse un paio di centimetri, talmente delicato da sembrare impalpabile.

«Eccolo Elsa! Metti questo pizzo qui, sul petto, qui davanti e sull'orlo. *Cossa te par*?»

«Pizzo chantilly, fatto a mano, sul *tulle*» riconobbe la sarta, prendendolo in mano «il meglio del meglio.»

«È avanzato dal mio corredo» disse orgogliosa la signora Pàhor «non è bellissimo?»

Era bellissimo, sì.

E a Vittorio sarebbe piaciuto.

Come quando, prima di salutarla al cancello di casa pochi giorni prima, aveva passato un dito tra il primo e il secondo bottone del corpino, fingendo di saggiare la stoffa per toccarle la pelle alla base del collo. Seguendo poi un flusso di pensieri, Antonia ricordò ciò che successe dopo il primo pranzo fatto assieme alla casa degli Stefàncich; erano andati, loro due soli, a vedere il villino, dove erano stati completati gli ultimi lavori e portati gli ultimi mobili. Avevano aperto la porta e la luce tagliava a metà il buio della stanza ampia. Il lato che dava verso il giardino aveva tutto l'aspetto di un'*orangerie*. Le imposte chiuse riparavano le vetrate alte e ampie, divise da cornici di ferro battuto, le tende bianche erano state appena appese, leggere e voluminose come nuvole. Il divano, le poltrone, il tavolo e tutte le sedie erano coperti da grandi teli bianchi a protezione dalla polvere. La credenza, la vetrinetta viennese e una cassapanca erano ancora vuote, arrivate la sera prima dal Carso.

Antonia guardava tutto, quasi fosse un sogno, incredula che quelli sarebbero stati gli spazi in cui avrebbe iniziato la sua nuova vita.

Vittorio osservava i termosifoni di ghisa, alti e decorati, appena dipinti di bianco. C'era ancora odore di vernice nell'aria.

«È tutto come lo desideravi?» le aveva chiesto.

«È tutto oltre le aspettative.»

Le si era avvicinato, trattenendo il fiato. Aveva il viso serio, gli occhi nerissimi, la fronte aggrottata. La aveva fatta indietreggiare, avanzando verso di lei, senza toccarla, fino a quando le spalle di Antonia avevano toccato la libreria che si estendeva lungo tutto il lato corto della stanza. Era ancora semivuota, tante mensole disposte alla stessa distanza le une dalle altre. Per terra, pile di libri da riordinare.

Le aveva appoggiato le mani sui fianchi avvicinandola con irruenza. Antonia aveva lasciato cadere il borsellino per terra infilando le mani sotto alla giacca sbottonata, stringendolo a sé. Si erano baciati come due amanti segreti, con l'euforia e l'eccitazione di chi teme di poter essere scoperto da un momento all'altro.

«Anche per me» aveva sussurrato Vittorio.

«Che cosa?»

«È tutto oltre le aspettative.»

Gli aveva preso il viso tra le mani, intenerita da quelle parole. Da quella confessione, che sembrava renderlo così fragile. Quel giorno, nella loro casa, l'aveva baciata con un ardore nuovo, quasi animalesco. E lei sentiva di provare lo stesso implacabile desiderio. L'aveva sollevata, afferrandola per le cosce, facendola sedere sul tavolo scuro, lungo e vuoto. Era meravigliosamente persa, con la bocca socchiusa e gli occhi lucidi, ad aspettare un altro bacio. Le aveva infilato le mani sotto alla gonna già alzata fino alle ginocchia, toccando le cosce, calde e morbidissime, nel punto in cui le calze lasciavano una sottile striscia di pelle nuda.

Qualcuno poi aveva bussato alla porta facendoli allontanare, cercando di assumere un comportamento distinto. Rossi in faccia, ancora ebbri. Le loro madri erano entrate, disturbando.

Allo stesso modo, disturbando i suoi pensieri, adesso Elsa la sarta le chiedeva di allargare le braccia, di riportarle lungo i fianchi, di star dritta, di non trattenere il fiato, di girare lentamente su sé stessa per verificare che l'orlo in basso fosse dritto.

Il matrimonio si avvicinava, rapido.

Rosalba era dai Pàhor la mattina in cui venne consegnata la grande scatola con dentro il vestito da sposa. La Nilde, Elsa la sarta e la signora Pàhor stavano attorno al tavolo, emozionate. Antonia scioglieva il fiocco che chiudeva la scatola. La aprì e spostò la carta velina che proteggeva il vestito, piegato con cura.

Rosalba si avvicinò alle altre donne, curiosa. Vide Antonia prendere in mano quel vestito di satin bianco, appoggiarselo al petto facendolo cadere lungo il corpo.

Le altre gioirono alla vista di quella seta candida che si muoveva fluida coi movimenti di Antonia. Rosalba, invece, rimase zitta e seria. Nessun sorriso, nessun commento. Si mosse, lentamente, fino a uscire dalla stanza e tornare al piano superiore, alle camere, dove mancavano poche cose da fare prima che il suo lavoro fosse finito. E mentre stirava la biancheria, poté distrarsi e seguire i suoi pensieri.

Anche lei era felice.

In modo diverso, forse. Ma era felice. Lo era da quando, due mesi prima, mentre vendeva radicchio di campo sul piazzale della stazione di Monfalcone, aveva incontrato di nuovo Giacomo Ledri.

Era appena sceso dal treno arrivato da Trieste. Era solo.

A parte la foto sul giornale, non lo aveva più visto dalla sera del matrimonio e mancavano ancora pochi mesi prima che lei iniziasse il nuovo lavoro. La vita da sposato non sembrava averlo cambiato, il portamento, il viso erano gli stessi. Le passò accanto, senza accorgersi di lei.

«Dottor Ledri!» esclamò, spinta da un'audacia che non aveva potuto controllare.

Lui si voltò, rapido. La vide. Verificò che non ci fosse nessuno attorno che potesse conoscerlo, poi la raggiunse.

«Rosalba, instancabile. Dovrete rinunciare a questa attività quando sarete a Trieste da noi. Non sarà appropriata.» Sembrava già il rimprovero di un padrone.

Non si era certo aspettata quel tipo di saluto. Guardò per terra, mortificata. Avrebbe fatto meglio a star zitta e lasciarlo passare, senza che la vedesse.

«Su, non siate permalosa.»

Non fu permalosa, Rosalba, e non fu nemmeno timida.

Quando Giacomo raccolse il cestino di vimini pieno di radicchio rosso di campo ancora sporco di terra e glielo porse, lei lo prese con le mani sporche della stessa terra su cui era stata piegata fino a un'ora prima per raccoglierlo.

Giacomo le fece poi un cenno con la testa, un segno al quale obbedì senza riserve. Lo seguì, con un moto automatico, senza ragionare. Camminarono velocemente, superarono gli edifici della stazione, proseguirono ancora, avanti, verso la vegetazione incolta che c'era in fondo alla piccola strada senza uscita, quella dove erano stati accumulati gli strumenti arrugginiti e non più in uso della ferrovia. Soddisfatto della distanza che aveva preso dalla gente, soddisfatto del posto isolato, le strappò il cesto dalle mani, lo fece cadere per terra, senza preoccuparsi che si fosse rovesciato e avesse perso tutto il suo contenuto. Rosalba non poneva nessuna resistenza, non aveva timore, sentiva solo il cuore batterle così forte da non riuscire a calmarlo.

La prese per un polso, avvicinandola a sé, le parlò nell'orecchio, sussurrando un altro ordine.

«Non toccarmi la camicia con le mani. Sono sporche.»

Lei non osò sfiorarlo. Rimase rigida, per qualche secondo, mentre sentì mordere alla base del collo, verso la spalla, dove il colletto stretto della camicia faceva vedere la pelle. Non si ritrasse, non si sentì violata. Mentre scivolava piano, consapevolmente, dentro a un ruolo che mai avrebbe immaginato di ricoprire, lasciò che le folli sensazioni di quel momento, così intense anche perché proibite, comandassero la sua mente e il suo corpo. Le sembrava che l'attenzione di Giacomo Ledri fosse qualcosa di cui essere fiera. Quel senso di urgenza che lui manifestava, sembrava una fame dalla quale lei sola sentiva di poterlo saziare. Credeva, Rosalba. Credeva e sognava, a occhi aperti, mentre Giacomo si impossessava del suo essere *perbene*.

«Dimmelo che ci avevi pensato anche tu» le chiese ansimante «ci avevi pensato, vero?»

«Ma non sul serio...» ammise lei, incredula, sorpresa, inerme.

«Oh certo» e sorrise beffardo «il fidanzato operaio...»

«Piuttosto vostra moglie...»

Giacomo si fermò immediatamente, prendendo le distanze, guardandola dritta negli occhi, mostrando l'espressione glaciale che gli veniva tanto bene. I capelli chiari, gli occhi azzurri, gli occhiali tondi, le guance scavate e il mento appuntito sembravano il contorno perfetto per quella comunicazione non verbale.

«Mia moglie non deve essere nominata. Mai!» disse perentorio, alzando il dito indice. Temeva gli scandali, ma evidentemente non era disposto a rinunciare a niente per evitarli.

Rosalba rimase muta, con la bocca aperta, come una bambina rimproverata per una colpa attribuita ingiustamente. Tale era il divario tra loro, tale era lo sconvolgimento che stava vivendo, che non aveva avuto il coraggio di puntualizzare, di chiarire quello che avrebbe voluto dire.

Portò le mani al petto, cercando di abbottonare la camicia con le dita che tremavano.

Giacomo ridimensionò il nervosismo, si sistemò gli occhiali sul naso e cercò di parlare con misuratissima calma.

«Quello che succede... tra di noi, rimane tra noi, hai capito?» E le accarezzò la guancia arrossata con le nocche. Lei fece di sì con la testa, mite, come in realtà era sempre stata con lui.

Le afferrò la treccia, la tirò, facendole alzare il viso. La baciò, avventandosi sulla bocca, ferendola per la forza del contatto delle labbra sui denti.

Quando ebbe finito estrasse dalla tasca dei pantaloni la scatola d'argento che conteneva le sigarette: erano già pronte, non usava più le cartine, ora che era un uomo importante, non poteva perdere tempo e doveva essere pronto a offrire. Ne prese una e l'accese. Aspirò il fumo avidamente, facendo brillare la piccola brace arancione e poi lo emise dalla bocca e dal naso in un modo che Rosalba trovò attraente. Le labbra socchiuse, il viso un po' piegato di lato, l'odore buono del tabacco bruciato.

«Aspetta qui. Vado avanti io» le aveva detto svegliandola dall'incantesimo e gettando il mozzicone per terra.

Quando lui si allontanò, camminando svelto e senza girarsi a guardarla neanche una volta, lei rimase sola. Toccò il labbro, da cui stava uscendo del sangue rosso vivo. Respirò a fondo, sorridendo e si sistemò i vestiti. Raccogliendo da terra il cesto e riempiendolo di nuovo con la verdura che era sparsa sul terreno roccioso, ripensò a quello che era appena successo chiedendosi se fosse stato reale. Quella piccola ferita sul labbro ne era la prova. Era stato tutto reale. E le era piaciuto così tanto.

La felicità era un diritto di tutti, si continuava a ripetere mentre scendeva dalla stazione e tornava a casa col cesto della verdura ancora pieno.

Questione di potere

Più in alto che se xe montai, più granda xe la cascada

Le giornate passavano frenetiche nel tentativo di mantenere il controllo su tutto: i trasporti, i contratti con il cantiere, le nuove regole da rispettare, i rapporti da mantenere con il potere fascista, la cautela per i controlli e le restrizioni imposti con sempre maggiore rigore, le agitazioni sindacali all'interno del cantiere navale, che portavano a scioperi contro il governo e inevitabili blocchi nelle attività degli Stefàncich. Vittorio era dibattuto tra la necessità di garantire la continuità delle consegne e la vicinanza morale verso gli operai. Suo padre gli aveva insegnato ad avere rispetto delle maestranze.

Resisteva. Cercava di dare il meglio. Come sempre.

Aveva trovato un uomo fidato che si occupasse delle nuove vigne. Era il cugino di Piero, il loro fattore. Vittorio aveva ordinato che le terre venissero pulite, le piante controllate e, in alcuni casi, sostituite. Verificava personalmente che tutto venisse fatto nel migliore dei modi.

Quando le giornate finivano e si stendeva esausto per riposare, cominciava a sentire il peso della responsabilità. Cominciava a percepire che il suo ruolo di figlio stava mutando, che suo padre e il signor Pàhor riconoscevano in lui il nuovo riferimento. Era un misto tra il timore di non riuscire a controllare tutto quello che stava succedendo attorno a lui e il desiderio di non doversene occupare per forza. Si sentiva travolto.

Si era dovuto occupare, tra le altre cose, del rinnovo dei

permessi per l'entrata e l'uscita dei mezzi attraverso i cancelli del cantiere navale. Questioni burocratiche che andavano ingarbugliandosi di mese in mese, ora che il governo fascista aveva ordinato la chiusura della Sottoprefettura di Monfalcone e le carte dovevano per forza passare alla firma delle autorità triestine.

Vittorio era arrivato a Trieste, davanti al portone dell'ufficio con anticipo, ancor prima che aprisse. Si era messo in fila, davanti a lui almeno una decina di altri uomini, che aspettavano di entrare per sbrigare pratiche e ottenere permessi. Sospirava, annoiato da quell'attesa. L'aria primaverile era accompagnata da una leggera bora che gli faceva sentire freddo. Poggiava il peso del corpo a un piede, ora all'altro, leggeva, con poca attenzione, le notizie della prima pagina del *Piccolo* che aveva comprato appena fuori dalla stazione, teneva tra le gambe la borsa di pelle che conteneva tutti i documenti necessari: permessi precedenti, assicurazioni dei veicoli, fogli che non aveva mai letto, ma che si erano accumulati negli anni ed erano rimasti in fondo alla cartellina «permessi».

«Eh no, non si salta la coda!» sentì esclamare da qualcuno dietro a lui proprio mentre un altro uomo camminava svelto, spalle dritte e mento alto, verso il portone dell'ufficio.

«Avete sentito? La coda!» insistette quello dietro.

L'uomo impettito bussò con forza tre volte al portone e gli fu aperta una porticina bassa e stretta scavata nell'anta principale; si abbassò ed entrò, richiudendola alle sue spalle. Sicuramente un funzionario.

«Cominciano il lavoro con calma, a quanto pare» soffiò tra i denti l'uomo dietro «noi qui ad aspettare, perdendo una mattina intera e loro arrivano con calma. Mai viste queste scene sotto l'imperatore.»

Tutti gli altri stavano muti. Vittorio compreso. Continuava a tenere la testa rivolta verso il suo giornale, anche se ascoltava tutto. Si augurava che quell'uomo la smettesse presto di protestare, che stesse zitto. Evidentemente non aveva ancora avuto a che fare con il nuovo potere, evidentemente non aveva ancora assaggiato i metodi poco cordiali con cui si poteva venir redarguiti.

«Aprite o no questo ufficio? Sono le otto e un quarto! Avreste dovuto aprire già quindici minuti fa!»

Si sentì finalmente il rumore di una chiave scattare dentro alla serratura grossa del portone principale, un clic metallico e poi l'anta maggiore fu spalancata: il portinaio, tuttavia, fu inflessibile: non si poteva ancora entrare.

Vittorio aspettava paziente, senza fretta, solo infastidito dalle proteste dell'uomo dietro. Con la coda dell'occhio vide passare un altro uomo vestito di scuro, sicuramente un altro impiegato. Non ci prestò attenzione, continuò a leggere. Ma quello, fatto mezzo passo, tornò indietro, fermandosi proprio accanto a lui.

«Buongiorno!» gli disse, sorridendo e aspettando di leggere sul suo viso la sorpresa. La vide, immediatamente, non appena Vittorio alzò la testa. Era stupore, condito da un pizzico di imbarazzo, quello che, ormai, non mancava mai tra loro.

«Giacomo.»

Non fece in tempo ad aggiungere altro che Ledri lo prese sottobraccio, tirandolo accanto a sé per sottrarlo alla fila indicandogli di procedere insieme verso il portone. Vittorio indugiò, imbarazzato da quel gesto, aspettandosi di sentire altre proteste provenire da chi era in coda davanti e dietro a lui. Le proteste arrivarono, si moltiplicarono, si amplificarono l'una con l'altra, ma lui non le poté sentire mentre saliva le scale seguendo Giacomo.

«Non era proprio necessario, potevo aspettare.»

«E io dovrei lasciare il mio amico in fila sul marciapiede? Non scherzare. Cosa devi fare?»

Vittorio esitò. Quella ostentata gentilezza strideva col loro ormai logorato rapporto. Giacomo si comportava come se la loro amicizia, che nei mesi passati non era stata che un ricordo, fosse rimasta, invece, intatta. Vittorio constatò in quell'esatto momento quanto fosse stata superficiale anche in passato e, colto da un senso di delusione, dimenticò di rispondere alla domanda che Giacomo gli aveva fatto.

«Come sta Flora?»

«Molto bene! Parla spesso di voi. Vorrebbe invitarvi a casa nostra, ma non si trova mai il momento giusto. Cosa hai detto che devi fare qui?» chiese, distratto, senza ricordare che Vittorio non glielo aveva ancora detto.

«Il rinnovo dei permessi per entrare al cantiere navale.»

«Oh, cosa di poco conto. Vieni. Questo ufficio.»

Entrò senza bussare, spalancando la porta a vetri. Il funzionario balzò in piedi, dietro alla sua scrivania, come se fosse stato colto a commettere un reato. La faccia era la stessa. L'attitudine anche. Ma non stava certo commettendo un reato, quel poveretto. Temeva Ledri. Era evidente.

«Preparate un permesso di ingresso ai cantieri navali. Intestato alla ditta Stefàncich Trasporti» ordinò Giacomo.

«Certo» si affrettò a rispondere l'impiegato «avete con voi i documenti...»

«Quali documenti? Sto dicendo di preparare il permesso, non di controllare i documenti!» lo rimproverò Giacomo, che poi guardò Vittorio, strizzandogli un occhio. Che si facesse pure una idea chiara di quanto vasto fosse il suo potere, capace di risolvere in pochi minuti questioni burocratiche che, in taluni casi, potevano richiedere giorni.

L'impiegato appose un timbro al foglio e quel rumore distrasse Vittorio dai suoi pensieri. Si augurava che quella situazione si concludesse presto. Era dispiaciuto per quell'impiegato, ma era dispiaciuto anche di trovarsi nella posizione scomoda di essere raccomandato da Giacomo Ledri.

«Ecco Vittorio. Tutto fatto.» E gli passò il foglio piegato in tre, sorridendogli con la soddisfazione e con la falsa modestia di chi sa di meritare un elogio, ma finge di non desiderarlo.

Vittorio prese il suo permesso senza nemmeno leggerlo e lo infilò nella tasca interna della giacca.

«Grazie, come posso sdebitarmi?» chiese, aggrottando la fronte, guardando Giacomo, per la prima volta negli occhi.

«Non vorrai scherzare?»

«Sono serio, non eri tenuto.»

«Allora accompagnami a bere un caffè. Andiamo al Tommaseo, qui all'angolo.»

Altro tempo da passare con Giacomo. La fila sarebbe stata meno fastidiosa.

Uscirono dall'ufficio, ignorando l'impiegato che teneva la testa bassa e aspettava che se ne andassero: per lui Giacomo e Vittorio erano uguali. La sua giornata era cominciata nel peggiore dei modi, con Ledri pronto a dare ordini ancora prima delle otto e mezzo. Lo sapeva, era già successo, non si sarebbe spostato dal loro ufficio, ne era certo, non avrebbe smesso di controllare l'operato di tutti, di verificare pratiche a campione. Per fortuna quell'uomo silenzioso lo avrebbe accompagnato al caffè Tommaseo e lo avrebbe tenuto lontano per un po'.

Giacomo scendeva le scale lentamente, con le mani nelle tasche dei pantaloni. Calmo. Vittorio avrebbe tanto desiderato far presto. Invece, una volta arrivati al portone principale spalancato, dove la gente stava ancora in fila ad aspettare, Giacomo prese una sigaretta, la mise lentamente tra le labbra e la accese. Proprio davanti al portone, proprio davanti alla fila. Non un metro più avanti, non un metro più indietro. Esattamente davanti al portone. Vittorio guardava per terra, per non incontrare gli occhi degli uomini che aspettavano di venir chiamati. Finalmente il portinaio fece entrare i primi cinque.

«Non è giusto quello che avete fatto» sibilò l'ultimo passando accanto a loro. Giacomo lo guardò con sufficienza, per niente intimorito dalla critica, per niente dispiaciuto della prepotenza che aveva usato quella mattina.

«Il vostro nome signore?» chiese alzando le sopracciglia, facendo una smorfia che sottintendeva: «Se foste una persona importante, vi conoscerei già».

«Rèpovich. Giuseppe Rèpovich.»

«Bene, signor Repòvich, mi assicurerò che la sua pratica

venga evasa nei tempi giusti.» Sbagliò intenzionalmente l'accento del cognome, quasi per farsene beffa, sorridendo e iniziando a camminare lungo il marciapiedi che portava verso il mare e verso il caffè Tommaseo.

«Mi assicurerò che i tempi siano *giustamente lunghi* per la vostra pratica, caro il mio signor Repòvich!» Ridacchiò sottovoce, in modo che solo Vittorio potesse sentirlo. Vittorio, infatti, lo sentì e faticò per nascondere il disappunto.

Dopo pochi passi arrivarono al caffè. Giacomo venne accolto come un ospite abituale, meglio, come un *importante* ospite abituale. Indugiò prima di scegliere il tavolo, per poi chiedere a Vittorio se ne fosse soddisfatto. Lui annuì, purché si facesse presto.

Ma Giacomo non aveva voglia di fare presto. Anzi. Aveva voglia di assaporare ogni secondo in compagnia di Vittorio Stefàncich, come se fosse il premio finale di una gara durata anni. L'atmosfera del caffè Tommaseo era ancora immersa negli stucchi e nei decori dell'Ottocento e ricordava in tutto i fasti di fine secolo. Le sedie, tutte uguali e disposte con precisione sotto ai tavolini, erano ancora quelle originali disegnate da Thonet, anche se alcune sedute in paglia di Vienna erano state sostituite dopo la guerra da un tappezziere del quartiere di San Giacomo a poche *fliche*, poche lire l'una, con della paglia di Vienna praticamente identica all'originale.

«Come stanno andando le cose a Monfalcone? Mio padre mi racconta di fastidi con gli operai del cantiere.» Giacomo si era tolto gli occhiali e si stropicciava gli occhi.

«Ce ne sono stati, sì. Anche particolarmente vivaci, beh, lo saprai...»

«Occorre anche essere duri, purtroppo. Se li lasci troppo liberi di protestare, quelli ti travolgono. Ma, invece, i trasporti? Le vigne? Ho saputo che avete comprato altre terre verso il Collio. Un investimento coraggioso. Chi le cura?»

Giacomo era a conoscenza di tutto. Vittorio ne fu turbato, la loro conversazione era un chiaro proforma. Quelle domande non erano le domande di chi vuole sapere, ma le domande di chi vuol far sapere che già sa.

«Ho trovato un fattore. Una brava persona. Vedremo quello che si potrà fare in uno o due anni. Impossibile capire prima se è stato un buon investimento.»

Giacomo annuiva, con l'espressione di un vecchio professore a cui fa visita un altrettanto vecchio alunno: la faccia rilassata, non un muscolo contratto, la curiosità bloccata dall'abitudine di celare la sorpresa. Mai mostrarsi stupiti, mai sembrare colpiti da qualcosa. Una delle regole che Giacomo aveva imparato, anche a sue spese. Arrivarono i caffè, in larghe tazze bianchissime. Arrivarono anche due *paste creme*, anche dette źavatte carsoline, le ciabatte del Carso, nessuno le aveva ordinate.

«Ormai mi conoscono! Mi viziano!» rise Giacomo, compiaciuto.

«Sei molto fortunato» ammise candidamente Vittorio «sei felice?»

Eccola, la domanda. Vittorio non riuscì a trattenersi dal farla cercando, quasi senza accorgersene, un piccolo, unico momento di verità. Giacomo si stupì per averla sentita. Se era felice? Certo che era felice! Sentiva di avere in mano finalmente la sua vita, sentiva di avere in mano il suo futuro. Sentiva di avere un futuro. Accavallò la gamba e trovò una posizione più comoda sulla sedia di legno duro. Dondolando il piede, prese tempo, come se le cose a cui pensare prima di rispondere fossero tante. Tagliò con la forchetta un pezzo di *pasta crema* e se lo mise in bocca, masticando piano, muovendo la testa per dichiarare quanto fosse delizioso quel boccone. Era uno dei dolci tipici di Trieste e del Carso, tre strati di pasta sfoglia farciti con crema pasticcera, lo strato superiore coperto con lo zucchero a velo.

«Sai, ho molte responsabilità, molte seccature, in realtà. La gente pensa che quando raggiungi certi livelli la vita sia tutta privilegi, invece... beh, ci sono i privilegi, non voglio certo negarlo, ma» e si soffermò a bere un sorso del suo caffè lungo «scusa, non ti ho chiesto se anche tu volevi il caffè lungo! Sì? Ah, bene. Dicevo, lavoro moltissimo, non c'è mai pace. Però devo ammettere che posso togliermi delle soddisfazioni. La politica può dare grandi dispiaceri e grandi gioie.»

Vittorio lo ascoltava e lo lasciava parlare. Era come se fosse l'unico spettatore di un attore solista. Giacomo gesticolava con movimenti leggeri, studiatissimi, si sistemava la cravatta farfalla quasi fosse un automatismo e poi aveva ancora il suo solito vezzo di passare la mano tra i capelli biondi. Era compiaciuto. E voleva che fosse chiaro a tutti.

«Una delle migliori źavatte che io abbia mai mangiato!» disse Vittorio.

«Lo dico sempre anche io!» Parlò con la bocca piena, dimentico per un attimo delle buone maniere.

«È ora che io vada» disse Vittorio alzandosi dalla sedia «grazie per il tuo aiuto.»

Si strinsero la mano, scambiandosi un sorriso gelido, come gelido era stato tutto il loro incontro.

Vittorio pagò e, camminando verso la stazione percorrendo il lungomare, non pensava ad altro che a tornare presto a casa. Quell'incontro lo aveva stancato. Nel gioco delle parti, Giacomo aveva voluto farsi vedere e studiare nel luogo e nel ruolo del suo maggior successo. Si era pavoneggiato. Vittorio non provò alcuna invidia per quella posizione, ma non riuscì a evitare di fare dei bilanci. Si rammaricò che nemmeno una domanda gli fosse stata fatta su Antonia, sul loro matrimonio a cui Giacomo e Flora erano stati invitati. Non una domanda sui signori Pàhor che, per quanto ne sapeva, avevano subìto un gravissimo danno proprio per colpa sua. Tutto dimenticato, tutto sacrificato, sull'altare del nuovo Giacomo Ledri.

Mentre il treno passava lungo i binari arrampicati sulla roccia e il mare brillava disteso fino all'orizzonte, Vittorio cominciava a ragionare pericolosamente su sé stesso. E si accorse di non essere soddisfatto.

Giacomo Ledri, dopo il rigenerante incontro, tornò all'ufficio, ma non per controllare l'operato dei funzionari. Volle solo assicurarsi che la pratica di quel Rèpovich venisse opportunamente rallentata richiedendo controlli approfonditi, di cui si poteva già predire l'inutilità. Poi andò nel suo studio, sedendosi sulla poltrona di pelle scura che aveva fatto consegnare qualche giorno prima. Fumava aspirando con lentezza, assaporando ogni boccata. Non riusciva a togliersi dalla mente la domanda di Vittorio. «Sei felice?» Lì, nella totale e più profonda intimità, nel silenzio del mondo esterno, lì dove solo i suoi pensieri facevano rumore, Giacomo Ledri confessò a sé stesso che, nonostante tutto, non era sicuro di essere davvero felice. Gli costava fatica mantenere la forma, dimostrarsi sempre forte e impassibile alle emozioni. Che fossero la gioia, l'orgoglio, la felicità, la rabbia, la paura. Gli costava ancora molto sforzo nascondere la sorpresa. Ma allontanò subito quei pensieri, attribuendoli alla stanchezza, alla fatica per il lavoro degli ultimi giorni. Accese un'altra sigaretta.

Un dispetto (martedì 29 maggio 1923)

Contro la paura no ghe xe rimedio in speziaria

Il fattore era arrivato alla vigna del Collio molto presto, quando il sole non era ancora sorto. Aveva preparato tutto quello che gli sarebbe servito quella mattina, era pronto. Appena ci fu luce e uscì dalla piccola costruzione in pietra che raccoglieva tutti gli attrezzi, guardò i filari e gli cadde il falcetto dalle mani. Corse a controllare le foglie, le annusò, le saggiò strofinandoci sopra le dita.

Prese il suo motore e corse dagli Stefàncich. Percorse la Stradella Verde sollevando polvere, suonando la tromba per allontanare i cani che stavano distesi davanti al cancello aperto della casa del *paròn*.

«Morto, morto!»

«Cosa? Chi è morto?» urlò Stefano Stefàncich.

«Le viti, le viti! Non so come. Non so come!» E si metteva le mani tra i capelli, dispiaciuto per i padroni, dispiaciuto per sé stesso, dispiaciuto per le sue piante.

«Una malattia? Un insetto? Cosa?»

«No *Siòr* Stefàncich, no! Quella è chimica.»

«Chimica? Avevate detto che le piante erano sane e che il verderame sarebbe stato sufficiente, che non sarebbero serviti altri trattamenti! Ne avete messo troppo?»

«Vero, tutto vero! La fioritura era sana, in queste settimane era all'apice! Le piante erano sane! Con tutto il rispetto *siòr* Stefàncich, non avrei accettato il lavoro se le piante fossero state balorde. Ma no! Non ne ho messo troppo!»

«E quindi?»

«E quindi hanno fatto danno. Qualcuno ha fatto danno. E io non me ne sono accorto! Ieri mattina era tutto normale. Devono aver lavorato la sera prima, tempo che le viti abbiano assorbito. Non so, non so!»

«Quante viti?» chiese Stefano Stefàncich cercando di mantenere la calma.

«Le prime tre o quattro piante di testa dei primi dieci filari... penso, se non ho contato male, ma posso aver contato male... son tutto agitato! E poi avevo *premura* di venire qui da voi veloce!» Si metteva le mani tra i capelli.

Arrivò anche Vittorio, richiamato dalle voci concitate. La faccia costernata del fattore diceva tutto.

«Occorrerà ripiantare» disse Stefano.

«*Siòr* Stefàncich. Occorrerà anche aspettare che la terra torni buona. Non so cosa sia stato usato... e dobbiamo sperare che non tocchi anche le piante sane!»

Vittorio non disse niente. Uscì, muto, con le braccia lungo i fianchi e la testa bassa. Fece un conto dei mesi che sarebbero stati necessari a risolvere quella situazione, fece un conto dei soldi investiti che non avrebbero dato frutto. Si sedette sul lato dell'abbeveratoio, gli sembrava che le gambe non riuscissero a reggere il suo peso. Cominciava a fare una stima delle perdite, ma la perdita anche della lucidità lo portava a ingigantirle. Vide uscire il fattore col cappello in mano. Lo salutò con un cenno. Quello camminava veloce, come se la terra sotto ai piedi fosse diventata improvvisamente rovente. Vittorio sospirava profondamente, cercando di calmare la rabbia e l'ansia, ma il fiato sembrava corto, anche se non aveva fatto una corsa. Guardò per terra e l'ordinato movimento di una fila di formiche che procedeva lungo il tronco dell'ibisco rosso gli diede, chissà come, un po' di pace. Quegli insetti instancabili camminavano veloci e, appena incontrata una compagna diretta nel verso opposto, avvicinavano le teste per scambiarsi delle consegne e un bacio veloce. L'ibisco rosso era appena stato potato, le gemme erano numerose. Sarebbe stata una buona fioritura, almeno per l'ibisco.

«Cosa facciamo?» chiese Stefano Stefàncich, sedendosi anche lui sul bordo dell'abbeveratoio, le mani tra le gambe, la testa bassa.

«Non lo so.»

«Chi può averlo fatto?»

Vittorio non rispose, continuando a pensare e a formulare delle ipotesi, riprendendo a fare dei respiri profondi. Non riusciva a darsi una spiegazione. Avevano infastidito qualcuno comprando quelle vigne? Non sembrava un danno irreparabile, non lo era. Sembrava un avvertimento, un dispetto. Questo lo preoccupava più dei soldi che avrebbero perso.

«Occorre avvisare i Pàhor. Vai tu?»

«Sì.»

«Vuoi informare Giacomo Ledri?»

«Cosa?» urlò Vittorio, girandosi di scatto a guardare il padre, incredulo per quello che aveva appena sentito.

«Pensavo solo che...»

«Non se ne parla.»

«Può aiutarci a capire cosa sia successo.»

«Papà, non ho fiducia in lui. Non è l'amico che credevo fosse. Non voglio chiedergli favori. Non voglio.»

«Non essere così categorico. La tua dignità non viene meno se cerchi un modo per capire cosa sia successo. Non si tratterebbe di un favore. E poi ricordati, Ledri devi tenertelo buono. Che ti piaccia o no.»

Vittorio non rispose, facendo cadere nel silenzio quelle considerazioni che non si sentiva di condividere.

«Credo sia giusto sporgere denuncia. Tu cosa dici papà?»

«Vado a farla io. Tu vai dai Pàhor, come abbiamo detto.»

Stefano Stefàncich schiacciò il cappello di paglia sottile in testa. Dopo poco Vittorio lo vide partire con l'automobile.

Lui, invece, prese il motocarro e, mentre guidava in salita verso la casa dei Pàhor, rimuginava. Quanto successo alle vigne appena comprate era di sicuro un'intimidazione, un messaggio. Avevano disturbato i progetti di qualcuno, si erano spinti forse troppo lontani dalle loro terre, avevano osato troppo. Non potevano esserci altre spiegazioni. Non ci voleva. Era stato fin troppo facile, fino a quel momento. La ditta di trasporti, dopo le perquisizioni per quella faccenda delle armi, non era più stata presa di mira da nessuno. Che fosse stato davvero merito di Giacomo?

Raggiunse le vigne vecchie. C'era anche Antonia. Gli sorrise sorpresa e felice di vederlo, così, senza che lo avesse aspettato, mentre camminava verso di lei. Mancavano pochi giorni al loro matrimonio, le sembrava che le ore fossero lentissime e che i giorni facessero apposta a essere così lunghi e luminosi. Il sorriso e, con esso, l'entusiasmo si spensero appena si accorse del viso serio e degli occhi preoccupati del suo futuro sposo. La salutò con una carezza sul viso, guardandola di sottecchi, quasi senza fermarsi, sfuggendo dal suo sguardo continuando a camminare, chiedendole solo: «Tuo padre?»

«È dentro. Cosa succede?» Nessuna risposta. Eccolo, di nuovo, il Vittorio austero.

Lui entrò e raggiunse il signor Pàhor che sedeva dietro al suo tavolo. Appena finì di raccontare, lo vide alzarsi, spingere la sedia pesante con i polpacci, facendo rumore. Rimasero muti, fissandosi, interpretando i pensieri dell'altro senza sbagliare.

«Non può essere niente legato a me, voglio dire, a quella faccenda schifosa del mio arresto, delle armi... non può essere, vero?»

«Signor Pàhor, io... non lo so. Non lo credo, no. Non credo che possano essere cose collegate, non voglio crederlo. Avete avuto dei diverbi, dei problemi con qualcuno?»

«Ma no, no, lo escludo, nessun problema! Credi davvero che sia così noto il fatto che le nostre due famiglie siano socie nella produzione del vino? Chi, oltre a noi e a pochi altri fidati, può mai saperlo? E poi...» e camminava avanti e indietro toccandosi il mento «perché non hanno incendiato tutto, se proprio volevano farci un danno? Avrebbero fatto prima, ci avrebbero davvero fatto perdere tutte le piante e non solo una parte, tutto sommato, piccola. Perché?»

«Non credo che l'intento sia stato quello di distruggere la vigna.» Vittorio faceva cenno di no con la testa, pensando che stava dicendo cose di cui non aveva nessuna certezza. Stava parlando di cose che non sapeva, stava cercando di darsi una spiegazione, come se dare delle spiegazioni mettesse tutti loro, in qualche modo, al riparo.

«Il fattore mi era sembrata una persona onesta» disse il signor Pàhor, rompendo il silenzio.

«Lo è, senza dubbio. Avreste dovuto vederlo stamattina quando è venuto alla Stradella Verde per darci la notizia. Escludo che possa essere stato lui. Non ne avrebbe nemmeno avuto motivo, avrebbe perso il lavoro.»

«O magari qualcuno l'ha pagato per farlo.»

«No, lo escludo. Poi Piero, il nostro fattore, ha garantito per lui.»

«Bene. Meglio così. Una delusione in meno. Tuo padre è dai carabinieri?»

«Sì.»

«Spiegate anche a me!» Antonia era entrata, aveva sentito e non era facile farle credere che fosse tutto sotto controllo.

Vittorio guardò il signor Pàhor, investendolo del compito di parlare. Antonia ascoltò le poche parole che suo padre aveva usato per tratteggiare, senza enfasi, il quadro della situazione. Si portò una mano alla bocca e rimase zitta. Non fu interessata a conoscere i dettagli su quella nuova vigna lontana di cui non sapeva nulla o sulla decisione che suo padre aveva preso di fare degli Stefàncich i suoi soci nella loro azienda vinicola. Non le interessava. In quel momento le sembrava solo di ricominciare a sentire l'avvicinamento inesorabile di tutte le terribili sensazioni di paura, di angoscia, di impotenza, di incomprensione e di attesa che aveva provato durante l'arresto di suo padre.

Stavano per partire per andare a verificare di persona l'entità dei danni, li sentiva parlare, ma erano solo voci confuse.

Cercava di far correre i suoi pensieri nel modo più veloce di cui fosse capace. Cercava parallelismi con quella vicenda passata, collegamenti che potessero, in qualche modo, ricondurre alle stesse persone, agli stessi mandanti. Mandanti. Ma di cosa stava parlando! Le tornarono alla mente, grazie a un pensiero che aveva corso più veloce degli altri, le parole di Milo, quando la aveva avvisata che poco prima dell'arresto di suo padre, Giacomo Ledri era entrato in cantina con un uomo sconosciuto. Parlò ancora prima di riordinare le parole.

«E Giacomo Ledri?»

Vittorio, di nuovo quella mattina, si voltò di scatto.

La guardò severissimo, con la bocca stretta, gli occhi spalancati.

«Siete tutti fissati con questo Giacomo Ledri! Anche tu, adesso, mi parli di Giacomo Ledri? È improvvisamente diventato il vostro beniamino?»

Antonia rimase ammutolita da quello sfogo. Non ebbe il tempo di chiarire, di spiegare che non avrebbe voluto chiedere aiuto a Giacomo Ledri, ma accertarsi che lui, questa volta, non fosse coinvolto.

«Lasciamo stare Giacomo Ledri, per carità. Manca solo lui per rendere questa giornata più difficile di come sia ora. Tu, *coccola*, non preoccuparti. È una sciocchezza che Vittorio, il signor Stefàncich e io risolveremo e da domani penseremo solo al vostro matrimonio, senza altre distrazioni.»

Antonia guardava suo padre cercando di intervenire, ma lui le appoggiò un dito sulle labbra, come quando era una bambina e le fece cenno di tacere. Le baciò la fronte, prese il cappello e uscì dalla stanza.

«Ti aspetto fuori» disse a Vittorio, poi si rivolse ad Antonia «non dire niente a tua madre. Non c'è motivo di agitarla. Lasciala lavorare in pace con le altre donne per il matrimonio della sua unica figlia.»

Antonia annuì, Vittorio gli fece un cenno con la mano, poi si rivolse verso la sua sposa con gli occhi bassi.

«Scusami. Non volevo. Solo che Ledri è stato... è così ambiguo e codardo, che non voglio abbia niente a che fare con noi. Non più.»

Le accarezzò di nuovo il viso, anche se aveva le mani fredde per la tensione e le diede un piccolo bacio all'angolo della bocca; strofinò il viso rasato alla guancia di lei con un gesto che, seppur breve, era carico di una preziosa lentezza. Poi uscì e raggiunse il signor Pàhor sull'autocarro e partirono.

Gli sembrava, però, che ci fosse qualcosa a cui non aveva pensato, qualcosa che non era stato valutato con cautela. Non riusciva a individuare con chiarezza la ragione di quella sensazione, si tormentava ragionando. Ripercorreva tutto quello che era successo, il fattore, la notizia, l'abbeveratoio, ricordò persino le formiche! Poi suo padre dai carabinieri e lui dai Pàhor. Formiche, carabinieri. Formiche. Che quando trovano una compagna che cammina in senso opposto si fermano per scambiarsi una consegna... Ecco! Colpì il volante con il pugno.

«Mio padre!»

«Cosa?»

«La denuncia!»

«E allora?»

«Potete stare certo, signor Pàhor, che Giacomo Ledri, grazie alla nostra denuncia, saprà tutto prima di stasera.»

«E come?» Il signor Pàhor era ormai seduto di lato sul sedile del passeggero, per guardare meglio Vittorio che parlava e guidava insieme.

«Lui controlla tutto quello che succede qui a Monfalcone, gli viene riferito o, per lo meno, sa quello che facciamo noi. Come ho fatto a non pensarci!»

«Te lo ha detto lui?»

«Sì! Sapeva, per esempio, un paio di settimane fa, quando l'ho incontrato a Trieste in un ufficio, che abbiamo comprato la vigna sul Collio. Sapeva che era ferma da anni.»

«Comunque che male può fare, ormai, alla nostra vigna? Peggio di così?»

«Non vorrei ci dovessimo trovare nella situazione di doverlo ringraziare.»

Il signor Pàhor rimase in silenzio, bloccato dall'ultima frase di Vittorio, condividendola appieno.

«Lui sa e sapeva tutto, anche della faccenda delle armi. Ne sono certo» disse poi, categorico, fermo, liberandosi di un sospetto che, dentro di sé, senza averne alcuna prova, aveva il sapore della certezza.

«Signor Pàhor, io la penso esattamente come voi. Per questo non mi fido.»

Il signor Pàhor rimase di nuovo in silenzio per tutto il tempo del viaggio e continuò a farlo anche quando vide i tralci di testa dei primi dieci filari bruciati dalla sostanza dannosa che avevano assorbito dalla terra. Strinse forte tra i denti un bastoncino di radice di liquirizia, impedendo così a sé stesso di imprecare.

Antonia si sedette alla scrivania di suo padre e trovò l'atto notarile della nuova società dentro al primo cassetto, assieme ai documenti più recenti.

Lesse la data, lesse ogni dettaglio. Avrebbe avuto una rendita per sé, garantita. Ma Vittorio era stato nominato gestore di tutti i beni. Anche delle vigne di suo padre: aveva diritto di usufrutto fino alla morte.

Si sentì al pari di una delle proprietà di suo padre. Come uno dei terreni, una delle doline, o come uno degli alberi del bosco di castagni. Anche lei annoverata tra le disposizioni di suo padre e, soprattutto, sollevata dalle responsabilità. Secondo quei documenti, non avrebbe deciso niente.

Rimase sola, seduta, con le braccia appoggiate ai braccioli della sedia e le gambe distese e incrociate sotto al tavolo. La delusione di non essere stata coinvolta in nessuna di quelle scelte, di vedersi messa da parte, la ferirono. Perché non era stata chiesta la sua opinione? Perché suo padre non le aveva parlato di niente? Perché non si era dimostrato nemmeno un po' in imbarazzo, poco prima, nel dichiararle apertamente che nuovi affari erano stati fatti, senza che lei ne avesse la minima idea?

Niente, dunque, era cambiato, da quando il contabile Cotich aveva sibilato, tra i fumi dell'alcol «non dico *signorsì* a una donna», o a quando si era impegnata per imporsi tra i braccianti di suo padre. Lo aveva sempre saputo, in realtà, che i suoi ordini venivano solo tollerati, ma mai accolti davvero. Era capitato, infatti, in diverse occasioni, che alle vigne non venissero ascoltate le sue indicazioni. Per questo aveva iniziato a visitare i campi in compagnia di Milo. Faceva dire a lui ciò che era stato deciso e quegli uomini sembravano ascoltarlo. Per quanto cercasse di negarlo, ne era colpita ogni volta. Ogni volta che non era ritenuta capace, ogni volta che veniva guardata con sufficienza perché giovane e donna.

E ora la conferma di quale fosse davvero la sua posizione in famiglia era arrivata leggendo quell'atto del notaio. Nemmeno suo padre, a quanto pareva, la riteneva capace di gestire le vigne.

Non lesse, in quella decisione, la lungimiranza di un uomo saggio che aveva come unico obiettivo quello di tutelare sua figlia garantendole un futuro. Lui lo sapeva bene che fin prima della guerra le donne dell'impero avevano il diritto di voto, sebbene attraverso mandato al marito o al tutore, a patto che fossero iscritte negli elenchi dei principali contribuenti fiscali. Ma ora, sotto al Re d'Italia, nessun diritto di voto in ambito amministrativo era garantito alle donne, nonostante le tante promesse di Benito Mussolini.

La mattina del 2 giugno 1923

Chi sufia ne le bronze se impinissi i oci de cenere

Era sabato, l'indomani ci sarebbe stato il matrimonio. La casa degli Stefàncich era trasformata, non sembrava nemmeno la stessa. C'erano persone che lavoravano ovunque, ma non per organizzare trasporti, facevano tutto per la festa delle nozze. C'erano donne che pulivano i vetri delle finestre e delle porte assicurandosi di non lasciare aloni; altre lucidavano l'argento, altre ancora colpivano col battipanni i cuscini dei divani, sistemavano le poltrone, toglievano la polvere dai mobili e dai ripiani. Era un fermento vivace.

Vittorio uscì presto, il suo primo pensiero fu quello di andare a salutare Antonia.

La trovò, bellissima, ma un po' tesa, mentre riceveva la visita delle donne e delle ragazze del paese, nel giardino della casa dei Pàhor, sotto alla pergola di glicine ormai appassito. Quando alzò lo sguardo e lo vide, con un movimento quasi automatico si allontanò dalle donne e lo raggiunse, abbracciandolo, come se con lui riuscisse a ritrovare la pace. Tutte le altre ridevano, applaudivano, si complimentavano con Antonia per la bellezza del suo *moroso.* Uscì anche Rosalba, richiamata dal rumore, incuriosita da quelle voci stridule che ridevano e gridavano. L'immagine perfetta dei futuri sposi la disturbò a tal punto che rientrò in casa sbattendo la porta. Un giro d'aria, aveva detto entrando, scusandosi. Ora anche lei conosceva l'amore, anche se il suo era impossibile. Era riuscita a credere alle parole di

Giacomo: nelle poche occasioni in cui lo aveva potuto vedere dopo il primo e fugace incontro alla stazione, le era sembrato sincero. Gli aveva creduto quando le aveva detto che era l'unica a cui pensava, l'unica che avrebbe voluto al suo fianco, l'unica che sognava di notte. Eppure non era ancora riuscito a regalarle un fiore, un piccolo dono, un pensiero, nemmeno per ringraziarla delle carinerie che lei non gli faceva mancare ai loro incontri: un dolcetto, delle albicocche dolcissime, un mazzolino di *urtisoni* freschi, quei germogli di luppolo che a lui piacevano tanto e che lei aveva raccolto graffiandosi le mani con le spine dei rovi. Gli credeva anche quando lui continuava a chiederle di non toccargli la camicia con le mani, quelle mani sporche e ruvide. Non si offendeva per questo, Rosalba. Il suo cuore, lusingato di appartenere a Giacomo Ledri, non ascoltava queste indelicatezze. Quella mattina prima del matrimonio, però, messa dinanzi alla definizione vivente di un fidanzamento perfetto, Rosalba ebbe bisogno di allontanarsi per poter continuare a credere a Giacomo Ledri.

Poi c'era la questione della festa. Lei, come gli altri a servizio a casa Pàhor, era stata invitata alla festa dagli Stefàncich. Andarci avrebbe voluto dire, oltre che festeggiare Antonia, incontrare la signora Ledri. Ci avrebbe pensato su ancora un po'. C'era ancora tempo per decidere. Il vestito, a ogni buon conto, lo aveva comprato.

«Ci vediamo domani» aveva sussurrato Vittorio nell'orecchio di Antonia che era teso per ascoltare ogni dettaglio «sarai bellissima.»

La baciò sulla fronte, mentre tutte le altre donne continuavano a guardarli e a commentare. Antonia era emozionata, commossa, felice. Non riusciva quasi a parlare. Non riusciva a dirgli niente che non sembrasse stupido. Così gli strinse forte la mano guardandolo negli occhi e fissando ogni istante di quel momento nella sua mente.

Vittorio, di ritorno verso casa, guidava mentre l'aria gli scompigliava i capelli e gli rimescolava i pensieri. Si era svegliato quel giorno con la consapevolezza che sarebbe stato l'ultimo della sua vecchia vita. E così, proprio come un ricordo indelebile della vecchia vita, ecco Giacomo Ledri ad aspettarlo in piedi davanti al portone della casa degli Stefàncich alla Stradella Verde.

Vittorio ebbe un'esitazione che non riuscì a celare. Giacomo la vide, se ne accorse. E cominciò a gioire da quel momento.

«Buongiorno! Come ti senti nel tuo ultimo giorno di libertà?»

«Un po' innervosito da tutto questo... movimento, ma bene. A cosa devo...?»

«Ho pensato di darti una buona notizia prima delle nozze. Così che possiate godere della vostra giornata senza ombre, senza pensieri.»

Giacomo camminava con lentezza. Il tacco della scarpa destra era consumato più di quello sinistro, forse per quel modo singolare di appoggiare il peso del corpo sul lato esterno del piede. Si avvicinò a Vittorio, fino a mettergli una mano sulla spalla. C'era una punta di scherno in quel gesto, mischiata a una dose abbondante di paternalismo, tutto nascosto dalla formale correttezza. Vittorio avvertì tutto, lo scherno, il paternalismo e anche la formale correttezza: partivano dalla mano ossuta di Giacomo, passavano attraverso la stoffa della giacca, poi attraverso quella della camicia, raggiungevano la pelle e andavano ancora in fondo, fino alle ossa. Di rimando avvertì il fastidio, la fatica per mantenere civile il tono della conversazione e per tenere chiusa la bocca e non dire tutto quello che avrebbe voluto sputargli addosso, se solo l'intelligenza e il senso di opportunità non glielo avessero impedito.

«Ho avuto modo di fare una piccola indagine sul danno che avete subìto nella vostra nuova vigna» iniziò Giacomo, guardando per terra e, solo all'ultimo momento, rivolgendo lo sguardo direttamente dentro agli occhi di Vittorio, per catturare un'espressione di sorpresa «ho letto la denuncia.»

Parlava lentamente, sgranando le parole e i concetti, facendoli uscire piano dalla bocca, con calma. Poco per volta. Vittorio ascoltava, in silenzio, senza annuire, senza fare smorfie, senza far trapelare niente del miscuglio di sensazioni che aveva dentro.

«L'avete comprata da una vedova, una vecchia, giusto?»

«Una anziana signora, sì» lo corresse «vedova da anni.»

«Perché non andiamo a sederci con calma nel tuo ufficio? Qui mi distraggo, troppi rumori, troppa gente che passa.»

Vittorio fece strada, accompagnandolo, senza scusarsi per non averlo invitato prima a entrare.

Una volta dentro, Giacomo si guardò in giro, come se quello fosse stato un posto nuovo per lui. In passato quella stanza gli era sembrata più spaziosa, più luminosa. Ora, invece, aveva l'impressione che la scrivania del signor Stefàncich non fosse così lunga e che le poltrone di pelle un po' consumata che stavano vicino alla grande stufa di maiolica fossero meno imponenti di come le ricordava. Il soffitto, fatto di travi di legno scuro, sembrava abbassarsi sempre di più sotto al peso del piano superiore che un tempo era stato il granaio. Si lasciò cadere pesantemente su una delle due poltrone. La stoffa dei pantaloni scivolava sulla pelle della seduta e gli permise di trovare presto una posizione comoda. Vittorio stava in piedi, appoggiato alla stufa spenta.

«Ho dovuto fare una piccola intrusione nelle vostre questioni personali per aiutarvi a chiarire la situazione.» Per come era abituato a comunicare con la maggioranza delle persone a cui faceva dei favori, Giacomo si aspettava che, a quel punto, anche Vittorio reagisse al preambolo cominciando a dire grazie. Si sarebbe aspettato un atteggiamento remissivo, segni di consenso, un movimento del capo nel costante gesto di annuire. Invece Vittorio stava fermo, serio, imperturbabile, in ascolto. Allora Giacomo proseguì, dilatando le descrizioni, enfatizzando le procedure, allungando la lista di dettagli preliminari che conducevano, uno a uno, al succo del discorso. Vittorio ascoltava.

«Le vigne sono rimaste incolte per tutti gli anni della guerra, visto che l'uomo che se ne occupava era soldato. È tornato cieco da un occhio, ma ancora in forze per lavorare la terra. La moglie, intanto, ha accudito la vedova. Nessun buon cuore, non credere, solo l'interesse di avere pasti garantiti, qualche soldo e un tetto solido sopra la testa. In quel paese, ben oltre l'Isonzo, il fronte era vicino, ma non vicinissimo, come è stato *per noi*.»

A questa allusione alla guerra e al fronte, che Giacomo non aveva mai visto, se non nelle fotografie, Vittorio ebbe un gesto di stizza. Fece un respiro profondo, incrociò le braccia, continuò ad ascoltare.

«La serva dice in giro che la vedova aveva promesso a lei e al marito la vigna in eredità. Ha mostrato a tutti in paese un foglio scritto in italiano pieno di errori con una firma in calce. Sembrava fatta da chi non sa tenere in mano una penna o da un bambino delle elementari. La vedova era maestra, quindi è stato facile dedurre che quello fosse un documento falso. E a ogni buon conto, la vedova ha cambiato idea, ha venduto... quindi, anche se quel testamento fosse stato autentico, non vale niente. Poi... la vecchia è ancora viva.»

Giacomo si accarezzava il ginocchio e aspettava che Vittorio intervenisse con una domanda. Vittorio non interveniva.

«Così, ottenute queste informazioni, ho mandato una squadra della milizia volontaria a sentire il marito della serva, il cieco. E senza la necessità di insistere troppo, quando gli è stato chiesto di render conto su quel documento bizzarro, sulle loro mire di eredità, sui danni che poi si sono verificati alla vigna, quello ha parlato. Gli è bastato vedere con l'occhio buono le mostrine col fascio sulle camicie nere degli uomini e ha capito che non era il caso di tirarla tanto per le lunghe. Mi segui Vittorio?»

«Sì, sì. Ti seguo.»

«È stato quindi il goffo gesto dettato dalla rabbia di un uomo stupido, di un invidioso che si è sentito deprivato di qualcosa che considerava già suo. State tranquilli, ora i vostri terreni sono al sicuro.»

Alzò la testa e guardò Vittorio; si sentiva trionfante ed era il migliore dei piaceri, per lui, in quel momento, poter dire agli Stefàncich e in particolare a Vittorio Stefàncich che la loro sicurezza, la loro tranquillità, dipendeva da lui e che gli erano bastate poche parole alle persone giuste per rimettere in ordine tutto. Teneva il mento alto, la bocca tesa in un sorriso impercettibile. Una posa.

«Sei stato gentile ad avere queste premure per noi» disse Vittorio dopo tanto silenzio.

«Oh, amico mio, non è stato che un piacere...» iniziò Giacomo compiaciuto aspettandosi altri elogi. Finalmente Vittorio stava per dirgli grazie, finalmente stava per riconoscere quanto fosse grande la sfera della sua influenza, quanto profondo fosse diventato il divario tra le loro vite. Vittorio, invece, formulava nella sua mente pensieri che erano lontanissimi dalle speranze di Giacomo. Avrebbe voluto dirgli che non condivideva niente di quello che aveva fatto e di quello che stava facendo, che non nutriva alcuna stima nei suoi confronti, che, anzi, lo disturbava essere riconosciuto come un suo amico. Nessuno di quei pensieri, che si affastellavano nella mente con prepotenza nutriti dalla rabbia, diventò parola. Vittorio si limitò ad allungare una mano verso Giacomo, che era ancora sprofondato nella poltrona.

Indisposto da quel gesto, Giacomo inghiottì amaro. Senza volerlo, trasformò il piccolo sorriso fiero che aveva in faccia in una smorfia impacciata, cercando le parole per rispondere a quello che sentiva come un affronto inatteso e inaccettabile, seppur muto. Si alzò in piedi, con la sensazione di disagio che prova chi si rende improvvisamente conto di essersi intrattenuto troppo in casa d'altri. Quella mano tesa di Vittorio era certamente un saluto, ma era soprattutto un invito ad andarsene. Gli attimi sembravano lunghissimi ed ebbe il tempo di pensare a come tutti i suoi tentativi di sembrare forte e migliore, con Vittorio Stefàncich, fallissero sempre. Sembrava una condanna, una questione che non sarebbe mai riuscito a risolvere. Eppure, dopo quel loro incontro a Trieste, il caffè bevuto al Tommaseo, era certo di aver scalfito, almeno un poco, la superbia, la spocchia, la superiorità che Vittorio aveva sempre mostrato nei suoi confronti. Si era evidentemente sbagliato. E ora, in territorio ostile, a casa degli Stefàncich, doveva comportarsi con fermezza, con calma e con rigore. Non riusciva a trovarla, la calma, così come gli sembrava difficile trovare anche il rigore. Se ne sarebbe voluto andare senza aggiungere niente, vergognandosi. Perché sì, si vergognava. Non era certo una persona qualunque Vittorio Stefàncich, non era certo uno sconosciuto a cui poteva, come riusciva a fare con gli altri, mostrarsi forte e risoluto. Vittorio Stefàncich lo conosceva bene, conosceva le sue debolezze, le sue fragilità, la sua tempra, il suo passato, la sua famiglia. La recita con lui era difficile da sostenere, il potere ottenuto era, improvvisamente, evaporato. Annullato. Come in un sortilegio, gli sembrò di essere tornato il vecchio Giacomo Ledri, quello che temeva i giudizi e faticava a prendere buone decisioni. Erano bastati un gesto e delle parole non dette di Vittorio Stefàncich per farsi affondare. Per darsi forza pensò a tutto quello che era successo nella sua vita negli ultimi mesi, dei progressi che aveva fatto nel partito, della deferenza che i sottoposti mostravano nei suoi confronti. Così aveva ritrovato un poco del suo vigore. Strinse la mano di Vittorio, abbottonò la giacca, passò la mano tra i capelli come faceva sempre e sistemò gli occhiali sul naso. Si avvicinò a Vittorio così tanto da fargli sentire il fiato uscire dalla bocca a ogni parola.

«Ora che ti occupi anche dell'azienda vinicola hai bisogno di appoggi, caro Vittorio. Hai bisogno di avere degli amici. Non dimenticarlo.»

Si diresse verso la porta, con le mani in tasca e l'aria di nuovo baldanzosa. Quella frase gli era uscita proprio bene, il tono era stato giusto, l'enfasi appropriata. Era soddisfatto. Si girò un'altra volta.

«Sei nervoso per il matrimonio, ti capisco. Vedrai che finirà tutto molto presto, tua moglie sarà contenta per il vestito, per la festa, per le foto. E tu domani sera avrai finito il compito che è richiesto a noi uomini. Poi potrai tornare a fare quello che vuoi, ma da sposato. A domani, Vittorio.»

La stanza rimase silenziosa, i rumori del cortile erano lontani e ovattati. Vittorio era ancora appoggiato alla stufa spenta, provato, irritato. Si sentiva braccato, messo all'angolo. Non sopportava l'idea di non essere libero, di non poter agire senza che qualcuno vigilasse sul suo operato. Avvertiva la presenza di Giacomo come una violenza in sordina, una costante minaccia. Era diventato un controllore che spiava le loro vite e, questo era fin troppo evidente, mirava a condizionarle per il solo gusto di dimostrare la sua influenza. Una lama a doppio taglio, pensava Vittorio. Ricevere favori da lui significava anche doverli ricambiare. E chissà in quale modo Giacomo Ledri si sarebbe aspettato che lo facessero. Non era gente con cui si poteva ragionare, quella. Non era gente con cui litigare. Bisognava cercare di limitare i contatti quanto più possibile.

«Sei nervoso per il matrimonio...» gli aveva detto con quel tono da padreterno, quasi giustificando con quella scusa il suo atteggiamento distaccato. Quella frase ebbe il potere di irritarlo ancora di più. Lo sapeva bene Vittorio come parlare alle persone e sapeva bene quali erano i modi per indisporre chi ascolta, li aveva imparati negli anni e gli erano serviti per gli affari. E ora Giacomo li aveva usati tutti. Contro di lui, per il gusto di provocarlo.

Uscì dall'ufficio e, incamminandosi verso il cortile, fu abbagliato dalla luce del sole in quella giornata limpidissima. I lavoratori che gli passavano vicino lo salutavano tutti facendogli gli auguri, ma lui era infastidito anche da quelle cortesie. Quella mattina, invece che rallegrarlo per la ritrovata cordialità, lo aveva disturbato anche la stretta di mano con il capo dei suoi operai. Avevano avuto una accesa discussione, solo qualche giorno prima, per una divergenza di vedute e in quella occasione era venuto a conoscenza che l'uomo si era iscritto alla Confederazione nazionale delle corporazioni sindacali, il sindacato fascista. Era stato un duro colpo per Vittorio, durissimo per il signor Stefàncich; entrambi avevano letto quell'evento come l'inizio di una rivoluzione che difficilmente avrebbero potuto contenere. Ormai i fascisti erano davvero dentro casa loro.

Vittorio fece solo qualche passo verso il cancello e si trovò tra le braccia vigorose della zia Federica, la sorella di sua madre, che viveva a Gorizia e che era arrivata proprio in quel momento. Sarebbe stata ospite a casa loro per il tempo del matrimonio.

«Su, su, via i pensieri! Domani *te se sposi*! Allegria!» gli aveva detto, colpendogli bonariamente una guancia. Poi lo aveva guardato, aveva colto immediatamente che il viso era serio. Gli appoggiò una mano sulla fronte, come se fosse la benedizione di un sacerdote e lo lasciò andare.

Dal barbiere si prese il tempo di non pensare. L'acqua calda sulla testa gli regalò un breve momento di pace. Dopo che i capelli furono tagliati, solo poco, regolando le punte, Vittorio poté perdersi nell'osservare la schiuma di sapone che montava soffice con i movimenti rotatori del pennello nella ciotola. Profumava di sandalo e quando gli fu spalmata sul viso, provò un refrigerio che sembrò rinfrescargli anche la mente. Il primo tocco del rasoio affilato sulle guance e sul collo gli fece contrarre le labbra, ma appena si abituò alla sensazione del metallo sulla pelle e avvertì come sicuro il movimento del barbiere, rilassò ogni muscolo del viso, chiuse gli occhi e pensò a niente. Durò poco quel momento di pace. Presto si trovò di nuovo sul suo calesse, verso casa, per consumare l'ultimo pranzo prima del matrimonio.

«Ho fatto pulire la spilla con i diamanti e lo zaffiro. Ho deciso di regalarla ad Antonia, per il matrimonio» disse la signora Stefàncich mentre la moglie di Piero il fattore serviva il caffè.

«Quella tonda o quella rettangolare?» Francesca era allarmata.

«Non ti agitare. Quella rettangolare. Quella tonda è per te, lo avevamo già detto, no?»

Francesca guardò dentro alla tazzina, come se il colore del caffè caldo appena versato fosse degno di tanta attenzione. Aveva vergogna di alzare lo sguardo.

Vittorio le ascoltava distrattamente, concentrato nel ricapitolare tutte le consegne che aveva lasciato ai suoi uomini, tutte le cose che aveva detto loro di fare anche per i giorni in cui non ci sarebbe stato.

«Perché sei così preoccupato?» gli chiese sua madre. «Tuo padre dice che la questione della vigna si può risolvere facilmente. Vero Stefano? Hai detto che Vittorio ha già contattato delle persone che possono aiutarvi a movimentare la terra e a portarne di nuova.»

Il signor Stefàncich annuiva e beveva il suo caffè corretto con la grappa. Tutto sotto controllo.

Finito il pranzo Vittorio ritornò in ufficio, per firmare le ultime carte e ad aspettare quegli uomini che sarebbero venuti per discutere il prezzo della terra da portare alla vigna. Poi avrebbe smesso di lavorare e avrebbe pensato solo a domani.

Sentì bussare, in modo vigoroso.

«Avanti!»

«Vittorio! Basta, basta lavorare! Non devi più pensare a niente tu! Sono venuto a dirti che ho già regolato tutto, la vigna sul Collio è già stata sistemata. Ho dato per scontato che tu fossi d'accordo, così ho organizzato tutto e la questione è risolta. Niente più pensieri!»

«Signor Pàhor...» disse Vittorio trattenendosi, stringendo forte il pugno nascosto sotto al tavolo «...grazie.»

Era seccato, era infastidito da tutte quelle ingerenze, continue, provenienti da più fronti, sul suo lavoro e sulle sue decisioni. Prima Ledri, adesso anche il padre di Antonia, tutti a insegnargli qualcosa, tutti a dirgli cosa fare, tutti a dar consigli non richiesti.

«Dovrò liquidare con una scusa le persone che stavo aspettando...»

«Non preoccuparti. Non è un problema!»

«Avevo chiesto il loro aiuto, li ho convocati oggi, qui, in fretta per risolvere tutto prima di partire... pazienza. Entrate in casa, vi raggiungo subito.»

Il signor Pàhor lasciò l'ufficio, Vittorio rimase seduto, con la testa appoggiata allo schienale alto della sedia di suo padre e gli occhi chiusi. Si sentiva sopraffatto, era disturbato dal fatto che la sua parola venisse messa in discussione. Le intenzioni del signor Pàhor erano state buone, su questo non c'erano dubbi. Ma episodi come questo si sarebbero ripetuti ancora? Anche dopo il matrimonio? E Giacomo Ledri? Avrebbe controllato sempre tutto? Avrebbe abusato della sua posizione per immischiarsi nei loro affari altre volte? Sarebbero stati al sicuro o avrebbero dovuto temere altri sgarri come la faccenda delle armi? Sentiva di non avere il controllo delle sue scelte, delle sue decisioni. Gli sembrava di non avere il controllo su niente. La sua vita stava per prendere una piega decisiva, l'impegno con Antonia rappresentava una certezza, ma era anche un punto di svolta. Negli ultimi giorni, però, gli era sembrato che la sua forza e la sua mascolinità fossero state schiaffeggiate dagli eventi. Non gli importava che Giacomo Ledri fosse diventato un uomo di potere, non provava alcuna invidia, di questo era certo. La sua ascesa, però, assieme al suo comportamento tracotante e presuntuoso gli avevano messo davanti agli occhi uno specchio. Cosa era diventato, lui, Vittorio Stefàncich? Se lo ripeteva ancora, non era diventato niente, era sempre lo stesso, il figlio fortunato di suo padre, l'erede di una grande impresa di trasporti, colui che gestisce anche le sostanze della sua sposa e poi? Che cosa? Niente. Niente di straordinario, niente di così importante. Tanto che nemmeno le decisioni più banali sulla bonifica di un po' di terra poteva prenderle autonomamente.

Si stava attorcigliando nei suoi pensieri e l'arrivo degli uomini che stava aspettando lo salvarono dal rimanere impantanato in ragionamenti sempre più bui. Li congedò senza troppa fatica, poi prese il calesse e andò verso il mare e verso il cantiere, nel quartiere di Panzano. Aveva voglia di stare solo.

La sera del 2 giugno 1923

El lupo perdi el pel, ma mai el vizio

Vittorio passò attraverso il villaggio operaio, nuovo e modernissimo, ancora in ampliamento, voluto dai Cosulich, gli armatori del cantiere navale. Quel quartiere era nato per fornire alloggi e spazi verdi agli operai con famiglia. Dopo la guerra, la ricostruzione del cantiere era andata di pari passo alla costruzione dei nuovi edifici. Nel 1920 erano stati inaugurati il grande Albergo Operai, vicino al cantiere, pensato per gli operai celibi, l'Albergo Impiegati, costruito per i dipendenti celibi, in una zona più centrale, più elegante, vicino alle ville dei dirigenti, per i quali non era sembrato necessario puntualizzare se fossero celibi o no.

La vita del cantiere era diventata il cuore della città.

Passando con il calesse davanti al teatro Euripide Vittorio ritornò con la memoria alla sera in cui aveva partecipato alla sua inaugurazione. Era l'undici dicembre del 1920. Sembrava passato così tanto tempo. Era stata una cerimonia solenne, la ricordava bene, alla presenza delle autorità, di tutta la direzione del cantiere, delle famiglie di spicco di Monfalcone. Era persino stato fatto partire un piroscafo da Trieste diretto al porto di Monfalcone per l'evento: quel teatro era una piccola perla e tutti volevano vederlo.

Vittorio era rimasto colpito dalla facciata, che risaltava per i decori a quadrati bianchi e neri, le righe orizzontali sui muri, la cupola a base rettangolare ricoperta di rame. Era stato Giacomo Ledri a raccontargli, mentre aspettavano che venisse aperto il portone che dava nel ridotto, che il progettista, l'ingegner Fornasir, aveva studiato al Politecnico di Vienna. Giacomo era stato capace di riconoscere le influenze di Otto Wagner, di Joseph Hoffmann, di Joseph Maria Olbrich, le indicava con precisione, ricordando i palazzi che aveva visto negli anni dell'università. Parlava in modo appassionato, interessato, non c'era presunzione nelle sue parole, solo il desiderio di condividere. Sembrava incantato. La passione per l'arte e l'architettura erano vive in lui e gli brillavano negli occhi. Appena i discorsi delle autorità si erano conclusi e le porte furono aperte, erano entrati nel ridotto del teatro, proprio sotto alla cupola, decorato con un miscuglio di stili che a Vittorio sembravano cozzare tra loro, ma che, invece, erano un esempio della moda eclettica. Il motivo geometrico a rombi in due colori alle pareti gli ricordava la facciata del palazzo Ducale di Venezia. Giacomo non aveva mancato di fargli notare che anche la facciata del *Narodni Dom*, distrutto dall'incendio solo pochi mesi prima, era stata fatta allo stesso modo. Aveva indugiato su quel verbo al passato, trattenendosi per non sorridere e rivelare la soddisfazione per aver preso parte a quell'evento memorabile. Solo ora Vittorio se ne rendeva conto. Avevano visitato la platea, alzando gli occhi verso la fila di palchi sovrastanti: erano ancora vuoti gli spazi che avrebbero accolto le tele non ancora completate di Vito Timmel, il pittore triestino allievo di Gustav Klimt.

Vittorio ricordava perfettamente l'odore di intonaco ancora fresco, di vernice, di cose nuove. Quanto entusiasmo, quanta voglia di rinascere, dopo la guerra.

Ora, seduto sul calesse a pensare, fermo davanti all'ingresso del teatro Euripide, si vide congelato nella stessa identica posizione di tre anni prima. Con la sola eccezione di Antonia, la sua vita era esattamente la stessa. Non riusciva a liberarsi dal pensiero fastidioso di Giacomo Ledri, delle sue azioni meschine, del suo successo, dei suoi comportamenti sfacciati. Non riusciva a liberarsi dalla frustrazione di sentirsi controllato da tutti.

Spronò il cavallo e si spinse verso est, fino a raggiungere le bocche del fiume Timavo, come se il solo fatto di muoversi e spostarsi lo aiutasse a far ordine nei suoi pensieri. Lo aveva sempre affascinato quel corso d'acqua che viaggiava sotterraneo per chilometri, fino a tornare in superficie con le sue risorgive, proprio a San Giovanni di Duino. Tra gli alberi e le felci rigogliose di quella primavera avanzata, rimase a osservare i resti danneggiati della chiesa di San Giovanni in Tuba. Era sorta come basilica paleocristiana sulle rovine di un tempio pagano. I segni delle bombe erano ancora vivi, sembravano caldi e fumanti, anche se gli arbusti si stavano impossessando degli spazi abbandonati dall'uomo. Vittorio scese dal calesse e camminò tra i ruderi, fino a riconoscere, ancora intatti, i mosaici antichissimi a ottagoni e quadrati bianchi e neri. I raggi ormai bassi del sole filtravano attraverso le fronde degli alberi e luccicavano sulle pozze d'acqua che coprivano quei pavimenti preziosi. A Vittorio parve di sentire i fischi delle bombe, le grida dei compagni, il cuore che gli pompava il sangue nella testa e che gli impediva, certe volte, di sentire i pensieri. Faceva del suo meglio per dimenticare, per darsi forza e vivere. Continuava a non parlare con nessuno della sua guerra. Non aveva mai partecipato alle riunioni dei reduci, non amava assistere alle commemorazioni. Teneva tutto dentro Vittorio. Quel luogo che era stato sacro lo investì di malinconia. Se ne andò, con l'umidità che gli raffreddava la pelle, le mani erano gelide. Ripartì col suo calesse ritornando verso la città.

Il presente gli sembrava lontano come il passato, aveva la sensazione di vivere in un tempo congelato e personale, diverso da quello dell'oggi di tutti gli altri. Si concesse di non controllare i suoi pensieri e gli si fece davanti il giovane uomo forte, spavaldo e sicuro di sé che era prima della guerra. Poi quello coraggioso e determinato che aveva combattuto senza timori, che aveva scalato i gradi di un esercito che non era il suo, che aveva ricevuto una medaglia d'argento al valore militare. Dov'era quel Vittorio Stefàncich, ora? La medaglia rimaneva chiusa in una scatola di velluto, assieme al suo nastrino, nel cassetto della sua scrivania. A pensarci bene, in quella scatola c'era anche chiuso l'orgoglio per il valore dimostrato. A poco valeva, a nulla per la verità, considerando che aveva ucciso, aveva visto uccidere, aveva pensato e suggerito strategie per combattere il nemico. Che aveva sempre e solo significato ammazzare persone. Per questo aveva rinunciato senza dubbi alla proposta del tenente Benzi di rimanere nell'esercito.

Ma ora il ricordo di quel Vittorio eroico e determinato gli rendeva ancora più sbiadita l'immagine del sé di oggi. La maturità, la consapevolezza delle sfumature della vita, che prevedono il compromesso, lo avevano forse indebolito, inibito, controllato. Aveva forse pensato troppo a ciò che era giusto, per l'impresa, per la famiglia, per Antonia. Aveva forse messo sé stesso da parte, rinunciando ai propri desideri. Ne aveva ancora?

Senza averlo programmato, fu davanti al cancello di Anna Kramer.

Fu un attimo rapidissimo quello della decisione di entrare. In fondo, perché no? Varcò il cancello, percorse il viale ghiaioso. Le ruote del calesse schiacciavano i sassi e, insieme al rumore degli zoccoli del cavallo baio, annunciavano il suo arrivo. Fermò il calesse al solito posto, quello che era sempre stato il suo. Entrò senza pensare ad altro che al suo desiderio di distrarsi. Era passato più di un anno dall'ultima volta in cui era stato lì, ma tornandoci tutto sembrava uguale, come se l'ultima volta fosse stata ieri. Con la sola differenza che l'indomani si sarebbe sposato.

La mattina del 3 giugno 1923

A sto mondo nissùn xe contento

Antonia si era addormentata sfinita e affranta. Il sonno le era stato amico e le aveva impedito di continuare a farsi schiaffeggiare dalla realtà. Aveva dormito profondamente e si era svegliata con i rumori della casa, iniziati molto prima del solito quella mattina. Per pochi secondi, stiracchiandosi, rimase in un dormiveglia che ancora la proteggeva dai pensieri che stavano lì ad aspettarla. Erano come tre guardiani severissimi in divisa asburgica, con le braccia incrociate, incredibilmente pazienti, pronti a ricordarle i loro nomi: dolore, delusione, rabbia.

Per un attimo, non appena ricordò tutto quello che aveva sentito uscire dalla bocca di Rosalba la sera prima, pensò fosse stato un sogno. Un incubo di quella notte strana. La consolazione durò solo il tempo di un attimo. Appena guardò l'armadio e vide un pezzo del suo velo da sposa schiacciato tra le ante chiuse, ripiombò nella realtà. Si mise seduta, con il viso tra le mani, la bocca impastata, i capelli ancora arrotolati alle pezze di cotone. Allungò il collo e si guardò allo specchio, stupendosi solo poco dell'aspetto del suo viso: gli occhi erano piccoli e cerchiati da occhiaie scure, le labbra strette, il collo lungo e bianco sembrava ancora più magro del solito. Solo il giorno prima fremeva al pensiero del matrimonio, l'inizio di una nuova vita. Ora ne era disgustata, tutto era stato cancellato, appiattito, come sotto il peso di una pressa. Niente di quello che aveva creduto di vivere nei mesi passati era stato, dunque, autentico. Niente era stato vero.

Sentì dei passi muoversi fuori dalla porta della sua stanza, erano quelli di sua madre. Poi sentì la sua voce: stava dando indicazioni a Rosalba, occorreva che il ferro da stiro fosse pronto per i ritocchi al vestito.

Antonia riguardò l'armadio, dove aveva chiuso abito e velo non curandosi di sgualcirli, pur di non vederli. Pur di non avere davanti agli occhi i simboli tangibili di un sogno infranto.

La pensavano tutti ancora addormentata, li lasciò credere, si concesse altri minuti di silenzio.

Rosalba era arrivata sul Carso molto presto quella mattina e, seguendo gli ordini che aveva ricevuto dalla signora Pàhor, aveva allestito il tavolo da stiro al piano superiore in un punto in cui nessuno avrebbe potuto vederlo. Era carica di una strana euforia: non le era pesato svegliarsi alle quattro, preparare l'abito elegante che aveva comprato, indossare i vestiti semplici del suo quotidiano e raggiungere a piedi la casa dei Pàhor. Non le era pesata, quella mattina, l'idea di stare con Antonia, di aiutarla a vestirsi. Era proprio curiosa di vedere come sarebbe andata quella giornata. Persino l'idea di incontrare la moglie di Giacomo Ledri le sembrava meno faticosa. Avrebbe tolto i suoi abiti da lavoro e avrebbe indossato quello della festa nella stanza al pian terreno, assieme alla Nilde e all'altra cameriera, prima di raggiungere la chiesa. I capelli erano già raccolti in un'acconciatura che sua madre le aveva fatto all'alba: la riga in parte, le onde piatte sulla fronte e poi i lunghi capelli arrotolati più volte alla base della nuca e fermati da forcine e un solo fermaglio di metallo grigio. Doveva solo prestare attenzione a non spettinarsi finendo il suo lavoro.

«Vai tu ad aprire? Deve essere la pettinatrice! Vai tu cara, per favore!» chiese a voce alta la signora Pàhor, che era nell'altra stanza.

«Sì, signora, vado io» rispose Rosalba e, mentre passò davanti alla porta della stanza di Antonia, la vide aprirsi piano. La sposa, con addosso i vestiti leggeri e stropicciati del giorno prima, faceva capolino sul punto di entrare, anche lei, nel vortice degli ultimi preparativi.

«Buongiorno Antonia!» esclamò, stupendosi lei stessa dell'entusiasmo che mai aveva mostrato in modo così vivo. Era come se conoscere le disgrazie di Antonia le permettesse di comportarsi con lei in modo gentile.

«Ciao Rosalba» le rispose, guardando per terra, sfuggendo dallo sguardo di chi le aveva inconsapevolmente aperto gli occhi sulla realtà. Antonia provava vergogna, Rosalba sapeva tutto. Rosalba aveva riso di lei, aveva riso di Vittorio, probabilmente anche dei suoi genitori. Tutti, tutti loro sarebbero stati derisi, in quel giorno, chissà per quante altre volte ancora. Per la loro ingenuità, per la loro incapacità di capire le persone. Antonia richiuse la porta, rifugiandosi ancora al sicuro dentro alla sua stanza. Si augurava che Rosalba non parlasse con nessuno, che non trasformasse ciò che aveva saputo in un pettegolezzo che avrebbe minato per sempre il suo onore. Poi fermò il flusso di quei pensieri e si convinse che, ormai, l'onore suo, quello di Vittorio e quello della loro unione, erano già irrimediabilmente compromessi, erano già rovinati. Inutile preoccuparsene ancora. Seduta sul letto sospirava, cercando di trovare pace dall'ansia che sentiva montare senza sosta. Le sembrava incredibile che il pensiero dominante che la tormentava nel giorno del suo matrimonio fosse proprio quello di annullarlo. Le sarebbe piaciuto sparire, uscire di nascosto di casa, senza che nessuno se ne accorgesse e andare a nascondersi nel bosco. Le sarebbe piaciuto scappare. E poi? L'avrebbero trovata. Avrebbero pensato tutti a una debolezza, a un capriccio. Come avrebbe potuto giustificarlo?

Sentì bussare, la porta si aprì subito dopo, senza attendere una risposta. Non ebbe il tempo di pensare al finale del suo fantasioso piano.

«Buongiorno» esclamò la signora Pàhor, piena di entusiasmo, completamente ignara di tutto.

«Mamma.»

«Avanti coraggio! Cominciamo questa giornata memorabile! Sorridi tesoro, non essere così tesa! Su, comincia a prepararti. La pettinatrice è già qui e ti aspetta. Dov'è il vestito?»

La signora Pàhor si muoveva nella stanza eccitata e nervosa.

«Antonia, il vestito?»

Antonia si alzò dal letto, aprì l'armadio. Il velo, rimasto arruffato per tutta la notte, cadde sul pavimento, il vestito, appeso alla gruccia e schiacciato dagli altri abiti appesi, era stropicciato. La signora Pàhor, basita, diventò rossa in faccia e cominciò a urlare chiedendo di chi fosse stata l'idea di mettere nell'armadio l'abito e il velo della sposa.

«Rosalba! Prepara delle pezze bianche di cotone. Subito! Occorre stirare il vestito della sposa. Subito!»

«Sono stata io a metterlo nell'armadio, non arrabbiarti con loro.»

Sua madre non sentì, corse al tavolo da stiro e appoggiò con cura il vestito bianco di satin, lisciando la stoffa e cercando di appianare ogni piega con le mani, prima che Rosalba ci appoggiasse sopra strati di pezze di cotone e il ferro caldo.

Antonia rimaneva ancora interdetta, come fosse stata improvvisamente incapace di intendere. I pensieri si muovevano lentamente nella sua mente, sembrava fossero i passi di chi cerca di camminare nelle sabbie mobili.

Sentì addosso il peso della responsabilità. Sentì addosso il peso del decoro e della dignità della sua famiglia e tutto ciò che stava succedendo fuori dalla sua stanza, tutto così pratico, tangibile, effimero forse, strideva con la profondità del suo dolore e della sua delusione.

Forse aveva esagerato nel pensare che lei e Vittorio fossero speciali. Che lui fosse l'uomo integro e solido che aveva idealizzato.

Quanto a lei, era stata la figlia impeccabile, di famiglia irreprensibile, brava a scuola, educata, gentile. E questo era il gran finale. Sposa tradita. Quale miglior punizione per la presunzione che aveva sempre avuto? Quale miglior lezione da ricevere per essere sempre stata la Antonia Pàhor perfetta e senza macchia? Era stato molto gratificante per lei che tutti l'avessero sempre considerata una ragazza e poi una donna esemplare. La caparbietà, la rettitudine erano tutte armi che aveva impugnato – con più o meno consapevolezza – per costruire, giorno dopo giorno, la donna che era diventata impedendosi di fare errori. Ne aveva fatti, per carità, ma non di madornali. E di certo nessun errore che riguardasse l'onore. E ora si ritrovava incastrata in una situazione disdicevole, molto più grande di lei, a cui non era abituata. Era tutto nuovo, tutto inedito.

Le venne in mente, proprio in quel momento, di quella volta in cui a Trieste, per la strada, aveva visto cadere dalla tasca di un ufficiale un pacchetto di sigarette. Erano i giorni di gennaio 1918 in cui l'*Osservatore Triestino* aveva annunciato l'aumento esorbitante dei prezzi del tabacco. Antonia aveva subito raccolto quel pacchetto, era nuovo, intatto. Erano delle sigarette Dames, costavano 14 centesimi, seconde solo alle Egiziane di terza qualità che ne costavano 16. C'era scritto tutto sull'*Osservatore*. Era una scatola rettangolare, coperta da una carta rossa che richiamava al lusso. Lo stemma dell'aquila bicipite imperiale e la scritta KAISERLICH KÖNIGLICHE TABAK – REGIE erano stampati in un color beige che, forse, voleva ricordare l'oro. Le aveva tenute, nascoste, con sé. Per anni.

Quelle sigarette erano nel cassetto centrale del *trumeau* nella camera di Antonia. Le prese, ruppe la fettuccia di carta che le teneva chiuse e sollevò con cautela il coperchio di cartone. Aprì la velina bianca e trovò una fila ordinata di sigarette bianche, segnate ognuna con lo stemma dell'impero sul filtro. Ne prese una, tenendola delicatamente in mano per paura di schiacciarla. Annusò dentro la scatola e l'odore dolce del tabacco le sembrava piacevole. Prese dei cerini, accese la fiamma; tenendola tra le labbra, accese la sigaretta. Non aspirò davvero il fumo, in quelle prime boccate, si limitò a trattenerlo in bocca. Il sapore era acre, amaro, diverso da quello che avevano da spente. Si guardò allo specchio, mentre teneva impacciata la sigaretta tra le dita della mano destra, che rimaneva innaturalmente rigida, in quel movimento che non le era abituale. Portò la sigaretta di nuovo alla bocca guardandosi ancora allo specchio, stupendosi per quello che stava vedendo. Lei, in una versione atipica, non conforme, quasi come se fumare quella sigaretta la liberasse da sé stessa e potesse farla assomigliare alla donna che non era, a Elizabeth, per esempio. Provò ad aspirare e a trattenere il fumo. Lo emise tutto tossendo, piano, cercando di non fare troppo rumore. Gettò la cenere nel piattino del calamaio. La testa le sembrava più leggera, ma era di certo solo un'illusione. Diede altre boccate, osservando la nuvola di fumo che incontrava i raggi del sole che passavano attraverso le imposte ancora chiuse. Poi la piccola brace si avvicinò alle sue dita, ne sentì il calore. La schiacciò e la spense. Non si curò di aprire le finestre, di cambiare l'aria. Non si preoccupò di quello che avrebbero pensato i suoi genitori a sentire la puzza del fumo. Aveva fatto quello di cui aveva avuto voglia. E basta.

«Sei ancora lì? Antonia! La vasca è pronta. Sbrigati!» Sua madre la riportò di nuovo alla realtà.

«Cos'è questa puzza?» urlò, precipitandosi verso la finestra spalancandola. «Hai fumato?»

Antonia stava seduta, come ipnotizzata, senza rispondere.

«Antonia! Sei impazzita? Sveglia! Cosa succede?»

Lei alzò gli occhi e guardò sua madre, senza dire niente. La signora Pàhor si sforzò di ignorare il viso della figlia segnato dalla stanchezza, gli occhi arrossati e piccoli.

«È normale essere nervose. Su. Lavati bene i denti, cosa dirà Vittorio se sentirà la puzza di sigaretta. Non so cosa ti sia saltato in mente. Non avrai mica paura, vero? Coraggio. Avanti. Tirati su.» E uscì continuando a muoversi da una stanza all'altra.

Antonia rimase ferma e delusa. Non una parola sulla causa della sua sofferenza, preferì soffocare tutto dentro.

«Adesso vado» disse senza convinzione.

Si annusò le dita, odoravano di fumo e sentiva il sapore amaro in bocca e nel naso. Richiuse la scatola di Dames, la rimise nel cassetto centrale.

Bussarono di nuovo alla porta.

«Ho detto che arrivo!» aveva urlato nervosa.

«Posso?» chiese una voce intimidita da quella irruenza.

La porta si aprì di poco e il viso della signora Stefàncich fece capolino.

Antonia arrossì, e si avventò verso la porta, aprendola subito.

«Scusatemi» disse trafelata «credevo fosse...»

Subito pensò alla puzza di sigaretta che sicuramente si sentiva ancora, nonostante la finestra aperta, aveva parlato tenendo la mano davanti alla bocca.

«Buongiorno, cara.»

La signora Stefàncich entrò e richiuse la porta alle sue spalle. Era già vestita di tutto punto, pronta per essere la madre dello sposo. Con riguardo, ma senza fare complimenti, andò verso la sedia accanto al *trumeau* e si sedette. Guardò Antonia, seguendola mentre si preoccupava di sistemare le lenzuola del letto disfatto. Cercò di rimanere impassibile e di ignorare l'odore di fumo, il fatto che la sposa non aveva ancora cominciato a prepararsi e la tensione che sentiva nell'aria.

«Cara, ho portato il tuo bouquet. L'ho dato a Nilde, che lo metta in un vaso.»

Si accorse che Antonia era distratta.

«E poi sono venuta a darti questo» disse allungando la mano e porgendole una scatolina infiocchettata.

«Signora, scusatemi per...»

Quando Antonia alzò appena il viso la signora Stefàncich capì. La sposa era pallidissima, gli occhi erano cerchiati da profondi segni scuri, la bocca stretta, lo sguardo sfuggente. Non poteva essere solo la tensione. Non c'erano dubbi: sapeva.

E anche lei sapeva.

Era successo la sera prima, quando era uscita dalla cucina, ancora sporca del sugo del *goulash* e del burro degli gnocchi di prugne. Piero il fattore l'aveva fatta chiamare in tutta fretta, per confidarle un segreto prezioso che solo lei doveva conoscere. La signora aveva reagito col silenzio. Aveva guardato avanti, nel buio, tenendo le mandibole strette, cercando di figurarsi ogni possibile scenario in anticipo. E la prima cosa alla quale aveva pensato era stata di mentire. Mentire fino alla morte. Mai al mondo il matrimonio con la figlia dei Pàhor sarebbe stato compromesso. In nessun modo. Quindi di certo quell'uomo che era stato visto fuori dal bordello non poteva essere stato Vittorio. Magari uno che gli assomigliava, certo, ma non lui. Questa sarebbe stata la sua versione.

L'istinto l'avrebbe portata a salire di corsa le scale, a entrare nella stanza di suo figlio per chiedere spiegazioni, come aveva fatto tante volte quando era adolescente. Dirgli che era stato visto, che le voci sarebbero saltate di bocca in bocca, di prepararsi un discorso da fare ad Antonia. E gli avrebbe anche detto di vergognarsi, che mettere a rischio il suo matrimonio con quella ragazza che era perfetta, non solo per lui, ma in generale, era stata una follia. Che nessuna delle puttane di Anna Kramer sarebbe mai e poi mai valsa il pericolo di perdere Antonia. Che era delusa profondamente, che mai al mondo avrebbe immaginato che suo figlio potesse essere così stupido.

Riuscì a trattenersi, a rimanere ferma dov'era, lì fuori, anche dopo che Piero il fattore si era allontanato. Continuava a ripetersi che Vittorio era un uomo, e che nel suo ruolo di madre avrebbe dovuto accogliere le sue scelte e sostenerlo sempre. Il refrigerio che aveva sentito appena era uscita dalla cucina, ancora accaldata dal lavoro ai fornelli, era diventato una sensazione di freddo più pungente. La calma che aveva mantenuto davanti a Piero cominciava a svanire e la rabbia stava prendendo il suo posto.

Con grande forza era ritornata in cucina. Improvvisamente silenziosa, aveva smesso di rimestare nei tegami pieni di sugo che bolliva sul fuoco, ma aveva preso dell'altra farina, rotto delle uova, aggiunto dell'acqua e iniziato a impastare con vigore sul tavolo di marmo. Appena il composto era diventato consistente, aveva iniziato a stringerlo, spremendo con tale forza che dei riccioli di pasta uscivano dagli spazi tra le dita, come fosse stato il dentifricio che comprava nel tubo di alluminio in farmacia.

Le altre donne l'avevano guardata, mute, senza osare chiederle niente. Era ovvio che la *paròna aveva i nervi*, meglio tenere la bocca chiusa, finire presto e tornare a casa.

Seduta accanto al *trumeau* di Antonia la mattina dopo, con i muscoli delle mani che le facevano male, toccò con l'indice l'unghia del pollice e trovò un minuscolo residuo di farina indurita. Lo fece saltare subito, controllando che le altre dita fossero pulite.

Per non umiliare Antonia finse che il contesto non fosse già abbastanza eloquente e chiese: «Come stai, tesoro?»

Antonia esitò, sedendosi sul letto, guardando il pacchetto che teneva tra le mani.

«Aprilo.»

Antonia esitò ancora.

«Coraggio! Un piccolo dono per te.» La signora Stefàncich si stava sforzando per sorridere, per infondere sicurezza. Per non sembrare preoccupata. Che fatica.

«Vi ringrazio tanto. Ma non posso proprio accettare. Non posso...»

«Non solo tu puoi» esclamò la signora, alzandosi dalla sedia e sedendosi sul letto accanto ad Antonia «tu devi!»

Le toccò il mento, spingendola a girare il viso verso di lei. Due grosse lacrime silenziose stavano scendendo e gli occhi rossi erano spenti, perduti. La signora Stefàncich la guardava intensamente, cercando di instillarle forza, determinazione, audacia, forse anche follia, quella che sarebbe stata necessaria per superare tutti i dubbi e le paure. Se mai fosse stato sufficiente.

Antonia fu grata di non dover rispondere ad alcuna domanda. La signora le teneva una mano, stringendo forte, come se quel contatto potesse alleviare il dolore.

«Non essere avvilita, tesoro. Tutto sembra peggiore, quando si è stanchi e tesi. Poi le cose si appianano, si sistemano da sole.»

«Non questa.»

«Anche questa. A tutto c'è una spiegazione, per tutto c'è una soluzione. Conosco Vittorio meglio di chiunque altro, e presto sarai tu a conoscerlo meglio di chiunque altro. Sono sua madre e so, *lo so*, che sei la persona giusta per lui. Dagli l'occasione di dimostrarti chi è.»

«Purtroppo credo che l'abbia già fatto» sussurrò, riuscendo finalmente a condividere quel pensiero con qualcuno.

«Qualsiasi cosa sia successa, questa mattina Vittorio era felice come mai l'ho visto felice in tutta la sua vita. Devi credermi, Antonia. Lui non lo è mai stato, nemmeno quando era ancora un ragazzo, prima della guerra.»

Antonia respirò a fondo, trattenendo l'aria, cercando requie.

«Tiene a te, a quello che siete insieme, a quello che potrete costruire. Nutre un infinito rispetto per la tua famiglia, e ha grande stima di te. Sei la donna forte e determinata che vuole accanto. Quella che può aiutarlo nell'azienda e anche fuori. Ha bisogno di te. Dagli il beneficio del dubbio che la delusione che oggi provi sia frutto di un malinteso.»

Da quelle parole Antonia ebbe la consapevolezza che la signora Stefàncich non stava dicendo niente a caso.

«Intendete convincermi che Vittorio voglia me?» disse piano, asciugandosi le lacrime con la mano. «Che tutto quello che si dice su di lui sia falso e che io debba essere orgogliosa che mi voglia sposare? Signora Stefàncich, con tutto il cuore vorrei esserlo. Ma non...»

«Non dirmi altro. Non dirmelo. Ti prego.»

«È troppo, signora, è troppo da accettare. Cosa dovrei fare?»

«Tesoro, quanto vorrei saperti dare una risposta. Ma puoi dartela solo tu. E non riguarda cosa *dovresti* fare, ma cosa *vorresti* fare. Vedi, la storia di una famiglia e prima ancora di una coppia, passa attraverso momenti difficili, talvolta bui. E vale per tutti, credimi. Certo, sei chiamata a una grande prova, fin da subito. Ma la fiducia verso chi amiamo, il valore che chi amiamo ha per noi, il valore dell'amore stesso è tale che permette di comprendere e, magari, col tempo, anche di perdonare. La tua pena è grande. Lo so.»

«È la mia di fiducia che è stata tradita» sussurrò, quasi giustificandosi.

«Gli uomini amano in modo diverso da noi, ma Vittorio ti ama profondamente. Non ho dubbi su questo. Ti rispetta...»

«Mi rispetta?» soffiò Antonia tra i denti con un ghigno.

«Sì!»

«Signora, voi forse non sapete...»

«Antonia, tesoro, guardami negli occhi. Guardami! Io so tutto. So tutto e non ne ho fatto parola con nessuno. Perché sono convinta che sarebbe un errore gravissimo che voi due vi perdiate. Sono convinta che meritiate una vita assieme, che mio figlio meriti te, la persona che sei. E tu meriti lui. È un uomo, Antonia. Ma è una persona onesta, e mai vorrebbe che tu soffrissi. Stamattina, quando sono uscita per venire qui, mi ha sussurrato: «Dille che la aspetto». Lui ti aspetta. Con tutte le sue asprezze. E con i suoi pregi. Ora io vado, tesoro. Qualsiasi decisione io la rispetterò, e saprò che è stata presa con tanta consapevolezza.»

Le accarezzò il viso, asciugandole una lacrima, poi la strinse a sé forte, e sentì i sussulti del pianto che le scuotevano il torace. Le prese le mani, erano gelide, e le strofinò per scaldarle.

«Un buon bagno caldo ti farà bene in ogni caso. Sei così tesa e intirizzita. Forza, rimettiti in sesto. E intanto pensa. Ma non farti distruggere da una chiacchiera. Qualsiasi cosa tu decida di fare.»

La signora Stefàncich si alzò dal letto e si diresse verso la porta.

«Signora...» disse Antonia restituendole la scatolina col fiocco.

La signora Stefàncich abbassò gli occhi, sconfitta.

«Non verrai, vero?»

Antonia respirò a fondo, facendo piano di no con la testa.

«Vuoi che glielo dica io?» chiese sopportando un colpo nello stomaco, riprendendo in mano il regalo per la sposa.

Antonia fece di nuovo di no con la testa.

«Vi prego, non dite ancora niente a nessuno.»

La signora Stefàncich lasciò la camera e salutò i signori Pàhor rapidamente, per evitare che leggessero sul suo viso la disperazione; da come si stavano comportando, era ovvio che erano ignari di tutto. Poi salì in macchina e chiese di tornare a Monfalcone. Aprì il finestrino e mentre Piero guidava silenzioso, lei respirava a pieni polmoni l'aria del Carso, preparandosi ad affrontare una giornata che sarebbe stata a modo suo memorabile. Decise in quei minuti che avrebbe fatto continuare tutto come se nulla fosse, concedendo ad Antonia il privilegio di decidere come e quando annullare il matrimonio. Si impegnava a non pensare a Vittorio, al dolore e all'umiliazione che quel figlio avrebbe provato, o sarebbe tornata dritta a casa dei Pàhor a implorare Antonia di ripensarci. E non sarebbe stato giusto.

Oddio gli invitati, tutto quel cibo, i doni da restituire...

Ci avrebbe pensato dopo. Una cosa alla volta.

«Altrimenti muoio» si era detta.

Antonia ascoltò il consiglio della signora Stefàncich, prese la sua spugna di Rosenfeld, gli asciugamani puliti e si trascinò nel bagno dove, la sera prima, aveva pianto le sue lacrime da sposa ferita.

La sera del 3 giugno 1923

Dir pan al pan, e vin al vin

Antonia chiuse la porta del bagno alle sue spalle senza fare rumore.

Aveva caldo, anche se dalla finestra l'aria leggera muoveva la tendina bianca e portava con sé profumo di gelsomino. Lo specchio appeso sopra al lavabo le restituiva un'immagine che le piacque vedere. Il vestito di satin era stato una buona scelta e la pettinatura aveva resistito per tutta la giornata. Il trucco degli occhi era sbavato, ma non era stata colpa delle lacrime. Quelle era riuscita a trattenerle tutte. Senza sapersi dare una spiegazione, era riuscita a essere forte.

La mattina era arrivata alla piccola chiesa, che distava solo pochi passi dalla loro casa sul Carso, in grande ritardo, immersa nei dubbi, stretta al braccio di suo padre, votando sé stessa alla causa dell'onore. Non avrebbe mai potuto lamentarsi della sua vita da quel momento in poi. Aveva deciso di sposare Vittorio Stefàncich nonostante tutto, ora doveva mantenere fede alla sua scelta.

La luce del sole che si rifletteva sulle lastre bianche di pietra d'Istria del sagrato l'aveva abbagliata. Il portale era spalancato, per lei. E in quel momento, con gli occhi ancora disturbati dal sole, aveva guardato nel buio della chiesa, verso l'altare dove, in un'atmosfera privata e calda, illuminata solo dai ceri e dalle candele, aveva riconosciuto la sagoma sicura di lui. Quando gli occhi si erano abituati alla penombra, mentre incedeva attraverso la breve navata, poteva vederlo chiaramente mentre le sorrideva. Lo sguardo brillante che sembrava volerla divorare, il saluto rispettoso che aveva rivolto a suo padre, la carezza leggera che le aveva appoggiato sul viso, le parole che le aveva sussurrato preoccupato per quel ritardo un po' troppo lungo, tutto sembrava provare che Vittorio Stefàncich fosse onesto.

Una volta raggiunto l'altare, Antonia si era voltata a cercare, lì sul banco in prima fila, gli occhi della signora Stefàncich, che aveva finalmente ripreso colore in viso, rilassando la tensione, dopo che era rimasta immobile per tre ore come una statua di cera a pregare per un miracolo. Si erano guardate intensamente, parlandosi senza dire niente. La signora le mandò un bacio e Antonia la salutò con la mano, ma senza sorridere.

Il sacerdote aveva iniziato la celebrazione. Antonia, con la testa bassa rivolta verso il libretto delle preghiere, aveva guardato con la coda dell'occhio la mano di Vittorio. La teneva appoggiata sulla coscia, aperta, rilassata, il polsino della camicia bianca usciva dalla giacca. Lei non poteva evitare di immaginare quella mano appoggiata a una delle prostitute del bordello. Sentiva pungere nello stomaco al pensiero che quelle dita si fossero intrecciate a quelle di un'altra. Fossero passate tra i capelli di un'altra. E così, mentre si stava celebrando un sacramento, Antonia, proprio lei, la figlia perbene dei Pàhor, si perdeva a immaginare l'uomo seduto accanto a lei immerso nel piacere in una stanza di Anna Kramer, in un'abitudine consolidata di una vita alla quale lei non apparteneva. Lei che, a quanto pareva, sarebbe stata solo la moglie di facciata.

«Stai bene?» L'aveva sentita sospirare e glielo aveva chiesto di nuovo.

Antonia non aveva risposto con le parole, ma con un piccolo sorriso, per poi abbassare ancora la testa, come se il velo trasparente fosse stato uno schermo capace di proteggerla dal mondo.

Il mondo, invece, aveva visto solo una coppia di giovani bellissimi che pronunciavano i loro sì.

La sera, continuando a guardarsi allo specchio, tolse, a una a una, le forcine che la pettinatrice le aveva infilato tra i capelli, quando i dubbi erano pesanti e pungenti come spine. Osservando la mano sinistra su cui la fede, ancora lucidissima, aveva preso il suo posto per sempre, Antonia poté riflettere.

Era stanca, provata da quella giornata di recita. Ma non fu fiera di sé quando ripensò con emozione ad alcuni momenti. Le aveva dato soddisfazione tenerlo a distanza durante la festa alla Stradella Verde, quando lui le aveva baciato il collo, proprio sotto all'orecchio, dopo aver ballato. Aveva avuto l'impressione di essere padrona dei suoi desideri e questo l'aveva fatta sentire piacevolmente potente. Le era piaciuto quando lui l'aveva guardata da lontano, mentre, ormai rilassato alla fine della festa, sorseggiava del vino dolce assieme ad altri uomini; l'aveva fissata, senza sorriderle, parlandole con gli occhi, promettendole cose. In quel momento era riuscito a farle dimenticare per un attimo il peso che aveva dentro.

Sussultò quando lui bussò alla porta chiusa a chiave. La stava aspettando, lì, nella loro casa. Aspettava sua moglie.

Immaginava di vederla uscire con addosso la camicia da notte di pizzo e seta bianca che aveva visto piegata sul letto poco prima. Credeva sarebbe uscita fasciata da quella stoffa leggera. Era ansioso, impaziente.

Invece la vide apparire con il vestito da sposa ancora addosso, la spilla rettangolare di zaffiro che sua madre le aveva regalato ancora appuntata. Con i capelli liberati dall'acconciatura, gli occhi ancora truccati. La bocca chiusa, stretta, ma pronta a parlare. Appoggiò subito sul comodino i bicchieri di champagne che aveva preparato e le si avvicinò, appoggiandole le mani sui fianchi, annusando i capelli profumati, ignaro. Era senza giacca, ma aveva ancora addosso il panciotto sopra alla camicia.

«Non lo vuoi proprio togliere questo vestito?» le sussurrò all'orecchio.

Antonia rimase immobile, rigida, attenta a non sbilanciarsi, come una funambola. Rimase in quel difficile equilibrio finché non decise di rischiare e di saltare nel vuoto, liberandosi.

«Io lo so dove sei stato ieri sera» disse con un filo di voce, quasi vergognandosi della verità, pentendosi immediatamente di aver parlato, ma allo stesso tempo, riprendendo a respirare senza più quel peso sul petto. Ora che poteva, voleva essere onesta. Solo con lui.

A Vittorio si spezzò il fiato.

Cercò di mantenere la calma, rimanendole vicinissimo, senza perdere il contatto.

«Ti hanno visto. Difficile credere che sia stato un errore. O una bugia.»

Vittorio continuava a stare in silenzio, con gli occhi stretti e le mandibole serrate, insistendo a tenere Antonia vicina a sé. Sapeva che si sarebbe presto allontanata, si sarebbe liberata da quella stretta, sarebbe bastato solo qualche altro secondo. Cercò di pensare nel modo più veloce, di rispondere limitando i danni, che, a quanto pareva, erano ingenti. Decise di non mentire.

«Ieri sera non è successo niente di quello che immagini.»

«Ah davvero?» la voce era tremolante, ma il sarcasmo la rendeva tagliente. «E la sera prima? E quella prima ancora?»

«Niente, proprio niente! Nemmeno la sera prima e nemmeno quella prima ancora! Resta qui, dove vai?» Antonia si era liberata e aveva raggiunto la finestra, appoggiando la fronte sul vetro fresco. «Non devi giungere a facili conclusioni.» Era quasi implorante.

«Facili conclusioni? Vittorio! Facili conclusioni? E dimmi, come andrebbe diversamente interpretata questa faccenda?

Ci sono dei modi che io non riesco, in questo momento, a considerare?»

«Davvero vuoi parlare di questo? Davvero vuoi discutere di *questo* la sera del nostro matrimonio?»

«E quale momento migliore? Di *cosa* dovremmo discutere, allora? Se non di *questo*?» lo guardò, dritto negli occhi, con lo sguardo freddo di chi vuole ferire essendo stato ferito. «Abbiamo vissuto due vite diverse, a quanto pare. È stato tutto un grande imbroglio, un'immensa delusione.»

Prese altro fiato e si fece coraggio, decisa a dire tutto.

«Sei anche riuscito nel tuo intento, facendo leva sul mio senso del dovere, vero? Sei riuscito a convincere mio padre a fondere le imprese, aumentando il valore della tua grazie alla mia parte, come fosse una dote! Renditi conto di che meschinità! Come cent'anni fa, quando la gente si sposava per affari! E non ti è bastato. Hai continuato a vivere secondo le tue abitudini, che io nella mia ingenuità non avevo mai nemmeno immaginato. E invece Rosalba sapeva tutto. Tua madre sapeva tutto. Tutti sapevano tutto! Sapevano chi sei, come ti sei comportato non solo ieri sera, ma sempre!» Urlava, rassicurata dal fatto che nessuno avrebbe potuto sentirli. Nessuna cameriera era stata fatta rimanere nella loro casa per quella notte.

Vittorio rimase muto, impreparato, disarmato. La felicità che aveva provato in quella giornata, la sensazione di aver trovato la soluzione alle incertezze degli ultimi giorni, capendo finalmente, e una volta per tutte, che la sua vita era perfetta com'era, proprio grazie alla presenza rassicurante e solida di Antonia, tutti quei pensieri che lo avevano fatto stare bene si erano frantumati al suolo.

Ed era stata soltanto colpa sua.

Chiuse gli occhi e provò a immaginare il momento esatto in cui Antonia era venuta a conoscenza del suo passaggio al bordello la sera prima. Pensò alla delusione, al dolore profondo e viscerale che lei doveva aver provato. Avrebbe potuto descriverlo con raffinata precisione perché era lo stesso che ora stava provando lui. Maledicendosi, reinterpretava, alla luce dei fatti, i piccoli sguardi sfuggenti e la ritrosia della sua sposa durante quella lunga giornata. Aveva pensato fossero dovuti alla timidezza, al pudore. Erano altro, invece. Così quella domanda, che non avrebbe mai osato fare, che rifuggiva come il peggiore dei mali, cominciò a ronzargli nelle orecchie, a un volume sempre maggiore, fino a diventare assordante. La allontanava, la spingeva affinché si spostasse, affinché non gli stesse davanti agli occhi come uno specchio della verità dentro cui non voleva guardare.

Antonia era di nuovo appoggiata al vetro della finestra, quasi ipnotizzata, muta, gli dava le spalle. Aspettava di sentire la voce di Vittorio, ma non aveva fretta. Aveva paura di quelle parole. Aveva paura di sentirle.

Vittorio era lacerato, senza forze. Improvvisamente stanco. Non riuscì più a reggere lo sforzo di trattenere quella domanda.

«Se questo è quello che pensi, perché mi hai sposato?»

Antonia sentì il cuore battere con un colpo più forte degli altri, per poi martellare con forza agitandole il petto e anche i pensieri. Ecco la domanda alla quale lei stessa aveva cercato le risposte per tutta la notte. Parlò con foga.

«Oh, credimi, sono stata sul punto di annullare tutto fino all'ultimo momento. Mentre mi conciavano così, mentre tutti a casa mi sorridevano e si congratulavano, io pensavo di non venire. Di non entrare in quella chiesa. E poi l'ho fatto. Perché mi chiedi? Perché sono responsabile, perché volevo preservare l'onore tuo, il mio, quello delle nostre famiglie, perché volevo che le chiacchiere sul tuo comportamento venissero zittite, perché i nostri padri hanno stretto rapporti d'affari, perché il frastuono di un matrimonio cancellato il giorno stesso in cui si sarebbe dovuto celebrare, avrebbe fatto più rumore della notizia che lo sposo ha frequentato i bordelli fino alla sera prima!»

Aveva gridato, aveva aumentato il ritmo con cui aveva pronunciato le parole, aveva sputato fuori tutto quello che era rimasto dentro a fermentare, le guance rosse, le vene del collo turgide, non aveva più fiato.

E così Vittorio. Senza fiato. Come se avesse ricevuto un pugno in pancia, come era successo una sola volta in guerra, quando si era trovato in una lotta corpo a corpo con un austriaco ed era finita quasi in un abbraccio in cui entrambi, stremati e con l'affanno, erano rimasti uno sopra l'altro, fermi, a riposare. Si erano poi lasciati andare, senza una parola, senza nessuna violenza. Così quella sera Vittorio rimase fermo, in silenzio, colpito in modo grave, anche se non a morte, da tutte quelle parole.

«Queste sono le ragioni, quindi» disse fermo, la testa bassa, le mani nelle tasche dei pantaloni, l'atteggiamento determinato che usava quando doveva concludere un affare difficile e soppesava attentamente i rischi e i benefici. Si leccò le labbra, torturandole poi tra i denti. Sbottonò il panciotto e allentò la cravatta per stare più comodo.

«Tutte nobilissime ragioni, ma» aggiunse deluso «niente che abbia a che fare con l'amore.»

«Oh, l'amore! Non ci provare, Vittorio! L'amore! Lo stesso amore che hai provato tu ieri sera? Non hai pensato a me ieri sera? Come hai potuto... ah, non riesco neanche a dirlo!»

Le si avvicinò velocemente, la prese con forza per un polso, tirandola verso di sé, costringendola a girarsi.

«Io ho pensato a te sempre. Io penso a te continuamente. Ieri sera ho avuto, per un attimo, solo paura. Ero confuso, ero preoccupato. Ma non ero confuso su di noi! Non lo sono mai stato!»

Lei non gli rispondeva, non faceva domande, non chiedeva. Aveva anche rinunciato a liberare il polso dalla presa di Vittorio. Con la testa girata da un lato, guardava per terra.

«Non voglio negare l'evidenza, non ne ho bisogno. Sono stato tante volte alla villa Kramer, fin da quando ero ragazzo, per... divertimento. Sì, l'ho fatto. Non lo nego. E allora? Non sei nemmeno la prima donna che frequento, lo sai questo, vero?» la guardava negli occhi cercando di leggere qualche risposta che non vedeva. «È importante per te? Per me non lo è. Per niente. Ieri sera la mia debolezza mi ha fatto pensare che una vecchia e ormai abbandonata abitudine mi avrebbe fatto stare bene, ma non è stato così. Sono uscito immediatamente, devi credermi.»

Antonia deglutì. Ora lo guardava, passava da un occhio all'altro, alla bocca, alla fronte, ai denti, al collo della camicia ormai sbottonato che lasciava vedere il punto in cui le clavicole erano articolate allo sterno. Sentiva tanta rabbia, tanto fastidio per come la realtà era stata rovinata. Si liberò dalla presa e tornò alla finestra, come se allontanandosi da lui, dalla distrazione che il suo corpo rappresentava, riuscisse a ragionare meglio.

Provò vergogna per la sua inesperienza. Le passò davanti agli occhi la figura di Elizabeth, mollemente appoggiata al braccio di Vittorio, quella sera dopo il teatro. Si sentì inadeguata, piccola, insulsa. Certo che lo sapeva di non essere stata l'unica. Certo che lo sapeva che lui aveva avuto altre donne prima. E, a dirla tutta, si sentiva lusingata dal fatto che, alla fine, avesse scelto proprio lei. Ma non poteva concepire che queste altre ci fossero state anche mentre c'era lei. Fu sorpresa a sentirlo parlare di nuovo. Sembrava davvero volesse chiarire la sua posizione. Il tono adesso non era più implorante. Ma secco e molto deciso.

«Quanto alla tua *dote*, come la chiami tu, sia ben chiaro che non sono stato io a proporre niente a tuo padre. E se proprio vuoi che sia del tutto sincero, come mi sembra debba essere sincera questa nostra importante conversazione, ecco, è stato tuo padre a decidere per la fusione. Più volte gli ho chiesto di coinvolgerti, di domandarti se fossi d'accordo. Ma lui non voleva distoglierti dai preparativi per questo... matrimonio. Chiediglielo. Vedrai che confermerà tutto.» Si sentiva sotto processo, odiava giustificarsi, ma riottenere la fiducia di Antonia era la sola cosa importante, al diavolo tutto il resto.

Stava in piedi, una mano tra i capelli. Afferrò lo champagne che aveva conservato per quella occasione speciale e che aveva stappato proprio mentre stava aspettando Antonia. Bevve un sorso generoso direttamente dalla bottiglia. Aveva la gola secca.

«Tu dimmi se doveva andare a finire così!» diede un calcio allo sgabello di legno su cui aveva appoggiato la giacca. Si sentiva responsabile. No, per la precisione *era* responsabile di quella situazione. Antonia aveva ragione a essere ferita e arrabbiata. E cominciò a riavvolgersi nei pensieri negativi che la sera prima lo avevano portato a un passo dall'errore. Iniziò quel movimento a spirale della mente che accompagna gradatamente verso il basso, sempre più giù, in un posto buio e senza speranze. Appoggiò la fronte al muro, strinse gli occhi e respirò a fondo.

Antonia lo guardava, prostrato come mai lo aveva visto prima. La schiena solida si muoveva al ritmo del suo respiro.

«Cosa vuoi fare?» le chiese con un filo di voce, senza girarsi, dopo una riflessione che a entrambi era sembrata eterna.

Gli era costato molto farle quella domanda e l'aveva fatta senza aver pianificato una strategia. Lui, che era capace di contrattare, di manipolare le persone per convincerle ad accettare le sue condizioni, adesso era disarmato, messo all'angolo da una realtà che aveva provocato con le sue stesse mani.

Si voltò verso Antonia, pronto a ricevere qualsiasi risposta.

Lei sentì arrivare le lacrime, sentì il bisogno di gridargli quanto l'aveva fatta soffrire. E gridò, piangendo, avvicinandosi a lui e colpendolo con le mani aperte, più per rendersi conto che lui fosse davvero lì davanti a lei, che per fargli male. Vittorio la abbracciò, forte, stringendola e impedendole di muoversi ancora. Aspettò che i singhiozzi si placassero, che il respiro tornasse calmo. Era accaldata, tesa. Le prese il viso tra le mani e asciugò con le dita le lacrime tinte di nero dal trucco ormai sbiadito. «Cosa vuoi fare?» ripeté disperato, appoggiando la fronte a quella di lei, rimanendo in sospeso.

Antonia lo spinse, allontanandolo di nuovo.

Vittorio rimase inerme con le braccia lungo i fianchi, senza altre parole da pronunciare, vinto. La vide sedersi sul letto nascondendo la faccia tra le mani.

Prese la bottiglia e lasciò la camera da letto chiudendo la porta alle sue spalle. Raggiunse la sala, aprì la grande porta di vetro e uscì nel giardino. Si sedette su un gradino e alzò gli occhi verso il cielo ormai scuro della notte del 3 giugno 1923.

Non si può contrastare l'amore

L'amor e la tosse no se pol sconderli

Sentiva freddo, avrebbe voluto prendere la giacca, ma l'aveva lasciata in camera e c'era Antonia là dentro.

Sembrava tutto incredibile, tanto che per un attimo ebbe la speranza di stare sognando. Invece no, era fin troppo sveglio, e tutto era fin troppo vero.

A poco valeva la consolazione che Antonia aveva deciso di sposarlo, che almeno formalmente non lo aveva lasciato. Era stata chiara, le ragioni di quel matrimonio, ormai, erano tutte di circostanza e il futuro che li aspettava, d'ora in poi, sarebbe stato quello di chi recita una parte. Non lo avrebbe mai immaginato, non per loro. E si malediceva perché era stato lui a rovinare tutto in quel modo così brutale.

Si alzò e camminò nel giardino, sentendo l'odore della terra e il rumore dei grilli. Aveva deluso Antonia e aveva deluso anche sé stesso. Il malessere della sera prima, il desiderio di sentirsi forte, vivo, di allontanare l'insoddisfazione con l'illusione, lo avevano spinto a fare il più grosso errore della sua vita. La fiducia di Antonia era persa. Per lei adesso era un uomo meschino che andava a puttane la sera prima del matrimonio. Per lei poco contava che fosse scappato da quell'intenzione. Il fatto stesso che l'avesse contemplata era grave davvero.

Si chiese come avesse potuto, lui per primo, non avere fiducia in Antonia e affidare a lei le sue preoccupazioni. La risposta era che il suo orgoglio gli aveva impedito di raccontarle le sue debolezze. La solita questione del valore che ognuno dà alle cose. Non c'è un giusto o uno sbagliato. Ha importanza solo quello che ognuno sente.

Camminando inciampò in un sasso e imprecò.

Riuscì a rimanere in piedi.

Quella piccola perdita dell'equilibrio, il dolore acuto che sentì alla caviglia, furono efficaci a far eruttare il nervosismo, la rabbia e la tensione che aveva accumulato in quei minuti. Così i ragionamenti diventarono contorti, persero la loro lucidità, vennero fagocitati dall'ira, soprattutto quella verso sé stesso. Concluse che Antonia aveva sbagliato a sposarlo, che avrebbe dovuto lasciarlo andare, libero di sbagliare ancora. Non avrebbe dovuto condannare entrambi a quella finzione. Fin quando sarebbe durata? Il viaggio in nave che aveva programmato si sarebbe potuto fare lo stesso, senza dover rendere conto a nessuno della freddezza tra loro. Ma al ritorno? Come avrebbero fatto? Come avrebbero potuto nascondere la realtà? Si stupì per essersi preoccupato di quello che gli altri avrebbero potuto pensare.

«Non importa quello che penseranno.»

Rientrò e camminò verso la camera da letto, nessuna luce dalle fessure della porta. Aprì piano e rimase in ascolto, nessun rumore. Con gli occhi abituati al buio, scorse la sagoma di Antonia distesa a letto, rannicchiata di lato.

Richiuse la porta, tornò nel salotto e si stese sul divano, guardando ancora il cielo dalle grandi finestre, come se proprio dal cielo potessero arrivare buoni consigli.

Si addormentò esausto e nel sonno trovò un po' di sollievo; si svegliò con le prime luci dell'alba. In pochi secondi ricordò tutto.

Bussò alla porta della camera da letto. Non ricevette risposta, ma entrò lo stesso. Rimase fermo, senza vedere niente. Camminò a tentoni, fino a toccare il bordo del letto, la parte libera, quella che sarebbe dovuta essere la sua. Si distese, affondando la testa sul cuscino e allungando le gambe. Non sapeva dire se Antonia stesse dormendo o se fosse semplicemente in silenzio. Rimase fermo per lunghi minuti, indeciso su quello che sarebbe stato giusto fare. O dire. Sospirò.

«Sei venuto a reclamare la tua sposa?» Il tono era acido e la voce roca.

«Cosa?» chiese sorpreso, i suoni gli morivano in bocca.

«Non funziona forse così?»

Vittorio esitò, attentissimo a non scivolare in considerazioni pericolose.

«Non credi davvero a quello che stai dicendo.»

«Tu dici? E perché non dovrei crederci?»

«Perché tu non ragioni così.»

«E come ragiono?»

«Adesso mi vuoi provocare. Sei arrabbiata e vuoi farmi soffrire. Ma tu non pensi così.»

«E come penso?»

«Tu sei gentile, sei attenta, premurosa. Sei scaltra, sei forte... tu sai capirmi.»

«Oh, tutti questi complimenti?»

«Sì.»

«E cosa manca in questo elenco di qualità, sentiamo. Cosa manca in me da dover andare a cercare altrove?»

«Antonia... smettila.»

«Sono imbranata? Sono ingenua? Sono forse stupida, tonta, una che può essere presa in giro?»

«Tu sei tutto quello che voglio! Tutto quello per cui non mi interessa di continuare con la vecchia vita!»

«E ieri sera sei andato a salutarla, la vecchia vita?»

«Ieri sera stavo per cadere in un grave errore. Ma non sono caduto. Non l'ho fatto. Essere entrato in quella... casa, non ha avuto nessun valore per me.»

«Ne ha uno enorme per me, invece. Come fai a non rendertene conto?»

Non rispose.

«E me l'avevi anche detto che non eri un uomo perbene» continuò Antonia «ti eri anche allontanato da me per capire quanto *non perbene* fossi. Te lo ricordi? Me lo avevi confessato alla festa delle ciliegie. E guarda come siamo adesso.»

«Io sono felice di averti sposato» ammise lui candidamente.

«Ah, sei felice? Davvero sei felice? Non dovresti. Perché non c'è proprio niente di cui essere felici.»

«Adesso basta!» esclamò perdendo la pazienza e alzando la voce per la prima volta. «Se dobbiamo continuare così, allora avresti fatto meglio a non venire, far saltare tutto. Di cosa hai avuto paura? Tanto la gente dimentica. Quanto alle vigne, appena possibile faremo un atto dal notaio perché vengano intestate tutte a te. Ci saranno delle tasse da pagare, ma non importa, le pagherò. Non voglio che tra noi ci sia anche il dubbio che io sia interessato ai tuoi soldi.»

Si alzò dal letto, esasperato. Antonia ebbe un sussulto. Forse stava esagerando?

«Dimmi che senso ha tutto questo» disse lui, allargando le braccia nel buio «stare in una situazione così, impedendoci intenzionalmente di essere felici.»

«Essere felici? E come potremmo essere felici ormai? Trovando qualcun altro?»

«Felici io e te, insieme!»

«Felici, certo. E se un giorno sarai triste o amareggiato, cosa farai? Andrai a cercare conforto da Anna Kramer? Si chiama così, vero, quella... signora? Rosalba l'ha chiamata così ieri sera quando l'ho sentita parlare.»

Vittorio si sentì pugnalato. Allora era così che aveva scoperto tutto. Da una serva. E poi quel nome pronunciato dalla bocca di Antonia lo feriva davvero come la lama di un coltello.

«Si chiama così?» Insistette per mortificarlo. Aveva bisogno di farlo sentire in colpa, ancora.

«Sì! Sì! Si chiama proprio così!» sapeva di meritarlo, glielo concesse. «Si chiama così. E io, Vittorio Stefàncich, te lo ripeto: come il... settanta? Facciamo ottanta percento degli uomini facoltosi scapoli, e non, di questa cittadina ci sono stato. Ci sono stato tante volte. Ho pagato. Capito Antonia?

Ci sono stato. Ma quello stesso Vittorio Stefàncich ti sta dicendo per l'ennesima volta, che ieri sera non ha fatto niente di cui debba pentirsi, se non aver varcato quel maledetto cancello, di esserci uscito pochi minuti dopo e di aver provocato a te una tale sofferenza. Non ci avevo più messo piede, da tantissimo tempo!»

Aveva parlato tutto d'un fiato, quasi senza respirare.

«Da quanto tempo?» chiese lei, colta da una insana necessità di sapere, rimanendo granitica nella sua posizione di giudice.

«Da quando ci sei tu...» rispose, ma lei colse la poca convinzione.

«Da quanto tempo?» ripeté alzando la voce, pretendendo una risposta.

«Dall'arresto di tuo padre.» Ecco, tutto fuori, tutto alla luce del sole.

«Dall'arresto di mio padre?» Antonia ricordò tutto.

«Sì. Tu eri diventata improvvisamente distante, distaccata. Avevo bevuto. Una sola volta, quella volta...»

«Oddio!» disse Antonia coprendosi il viso con le braccia. «*Non sono una persona perbene.* Per questo me l'hai detto quando, come una stupida, sono venuta a scusarmi con te per come mi ero comportata davanti alla caserma!»

Vittorio ringraziò di essere al buio e che la luce che entrava dalla porta e dalle fessure delle imposte fosse sufficiente a distinguere le sagome, ma non i volti.

«Sì» ammise «e sono rimasto distante da te per tutto il tempo che mi è servito a capire che non si può contrastare l'amore.»

«Oh, che gentiluomo.»

«Beh, sì, per quanto possa sembrarti impossibile, credo sia stato un comportamento da gentiluomo. Non volevo che *con te* fosse come con...» si trattenne, non disse *tutte le altre* «...volevo essere certo che non fosse solo la voglia di averti che mi spingeva a cercarti.»

Antonia non riuscì a ribattere con sarcasmo a quelle parole.

Sentirono dei rumori provenire dalla sala da pranzo. Sicuramente la cameriera che stava preparando la loro prima colazione. Rimasero zitti.

Vittorio aveva ancora addosso i pantaloni, la camicia e il gilet del vestito da sposo. Antonia era in camicia da notte. Quando accesero la luce, decisi a una tregua, si guardarono come due animali notturni, sospettosi e cauti.

«Sei molto bella, nonostante tutto» constatò tristemente.

Antonia non rispose.

Rimasero seduti al tavolo della sala senza scambiarsi una parola, rivolgendo solo dei brevi ringraziamenti alla cameriera che li stava servendo. Vittorio dava veloci occhiate alla sua sposa, per studiarne il viso e interpretarne i pensieri. Lei teneva la testa bassa, non aveva toccato cibo. Quella notte era rimasta sveglia fino a quando non era riuscita a sentire chiaramente il rumore della porta che si era aperta e i passi di Vittorio che rientrava in casa, rincuorata dal fatto che non se ne fosse andato. Era sveglia anche quando lui aveva aperto la porta della camera, per richiuderla subito dopo.

Si sentiva stanca, senza forze. Gli scontri con Vittorio l'avevano provata. La conoscenza della realtà l'aveva logorata. E ora si chiedeva quanto sarebbe stato difficile provare ad andare avanti. Quanta fatica le sarebbe costata dimenticare quello che era successo e provare a vivere. Sentiva però di aver già fatto un piccolo progresso, ora era almeno in grado di pensarci.

«Potete andare» disse Vittorio alla donna «grazie. Prendete tutta la giornata per voi.»

«Non occorre preparare niente?» chiese quella, timorosa di perdere il lavoro proprio il primo giorno.

«Non serve, grazie. Partiremo domani, i bagagli sono già pronti. Andate pure.»

La donna ringraziò e uscì svelta. In cucina erano state portate grandi quantità di cibo avanzato dalla festa della sera prima. Non avrebbero avuto bisogno di cucinare.

Appena sentì chiudersi la porta sul retro, Vittorio guardò Antonia e si sforzò di parlare in modo naturale, per spiegarle ciò che aveva appena detto alla cameriera. Era abbattuto.

«Avevo organizzato un viaggio per noi due. Per quanto adesso possa sembrarti rivoltante l'idea di partire con me, almeno non saremo qui sotto gli occhi di tutti e avremo tempo di... abituarci.»

Si alzò, senza badare al tovagliolo che era caduto dalle sue gambe ed era finito per terra.

Antonia alzò la testa, lo seguì con lo sguardo fino a quando lo vide entrare nello studio e chiudere la porta alle sue spalle.

Respirò a fondo, stringendosi forte le tempie con le mani. Cercò di smettere di ragionare razionalmente e di ripensare a tutto come se fosse la sé stessa di una settimana prima. Di due giorni prima, sarebbe stato sufficiente. Allora non esistevano dubbi. Solo le immagini dei momenti felici che avevano vissuto, delle cose belle che Vittorio aveva fatto per lei e per la sua famiglia.

Dopo il matrimonio aveva risposto a tutte le sue domande, si era sottoposto al suo giudizio, senza tirarsi indietro. Aveva accolto le critiche, tutte, aveva incassato anche le provocazioni. Senza paura aveva confessato le sue debolezze e confermato le sue convinzioni. «Non si può contrastare l'amore» aveva detto, e lo aveva fatto senza essere patetico. Le tornarono in mente anche le parole della signora Stefàncich «dille che la aspetto». Non era caduto in errore, anche se ci era andato vicino. Non lo aveva fatto.

Sentì di averne la forza, così si alzò dalla sedia e percorse la sala da pranzo, proseguì fino allo studio. Appoggiò la fronte alla porta chiusa, chiedendosi che cosa avrebbe dovuto dire. Non lo sapeva. Le gambe l'avevano portata davanti a quella stanza senza che vi fosse un progetto. Era stato un desiderio istintivo.

Bussò piano, ma lui non rispose.

Aprì la porta, entrò e lo vide seduto di spalle nella sua poltrona rossa. Era la vecchia poltrona di pelle che aveva sempre tenuto accanto al tavolo del padrone del circo, e che aveva voluto portare in quella casa. L'aveva messa accanto al camino, nuovo di zecca e pulitissimo, che aspettava l'inverno per essere acceso. La stanza aveva ancora l'odore della cera d'api con cui erano stati lucidati gli scaffali e i mobili.

Antonia si avvicinò. Vittorio l'aveva certamente sentita, ma era rimasto fermo, di spalle, senza girarsi, senza parlare.

Lei si appoggiò al camino, non c'era alcuna differenza di temperatura tra le sue mani e il marmo. Era tesa, nervosa. Cercò di frugare con lo sguardo e di trovare quello di Vittorio, che si girò dall'altra parte nascondendo il viso e le sue emozioni.

Antonia non riuscì a vedere i suoi occhi che guardavano nel vuoto, mentre rifletteva, visibilmente provato. Vestiva un completo beige, una camicia azzurra con sottili righe bianche, la cravatta perfettamente annodata. Si era sistemato prima della colazione.

Antonia aspettò ancora, prima di parlare, cercando una domanda da fare, qualcosa da dire. Niente sembrava appropriato.

«Cosa c'è?» sussurrò dopo essersi schiarito la voce, venendole in aiuto, come faceva sempre.

«Hai detto che dobbiamo partire...» La prima cosa che le venne in mente, la più neutra, la più stupida per intraprendere una nuova conversazione.

Vittorio annuì lentamente, senza fare una smorfia.

Antonia si spostò verso la finestra, per trovarsi in una posizione che le permettesse almeno di guardarlo in faccia. Lui continuava a tenere la testa bassa, il mento appoggiato a una mano, le gambe accavallate.

«Per dove?» continuò lei.

«Non ha importanza. Si può annullare. Occorrerà solo trovare una scusa credibile. Ci devo pensare.» Respirò a fondo, guardando in alto. Poi appoggiò la testa allo schienale della poltrona, chiudendo gli occhi e le comunicazioni.

Lei comprese l'intenzione e si avviò delusa verso l'uscita.

«Si può annullare tutto...» aggiunse Vittorio con fermezza, ma con poca voce, quando fu sicuro che lei si fosse allontanata abbastanza alle sue spalle, non ce l'avrebbe fatta a dirglielo in faccia «...anche il matrimonio.»

Furono parole difficili, che pronunciò dopo aver riflettuto. Era stata Giulia una volta a dirgli che esisteva quella possibilità, attraverso una pratica da istruire presso la Sacra Rota.

«Cosa hai detto?» gli chiese Antonia tornando sui suoi passi, credendo di aver capito male.

«Hai sentito.» Aveva risposto col tono di chi non aveva più speranze, non intendeva più combattere per farsi valere e si era arreso.

Antonia lo raggiunse, si mise di fronte a lui, costringendolo con la sua presenza ad aprire gli occhi: erano rossi, gonfi, come quelli di chi trattiene le lacrime. Vittorio fece resistenza quando lei gli prese il viso tra le mani obbligandolo a guardarla.

«Cosa hai detto?» ripeté con più forza.

«Ho detto quello che credo sia giusto. Per te. Non devi piegarti a una vita infelice solo per senso di responsabilità. Hai preso la decisione sbagliata. Non ha importanza quello che penseranno i tuoi genitori, i miei o la gente. Devi essere libera e devi essere felice.»

Si tolse dalla presa di Antonia e riprese la posizione di prima, con la testa appoggiata indietro sullo schienale e gli occhi chiusi. Aveva detto tutto, con coraggio, non preoccupandosi di quella che sarebbe stata la sua sofferenza.

Aveva la fronte aggrottata, gli occhi stretti, le labbra serrate e Antonia poteva percepire la sua tensione, il dolore. Il pomo d'Adamo si mosse quando deglutì, poi Vittorio rimase fermo, come fosse profondamente addormentato.

Si allontanò da lui, avvertendo ancora sulle mani la sensazione della pelle appena rasata del suo viso. Un profondo senso di angoscia si impadronì di lei. Sembrava che tutto stesse crollando.

Omnia vincit amor

Dove xe l'inocenza ghe xe la providenza

Nessuno aveva osato disturbare gli sposi nel primo giorno dopo il matrimonio. Tutti li immaginavano immensamente felici, nella loro nuova casa, in procinto di partire per un viaggio meraviglioso che Vittorio aveva pianificato con cura grazie alle indicazioni che aveva raccolto dai nuovi clienti siciliani.

L'unica che pensava a loro con apprensione era la signora Stefàncich. Solo lei sapeva cosa davvero quei due stessero attraversando, quanto sarebbe stato difficile ritrovare la pace. La scelta di Antonia di non annullare il matrimonio le era già sembrata un miracolo. Un evento straordinario per cui la mattina dopo si era precipitata in chiesa alla messa delle otto a pregare e a ringraziare Dio. Aveva pregato però chiedendo anche altri aiuti, affinché tutto potesse appianarsi. *Omnia vincit amor*, continuava a ripetersi, certa che quello tra Vittorio e Antonia fosse un grande amore: non avrebbe dovuto faticare tanto il Signore Iddio a risolvere quel piccolo disguido.

Antonia si era lasciata scivolare con la schiena lungo la porta dello studio che aveva appena chiuso alle sue spalle ed era rimasta seduta per terra sentendosi esausta. La rabbia non era sparita, ma si era affievolita, il risentimento verso Vittorio anche. Vederlo così provato e arreso l'aveva fatta riflettere più di ogni spiegazione; senza volerlo le aveva dimostrato quanto grande fosse la sua afflizione. E adesso le sembrava di aver esagerato nel provocarlo, anche quando lui era stato sincero e le aveva candidamente detto che era felice di averla sposata. Forse aveva tirato troppo la corda, forse avrebbe dovuto riflettere prima di parlare. Ma il desiderio di colpirlo per ripagarlo delle ferite che lei aveva ricevuto era stato grande.

In quell'esatto momento si rese conto che per tutto il tempo in cui aveva messo in dubbio l'onestà di Vittorio, mai aveva pensato davvero al fatto che lui non ci sarebbe più stato nella sua vita. Non si era mai figurata davvero che, se avesse mandato a monte il matrimonio, non l'avrebbe più visto, non gli avrebbe più parlato, non sarebbe più stata in silenzio assieme a lui e non avrebbe potuto più chiedergli consiglio. In tutto il tempo in cui era stata profondamente addolorata, arrabbiata, delusa e ferita, si era sempre concentrata su come fargliela pagare, su come farlo soffrire tanto quanto stava soffrendo lei. Ma mai aveva pensato davvero di cancellarlo dalla sua vita. Così riuscì a realizzare che la decisione di sposarlo non era stata dettata solo dalle circostanze formali che la sera prima gli aveva sputato in faccia, ma che quelle erano soltanto il contorno.

Giunta a questa consapevolezza, si alzò in piedi, si pulì il viso bagnato di lacrime con le mani. E rientrò nello studio.

Vittorio era ancora seduto. Immobile.

«Io non voglio annullare questo matrimonio» dichiarò perentoria.

Stava dritta, nella sua camicia da notte di seta e pizzo che le cadeva addosso come se fosse stata un vestito da sera.

Vittorio non si mosse, rimase di spalle.

«E non voglio annullare il nostro viaggio.»

Vittorio, dopo una lunga pausa, rispose con cautela, quasi scettico, soffiando l'aria in un sorriso sottile: «E dimmi, cos'è che vuoi?»

Lo aveva detto come se fosse stata una delle sue negoziazioni, come se in quel momento stesse valutando se accettare o meno una proposta; il tono non era accogliente, ma piatto, quasi di sfida.

Antonia non aveva scampo. Quella domanda prevedeva una risposta chiara, precisa, univoca. Le incuteva soggezione quella nuova versione di Vittorio, che rimaneva distaccato, senza nemmeno girarsi a guardarla, ad aspettare che lei rispondesse. Questa volta non le stava venendo incontro leggendole i pensieri e anticipando le sue parole. Questa volta rimaneva in silenzio. Sarebbe stato così, dunque, non averlo più nella sua vita. Lo avrebbe incontrato e avrebbe trovato davanti a sé un uomo severo e risoluto, che non avrebbe più ritenuto opportuno esprimerle la sua cortesia e la sua gentilezza. Solo la formale correttezza. Lo avrebbe potuto vedere ancora a teatro a Trieste, o al varo di una nave al cantiere. Di certo non sarebbe più salito sul Carso apposta per lei, non avrebbero continuato a lavorare assieme, non sarebbe stato possibile immaginare un'altra vendemmia, o un altro giro in macchina, un altro amore. Era pronta a questo?

Si avvicinò alla poltrona. Lui evitò ancora il suo sguardo, ma non poté evitare di sentire il suo profumo e tutto quello che gli evocava.

«Vorrei che mi guardassi.»

«Dai smettiamola» le disse sforzandosi «sono stanco. Ho detto quello che dovevo dire. Mi sono scusato. Mi sono pentito di un pensiero sbagliato che ho avuto. Sono un uomo imperfetto, uno stupido uomo imperfetto. Lo so. Però smettiamola di giocare, di girarci intorno. Ieri sera hai detto che sono state le circostanze a spingerti in chiesa. E nient'altro. Quindi sarei un uomo ancora più stupido e ancora più imperfetto se ti lasciassi andare avanti in questo progetto folle di passare la vita con me solo perché credi di doverlo fare. Te lo dico io: non lo devi fare. Non era questo quello che avevo immaginato per noi due. Così non ha senso.»

Continuava a guardare altrove. Cercando di usare tutta la maturità e la forza d'animo di cui credeva di disporre.

Antonia tratteneva il fiato. Il tono calmo, ma distaccato era una lama.

Lui inspirò forte ed emise l'aria dalla bocca con un suono che a lei era sembrato un lamento.

«Davvero non ha senso?» Si accorse di averlo chiesto in modo quasi implorante.

«Così, no.»

«Non ha senso?» Era incredula.

Lui non rispose, immobile a guardare il niente.

Antonia sentiva arrivare le lacrime, lo sconforto. La paura. Ma si fece forza e cercò di parlare senza tradire l'emozione.

«Ero molto arrabbiata e ferita. Ero a pezzi. Avevo appena saputo che tu non eri quello che io avevo sempre immaginato tu fossi! È stato sconvolgente, Vittorio!»

Lui annuì di nuovo. Cercava di mantenere le distanze, ma sentiva tutto il dolore di Antonia come se fosse il suo.

«Volevo ferirti, umiliarti, farti stare male. Volevo che tu soffrissi quanto stavo soffrendo io!» Lei parlava con enfasi, con la voce che tremava, cercando di convincerlo di qualcosa di cui lei stessa si stava convincendo in quel momento.

«E adesso? Sei qui a piangere...»

«Non sto piangendo.»

«Allora, va bene, sei qui a spiegarmi che cosa? Che sono di nuovo quello che avevi sempre immaginato io fossi?»

«Che non voglio cancellare questo matrimonio. Che voglio fidarmi di te.»

«Ben gentile!» Il sarcasmo lo aiutava a tenerla lontana.

«Sì. Sono gentile. Certo che sono gentile.» Alzò la voce, lui sembrò infastidito.

«Non gridare.»

«Grido quanto serve, invece! Ti stai comportando ora come se fossi io a dovermi far perdonare qualcosa.»

Vittorio pensò che avesse ragione. Rimase zitto, incerto su cosa fosse appropriato dire, o fare. Ormai non sapeva cosa fosse giusto, non più.

«Possiamo parlare guardandoci in faccia?» gli chiese.

Obbedì e vincendo l'orgoglio girò la testa verso di lei.

Era vicina, i capelli dietro alle orecchie, la camicia da notte di seta bianca scivolava sul suo corpo seguendone perfettamente la sagoma e lasciava intravedere con studiata maestria attraverso il pizzo finissimo, piccole parti della pelle del petto.

Si guardarono avidamente, interpretando ogni dettaglio senza bisogno di spiegarlo con le parole.

Di nuovo Vittorio non riuscì a sedare il suo istinto, il suo senso di protezione per la donna meravigliosa che aveva davanti e che aveva scelto con tutto sé stesso.

«Mi dispiace tanto» aveva sussurrato mortificato, come fosse il punto di un discorso lunghissimo ormai esaurito.

Antonia era dibattuta tra il desiderio di abbracciarlo e stringerlo forte per consolarlo e aiutarlo a placare la sofferenza, e la volontà di trattenersi per chiarire ancora.

Ma nella lotta tra il cuore e la mente vinse l'amore, e lei si sedette sulle sue ginocchia, prendendogli il viso tra le mani e avvicinandolo a sé. Affondò il naso nei suoi capelli, che erano ancora umidi dal bagno di quella mattina e profumavano di pulito.

E Vittorio, dopo una iniziale esitazione, si fece cullare da quell'abbraccio in cui si sentiva finalmente rassicurato; un po' titubante avvolse le braccia attorno ai fianchi di Antonia, e poi la strinse forte. Se avesse potuto mettersela sotto alla pelle lo avrebbe fatto.

La gente non cambia

Comanda chi pol, servi chi devi

Rosalba non dormì la notte dopo il matrimonio di Antonia. Non un solo minuto.

Era rimasta con gli occhi spalancati a guardare il soffitto al buio su cui le sembravano proiettate, come al cinema, le immagini di quella giornata. Aveva indossato il vestito rosa chiaro e la Nilde l'aveva aiutata a sistemarsi. Si sentiva euforica, eccitata. Aveva lasciato la casa dei Pàhor insieme alla padrona, alla cuoca, a Milo, Darja e la loro figlia camminando per il breve tratto fino alla chiesa. La signora Pàhor stringeva mani, riceveva abbracci, salutava le persone che arrivavano e le faceva entrare, a sedersi, tutti un po' stretti, sui banchi della piccola chiesa. Lei e la Nilde erano rimaste sul sagrato, a guardare la gente arrivare. Stavano dritte, composte, tenevano il mento alto, le spalle all'indietro.

La Nilde osservava tutti, i vestiti delle signore, i gioielli, le scarpe, le pettinature, le piccole borse a mano, gli uomini eleganti con le giacche che sembravano *piturade*, dipinte, perfette. La *bella gente*, li chiamava. Osservava e pregava che tutto andasse per il meglio quel giorno. Che la sua Antonia potesse avere lo sposalizio che meritava. Si era pentita di essersi sfogata con la sua aiutante dicendole quello che aveva sentito la sera prima. Era rimasta così male che aveva sentito il bisogno di dirlo a qualcuno e certo non poteva farlo con la signora Pàhor, come faceva sempre quando c'era qualcosa che non andava. Ma sapeva di aver sbagliato. Si augurava solo che la cameriera avesse tenuto il becco chiuso e non avesse detto niente a nessuno. Guai se Antonia lo avesse mai saputo. Guai. Ci aveva pensato quella notte e tanto. In fin dei conti Vittorio Stefàncich era perfetto per la sua Antonia, se ne era convinta. Bisognava solo avere la forza di non fissarsi su quel particolare, si sa come son fatti gli uomini. Bisogna saperseli tenere. Mica come aveva fatto lei, che era rimasta zitella perché non si accontentava mai.

Rosalba invece davanti alla chiesa quella mattina aveva aspettato che arrivasse una sola macchina scura. Aveva aspettato l'arrivo di Giacomo e di Flora come fosse una sfida. Era stata curiosa di vedere cosa avrebbe provato a incontrare di nuovo la signora Ledri, ora che Giacomo non era più solo suo. Aveva trattenuto il fiato quando li aveva visti arrivare e aveva sentito il cuore battere più veloce. Flora era elegantissima, con un abito color glicine e una veletta chiara a coprirle il viso ed era entrata subito in chiesa raggiungendo l'altare, era la testimone della sposa. Giacomo, invece, si era trattenuto per qualche minuto con la signora Pàhor e Rosalba era stata certa che lo avesse fatto per guardare lei. L'aveva vista, infatti, l'aveva notata subito e si era augurato che fosse capace di mantenere un comportamento adeguato. Avrebbe iniziato a lavorare da loro nell'appartamento di Trieste la settimana successiva e questo matrimonio sarebbe stato l'occasione di una prova generale. Se avesse dimostrato di non essere affidabile, non certo nella pratica dei suoi servizi domestici, ma in quella di mantenere il contegno che lui si aspettava, l'avrebbe liquidata. Le avrebbe dato una buonuscita e l'avrebbe licenziata.

Rosalba, innamorata com'era, era pronta a compiacere anche Flora, pur di soddisfare Giacomo. Così si era limitata a sospirare, quando lui le era passato accanto senza degnarla di uno sguardo e nel farlo aveva inalato il suo profumo pungente che le era rimasto nel naso. Lo aveva visto stringere la mano allo sposo, vicino all'altare, nei minuti che avevano preceduto l'arrivo della sposa. Lo aveva seguito con lo sguardo mentre salutava i signori Stefàncich e poi prendeva posto, alto e sicuro. Non poteva evitare di ricordarlo accaldato, spettinato e senza occhiali, nella sua macchina, qualche giorno prima, quando lei cercava di abbassarsi la gonna, arruffata sopra le cosce e lui le aveva chiesto di lasciargli guardare ancora le gambe nude.

Era riuscita a sfiorarlo, colta da un attimo di incontrollabile coraggio, solo nel pomeriggio, alla festa alla Stradella Verde, dove tutti si erano spostati dopo la celebrazione, mentre aspettava che gli venisse riempito un bicchiere di vino, prima di prendere posto a tavola. Nascosta dalle persone accalcate davanti al tavolo dei vini, aveva approfittato della situazione favorevole e gli aveva toccato la mano. Aveva sfiorato il mignolo destro, quello in cui portava il suo anello piatto con la corniola incastonata. Ledri non si era accorto di lei e quando aveva sentito il suo dito stretto nella mano di qualcuno si era ritirato istintivamente e, voltandosi di scatto, l'aveva fulminata con gli occhi. Lei allora aveva lasciato immediatamente la presa, dispiaciuta, umiliata. Non li aveva visti nessuno, nessuno poteva essersene accorto, era stata attenta. Non ci sarebbe stato bisogno di reagire così.

Si era allontanata, sola, visto che la Nilde era occupata in cucina per aiutare le cuoche degli Stefàncich. Lei era stata invitata a sedersi a tavola, assieme a Milo e alla sua famiglia.

Appena preso posto si era accorta che, nascoste dalla tovaglia bianca e lunga fino a terra, proprio dove doveva sedersi lei, c'erano le gambe unite di due tavoli adiacenti. Stava scomoda, si muoveva continuamente per trovare una posizione che immancabilmente non trovava, non sapeva dove mettere le sue di gambe, avvolte dal vestito nuovo. Non sapeva nemmeno dove mettere le braccia, le mani. Era stata solo una volta a un banchetto di nozze, ma aveva quattro anni ed era il matrimonio della zia Licia, la sorella di suo padre, quella che poi era emigrata in Canada prendendo il transatlantico a Trieste poco prima della guerra. Non certo il matrimonio di *gente fina*, non certo il matrimonio degli Stefàncich. Allora si era guardata intorno, Darja non era certo un buon esempio da seguire, così aveva scelto di concentrarsi su quelle signore sedute quattro posti più in là, che le sembravano eleganti e, aveva sentito, venivano da Trieste. Come loro aveva appoggiato il suo tovagliolo sulle gambe ed era rimasta in silenzio.

Aveva una buona visuale di Giacomo e Flora, poteva spiarli dalla sua posizione, senza che nessuno se ne accorgesse. Era stata sollevata dal non riconoscere mai tra loro gesti di particolare affiatamento. Ci fosse stata lei, vicino al suo Giacomo, tutti avrebbero invidiato la loro intesa. Ne era certa. Flora era sorridente, composta, una signora vera. Lui aveva parlato con gli uomini che gli stavano vicino e che, era evidente, gli si rivolgevano con il riguardo che si deve a una persona importante. Rosalba, vivendo la realtà come fosse stata la fantasia in cui si cullava negli ultimi mesi, si era inorgoglita pensando a quello che solo lei e Giacomo conoscevano, sentendosi speciale.

Questi pensieri ebbero per tutta la giornata l'effetto benefico di sottrarla al pensiero di Antonia. La soddisfazione che aveva provato la sera prima nel sapere che Vittorio Stefàncich aveva visitato il bordello e che l'aveva ripagata di anni di fastidi era sfumata, passata in secondo piano. Aveva la certezza che la vita della giovane signora Stefàncich, come ormai si sarebbe chiamata Antonia, sarebbe stata segnata per sempre da tradimenti e delusioni e questo pensiero la consolava. Sarebbero bastati solo pochi mesi, forse la nascita di un figlio, e poi di nuovo si sarebbe parlato di Vittorio Stefàncich e delle sue conquiste. La gente non cambia, si diceva Rosalba.

Era tuttavia meno severa verso sé stessa e soprattutto verso Giacomo Ledri. «La gente non cambia» non valeva per loro. Non valeva per lui. Si era convinta che il loro rapporto speciale viaggiasse trasversale, sopra alle teste delle opportunità, delle posizioni sociali, delle carriere, dei matrimoni. Niente era così incondizionato come il loro amore. Come il *suo* amore. Scordava di cogliere, vittima di una specie di negazione messa in atto inconsapevolmente per non soffrire, gli infiniti indizi che portavano a una unica e sola conclusione: in quella avventura stava viaggiando da sola, a velocità altissima, verso una ignota destinazione con le valigie cariche di sofferenza.

Giacomo Ledri, infatti, continuava a pensare a sé e ai suoi soli obiettivi. Il successo in politica e la prospettiva di sedere tra i seggi del parlamento a Roma erano il motore che lo spingevano a lavorare alacremente tessendo reti di amicizie, di conoscenze, di affari. Flora, che dal canto suo rappresentava la perfetta moglie alto borghese, ricca e mite, non era un limite o un ostacolo alle sue ambizioni, ma lo aiutava a inserirsi con sempre maggior radicamento nei salotti triestini. Poteva ormai contare su una certa quantità di voti assicurati che, col tempo, non sarebbero potuti che aumentare. Bastava avere pazienza e continuare così.

Il tempo che prevedeva per Rosalba era quello del piacere. Quello rapido e frettoloso rubato alla facciata della vita reale. Troppo disdicevole frequentare i bordelli, troppo volgare accompagnarsi alle prostitute di via Cavana, troppo costoso mantenere un'amante, come facevano molti dei suoi colleghi. Impossibile rinunciare ai vizi di sempre. La gente non cambia, appunto. E Rosalba era lì, presente, accogliente, disponibile, sana, pulita e fedele. Cosa di non poco conto. Pianificava tutto, Giacomo, anche questo. Niente doveva frenare il suo progetto. Niente doveva mettersi di traverso tra lui e il suo futuro.

Alla fine del pranzo di nozze degli Stefàncich, infatti, abbandonò la festa in anticipo. Da solo. Flora sarebbe stata accompagnata a casa dai suoceri. Era tutto programmato, già aveva perso le giornate intere di venerdì e sabato per via di questo matrimonio. Ma proprio non aveva potuto evitarlo, Flora avrebbe fatto storie, anche se era stato tentato di dare *forfait*.

La questione era semplice: c'era il duce. Era stato a Padova, proprio quel venerdì 1° giugno, aveva parlato all'università e poi aveva presentato il primo congresso femminile delle tre Venezie. Il sabato era stato a Rovigo e anche quell'appuntamento Giacomo se lo era perso. Non restava che Venezia, lunedì 4. E non mancò.

Nella sala meravigliosa del Gran Consiglio al palazzo Ducale era seduto in decima fila. Le aveva contate: la decima fila andava bene. Quelli nella nona, ottava e fino alla quarta fila erano tutti uomini con ruoli più alti del suo, non avrebbe potuto ambirvi. Dietro di lui continuava a riconoscere i volti di persone prestigiose. La decima fila andava più che bene. Suo padre gli aveva insegnato di badare a tutto. A tutto. Anche quando si metteva seduto, doveva pensare, soppesare, ragionare. Sorrise tra sé quando ricordò di aver prestato attenzione alla posizione anche a quella prima assemblea del Fascio, in cui tutto era cominciato.

Ascoltò ogni parola, come un innamorato che pende dalle labbra del proprio caro.

Sentì parlare con convinzione di razza italiana, delle camicie nere intese come una nuova milizia che non rappresentava più solo un partito, ma una «coscienza nazionale». E poi aveva applaudito quando Mussolini aveva detto che i bambini erano «la primavera della nostra stirpe, l'aurora della nostra giornata, il segno infallibile della nostra fede». Mai aveva pensato ad avere figli, mai. Fino a quel momento, almeno. Ma ora sembrava che fosse proprio così, che il duce avesse ragione e che quello spettacolo fatto in suo onore dai bambini veneziani, avesse risvegliato in Giacomo il desiderio di una famiglia, per aderire appieno all'immagine del fascista perfetto. Doveva pensarci seriamente. Per la prima volta sentì parlare della necessità di espandere la «nazione proletaria prolifica, intelligente, saggia e laboriosa». Si guardò le scarpe quando Mussolini fece ancora riferimento alla guerra, ai caduti del San Michele, al «privilegio supremo della morte e della gloria» tale per cui «quelli che non vi furono, vorrebbero esservi stati». Questo no, che ci sarebbe voluto essere stato in guerra Giacomo non lo aveva mai pensato. Per la verità la questione lo imbarazzava, così evitava accuratamente di entrare nell'argomento guerra in tutte le conversazioni che aveva con i colleghi di partito. E se proprio ne era costretto, ecco sì, quando era stato costretto dalle circostanze, sì, aveva mentito. Aveva detto che il suo più grande desiderio sarebbe stato di servire il suo Paese, ma che purtroppo, la sua salute cagionevole glielo aveva impedito. Avrebbe potuto fare egregiamente il suo lavoro anche senza quella esperienza, ne era certo.

Un altro inizio

Dal destin no se ghe scampa

Il piroscafo partì puntuale e Rosalba rimase in poppa a guardare la costa che si allontanava anche quando gli altri passeggeri erano entrati nelle loro cabine. Lasciava tutto, ma in realtà non lasciava niente. Ciò che aveva lo portava con sé. La valigia con i pochi vestiti non era preziosa, la busta coi soldi nascosta nella scarpa come fosse una suoletta si sarebbe potuta anche perdere, mentre quello che aveva dentro non si sarebbe staccato da lei per almeno altri sei mesi. Era incinta, stava diventando la madre del figlio di Giacomo Ledri e stava partendo.

Osservava per la prima volta la sua terra da lontano, dal mare, si accorse di non saperla riconoscere. Man mano che la nave prendeva il largo e la prospettiva si allargava, capì che, in una sola occhiata, senza dover muovere la testa, poteva vedere Monfalcone e Trieste insieme, piccole. Fu in quel momento che avvertì davvero tutta l'immensa solitudine che fino ad allora, impegnata dai preparativi, aveva ignorato. Fu in quel momento che sentì il desiderio di correre dal capitano della nave, ovunque fosse stato, per implorarlo di tornare indietro, di farla scendere, di farla tornare a casa. Ma il piroscafo continuava ad allontanarsi e della sua Monfalcone e del Carso non poté che immaginare la posizione laggiù, su quella riga di costa che aveva un colore azzurrino, quasi fosse mare e che presto non fu più in grado di distinguere.

Rimase ancora là fuori, anche quando si fece buio e l'aria

diventò fredda. Guardò in basso, il mare era nero, profondo. Il mare era la sua strada adesso.

Fu grazie alla signora dello Scalone, a cui Giacomo ebbe il coraggio e la sfacciataggine di chiedere un favore, che Rosalba poté viaggiare in una cabina della seconda classe con così poco preavviso.

Giacomo era stato veloce.

Vide Rosalba dalle finestre del suo ufficio al direttorio per caso, mentre aspettava l'inizio di una riunione e non aveva niente da fare. Insicura, osservava l'entrata del palazzo rimanendo dall'altra parte della strada. Era stata una fortuna accorgersene in tempo, pensava Giacomo, mentre scendeva velocemente le scale per intercettarla prima che lo mettesse in ridicolo.

Attraversò la strada e la raggiunse, la prese per un braccio e la spinse lontano da chiunque potesse vederli. Lei gli aveva sorriso, ignara del vero motivo per cui si era precipitato a raggiungerla.

Gli parlò contenta, senza badare al fatto che lui non la invitasse a salire e la tenesse nascosta dietro l'angolo, in piedi su un marciapiede. Immaginava che lui accogliesse quella notizia come fosse stata non solo la migliore della giornata, ma della vita. Lo guardava e sorrideva, sorrideva e con gli occhi chiedeva che sorridesse anche lui. Era come se lo incitasse a farlo.

Non ebbe soddisfazione. Giacomo Ledri reagì con freddezza, con fastidio, con il dispiacere di dover risolvere un altro problema. Non sorrise mai. Tenne la fronte aggrottata, la bocca stretta, le mani in tasca. Si guardò bene dal toccarla, quasi potesse venir contagiato anche lui da quella malattia, così considerava quella gravidanza. Non era certo da lei che avrebbe avuto un figlio. Per un attimo ebbe la tentazione di riversarle addosso la rabbia che provava, gli venne quasi voglia di darle la colpa, di insultarla per la scarsa attenzione che aveva avuto, per il pasticcio che aveva combinato, per il rischio a cui l'aveva sottoposto. Si trattenne, guidato da quel che era rimasto, dentro di lui, del senso di opportunità, la pietà non era contemplata. Nemmeno l'affetto, figuriamoci l'amore.

«Troverò una soluzione. Adesso devo andare.» E si allontanò veloce, lasciandola sola e muta, sul marciapiede, appoggiata con la schiena al bugnato del palazzo, l'unico sostegno che aveva ricevuto. Rosalba si sentiva come se fosse stata sotto il tiro di un plotone di esecuzione. La consapevolezza della realtà, che per tanti mesi aveva voluto celare a sé stessa e che con tanta caparbietà era riuscita a ignorare, sorse di colpo dal mare e la investì come un'onda gigantesca dalla quale non poteva sottrarsi né fuggire. Fu travolta da un'immensità di verità, di disperazione, di rabbia, di paura, di prostrazione. Si fece forza, come sempre, dopo un tempo che non avrebbe potuto quantificare e ritornò sui suoi passi, passando di nuovo sotto al palazzo del direttorio, guardando in alto verso quelle finestre sconosciute che nascondevano, dietro ai vetri ondulati, il viso teso di Giacomo Ledri. Finché guardò in alto sperando di vederlo ancora, gli occhi rimasero asciutti, ma appena rivolse lo sguardo per terra, per controllare dove stava mettendo i piedi, le guance si rigarono di lacrime grosse e silenziose, che scrivevano sulla pelle del suo viso, con l'inchiostro trasparente del dolore di cui erano fatte, che il suo destino era segnato per sempre e che si sentiva perduta.

Vagò perdendosi tra le strade del centro. Camminò senza una destinazione, fino a trovarsi sul Ponte Rosso, che doveva il suo nome al colore della vernice che lo ricopriva fin da quando era stato costruito. Lo attraversò e passò sull'altra sponda del Canal Grande, il braccio di mare che dalle rive raggiungeva la chiesa di Sant'Antonio Taumaturgo. Si fermò, per un attimo, distratta da un *rèfolo* di bora che le aveva sollevato un po' la gonna. Alzò il viso e guardò avanti, percorrendo con gli occhi la lunghezza del Canal Grande, illuminato di arancione dal sole che cominciava a inchinarsi verso il tramonto in quel pomeriggio settembrino. Fu travolta dalla bellezza della luce riflessa sull'acqua del mare che fluiva lungo il canale, dalle sfumature di rosa che si appoggiavano come un velo leggero sui palazzi. Il vento le portò al naso l'odore del salso, mescolato a quello del pesce, ne fu infastidita. Fece qualche passo e i tacchi delle sue scarpe sbatterono sui *masègni*, i grandi blocchi di pietra poggiati a terra con un decoro a spina di pesce della piazza del Ponte Rosso. Era ignara di trovarsi in un luogo che era stato un'antica salina che l'imperatrice Maria Teresa aveva ordinato di bonificare per far spazio alla città nuova, il Borgo Teresiano.

Si avvicinò alla fontana *del Giovanìn*, quella in cui un putto sputava l'acqua che arrivava proprio dall'acquedotto di San Giovanni.

Rosalba immerse la mano nella vasca, tenendo le dita ben aperte e guardandola come se la stesse vedendo per la prima volta. A causa dell'acqua fresca, la pelle sembrava ancora più bianca, le vene blu scomparivano e diventavano piccoli segni quasi invisibili.

Sentì il suono stridulo di un fischietto e poi vide una guardia uscire dal suo chiosco e venirle incontro.

«Andate via da lì! Non sporcate l'acqua!»

Quelle parole dette ad alta voce avevano attirato anche l'attenzione dei passanti e Rosalba, imbarazzata, tolse subito la mano, asciugandosela sulla gonna.

«Scusate...» disse piano, prima di sgambettare lontano dalla guardia e dalla vergogna.

Camminava svelta, passando a fianco del tempio dei serbi ortodossi; non guardò in alto verso le cupole azzurre che sembravano ancora più belle nell'atmosfera rosa e arancione del tramonto. Guardava per terra, e camminava.

Passo dopo passo la disperazione iniziò a sfumare, lasciando spazio alla rabbia. Così il ritmo della camminata diventò più sicuro. Ora aveva una meta.

In pochi minuti si trovò di fronte alla casa di Giacomo Ledri, decisa a salirci e a pretendere il rispetto che sentiva di meritare. Avrebbe detto tutto anche a Flora, mettendo finalmente Giacomo davanti alle proprie responsabilità. Oh, certo che lo avrebbe fatto. Non si sarebbe lasciata mettere da parte, non per una questione importante come quella della gravidanza.

Respirò a fondo, riempì i polmoni e trattenne l'aria, aspettando il momento giusto per cominciare quella battaglia.

Proprio mentre organizzava i pensieri e ascoltava il ritmo del suo cuore aumentare senza sosta, vide che il portone del palazzo dei Ledri si aprì. Uscì Flora, assieme alla madre.

Rosalba sentì un colpo nel petto, come fosse stato un pugno che la portava alla realtà. Le osservò mentre proseguivano lungo il marciapiede, camminando tenendosi a braccetto. Sembravano calme, senza pensieri. Loro.

Rosalba attraversò la strada e le seguì, mantenendosi a una certa distanza, ma senza perderle mai d'occhio. Accelerò il passo, fino a essere a pochi centimetri da loro, se avesse allungato una mano, sarebbe riuscita a toccare la spalla di Flora.

Fu sul punto di farlo.

Ma si fermò.

All'improvviso tutta la forza che le sembrava di avere si sciolse, cadendo per terra in una pozzanghera di infinita tristezza.

Non avrebbe punito Flora per una colpa che non aveva. Non sarebbe stato giusto.

Così si fermò, immobile sul marciapiede, spinta dalle persone che dietro di lei protestavano per quell'intralcio imprevisto. Rosalba guardò la sagoma di Flora Ledri fino a quando non riuscì più a distinguerla. Ora il sole era tramontato e la luce era scarsa.

Non restava che tornare a casa a Monfalcone, dai suoi genitori, come era già previsto, per i soliti giorni di riposo. Decise che non avrebbe detto niente a nessuno, almeno per ora. Magari le cose si sarebbero sistemate. Magari Giacomo aveva solo bisogno di tempo. Magari l'avrebbe aiutata e magari sarebbero potuti essere felici. Prese il treno e arrivò a casa tardi, quando era già buio.

«Ho dovuto finire delle commissioni» si era giustificata con la madre.

«Hai fame?»

«No, ho già mangiato» mentì mentre con lo stomaco chiuso fingeva che andasse tutto bene.

I giorni di riposo passavano lentamente, per lei che aspettava un'indicazione su cosa fare che non arrivava. Sarebbe tornata al lavoro all'inizio della settimana, come programmato. Avrebbe visto Giacomo e lui le avrebbe spiegato le sue decisioni. Doveva stare calma – si ripeteva – non c'era cosa che Giacomo Ledri lasciasse al caso, questo lo aveva imparato in quei mesi.

E nulla fu lasciato al caso.

L'evento eccezionale di una lettera indirizzata proprio a lei, arrivata la mattina dell'ultimo giorno di pausa, fu fonte di grande curiosità. Quale straordinaria coincidenza.

Rosalba non riconobbe la scrittura, infatti Giacomo Ledri non aveva mai preso in mano quella lettera. L'aveva fatta preparare dal segretario fidato, che però non sapeva niente di tutta quella faccenda, aveva solo riempito la busta e l'aveva spedita. Rosalba la osservò a lungo. Poi prese un coltello, per aprirla senza rovinarla: ne estrasse il biglietto per un viaggio, per una sola persona. Per lei, c'era proprio il suo nome, Rosalba Garbin. Poi un foglio con una lista di istruzioni e dei documenti, validi per l'espatrio. Destinazione finale: Montreal, Canada.

Partenza: 21 settembre 1923, ore 7,30.

Presentarsi il giorno 20 settembre alle ore 7,30 per la visita medica.

Seconda classe.

Ringraziamenti

Desidero ringraziare Carmen, Ambrogio e Martina, i miei importanti punti di riferimento in questa avventura.

Grazie alla mia famiglia e all'amica Elvira.

Nota dell'autrice

I vestiti della domenica è un romanzo di fantasia in cui sono stati citati eventi storici realmente accaduti.

Per esigenze narrative ho anticipato la consegna del distintivo d'onore per gli ex irredenti italiani a ottobre 1921, mentre il Regio Decreto n. 1626 del 16 ottobre 1921 venne pubblicizzato nella Gazzetta Ufficiale solo il 5 dicembre 1921. Dal 1922, inoltre, il distintivo avrebbe incluso, oltre ai precedenti simboli di Trento (un'aquila) e di Trieste (un'alabarda), anche quello di Zara (San Giorgio a cavallo).

Indice

La sera del 2 giugno 1923 7
Antonia 24
Il primo incontro 30
Vittorio Stefàncich 35
Rosalba 42
Due vite parallele 49
Ti prego, non gridare 60
La vendemmia del 1921 71
Pigiatura 81
La festa alle vigne 88
Giacomo Ledri 103
13 luglio 1920: l'incendio del Narodni Dom 110
Desideri e ricordi 116
Lo straniero sottotenente
del Regio esercito italiano (giugno 1915) 124
Onore e vergogna (ottobre 1921) 134
Il padrone del circo 142
Osmiza (novembre 1921) 154
Rappresentazione di
Gianni Schicchi (1° febbraio 1922) 165
Mussole di tè 182
Farewell party 190
Giacomo Ledri e l'assemblea del Fascio 205
Alle vigne vecchie (marzo 1922) 215
Un pranzo 228

Anticamera 238
Attesa 247
Un tradimento (aprile 1922) 256
Un inciampo 264
Verità e sospetti 270
Confessione 283
Liberazione 293
En garde 305
Pensando al domani 316
La festa delle ciliegie 321
Miramare 340
Ordini da Milano (fine maggio 1922) 351
Il saluto del soldato 357
Una promessa 368
Una bugia 374
Forma e sostanza (settembre 1922) 382
La marcia su Roma (ottobre 1922) 386
Signori Ledri (dicembre 1922) 395
Passaggio di proprietà 402
Preparativi (primavera 1923) 408
Questione di potere 416
Un dispetto (martedì 29 maggio 1923) 425
La mattina del 2 giugno 1923 434
La sera del 2 giugno 1923 446
La mattina del 3 giugno 1923 450
La sera del 3 giugno 1923 462
Non si può contrastare l'amore 472
Omnia vincit amor 482
La gente non cambia 487
Un altro inizio 494

Ringraziamenti 501

Nota dell'autrice 503

Finito di stampare nel mese di marzo 2025
su carta HOLMEN
con fibra vergine proveniente da foreste sostenibili holmen.com/paper
presso Grafica Veneta S.p.A.
Via Malcanton, 2 – Trebaseleghe (PD)
Printed in Italy

Certificato PEFC
Questo prodotto è realizzato con materia prima da foreste gestite in maniera sostenibile e da fonti controllate
PEFC
PEFC/18-31-226
www.pefc.it

GRAFICA VENETA
GV CARBON NEUTRAL

Questo libro è fabbricato da Grafica Veneta S.p.A.
con un processo di stampa e rilegatura certificato 100% carbon neutral
in accordo con PAS 2060 BSI